人民日报70年
通讯选

人民日报社新闻协调部 / 编

人民日报出版社

图书在版编目（CIP）数据

人民日报70年通讯选 / 人民日报社新闻协调部编.
-- 北京：人民日报出版社，2018.6
　ISBN 978-7-5115-5454-3

Ⅰ.①人… Ⅱ.①人… Ⅲ.①通讯—作品集—中国—当代 Ⅳ.①I253

中国版本图书馆CIP数据核字(2018)第095322号

书　　名：	人民日报 70 年通讯选
编　　者：	人民日报社新闻协调部

出 版 人：	董　伟
责任编辑：	程文静　吴立平
封面设计：	主语设计

出版发行	人民日报出版社
社　　址：	北京金台西路 2 号
邮政编码：	100733
发行热线：	（010）65369527　65369509　65369512　65369846
邮购热线：	（010）65369530　65363527
编辑热线：	（010）65363530
网　　址：	www.peopledailypress.com
经　　销：	新华书店
印　　刷：	北京中科印刷有限公司

开　　本：	710mm×1000mm　1/16
字　　数：	601千字
印　　张：	35.5
印　　次：	2018 年 6 月第 1 版　2022 年 4 月第 5 次印刷

书　　号：	ISBN 978-7-5115-5454-3
定　　价：	90.00元

总　序

人民日报社社长　李宝善

"人民日报70年作品精选"和读者见面了。

今天的新闻就是明天的历史。人民日报70年来的作品，记录的是我们国家和民族从站起来、富起来到强起来的辉煌历程。诞生于战争烽烟中的人民日报，始终以积极宣传党的主张、呈现社会的变化、报道中国正在发生的变革为己任。这套作品精选集，就是从《人民日报》创刊以来的无数优秀作品中遴选出来的代表作。

铁肩担道义，妙手著文章。70年来，无论是顺境还是逆境，一代代人民日报人担当使命、秉笔直书，为党的新闻工作奉献了青春和热血；一篇篇脍炙人口的精品力作，见证了我们党初心不改、矢志不渝，团结带领人民实现中华民族伟大复兴的历史担当。捧读这套精选集，就是在回顾我们党和国家走过的复兴之路。在这条艰辛而光荣的道路上，每一个重大节点，都能听到人民日报的声音。这其中，有言论、理论、评论文章的黄钟大吕，有新闻、通讯等作品的时代足音，有散文、报告文学等文章的清雅之声。这些作品汇集起来，共同组成了70年国史报史的恢宏交响。

党的十八大以来的人民日报，站在了新的历史起点。2016年2月19日，习近平总书记到人民日报社考察，并在党的新闻舆论工作座谈会上发表重要讲话，强调要高举旗帜、引领导向，围绕中心、服务大局，团结人民、鼓舞士气、成风化人、凝心聚力，澄清谬误、明辨是非，联接中外、沟通世界。这一要求，正是党的十八大以来人民日报各类作品的创作方向。

近年来，人民日报进一步优化整体布局、集中优势资源，更好履行政治家办报的时代使命。面对新时代的要求，人民日报努力提升观点生产能力、议题设置能力、集成报道能力、话语创新能力，力争做到报道流程平台化、报道内容定制化、报道方式故事化、报道数据可视化；着力在思想内涵上做加法、在文章篇幅上做减法、在传播效果上做乘法、在思维定式上做除法，使新闻报道快起来、活起来、亮起来，让评论理论新起来、精起来、实起来。

翻开今天的《人民日报》，从评论到理论，从通讯到消息，从散文到报告文学，编辑记者们努力转作风改文风，采写编辑了大量有思想、有温度、有品质的作品，"沾泥土""带露珠""冒热气"的文章。大家于微末中寻真章、在朴素处见真情，贴近广阔的社会生活，让改变悄然发生，使温暖自然传递。而现实生活所发生的积极变化，正是对这个职业最崇高的奖赏。

70年风雷激荡一纸书，人民日报走过了不平凡的历程。70年来的每一寸光阴，都被记录在每天出版的报纸中，体现在每一篇新闻作品里。从河北平山县里庄村简陋的印刷排字架，到现代化的电子阅报栏，再到移动终端上收放自如的最新应用软件，时代在变，技术在变，传播形态也在不断改变，不变的是在党言党、为党立言的历史使命，是围绕大局、服务人民的党报精神。这一精神和追求，已经并将继续通过题材各异的优秀作品呈现给广大读者。

前　言

讲述最鲜活的中国故事

人民日报社副总编辑　吕岩松

　　1949年9月，中国人民政治协商会议第一届全体会议在北平召开。这是一次开天辟地的会议，《人民日报》记录了与会者共同为新中国奠基的全过程，连续刊发李庄采写的《"中国人从此站立起来了"——中国人民政协第一届会议特写》等8篇通讯特写，将改天换地的崭新画面一幅幅展开。

　　1978年12月，党的十一届三中全会作出把党和国家工作中心转移到经济建设上来、实行改革开放的历史性决策。人民日报追踪历史进程，《分清主流与支流　莫把"开头"当"过头"》等一系列通讯，为解放思想、实事求是鼓与呼，为发展经济、改革开放鼓与呼，生动呈现从农村到城市、从试点到推广的改革壮举。

　　2015年11月，两岸领导人在新加坡进行跨越66年时空的首次会面，开创两岸领导人直接对话沟通的先河，两岸关系翻开历史性的一页。人民日报记者采写的通讯《历史将记住这一天》，用生动的场景、感人的细节、细腻的描写将历史定格，向国际社会发出坚定而明确的信号：两岸中国人完全有能力、有智慧解决好自己的问题。

　　有人说，每逢大事，必看《人民日报》。2016年2月，习近平总书记在人民日报社考察时指出，人民日报是党的阵地，毛泽东同志当年亲自给《人民日报》题写报名，全党全国人民都从《人民日报》里寻找精神力量和"定盘星"。

70年来，人民日报见证历史、记录时代，栉风沐雨、砥砺前行。哪里有党和人民的需要，哪里就有人民日报发出的强音；哪里有新闻的现场，哪里就有人民日报记者忙碌的身影。人民日报始终是新中国的见证者、记录者，始终是社会进步的守望者、推动者，始终是中国故事的讲述者、传播者。

70年一路走来，《人民日报》刊登的优秀作品灿若群星，其中通讯一类报道尤其受到广大读者的青睐。通讯，是生动的历史记忆，讲述鲜活的中国故事，发出时代的强音。

70年来，理想坚定、矢志不渝的党中央机关报人，在党爱党，在党为党，积极宣传党的主张、深入反映群众呼声，与人民同呼吸、与时代共进步，创作了大量有温度、有深度、有力度的通讯精品，让党心民心同频共振，推动了社会发展进步，影响了一代又一代人。本书选出来的103篇作品，只是70年各个历史时期的优秀代表、精彩华章，内容涵盖了经济、政治、文化、社会、生态、军事、外交、党建等多个领域，从一个侧面反映了我国革命、建设、改革走过的风雨历程，从不同层面展现了中华民族站起来、富起来、强起来的伟大飞跃。

这些通讯见证党和国家的历史进步与非凡成就，连缀成一部鲜活的新中国发展进步史。70年来，我国社会发生天翻地覆变革，中华大地呈现前所未有变化，社会主义中国以崭新姿态屹立于世界的东方。开国大典，一届全国人大一次会议召开，抗美援朝，粉碎"四人帮"，香港澳门回归，两岸领导人会面……一个个历史性时刻，一个个标志性事件，人民日报从未缺席，人民日报记者都在现场，以报为证、以笔发声、以文助力，向世人生动呈现一个大党大国的坚毅笃行、团结奋进、自信有为。一路走来，人民日报站在时代前沿，紧随"中国号"巨轮扬帆远航：大庆油田以革命精神艰苦奋斗自力更生，中国首次南极考察并建立长城站，《中国大百科全书》15年磨一剑铸就中华文化丰碑，三峡工程"高峡出平湖"创下人间奇迹，汶川特大地震抗震救灾万众一心同舟共济……一篇篇气势恢宏、直击人心的长篇通讯，抒发着新民主主义革命成功的喜悦，记载着新中国建设旧貌换新颜，彰显着社会主义的制度优势，展示着社会主义中国的辉煌成就。

这些通讯聚焦深刻改变中国的"第二次革命"，是一部壮丽的改革开放史。1978年，以党的十一届三中全会为标志，我国开启了改革开放历史征程，冲破藩篱、革故鼎新、与时俱进，40年众志成城，40年砥砺奋进，40年成就巨大。改革开放春潮在祖国大地涌动，人民日报把握时代脉搏、引领时代潮流，满腔热诚，真情讴歌，推动改革开放向纵深推进，唱响春天的故事。《在农村好形势面前》是记者安徽采访的札记，对丰收的原因一语中的："第一条经验是，党的三中全会的一系列政策，特别是实行合乎群众心愿的联产承包生产责任制，调动了广大农民的积极性。这并非'老生常谈'。随着实践的发展，这个真理不断得到新的证明。"《深圳见闻》以特区工资制度改革为"麻雀"，厘清一些人头脑中的思想误区："深圳是特区，这就要用特区的眼光看特区，用内地框框硬套，很可能把一些问题看成大逆不道。"《大户心态篇》描摹温州先富起来的专业户们微妙而真实的状态，《有胆略的决定》解剖武汉三镇敞开城门的"引客"竞争，《村民自治头一年》追踪农村"小宪法"带来的生机与活力，《希望田野上的斑斓画卷》探寻农业现代化的中国特色之路……这些通讯从不同视角、不同区域、不同领域，共同勾勒出改革开放40年波澜壮阔的历史画卷。

这些通讯记录人民对美好生活的追求，是一部生动的人民群众奋斗史。走进现场才能站稳立场，深入一线才能宣传路线。人民日报记者是党的记者、人民的记者，心中爱人民，眼中有人民，笔下写人民。70年来，人民日报与人民心连心，始终把反映群众心声、通达社情民意、贴近基层一线作为重中之重。追踪人民群众生产生活的新变化，新中国成立之初的《一个集体农庄的成长》、改革开放后的《"赵光腚"的后代，富了——访周立波〈暴风骤雨〉中写过的元宝村》，以细致的观察、饱满的热情写活乡亲们的获得感幸福感；聚焦脱贫"摘帽"这项老百姓的"心中大事"，《精准脱贫的"延安答卷"》《老郭脱贫记》用生动的笔触、通俗的话语，精彩讲述脱贫致富新故事；关注最普通群众的日常工作和点滴生活，《他从乡下来》《湖南乡里事》《擦鞋者说》既有人文关怀又有思想深度，多角度多形式反映人民群众的所思所想所喜所忧。这些带着新鲜露珠和泥土芬芳的通讯，有长有短，有血有肉，有情有感，有理有据，把笔触伸进泥土，让精神融入田野，构成一个民族为理想奋斗、为幸福拼搏的心灵史。

这些通讯讲述英模先进事迹，为中华民族树立永不褪色的精神丰碑。 2014年3月，习近平总书记在河南兰考调研指导党的群众路线教育实践活动时，讲了自己的一个故事："1966年2月7日，《人民日报》刊登了穆青等同志的长篇通讯《县委书记的榜样——焦裕禄》，我当时上初中一年级，政治课老师在念这篇通讯的过程中多次泣不成声。特别是念到焦裕禄同志肝癌晚期仍坚持工作，用一根棍子顶着肝部，藤椅右边被顶出一个大窟窿时，我受到深深震撼……我后来无论是上山下乡、上大学、参军入伍，还是做领导工作，焦裕禄同志的形象一直在我心中。"一篇文章影响了整整一代人，并且这种感染力穿越时空至今仍深深扎根于共产党人心中。大公无私的普通战士雷锋，退休返乡带领乡亲致富奔小康的司令员李守发，自立自强带着妹妹求学的大学生洪战辉，心中有党、心中有民、心中有责、心中有戒的干部楷模谷文昌……这些刊载在《人民日报》上的人物故事，引领了主流价值，凝聚了时代共识，为中华民族筑起一座坚不可摧的精神长城。

这些通讯放眼全球风云变幻，打开和平与发展、合作与共赢的世界之窗。 世界渴望倾听中国故事，中国需要世界理解认同。中国打开国门，越来越深入地融入世界，越来越走近世界舞台的中央，为世界和平与发展作出新的重大贡献。人民日报记者奔赴全球关注的新闻一线、炮火纷飞的战场地区、危机肆虐的灾区疫区，及时跟进、深入观察，以我为主、敢于亮剑，表达中国主张、体现中国担当、彰显中国贡献，用一篇篇通讯报道细腻传递中国记者的观察与思考。《红场易旗纪实》直观反映当地民众对苏联解体的复杂情感，《异国恸哭诉悲愤》有力抒发北约轰炸我大使馆激发的民族情感，《墨西哥城最悲惨的一天》用来自地震现场的报道表达真挚关怀……而16000字的长篇通讯《阔步走在中华民族伟大复兴的历史征程上》，全面系统梳理党的十八大以来党中央全方位外交的成功实践，用历史告诉今天，以今天展望未来，既有史诗般的叙述又有哲理性的思考，大气磅礴，情感充沛，引发受众强烈共鸣，彰显中国负责任大国形象。

这些通讯发挥舆论监督作用，为社会提供医治顽疾的良医妙方。 团结稳定鼓劲、正面宣传为主，是党的新闻舆论工作必须遵循的基本方针。舆论监督和正面宣传是有机统一的整体，共同构成推动社会发展、时代进步的合力，新闻媒体应当敢于善于进行舆论监督。在弘扬主旋律、传播正能量的同时，人民日报直面工作中存在的问题，直面社会丑恶现象，精准把脉、精确听诊、精细开方，激浊扬清、针砭时弊。在通讯《追问紫金矿业污染事件》中，记者连发四问：为何废水泄漏9天后才公布信息？污染造成的后果到底有多大？污水毒性到底有多大？已有多次造成严重污染记录，为何仍然造成这样的恶性事件？由于人民日报等媒体的有力监督，企业最终承认错误、向公众道歉。《沉重的代价换来什么》反思假酒案背后的深层原因，《决策为何连连失误》剑指不切实际的招商引资，《矿难瞒报何时了》深挖煤业公司故意隐瞒井下矿工死亡人数背后的原因……党报的监督报道，既重揭露又指出路，既看表象又挖根源，既有针对性又有建设性，找准问题症结，推动问题解决，让党心民心更贴近，让社会肌体更健康。

见证历史、记录时代的文章，具有历久不衰的魅力。这些优秀通讯把我们带回战火纷飞、以死相拼的革命年代，让我们忆起意气风发、激情燃烧的建设岁月，使人沉浸波澜壮阔、生机勃勃的改革开放进程。每读一次，都会增强信心、增加动力、增添豪情，心中都会升腾起对党和国家的深深热爱、对时代的深深眷念、对人民的深深祝福。

值此人民日报社七十华诞之际，我们汇集这册优秀通讯选，向经典致敬，向先辈致敬，向人民致敬！

"潮平两岸阔，风正一帆悬。"中国特色社会主义进入了新时代，中国人民阔步走在实现中华民族伟大复兴的康庄大道上。在习近平新时代中国特色社会主义思想的指引下，人民日报拥抱新时代、讴歌新时代、建设新时代、奉献新时代，奋力谱写更美的华章，凝聚起同心共筑中国梦的磅礴力量。

目录

Contents

总序 …………………………………………… 李宝善　001
前言：讲述最鲜活的中国故事 …………………… 吕岩松　003

"全体起立，向人民的领袖致敬！" …………… 柏　生　001
　　——新政协筹备会休会前二十分钟的速写
"中国人从此站立起来了" ……………………… 李　庄　003
　　——中国人民政协第一届会议特写
记中央人民政府成立盛典 ……………………… 林　韦　006
复仇的火焰 ……………………………………… 李　庄　008
一个集体农庄的成长 …………………………… 田　流　012
他从乡下来 ……………………………………… 陆　灏　023
　　——建设鞍山的人们之一
一个代表的产生 ………………………… 张　潮　马超卿　028
六亿人民心花开 ………………………………… 袁水拍　033
大陈在控诉 ……………………………………… 金　凤　038
从万隆开始 ……………………………………… 吴文焘　043
鹰厦铁路纪行 …………………………………… 商　恺　045
人狗之间 ………………………………………… 潘　非　049
毛主席的好战士——雷锋 ……………… 甄为民　佟希文　雷润明　052

篇目	作者	页码
无产阶级战士的高尚风格	郭小川 马玉才 胡瑞松	059
——"南京路上好八连"纪事		
大庆精神大庆人	袁木 范荣康	071
县委书记的榜样——焦裕禄	穆青 冯健 周原	080
天安门事件真相	本报记者	096
——把"四人帮"利用《人民日报》颠倒的历史再颠倒过来		
一场捍卫党的原则的伟大斗争	纪希晨	116
——揭穿林彪、"四人帮"一伙制造"二月逆流"重大政治事件的真相		
分清主流与支流 莫把"开头"当"过头"	范敬宜	130
这样好的党支部委员为什么跳海	章南舍 吴恒权 李长群	132
一个共产党员的信仰	丛林中 欧庆林	137
——李海成七十三次告状记		
一个共产党员的"财富"	马鹤青	143
——记兰考县委书记刁文		
在农村好形势面前	许仲英	148
——安徽采访札记		
深圳见闻	林里	153
湖南乡里事	范荣康	156
贝京为什么要辞职	陈积昌	160
柏林印象	蒋元椿	162
"妈妈教我放鸭子"	刘衡	165
——记湖北沔阳县彭场公社陈惠容的谈话		
在"转化"中看多数	李克林 宋琤	167
——关中农村见闻		
已是山花烂漫时	艾丰	171
南极,请你作证	杨良化	178
有胆略的决定	王楚	185
——武汉三镇大门是怎样敞开的		
墨西哥城最悲惨的一天	姚春涛	189
今日大寨	李克林	191

大户心态篇	孟晓云	195
——温州风情画之三		
今日"两地书"	马文科 罗同松	197
西去羌塘	卢小飞	202
难忘的时刻	孙 毅	204
——小平同志会见最后一批外宾侧记		
他们的未来不是梦	李泓冰	206
——第31届国际数学奥林匹克中国队速写		
新唐山扫描	费伟伟	208
红场易旗纪实	周象光	211
农产品收购资金哪里去了	江 夏	213
守水记	陈 华	217
铸就中华文化的丰碑	卢新宁	219
——记《中国大百科全书》的编撰出版		
"赵光腚"的后代，富了	董 伟	228
——访周立波《暴风骤雨》中写过的元宝村		
让历史警示未来	李仁臣 孙东民 张国成	231
——在日本看"八·一五"		
雪域高原第一乡	刘 伟	238
陈景润精神魅力永存	温红彦	240
虎林笑看虎怕牛	孟仁泉	242
大地般宽广的胸怀	王树成 偶正涛	244
——农民企业家张贺林义务办学记		
联合国风雨送加利	周德武	247
非凡的胆略	张虎生 傅旭 张首映	249
——邓小平与"一国两制"的伟大构想		
不夜的香港	本报记者	255
——民间万众欢庆回归		
三峡工程：一部民族史诗	龚达发	262
押猪四日	龚 雯	268

沉重的代价换来什么	阎晓明	273
——在山西文水制造销售假酒案发生地的思考		
利在当代 功在千秋	贾西平	276
——实施可持续发展战略		
在"一国两制"的旗帜下	曹宏亮 吴亚明	280
——澳门基本法诞生追记		
异国恸哭诉悲愤	吕岩松	287
为了世纪大阅兵	郭 嘉	289
古玩城：听人说古玩	周 庆	294
村民自治头一年	崔士鑫	297
嘉禾高考舞弊案曝光之后	吴兴华	301
让历史变为财富	顾兆农	304
——江苏省办公机构迁出"总统府"前后		
夜宿新庭村	马 利	307
让伤害远离孩子们	李新彦 王淑军	310
决策为何连连失误	蔡小伟	313
决战在没有硝烟的战场	阎晓明 王建新 赖仁琼	316
——北京全面抗击非典型肺炎纪实		
司令退休之后	马 利 胡 果	327
——记回乡带领乡亲致富奔小康的李守发		
百姓心中的丰碑	戴 鹏 徐运平	336
——追记公安局长的楷模任长霞		
阿翁魂归故里	黄培昭	344
党的好干部 人民的贴心人	崔士鑫 盛若蔚 吴坤胜	347
——追记新时期领导干部的楷模、优秀少数民族干部牛玉儒		
海啸过后访普吉	杨 讴	359
巴金：巨星陨落，光还亮着	李 辉	362
男儿当自强	贺广华 周立耘	366
——洪战辉带着妹妹求学记（上）		

英雄赞歌	朱 玉 张东波 冯春梅	370
——记独臂英雄丁晓兵		
擦鞋者说	龚永泉	375
理性·风趣·共鸣	王 恬	377
——胡锦涛主席在耶鲁大学演讲答问记		
阿布力孜家的"月亮泉"	王慧敏	380
——一个维吾尔族家庭与一个汉族弃婴的感人故事		
矿难瞒报何时了	王明浩 裴智勇	388
写在蓝天上的忠诚	冯春梅 黄庆畅	392
——记空军某试飞团功勋飞行员李中华		
使 命	陈万军 白瑞雪 郭 嘉 王金海	403
——海军大连舰艇学院教授方永刚的生命之约		
"五点一线"兴辽宁	皮树义 白天亮 许志峰	413
矿工生命高于一切	曲昌荣	418
——河南陕县支建煤矿淹井事故抢险纪实		
法治改变中国	本报法制组	428
——写在依法治国基本方略实施十周年之际		
他们还健康地活着	徐锦庚 张 帆 刘维涛	435
——揭穿达赖集团"40人死亡名单"欺世谎言		
永远和人民在一起	李亚杰 董宏君	437
——献给顽强奋战在抗震救灾最前线的中国共产党人		
如何看待山西经济负增长	安 洋 刘鑫焱	450
倾听历史的诉说	吴绮敏	455
——胡锦涛主席访问马六甲海峡侧记		
希望田野上的斑斓画卷	江 夏 张 毅 赵永平 朱 隽 顾仲阳	457
——探寻中国特色农业现代化道路		
追问紫金矿业污染事件	赵 鹏 余荣华	472
三问焦三牛	姜 洁	476
——一个清华毕业生的人生选择		
驻村三日	赵 鹏	481

PX，一场特殊的"科学保卫战" ……	马　龙　刘先云　吕毅品　李　刚	485
"四有"书记谷文昌………………………	杨振武　牛一兵　余清楚	489
五问中国经济…………………………………………	龚　雯　许志峰	492
——权威人士谈当前经济形势		
历史将记住这一天…………	王　尧　汪晓东　柴哲彬　俞懿春　徐　蕾	499
——两岸领导人会面侧记		
阔步走在中华民族伟大复兴的历史征程上…………………	杜尚泽	502
牢记中央嘱托　不负职责使命…………	汪晓东　杜尚泽　沈小根	522
——习近平总书记重要讲话和调研指导在人民日报社引起热烈反响		
精准脱贫的"延安答卷"……………………………	张建星　王乐文	528
唐山四十年……………………	王一彪　徐运平　李　波　孔祥武	534
老郭脱贫记……………………………………………………	马跃峰	544
"习总书记办的，都是俺们盼的"……	杨振武　徐锦庚　杨学博　潘俊强	546
——山东沂蒙山区听民声		

后记 …………………………………………………………………	551

"全体起立,向人民的领袖致敬!"
——新政协筹备会休会前二十分钟的速写

柏 生

这是十九日下午六时二十分钟在主席周恩来同志宣布大会要休会的时候,从代表席站起了民主教授代表邓初民先生,抢着说:我这里有个临时动议:新政协筹备会的召开,是一件划时代的大事情,所以能召开这个大会,首先应归功于中国共产党领袖毛主席和中国人民解放军朱德总司令,因此我们提议,应向毛主席和朱总司令通电致敬,请主席把这列入议程中去表决。随着他的话音,响起一片热烈的掌声,表示一致拥护这个动议。

周恩来同志含笑回问道:这是否可留在将来正式会议时再谈?

邓初民先生又站起来坚持自己的提议:筹备会也是会议,还请主席提交表决!(会场上洋溢着一阵笑声)

这时毛主席忽然从自己座位上站起来了,他稳重地说:代表们!我提议:我们在筹备会期中,正逢着"七七"纪念,请各党派共同发表纪念文件,庆祝抗日战争胜利!解放战争胜利!这时全体代表立即以雷动的掌声来欢迎毛主席的这个提议。

周恩来同志接着说,这样连邓初民先生的意见也都包括在内了,大家既然都表示同意,我们是否就交常委会决定以筹委会名义发出电文?

邓初民、许德珩教授又先后站起来发言:大会已经进行了五天,但我们对国内国外还没有什么表示,我们的提议向毛主席和朱总司令致敬,不仅在会场上是表现了我们大家的精诚团结,同时在国际上也表现了我们的大团结。70余岁的沈钧儒先生也兴奋地站起来说:各位代表都知道,由于中国共产党领袖毛主席和朱总司令的领导,我们才能在这里开会,所以我提议在散会前,我们全体代表起立向毛主席、朱总司令致敬。全体代表认为这个提议立即可以做到的,立即以热烈的掌声表示赞成。农民代表杨耕田站起来激动地补充道:"今天毛主席、朱总司令都在这里。如果没有毛主席、朱总司令的领导,我们不能有今天,我们应该向领袖致敬!"

  这时沈钧儒老先生就领头从座位上站起来了,喊着:"全体起立,向毛主席、朱总司令致敬!"

  代表们整齐地站起来了,随即响起了更热烈的掌声,并且愈来愈响愈紧,竟达三分钟之久。坐在一○一代表席上的毛主席和一○二代表席上的朱总司令忙即谦虚地转回身来向全体代表连连答礼致谢。

(1949年6月21日)

"中国人从此站立起来了"

——中国人民政协第一届会议特写

李 庄

"占人类总数四分之一的中国人从此站立起来了。"毛主席在中国人民政治协商会议的开幕词中说:"我们团结起来,以人民解放战争和人民大革命打倒了内外压迫者,宣布中华人民共和国的成立了。"

这是人民民主新中国开基立业的盛典。这个盛典是一九四九年九月二十一日,在人民首都北平举行的。毛主席宣布这个盛典正式开幕,乐队立即奏起人民解放军进行曲,礼炮在会场外隆隆齐鸣。这是胜利的声音,我们在艰苦的斗争中深深地懂得,胜利是不容易得来的。中国共产党成立了二十八年,人民解放军建立了二十二年,从开始到现在,一直领导全国人民,和国内外的敌人艰苦地战斗着。这二十多年,使青年变成中年,中年变成老年,多少烈士为革命而英勇牺牲了,但是,人民终于胜利了,打出了一个人民民主的新中国。于是全国人民表示竭诚拥护共产党、毛主席和解放军,全场代表也毫无例外地热爱、尊敬共产党、毛主席和解放军。中共代表团在大会上,成为党派代表的首席;毛主席进入会场时,全场起立鼓掌达两分钟之久。他的开幕词经常为热烈的掌声所打断。人民解放军的代表——战斗英雄李国英、魏小堂、魏来国、刘梅村被选入主席团,他们登上主席台时,全体代表热烈鼓掌欢迎。陈毅将军讲话时,"代表中国人民解放军全体指战员表示无条件拥护人民政协大会,"他说:"中国人民解放军随时准备着,听候中央人民政府的调用,为消灭残余敌人和保卫新中国的独立自由而奋斗到底。"人们狂热地鼓掌,感谢新中国的坚强保卫者,骄傲于人民政协得到了这个可靠的柱石。

宋庆龄先生在会上讲话,她说人民政协的成立"是一个历史的跃进"。真的,从去年"五一"中共提出召开没有反动分子参加的政治协商会议的号召以来,到现在只有一年又四个多月的工夫,时间不长,中国的情势却大变了。人民解放军神速地胜利进军。全中国的优秀人物都涌向解放区，涌向中共中央所在地的北平。中共的领导加上全国民主力量的团结，使得革命胜利了，人民政治协商会议召开了。会场的一切，都反映了这种真实的情况。

　　宋庆龄、何香凝、张澜、黄炎培、高岗、李立三、赛福鼎、张治中、程潜、司徒美堂等先生讲话时，一致赞扬中共与毛主席的英明领导，坚信全体人民一致团结，共同奋斗，人民新中国一定建设成功。看吧！在主席台上，悬挂着孙中山、毛泽东的巨幅画像，画像中间是人民政治协商会议的会徽。会徽正面为一地球，地球中间是一幅红色的中国地图。地图上面有四面红旗，象征四个朋友，地球左右饰以麦穗，地球上面饰以车轮，麦穗与车轮表示着农民和工人，车轮中间缀一红色五角星，象征着工人阶级的领导。整个会场是这个会徽的具体表现。六百多位代表，包含了中国人民民主统一战线中各阶级、各民族的代表人物。党派代表的席位在主席台右前方，中共代表位第一排，毛主席为首席。主席台左前方为部队代表的席位，人民解放军总部位第一排，朱总司令为首席。解放军后面是特邀代表，区域代表和团体代表的席位在党派与部队代表的两旁。大会济济一堂，真是空前的民族大团结。阶级的团结、民族的团结已经从人民政治协商会议的共同纲领上充分地表现出来了，即以年龄而论，也同样说明了这种情况。何香凝和廖承志母子二人，都是政协的代表；萨镇冰已经九十二岁了，中华全国学生联合会的代表晏福民，只有二十一岁，还不及前者的四分之一。大家团结起来一起奋斗，这就保证了在怀仁堂举行人民新中国开基立业的大典，变封建帝王和蒋家小朝廷的宫殿为人民的议事厅。

　　人民把会场布置得朴素而壮丽。会徽后面衬着杏黄色的幕布，在中国，这种颜色是象征庄严与伟大的。会场照明全用水银灯，一个接着一个，两廊下排着红色宫灯。新华门油漆一新，鲜红夺目，两边竖着八面红旗。门下挂着巨大宫灯。这一切，都给人们一种富有生命力的印象。中华民族本来是富有生命力的民族，过去被帝国主义、封建主义、官僚资本主义束缚着不能发展，现在真正解放了，相信不要很多时候，新中国就会建设得很好。在各方面送给大会的贺幛中，充满了这种赞美与自信。北朝鲜全体华侨送给大会的贺幛上，精致地绣着彩色的毛主席像，绣像的背景是中国共产党的党旗，还有一座工厂和几部拖拉机。旗上还绣着"庆祝新中国诞生，在毛泽东旗帜下前进"的字。这幅画案表示：工业的中国，独立、自由、富强的新中国在向我们招手了。

全世界的进步人士都在注意着我们,向我们欢呼庆祝。国内外的敌人也许在阴暗的角落里正对我们诅咒着。但是,我们有力量,有信心,"让那些内外反动派在我们面前发抖罢!"(毛主席在大会开幕词中语)

(1949 年 9 月 22 日)

记中央人民政府成立盛典

林 韦

中华人民共和国中央人民政府正式宣告成立了！这一声震撼世界的巨响，由中国四亿七千五百万人民的伟大领袖、中华人民共和国中央人民政府毛泽东主席在北京天安门上庄严响亮地喊出的时候，参加盛典的三十万群众中爆发了经久不息的欢呼，红底五星的国旗徐徐升上二十二公尺的高竿，五十四门大炮齐鸣，军乐队奏起十多年前曾经激发了无数万爱国人民向日本帝国主义冲锋前进的义勇军进行曲。时间是十月一日下午三时。

经历过无数次深重灾难的中华民族与中国人民将永远记得这个珍贵的时刻：它宣布了旧中国完全死亡，宣布了人民的新中国的诞生。中国，中国人，将不再是屈辱的殖民地与殖民地奴隶的代名词，而要永远地受到全世界爱好和平民主的人民的尊敬了。中国人民从此有了屹立于世界和平民主阵营的祖国，有了真能保护自己、代表自己的政府。受过多少代封建帝王直接统治与日本法西斯、蒋家小朝廷血腥屠杀的北京人民，将更加清晰地永远记得这个珍贵的时刻。

密林般飘扬在高空的红旗，无数红色的五星灯、圆灯、各种兵器与镰刀斧头，都在"中华人民共和国万岁""中央人民政府万岁""毛主席万岁"的巨幅标语下标志出人们一致的强烈愿望：要巩固自己的祖国与人民政府。所以，在朱总司令检阅人民的海陆空军部队与这些部队在会场中心举行分列式时，群众中涌起了同样狂热的欢呼。整整两个半钟头的检阅，许多人连坐也没坐一下。电影机、照相机、望远镜和几十万双眼睛，一直集中凝结在受检阅的部队身上，生怕看不清或漏过任何一个可以看得到的武器与战士。

人民的武装部队两个半小时的检阅，给予人民的是更加坚固的胜利信心。我国年轻的海军部队与空军部队，第一次公开地列队出现在人民领袖和广大人民的面前了。海军陆战队整齐的步伐、焕发的精神，使人坚信它们既从无变成有，必将从小变成大。随着我们伟大祖国的繁荣鼎盛，我们会建设起一支强大的海军。空军成列成队地飞过会场的上空，人丛中帽子飞舞起来，手巾挥舞起来，手里拿着的报纸和其他物件都飞舞起来。人们随着军乐队奏出的解放军进行曲的响亮节奏拍着手，合着拍子，发出这样那样的声音，几十万的脉搏同速地跳动。

步兵部队、炮兵部队、战车部队与骑兵部队以等距离、等速度整连整团整师地稳步行进，是检阅中历时最长的一段，一直顶到太阳西下。但是，人们不厌其多，不厌其久；人们互相询问着："这是什么炮呀？""这是什么人呀？"每个人都把别人当成全知者，想更多地得到对自己部队的知识。指挥台上久经战阵的军官们向身旁的非部队人员不断地解答着："头两辆并排的小吉普车是指挥员和政委，后两辆是参谋长和政治主任，后面一辆是旗兵，这队野炮是日式九零野炮，能打三十华里，这是美国的十五生的大榴弹炮，这是中型坦克，这是装甲车营……"所有摩托车与战车、炮车……都是油漆了的，装了红星与"八一"字样，轮子一圈白，颜色壮美而一致。这是人民的战士们加意装饰了的。

往西长安街看，不知部队已走出多少里；往东长安街看，不知还有多少里长的部队准备走进会场来，人们越看越振奋，觉得自己祖国的武装力量已是如此的强大。骑兵部队的许多连队最后以极整齐的五马并跑经过主席台前时，激起多次的热烈鼓掌。不仅跑得齐，而且马的颜色也是以各个连队为单位，要白全白，要红全红。

最后一队骑兵跑过去的时候，天安门紫壁上的太阳灯、各色灯光在黄昏里开始发亮，人丛里的灯笼火把都点着了火，全场一片火光红浪；爆花筒向高空成群成群地放出红色、绿色、雪白色火球，拉着无数美艳的火丝，回头下降，噼噼啪啪响成一片。东西长安街上夹道的人群，开始围观提灯游行的漫长行列，交互地喊起"中华人民共和国万岁""中央人民政府万岁""毛主席万岁"的欢声。

(1949年10月2日)

复仇的火焰

李 庄

中国人民志愿军某部的步兵炮连的年轻小伙子们,克服着重重困难,在北朝鲜的丛山中继续前进。山高雪大,坡陡路滑,第四号骡子跌破屁股,有一挺机枪摔破了脚,险路是这样多,重火器常常要从牲口身上移到人的肩上。

朝鲜的冬夜来得特别早,下午六时,天已大黑了。山头的积雪泛出一片灰白的寒光,渺茫的远山就和漫无边际的海洋一样。今天是十二月一日,在一百多里以外的南方,在那看不见的群山之中,同志们正和美国人浴血苦斗。步兵炮连要及早赶上去,支援我们那些手执轻武器和敌人拼命的战友。

昨天敌人从这一带撤退,一退百余里。照老战士们的战斗经验来说,现在算是旅次行军,指导员张忠和一个通讯员走在前面。张忠是个二十三岁的十分好动的青年,虽然朝鲜的山水和他故乡的山水十分相似,但他对于朝鲜的一草一木,仍有强烈的新奇之感。上级曾经屡次教导,"要爱护朝鲜的一山一水,一草一木"。那么,在他在朝鲜作战之前,先饱览一番朝鲜的景物,也就十分容易理解的了。

下午七时,步兵炮连在彭湖里(村)大休息,人马都要吃些东西。部队按照预定的时刻,到达这个只有一座独立家屋的小山庄。家屋蹲在一个向阳的山坡上,背靠着一片黑松林。这里没有鸡鸣,没有犬吠,就好像世间并不存在这个村庄一样。

张忠带着通讯员走向独立的家屋。三间互相通贯的房子,门窗洞开,黑暗从屋里爬出来。张忠跨进堂屋,用手电筒向西套间的炕上一照,立刻毛发耸然,不由自主地向后退了一步。原来炕上躺着三具血淋淋的尸体!这时,他发现自己的右脚踩在一个软绵绵的东西上,低头一看,又是一具死尸!

"这里刚才打过仗么?"指导员凭着军人的直感的判断,下意识地拔出驳壳枪,通讯员也从肩上拿下卡宾枪。

西套间除了死尸以外,再没有其他东西。张忠转过身来,直奔东套间搜索。东套间炕上杂乱无章，只有墙角竖着的一个三四尺高的衣柜，大体上还算完好。衣柜已经老旧了，但它这时却微微颤动，木缝接合处嘶嘶地作响。

张忠肯定柜中有人，立刻端着驳壳枪，抢到炕上。揭开柜门一看，不由得又是一怔。原来柜里蹲着一个孩子。孩子穿着一身白色的污秽不堪的衣服，浑身发抖，两只血红的眼睛射出恐怖而又绝望的凶光。他那一副白中透青的面孔，显得十分可怕。

看见他是个没有武器的朝鲜孩子，张忠的神经顿时松弛下来，和蔼地对着孩子说："不要怕，我们是中国人民志愿军。"孩子继续愣了半晌，发现面前站着的是两个非常善良的中国人，蓦然哇的一声，扑到张忠怀里。孩子的软弱无力的哭泣，把一切都说明白了。

指导员点上一支洋烛。通讯员忙着堵塞窗户。连长、战士听到哭声，纷纷跑到家屋里来，一会儿，把门口围得水泄不通。

孩子会说半通不通的中国话，写得一笔相当流利的汉字。指导员拿出铅笔和纸张，和孩子边写边谈，贫农出身的韩连长在堂屋里踱来踱去，指导员费了很大力气，使嘈杂的人们慢慢安静下来。

孩子用笔和嘴，开始叙述这个悲惨的故事。

这个孩子名叫章德客，生活在一个自给自足的家庭里。

昨天中午，美国人毁灭了这个家庭。美国人从村西十几里的大路上打到彭湖村以北五六十里的地方，而在中国人民志愿军开始反攻以后，立刻漫山遍野地向南跑。朝鲜人民纷纷躲入更加偏僻的深山中。章德客的父亲本想早日躲开，却又丢不下家里的马铃薯和谷子。今年北朝鲜的年景特别好，马铃薯有碗口大，谷子就像狗尾巴。实行土地改革以来，老人家从来没有看见到这么丰腴的粮食，而这些粮食都是他的。章德客的舅舅被请到彭湖村，帮助收拾一切。全家忙得一天没有吃饭。昨天中午，美国人突然来到彭湖村，章德客藏到马铃薯地窖里，战栗地听着嫂嫂、姐姐们呼救的喊声。

谈到此处，孩子站起身来，对指导员说："父亲——这里。"

指导员们被引到房子左前方的小坪上。借着手电筒的微光，人们看见章德客的父亲双手反绑，躺在被雪掩盖着的乱草堆中，头颅滚在尸身旁边。章德客的舅舅手脚朝天，浑身被扎得稀烂。章德客的弟弟还只有十二岁，小小的头颅被击碎了。

人们返回西套间，详细观察这个杀人场。炕上躺着章德客两个姐姐，一个嫂嫂。她们下部赤裸，血肉模糊，乳房上有刺刀戳的痕迹。堂屋内躺着章德客的母亲，浑身没有血迹，可能是被棍棒击毙的。根据各种情况判断，一定是美国人强奸这三个可怜的姑娘和少妇，老太太跑来救援，先被美国人击毙了。尔后，美国人又刺死了三个被侮辱者。

这真是家破人亡啊！志愿军的这些战士们本来是久经斗争锻炼的铁汉子，但是，现在，看着这些血淋淋的尸身，看着这个苍白面孔血红眼睛的孤儿，许多人却不知不觉地擦起眼睛来了。谁无父母？谁无妻子？面对着这种不忍卒睹的情景，谁能不咬牙切齿呢？老根据地出身的人想起日寇的大"扫荡"，新解放区出身的人想起蒋介石杀死人逼死人的抢粮抓丁的情景，美国人和日本人、蒋介石比起来，真是有过之无不及。

指导员高声对战士们说："同志们！什么是抗美援朝啊！抗美援朝就是给这个孩子报仇！就是给受苦受难的朝鲜人民报仇！就是不让彭湖村的事情发生在鸭绿江以北我们神圣的国土上！"

指导员打破了战士的沉默，各种粗犷的咒骂一下子涌出来了："我日他祖宗！"……七班长尖着四川嗓子叫道："啥子是美帝国主义，今天我是亲眼看到了。"

经过指导员提议，大家出动，替孩子埋尸。孩子指定了属于他家的一块坟地。这时天气干冷，枯草发出刺耳的嘶声，松林也发出愤怒的吼声，孩子嘤嘤啜泣着，人们默默无言艰难地挖掘那夹着石块的冰冻的沙土。按照我们中国的习惯，死人应该尽量埋得深些，表示生者对他们的敬重，但在这时间匆促的战场上，人们只能聊尽心意了。当战士们逐渐离开坟场的时候，孩子还在新坟上一铲一铲地加添大块的干土。指导员不忍心地把孩子拖到房子里来。

人们都无心吃饭。炊事班长报告的消息，更使大家火上添油。他说：开水烧不成了，他在这家的饭锅里发现一滩大粪，显然是美国人干的事。他说：过去日本人"扫荡"解放区，常常这么干，炊事班长们最恼火这一点……这时候，只有孩子一人例外，他贪婪地吞食战士们拿出来的又硬又脆的中国饼干，他已经一天多没有吃饭了。

两小时后，队伍出发。孩子拉住指导员，用生硬的中国话一再地说："我——你们，打去！"显然，这是一件难事。孩子执意参军，于情于理都难劝阻。但是，步兵炮连属于特种兵，这么一个软弱无力的朝鲜孩子，怎么能在战场上参加特种兵呢？指导员沉吟一下，对孩子说："我们立刻就要打仗了。你在家里等着，我们捉几个美国人让你看看吧。"孩子似乎完全领悟了指导员的话，紧皱的眉毛缓缓舒开，血红的眼角上露出一抹笑容，他立刻在指导员的本子上写道："你们不带我，我到人民军找哥哥，就去。"

原来章德客是个军属，是朝鲜人民军战士的弟弟。这种新的发现，更增加了战士们对于美国兵的憎恨，对于这个孩子的情谊。已归沉寂的队伍又沸腾起来。有人说："碰上美国人，要死的不要活的！"另外又有人纠正地说："我们要死的，也要活的！"现在，队伍再也不能停留了，人们怀着沉重的心情踏上征途。别了，可怜的孩子。

队伍继续走了三天。雪越下越大，路越来越难走了。指导员似乎觉得，现在的政治工作特别好做；个别好讲怪话的人沉默起来；人们再不认为步兵炮、火箭筒、反坦克枪是一种折磨了。新的决心书一个接一个地送到指导员手里。有七个战士写了血书："为朝鲜孩子报仇！"

四日夜里，步兵炮连在下碣隅里（长津湖以南）西南参加了战斗。牲口和背包完全放在火线的后方，战士们扛着全部武器插入敌后。炮位设在离敌人阵地附近的一个小山上，几门炮一齐指向敌人的迫击炮阵地。天空一片漆黑，雪片落在脸上，战士们忘记了寒冷和疲劳，睁圆眼睛向敌人凝视，胸中燃烧着浇不熄扑不灭的复仇烈火。突然，敌人的炮兵阵地上闪出几朵血红的火光，他们正向着我们的步兵——亲爱的战友们开火。这时，几门步兵炮同时轰鸣，山谷中荡漾着恍若春雷的回响。十五分钟以后，敌炮完全缄默；接着，漫天盖地响起了我们的冲锋号的声音。

（1950年12月20日）

一个集体农庄的成长

田 流

这里是在几年前还被人叫作"北大荒"的北满草原。就在这北满草原上，我看到了一种新的幸福的生活。在我们伟大祖国的土地上，已经开始出现集体农庄了。

这个集体农庄在松花江南岸，佳木斯市以东四十里的草原上，是松江桦川水利农场的第九农庄。其他八个农庄虽然都有或大或小的集体化耕作组，但还不是全庄集体化。因为这个农庄是去年新建立起来的，人们都叫它"新庄"。

我在二月十九日上午到达这个集体农庄。因为其他农庄有许多农民都要求参加这个集体农庄，农庄主席金白山同志到各庄接洽去了，只有副主席和财粮委员在庄里。庄员们正在打谷场上紧张、愉快地进行稻谷脱粒工作。农庄副主席告诉我："去年秋天，接连下了五十多天的秋雨，稻子'贪青'，熟得晚，十一月才收割完毕，脱谷工作也推迟了。现在庄员们正紧张突击。"

"轰轰"转动的电力脱谷机，把一个打谷场分成了两部分：这一边有十几个人从小山一样的禾堆上，把一捆捆稻子运到脱谷机旁，另几个人把稻捆解开，转递给在脱谷机上操作的人。籽粒累累的稻禾，刚放到脱谷机上，稻粒就像夏日的暴雨样"刷刷"地落到明净的场地上了。那一边正有人不停地把脱谷机下迅速堆高起来的稻谷用木锨推到打谷场中央去——场中央的大谷堆已经堆积得有一人多高了。五六个庄员站在谷堆上；更多的人站在谷堆旁，有的推，有的扫，有的装车。这真是一幅丰收的图画。

这是这个集体农庄成立的第一年的收获。这一年每个劳动力已经平均耕种二点五公顷土地；全庄九十九公顷土地，平均达到每公顷八千四百三十斤稻谷的高额产量。

走过的道路

这个集体农庄的庄员们，现在都过着丰衣足食的幸福生活。一个整劳动力的庄员的个人收入，一九五一年，最低的有九千五百斤稻谷，最高的达到一万四千多斤；连他们的家族在内，每人约计有二千五百斤到三千三百斤稻谷的高额收入。集体农庄已经建立起巨大的公有财产：他们已经有二十八台锄草机、八台脱谷机、五台条播机和其他许多机具；他们已经建设了拥有四部电力制米机的制米厂、五部电动机、一部内燃机和一座铁工厂；他们还有四十六头耕牛和十口巴克夏种猪。

这个集体农庄是怎样建立起来的呢？

农庄主席金白山、生产小组长慎自成——集体农庄最早的两位发起人告诉我："我们原来都是一无所有的农民，是一九四八年春天来到农场的。因为土地、房屋甚至自己的口粮都是国家供给或贷给的，我们就在农场的领导下，组织了共耕组。但第一年完全失败了……"

这情形我在农场场部里已经知道了：还在一九四七年，党和人民政府为了给摆脱了封建土地制度束缚的农民开辟一条通往无限幸福的道路，决定在佳木斯市东面的草原上建立一个示范农场——桦川水利农场，吸收附近农民参加农场耕作，由国家供给土地、房屋和机械，使农民在自己的亲身经验中，认识集体劳动、机械耕作和大规模农业生产的好处，从而自觉自愿地走向集体农业经济。当时农场干部缺乏经验，他们只是简单地用强迫命令的方式把农民们"四户一组"编成耕作组，按各组的劳力拨给了一块土地，就开始了第一年的生产。事实证明，并不因为在国家土地上耕作，农民们就能立即丢掉那传统的、强固的私有观念。有许多组，把农场供给小组公共使用的土地，也像当时正在进行土地改革的农村一样，每人一份"平分"了。那些没有把国家土地"平分"的耕作组，劳动起来是你推我拖，偷懒耍滑；到秋天分配收获时又你争我夺。虽然形式上"组织起来"了，实际上没有起互助的作用。农庄主席回忆当年的情形时说："真是乱糟一团，活谁也不愿多做，收下来谁也想着多分。有些人当干部在跟前时，还勉强做两下；干部刚转身，就蹲在地头上抽烟扯闲天。"这一年生产成绩很坏，每个劳动力平均只耕种一公顷土地，虽然雨水调和，每公顷只收获了四千七百二十九斤稻谷。金白山和慎自成等四户编成的那个耕作组，像别的组一样，既没有制度，也不评工记分,平常糊里糊涂地干活,秋后马马虎虎地"人各一份"地"平分"了收获的粮食。

失败常常是成功的先导,农场干部和农民都从一九四八年的实践中得到了有益的教训。农场党组织针对农民中普遍存在着的自私自利的小农思想,和绝对平均主义的农业社会主义思想,加强了党对农民的教育工作,加强了党在农民中的政治工作。农场行政方面组织农民劳动时,坚持了"自愿两利"的原则。一九四九年,川水利农场出现了三种劳动形式:少数落后的农民,认为"人多心不齐",就"自愿"不参加互助组,向农场领了一块土地,"单干"去了。极大多数农民自找对象,两相情愿地组成了三、四户或五、六户的小型互助组。农民中的先进分子,组织了农业合作社性质的耕作小组。集体农庄的前身——第三农庄金白山、慎自成等五户组成的第五小组当时就是上述最后一种小组中最好的一个。

金白山是第三农庄的生产委员。他来农场后,在党的教育下,思想进步很快,觉悟程度日高。在党和农场干部的宣传教育中,他开始了解到:只有实现集体化的农业,才能使农民真正走向幸福的生活。因此,一九四九年他组织第五小组时,就主张组织集体化耕作组,大家在农场拨给使用的土地上共同劳动,秋后按劳动分配收获物。农民们不同意他的意见,多数人主张把土地按各户人口"分开",但不划地界不定地段,只是各户有个土地"数量",秋后按地分粮,出工多和出工少的人用工资找补。当时金白山虽然说这样不合理,既然大家都要那样做,也只好暂时迁就一下。这一年,因为组里都是对心思的人,又有了些评工记分的制度,有事大家开会民主决定,组员们生产情绪很好。虽然遭到严重的虫灾,秋天每公顷仍平均收获四千八百斤;没有受灾的产量达到六千四百斤稻谷,超过其他各组。劳动效率也提高了,每个劳动力耕种的土地,由前一年的一公顷扩大到了一点七八公顷。他们这个组被选为桦川水利农场的模范组。

第五组的组员们在自己的经验中,认识到这种不分地段不分地界的好处。慎自成说:"这样干起活来没偏心,没有你的种早啦、我的收晚啦的矛盾。遇到一两块地上有了灾害,也不致落在一家头上担不起。"他们也体会到这一年的办法的两大缺点:第一,人口少劳力壮的人家吃亏。就像金白山,他只两口人,只能分到两口人的土地"数量"。但他和他妻子都是好劳动力,一年多出了四十多个工,只得到八百斤稻子的工资;如果不按土地而是按劳动日分粮,他可以分到一千四百斤。可见这种组织形式里面有剥削。特别是在农场里，土地是国家的，这是用国家的土地剥削别人的劳动，当然更不合理了。第二，只有五户组织在一起，人手太少；农忙时节，常常顾东顾不了西。比方稻子灌浆后，常有成群成群的野鸭，飞到稻田里糟害庄稼。小组人少，地连不成片，看鸭子需要好些人，别的活就耽误了。如果组大人多，这矛盾就解决了。因此，全组决定，第二年要改变成集体化耕作组，完全按劳动日分配收获物，并且把小组扩大。

第三农庄的农民，亲眼看到金白山、慎自成领导的第五小组，庄稼收获得那么多，干部又领导得好，早已十分羡慕；听说第五小组吸收新组员，大家抢着参加，一九五〇年就成立起了一个包括十四户的集体化耕作组。组扩大了，而且实行了"按劳取酬"的分配制度，组员们劳动热情很高，集体劳作的好处，一天比一天明显地表现出来。人手多了，可以按着各人特长分工，"能行风的行风，能行雨的行雨"，劳动效率高。遇有紧急农作时，有突击力量。像那年组里有七公顷稻田发现虫害，全组男女老少齐动手，一下子把虫子扑灭了，没有成灾。这一年的每个劳动力的耕种面积提高到一点八公顷，产量达到每公顷六千八百八十斤稻谷，是全农场产量最高的，比单干户每公顷多收二千八百斤，比互助组多收二千斤，比农业合作社或小型的集体化耕作组，每公顷也多收八百斤。这时，第五小组成了群众谈论的目标。农民们对它羡慕不已，纷纷要求参加。第五组一下扩大到三十六户。农场领导方面看到时机已经成熟，便投资一亿八千万元，为他们建立起"新庄"。于是，在一九五一年二月，桦川水利农场的第一个集体农庄便诞生了。

只有经济利益，只有物质生活的提高，也还不能使集体农庄顺利地建立起来，建立了也不易发展，不能巩固。由个人经济变为集体经济，由一个小私有生产的农民变为集体农庄的庄员，是个巨大的变革；不仅要同外部的阻碍和困难作斗争，还要同农民自己的传统私有观念做斗争。慎自成告诉我这样一个故事：一九五一年初，第五耕作组要发展成为集体农庄时，许多农民，连那从来都不相信集体生产会给农民带来任何好处的姜东勋，都要求参加集体农庄时，五组一个老组员反而退了出去。这个农民没有认识到集体农庄制度是彻底解放农民，使一切农民永远摆脱穷困并进而获得一天比一天幸福的生活的唯一正确的道路，他把它当成暂时搭伙发财的场所了。这个农民叫洪日南。经过三年的集体劳动，他有了一头牛一辆车，还积蓄了三千多斤稻子。他说："我现在可以自己过活了。"于是，他赶上他的大牛车到松花江北去"创造自己的幸福生活"去了。他在草原上开垦了两公顷半土地，像牛一样劳动到秋天；不幸得很，一场大水冲了，连种子也没收回来。人总是要吃饭的，没办法，卖掉了他的耕牛；到冬天连棉衣也穿不上，每天靠着在松花江上破冰捉鱼过日子。

我问庄员李成林："集体农庄给了农民些什么？"他说："那怎么能说清呢？"他从他的祖父的穷困说到今天的丰裕生活，又从他的家庭说到其他庄员的家庭——是的，怎么能够说清呢？集体农庄将给予农民一切。这个集体农庄走过的道路已经向农民证明：由互助组、农业生产合作社到集体农庄，是农民走向幸福的文明的生活的唯一正确的方向。

党——集体农庄的组织者

共产党是集体农庄的组织者。这个集体农庄的每一个成就，都和党在农民中间进行的巨大政治工作和教育工作分不开，都和党员的忘我劳动和模范行动分不开。

封建土地制度奴役下的农民，几千年一直梦想着自己有一小块土地、一头耕牛。党为了克服农民这种"单干"思想，从一九四八年桦川水利农场开始建立时起，便在农民中间进行了广泛的政治工作：建立冬学、开办训练班，利用各种集会，向农民群众宣传组织起来合作生产的好处，宣传大规模的、使用机械的农业生产的无比的优越性；宣传社会主义共产主义的无限美好的前途；使农民从社会发展律规中，认识他们应该选择的道路。

党号召农村中的党员和围绕在党周围的先进农民，用自己的模范行为和对农民的具体帮助来团结和教育农民，以便逐渐地引导他们走向生产合作的道路。姜敬孝就是在党员金白山同志的具体帮助和兄弟般的关怀下参加集体农庄的。一九四八年姜敬孝来到农场时，虽然名义上参加了共耕组，实际上是单干的。那年，他劳动得很卖力气，但因为不会计划，有时作了计划，但因单枪匹马，力不从心，常常不能按计划实行，那年生产得很不好。夏天连条单裤也买不起，腰里围着条破麻袋，闪闪躲躲地混了一夏天。金白山同志帮助他把生活好好地计划了一下，把收获的稻子换成了小米、苞米等粗粮，准备下了第二年的吃粮。姜敬孝很感动，从此便参加了金白山同志的农业生产合作社——半集体化的耕作组。现在，姜敬孝已变成集体农庄中最好的庄员之一了。

农民是最实际的人，只有他在实际上看到集体耕作能给他更多的利益时，他才相信它、拥护它、参加它。党员带头，首先给农民做出榜样来，是组织农民互助合作、引导农民走向集体化的一个很重要的方法。姜东勋是这样参加集体农庄的。一九四八年，他和别的农民一样被编到一个四户组成的共耕组里。组里的情况，使他认定了"三个和尚没水吃"是定而不移的"真理"。他那时说："亲弟兄还有个争吵，素不相识的农民怎么能在一起共耕呢！"第二年，农场允许自愿组织耕作组时，他就"自愿"地回到老样子去了：向农场领了五公顷土地单干起来。他、他的妻子和十六岁的儿子，统统下地了。他看见那些虽有进步但还有些懒散的互助组，就微笑起来："秋天看收成吧！"那年，他的辛勤劳动没有白费，每公顷收获了五千二百斤稻谷；除了比金白山的第五组较差外，比全庄任何互助组的产量都高。丰收使姜东勋的生活富裕起来，买进了一头大耕牛和一辆大车。他想："我可以过活得更好些了。"可是，事情并不如他想的那样美妙。耕牛替他耕地、拉车、运东西；他也必须给耕牛准备草料和饮水。去喂耕牛便误了种地，去种地就不能照料耕牛。没办法，妻子留在家里，不能下地了。看看金白山他们的集体化耕作组，种田的种田，喂牛的喂牛，不慌不忙啥事也做在他前头。这一年姜东勋每公顷收获四千八百斤，比前一年减少了四百斤。金白山的集体化耕作组，每公顷收获六千八百八十斤，比前一年增加了二千多斤。这时候他才开始相信集体生产比他单干要好得多，开始相信农场干部一再宣传的"只有集体农业，才能给农民最大的利益"的话不是骗人的。所以，当金白山等发起组织集体农庄时，他第一个报名参加了。

党员的忘我的工作和模范的劳动态度，是鼓舞庄员们前进的巨大动力。支部书记李在根、农庄主席金白山，是两个很好的党员干部。李在根同志善于依靠群众、团结群众，工作认真负责。去年春天集体农庄刚成立时，他带病领导群众兴建庄园，提前完成任务，被庄员们选举为出席一九五二年东北区工农兵劳动模范代表大会的代表。金白山同志考虑问题周到，领导全体庄员进行生产工作，做得有条不紊，使全庄九十九公顷的稻田得到了空前的丰收，每公顷平均收获八千四百三十斤。这样全农庄的、大面积的高额产量，不仅在桦川水利农场，在松江全省也是最高纪录。因此，庄员们选他参加了一九五一年度松江省的劳动模范大会，被评为全省的模范干部之一。

在集体农庄各方面的生活中，尤其在生产劳动中，党员的模范行为和忘我无私的劳动范例是很多的。共产党员孙景道同志从一九四八年起，就连续被选为农场的、全省的劳动模范。一九五一年，集体农庄成立后，他又被庄员们选举为农庄的生产委员。他不仅领导全庄三个生产分队，把土地耕作得很好，保证了稻田的丰收；而且从没有因为工作耽误了参加田间劳动。他把开会、计划工作、整理庄员的劳动账目等等一切工作，都放到劳动过后的夜晚。他在农庄的任何公共劳动中，都比别人做得更多、更好。去年秋天，农庄买来十口巴克夏种猪。因为庄员们墨守过去旧的饲养方法，也因为田间劳动疲劳，很多人都不愿参加建筑猪舍的劳动。他以身作则，首先动手修建猪舍，带动庄员们也参加进来了。他这种忘我的辛勤劳动，在群众中树立起光荣的榜样。庄员们谈起他们的生产委员时，都衷心地拥护和赞佩："孙景道担负着那么多工作，劳动日做得比谁都多。"一九五一年他共作了二百六十八个劳动日，是全庄最高的一个。

集体农庄的建立、发展和巩固过程，也是克服小农思想和私有观念的过程。根据农庄支部书记李在根同志的经验，对农民进行这种教育，不仅在开始走向集体化的初期是必需的，就是在集体农庄成立以后，也是很重要的。他说："这是长期的工作。"一九五一年九月，大部分庄员已经有了两年集体化农业经济的生活之后，还曾发生过这样的事情：集体农庄在国家贷款帮助下，购买了四十六头耕牛。庄员们讨论如何使用和饲养耕牛问题时，不少人主张把牛分配给各户，"想在自己门前拴上一头大耕牛"。当然，这是农民私有观念的表现，是同集体农庄耕牛公有的原则不合的。农庄党组织从各个方面说明这样做的害处，并通过党员不要耕牛的模范行动，影响和说服群众。后来的事实证明，耕牛属于农庄公有，比属于庄员个人是好处更多的：饲养时，全部的耕牛，有两三个人就可以照管过来了；耕种时的效率比私人的耕牛效率更高出许多。现在，庄员们都说："耕牛还是属全庄公有更好些。要不，顾了喂牛顾不了下地，费工多啦！"

在进行广泛的政治工作同时，党和人民政府，给予农民的密切关怀和经济援助，也是使集体农庄迅速发展和日益巩固的重要因素。在共产党领导下的人民政府，几年来曾给予移来农场的农民，特别是对于组织起来进行集体化生产的集体农庄的农民，以经常的关怀和巨大的援助。除了像对移来农场的一般农民一样供给土地房屋外，还给予大量贷款。仅仅在一九五一年内，国家就贷给集体农庄一亿八千万元，为全体庄员建造起新的住宅，购买了四十多头耕牛和许多农具。

新型的农民

党领导农民创造了幸福的新生活，也培育着新的农民。爱劳动、爱集体、爱护公共财产和热爱我们伟大的祖国，已开始成为集体农庄庄员们新的特质了。

在旧社会里，在那人剥削人的封建时代的乡村里，农民间流传着这样一句话："一个和尚担水吃，两个和尚抬水吃，三个和尚没水吃。"——集体农庄那么多人，他们怎样生活在一起的呢？

这个集体农庄的庄员们，生活得很好，不仅没有发生"三个和尚没水吃"的事情，他们还把集体农庄变成了农民团结友爱的大家庭。农庄主席在谈到庄员们的劳动情形时说："劳动是出于自觉，庄员们在生产中没有偷懒耍滑的。"这个集体农庄是在换工互助、农业合作社的基础上一步步发展起来的；是农民们从自己的亲身经验里，认识了集体劳动会带给他们更幸福的生活以后，自觉自愿地组织起来的。庄员们知道：他们在集体生产中劳动得越好，生活也就越丰裕；他们的农庄越壮大，他们的利益也越增多。因此，每个庄员都把集体农庄的事情，看作是自己的事情。

在忙碌的打谷场上，一位脸上带着伤痕的老庄员，正在电力脱谷机旁紧张劳动。这就是从一九四八年搬到桦川水利农场来就一直单干，去年集体农庄成立时才参加集体农庄的姜东勋。不久前，他正在用脱谷机脱谷的时候，一不小心，挽在手上束稻禾的绳子，让脱谷机搅住了。脱谷机把他从这边摔到那边很远的地方去。他受了很重的伤：脸、眼摔破了，胳臂摔得不能动转。农庄管理委员会根据农庄的规定，让他休养五天，照样给他计算劳动日。可是，第三天姜东勋就又到打谷场上来了。庄员们都劝他回去休养，农庄主席也批评他不该忽视自己的身体。他感谢大家对他的关心，但却坚持自己的意见："心烦比伤疼还难受。我在家闷不住，让我干点轻便活吧！"他就又站在那"轰轰"转动的脱谷机旁了。

去年夏天，稻田除过最后一遍草后，庄员们利用这短暂的"农闲"时间，转入割草、打柴、建筑本庄小学校舍的紧张劳动中。经过庄员们精心侍弄的稻禾，在热烈的夏日阳光照耀下，是生长得很快的。不几天，稻花的清香便随风飘荡在草原上了。正在草原上割草打柴的姜敬孝，闻到那沁人心肺的清香，便想起那正在成熟的稻子："又到野鸭糟害稻田的季节了。"第二天早晨，天蒙蒙亮，姜敬孝不告诉别人，便自己到稻田里去查看。果然，成群的野鸭，正在稻田里"咯咯""呀呀"地喧闹着，成串地吞掳着稻穗。姜敬孝就和野鸭斗争起来：他吓跑东群，又去驱散西群，撵走北群，又去追赶南群。他赶完野鸭回家吃早饭的时候，累得浑身大汗，精疲力竭。但他一声不响，吃过早饭就像平常一样同生产组的人到草原上去割柴。第二天早晨他又早早地到稻田里。野鸭更多了，姜敬孝更加狠狠地驱逐它们。随着稻子的成熟，野鸭一天比一天更猖狂了，一个人再难应付那些飞彼落的野鸭群。第三天早晨，姜敬孝从稻田里回来后，不得不把这严重的鸭害情况，报告给农庄主席，农庄主席立时接受他的建议，加强了稻田的防害工作。

像爱护自己一样地无微不至地珍爱公共财产和全农庄的利益，已成为庄员们新的道德标准。晚上收工后，打谷场上总有不少人自动留在后边，清扫场院，把每一件农具都收拾得妥妥帖帖。那位会机电工程的、一只手的庄员郑求兴，到佳木斯市购买制米机上的零件，往返八十里，回来后不休息，连夜把电力制米机安装起来。这样的事体是说不完的。"每人为大家，大家为每人"，从哪一个庄员身上都可以找到爱劳动、爱集体、爱护公共财产的新品质。

在党和人民政府的教育和关怀下，获得了丰裕生活，踏上了进往人类最幸福的道路的集体农庄的农民，是热爱我们伟大的祖国的。他们说："只有在这样的国家，我们农民才能得到幸福。"一九五一年六月，抗美援朝总会号召全国人民增加生产，捐献飞机、大炮，支援中国人民志愿军时，集体农庄的庄员们决定：每公顷土地增产七十斤稻子、五百斤稻草，捐献给志愿军。秋收后，他们共捐献了七千斤稻子、五万斤稻草。女庄员们还另从她们的副业收入中，捐献了一口三百斤的大肥猪和一百四十三个草袋子。庄员们知道，他们的幸福生活，是靠英勇的中国人民志愿军和人民解放军来保卫的，平常对于优待军人家属工作就做得很好。春节时，庄员们用五十四斤猪肉去慰劳第三农庄——他们的"故乡"的军属；用三十六斤猪肉，慰劳了本庄的九户军属。他们还向桦川水利农场中所有的军属写了祝贺信。

我在集体农庄采访时，住在庄员慎自成家里。每逢吃饭他就说起过去的穷困生活。有一次我插了话，和他谈起现在的生活来，我们谈得很多，很热闹。最后，他对着自己碗里盛着热腾腾的大米饭，下结论似的说："这全是共产党、毛主席给的啊！"一九四九年，金白山同志组织集体化耕作组时，他还不赞成，硬要按土地分粮；现在，他说："如今你看看，毛主席和人民政府只要一号召，咱庄员们没有一个不是马上照办的。"

新型的农民有新的生活方式。农庄有很好的民主管理制度，有自觉的纪律。这些新型的农民，已开始掌握批评和自我批评的武器作为自己进步的动力。

二月下旬，集体农庄主席连续召开了几个夜晚的庄员大会，向庄员们报告附近农村的农民要求参加集体农庄的情形，并请庄员大会讨论批准。吸收新庄员的事情是和集体农庄的发展、巩固有很大关系的，必须由庄员大会讨论通过才行，任何个人都不能自作主张。庄员大会是集体农庄最高的权力机关，它要选举集体农庄的主席和管理委员会的委员，要讨论和批准农庄的生产计划；拟定庄员的工作标准和工作报酬；审查农庄财政开支和批准预算；听取管理委员会和主席的工作报告同总结等等。总之，集体农庄里一切重要的事情都要经庄员大会讨论批准，才能实行。这个集体农庄的章程上规定：每一个农业季节终了和开头，都要举行庄员大会，听取上一季节的工作总结和下季的工作计划。因为集体农庄成立不久，各方面工作都是初创，需要庄员们讨论决定的问题特别多，一九五一年共召开过三十多次庄员大会，平均十天就举行了一次庄员大会。

管理委员会是执行庄员大会决议的日常工作机关，庄员大会的主席也就是管理委员会的主席。管理委员会有主席、副主席、生产委员、文化教育委员、财粮会计委员等，分工负责管理日常工作。主席、副主席和财粮委员是脱离生产不参加田间劳动的；他们的报酬，按照中等劳动力计算劳动日，秋后和庄员们一样，按照劳动日的"值"得到应得的报酬。在一个三十六户的集体农庄里，三个脱离生产的工作人员是否太多了？详细访问以后，知道这是不算太多的。集体农庄里是把过去每个农户需要自己筹办、安排的事情，像准备农具、种子、喂养耕牛、缴纳公粮等等，都由管理委员会集中管理起来。难怪庄员们谈起他们那自由自在的新生活时，总是炫耀地说："从田里回来，愿意休息就休息，愿意看书就看书，随你的意，什么难事也不来麻烦你。"如果计算一下三十六户个体农民在这方面花费的时间，是远比三个人多得多的。当然，随着集体农庄的发展和工作进步，脱离生产的专业干部是还可以减少的。一九五二年这个集体农庄庄员由原来的三十六户扩大到六十户后，专业干部还是三个人，并不增加。

因为农庄里一切重要事情，都是经过庄员们讨论决定的，因为农庄的干部都是庄员们直接选举的，所以庄员们都把农庄的事情看成自己的事情，对于整个农庄的工作,都自动自愿地做。就是有个别庄员违犯决议时,不仅管理委员会的干部会劝告他,庄员们也会批评他。像去年春天,庄员们本来已经决定,下地时由生产委员敲钟为号;但女庄员崔明淑总是迟到,有时生产委员去她家叫她才来。庄员们对她提出批评后,她就改正了。现在,工作上的制度和纪律,已不再被庄员们觉得是拘束,而成为他们的生活和工作的习惯了。

(1952年3月24日)

他从乡下来
——建设鞍山的人们之一

陆 灏

李有财第一次来到鞍山的时候,他有好几夜都睡不着。在乡下过日子,梦想不到咱们的鞍山,是这样大,这样好看,这样稀罕。

在鞍山周围几十里路的地方,成百个烟囱所喷吐着的各色的烟,有时把太阳也遮蔽住了。矗立在空中的冷却塔所冒的热气,就像一大块一大块云彩似的冉冉上升。到晚上,鞍山的天空被熔炼钢铁的火光燃烧得半边通红。李有财到了鞍山以后,常常一个人站在钢铁公司门口的柏油马路上,看着这些奇怪的景象。除此以外,还特别引起他兴趣的,是他有几次看到在公司门口进进出出的川流不息的人群。他们很多都穿着新衣服,很多人骑着耀眼的新自行车,有的还坐着舒适的吉斯式的大汽车。他问他的表侄做什么的?表侄告诉他:"他们都是工人。"

李有财来了一趟鞍山,他就爱上了鞍山。他觉得在乡下过日子,和过去比,当然已经好得多了,过去一分地也没有,现在已分到了二十亩地。但他一看见鞍山,他看到了他自己过去梦想不到的地方,他对自己原来的生活就感到不满足了,当他特别知道了在这里所生产出来的钢铁,将为我们祖国制造出数量庞大的铁轨,以及火车、汽车、拖拉机等不可缺少的材料,他就开始念念不忘地很想到这个城市里来做一个工人。

一九五二年夏天鞍山开始大规模建设的时候,他的愿望终于实现了,他和很多从农村里来的农民一样,在鞍山大型工地得到了当一名混凝土工人的工作。

李有财开始当工人,什么事儿也觉得新奇。那万能装卸车,一车就能装几千斤洋灰,不但驮着到处跑,而且还能自己卸下来。几万斤重的物件,起重机要吊到哪儿,就吊到哪儿,像老鹰抓小鸡似的。混凝土工人在"基础"里工作,公家还给发手套,发给新的帆布工作服和长筒的胶鞋。说来也带劲,一个月的工资，能买一头挺壮实的小毛驴，这比种地，可真强多了。但是，在李有财的心里，也有别扭的地方，譬如，吃饭要排队买票，不如在家里炕头上一坐，老婆就把饭端上来了。有时刮风下雨，也不能蹲在家里，还得来上班。李有财当了工人，他虽然是按照着工人的规矩进行工作，但有时仍不免有些旧东西，还在他的脑子里作怪。

有一次，下班的时候，李有财的肩上，一前一后，挎着一双买了不久的球鞋，他的脚上拖着那双工作时穿的肥大的长筒胶鞋，准备回家去。恰巧刚走上马路，就碰见了支部书记，支部书记看见他这种走路的样子，两只眼睛就很自然地落在他的脚上。他说："李有财，你怎么把自己的鞋子挎在肩上，穿了公家的胶鞋回家呢？"

李有财这时候是非常尴尬的，他无法回答支部书记向他提出的问题。

支部书记毫不留情地接着说："家里的锅台坏了，门坏了，谁也知道会换一块砖，钉一个洋钉。自己的球鞋穿得偏了一点，也知道到街上去粘个后跟，为什么对公家的胶鞋就不这样爱惜呢？"这些话刚说完，支部书记就急急忙忙被队部的人叫去开会了。而魁梧的李有财却愣在那儿，满脸通红，他坐下来，慢慢地换上了他的新球鞋。

李有财在混凝土队的这些日子里，他常常听支部书记一说话就是：我们工人阶级应该怎样怎样。他开始听不懂，但日子稍久一些，他就觉得支部书记说的话就不大简单了。本来在乡下自己觉得懂事情不少的李有财，在这里自己有些地方总觉得有些差劲。在那些工程紧张的日子里，他看见那个瘦瘦的支部书记根本就不回家睡觉，他在那个刮风有风、下雨透雨的席棚里，把蓑衣往高低不平的工具上一铺，就算是他黑夜睡觉的地方。有时候，干脆就坐在"基础"旁边，合一合眼。有一次半夜下大雨，支部书记为了洋灰不被雨水浇着，在漆黑的夜里，不管雨水浇得他眼睛也睁不开，他动员大家找木杆，找席子，搭棚。他是个近视眼，还戴着眼镜，摔下去，爬起来，他一切都不顾，还爬上那在大风雨里摇摇摆摆的木杆去盖席子。工人们在浇灌洋灰的时候，有一个叫郝金明的，发现有一个地方的木模流出灰浆来，一看没有法子办，唰一下把自己的单衣脱下来，堵住了灰浆，后来领导上表扬了他，他说："灰浆像人身上血，为了百年大计，不影响质量，这是工人阶级的本分，没有什么可说的。"这些事情给李有财很有刺激，他想，别人为了工作，命也不要似的，什么苦也受得了，自己有时候因为开个会，晚回去一会儿，心里就不痛快。别人为了保证质量，自己的衣服也不管了，自己见了地上的洋钉、铁丝，看也不看，这怎么能像个工人阶级呢？

"工人阶级"这四个字，在李有财的身上聚结着它的力量。在十八号"基础"上发生的事情，证明了李有财的确是在迈步前进了。

十八号"基础"的混凝土工程已经到临近尾声的阶段，下面的底座已经打好，上面是接着打小墙，打好小墙以后，十八号"基础"就可以算完工了。

李有财这一夜正被分配在这个"基础"上打小墙，他正在紧张捣固的时候，他发现捣固下去的石子，由于缺少灰浆，有些发干，他看了看吊车里送来的洋灰，灰浆是稠一些，但不像"基础"里的洋灰那种样子。他是懂得灰浆少了，剩下石子，就像一个人只有骨头没有血一样，这是会影响工程质量的。这时间，天已经黑了，浅淡的灯光使"基础"里有很多地方陷在黑暗中，他无法知道毛病究竟是在什么地方。

一会儿，他发现"基础"里的石子好像更干了些，他看了看木模旁边的"基础"，有两公尺多深，里面顶满了木条，人下去后只能侧着身子移动。李有财毫不踌躇地钻了下去，他有时是慢慢地爬着走，有时蜷成一团，一寸一寸地往前爬，"基础"底下，黑糊糊地，什么也看不见，他只好顺着木模板接岔的地方用手去摸。一摸，那木模板底下，高低不平，有的钢筋和混凝土都露在外边，木板下边，流满了稀薄的灰浆。李有财用手伸进木板的底下，灰浆正从这些地方直流下来。根据他这短短的几个月在混凝土队工作的经验，知道灰浆留不住，里头难免发生蜂窝、狗洞。李有财迅速地从"基础"里爬上来，找到了领工员侯宝生，李有财把刚才"基础"底下发生的事情，从头到尾说了一遍。最后，他担心地说："这儿漏灰，就不能保证质量了，赶快得想办法。"

但是，那位穿得干干净净的侯宝生的反应是很冷淡的。他说："这没有什么，不要紧。"

"这怎么不要紧呢？灰浆都快漏完了。"

"我说不要紧就不要紧，你知道什么，你赶快去干你的工作。"

明明有事，领工员却说没有事，这把一个经验不足的混凝土工人弄糊涂了，李有财无可奈何地走回原来捣鼓的地方。他想：操作规程明明是这样说的，石子要是没有了灰浆，这就不成混凝土了，这怎么会没有事儿呢？

这时候，李有财的脚虽然还在使劲踩洋灰，手还在捣鼓，但他的心却是不安定得很。他越想，这个道理越解不开，他没有办法再使自己照常工作下去。

他又钻到"基础"里去，他的衣服虽然湿了，脸上虽然挂着豆大的汗珠，手指头因为刚才长久地浸在洋灰浆里，都起了白泡，有的地方皮也破了，洋灰粘在鲜红的肉上，一直疼到心里。李有财忍住了痛苦，他爬下去以后，用他的手继续伸入灰浆里，并且咬住牙，靠着木模用力地向上伸进去，他的已经破了的手指头触及坚硬的石头，疼得人都哆嗦，但他不顾一切地向里头掏，终于摸着了那快要凝固的洋灰，真的有狗洞，大的竟有脑袋那么大。他想：我们在上头打洋灰，但下面却是空的，洋灰上面将来要安装大机器，这不是在哄自己吗？

李有财急忙又去找到了领工员侯宝生，李有财有些急了，他把一切告诉了侯宝生以后说："眼瞅这事情坏了，别再在这'基础'上倒洋灰了。"

那洋灰搅拌厂送来的洋灰，吊车正在呜呜地一斗一斗运送过来，继续倾泻在"基础"上。

侯宝生看见李有财这种样子，觉得太大惊小怪，他不耐烦地说："谁也不像你，叫你干，你就有病。"

"你去看看就知道了。"

"那没有关系，用不着看，你那么怕干什么。你怕，你到另一个地方去干。"

"为什么没有关系，下头是空的，弄好了，将来还得爆破重做，百年大计就成了一年小计了。我到另外一个地方干，问题也解决不了。"

侯宝生自知理短，他有些黏糊了，他不得已地跟着李有财到了那个出毛病的地方。接着，李有财又艰难地钻到"基础"下边。在黑暗中，他仰着头对侯宝生说："你下来看看，你就知道这个毛病多大了。"

侯宝生站在"基础"的边上，他说："你想想办法就算了。"

"我有什么办法，我自己能干就用不着找你了。"

"你用手塞一塞也可以。"

"灰浆又不是棉花，你说怎么塞。"李有财大声地说："你不好下来看看吗？这里又没有挂杀人刀，你为什么不下来。"

只听见侯宝生在上头咿咿呀呀，不知说些什么。反正他没有下来，也看不到下面的情形。这时候，技术员潘殿松正走到十八号"基础"上来。

李有财因为和侯宝生争论没有结果，他从"基础"底下又爬上来，正看见潘殿松，他把这件事情讲给潘殿松听，小潘听了以后，马上随着李有财钻到基础底下去。他们从北往南，边摸边走，越往南，窟窿越大。情况是很严重的。

　　潘殿松上来以后,已快到半夜了,他立刻打了个电话给工地总工程师。总工程师已经睡觉了,他听了这个报告,马上就到了现场,让木工拆开木板,用电筒一照,果然是一个一个大窟窿,有的地方甚至是空的,有的地方用脚一踩,石子就酥酥地掉下来。

　　这时候,已经没有别的办法可以补救了,只有集中更多的混凝土工人,把已经灌上的洋灰,全部打掉。李有财忘记了他的手指头上皮破血流的痛苦,他不声不响,他在这个"基础"的小墙返工工程中,仍然是最积极的一个。

　　只有侯宝生一个人,他僵硬地站在"基础"上,动也不动,一直好像在发呆,嘴里喃喃地说:"这怎么会是真的?这怎么会是真的?"

(1953年3月5日)

一个代表的产生

张 潮 马超卿

直到第三天晚上,全村四个选民小组的酝酿会,还是跟头天晚上一样,坚持着只提这两名乡人民代表候选人——查聪敏、阮生财。

按照全村人口比例,潼关县北东村本来也能提三名候选人,小组长们在每次散会前,反复叮咛大家"再考虑考虑""不能漏掉好人"。其实呢?慢说大家,就连小组长们心里也有个底底。小小一个堡子里,不过二十七户人家,老老少少一百二十一个人,有选举权和被选举权的人只有七十二名。几辈子生死苦乐在一起,解放后全村又一连三年在互助组里做活。谁对谁的底细,就好比熟悉自己的手纹那样,条条分明。还有谁能比得上这两个好后生?查聪敏是共产党员,又是乡人民政府委员、互助组长、宣传员;阮生财是全村五个互助组的大组长(联组组长)。两个人又都年轻、踏实、谦虚。前两个晚上酝酿时,选民们话不停点,夸这两个人是北东村的"出将入相"、"一唱一和",把全村领上了互助合作的道路,把全村的产量从解放前的两百石提高到现在的四百石,单看这几天,两个人又带领五个互助组,向全乡提出锄麦竞赛,保证在选举大会以前锄完麦地。

"一对好配手,咱就只看上这两个,瞅不上第三个了。"四个小组,一个结论。

可是,这一晚,小组长们似乎故意不理会这种情况,又一次提出了"再考虑考虑"。

酝酿会就变得很沉闷了,连最爱说笑、最爱争论的第二小组这时也没人吭声,有的人蹲在屋角里,发出了不耐烦的哼鼻声。倒是平常很少发言的张老汉,慢腾腾地站起来,眯着眼睛,看看大家,又看看小组长,问道:

"怎办啦?提不出第三个,这两个可又怎办?大伙都说看上这两个,可总不能两个都选上吧?"

"对!"小组长拿笔记本敲敲手掌说:"咱村只能选一个。"

这一提，可又提起了大家的精神，屋里低声细气吵嚷开了。女宣传员朱秀英停住了手里的线拐子，对另一个妇女说："哎，可不，前两天咱心思光在提两名提三名那圈子里打转，还没来得及想这两名里头选谁？"

青年互助组员亢平安，平时话不让人，直进直出，这回却显得比老人们还老成，他一直背靠墙站着，好久没声张，偷偷乜着大家动静。听见朱秀英的声音，便笑着逗她："你们有啥好主意？说给大伙听听。"

妇女们低下头笑了。朱秀英口快，顶上去说："两个都好，聪敏好，生财也好！"

"好都好，总不会一个半斤，一个八两。"亢平安截住了她。

"你倒给称个高低，比个上下！"

亢平安没提防朱秀英抢上了前，愣了一愣，袖起两手，避开了对方的话锋："众人是杆称，斤两称分明，要比大伙来比。"

"对，比一比！"大家一声附和，蹲着的人一个个站起来了。

亢平安生怕别人占了上风，连忙推开挡在他面前的人，挤到小组长跟前，抢先高声说："咱村还没提出候选人，咱就拿定主意选聪敏。"

话没落点，有些人就发出轻轻的笑声，表示满意。

可是有人马上应战，这人便是朱福堂老汉。朱福堂平时说话稳重，不爱领头出主意。这回却毫不含糊地表示："各人心里有底，咱选生财。"

也有些人在一旁连连点头。

往下就是两个人各讲自己的理由。谁也不让谁，可又话不交锋。亢平安讲的是查聪敏怎样推广碧蚂一号麦种、提倡施用化学肥料、发动爱国储棉、推动爱国储蓄、带头卖余粮、宣传婚姻法，等等；朱福堂讲的是阮生财怎样领导互助组、带头防旱挖潭、黑夜巡地防霜、检查送公粮，等等。两个人讲的件件是实情，句句不含糊。一个讲完，大家点头，一个说毕，人人称是；可是临到比高低、称斤两，两个里头选哪个，却又分成三伙伙，两伙旗鼓相当，一伙犹豫不决，为数却也不少。

这犹豫不决的一伙里头，也是些好心肠人，实心实意爱这两个候选人，不忍挑剔谁的短处，现在眼看双方要比高低，称斤两，担心会"伤面情"，便有人主张把这两个候选人提上去，让乡选举委员会去拿主意，挑一个正式候选人，发榜公布，然后开会选举。这个提议立即被许多人顶了回去。

"不成！毛主席给了咱'印把子'，让咱人民当家作主，咱自己为啥不拿主意！"

"这叫'粗筛子筛了细筛子过，细筛子过了箩子过'，为的好人里头选好人吆，又不为的给谁涂红抹黑。"

"好比两个领路人，走路也有个快慢，选个走得慢的人领路，就少不得耽误点路程，你说是不是？"

大伙你一言，我一语，把这些"好心肠人"说得眉开眼笑。

跟着——第四天晚上，四个选民小组把这两个候选人的几年事迹算了一笔细账。白天，有些互助组员已经在锄麦、送粪的时候回忆了一番，对证了一遍，双方也交换了一些意见。待到上灯开会，就先比两个人的长处，比过爱国比生产，比过生产比公正。往细处比，查聪敏的长处有八条，阮生财的长处倒有九条；往大处比，查聪敏却又赶过了阮生财，四个选民小组都提到了村里的一个大变化：往年，村里种的全是本地老麦种，一亩只收七八斗，前年政府推广碧蚂一号，给村里贷放了六百斤，可是那时没人敢要，老年人说："咱村也种过美国大颗麦，可不长颗颗，碧蚂一号颗颗大，怕也打不下多少。"那时，就连阮生财也还拿不定主意；查聪敏却领导他的互助组带头试种了三百斤，他说："听咱政府的话，保险没错！"他又宣传了别处种了碧蚂一号增产的事实，打消了大伙的顾虑，夏收后一比，种了碧蚂一号的，果然每亩比老麦种多打三四斗，去年潼关县夏收评比，北东村是乙等丰产村，查聪敏组是丰产组，今年全村就都换上了碧蚂一号。堡子四面那片麦色，实在教人眼花，老年人都说一辈子没见过。

比到这里，第二选民小组有些犹豫不决的人，眼色开始闪光，倒是有些原先站在朱福堂一边的人，反而变得犹豫起来了。

可是，阮生财互助组里有些组员不服气，他们要"再比比短处"，说聪敏自己的生产比不上生财，有时溜溜达达，多少误点工，多亏有他爹顶住，才没碍大事；生财可就实受得多了。这一层，尽管有人争辩，多数人却认为说得有理，这时又有人"乘胜追击"，说阮生财关心互助组也比查聪敏具体周到，跟着举了一个例子：去年阮生财组里有些组员要修理房屋农具缺木料，阮生财便把联组里的一些木板赊给了这些组员，解决了他们的困难。

沉默了好一阵的亢平安，这时突然跳了起来："不提木板咱倒一时想不起，提起来，咱还有意见哩！咱要问一问，这卖木板的事，生财先在联组里通过了没？"

"没！"

"现在钱还没收起哩！"

亢平安拍一下腿说："对呃！木板是咱联组大伙的，生财他有啥权利没通过联组就卖给他们？为啥到现在还没把钱收起？"

"哼！那是他讲面情！"

"偏心自己的组！"

"不民主呃！"

许多人又是你一言，我一语地吵嚷起来，阮生财组的人冷不防这一着，又没理分辩，互相咕咕哝哝，从脸色上看，多少还有点不服输。

这时，女宣传员朱秀英手里的线拐子又不动弹了。她呆呆地望着大伙，心里却在打咕咚——她正在集中心思回忆一件事情：去年卖余粮正搞得热火的时候，有一天夜里，阮生财进了她家院子，跟她公公张金财低声交谈，跟着，她看见公公在粮仓里量麦子，阮生财却送来了一袋豆子。当时她正忙着宣传总路线，也没料到阮生财会有啥问题。后来无意中才听见家里人说，阮生财拿豆子换走了二百斤麦，她公公把豆子卖给了国家。

朱秀英越想心越跳，想起当时她也打算把这件事揭出来，可是公公的尊严伤不得；一想自己是宣传员，又是一个干部家属，不揭发这件事，也像自己脸上给抹上了一把黑。就这样，心里一直斗争到现在。现在呢？她再也不能按捺了，她避开众人吃惊的眼光，一口气把这件事大声讲完，还附带批评了自己不该隐瞒着这件事。讲毕，她才偷偷瞥了一眼蹲在墙边的公公，这位老人吊着脸，神情不安。

会场却一下紧张起来了。

亢平安这时反而平心静气说："生财这件事过去没人知道，聪敏这件事大家总该看得真。年时购粮刚开头，聪敏家里失了火，烧了三间房子，七八口子挤在旧上房里，他爷爷都受了震，饭食不进。聪敏真是好样的，第一个报了大数目——五百斤，往后又加到七百五十斤。今年他还得驮点红薯来调剂着吃哩。哦，对，那时又是他的小子快满月，一家都打算做'满月'，叫聪敏挡住了，他说：'节省下些粮食，多卖点给国家。'把他爷爷也说得舒过气来了。往后聪敏又一天不落脚地向大家宣传总路线，还说服余粮户朱喜奎卖了五百斤，张金财卖了三百多斤，这一下全村就卖开了，超过了原来卖粮计划，聪敏他有大功劳。可是生财——"亢平安说到这里，就平不下心，静不下气了。"他不为别的，就，就，就为了自己吃得好些。这就完啦！"

这一晚，选民们情绪又起了变化。瞧，就连原先主张选阮生财的一伙人，这时也站起来心服口服地说："这一比，到底比出高低了，怪咱头脑不灵清。

瞧，几天来一直用"父不夸子，妻不夸夫"的态度来躲避发言的聪敏的爹，这时也放弃了"把票投给阮生财"的念头。瞧，跟阮生财结婚不满三天，还穿着大红袄裤就来参加酝酿会的新媳妇，前两天还坦率地夸奖着丈夫，这时也改变了主意，要选查聪敏。

　　第二小组这晚上细算细比的结果，马上在其他三个小组里传开了，全村选民的心里有了一致的底底。乡选举委员会就根据选民们酝酿的情况，和有关单位商量后，决定查聪敏为北东村正式候选人。最后又发动选民们讨论了一次。村里的人还看到查聪敏和阮生财两个人蹲在一起，高兴地商量着怎样争取锄麦竞赛胜利，又听见阮生财笑着对查聪敏说："咱缺点很多，一定要多向你学习。"那几天，阮生财不停脚地跑来跑去，指挥着别人搭扎彩棚、布置会场。看着这些情景，全村的人也满心喜欢。到了三月十八日开选举大会，七十多位选民心安理得地全投了查聪敏的票。

（1954年4月2日）

六亿人民心花开

袁水拍

代表们走进了会场，坐上最高国家权力机关的席位。

他们从车床边来，从田地里来，从矿井来，从海岸的防哨来。放下钳子，放下犁把，放下镐头，放下笔杆、圆规……同他们所爱戴的党和政府的领导人们一起、商量着国家的大事。

他们当中有很多是对人民革命事业有杰出贡献的人，有很多是各个民主党派、各个民主阶层的代表者，他们是六亿人民的共同意志的表达者。

这里有亲历近代中国政治风涛的白发老人，这里有在新时代成长起来、刚到选举年龄的先进青年。

他们来自中国的每一个省份，来自绿色的海滨，来自内蒙古的草原，来自拔海五千公尺以上的西藏高原，来自昆仑山雪峰下的绿州，来自西南边陲的云贵高原。他们是哈萨克、维吾尔、彝、苗、僮……族的代表。他们穿着鲜艳的节日的盛装。

飞越了太平洋、印度洋……的浪涛，他们来到祖国。他们是侨居南洋、欧洲、非洲……的祖国同胞。

人民给了所有这些代表们以无上光荣，也付托给他们最重大的责任。他们脸上流露着兴奋和严肃的表情。

这会场曾经是人民政治协商会议第一届全体会议的会场，现在建筑得更加宏伟壮丽了。它使人联想到我们祖国，祖国的面貌五年来也有了巨大的改变。当时，我们的西南、西北还没有解放。现在我们已经快走完五年建设计划的第二个年头。我们在国际事务中的应得的地位，已经被世界上越来越多的人所肯定了。人民的团结加强了，人民民主制度也进一步地发展和巩固。

下午三时正，中华人民共和国第一届全国人民代表大会第一次会议开始了。

天安门前，北京的晴空里升起了光荣的国旗。

中国人民的最亲爱的领袖毛主席向大会致开幕词。他以坚定有力的声音宣告中国人民的总任务,他说的每一个字闪耀着真理的光辉,深深地打进每一个人的心坎。他们为他的每一句话鼓掌。

在全国各地,人们在收音机前倾听着。

也倾听着刘少奇代表关于宪法草案的报告。

是的,代表们就要在这会场上制定为一百多年来无数志士仁人所梦想、为六亿人民所渴望的宪法。

他们代表着全体人民,来到这里行使国家的最高权力。可是他们很多人的祖祖辈辈,曾经吞咽着眼泪过日子。很多人自己也曾经受尽苦难,直到解放的一天。

坐在这里的有杰出的农业劳动模范。从前他们连地主的院子也不敢经过,要绕着路走。他们从来也跨不进任何一个衙门的门槛,除非是被捆绑着双手,可是现在他们以主人翁的身份走进了最高国家权力机关。

今天坐在主席台上的就有一个农民,他是山西省代表李顺达。他从前没有出过家乡的山沟,解放后才到了县里。他说:"过去国家大事哪捞得上管!"可是解放后他上北京,到苏联,现在更当选为全国人民代表。"过去,连梦也梦不到啊!"

五十七位当选为代表的农业劳动模范都有着类似山东省代表吕鸿宾的悲痛历史。解放前吕鸿宾一家因为没有吃的,投奔关外,回来的时候一家九口只剩下两口。解放后他当了农业生产合作社社长。他说:"这次庄里选到乡,乡里选到县,县里选到省,省里选到中央",真是不知道该怎样高兴。他抚摸着到北京后领到的全国人民代表当选证书。他那双从小当木匠、佃农的手结着厚厚的茧。也许为了有茧,不容易感觉;也许为了爱护证书的烫金皮面,他不用手心却用手指背轻轻地来回抚摸着那本证书。

九十八位工业劳动模范的故事也有着不少共同点。旅大市代表刘立富沉痛地诉说,他从小就当小贩学徒,卖过豆腐,十四岁就在码头上背豆饼,"挨皮鞭、挨木棒是家常便饭。可是现在,我们这些被瞧不起的人当了工厂的主人、国家的主人了!"

前些时,抚顺市代表张子富也愤怒地谈到解放前受煤矿把头压迫侮辱的事实。有一个把头规定他们每半个月轮番剃去半边头发。后来换了另一个把头,却规定他们每人都要剃去眉毛。都是为了容易辨认,不好逃掉。他说:"我父亲放羊,大爷放牛,自己放过猪,现在却得到了这样大的光荣。"

一百四十七位妇女代表更加兴奋。申纪兰这个山西的一个农林畜牧生产合作社副社长,从前像中国绝大多数妇女那样只是守着锅台,"大门不出,二门不迈",解放后翻了身,还出席过世界妇女大会。

上海市代表纺织女工裔式娟得到自己当选消息的那天晚上,刚好她上夜班,起先自己还不知道。走进车间,就有不少人来拉她的手,向她道喜。一个老年女工对她说:"你们虽则也受过苦,可是你们还不知道我们老年人受的苦有多深。到北京去,好啊!你代表我们全体女工投票吧!"

多少劳动人民,多少妇女,甚至连一个正式名字或者所谓"学名"也没有,到老还是用着爹娘在他们小时候呼唤的"阿狗""六孩""阿妹""小妹"……这些奶名。可是,就是这样的人,今天被选为全国人民代表大会的代表。

代表当中有三十四位是二十五岁以下的青年。全国闻名的郝建秀就是刚到选举年龄的青年之一。辽宁省代表煤矿工人谷发明今年二十四岁,他特别感激国家对青年的爱护。

黑龙江省代表星火集体农庄主席朝鲜族金白山的话,使人相信同样也表达了其他少数民族的心情。他说,只有在新社会少数民族才能享受到平等权利。他回想起过去日本帝国主义者不让他们说朝鲜话。现在他们的孩子却能进自己的学校,读朝鲜语文的课本。

代表着海外一千二百多万华侨的代表们的出席,充分表现了祖国对它的海外子女的深切关怀。他们长久以来受歧视受欺侮,现在他们也能够挺直身子抬着头走路了。第一次世界大战时出国的十二万华工之一的李广臣代表,到法国的时候才二十来岁,现在回国已是六十开外的白发老人。他无限兴奋地说,他看到的祖国已经完全变了样,人也变了样,青年们说的话他几乎听不懂了,他们受到了新的教育。

年老的代表们为他们能够亲见国家的转弱为强而快乐。这里坐着九十三岁的画家齐白石,八十七岁的华侨领袖司徒美堂……他们不能不有许多感慨。前些时,在她家里,七十七岁的华侨代表何香凝取出民国元年孙中山先生领导缔造的临时约法,指点上面载有人民应得的民主权利。她颤声说:"可是几十年来中国人民哪里得到过?从袁世凯到蒋介石,他们做尽了剥夺破坏人民权利的一切罪行。"

甘肃省代表张治中告诉记者他的感想:蒋介石心目中根本没有人民。"军政、训政、宪政",实际上是"军政"到底,打内战到底。反动统治的最后几年,为了欺骗人民,搞什么国民大会和选举,还不是他一个人独裁?但在中国共产党领导下,我们这次大会的召开,却是新中国人民民主制度的更进一步的巩固和发展。

广东省代表蔡廷锴记起了蒋介石搞伪"国大代表"选举的许多丑事。包办、收买、贿赂、你抢我夺……得不到手的人为了泄愤,把一口棺材抬进了伪"国大"会场!他说,现在是真正的民主,人民有了各项权利,这是中国开天辟地以来第一次。

张子富代表记得当年国民党在他们矿区搞伪"国大"选举。把头把矿工们的图章一个个收去,装了一大口袋。选出来的人就是打骂工人的特务。他愤愤地说:"他们拿我们自己的拳头打我们自己的眼!"

一千二百二十六位代表,代表全中国人民当家作主的意志,来行使国家的最高权力。

还在日本侵略者和蒋介石骑在中国人民身上的时候(一九四〇年),我们敬爱的领袖发出了光芒万丈的科学的预言,他说:"新中国航船的桅顶已经冒出地平线了……新中国是我们的。"

九年后,这条航船全身显现在一片霞光的东方大海上。新中国成立了。

十四年后的今天,这条航船,由人民掌着舵,向着更加光辉灿烂的航程前进。

那舵就是全体代表们将要制订的宪法。在讨论宪法草案的时候,辽宁省代表榨油工人李川江说,宪法是我们的工作指针。

好些代表们在代表组的讨论会上说,宪法是幸福的保证书。有一个农民代表说,它是共产党给人民找到的宝贝。有了它,可以保证过渡到幸福的社会主义社会。

山西省代表马六孩感到宪法的每一条都和他的切身利益有关。他七八岁就给煤窑上的父亲送饭,自己十来岁就背煤。解放前,他的孩子才九岁,也下了煤窑。一个哥哥给煤砸死,一个哥哥病了没钱医,十六岁就死了。四个妹妹生下来都被溺死。可是现在他家住了新房,过着幸福的日子。一家八口,五口上学。自己已有两个儿子、三个女子。几年来好几次上休养地去度假期。"过去哪谈得上劳动者有休息权?不休息也还要担心挨饿。"他曾经连续做过七个班,一连五十四小时在井下干活。失了业,到处流浪,还要过饭。

不少代表同军队代表王维福、抚顺市代表王崇伦、辽宁省代表韦玉玺说得一样。韦玉玺说,国民党的法是老百姓挨打的法。王维福说,过去的法律是剥削工具。

今天坐在主席台上的王崇伦曾经这样说,新中国的宪法是从人民群众当中,经过公开的讨论产生出来的宪法。"革命的老前辈们给我们打下江山,争来各项民主权利,我们要用宪法把每一项都固定下来,好好保持它们。我们要用实际行动,开展技术革新运动来保证宪法的实施。"带头遵守宪法是他们的共同誓愿。

代表们也为了大会将要办的另一件大喜事而兴奋着。许多代表异口同声地说,当群众欢送他们来北京的时候,都嘱咐他们要选举最亲爱的人来做自己国家的领袖。

军队代表王有根得到当选消息的时候,正在学校学习。许多同学和教师们来祝贺他,形成了一个座谈会。他们热情地说,最好在他投票的时候,也能把他们的名字签上。山西省代表曲耀离来北京的时候,拖拉机站上的人也来送,说千万要替他们也投一票。另一个山西省代表吴春安说,他动身的时候,社里的一个老社员,七十多岁了,特地奔跑过来招呼他,他还以为他要捎什么东西。可是老头儿说的,就是大家心里都有的那一句话。新疆省代表帕提汉·苏古尔巴也夫微笑地告诉记者,当他经过阿尔泰草地的时候,一个过去贫苦现在有了十几头牲口的哈族牧民握着他的手说不出话来,最后只说了一句:"一定要选他老人家啊!"

从珠穆朗玛峰到鸭绿江边,从塔里木盆地到珠江三角洲,六亿人民怀着同样的心愿。这是中国的大喜日!六亿人民心上开了花!

(1954年9月16日)

大陈在控诉

金　凤

二月十三日——大陈解放的第一天晚上,我们来到死寂的、荒凉的大陈岛上。

第二天清晨,我们到了大陈的岙里。这是一条沿着港口建起的街道,曾经是大陈最热闹的市区。

一千多年以前,大陈丰盛的产鱼区,就吸引了第一批最勇敢的渔民,过海到这里来打鱼。

一千多年以来,过海的渔民世世代代在这里撒网、打鱼。他们劈开岩石,开出荒地,沿着山腰,盖起一层层、一排排的房屋。青砖盖的屋顶,青石块砌的墙壁,木板做的楼房,从山上一直蜿蜒到海边。

港口,停泊过几百条渔船和商船。曾经有五六千人在这街镇上生活着。

现在,出现在我们面前的是怎样的一副景象啊!

一大片瓦砾场,余烬还在燃烧着;几十条残破的渔船,船底朝天,躺在岸上;沾满鱼鳞的船板,一片片散落在地上;一座座抢劫一空的石头墙壁,沉默地像骨头架子似的靠山兀立着。

仿佛瘟疫扫过这里,我们走进了一条没有声音的街道,只有我们几个人的皮鞋走在青石板上,发出空洞的回响。

这里曾经是杂货铺、油盐店、绸布店、鲜鱼行、文具店和药房、理发店和小饭馆……五六千人聚居、生活过的地方。几天以前,带着一小篓鱼虾的渔民,挑着一挑青菜的农民,曾在这里换回一些油和盐。

而现在,仿佛有一把看不见的铁扫帚,把这生活突然扫走了。

但是,生活顽强地留下自己的痕迹。

这里,烧黑了的石头和瓦砾堆中,还有几十个烧成半截的瓮罐。上百个碗整齐地叠在一起,扎碗的草绳已烧成了灰。这是供给每一家渔民和农民盆盆罐罐的陶器店的遗址。

在第二家的进门处，残立着一个炉灶。这是给那过路的生意人吃一顿便饭的小饭铺。

天上在下着蒙蒙的细雨。灰色的阴暗的天空，仿佛铅块似地直压下来。我的心比压着铅块还沉重。

一间几乎完整的小铁匠铺，奇迹似的兀立在这条破烂的荒凉的街上。

一间小小的房子，当门立着一座铁匠炉，打铁的榔头躺在地下。窗前一张工具桌，上面放着老虎钳、铁钳，下面堆着废铁。两边壁上挂满了锄头、镰刀、斧头、切菜刀、铁锁。这铺子年龄已经不小了，梁上的尘埃早已发黑，许多铁器也都生了锈。门板上两行粉笔字又引起了我们的注意：

"我是中国……"

"我们都是中……"

这是什么意思？为什么没有写完？他是来不及写完还是不能写完他的意思呢？

铁匠炉沉默着，不能够明白地表白自己意思的主人已经被劫走到一个更不能表达自己意思的地方去了。

在一家商人的门板上也小心地写着："我们家里出去，马上就回来。"

看来，任何深重的灾难压不住人民生活的意志。人民相信蒋贼军带给他们的这一场灾难会像瘟疫似的过去，他们深信自己是必然要回来的。

我们来到一个渔村。渔村也像大水冲洗过的一样。除了烧掉的房子，就只剩一些空壳了。

我们来到最大的渔村——南田。

在一个土场上，散放着三捆渔网。一个玻璃的球形抛锚灯，从黑色渔网中露了出来。在竹制的水筒上有红漆漆的"戴恒丰""戴益利"的名字。石头垒的短围墙上还晒着一双小红鞋和孩子的尿布，锅里留着半锅饭，桌上半碗鱼，一碗咸菜，孩子啃下的半个米粉团还用竹筷顶着。他们是在吃饭时被劫走的吗？走上吱吱发响的楼梯，楼上是两张板床和一张红漆已经剥落、颜色变黑了的大木床。上面还写着两句古老的诗句："式相好矣，宜其室家。"现在，古老的床的主人和他的家庭又在哪里呢？

在另一个小土场上，一张到处是洞的破鱼网还张开晒在石头上，一领蓑衣靠在旁边，下面写着"渔民林妙法"。林妙法的笠帽和雨鞋也放在旁边。仿佛他刚从海上归来，在门外脱下蓑衣，正在门前他的菜园里浇粪。菜园里三畦大蒜，五畦青菜，都长得碧油油的。粪桶的粪没有浇完，倒在地上。粪勺里还有半勺粪。他的破屋里板桌上放着两碗饭，盛着半碗海蜇。仿佛他的妻子正在等他吃饭。而劫走的灾难突然来到他的头上。

差不多每家还存在的房屋的锅里都有着饭或地瓜，没有洗的碗散放灶上，有的生面团刚刚和起，地瓜咬了一口，正在洗的衣服还浸在水里……灾难来到，他们甚至都来不及吃完最后一顿饭，就被刺刀逼着走了。

在一个大约三十公尺宽、一百公尺长的广场上，仿佛有谁从飞机上倒下一地的垃圾，到处是烂军衣、空罐头、破麻袋、大米、钢盔、帽子、胶鞋、干粮箱、女人用的梳子、破胡琴、吃剩的饭、臭肉……逃跑的蒋贼军看来是十分狼狈。五六百箱美国炮弹和子弹堆在码头上，旁边还有一大箱盖有"绝密"字样的美国军事教材。

大陈一万多居民都是从这里被拖到美国军舰上去的。他们是怎样被拖走的呢？在广场的左方，我们发现了一溜新土。广场是平整的土场，这一溜新土显得特别惹眼。新土两旁是十几个挖起的土坑，上面用芦席盖着。新土显然是从这些土坑里掘起来的。

我们沿着新土走去，走过十几公尺，就发现一只湿漉漉的渔民穿的黑裤裤脚，半截埋在泥里。我们用棒把它掘起。啊，一滩血迹！再掘下去是一件黑上衣，也染满了鲜血！

新土原来掩盖着血迹！从广场左侧中间开始，一直到交通沟，交通沟一直到大海。

这新土，这广场上的秘密是不难发现的。

据外国通讯社报道：美国海军陆战队特地从日本开到大陈来"协助撤退"。他们是到这里来指挥行凶的！

海军陆战队的机枪曾经架在这广场的周围，蒋贼军的刺刀逼着居民走上美国军舰。老百姓不愿意走，机枪扫射了，刺刀沾满血迹，鲜血洒在广场上，尸体沿着交涌沟一直埋到海洋。行凶的暴徒匆匆掘起了新土，掩盖着血迹！这些灭绝人性、用武力劫走全岛居民的美蒋军队，就是这样想杀人灭迹的！

但是他们到底灭不了迹。二月十四日的下午，我们在走向黄夫礁的路上，远远地看到大陈对面的一个小岛——下屿冒出白烟。第二天早晨，两个居民划着竹排到大陈。

当天下午，解放军的木船把其他三十九个居民一起运过来。他们是被蒋贼军在临逃跑以前流放到那小岛上的所谓"嫌疑分子"。他们之中，有渔民,有商人,有店员,有学生,有家庭妇女,有被我军解放回去的战俘;有六十三岁的老人,也有两岁的幼儿。他们控诉了美蒋军队劫夺大陈居民一万多人、制造"无人区"的罪行。一江山解放的第二天、大陈的蒋贼军就慌起来了。打铺盖的、背小包袱的,满街乱窜。

一月二十日早晨,伪"温岭县政府"就通知各保、各邻(甲)居民:十八岁到三十五岁的男女居民暂时不能走,要担任民防队,守卫大陈。三十六岁以上男女都到"警察局"去登记。

两天以后,通知又来了:不管男女老少,一概要走,统统要去登记。

各保的"指导员"天天召集居民开会"训话",欺骗着和恫吓着:

"你们不走,共产党来了要把你们都杀光!"

"台湾是宝岛,大米一年收三次,你们到台湾去,蒋总统管你们三个月饭,给你们有工做,有书念!"

"撤退没有问题,有美国大兵舰来接你们,你们放心好了。"

老百姓沉默着,他们划算着:世世辈辈住在这里,开起荒山,造起房屋,年年在这里撒网、打鱼,到台湾去吃什么?他们也不相信"共产党要杀光老百姓"的鬼话。他们不吭声,他们不愿到"宝岛"去。

"怎么,你们不识抬举?""指导员"的脸色变了。

"你们愿意留下来给共产党通消息?你们思想有问题!"

"哇"的一声,小孩哭起来了,妇女们也跟着哭。

"不许哭,回去好好想想,明天都来登记。"

峦里,"阳府庙"看庙的七十三岁的孤老头子,颤巍巍地咕哝着:

"我年纪这一把了,没有儿没有女的,到台湾去干什么?死了以后,这一把骨头也没有人给我搬回来。"

"怎么,老头子,你不去?""指导员"的眼睛瞪了起来,老头子被抓去,关了两天。

黄夫礁渔民马仙产的八十二岁的老母亲是决意不去的了。

"我死也死在家里,关起我也不怕!"老婆婆说得很坚决。

"倒不要你死,要你的孙子替你这老东西死!""指导员"狞笑着。

马老婆婆三个儿子,只有两个孙子。她被吓着了,流下泪来。

尽管如此,还是有人悄悄地打算着不走。

黄夫礁的渔民王学鉴,在大陈住了六代了。他在一九四九、一九五零年到过海门卖鱼,见过解放军。

"解放军来，勿会杀人的，我见过解放军，待老百姓真和气，哪像这些煞神！"老渔民悄悄地和他的三个儿子、三个儿媳、八个孙儿女讲着。他们一家十六口是打谱不走的了。

黄夫礁的"指导员"走了过来问他："王学鉴，台湾去不去？"

"我没有钞票，没有田，没有地，去台湾吃什么？"

"歪眼别嘴，躺在床上走不动的人都要去。这是刘司令的命令，你们想不去！""指导员"的嗓门提高了，老头子再不敢多说。

阴历大年夜，警察走来叫他儿子把他家小渔船撑到琅通门，黄夫礁的渔船都集中在那里。

蒋贼军在一旁监督着，叫渔民们一个个把船抬到山上。

逃跑的路截断了。

二月三日，"疏散规则"发下来了。邻长挨户通知着：

"走的时候，哭不行，眉头皱不行，要笑嘻嘻地喊'蒋总统万岁！'"

"每人只准带随身行李衣服。渔网不许带，违禁品不许带……"

王学鉴叹了一口气："到台湾去死路一条！"

当天晚上，他被一个警察捉了去，带到特务机关保密局的防空洞。在这里，他遇到了带着两岁女儿的妇女王香花、酱油店的老板陈正谊、运大商行的伙计苏炳林、做裁缝的郑楷梅、中学生王义才……他们都是不愿意到台湾去的。

二月五日，他们被送到了下屿。七日，他们看到美国兵舰开到大陈海面。他们知道他们的亲人，他们的儿子、女儿、母亲、父亲，正被押到那美国兵舰上，开到台湾去。他们隔着大海，望着大陈，放声痛哭着。

九日，十日，十一日，他们看到了大陈的火光。

"都烧起来了，烧起来了！"他们捶着自己的胸。

"这是一批什么样的野兽，什么样的畜生啊！"老渔民王学鉴愤愤地痛骂着。

这时候，海面扬起白帆。大陆上开出来的四十条左右的渔船已经来到大陈海面捕鱼了。

(1955年2月25日)

从万隆开始

吴文焘

不管黄昏时的阵阵急雨，亚非大街两旁伫立的群众屹立不动地等待着独立大厦的消息。这个消息终于来到了：亚非会议一致达成协议、胜利闭幕了。在晚风徐来中，云雾渐渐散去了。万隆在庆祝这有历史意义的一周的成就。

亚非会议的召开的确是一件十分重大的事情。这二十九个国家——占有三千一百多万平方公里的面积，有着十四亿人口，从大西洋到太平洋，从温带到热带和赤道地区，有着那样不同的社会制度和思想意识，那样不同的服装，那样不同的语言，代表着世界上那些最古老伟大的文化和传统……多少年来处在殖民主义者践踏下。而今，这个地区的代表们坐在一起讨论共同有关的问题，开始来用自己的手写作自己的历史，这自然是殖民主义者，特别是无孔不入的美国殖民主义者所不高兴的。

在没有到万隆以前，我就读到美国官方诅咒亚非会议，和准备对付亚非会议的步骤。来到万隆以后，我又听到比较正直的美国记者诉说那些假借新闻工作者名义、从国务院领了津贴来专事破坏工作的人们的种种丑事：从散布悲观气氛到导演所谓"土耳其斯坦"和"卡尔木克"请愿团，真是五花八门，不一而足。同时，正像印度尼西亚沙斯特罗阿米佐约总理在二十四日闭幕词中所说的：当四月十八日我们在第一次大会上见面时，我们中间很多人还是彼此不相识的……当时还有怀疑。我们真能——我们之中必定是不只一人地这样问自己——达到我们的目标，对于促进世界和平和合作上做出真正的贡献吗？我们的目标不是太高吗？各国在政治、社会和文化观上的如此不同，不会是对于这种贡献、甚至进行有效讨论的一种不可越过的障碍吗？

用不着奇怪，在二十九个与会国家中，意见是会有所不同的。尽管大多数亚非国家多年来有着共同的命运，但在帝国主义"分而治之"的政策下，就难免彼此间有了怀疑和隔膜。可是，经过七天的讨论，人们由意见的不一致中找寻出一致的基础；在求同存异的前提下，终于达成了各种协议。到了二十四日的下午,政治委员会最后通过了"关于促进世界和平和合作的宣言",亚非会议就完成了它的最重要的一项工作。

四月二十四日的下午,独立大厦会场的记者席上很早就挤满了人。直到傍晚这最后的一次会议才开始了。大会秘书长首先宣读了上四十个从全世界各个角落拍来的贺电,接着就宣读关于经济合作、文化合作、人权和自决、附属国人民问题和促进世界和平和合作等决议。当主席提出:"有没有人反对这些决议?"的问题时,全场掌声四起,十分热烈。四月二十五日的印度尼西亚《民族使者报》评论这个成就时说:"周恩来总理所表现的希望友好和避免不愉快的争论,对于这次历史意义的会议贡献不小。"该报指出:种种迹象表明,有人企图布置圈套以便使会议争论得不欢而散,结果却失败了。在闭幕会上许多代表讲话时,我注意到尼赫鲁总理、吴努总理……显然对会议的达到一致协议表示高兴。我觉得叙利亚代表的发言是很动人的。他说在联合国,他很少看到过全体一致的意见,而这次亚非会议的全体一致通过决议,表示亚非人民反对殖民主义和要求和平与合作的坚定意志。

这里的评论家们指出:在关于促进世界和平和合作宣言里的十条原则,实质上和中印、中缅总理联合声明中的五项原则相一致。

现在,出席会议的各国代表们正在准备行装要向万隆告别了。一般的舆论都认为万隆会议的成就是肯定的。周总理在闭幕会上的发言,已经对会议的成就作了正确的估计。

美帝国主义者不喜欢亚非会议的召开,但亚非会议顺利地召开并结束了。美帝国主义者想在会议里孤立中华人民共和国,而中华人民共和国代表团自始至终本着求同存异的精神努力争取会议成功的光明磊落的立场,博得了舆论界的欢迎和赞扬。事实证明,被孤立和受到打击的不是别人,正是害怕亚非会议有所成就的殖民主义者。

在公报里,万隆会议建议考虑召开下一次亚非会议,这是值得欢迎的。人民正期待着:从万隆开始,亚非国家和人民之间的友好合作将日益发展起来。

(1955 年 4 月 27 日)

鹰厦铁路纪行

商 恺

踏着红军走过的道路

在赣东南低丘陵地带。

太阳爬上了东方的山头,晨雾渐渐散去,信江岸上展现出一座用红色岩石建筑的市镇,在朝霞和绿树掩映下,更显得美丽多姿。这便是鹰厦铁路的起点——鹰潭。

鹰潭是一个古渡口,紧濒信江的南岸。鹰潭的背后,渡口的西边,有一座不太高的土山,名叫龙头山。它像只龙头一样伸进了静静的信江。信江猛地转了个弯,喧闹着向西北流去。年长日久,在江心旋成一个深不及底的水潭。龙头山上,古树参天,每日傍晚,成群的苍鹰在这里上下飞旋。鹰潭的名字,便是由此得来的。

鹰潭在二三十年前,是一个有两万人口的繁荣市镇,自从遭受了日本帝国主义一次浩劫,人口剩了不足五千,市面萧条了。

1945年冬天的一个早晨,满载铁道兵的列车,开到了鹰潭。这支英雄的筑路部队,在第三次国内革命战争的年代里,曾以"大军打到哪里,铁路就修到哪里"而自豪;在抗美援朝的战场上,冒着敌机的轰炸,保障了一支"打不断,炸不烂"的钢铁运输线。今天在和平建设的日子里,他们又接受了祖国交给的光荣任务——抢建鹰厦铁路。

鹰厦铁路从江西的鹰潭起,到福建东海前线的厦门止,全程近七百公里。它所通过的地区,远在第二次国内革命战争时期,便是革命根据地。毛泽东同志和他的战友们所带领的工农红军,就曾转战在这一带的山区里。这里的每一座山头,每一条溪流,都渗透着红军战士的血和汗,都印有红军战士的脚迹。二十年后的今天,英雄的铁道战士又在踏着当年红军走过的道路奋勇前进。他们一边施工,一边唱着:

红军越过的丛山峻岭，
铁道战士要把它凿通铺平；
红军涉过的河谷溪流，
铁道战士要架起桥梁让列车通行；
踏着红军走过的道路，
战胜困难，不畏艰苦，
让铁路像钢铁的臂膀，
从鹰潭早日伸到解放台湾的港口。

如今，铁道战士们的豪语，已经变成了现实。火车的汽笛声在震荡着祖国东南的山谷，不久之后，从鹰潭到厦门，满载土特产品、工业原料和建筑器材的列车，就会像穿梭一样地日夜奔驰。

穿过武夷山区

列车从鹰潭开出，沿着新路基向东南方向行驶。窗外是一抹葱绿的稻田，偶尔有三五成簇的农舍一闪而过。远处蓊郁的山坡上，吃草的黄色牛群在缓缓移动。这是一派迷人的江南景色。

列车穿过了几个小站，山峦渐渐增多起来，一支为群峰组成的武夷山脉，像座天然的屏风，横亘在闽赣界上。以险峻著称的铁牛关，紧紧地扼住了闽赣交通的咽喉，为自古以来兵家必争之地。一百年前，太平天国翼王石达开带领了三十万大军攻占了铁牛关，长驱直入福建。二十年前，中国工农红军也曾几度进出铁牛关，凭着这里的险峻地势，阻击过白匪军。现在，这里出现了一个接着一个的隧洞，其中最大的是大禾山隧洞，长达一千四百六十公尺。当列车在悦耳的音乐声中，平稳地通过这里的隧道群的时候，我不禁想起铁道兵副司令刘克大校讲过的关于提前打通大禾山隧道的故事：

"按照当时的施工进度计划，"刘克大校说，"大禾山隧洞必须在1956年7月完工，才能保证1957年年底全线通车。这里的岩石，全是普氏强度系数十五级以上的坚硬的花岗岩。1955年6月开始挖导坑，每天一端只能进一点七公尺，照这样下去，光开挖导坑，就要十四个月，就是说大禾山隧洞的进度将推迟全线完工的期限，而这是不能允许的。"怎么办呢？刘克大校继续叙述下去："就在这时候，优秀的共产党员上尉连长伊尚龙同志，首先改善了循环作业的组织，制定了严密的交接班制度，组织了各班之间的劳动竞赛，提高了爆炸效力，加速了装渣出渣工作，于是大禾山隧道的开挖进度迅速提高了，1955年7月份日进二点一三公尺，十月份日进三点五公尺，到1956年1月份，便提高到日进五点零八公尺，后来并出现了日进十九公尺的新纪录。大禾山隧洞终于在2月底全部完工，工程列车于三月五日通过了大禾山，较计划完工期限提前了五个月。大禾山隧洞的提前完工，对提前一年修通鹰厦路起了决定性的作用。"

如今，当列车通过这里的时候，还可以看到英雄的铁道战士在山崖上、石壁上留下的英雄诗句：

"任凭悬崖万丈高，也要削成地平川，头顶白云脚踏雾，半山腰里荡秋千，劳动热情似烈火，英雄战胜大禾山。"

火车开进了闽北山区

1956年夏天，在一个不可忘怀的日子里，汽笛一声长鸣，火车第一次开进了闽北山区。

闽北，群山起伏，峰峦重叠，从来就以"交通闭塞"著称。土特产品出不去，工业产品进不来。光泽县的陈家店，是一个偏僻的山村，货郎担一年也去不上一次，在那里一担稻谷换不到三尺布，抵不上五斤盐，许多农民只有"长年食淡"。到处流传着"海盐贵似金"的说法。

当铺轨工程列车第一次开进闽北山区的时候，沿线五十里以内的地区都沸腾起来了。爷爷抱着孙孙，母亲携着女儿，青年小伙子们打着彩旗，抱着鲜花，从几十里以外赶来欢迎火车。一个火热的场面展开了，锣鼓喧天，鞭炮齐鸣，老年农民被请上工程列车，铺轨大队的战士被群众高高地举了起来。彩旗和鲜花淹没了新铺的路轨，变成了一条彩龙。

闽北人民欢迎火车的心情是完全可以理解的。因为火车改变了人们的生活面貌。

过去，光泽城里只有县供销社的一个百货食品门市部，价格贵，货色又不全，至于要吃新鲜的水果，那比什么都困难。县贸易公司经理杨立祥同志讲了一个故事。他说："有一年，我们运来了一批香蕉。这批香蕉坐了船又坐汽车，最后用担子挑到了光泽城里。没有卖，就烂掉了一千多斤。后来，随卖随往垃圾箱里倒，没卖光就烂光了。就是这样的烂香蕉当时还要卖五角六分钱一斤哩。"其他商品也是这样，运价高，费时长，损耗又大。出售价格常常比实际价值高出一两倍以上。鹰厦铁路通车以后，情形就不同了。不要说别的，光远价就比过去降低了56%以上，估计将来正式营业后，运价还要降低。所以，光泽人民在过去吃不到的东西，现在吃到了，过去没有穿过的东西，现在穿到了。在百货商店和食品商店的玻璃柜里，我们看到：有广州的皮箱、杭州的大花软缎被面、上海的挑花毛毯、金华的火腿、山西汾酒、青岛啤酒和通化葡萄酒……在水果摊上，摆得更是琳琅满目，这里有：山东的鸭梨、东北的苹果，以及福建沿海一带出产的香蕉、菠萝、柚子和各种说不出名的水果。百货公司门市部的售货员说："百货商品已由过去的二三百种增加到三千多种了，还不能满足群众的要求呢。"根据他们的统计，今年二、三季度，仅仅胶鞋一项就卖了四千多双。

　　世世代代和外界隔绝的闽北山区人民，自从鹰厦铁路北段通车以后，常三五人结伴买票上车，到鹰潭或者南平玩上一天，住上一夜，再坐火车回来。光泽县小学教师在今年暑期，就曾组织了一个四十多人的旅行团，坐火车到杭州西湖，度过了一个愉快的暑期。其中有许多人都第一次出这山区，他们说："过去连做梦都不敢想的事情，现在变成现实了。"

（1956年12月10日）

人狗之间

潘 非

一幅推销狗饼干的广告写道:"松脆又耐嚼的饼干,正好适合狗的牙齿和胃口。饼干包含如下成分以增进健康:小麦、鱼肝油、肝、鱼、肉,以及富有营养的脂肪。"

在伦敦,说狗享受着比普通人高得多的尊敬,是并不过分的。除了狗饼干、狗罐头以外,还有专门给狗服用的"维他命"丸。

当狗啃着饼干、吞着补药的时候,英国的普通人正在消费着愈来愈多的人造奶油,用它来代替有营养的、真正的奶油。按人口平均计算,目前许多食品的消费量,比战前大大减少了(值得注意的是,战前的水平已经是很低的)。例如,水果降低6%,谷物制品降低8%。

一个工人的妻子海伦·马宁,向我倾诉过她的愁绪和烦恼。她说:"孩子们正在发育,他们应该吃一点水果。但是我买不起,橙子要四个半铜板一只!"

四个半铜板——这是微乎其微的数目。英国上流社会喂养着三百万条狗。绅士们在狗的吃食上花的钱,每年是四千万英镑。

围绕着养狗的乐趣,建立起了一门独特的行业。伦敦有九十八家出卖狗用品的商店,五家狗食品公司,一家狗制药公司,十四家狗理发店……。这还是个很不完整的统计。

有一种狗叫作"泼特尔"。泼特尔长着一身稠密的鬣毛,狗理发店就是为它服务的。理发师把它的背部、臀部的毛全部推光;对其他部分的毛加以细心地修剪;剃得光秃秃的尾巴的尖端,留下一撮绣球似的绒毛——这是目前最流行的样式。

我参观过牛津街附近的一家狗理发店。在那儿,"人"和"狗"的正常概念,已完全混淆。

泼特尔在理发以前,先要洗涤一下。这,有个很文雅的名称,叫作"香波"。（不幸的是，在英语里，人的洗头也叫"香波"。）在这之后，它们站在特制的桌子上，由理发师小心谨慎地伺侯着。电动的推子发出"得尔尔……"的声音，在泼特尔的脊梁上移动。看到那露出来的油腻腻、灰褐色的皮肉，我不禁打了个冷颤。

"它们多长时间来一次？半年？"我问得十分外行。

理发师用左手托起泼特尔的下巴，在它的嘴边嚓嚓几剪刀，就像在修饰一部威武的、绅士们的"仁丹胡"一样，然后转过脸来端详我几秒钟：

"嘿！那怎么能行。三个星期！"他拿起了一把雪亮的白钢指甲刀，开始为泼特尔修脚爪。

一个英国太太推进门来。她一声"哈罗"，一只泼特尔立刻窜上前去，跳着，呜呜地叫着。英国太太一边亲热地哼哼着"亲爱的，亲爱的……"，一边掏出三十个先令为它付账。

在伦敦，一个普通男子的理发费是：三个先令。

除了狗理发店，还有狗澡堂。走进这家澡堂的大门，是一间宽敞的房间。在这里，挂满了各式各样的狗的画像。澡堂老板打开一扇侧门，把我引进洗澡间。这儿装着白磁浴盆，冷、热水龙头，和一切可能利用的"物质文明"。浑身雪白、间有朵朵黑花的"达尔梅兴"，又矮又胖、好像一节腊肠似的"达克香"，身材高大、表情凶悍的"拳斗家"……这些不同品种的狗，一只又一只地从浴盆里被抱出来，由穿着白罩衣的姑娘给它们吹风。这家澡堂的广告上写着："浴后电气吹风，免致感染咳嗽。"

澡堂老板打开文件柜的抽屉，熟练地抽出几张卡片。这是马格累特公主（女皇的妹妹）的两只狗的"档案"，上面写着历次来这儿洗澡的日期和其他必要的记载。老板流露出得意的神色告诉我：

"不光是马格累特公主，艾登、女皇的母亲、格劳斯特伯爵……都是我们的老主顾。"

澡堂老板感到骄傲。我的感觉是："人"，这个高贵的称号，受到了最大的侮辱。

我记得，在东伦敦史坦伯尼区，三万户居民中，有二万二千八百多家没有洗澡间设备。他们只能烧一壶温水，站在只小洋铁盆里，把水从头到脚地浇下去。

我还记得，工人西姆斯向我诉苦：他的孩子从来没有睡过床。大孩子晚上睡在张破沙发里，小的就睡在婴儿车里。

但是，在出卖狗用品的商店橱窗里，却陈列有狗的床铺，狗穿的毛线背心、尼龙雨衣、帆布靴子，甚至还有狗的玩具。

人，享受不到应有的待遇。狗，却过着人一样的生活。

也许，把狗当作人，这是种"乐趣"。它已成为英国上流社会空洞的精神生活的一部分。牵着狗散步，抱着狗接吻，带着狗坐汽车兜风……

当英国的绅士和太太对这些也不再感兴趣时，一些更新奇的花样出来了。由《每日镜报》发起，"全国爱兽协会"举办的第二届禽兽宴，将在2月10日在伦敦举行。《每日镜报》几乎以一整版的地位，预告这一新闻。它写道：

"在大厅里，它们将在灿烂的灯光下坐着、站着，或者歇在栖木上，来举行这个壮丽的宴会。参加的有各种各样的爱兽。"

"这些爱兽将是主人。人，将是宾客——其中有很多著名人物。"

"狗、猫、鸟、羊、马、驴、短鼻鳄鱼，将和……最著名的人物共同进餐。"

《每日镜报》歌颂道："这将是个什么样的宴会呵！"

真的，这将是个什么样的"宴会"呢？

(1959年2月3日)

毛主席的好战士——雷锋

甄为民　佟希文　雷润明

> 每个人每时每刻都在写自己的历史。每个共产党员和共青团员都应好好地想一想,怎样来写自己的历史。……我要永远保持自己历史鲜红的颜色。
>
> ——摘自雷锋日记

在沈阳,在辽宁的每个城市,在中国人民解放军沈阳部队每个连队里,人们都在谈论着一个普通战士的名字——雷锋。这位被誉为毛主席的好战士、无产阶级革命战士的解放军某部班长,正当生命火花四射的时刻,竟与世永诀了。他的整个生命还不到二十二年,可是,他却给人们留下了一部鲜红鲜红的历史。

雷锋——这个贫苦农民的儿子,从小生活在非人的极端贫困和饥饿里,直到解放,他才第一次感到人间的温暖。党从死亡中救了他,他热爱党,热爱毛主席,热爱解放军,而对旧社会的压迫者和剥削者怀着无比的仇恨。十岁,他参加了对敌人——地主阶级的斗争,十六岁起,投入了建设社会主义祖国的行列,当过国营农场的拖拉机手,参加过鞍钢的建设,一九六〇年,他又成了保卫祖国的中国人民解放军的一员。在革命部队里,他光荣地参加了中国共产党。在党的教育培养下,他坚定地树立了终身为共产主义事业奋斗的伟大理想。在日常生活中,他一直把革命利益放在第一位,他听党的话,他努力学习毛主席的著作,他关心别人胜过自己,他英勇顽强而又艰苦朴素……这些年来,他为党和人民做了许多有益的事情。雷锋的历史是一部深受民族压迫、封建剥削和资产阶级压榨的劳动人民的血泪史,是一个工农兵群众自觉的革命斗争的历史。

牢记阶级敌人杀亲之仇

雷锋生在湘江畔望城县安乐乡的一个雇农家里。当他刚刚懂得想念爸爸的时候，爸爸因为参加抗日斗争，被日本强盗活埋了。扔下母子四人，饥饿难当，妈妈让刚满十二岁的哥哥进工厂当了童工。可是，机器把哥哥的小胳臂轧断了，资本家一脚把他踢出了工厂。哥哥回家没钱医治，活活疼死在妈妈的怀里。接着，小弟弟也饿死在床上。苦命的妈妈为了保全这最后一条命根，忍气吞声地给一家姓谭的地主帮工。哪知道，妈妈在这地主家里，竟被少东家强奸了。这位饱受摧残的善良妇女，终于在一九四六年七月十五日的晚上，含恨悬梁自尽了。她留给了雷锋两句遗言：愿老天保佑你自长成人，给全家报仇！

这时，雷锋还不满七岁。他在失掉一切亲人之后，地主又强迫这个孤苦伶仃的儿童放猪。住的是猪栏，吃的是霉米。冬天，衣不遮寒，他挤在猪仔窝里，偎着母猪肚皮取暖。一天，地主的狗偷吃了他的饭，雷锋打了这条狗一下，不料惹出大祸，地主谭老三挥起一把剁猪草的刀，朝雷锋左手连砍三刀，把他赶了出来。

小小年纪的雷锋并没有因此而失去生活的勇气。他记着妈妈死前的话，一心要活下去，为全家报仇。他用泥土糊住刀伤，逃进深山，拾野果，喝山水，有时用手攀些树条，到村中换饭吃。夏天让蚊虫咬烂了全身，冬天在山庙里冻得难熬，但他还是顽强地生活着。不过，经过两年非人生活的折磨，他已经枯瘦不堪了。

正在雷锋濒于死亡的时刻，他的故乡解放了。人民政府的乡长彭德茂，从深山破庙里找到了遍体鳞伤的雷锋，送他进了医院，治好了满身的脓疮。当彭乡长拿着给他做的新衣裳，接他出院的时候，雷锋双膝跪在彭德茂的脚下，喊着"救命恩人哪！"从妈妈死后，他第一次流下热泪，也是第一次下跪。彭德茂急忙扶起他，抚摸着他的头说："我们的救命恩人，是毛主席，是共产党，是解放军，现在，可以给你的父母兄弟报仇了！"从此，雷锋苦尽甜来。他怀着对压迫者和剥削者的深仇大恨，十岁那年（一九五〇年）便手执红缨枪，投入了反封建的斗争。当时他是儿童团长，和一队同命运的小伙伴，押着恶霸地主游街。在斗争大会上，他用被砍伤的手，揪着害死妈妈的地主问罪。他亲眼看到人民政府枪决了那地主，为他，为千百万穷人报了仇。

人民政府免费供这个苦孩子上了小学。他最先学会了"毛主席万岁"五个字。他默默地对死去的妈妈说："老天没有保佑我，是毛主席，是共产党救了我的命。"他用六年时间便学完了从小学到初中的九年功课；尽管人民政府决定供他念完大学，他却急不可耐地要为祖国社会主义建设添砖加瓦。这时，他才十六岁。

发无产阶级之愤

雷锋从十岁就想当兵为亲人报仇。可是，当时他年纪太小，解放他的家乡的一位解放军连长对他说："你的仇，大家替你报！等你长大了，建设咱们的新中国吧！"雷锋长大了，果然献身于祖国的社会主义建设。不论参加农业生产，当国营农场拖拉机手，还是从温暖的南方来寒冷的东北鞍钢开推土机，他都恨不得把自己的手臂变成顶天立地的钢梁，把祖国的社会主义大厦赶快支撑起来。

在一九五八年秋天，在党中央发出大办钢铁的号召不久，鞍钢派人到雷锋所在的团山湖农场招收青年工人。因为雷锋懂得钢铁同祖国建设的关系，便毅然报名应招。到了鞍山，他驾起了推土机。他驾驶的"斯大林80号"推土机，车体高大，一位老师傅怕累坏了他，要给他换个小型的机车。他说："开大车干大活，再困难，我也能够克服。"不久，鞍钢为了发展钢铁生产，化工总厂要在弓长岭建一个化工分厂，动员一批工人去搞基本建设，雷锋第一个报了名。有人对他说，那里吃没好吃，住没好住，劝他不要去。雷锋听了非常生气，他说："正因为那里是这样，我才情愿去！"他去了，什么活重干什么活，不管多么艰苦，他都毫不畏惧地迎上前去。

这个贫苦农民的儿子，经过工人阶级队伍的锻炼，视野更加宽阔了，革命责任感更加强烈了。在一九五九年十二月三日，他听了征兵报告之后，第二天一大早，就到征兵站报名应征。他知道自己的身材太矮，很担心身体检查不及格。在兵役局量身高的时候，他偷偷地踮起了脚，军医发现了，笑了笑，让他再量一次，结果只有一百五十二厘米高；量体重时，尽管他站在磅秤上用力往下压，也只有四十七公斤；身高、体重都不合格。医生又发现他身上有许多伤疤。提起这伤疤，他立刻流下了泪水，跟医生讲述了自己的苦难童年。他说："记起过去的仇恨，我非参军不可。"医生很同情他，让他去找兵役局再谈谈。他跑到兵役局找到了来接新战士的荆营长，他拉着荆营长的手，诉说了自己过去的一切。他说："想起过去，想到咱们国家周围还有美帝国主义，我的心就催促我拿起武器保卫祖国……"他讲着讲着哭了，荆营长也流下了热泪。荆营长以老战士的名义，收下了这个新兵。

作为一个战士，雷锋深知战士的责任。这里有一段与洪水搏斗的故事，可以感到这个革命战士的责任感是多么强烈：

一九六〇年八月，当百年不遇的大洪水袭击抚顺的时候，雷锋所在连队接受了参加抗洪抢险的命令。当时，雷锋身体不好，连长让他留下来休息。他却找到连长恳求说："洪水正威胁人民的生命财产的安全，我在家待不住，我请求和连队一块儿去！"由于他百般要求，连长和指导员最后同意了。

情况很紧张，昼夜不停的大雨，倾满了上寺水库，中共抚顺市委决定开掘溢洪道以防万一，并把这个艰巨任务交给了部队。雷锋同他的战友们，顶着大雨，踏着泥浆，连夜挖掘溢洪道。他挥锹猛挖，突然锹板脱落了，天黑看不见，找不到，他就甩掉手中的锹把，用手挖泥。时间长了，手指磨破了，鲜血掺着稀泥，溅满了他的军装。卫生员让他下去上点药，他说："眼前的洪水，岂不和万恶的敌人一样，哪能为点轻伤误了大事！"

天快亮了，当部队集合被换下要去休息时，雷锋突然晕倒在地。连长立刻命人把他扶到老乡家去。打针，服药，护理了一天，雷锋觉得轻松了许多。傍晚，外边一响起集合的哨音，他趁卫生员没留神，拔腿就跑，又闯进了夜雨蒙蒙的工地。

在这以后不久，在部队党组织的教育下，他光荣地参加了中国共产党。

活着就是为了使别人过得更美好

共产党员雷锋，在他的一言一行中，都闪耀着灿烂的共产主义光辉。

他在日记中曾经写道："我觉得要使自己活着，就是为了使别人过得更美好。我要以黄继光、董存瑞、方志敏等同志为榜样，做一个热爱祖国、热爱人民，永远忠实于党、忠实于人民革命事业的人。"

这就是他的人生观，这就是他的生活目的。他是个运输兵，是个班长，但他不满足于仅仅完成自己的本职工作，总想多做些事。连队各项活动他几乎全部参加了。连队俱乐部的学习委员是他，他热心地帮助大家学习毛主席著作，买书、借书给大家看，给大家读报，宣传党的方针政策和国内外大事。

开展文化学习时,他主动请求担任兼职教员,在业余时间里,给大家讲课,批改作业。他是技术学习小组长,也是连队的教歌骨干,他还担任了部队驻地附近小学少年先锋队的辅导员。对他来说,事情越多越好,为党为人民工作,他有无限的热情和精力。和他生前一起相处的战友告诉我们,什么个人打算呀,情绪不高呀等等,根本和雷锋沾不上边,他整天笑容满面,心里想的除了工作就是学习。他认为那些"闹名誉,闹地位,闹出风头"的人一个个都是"没出息"!

这里记述的是雷锋的一些小事:

有一次,他到安东去参加军区体育运动大会,从抚顺一上火车,就主动做了义务列车员,擦地板,擦玻璃,帮妇女抱孩子,给老人找座位,冲茶倒水,忙个不停,稍一有空,又拿出报纸,给旅客读报。

另一次,他外出在沈阳换车时,看见一个从山东来的中年妇女,急着要到吉林去探亲,可是车票在中途丢了。他看她情真意切,二话没说,就领着这位大嫂到售票口,自己掏钱买了张车票,又带着她上了车。

一个星期天,他肚子疼,到医务所去看病,经过一个建筑工地,那火热的劳动场面,立刻吸引了他。他忘了自己是个病号,奔到推砖场,操起一辆小车就推起砖来了,心想:能为社会主义建设添一块砖也是好的。这个来历不明的解放军战士,越干越欢,车子推得飞快,脸上流着汗水,使全工地的建设者受了很大的鼓舞,不久工地广播站传出了"向解放军学习"的声音。最后当工人们知道他是个病号时,都万分感动,大家写了表扬他的大字报,敲锣打鼓把他送回营房。

雷锋每月的津贴除了交党费、买肥皂、理发和买书而外,全部存入银行。班里有的新战士问他:"你就是一个人,何必这样熬苦自己呢?"雷锋回答说:"谁说我熬苦自己,现在的生活比我过去受的苦真是好上天了。"雷锋存那些钱准备干什么用呢?谜底到底揭开了:部队领导机关先后收到了中共辽阳县委办公室、抚顺望花区和平人民公社的来信,感谢雷锋在辽阳遭受特大洪水灾害和城市人民公社刚成立的时候,分别寄来了一百元钱。雷锋同志的一位同班战友更接到一封奇怪的家信,这位战友的父亲在信中说:寄来的二十元钱已经收到,我的病已经好转,望你在部队安心。后来一打听,又是雷锋做的。为什么要这样做?雷锋在日记上写道:"有些人看我平时舍不得花一个钱,说我是'傻子'。其实,他们是不知道我要把这些钱攒起来,做一点有益于人民、有利于国家的事情。如果说这就是傻子,我甘愿做傻子,革命需要这样的傻子，建设祖国也需要这样的傻子，我就是长着一个心眼：我一心向着党，向着社会主义，向着共产主义。"

雷锋这样处处表现出毫不利己、专门利人的高尚风格，是为了夸耀于人，求得领导的表扬和同志们的称赞吗？不是。运输连的指导员高士祥同志告诉我们说，雷锋丝毫也没有这样的思想，他做了好事从来也不对人讲。那次抱病在工地运砖，人们再三问他的名字，他始终不说，只说是附近部队的。人们握着他的手对他表示感谢时，他却说"这是我应该干的"。在沈阳车站给那位山东大嫂买了车票，她问他在哪个部队、叫什么名字时，他却幽默地说："叫解放军，住在中国。"

严格要求自己，努力锻炼自己

雷锋同志的革命品质所以可贵，就可贵在"自觉"这两个字上。在毛主席发出迎接合作化高潮的伟大号召的时候，他响应号召，参加合作社当了一个有文化的农民；当祖国号召要建设社会主义新农村的时候，他当上了第一批拖拉机手；当祖国号召大办钢铁的时候，他又报名投入了鞍钢工人的先进行列；当祖国处在帝国主义、反动派、现代修正主义的进攻之下，他又积极争取当上了一名祖国的保卫者、人民解放军的战士。入伍那天，他在自己的日记上写道："我要坚决发扬革命部队里的优良传统，向董存瑞、黄继光、安业民等英雄们学习，头可断，血可流，在敌人面前决不屈服。我一定要做毛主席的好战士！"参军以后，他又以自己的行动，实践自己的诺言。虽然旧社会留给他三条刀痕和一个有胃病的身体，但他严格地要求自己，努力锻炼自己。当他刚入伍投掷手榴弹不及格的时候，在全班同志帮助下，他以勤学苦练来弥补，终于在正式演习时达到"优秀"的水平。党的艰苦朴素的优良传统，他时刻牢记在心头。按规定，部队每年夏天发两套军装，他却领一套。他说："我一套就够穿，破了可以补一补，给国家能省一点是一点。"他用的搪瓷脸盆、口杯，上面的瓷几乎全脱落了，像是用黑铁做的。他穿的袜子补了又补，完全改变了原来的模样。他看到有的人吃饭时掉了一粒米在地上，乱花了一分钱，他都善意地提出批评，耐心地进行帮助。

革命的自觉性绝不同于盲目的自发性。雷锋的自觉性是建立在活学活用毛主席思想的基础上的。参军后的这几年，他响应部队党组织的号召，在人民解放军这个大学校里抓紧了一切学习时间，读完了毛泽东选集一至四卷，其中有些文章更反复阅读过好多遍。在学习中,他深深体会到学习得越多越深,思想越开朗,胸怀越开阔,立场越坚定,理想越远大。

在雷锋同志一生的前进道路上,并不是没困难的,他是在不断克服困难的过程中,依靠党和群众,自觉地锻炼自己的革命意志。农业战线上的治水模范,工业战线上的先进生产者、红旗手,解放军中的五好战士,团组织中的模范团员,抚顺的人民代表等光荣称号,就是雷锋以自觉的主观努力,克服各种客观困难的最好证明。

雷锋在一九六二年八月十日的日记中写道:"今天我又认真学习了毛主席在中国共产党第八次全国代表大会上的开幕词,其中有两句话:'虚心使人进步,骄傲使人落后'。这是千真万确的真理。过去按毛主席的教导做了,所以进步了;现在,我仍要牢记毛主席的这一教导,更好地做到这一点,永远做群众的小学生,做人民的勤务员。"

就在写出这些思想,并准备更加奋发为党工作后的第五天——一九六二年八月十五日,雷锋同志在执行勤务中,不幸牺牲了。

雷锋同志的生命的火花是熄灭了,然而他的思想的火花将永远放射光芒。正如中国人民解放军总参谋长罗瑞卿和中共中央东北局第一书记宋任穷同志题词中说的:"伟大的战士——雷锋同志永垂不朽!""革命精神永垂不朽!"

(1963年2月7日)

无产阶级战士的高尚风格
——"南京路上好八连"纪事

郭小川　马玉才　胡瑞松

好几年前，先是在上海市人民中间和报纸上，接着在北京和外地的许多报纸的报道中，出现了这样一个新颖的、响亮的、闪闪发光的名称——南京路上好八连。

这个名称，很快就在全国范围内引起了兴趣。许多人谈说着它，许多会议上讨论着它，许多远方来信的封皮上工工整整地写着它；同时，也有许多上海以外的读者提出了进一步的要求，希望看到更多关于好八连的报道。

本文就是在读者们的提示下开始动笔的。如同描述一切伟大的美好的事物那样，我们必须控制住这支感奋的笔，认真地、如实地一一道来。

好八连与南京路

事情似乎还得从好八连与南京路的关系说起。

上海以外的读者恐怕还不大熟悉南京路吧。南京路是上海市最繁华、最富丽的街道。那高楼大厦，确不亚于江河两岸凌空矗立的山峰；那马路上的车水人流，简直胜似江河中的洪涛巨浪；那五光十色的商店橱窗，则很容易使你联想起阳春时节岸旁的茂树繁花。夜里，那通明的灯火、闪烁的霓虹，比江河上空的万点繁星和云头上的闪电还要绚烂、还要辉煌……

这样一个地方，从上海解放时起，就成为人民解放军上海警备区某部八连警备和驻扎的区域了。

不过，我们不想叙述八连在上海解放初期的具体经历。我们的叙述将着重放在八连调往市郊执行了一个时期的新任务，又奉命重返南京路以后。因为这以后的种种事实，对说明本文的主旨更有重要性。

重返南京路，这不是一件平常的事情吗？难道还会引起什么新的波动吗？当时是一九五六年秋天，上海解放已经有七年之久了，这时的上海再也不是解放初期的上海了，这时的南京路再也不是解放初期的南京路了。然而波动还是发生了。这个连队的老的或较老的战士，大都已经复员转业。而新兵竟达百分之八十以上。这些新兵中，只有一小部分人反应似乎并不热烈，他们悄悄地说：" 土包子，到那里出什么洋相！"其实，年轻人的好奇心，已经压倒了他们从老农民那里接受过来的对于城市的某种偏见，心里还是跃跃欲试的。而另外的新兵呢？则把上级的调动令当作天大的好消息，不可抑制地爆发出一片狂喜。有些人已经高声地谈起南京路的迷人景色，公开宣布他们的愿望就要实现了。于是，有人拿出新发下的皮鞋，有人忙着准备新衣服，有人向留驻在浦东的兄弟部队的同志告别道："到南京路玩玩吧，我可以给你当向导！"虽然，当时他还根本没有到过南京路，甚至不晓得在上海的哪一方。

在连部，在支部委员会上，这次行动也引起了热烈的讨论。使他们激动的，是如何把这次转移工作做好，如何继续完成警备南京路的艰巨任务。时间紧迫，行动在即，来不及细摸连队的思想情况。大家只粗略地感到，许多新战士对南京路的热情，有积极的一面，也有消极的一面。他们认为，必须向同志们说明：八连开到南京路，是去做艰苦的工作，去做复杂的斗争，而不是去享乐，去闲逛。一定要把战士们对南京路的热情转化为不怕艰苦地保卫南京路的实际行动。因此，不用等回到南京路以后，就在这次行军中，先来一次实地演习。

经过这次会议周密部署的行军，与不少战士的意料相反，第一，明明有汽车，偏偏不坐，一律步行；第二，明明有运输力量，偏偏决定除床板外的一切公私物品均由大家随身携带；第三，夜半出发，天明以前到达……这样的行军，在连队中有什么怨言没有呢？没有，他们仍像往日行军那样，精神振奋、步伐整齐地行进着。一切正常。只有那几双穿大皮鞋的脚上打了泡，招来大家安慰的目光和善意的讽笑。事过境迁以后才知道，这次行军，被许多战士当作一次革命精神的示威，一次深刻的传统教育来纪念的。也是事过境迁以后才知道，一小部分新战士之所以没有口出怨言，是因为他们的心早寄托在向往已久的南京路上了。

事实果然如此。到了南京路以后，一些过去罕见的现象发生了。有人三番五次地请假外出，而在部队集合时，有人则稀稀拉拉、慢慢腾腾。一位战士竟连背包也不打了，把背包绳拿去拴在凉台上晒衣服了，夜晚都不解回。

一些"奇言妙语"传播开了,什么"南京路上的风都是香的"呀,什么"在南京路上站岗比看电影都好"呀,什么"这也好,那也好,就是钱太少"呀,不一而足。

这种种情况,震动了党支部和指导员刘仁福同志。这时候,他们忽然好像又站在毛主席的面前,听取我们的伟大领袖在党的七届二中全会上作报告了,他们又一次地体会到它的伟大生命力。在上级领导同志的帮助之下,他们开始认识到,南京路也和整个上海一样,有它光荣的革命传统。"五卅惨案"中,烈士们的鲜血曾把这条马路染红。一九四七年"二九惨案"中,永安公司店员梁仁达烈士就在这里牺牲了宝贵的生命。解放前夕,反对美蒋反动派的革命行列,曾经一次又一次从这里昂扬走过。解放战争中,人民解放军又用生命和鲜血把它从敌人手中夺取过来。无产阶级政权建立了,我党我军的伟大革命传统,在这里得到了广泛地传播。南京路的社会秩序一直是良好的,社会风气已与过去不能同日而语,更是任何资本主义国家的城市无法比拟的。不少政府机关设在这里。数以十万计的劳动群众和干部住在这里。许多著名的国营商店和公私合营商店开在这里,它们聚集着国家的大量财富,起着供应人民生活需要的重大作用。总之,现在的南京路与解放初期的南京路相比,是大大前进一步了。南京路的繁华和富丽,已经是我们的骄傲!但是,直到现在,南京路上仍残存着某些阴暗的东西。解放前,它是洋人、买办资本家、豪商、阔佬和扒手、阿飞、"野鸡"的出没之所,肮脏的交易、五花八门的骗局和千奇百怪的冒险勾当在这里泛滥着。解放后,不法资本家们又在这里兴起过投机倒把的腥风浊雨,投掷过可耻的"糖衣炮弹"。这一切,虽已经过社会主义风雨的一再冲刷,却绝不可能在短时期内荡涤干净。这里,依然有资产阶级思想活动的市场。

那么,前面所述的一部分战士的言行,到底与资产阶级的思想有什么关系呢?这个问题,又在刘仁福同志的心中翻腾。显而易见,我们不能把某些战士对南京路的好奇心和喜爱的感情一律看成坏事,也不能简单地把买东西、花钱一律当作资产阶级思想的表现,更不能把国营商店的五光十色的商品,以及为了销售商品而进行某些合理的宣传,看作资产阶级生活方式。南京路的财富大都是属于国家的,是人民所需要的,问题是你对它们的态度如何。如果你把个人的利益放在革命工作之上,那的确就是阶级立场问题了。可以断定,在上述言行的背后,一定有人多多少少地受到了资产阶级的影响,或者为资产阶级思想开了方便之门。试问:如果刚到南京路就恨钱少,那下一步又会如何呢？如果听任这种趋势发展下去，其后果将会怎样呢？

南京路上依然有两种力量、两种传统、两种影响相互交织着，相互斗争着。作为无产阶级军队的战士，到底要依靠哪种力量，承继哪种传统，接受哪种影响呢？——这是现实生活向八连提出的极为尖锐的问题。现在，被刘仁福和党支部的同志们紧紧地抓住了。

关键在于保持艰苦奋斗的作风

问题既已抓住了，又怎样去解决它呢？解决它的关键在哪里呢？

工作是从多方面下手的，而且细致异常。为了克服一些人战备思想开始松弛的现象，一天晚上，连部忽然发出了"紧急集合"的命令，那个把背包绳拴在凉台上的战士果然忙得手足无措，迟到了。领导上却没有批评他，只给大家出了一道题目："为什么有些同志集合动作慢了？"第二天，各班进行了热烈讨论。为了改变某些同志对南京路的不正确的态度，党支部的同志们更绞尽脑汁。首先，在刘仁福的带领下，全连参观了工人文化宫的"上海工人运动史料陈列馆"。战士们在这里看到了早年工人被剥削被凌辱的情景，和革命人民在南京路上进行斗争的场面。其次是表扬几件好人好事。本来，连队刚到南京路，突出的好事能有多少呢？指导员的看法是："没有大的，表扬小的；没有多的，表扬少的。没有小，就没有大；没有少，就没有多。"司务长葛士祺自己动手修好楼上的厕所，节省了公家的开支；三班同志把早晨的洗脸水积存起来，用来冲刷厕所，节省了用水；给养员刘云彦一双布鞋穿了三年，而且一直用家里带来的竹杆铜烟袋锅吸旱烟。就这几件事，立刻在全连范围内受到了一再的表扬。

八连的同志们一面工作，一面思索。他们越来越明确地体会到，解决这些问题的关键不在别处，就在于保持艰苦奋斗的作风。这种作风，本是我党我军所固有，本是无产阶级所固有，八连自己就有，南京路上的劳动人民身上也有。问题就是：不要让它失传！如果它在谁的手中失传，就证明谁已变质。当然，在南京路上保持它，确有其困难的一面，然而越困难的事情，常常越重要，越要加倍努力。因此，八连的同志们在进行上述大大小小的工作时，无不联系到艰苦奋斗的精神，在一切会议上，无不尽力阐明艰苦奋斗的意义。

就是这样，八连当时存在的问题一一解决了，他们回到南京路上所遇到的第一次挑战被击退了，好人好事大批涌现，艰苦奋斗的模范事迹使人应接不暇；艰苦奋斗的作风，很快就风靡全连。因此，八连的同志们至今还把这次移驻南京路的斗争叫作"胜利的第一仗"。

至于以后呢，他们也常常谦虚地说："我们连里的问题还是不少的，因此斗争也很多。"这话也合乎实际。只因为艰苦奋斗的作风已在八连酿成风气，任何一点与之相反的东西都特别显得格格不入，又因教育工作做得及时有力，所以它刚一露头就被消除了。

不仅如此，有些斗争只是通过"潜移默化"的方式进行的。而且根据我们的观察，一个新战士入伍以后，大都是通过这种细致的教育工作和"无声的语言"的影响，逐步成为这个集体中的毫无愧色的一员。

现在，请看下面这个事例吧。

八连的蔬菜生产基地在离他们驻地二十多里的龙华，按照他们的习惯，每次劳动生产都是徒步往返。连长张继宝曾经解释过这个问题，连里之所以支持这种习惯，不仅为了节约，也是为了锻炼军队的战斗能力，不会走路怎么能打仗呢？刚入伍的念过高中的战士易桂生却不能理解它的意义。在一次生产后回来的路上，他已很感疲劳。而公共汽车不断从他身后飞驰而来，他心想："为什么不可以坐上去呢？车就是给人坐的。车费又不多，不用公家报销，自己也出得起。"于是他试探着跟同行的班长说道："班长，你觉得这段路长不长？"班长当然懂得他的用意，却轻松地回答说："不长，越走越短！"易桂生立刻红了脸，不再说话了，他终于怀着不平静的心情和班长一同走回来。而过了一些时候以后，比他后到八连的战士竟也这样问他："易桂生，你觉得这条路长不长？"易桂生禁不住笑了，然后又郑重地说："不长，越走越短！"

这能算是"斗争"吗？是的，也可以算作斗争，虽然这种斗争几乎使人无法觉察。

当然，一个人有了高度的自觉，一切就成为自然而然的了。现在，就是各个战士单独往返郊外与市内之间也不嫌路太长了。不仅战士，就是工作比战士繁忙的干部也是如此。有一次，继刘仁福而来八连担任指导员的王经文到郊外参加生产，因事耽搁了一会，未曾同战士一同步行回来。有的同志想："这一回，指导员恐怕要坐车子了！"而事实恰恰相反，有些战士看到，他一个人在马路上奔行着，已经满身大汗。从此，战士对指导员的信任益发加强了。从这件事情上，他们更加懂得了"自觉"这个字眼的意义和分量。

然而，我们仍然不能把这样的事情看成是轻而易举的。为了保持艰苦奋斗的作风，就需要真正的艰苦奋斗啊！八连的同志们十四年如一日，互相鼓舞，互相教育，领导与群众相结合，为保持艰苦奋斗的作风进行了不倦的努力。

八连的主要任务是对于一些重要场所的警备。无论在严冬酷暑，或在冷雨狂风中，每人每夜都要在室外的哨岗上警戒地站几小时；连长、指导员每夜都要轮流地到分布在几条漫长的街道上的哨岗上去查哨。此中，谁说没有艰苦！而在某些场合中，只要后退一步，就是遮雨蔽风的屋檐。战士陶元岐却宁愿让双脚浸在水里，让全身浴在风雨中，以便不受阻碍地观察四外的情况，保障这一场所的安全。在同样的情况下站岗的战士顾永良，忽然发现有位同志把一件雨衣披在他的身上，他连声感谢地接受了这种关怀，却首先用它遮住了身上的武器，不让大雨淋湿。在严寒的夜晚，北风呼啸着，战士熊小狗却不肯放下棉帽上面的"耳朵"，唯恐放下它会妨碍他锐敏地听到周围的动静。王经文每天晚上都要工作、学习到很晚，却还要去查哨，真是够疲劳了，他却想出一个办法：住在他查过的最后一个哨岗附近的班里，目的是深入地了解情况，帮助班上解决工作问题……八连就是这样进行警备工作的，因而年年都圆满地完成了这一光荣的、繁重的任务。

在执勤和完成训练工作之余，进行农业副业生产，也是部队的重要任务。在这方面，驻在上海市中心的八连的条件是相当差的。要生产，第一个条件是土地。上海市内有什么土地呢，连上操都得在马路上。而他们寻求土地的热诚，真不亚于寻求矿藏的勘察队员。六班的同志用三天时间，才找到了三十二块小空地，加起来还不够一亩，最大的一块也不过五厘。九班找到的一块比较大，大约有三分地，却是一座屋基，上面碎砖乱石堆积有如一座小山，下面还有一层混凝土的地面。为了对付它，用了两个多月的工余时间和无尽的汗水。使全连感到狂喜的是在郊外找到一块荒地，却是芦苇丛生，比人还高。初耕地是贫瘠的，他们起早贪黑从市区推车送肥料，来回就是四十多里。水呢？也得到几百米以外的深沟里去挑。战士们为了争取丰收，从来不辞劳苦，一有空闲，就自动步行而去。战士顾永良在去年一月到八月的三十二个星期天中，就有二十八个是在菜地里度过的。由于全连同志的辛苦经营，每年已能生产蔬菜十万多斤，除了自给，还有多余。

八连有很多不成文的"公约"，说它是公约，只因为它得到普遍的承认和遵守，实际上，它只是一种风气和一种习惯。比如，第一，无论因公因私外出,不乘坐车子(除非有紧急事务);第二,衣服、家具的修理,尽量不出大门;第三,人人储蓄……所有这些,都可以说明,他们在物质生活方面所表现出来的艰苦奋斗的作风是十分突出的。由连长张继宝带头打的草鞋,指导员王经文盖了十多年的被子,代代相传、人手一件的针线包,人人身上携带的储蓄额不断增加的银行存折等,与从敌军手中得来的、经历过解放战争的行军锅,战士杨光品修理过的用了九年之久的洗脸盆等一起,构成了八连的勤俭之风的标志。我们没有理由把这些事情看作细微末节。不错,我们的生活会愈来愈好起来的,我们的勇往直前的奋斗,正是为了全体人民的富裕和幸福。但是,我们永远也不能把个人幸福置于全体人民的幸福之上。当我们的国家还是"一穷二白"的时候,我们更不能有一秒钟忘记我们艰苦奋斗的光荣传统。

毛泽东思想——无产阶级战士的灵魂

现在,读者们一定会问:八连的艰苦奋斗的作风,为什么能十四年如一日地保持下来呢?资产阶级的影响对他们为什么没有发生作用呢?

一定的作风是以一定的思想为基础的。作风不能离开思想而在真空中飘翔。八连的同志们之所以能够抵制住资产阶级思想,是因为他们的思想与资产阶级思想有天壤之别。现在,请读者先看看这个故事吧:

在解放战争中参军的指导员丛志良同志,他小时候,父亲受地主的压榨,气死了。母亲含着眼泪把他抚养到十五岁。解放军来了,他要去参军,给父亲报仇。母亲为了叫儿子走得高兴,从邻居家借来半碗面,要给儿子擀点面条吃,擀好了,母亲一边往锅里下面条,眼泪就随着面条吧嗒吧嗒掉进锅里。临走,母亲又从破包袱里翻出一个小铁盒,递给儿子:"拿去吧,里面有四角钱,是咱全家的积蓄。"儿子走出四十里地,进了集市,看见很多好吃的,可他怎么也舍不得花一文钱。用九分钱买了一支铅笔,又把剩下的三角一分钱放进铁盒里,托人捎回家,带了口信给母亲说:"妈,你给我的四角钱,用九分钱买了一支铅笔,我要用这支笔在队伍上学文化,学本事。剩下的钱留给你过日子吧!"几年以后,丛志良来到了上海,在八连当过两年指导员,从来没见他买过一件显眼的东西。他常常对战士说:"不要忘了我们是穷人的孩子。"

请看,具有这样的经历的人,具有这种感情的人,能够不对资产阶级的奢侈糜烂的生活方式感到厌恶吗？不是很容易接受我党我军的艰苦奋斗的作风吗？是的，党在向战士们进行教育时，就是一直注意唤起他们的这种阶级感情的，战士们的阶级自觉大都是从这里出发的。丛志良同志的经历，在解放军战士中具有很大的代表性。

但是，从大量的材料看来，八连同志们的觉悟水平，已经远远地超过了丛志良刚刚参军时的水平。他们的艰苦奋斗，已经不止是为了"给父亲报仇"，为了让母亲"过日子"了，而首先是为了人民，为了集体，为了社会主义的祖国。

八连刚到南京路不久，就有过一个著名的故事，至今还有生命力。一天早操时，战士徐淑潮拿着一分钱的纸币跑到指导员面前说："我拾到一分钱，交公！"这时站在旁边的一个新战士噗嗤一声笑了。指导员却把钱接过来。第二天，徐淑潮的名字和他的事迹一起上了光荣榜。就在这天晚上，指导员却和那个噗嗤一笑的新战士谈了话。他说：

"一分钱是微不足道的，可是你如果留下它，它就会在你的心中染上永远抹不掉的污点。"

这是微不足道的小问题吗？不，指导员刘仁福的这几句话，从某种意义上讲，是为后来一系列的好事插上了思想的翅膀，是为后来战士们的行为立下了一个道德标准。这显然不是什么古已有之的劝善的说教，而是一种"毫不利己"的精神。

是的，既然留下一分钱都是一个污点，而一分钱的拾金不昧都值得赞美，那么，一块钱、十块钱以至几百块钱呢？八连从进入市区到去年年底为止，拾金不昧的竟有一千三百九十多人次，其中光钢笔就有八十七支之多。战士陈进林在一次站岗时拾到二十八元，当时他就设法交给了失主。后来连长因公去某单位，才从黑板报上看到了这个消息，回连就问排长、班长为什么不汇报，结果都说不知道。连长又问陈进林，回答却是："这是革命战士的本分，八连的光荣传统，有什么值得汇报的！"

"毫不利己"和"专门利人"正是一个问题的两面。一个人如果"毫不利己"，必然会"专门利人"。

前面，我们已经提到连长张继宝带头打的草鞋，王经文盖了十多年的被子等等。实际上，张继宝打草鞋主要不是为自己穿用，而是供给战士们在农业生产中的需要，也是对艰苦朴素风气的一种提倡。为了让战士看电影，他可以步行七里去替他们站岗。王经文不做新被子，把节省下来的钱做什么呢？连队里发生过好几次这样的事：战士的家庭中有人生了病，或者有了某种急需，来信要求他们的子弟寄钱回去，结果，战士自己的钱还没有汇走，家里又来信说：款已收到。战士知道这是连队里的同志出于同志之谊的一种关注，但怎样也查不清楚这笔钱的来历。查来查去，查出这样的线索，战士曾把自己的家庭情况跟班长说过，班长又在某次汇报或闲谈中透露给指导员。于是，真相大白了。

干部与战士、干部与干部、战士与战士之间的阶级友爱，已经成为这个连队的传统的一部分。部队的生活历来十分紧张，少有闲暇。同志们之间除了在工作和学习中互相帮助，互相关心以外，那点闲暇时间里也充满了友爱互助的内容。一个人生了点病，大家争相替他站岗，有人竟一连站了八九个小时。一个新战士的衣扣掉了，衣服破了，大家争相为他补缀……在这个集体的内部，真是弥漫着革命大家庭的温暖。

仅仅集体内部才是如此吗？不，这里有例为证。

战士吴才令有一次生产回来，在火车站外遇到一个抱着小孩的老人，坐在地下，满面愁容。问其原因，原来是在护送孩子看病的路上不慎把路费丢失。吴才令马上把自己的钱倾囊以助。老人高高兴兴地走了，他自己也高高兴兴地步行回来。

这种关系，是军民之间的关系，同时也是个人与整个人民之间的关系。

这里，我们还要谈到战士李祖根。他是农民出身，入伍以前是个"神田手"，入伍以后却成了学会做木活、铁活、修鞋的"三匠"。他为给连里制备一辆粪车，放弃好几个星期天的休息时间，到木器修理场拜工人为师学手艺，到外面找木料。为给连队里的同志们修理胶鞋，他到处奔走去买胶水（当时正值胶水缺货）。每到工余之暇，他的宿舍外面就开起了小工厂，修凳子，修水桶，修篮球架，修粪车，修鞋。只要连队里有需要，他立即增添新业务。为了这些并非份内的事，他不仅付出了自己的大量心血和劳动，而且花了几十元钱买工具和原料。连队里要把这些费用替他报销，他说："我的钱就是国家的，少报销一些，国家的建设资金就多一些。"

其实，何止一个李祖根，何止在这样的一些事情上，整个八连作为一个单位也是处处、事事都想到集体，想到人民，想到国家。按照国家、人民和集体的需要而行动，不怕困难，不怕牺牲，已经成为他们共同的准则。一九六一年春天，全国正闹着第三个年头的灾荒，上海地区两个月没有下雨，市区蔬菜供应遇到困难。那时，他们自己辛苦经营的蔬菜也减了产。但是，在这困难的情况下,他们出来了。他们主动把鲜嫩的蔬菜送到市场,而他们自己却悄悄地去吃卷心菜叶。

凡此种种,到底是什么阶级的思想呢?这是无产阶级的思想。八连的同志们为什么能够抵制住资产阶级思想的影响呢?就是因为无产阶级思想发挥了威力。无论这个连队人事怎样变动,老战士一批一批地复员也好,新战士一批一批地入伍也好,干部调出也好,调进也好,都不曾改变这个先进连队的地位;相反地,它已在十四年的漫长岁月中保持了这种荣誉,而且还在向高处攀登。

人们不禁还要问:好八连的同志们到底是怎样坚持无产阶级的思想阵地的呢?作为采访者,我们确曾这样问过八连的一些同志,他们简直不用语言来回答,只拿出《毛泽东选集》来,熟练地翻到《在中国共产党第七届中央委员会第二次全体会议上的报告》,又拿出《关于正确处理人民内部矛盾的问题》的单行本,然后用手指划着下面两个地方:

"……因为胜利,党内的骄傲情绪,以功臣自居的情绪,停顿起来不求进步的情绪,贪图享乐不愿再过艰苦生活的情绪,可能生长。因为胜利,人民感谢我们,资产阶级也会出来捧场。敌人的武力是不能征服我们的,这点已经得到证明了。资产阶级的捧场则可能征服我们队伍中的意志薄弱者。可能有这样一些共产党人,他们是不曾被拿枪的敌人征服过的,他们在这些敌人面前不愧英雄的称号;但是经不起人们用糖衣裹着的炮弹的攻击,他们在糖弹面前要打败仗。我们必须预防这种情况。夺取全国胜利,这只是万里长征走完了第一步。……务必使同志们继续地保持谦虚、谨慎、不骄、不躁的作风,务必使同志们继续地保持艰苦奋斗的作风。……"

"……无产阶级和资产阶级之间的阶级斗争,各派政治力量之间的阶级斗争,无产阶级和资产阶级之间在意识形态方面的阶级斗争,还是长时期的,曲折的,有时甚至是很激烈的。无产阶级要按照自己的世界观改造世界,资产阶级也要按照自己的世界观改造世界。在这一方面,社会主义和资本主义之间谁胜谁负的问题还没有真正解决。……"

请大家公正评判吧:如果他们在进驻南京路的时候,违反了或者忘记了上面第一段话(那时,《关于正确处理人民内部矛盾的问题》一文尚未发表),如果在以后的漫长时间中违反了或者忘掉了这两段话,他们还有可能成为"好八连"吗?他们的人还有可能成为无产阶级战士吗?

这是用不着回答的!

确实，八连之所以成为"好八连"，就是因为他们以理论与实际相结合的方法和严肃认真的态度学习毛主席的著作。他们不但阅读毛主席著作，而且读得很持久，很用心。到底学了多久呢？谁也说不清楚，反正每个干部、战士到了八连就学，一直学到现在。他们把毛主席著作读了几遍呢？谁也说不清楚，因为八连不但有持之以恒的制度，而且有经久不衰的风气。他们的日常生活是那样俭朴，就是花一分钱，也要掂掂分量；而在购买学习书籍时，却是慷慨非常，毫不吝惜。现在无论干部或战士，人人都有毛主席著作，并且经常带在身边，走到哪里，学到哪里。而最重要的是：在八连，"读毛主席的书，听毛主席的话，照毛主席的指示办事，做毛主席的好战士"，已经成为全连干部战士的自觉行动。

我们在研究南京路上好八连十四年的经历时，追本溯源，最后只能归纳到毛主席的思想上来；否则，我们就无法说明"南京路上好八连"的来历。其理由，战士李宗照同志已经用他的歌声为我们做了交代。那就是：

鲜花没有太阳不能开放，
庄稼没有雨露不能生长，
一个人没有毛泽东思想来武装，
就要迷失政治方向。

本文就要结束了，最后，我们必须说一下"南京路上好八连"这个名称在八连中的反应：

八连有一位战士在给外地同志的信的封皮上，写下了这样几个字："南京路上好八连 × 寄"。这个信封，偶然被指导员看见了。指导员便严肃地向战士说："八连好不好，要由党和人民评定，我们没有权利自称'好八连'。"司务长这时恰在旁边，又补充道："如果我们躺在'好'字上，那就肯定地不'好'了。"

当然，八连的这个态度，并不妨碍我们叫他们为"南京路上好八连"。事实上，自从部队评定"四好连队"，它已连年获得这种光荣。"南京路上好八连"这个名称，是广大人民所授予的。八连的"好"，已由"党和人民评定"了。然而，我们却非在这里说明一下不可，因为，从这里我们看到了"南京路上好八连"的伟大将来，也获得了无可比拟的信心。说到这里，我们禁不住以我们自己的一点亲身所见作为全文的结尾。

"南京路美不美?"我们这样问一个八连的战士。

"美,当然美。还不算最美!"战士回答。

"那,怎么才算最美呢?高楼大厦还少吗?"

"不少。不过,高楼大厦里要全部装满咱们无产阶级的正气,那就更美了!"

我们忽然感到,在上海南京路站过岗的战士们的最隐秘的诗情,一下子迸发出来了。不过,他所指的并不单单是南京路,而是整个上海、整个祖国以至于整个世界。

(1963年5月8日)

大庆精神大庆人

袁 木 范荣康

延安革命精神发扬光大

列车在祖国广阔的土地上奔驰着。它掠过一片片田野,越过一条条河流,穿过一座座城市,把我们带到了向往已久的大庆。

大庆,不久前人们对她还很陌生。如今,人们在各种会议上,在促膝谈心时,怀着无比兴奋的心情谈论着她,传颂着她。有机会去过大庆的人,绘声绘色地描述着这个几年前还是一个未开垦的处女地,现在已经建设起一个现代化的石油企业;描述着大庆人那一股天不怕、地不怕的革命精神和英雄气概。没有经受过革命战争洗礼和艰苦岁月考验的年轻人说,到了大庆,更懂得了什么叫作革命。身经百战的将军们,赞誉大庆人"是一支穿着蓝制服的解放军"。在延安度过多年革命生涯的老同志,怀着无限欣喜的心情说:到了大庆,好像又回到了延安,看到了延安革命精神的发扬光大。

我们来到大庆时,这里还是严冬季节。迎面闯进我们眼底的,是高耸入云的钻塔,一座座巨大的储油罐,一列列飞驰而去的运油列车,一排排架空电线和星罗棋布的油井。这一切,构成了一幅现代化石油企业的壮丽图景。同它相对衬的,是一幢幢、一排排矮小的土房子。它们有的是油田领导机关和各级管理部门的办公室,有的是职工宿舍。夜晚,远处近处的采油井上,升起万点灯火,宛如天上的繁星;低矮的职工宿舍里,简朴的俱乐部里,不时传出阵阵欢乐的革命歌曲声,在沉寂的夜空中回荡。到过延安的同志们,看着眼前的一切,想到大庆人在艰苦的条件下为社会主义建设立下的大功,怎么能不联想起当年闪亮在延水河边的窑洞灯火哩!

但是,对于大庆人说来,最艰苦的,还是创业伊始的年代。

那时候,建设者们在一片茫茫的大地上,哪里去找到一座藏身的房子啊!人们有的支起帐篷,有的架起活动板房,有的在不知道什么时候被丢弃了的牛棚马厩里办公、住宿。有的人什么都找不到，他们劳动了一天，夜晚干脆往野外大地上一躺，几十个人扯起一张篷布盖在身上。

霪雨连绵的季节到了。帐篷里，活动板房里，牛棚马厩里，到处是外面大下，里面小下，外面雨住了，里面还在滴滴嗒嗒。一夜之间，有的人床位挪动好几次，也找不到一处不漏雨的地方。有的人索性挤到一堆，合顶一块雨布，坐着睡一宿。第二天一早，积水把人们的鞋子都漂走了。

几场萧飒的秋风过后，带来了遮天盖地的鹅毛大雪。人们赶在冬天的前面，自己动手盖房子。领导干部和普通工人，教授和学徒工，工程技术干部和炊事员，都一齐动起手来，挖土的挖土，打夯的打夯。没有工具的，排起队来用脚踩。在一个多月的时间里，垒起了几十万平方米的土房子，度过了第一个严冬。

就在那样艰苦的岁月里，沉睡了千万年的大地上，到处可以听到向地层进军的机器轰鸣声，到处可以听到建设者们昂扬的歌声："石油工人硬骨头，哪里困难哪里走！"夜晚，在宿营地的篝火旁，人们热烈响应油田党委发出的第一号通知，三个一群，五个一伙，孜孜不倦地学习着毛泽东同志的《实践论》和《矛盾论》。他们朗读着，议论着，要用毛泽东思想来组织油田的全部建设工作。没有电灯，没有温暖舒适的住房，甚至连桌椅板凳都没有，但是，人们那股学习的专注精神，却没有受到一丝一毫影响。

为了全国人民的远大理想

时间只过去了短短四年，如今，这里的面貌已发生了根本变化。我们访问了许多最早来到的建设者，每当他们谈起当年艰苦创业的情景，语音里总是带着几分自豪，还带着对以往艰苦生活的无限怀念。他们说，大庆油田的建设工作，是在困难的时候、困难的地方、困难的条件下开始的，如果不是坚信党的奋发图强、自力更生的号召，如果不是在党的总路线和大跃进精神的鼓舞下，如果没有一股顶得住任何艰难困苦的革命闯劲，今天的一切都将是空中楼阁。许多人还说，他们过去没有赶上吃草根、啃树皮的二万五千里长征，也没有经受过抗日战争和解放战争的战火考验，今天，到大庆参加油田建设，也为实现六亿五千万人民的远大理想吃一点苦，这是他们的光荣，是他们的幸福！

深深懂得发扬艰苦奋斗、自力更生这个革命传统的伟大意义，心甘情愿地吃大苦,耐大劳,临危不惧,必要时甚至不惜牺牲个人的一切,而能把这些看作是光荣,是幸福!这,不正是大庆人最鲜明的性格特征吗?

有着二十多年工龄的老石油工人王进喜,大庆油田上有名的"铁人",就是大庆人这种性格的代表人物。

当年,这里有多少生活上的困难在等待着人们啊!但是,四十来岁的王进喜在一九六〇年三月奉调前往大庆油田时,他一不买穿的用的,二不买吃的喝的,把被褥衣物都交给火车托运,只把一套《毛泽东选集》带在身边。到了大庆,他一不问住哪里,二不问吃什么样的饭,头一句就问在哪里打井。接着,他马上就去查看工地,侦察线路。

钻机运到了,起重设备还没有运到。怎么办?他同工人们一起,人拉肩扛,把六十多吨重的全套钻井设备,一件件从火车上卸下来。他们的手上、肩上,磨起了血泡,没有人叫过一声苦。开钻了,一台钻机每天最少要用四五十吨水,当时的自来水管线还没有安装好。等吗?不。王进喜又带领全体职工,到一里多路以外的小湖里取水,保证钻进,这样艰苦地打下了第一口井。

无语的大地,复杂的地层,对于石油钻井工人来说,有时就好像难于驯服的怪物。王进喜领导的井队在打第二口井的时候,出现了一次井喷事故的迹象。如果发生井喷,就有可能把几十米高的井架通通吞进地层。当时,王进喜的一条腿受了伤,他还拄着双拐,在工地上指挥生产。在那紧急关头,他一面命令工人增加泥浆浓度和比重,采取各种措施压制井喷,一面毫不迟疑地抛掉双拐,扑通一声跳进泥浆池,拼命地用手和脚搅动,调匀泥浆。两个多小时的紧张搏斗过去了,井喷事故避免了,王进喜和另外两个跳进泥浆池的工人,皮肤上都被碱性很大的泥浆烧起了大泡。

那时候,王进喜住在工地附近一户老乡家里。房东老大娘提着一筐鸡蛋,到工地慰问钻井工人。她一眼看到王进喜,三脚两步跑上去,激动地说:"进喜啊进喜,你可真是个'铁人'!"

像王"铁人"这样的英雄人物,在大庆油田岂止一人!

马德仁和段兴枝,也是两个出名的钻井队长。他们为了保证钻机正常运转,在最冷的天气里,下到泥浆池调制泥浆,全身衣服被泥水湿透,冻成了冰的铠甲。

薛国邦,油田上第一个采油队长。在祖国各地迫切需要石油的时候,他战胜了人们想象不到的许多困难,使大庆的首次原油列车顺利外运。

朱洪昌，一个工程队队长。为了保证供水工程赶上需要，他用双手捂住管道裂缝，堵住漏水，忍着灼伤的疼痛，让焊工在自己的手指边焊接。

奚华亭，维修队队长。在一次油罐着火的时候，他不顾粉身碎骨的危险，跳上罐顶，脱下棉衣，压灭猛烈的火焰，避免了一场严重事故。

毛孝忠和萧全法，两个通讯工人，在狂风怒吼的夜晚，用自己的身体联接断了的电线，接通了紧急电话。

管子工许协祥等二十个勇士，在又闷又热的炎夏，钻进直径只比他们肩膀稍宽一点的一根根钢管，把总长四千八百米的输水管线，清扫得干干净净。

……

大庆人都贯注了革命精神，他们的确是特殊材料制成的。历年来，在大庆油田，每年都评选出这样的英雄人物一万多名。

请想想看！在这样一支英雄队伍面前，还有什么样的困难不能征服！

岩心和赤胆忠心

但是，大庆人钢铁般的革命意志，不仅表现在他们能够顶得住任何艰难困苦，更可贵的是，他们能够长期埋头苦干，把冲天的革命干劲同严格的科学态度结合起来。这正是他们在同大自然作战的斗争中，战无不胜、攻无不克的法宝。

在油田勘探和建设中，大庆人为了判明地下情况，每打一口井都要取全取准二十项资料和七十二个数据，保证一个不少，一个不错。

一天，三二四九钻井队的方永华班，正在从井下取岩心。一筒六米长的岩心，因为操作时稍不小心，有一小截掉到井底去了。

从地层中取出岩心来分析化验，是认识油田的一个重要方法。班长方永华，当时瞅着一小截岩心掉下井底，抱着岩心筒，一屁股坐在井场上，十分伤心。他说："岩心缺一寸，上级判断地层情况，就少了一分科学根据，多了一分困难。掉到井里的岩心取不上来，咱们就欠下了国家一笔债。"

工人们决心从极深的井底，把失落的岩心捞上来。队长劝他们回去休息，他们不回去。指导员把馒头、饺子送到井场，劝他们吃。他们说："任务不完成，吃饭睡觉都不香。"他们连续干了二十多个小时，终于把一筒完整的岩心取了出来。

这从深深的井筒中取上来的，哪里是什么岩心，简直是工人们对国家建设事业高度负责的赤胆忠心啊!

几年来,就是用这样的精神,勘探工人、钻井工人和电测工人们,不分昼夜,准确齐全地从地下取出了各种资料的几十万个数据,取出了几十里长的岩心,测出了几万里长的各种地层曲线。地质研究人员和工程技术人员,根据大量的第一手资料,进行了几十万次、几百万次、几千万次的分析、化验和计算。

想一想吧,是几十万次,几百万次,几千万次啊!那时候大庆既没有像电子计算机这一类先进的计算设备,又要求数据绝对准确,如果没有高度的革命自觉,没有坚忍不拔的革命毅力,没有尊重实际的科学精神,这一切都可能做到吗?

正是因为有了这种自觉、这种毅力、这种实事求是的精神,这种以毛泽东思想武装起来的新作风,在几万名大庆建设者的队伍中,形成了一种非常珍贵的既是继承了我党的优良传统,又是在社会主义建设时期的全新的风气:他们事事严格认真,细致深入,一丝不苟。大庆人不论做什么工作,他们的出发点都是:"我们要为油田建设负责一辈子!"

大庆的钻井工人们有一个永远不能忘记的"纪念日"——"难忘的四一九"。那是指一九六一年的四月十九日。这一天以前,大庆人封掉了一口新打的油井。这口井,如果同老矿区的井比起来,已经不错了,照样可以出油,只是因为井斜度超过了他们提出的标准,原油采收率和油井寿命可能受到影响,建设者们含着泪,横着心,把它填死了。"四一九"这天,大庆人召开万人大会总结经验教训,展开了以提高打井质量为中心的群众运动。

"四一九"以后,这里的油井都打得笔直。最直的井,井斜只有零点六度,井底位移只有零点四米。打个比方说,这就等于一个人顺着一条直路走,走了一公里,偏差没有超过半米。

一二八四钻井队有一次打的一口油井,发生了质量不合格的事故。这个队的队长王润才和工友们,把油井套管从深深的地层中拔出来,逐节检查,研究发生事故的原因。他们终于发现,有一处套管的接箍因为下套管前检查不严变了形。后来,队长王润才就背上沉重的套管接箍,走遍广阔的油田,到每一个钻井队去现身说法,给全体钻井工人介绍发生质量事故的教训。

对油田建设负责一辈子的大庆人,用科学精神武装起来的大庆人,就是这样对待自己工作中的缺点的。从那时以后,油田上打井因为套管接箍不好而造成质量事故的情况,再也没有发生过。

"好作风必须从小处培养起"

不仅对待关系到整个石油企业命运的大事情如此严格,即使对待一些看来"微不足道"的小事情,也同样一丝不苟。大庆人说:"好作风必须从最小处培养起。"

今年春天,油田上召开了一次现场会。会场中央,端端正正放着十根十米长的钢筋混凝土大梁。这些大梁表面光滑平整,根根长短粗细一致,即使最能挑剔的人,也找不出它们有什么毛病。但是,油田建设指挥部的负责人却代表全体干部在会上检讨说,由于他们工作不深入,检查不严,这些大梁的少数地方,比规定的质量标准宽了五毫米。

五毫米,宽不过一个韭菜叶,值得为它兴师动众地开一次几百人的现场会吗?不,值得!大庆人性格的可贵之处正在这里。会上,工程师们检查了他们没有严格执行验收标准,关口把得不好;具体负责施工的干部和工人,检查了他们作风不严不细,操作技术不过硬。人们纷纷检查以后,干部、工程技术人员和工人们,抄起铁铲,拿起磨石,把大梁上宽出五毫米的地方,一一铲掉,磨光。人们说:"咱们要彻底铲掉磨掉的,不只是五毫米混凝土,而是马马虎虎、凑凑合合的坏作风!"

这种一丝不苟的作风,在工程技术人员中也形成了风气。几年来,他们不分昼夜,风里雨里,奔波万里,为的是找到一个合理的科学参数;他们伴着摇曳的烛光,送走了多少个不眠之夜,为的是算准一个技术数据。

青年技术员谭学陵和另外四个年轻人,花了整整十个月时间,累计跑了一万二千多里路,从一千六百多个测定点上测得五万多个数据,找到了大庆油田最正确的传热系数,为整个油田输油管道的建设提供了科学根据。

技术员蔡升和助理技术员张孔法,在风雪交加的冬季,身揣窝窝头,怀抱温度计,五次乘坐没有餐车、没有卧铺、没有暖气的油罐列车,行程万余里,在挂满冰柱的守车上实地探测原油外运时的温度变化。

技术员刘坤权,一个普通高中毕业的学生,一连几个严冬,冒着风雪从几百个不同的地方挖开冻土,进行分析化验,终于研究出这里土层的冻涨系数,为经济合理地进行房屋基础建筑提供了可靠数据。

亲爱的读者,你们看到这些事例会想些什么?当我们听到这一切时,都被大庆人这种可贵的性格深深地感动了。

永不生锈的万能螺丝钉

在大庆,我们访问过不少有名的英雄人物,也访问过许多在平凡的岗位上忠心耿耿的"无名英雄"。从他们身上,我们发现,大庆人不论做什么工作,心里都深深地铭刻着两个大字:"革命"。

电测中队现任副指导员张洪池,就是大批"无名英雄"中的标兵。

四年前,张洪池是人民解放军这个伟大集体中的"普通一兵"。来到大庆以后,他当过电测学徒工,当过炊事员,样样工作都做得很出色。在长期的平凡劳动中,他显示了一个自觉的革命战士的优秀品质。他在自己的日记上曾经写道:

"共产党员要像明亮的宝珠一样,无论在什么地方,都要发光发亮。"

"我要像个万能的螺丝钉一样,拧在枪杆上也行,拧在农具上也行,拧在汽车上、机器上、锅台上……凡是拧在对党有利的地方都行,都要起一个螺丝钉的作用,而且要永远保持丝扣洁净,不生锈。"

做一粒到处发亮的宝珠!当好一颗永不生锈的万能螺丝钉!——这就是大庆人对待生活的态度。

一天夜晚,在一间低矮的土房子里,我们见到了油田的一个修鞋工人。他的名字叫黄友书,三十来岁年纪,也是个复员军人。他到大庆以后,当过瓦工、勤杂工、保管工,磨过豆腐,喂过猪。后来,领导又派他去给职工们修鞋。

修鞋!在轰轰烈烈的社会主义建设战线上,去当一个"修鞋匠"?对这种平凡而又琐碎的劳动,你是怎样看待的?

黄友书二话没说,愉快地接受了任务。他说:"战士没鞋穿打不了仗,工人没鞋穿也搞不好生产,谁离得了鞋啊?给工人们修好鞋,这也是革命工作!"

他跑遍附近好几个城镇去找修鞋工具。他每天挑着修鞋担子下现场。他经常收集废旧碎皮,捡回去洗净揉好,用它来给职工们掌鞋。

黄友书看到职工们穿着他修好的鞋踏遍油田,心里乐开了花。就是这个并非油田主要工种的修鞋工人,每年都被职工们选为全矿区的标兵,被誉为忠心耿耿为人民服务的"老黄牛"。

在大庆,这样的事例是举不胜举的。从大城市的大工厂调来不久的老工人何作年自豪地说:"在咱们大庆,人人都懂得他们做的工作是革命。扫地的把地扫好了,是革命;烧茶炉的把开水烧好了,又省煤,也是革命。一个人懂得了这个道理,做啥也浑身是劲。大家都懂了这个道理,就能排山倒海,天塌下来也顶得住!"

一切工作都是革命,所有的同志都是阶级兄弟。人们精神世界的升华,渗透到人与人之间的关系中去,谱成了多少扣人心弦的乐曲!在大庆这个革命的大家庭中,人们时刻铭记着毛主席在《为人民服务》这篇文章中的教导:"我们都是来自五湖四海,为了一个共同的革命目标,走到一起来了。""一切革命队伍的人都要互相关心,互相爱护,互相帮助。"

关心别人胜过自己

在大庆,干部们对工人的关心,关心到了一天的二十四小时。每天深夜,干部都要到工人的集体宿舍中去"查铺盖被",看一看工人兄弟休息得可好,睡得是否香甜。

一场暴风雪过后,气温骤然下降了十多度。年轻的单身工人张海青,被子又薄又脏,还没有来得及拆洗,没有添絮新棉。支部书记李安政"查铺盖被"时,发现了这个情况,他趁工人们上班,悄悄把张海青的被子抱回家,让自己的爱人拆洗得干干净净,又把自家的一床被拆开,扯出一半棉花,絮到张海青的被子里。张海青发现他的被子变得又洁净又厚实,到处查问是谁干的,李安政在一旁一声没吭。新从一个大城市调到大庆的老工人王文杰,把这一切看在眼里,暗暗掉下了眼泪。

一二〇二钻井队的十几户家属,听说技术员李自新的妻子死了,遗下两个孩子,争着把孩子抱到自己家里看养。她们说:"孩子没妈了,我们就是她俩的妈。"前任队长王天其的爱人李友英,天天把奶喂给李自新一岁的女儿小英,却让自己正在吃奶的孩子小香吃稀饭。有人为这件事写了一份材料给钻井指挥部党委书记李云,李云把这份材料转给李自新,同时含着泪给李自新写了一封意味深长的信:"等两个孩子长大了,告诉她们:在新社会里,在革命大家庭里,人们是怎样关怀她们,养育她们长大成人的。叫她们永远记住,任何时候都要听党的话,跟着党走。"

在地质研究所、设计院、矿场机械研究所这些知识分子干部集中的"秀才"单位,人与人之间的关系也发生了根本变化。有一次,地质研究所女地质技术员陈淑荪,看到同一个单位的地质技术员张寿宝的被面破了,就把一床准备结婚时用的新缎子被面,从箱底翻出来,偷偷缝在张寿宝的被子上。张寿宝发现了,怎么也不肯要。陈淑荪对他说:"你说说,我们是不是阶级兄弟?是不是革命同志?是,你就把被面留下。不是,你就还我。"这几句话,说得张寿宝感动极了。他含着两眶激动的眼泪,再也说不出不要被面的话了。

为了实现六亿五千万人民的远大理想,心甘情愿地吃大苦,耐大劳;为了对国家建设事业负责一辈子,事事实事求是,严格认真,一丝不苟;为了革命的需要,全心全意地充当一颗永不生锈的万能螺丝钉;在革命的大家庭中,人人关心别人胜过关心自己……这些,就是大庆人经过千锤百炼铸造出来的可贵性格。在我们伟大祖国的社会主义建设事业中,是多么需要这样的性格啊!

也许有人要问:"大庆油田的辉煌成就和建设者们身上的巨大变化,这一切是怎样得来的?"大庆人的回答很简单:"这一切都是毛泽东思想的胜利!"

一个晴朗的早晨。我们去访问油田的一个工程队,想进一步了解毛泽东思想在大庆是怎样的深入人心。同路的一位年轻工人说:"那里今天开会,不好找人。"我们问他开什么会,他说:"冷一冷。"冷一冷,这是什么意思?年轻工人解释说:"我们大庆经常开这样的会,找一找自己的缺点,找一找工作中还存在的问题。找准了,就能迈开更大的步伐前进。"

在大庆人已经为祖国建设立下奇功的时候,在全国都学习大庆的时候,他们还要冷一冷,继续运用毛主席提出的"两分法",从自己的不足处找出不断前进的动力。这不正是我们想了解的问题的答案,也是大庆人更可贵的性格吗?

(1964年4月20日)

县委书记的榜样——焦裕禄

穆青 冯健 周原

一九六二年冬天,正是豫东兰考县遭受内涝、风沙、盐碱三害最严重的时刻。这一年,春天风沙打毁了二十万亩麦子,秋天淹坏了三十多万亩庄稼,盐碱地上有十万亩禾苗碱死,全县的粮食产量下降到了历年的最低水平。

就是在这样的关口,党派焦裕禄来到了兰考。

展现在焦裕禄面前的兰考大地,是一幅多么苦难的景象呵!横贯全境的两条黄河故道,是一眼看不到边的黄沙;片片内涝的洼窝里,结着青色的冰凌;白茫茫的盐碱地上,枯草在寒风中抖动。

困难,重重的困难,像一副沉重的担子,压在这位新到任的县委书记的双肩。但是,焦裕禄是带着《毛泽东选集》来的,是怀着改变兰考灾区面貌的坚定决心来的。在这个贫农出身的共产党员看来,这里有三十六万勤劳的人民,有烈士们流鲜血解放出来的九十多万亩土地。只要加强党的领导,一时有天大的艰难,也一定要杀出条路来。

第二天,当大家知道焦裕禄是新来的县委书记时,他已经下乡了。

他到灾情最重的公社和大队去了。他到贫下中农的草屋里,到饲养棚里,到田边地头,去了解情况,观察灾情去了。他从这个大队到那个大队,他一路走,一路和同行的干部谈论。见到沙丘,他说:"栽上树,岂不是成了一片好绿林!"见到涝洼窝,他说:"这里可以栽苇、种蒲、养鱼。"见到碱地,他说:"治住它,把一片白变成一片青!"转了一圈回到县委,他向大家说:"兰考是个大有作为的地方,问题是要干,要革命。兰考是灾区,穷,困难多,但灾区有个好处,它能锻炼人的革命意志,培养人的革命品格。革命者要在困难面前逞英雄。"

焦裕禄的话,说得大家心里热呼呼的。大家议论说,新来的县委书记看问题高人一着棋,他能从困难中看到希望,能从不利条件中看到有利因素。

"关键在于县委领导核心的思想改变"

连年受灾的兰考,整个县上的工作,几乎被发统销粮、贷款、救济棉衣、烧煤所淹没了。有人说县委机关实际上变成了一个供给部。那时候,很多群众等待救济,一部分干部被灾害压住了头,对改变兰考面貌缺少信心,少数人甚至不愿意留在灾区工作。他们害怕困难,更害怕犯错误。

焦裕禄想:"群众在灾难中两眼望着县委,县委挺不起腰杆,群众就不能充分发动起来。'干部不领,水牛掉井',要想改变兰考的面貌,必须首先改变县委的精神状态。"

夜,已经很深了,焦裕禄躺在床上翻来复去睡不着。他披上棉衣,找县委副书记张钦礼谈心去了。

在这么晚的时候,张钦礼听见叩门声,吃了一惊。他迎进焦裕禄,连声问:"老焦,出了啥事?"

焦裕禄说:"我想找你谈谈。你在兰考十多年了,情况比我熟,你说,改变兰考面貌的主要问题在哪里?"

张钦礼沉思了一下,回答说:"在于人的思想的改变。"

"对。"焦裕禄说:"但是,应该在思想前面加两个字:领导。眼前关键在于县委领导核心的思想改变。没有抗灾的干部,就没有抗灾的群众。"

两个人谈得很久,很深,一直说到后半夜。他们的共同结论是,除"三害"首先要除思想上的病害;特别是要对县委的干部进行抗灾的思想教育。不首先从思想上把人们武装起来,要想完成除"三害"斗争,将是不可能的。

严冬,一个风雪交加的夜晚,焦裕禄召集在家的县委委员开会。人们到齐后,他并没有宣布议事日程,只说了一句:"走,跟我出去一趟。"就领着大家到火车站去了。

当时,兰考车站上,北风怒号,大雪纷飞。车站的屋檐下,挂着尺把长的冰柱。国家运送兰考灾民前往丰收地区的专车,正从这里飞驰而过。也还有一些灾民,穿着国家救济的棉衣,蜷曲在货车上,拥挤在候车室里……

焦裕禄指着他们,沉重地说:"同志们,你们看,他们绝大多数人,都是我们的阶级兄弟。是灾荒逼迫他们背井离乡的,不能责怪他们,我们有责任。党把这个县三十六万群众交给我们,我们不能领导他们战胜灾荒,应该感到羞耻和痛心。"

他没有再讲下去，所有的县委委员都沉默着低下了头，这时有人才理解，为什么焦裕禄深更半夜领着大家来看风雪严寒中的车站。

从车站回到县委，已经是半夜时分了，会议这时候才正式开始。

焦裕禄听了大家的发言之后，最后说："我们经常口口声声说要为人民服务，我希望大家能牢记今晚的情景，这样我们就会带着阶级感情，去领导群众改变兰考的面貌。"

紧接着，焦裕禄组织大家学习《为人民服务》《纪念白求恩》《愚公移山》等文章，鼓舞大家的革命干劲，勉励大家像张思德、白求恩那样工作。

之后，焦裕禄又专门召开了一次常委会，回忆兰考的革命斗争史。在残酷的武装斗争年代，兰考县的干部和人民，同敌人英勇搏斗，前仆后继。有一个区，曾经在一个月内有九个区长为革命牺牲。烈士马福重被敌人破腹后，肠子被拉出来挂在树上……焦裕禄说："兰考这块地方，是同志们用鲜血换来的。先烈们并没有因为兰考人穷灾大，就把它让给敌人，难道我们就不能在这里战胜灾害？"

一连串的阶级教育和思想斗争，使县委领导核心，在严重的自然灾害面前站起来了。他们打掉了在自然灾害面前束手无策、无所作为的懦夫思想，从上到下坚定地树立了自力更生消灭"三害"的决心。不久，在焦裕禄倡议和领导下，一个改造兰考大自然的蓝图被制定出来。这个蓝图规定在三五年内，要取得治沙、治水、治碱的基本胜利，改变兰考的面貌。这个蓝图经过县委讨论通过后，报告了中共开封地委，焦裕禄在报告上，又着重加了几句："我们对兰考的一草一木都有深厚的感情。面对着当前严重的自然灾害，我们有革命的胆略，坚决领导全县人民，苦战三五年，改变兰考的面貌。不达目的，我们死不瞑目。"

这几句话，深切地反映了当时县委的决心，也是兰考全党在上级党组织面前，一次庄严的宣誓。直到现在，它仍然深深地刻在县委所有同志的心上，成为鞭策他们前进的力量。

"吃别人嚼过的馍没味道"

焦裕禄深深地了解，理想和规划并不等于现实，这涝、沙、碱三害，自古以来害了兰考人民多少年呵！今天，要制伏"三害"，要把它们从兰考土地上像送瘟神一样驱走，必须进行大量艰苦细致的工作，付出高昂的代价。

他想，按照毛主席的教导，不管做什么工作，必须首先了解情况，进行调查研究。"没有调查就没有发言权"。要想战胜灾害，单靠一时的热情，单靠主观愿望，事情断然是办不好的。即使硬干，也要犯毛主席早已批评过的"闭塞眼睛捉麻雀""瞎子摸鱼"的错误。要想战胜灾害，必须照毛主席的指示办事，详尽地掌握灾害的底细，了解灾害的来龙去脉，然后做出正确的判断和部署。

他下决心要把兰考县一千八百平方公里土地上的自然情况摸透，亲自去掂一掂兰考的"三害"究竟有多大分量。

根据这一想法，县委先后抽调了一百二十个干部、老农和技术员，组成一支三结合的"三害"调查队。在全县展开了大规模的追洪水、查风口、探流沙的调查研究工作。焦裕禄和县委其他领导干部，都参加了这场战斗。那时候，焦裕禄正患着慢性肝病，许多同志担心他在大风大雨中奔波，会加剧病情的发展，劝他不要参加，但他毫不犹豫地拒绝了同志们的劝告，他说："吃别人嚼过的馍没味道。"他不愿意坐在办公室里依靠别人的汇报来进行工作，说完就背着干粮，拿起雨伞和大家一起出发了。

每当风沙最大的时候，也就是他带头下去查风口、探流沙的时候，雨最大的时候，也就是他带头下去冒雨涉水，观看洪水流势和变化的时候。他认为这是掌握风沙、水害规律最有利的时机。为了弄清一个大风口，一条主干河道的来龙去脉，他经常不辞劳苦地跟着调查队，追寻风沙和洪水的去向，从黄河故道开始，越过县界、省界，一直追到沙落尘埃，水入河道，方肯罢休。在这场艰苦的斗争中，县委书记焦裕禄简直变成一个满身泥水的农村"脱坯人"了。他和调查队的同志们经常在截腰深的水里吃干粮，有时夜晚蹲在泥水处歇息……

有一次，焦裕禄从杞县阳垌公社回县的路上，遇到了白帐子猛雨。大雨下了七天七夜，全县变成了一片汪洋。焦裕禄想："嗬，洪水呀，等还等不到哩，你自己送上门来了。"他回到县里后，连停也没有停，就带着办公室的三个同志出发了。眼前只有水，哪里有路？他们靠着各人手里的一根棍，探着，走着。这时，焦裕禄突然感到一阵阵肝痛，时时弯下身子用左手按着肝部。三个青年恳求着说："你回去休息吧。把任务交给我们，我们保证按照你的要求完成任务。"焦裕禄没有同意，继续一路走，一路工作着。

他站在洪水激流中，同志们为他张了伞，他画了一张又一张水的流向图。等他们赶到金营大队，支部书记李广志看见焦裕禄就吃惊地问："一片汪洋大水,您是咋来的?"焦裕禄抡着手里的棍子说:"就坐这条船来的。"李广志让他休息一下,他却拿出自己画的图来,一边指点着,一边滔滔不绝地告诉李广志,根据这里的地形和水的流势,应该从哪里到哪里开一条河,再从哪里到哪里挖一条支沟……这样,就可以把这几个大队的积水,统统排出去了。李广志听了非常感动,他没有想到焦裕禄同志的领导工作,竟这样的深入细致!到吃饭的时候了,他要给焦裕禄派饭,焦裕禄说:"雨天,群众缺烧的,不吃啦!"说着就又向风雨中走去。

　　送走了风沙滚滚的春天,又送走了雨水集中的夏季,调查队在风里、雨里、沙窝里、激流里度过了一个月又一个月,方圆跋涉了五千余里,终于使县委抓到了兰考"三害"的第一手资料。全县有大小风口八十四个,经调查队一个个查清,编了号、绘了图;全县有大小沙丘一千六百个,也一个个经过丈量,编了号、绘了图。全县的千河万流,淤塞的河渠,阻水的路基、涵闸……也调查得清清楚楚,绘成了详细的排涝泄洪图。

　　这种大规模的调查研究,使县委基本上掌握了水、沙、碱发生、发展的规律。几个月的辛苦奔波,换来了一整套又具体又详细的资料,把全县抗灾斗争的战斗部署,放在一个更科学更扎实的基础之上。大家都觉得方向明,信心足,无形中增添了不少的力量。

"榜样的力量是无穷的"

　　夜已经很深了,阵阵的肝痛和县委工作沉重的担子,使焦裕禄久久不能入睡。他的心在想着兰考县的三十六万人和二千五百七十四个生产队。抗灾斗争的发展是不平衡的,基层干部和群众的思想觉悟也有高有低,怎样才能把毛泽东思想红旗高高举起?怎样才能充分调动起群众的革命积极性?怎样才能更快地在全县范围内开展起轰轰烈烈的抗灾斗争?……

　　焦裕禄在苦苦思索着。

　　他披衣起床,重又翻开《毛泽东选集》。在多年的工作中,焦裕禄已养成了学习毛主席著作的习惯,他从毛主席的著作中汲取了无穷的智慧和力量。县委开会,他常常在会前朗读毛主席著作中的有关章节。无论在办公室,或下乡工作,他总要提着一个布兜儿,装上《毛泽东选集》带在身边。每次遇到工作中的困难,他都认真地向毛主席的著作请教,严格地按照毛主席的指示去办。他曾对县委的同志们介绍自己学习毛主席著作的方法,叫作"白天到群众中调查访问，回来读毛主席著作，晚上'过电影'，早上记笔记。"他所说的"过电影"，主要是指联系实际来思考问题。他说："无论学习或工作，不会'过电影'那是不行的。"

现在，全县抗灾斗争的情景，正像一幕幕的电影活动在他的脑海里，他带着一连串的问题，去阅读毛主席《关于领导方法的若干问题》那篇文章。目光停在那几行金光闪耀的字上：

"我们共产党人无论进行何项工作，有两个方法是必须采用的，一是一般和个别相结合，二是领导和群众相结合。"

"从群众中集中起来又到群众中坚持下去，以形成正确的领导意见，这是基本的领导方法。"

毛主席的话给了他很大的力量，眼前一下子豁亮起来。他决定发动县委领导同志再到贫下中农中间去。他自己更是经常住在老贫农的草庵子里，蹲在牛棚里，跟群众一起吃饭，一起劳动。他带着高昂的革命激情和对群众的无限信任，在广大贫下中农间询问着、倾听着、观察着，他听到许多贫下中农要求"翻身"、要求革命的呼声。看到许多队自力更生、奋发图强对"三害"斗争的革命精神。他在群众中学到了不少治沙、治水、治碱的办法，总结了不少可贵的经验。群众的智慧，使他受到极大的鼓舞，也更加坚定了他战胜灾害的信心。

韩村是一个只有二十七户人家的生产队。一九六二年秋天遭受了毁灭性的涝灾，每人只分到了十二两红高粱穗。在这样严重的困难面前，生产队的贫下中农提出，不向国家伸手，不要救济粮、救济款，自己割草卖草养活自己。他们说：摇钱树，人人有，全靠自己一双手。不能支援国家，心里就够难受了，决不能再拉国家的后腿。就在这年冬天，他们割了二十七万斤草，养活了全体社员，养活了八头牲口，还修理了农具，买了七辆架子车。

秦寨大队的贫下中农社员，在盐碱地上刮掉一层皮，从下面深翻出好土，盖在上面。他们大干深翻地的时候，正是最困难的一九六三年夏季。他们说："不能干一天干半天，不能翻一锹翻半锹，用蚕吃桑叶的办法，一口口啃，也要把这碱地啃翻个个儿。"

赵垛楼的贫下中农在七季基本绝收以后，冒着倾盆大雨，挖河渠，挖排水沟，同暴雨内涝搏斗。一九六三年秋天，这里一连九天暴雨，他们却夺得了好收成，卖了八万斤余粮。

双杨树的贫下中农在农作物基本绝收的情况下，雷打不散，社员们兑鸡蛋卖猪，买牲口买种子，坚持走集体经济自力更生的道路，社员们说："穷，咱穷到一块儿；富，咱也富到一块儿。"

韩村、秦寨、赵垛楼、双杨树，广大贫下中农自力更生的革命精神，使焦裕禄十分激动。他认为这就是在毛泽东思想哺育下的贫下中农革命精神的好榜样。他在县委会议上，多少次讲述了这些先进典型的重大意义，并亲自总结了它们的经验。他说："榜样的力量是无穷的，我们应该把群众中这些可贵的东西，集中起来，再坚持下去，号召全县社队向他们学习。"

一九六三年九月，县委在兰考冷冻厂召开了全县大小队干部的盛大集会，这是扭转兰考局势的大会，是兰考人民自力更生、奋发图强的一次誓师大会。会上，焦裕禄为韩村、秦寨、赵垛楼、双杨树的贫下中农鸣锣开道，请他们到主席台上，拉他们到万人之前，大张旗鼓地表扬他们的革命精神。他把群众中这些革命的东西，集中起来，总结为四句话："韩村的精神，秦寨的决心，赵垛楼的干劲，双杨树的道路。"他说："这就是兰考的新道路！是毛泽东思想指引的道路！"他大声疾呼，号召全县人民学习这四个样板，发扬他们的革命精神，在全县范围内锁住风沙，制伏洪水，向"三害"展开英勇的斗争！

这次大会在兰考抗灾斗争的道路上，是一个伟大的转折。它激发了群众的革命豪情，鼓舞了群众的革命斗志，有力地推动了全县抗灾斗争的发展。它使韩村等四个榜样的名字传遍了兰考；它让毛泽东思想的伟大红旗，在兰考三十六万群众的心目中，高高地升起！

从此，兰考人民的生活中多了两个东西，这就是县委和县人委发出的"奋发图强的嘉奖令"和"革命硬骨头队"的命名书。

"当群众最困难的时候，共产党员要出现在群众面前"

就在兰考人民对涝、沙、碱三害全面出击的时候，一场比过去更加严重的灾害又向兰考袭来。一九六三年秋季，兰考县一连下了十三天雨，雨量达二百五十毫米。大片大片的庄稼汪在洼窝里，溃死了。全县有十一万亩秋粮绝收，二十二万亩受灾。

焦裕禄和县委的同志们全力投入了生产救灾。

那是个冬天的黄昏。北风越刮越紧，雪越下越大。焦裕禄听见风雪声，倚在门边望着风雪发呆。过了会儿，他又走回来，对办公室的同志们严肃地说:"在这大风大雪里,贫下中农住得咋样?牲口咋样?"接着他要求县委办公室立即通知各公社做好几件雪天工作。他说:"我说,你们记记。第一,所有农村干部必须深入到户,访贫问苦,安置无屋居住的人,发现断炊户,立即解决。第二,所有从事农村工作的同志,必须深入牛屋检查,照顾老弱病畜,保证不许冻坏一头牲口。第三,安排好室内副业生产。第四,对于参加运输的人畜,凡是被风雪隔在途中的,在哪个大队的范围,由哪个大队热情招待,保证吃得饱,住得暖。第五,教育全党,在大雪封门的时候,到群众中去,和他们同甘共苦。最后一条,把检查执行的情况迅速报告县委。"办公室的同志记下他的话,立即用电话向各公社发出了通知。

这天,外面的大风雪刮了一夜。焦裕禄的房子里,电灯也亮了一夜。

第二天,窗户纸刚刚透亮,他就挨门把全院的同志们叫起来开会。焦裕禄说:"同志们,你们看,这场雪越下越大,这会给群众带来很多困难,在这大雪拥门的时候,我们不能坐在办公室里烤火,应该到群众中间去。共产党员应该在群众最困难的时候,出现在群众的面前,在群众最需要帮助的时候,去关心群众,帮助群众。"

简短的几句话,像刀刻的一样刻在每一个同志的心上。有人眼睛湿润了,有人有多少话想说也说不出来了。他们的心飞向冰天雪地的茅屋去了。大家立即带着救济粮款,分头出发了。

风雪铺天盖地而来。北风响着尖厉的哨音,积雪有半尺厚。焦裕禄迎着大风雪,什么也没有披,火车头帽子的耳巴在风雪中忽闪着。那时,他的肝痛常常发作,有时痛得厉害,他就用一支钢笔硬顶着肝部。现在他全然没想到这些,带着几个年轻小伙子,踏着积雪,一边走,一边高唱《南泥湾》。他问青年人看过《万水千山》这个电影没有?他说:"你们看,眼前多么像《万水千山》里的一个镜头呵!"

这一天,焦裕禄没烤群众一把火,没喝群众一口水。风雪中,他在九个村子,访问了几十户生活困难的老贫农。在梁孙庄,他走进一扇低矮的柴门。这里住的是一双无依无靠的老人。老大爷有病躺在床上,老大娘是个瞎子。焦裕禄一进屋,就坐在老人的床头,问寒问饥。老大爷问他是谁?他说:"我是您的儿子。"老人问他大雪天来干啥?他说:"毛主席叫我来看望您老人家。"老大娘感动得不知说什么才好,用颤抖的双手上上下下摸着焦裕禄。老大爷眼里噙着泪说:"解放前,大雪封门,地主来逼租,撵的我串人家的房檐,住人家的牛屋。"焦裕禄安慰老人说:"如今印把子抓在咱手里,兰考受灾受穷的面貌一定能够改过来。"

就是在这次雪天送粮当中,焦裕禄也看到和听到了许多贫下中农极其感人的故事。谁能够想到,在毁灭性的涝灾面前,竟有那么一些生产队,两次三番退回国家送给他们的救济粮、救济款。他们说:把救济粮、救济款送给比我们更困难的兄弟队吧,我们自己能想办法养活自己!

焦裕禄心里多么激动呵!他看到毛泽东思想像甘露一样滋润了兰考人民的心,党号召的自力更生、奋发图强的精神,在困难面前逞英雄的硬骨头精神,已经变成千千万万群众敢于同天抗、同灾斗的物质力量了。

有了这种精神,在兰考人民面前还有什么天大的灾害不能战胜!

"县委书记要善于当'班长'"

焦裕禄常说,县委书记要善于当"班长",要把县委这个"班"带好,必须使这"一班人"思想齐、动作齐。而要统一思想、统一行动,就必须用毛泽东思想挂帅。

他是这样想的,也是这样做的。

县人委有一位从丰收地区调来的领导干部,提出了一个装潢县委和县人委领导干部办公室的计划。连桌子、椅子、茶具,都要换一套新的。为了好看,还要把城里一个污水坑填平,上面盖一排房子。县委多数同志激烈地反对这个计划。也有人问:"钱从哪里来?能不能花?"这位领导干部管财政,他说:"花钱我负责。"

但是,焦裕禄提了一个问题:

"坐在破椅子上不能革命吗?"他接着说明了自己的意见:

"灾区面貌没有改变,还大量吃着国家的统销粮,群众生活很困难。富丽堂皇的事,不但不能做,就是连想也很危险。"

后来,焦裕禄找这位领导干部谈了几次话,帮助他认识错误。焦裕禄对他说:兰考是灾区,比不得丰收区。即使是丰收区,你提的那种计划,也是不应该做的。焦裕禄劝这位领导干部到贫下中农家里去住一住,到贫下中农中间去看一看。去看看他们想的是什么,做的是什么。焦裕禄作为县委的班长,他从来不把自己的意见强加于人。他对同志们要求非常严格,但他要求得入情入理,叫你自己从内心里生出改正错误的力量。不久以后,这位领导干部认识了错误,自己收回了那个"建设计划"。

有一位公社书记在工作中犯了错误。当时，县委开会，多数委员主张处分这位同志。但焦裕禄经过再三考虑，提出暂时不要给他处分。焦裕禄说，这位同志是我们的阶级弟兄，他犯了错误，给他处分固然是必要的；但是，处分是为了达到治病救人的目的。当前改变兰考面貌，是一个艰巨的斗争，不如派他到最艰苦的地方去，考验他，锻炼他，给他以改正错误的机会，让他为党的事业出力，这样不是更好吗？

县委同意了焦裕禄的建议，决定派这个同志到灾害严重的赵垛楼去蹲点。这位同志临走时，焦裕禄把他请来，严格地提出批评，亲切地提出希望，最后焦裕禄说："你想想，当一个不坚强的战士，当一个忘了群众利益的共产党员，多危险，多可耻呵！先烈们为解放兰考这块地方，能付出鲜血、生命，难道我们就不能建设好这个地方？难道我们能在自然灾害面前当怕死鬼？当逃兵？"

焦裕禄的话，一字字、一句句都紧紧扣住这位同志的心。这话的分量比一个最重的处分决定还要沉重，但这话也使这位同志充满了战斗的激情。阶级的情谊、革命的情谊、党的温暖，在这位犯错误的同志心中激荡着，他满眼流着泪，说："焦裕禄同志，你放心……"

这位同志到赵垛楼以后，立刻同群众一道投入了治沙治水的斗争。他发现群众的生活困难，提出要卖掉自己的自行车，帮助群众，县委制止了他，并且指出，当前最迫切的问题，是从思想上武装赵垛楼的社员群众，领导他们起来，自力更生进行顽强的抗灾斗争，一辆自行车是不能解决什么问题的。之后，焦裕禄也到赵垛楼去了。他关怀赵垛楼的两千来个社员群众，他也关怀这位犯错误的阶级弟兄。

就在这年冬天，赵垛楼为害农田多年的二十四个沙丘，被社员群众用沙底下的黄胶泥封盖住了。社员们还挖通了河渠，治住了内涝。这个一连七季吃统销粮的大队，一季翻身，卖余粮了。

也就在赵垛楼大队"翻身"的这年冬天，那位犯错误的同志，思想上也翻了个个儿。他在抗灾斗争中，身先士卒，表现得很英勇。他没有辜负党和焦裕禄对他的期望。

焦裕禄，出生在山东淄博一个贫农家里，他的父亲在解放前就被国民党反动派逼迫上吊自杀了。他从小逃过荒，给地主放过牛，扛过活，还被日本鬼子抓到东北挖过煤。他带着家仇、阶级恨参加了革命队伍，在部队、农村和工厂里做过基层工作。自从参加革命一直到当县委书记以后，他始终保持着劳动人民的本色。他常常开襟解怀，卷着裤管，朴朴实实地在群众中间工作、劳动。贫农身上有多少泥，他身上有多少泥。他穿的袜子，补了又补，他爱人要给他买双新的，他说："跟贫下中农比一比，咱穿的就不错了。"夏天，他连凉席也不买，只花四毛钱买一条蒲席铺。

有一次，他发现孩子很晚才回家去。一问，原来是看戏去了。他问孩子："哪里来的票？"孩子说："收票叔叔向我要票，我说没有。叔叔问我是谁，我说焦书记是我爸爸。叔叔没有收票就叫我进去了。"焦裕禄听了非常生气，当即把一家人叫来"训"了一顿，命令孩子立即把票钱如数送给戏院。接着，又建议县委起草了一个通知，不准任何干部特殊化，不准任何干部和他们的子弟"看白戏"。

"焦裕禄是我们县委的好班长，好榜样。"

"在焦裕禄领导下工作，方向明，信心大，敢于大作大为，心情舒畅，就是累死也心甘。"

焦裕禄的战友这样说，反对过他的人这样说，犯过错误的人也这样说。

他心里装着全体人民，唯独没有他自己

县委一位副书记在乡下患感冒，焦裕禄几次打电话，要他回来休息；组织部一位同志有慢性病，焦裕禄不给他分配工作，要他安心疗养；财委一位同志患病，焦裕禄多次催他到医院检查……焦裕禄的心里，装着全体党员和全体人民，唯独没有他自己。

一九六四年春天，正当党领导着兰考人民同涝、沙、碱斗争胜利前进的时候，焦裕禄的肝病也越来越重了。很多人都发现，无论开会、作报告，他经常把右脚踩在椅子上，用右膝顶住肝部。他棉袄上的第二和第三个扣子是不扣的，左手经常揣在怀里。人们留心观察，原来他越来越多地用左手按着时时作痛的肝部，或者用一根硬东西顶在右边的椅靠上。日子久了，他办公坐的藤椅上，右边被顶出了一个大窟窿。他对自己的病，是从来不在意的。同志们问起来，他才说他对肝痛采取了一种压迫止疼法。县委的同志们劝他疗养，他笑着说："病是个欺软怕硬的东西，你压住它，它就不欺侮你了。"焦裕禄暗中忍受了多大痛苦，连他的亲人也不清楚。他真是全心全意投到改变兰考面貌的斗争中去了。

焦裕禄到地委开会，地委负责同志劝他住院治疗，他说："春天要安排

一年的工作,离不开!"没有住。地委给他请来一位有名的中医诊断,开了药方,因为药费很贵,他不肯买。他说:"灾区群众生活很困难,花这么多钱买药,我能吃得下吗?"县委的同志背着他去买来三剂,强他服了,但他执意不再服第四剂。

那天,县委办公室的干部张思义和他一同骑自行车到三义寨公社去。走到半路,焦裕禄的肝痛发作,痛得骑不动,两个人只好推着自行车慢慢走。刚到公社,大家看他气色不好,就猜出是他又发病了。公社的同志说:"休息一下吧。"他说:"谈你们的情况吧,我不是来休息的。"

公社的同志一边汇报情况,一边看着焦裕禄强按着肚子在做笔记。显然,他的肝痛得使手指发抖,钢笔几次从手指间掉了下来。汇报的同志看到这情形,忍住泪,连话都说不出来了,而他,故意做出神情自若的样子,说:"说,往下说吧。"

一九六四年的三月,兰考人民的除"三害"斗争达到了高潮,焦裕禄的肝病也到了严重关头。躺在病床上,他的心潮汹涌澎湃,奔向那正在被改造着的大地。他满腔激情地坐到桌前,想动手写一篇文章,题目是:《兰考人民多奇志,敢教日月换新天》。他铺开稿纸,拟好了四个小题目:一、设想不等于现实。二、一个落后地区的改变,首先是领导思想的改变。领导思想不改变,外地的经验学不进,本地的经验总结不起来。三、榜样的力量是无穷的。四、精神原子弹——精神变物质。

充满了革命乐观主义的焦裕禄,从兰考人民在抗灾斗争中表现出来的英雄气概,从兰考人民一步一个脚印的实干精神中,已经预见到新兰考美好的未来。但是,文章只开了个头,病魔就逼他放下了手中的笔,县委决定送他到医院治病去了。

临行那一天,由于肝痛得厉害,他是弯着腰走向车站的。他是多么舍不得离开兰考呵!一年多来,全县一百四十九个大队,他已经跑遍了一百二十多个。他把整个身心,都交给了兰考的群众,兰考的斗争。正像一位指挥员在战斗最紧张的时刻,离开炮火纷飞的前沿阵地一样,他从心底感到痛苦、内疚和不安。他不时深情地回顾着兰考城内的一切,他多么希望能很快地治好肝病,带着旺盛的精力回来和群众一块战斗呵!他几次向送行的同志们说,不久他就会回来的。在火车开动前的几分钟,他还郑重地布置了最后一项工作,要县委的同志好好准备材料,当他回来时,向他详细汇报抗灾斗争的战果。

"活着我没有治好沙丘，死了也要看着你们把沙丘治好！"

开封医院把焦裕禄转到郑州医院，郑州医院又把他转到北京的医院。在这位钢铁般的无产阶级战士面前，医生们为他和肝痛斗争的顽强性格感到惊异。他们带着崇敬的心情站在病床前诊察，最后很多人含着眼泪离开。

那是个多么阴冷的日子呵！医生们开出了最后诊断书，上面写道："肝癌后期，皮下扩散。"这是不治之症。送他去治病的赵文选同志，决不相信这个诊断，人像傻了似的，一连声问道："什么？什么？"医生说："你赶紧送他回去，焦裕禄同志最多还有二十天时间。"

赵文选呆了一下，突然放声痛哭起来。他央告说：

"医生，我求求你，我恳求你，请你把他治好，俺兰考是个灾区，俺全县人离不开他，离不开他呀！"

在场的人都含着泪。医生说：

"焦裕禄同志的工作情况，在他进院时，党组织已经告诉我们。癌症现在还是一个难题，不过，请你转告兰考县的群众，我们医务工作者，一定用焦裕禄同志同困难和灾害斗争的那种革命精神，来尽快攻占这个高峰。"

这样，焦裕禄又被转到郑州河南医学院附属医院。

焦裕禄病危的消息传到兰考后，县上不少同志曾去郑州看望他。县上有人来看他，他总是不谈自己的病，先问县里的工作情况，他问张庄的沙丘封住了没有？问赵垛楼的庄稼淹了没有？问秦寨盐碱地上的麦子长得怎样？问老韩陵地里的泡桐树栽了多少？……

有一次，他特地嘱咐一个县委办公室的干部说：

"你回去对县委的同志说，叫他们把我没写完的文章写完；还有，把秦寨盐碱地上的麦穗拿一把来，让我看看！"

五月初，焦裕禄的病情进一步恶化了。在这种情况下，他的亲密战友、县委副书记张钦礼匆匆赶到郑州探望他。当焦裕禄用他那干瘦的手握着张钦礼，两只失神的眼睛充满深情地望着他时，张钦礼的泪珠禁不住一颗颗滚了下来。

焦裕禄问道："听说豫东下了大雨，雨多大？淹了没有？"

"没有。"

"这样大的雨，咋会不淹？你不要不告诉我。"

"是没有淹！排涝工程起作用了。"张钦礼一面回答，一面强忍着悲痛给他讲了一些兰考人民抗灾斗争胜利的情况，安慰他安心养病，说兰考面貌的改变也许会比原来的估计更快一些。

这时候，张钦礼看到焦裕禄在全力克制自己剧烈的肝痛，一粒粒黄豆大的冷汗珠时时从他额头上浸出来。他勉强擦了擦汗，半晌，问张钦礼：

"我的病咋样？为什么医生不肯告诉我呢？"

张钦礼迟迟没有回答。

焦裕禄一连追问了几次，张钦礼最后不得不告诉他说："这是组织上的决定。"

听了这句话，焦裕禄点了点头，镇定地说道："呵，那我明白了……"

隔了一会儿，焦裕禄从怀里掏出一张自己的照片，颤颤地交给张钦礼，然后说道："钦礼同志，现在有句话我不能不向你说了，回去对同志们说，我不行了，你们要领导兰考人民坚决地斗争下去。党相信我们，派我们去领导，我们是有信心的。我们是灾区，我死了，不要多花钱。我死后只有一个要求，要求组织上把我运回兰考，埋在沙堆上，活着我没有治好沙丘，死了也要看着你们把沙丘治好！"

张钦礼再也无法忍住自己的悲痛，他望着焦裕禄，鼻子一酸，几乎哭出声来。他带着泪告别了自己最亲密的阶级战友……

谁也没有料到，这就是焦裕禄同兰考县人民，同兰考县党组织的最后一别。

一九六四年五月十四日，焦裕禄同志不幸逝世了。那一年，他才四十二岁。

在他生命的最后时刻，中共河南省委和开封地委有两位负责同志守在他的床前。他对这两位上级党组织的代表断断续续地说出了最后一句话："我……没有……完成……党交给我的……任务。"

他死后，人们在他病榻的枕下，发现了两本书：一本是《毛泽东选集》，一本是《论共产党员的修养》。

他没有死，他还活着

事隔一年以后，一九六五年的春天，兰考县几十个贫农代表和干部，专程来到焦裕禄的坟前。贫农们一看见焦裕禄的坟墓，就仿佛看见了他们的县委书记，看见了他们永远也不会忘记的那个人。

一年前，他还在兰考，同贫下中农一起，日夜奔波在抗灾斗争的前线。人们怎么会忘记，在那大雪封门的日子，他带着党的温暖走进了贫农的柴门；在那洪水暴发的日子，他拄着棍子带病到各个村庄察看水情。是他高举着毛泽东思想的红灯，照亮了兰考人民自力更生的道路；是他带领兰考人民扭转了兰考的局势，激发了人们的革命精神；是他喊出了"锁住风沙，制伏洪水"的号召；是他发现了贫下中农中革命的"硬骨头"精神，使之在全县发扬光大……这一切，多么熟悉，多么亲切呵！谁能够想到，像他这样一个充满着革命活力的人，竟会在兰考人民最需要他的时候，离开了兰考的大地。

人们一个个含着泪站在他的坟前，一位老贫农泣不成声地说出了三十六万兰考人的心声：

"我们的好书记，你是活活地为俺兰考人民，硬把你给累死的呀。困难的时候你为俺贫农操心，跟着俺们受罪，现在，俺们好过了，全兰考翻身了，你却一个人在这里……"

这是兰考人民对自己亲人、自己的阶级战友的痛悼，也是兰考人民对一个为他们的利益献出生命的共产党员的最高嘉奖。

焦裕禄去世后的这一年，兰考县的全体党员，全体人民，用眼泪和汗水灌溉了兰考大地。三年前焦裕禄倡导制定的改造兰考大自然的蓝图，经过三年艰苦努力，已经变成了现实。兰考，这个豫东历史上缺粮的县份，一九六五年粮食已经初步自给了。全县二千五百七十四个生产队，除三百来个队是棉花、油料产区外，其余的都陆续自给，许多队还有了自己的储备粮。一九六五年，兰考县连续旱了六十八天，从一九六四年冬天到一九六五年春天，刮了七十二次大风，却没有发生风沙打死庄稼的灾害，十九万亩沙区的千百条林带开始把风沙锁住了。这一年秋天，连续下了三百八十四毫米暴雨，全县也没有一个大队受灾。

焦裕禄生前没有写完的那篇文章，由三十六万兰考人民在兰考大地上集体完成了。这是一篇人颜欢笑的文章，是一篇闪烁着毛泽东思想光辉的文章。在这篇文章里，兰考人民笑那起伏的沙丘"贴了膏药，扎了针"①，笑那滔滔洪水乖乖地归了河道，笑那人老几辈连茅草都不长的老碱窝开始出现了碧绿的庄稼，笑那多少世纪以来一直压在人们头上的大自然的暴君，在伟大的毛

---

① 这是焦裕禄生前总结兰考人民治沙经验说过的两句话。"贴了膏药"是指用翻淤压沙的办法把沙丘封住；"扎了针"是指在沙丘上种上树，把沙丘固定住。

泽东时代，不能再任意摆布人们的命运了。

焦裕禄虽然去世了，但他在兰考土地上播下的自力更生的革命种子，正在发芽成长，他带给兰考人民的毛泽东思想的红灯，愈来愈发出耀眼的光芒。他一心为革命，一心为群众的高贵品德，已成为全县干部和群众学习的榜样。这一切宝贵的精神财富，今天已化为强大的物质力量，推动着兰考人民在自力更生、奋发图强的大道上继续奋勇前进。兰考灾区面貌的改变，还只是兰考人民征服大自然的开始，在这场伟大的向大自然进军的斗争中，他们不仅要彻底摘掉灾区的帽子，而且决心不断革命，把大部分农田逐步改造成为旱涝保收的稳产高产田，逐步实现"上纲要"（达到农业发展纲要规定的产量要求），"过长江"，建设社会主义新兰考。

焦裕禄同志，你没有辜负党的希望，你出色地完成了党交给你的任务，兰考人民将永远忘不了你。你不愧为毛泽东思想哺育成长起来的好党员，不愧为党的好干部，不愧为人民的好儿子！你是千千万万在严重自然灾害面前，巍然屹立的共产党员和贫下中农革命英雄形象的代表。你没有死，你将永远活在千万人的心里！

（1966 年 2 月 7 日）

天安门事件真相

——把"四人帮"利用《人民日报》颠倒的历史再颠倒过来

本报记者

全国人民十分关心的天安门事件昭雪平反了!

天安门事件根本不是什么"反革命政治事件",而完全是革命行动。这是人民的结论,历史的结论。真理战胜了邪恶,被颠倒了的历史恢复了它本来的面目。这是华主席为首的党中央领导我们揭批"四人帮"、拨乱反正的伟大胜利,是坚持毛主席倡导的实事求是的马克思主义原则的伟大胜利。

人民日报社曾经被"四人帮"篡夺了领导权,成为他们制造反革命舆论的一个重要工具。天安门事件前后,"四人帮"及其心腹利用《人民日报》搞了许多假情况,造了许多谣言,上欺中央,下骗群众,对导致天安门广场流血事件起了极其恶劣的作用。他们在四月八日抛出的题为《天安门广场的反革命政治事件》的报道,歪曲事实,诬蔑群众,陷害邓小平副主席;其后又利用这一事件,大作文章,疯狂镇压革命群众,妄图打倒从中央到地方一大批党政军负责同志,对全党和全国人民犯下了大罪。人民日报广大职工在揭批"四人帮"的斗争中,揭发了他们在天安门事件中犯下的大量罪行。现在,天安门事件平反了,人民日报社职工同全国人民一样欢欣鼓舞,同时也深感有责任把被颠倒的天安门事件的真相公之于众。

一、事出有因 绝非偶然

天安门事件绝不是偶然的,它的发生有着深刻的阶级根源和历史背景。

从无产阶级文化大革命开始,林彪、"四人帮"就结成一伙,打着毛主席的旗帜,推行一条假左真右的反革命修正主义路线,煽动"打倒一切",挑起"全面内战",搞得我们党无宁日、国无宁日。八亿人民早已积怒在胸,忍无可忍。党的十大以后,"四人帮"加紧了篡党夺权的步伐,更加疯狂地反对周总理和其他坚持毛主席革命路线的中央领导同志。一九七五年，周总理病重期间，邓小平同志主持中央工作，根据毛主席的指示，同"四人帮"展开斗争，在很困难的条件下进行了一系列的整顿工作，给遭受林彪、"四人帮"灾害的中国人民带来了希望。可是，为时不久，这一线生机，又被"四人帮"假借"评《水浒》"所刮起的乌云遮盖了。冬天，邓小平同志被诬陷为"右倾翻案风"的"风源"。为什么好人总是挨整，坏人如此猖狂？为什么我们的国家灾难如此深重？人们心里的问号越来越多，疑团越来越大。

一九七六年一月八日，敬爱的周恩来总理与世长辞，中国人民失去了擎天巨柱。人们眼泪流成河，忧虑堆成山：国家怎么办？民族怎么办？在那些悲痛的日子里，不准人们佩黑纱，不准戴白花，不准开追悼会，人们无处寄托自己的哀思，也无法抑制心头的怒火。为了表达对周总理的深切怀念，抗议那些无理的禁令，首都人民伫立在十里长街，哭送自己的好总理；把自己制作的花圈献到天安门广场，在人民英雄纪念碑前朗诵自己撰写的祭文。周总理的光辉鼓舞亿万人民，把他们汇合在一起，形成一股不可抗拒的力量。人们擦干伤心的眼泪，咬紧愤恨的牙根，注视着斗争的动向。

三月五日，"四人帮"控制的上海《文汇报》，在一篇报道中公然删去周总理给雷锋同志的题词。三月二十五日，《文汇报》在一篇文章中竟然提出："党内那个走资派要把被打倒的至今不肯改悔的走资派扶上台。"人们马上看出来，这射向周总理的两支毒箭，是"四人帮"阴谋篡党夺权的危险信号。

《文汇报》制造的这两起反对周总理的事件，成了天安门事件的导火线。三月二十九日，英勇的南京人民在街头贴出了"文汇报的反党文章是篡党夺权的信号弹""不揪出文汇报的黑后台誓不罢休"等革命标语，并纷纷走向雨花台，向周总理敬献花圈。当上海开往北京的列车路经南京时，南京人民又把标语刷在车厢外面。这辆列车飞过长江、越过黄河，把南京人民斗争的信息传遍了津浦路，传到了北京。北京人民对于《文汇报》的这种反革命行径，早就义愤填膺了。工厂里、学校里、机关里、部队里，到处议论纷纷。捍卫周总理，捍卫毛主席革命路线的伟大斗争，再一次把人们吸引到天安门广场。一场惊天动地的斗争开始了。

二、悼念总理　讨伐"四害"

这是一场用花圈和诗歌为武器，向窃踞高位的"四人帮"猛烈开火的特殊的战斗!

三月三十日，北京市总工会工人理论组的曹志杰等二十九位同志，第一个把悼念周总理，决心同资产阶级"血战到底"的悼词，贴到天安门广场人民英雄纪念碑南侧的五四运动浮雕下面。一个一个献给周总理的花圈送来了，一份一份歌颂周总理丰功伟绩的诗词贴出来了。到四月三日，花圈已达几千个。送花圈的单位有中央机关、国家机关、解放军总部机关、北京市各工厂、机关、学校、商店、人民公社，还有天津、湖北、沈阳、陕西等外地来京的同志。送花圈的队伍有的几十人，有的几百人，有的几千人，在天安门广场和东西长安街组成了声势浩大的游行示威。他们高唱《国际歌》："起来……这是最后的斗争，团结起来，到明天，英特纳雄耐尔就一定要实现。"

看吧：这是中国科学院一〇九厂的队伍。他们举着大幅诗牌，穿过王府井大街等闹市区，走进天安门广场。那四块诗牌上写着："红心已结胜利果，碧血再开革命花。倘若魔怪喷毒火，自有擒妖打鬼人。"人们看到这反映亿万人民心愿的诗句，心情是多么激动啊！许多群众跟着队伍边走边抄。不到半天工夫，这火与剑一般的诗句传遍了全北京城。

这是国营曙光电机厂三千多名职工的队伍。一清早，他们就汇集在东长安街上，抬着三十四个大花圈，组成八路纵队，以周总理的遗像为先导，在哀乐声中缓步从东单来到天安门广场。一路上，交通民警为他们开放绿灯，鬓发斑白身穿军装的老战士肃立敬礼。进入广场，队伍绕场一周，许多前来悼念的群众自动参加到这支浩浩荡荡的工人队伍中。

这是北京广播器材厂一千多名职工的队伍。他们胸戴白花、臂缠黑纱，冒着蒙蒙的细雨，向天安门广场进发。许多职工边走边哭。过路的解放军战士，等候公共汽车的人群，商店里的顾客，纷纷走上前去，向他们表示敬意。

四月四日，是清明节，星期天，天安门广场的活动达到了高潮。虽然"四人帮"下了这是"鬼节"，不许悼念的禁令，但是首都人民不怕跟踪盯梢，不怕打击陷害，扶老携幼，争先恐后，像狂流巨涛一般涌向天安门广场。仅这一天到天安门广场的群众就达二百万人次以上。整个广场淹没在人潮花海之中，各式各样精致的花圈从广场的北侧一直排到纪念碑的南端。"敬爱的周总理我们永远怀念您"的方框大匾，悬挂在纪念碑前的十三根旗杆上，横贯整个天安门广场。在蔚蓝的天空中，飘着两只黄色大气球，白色飘带上一边写着"怀念总理"，一边写着"革命到底"。天安门广场的气氛更加肃穆，更加悲壮，更加激动人心。

这是一个诗的海洋。整个纪念碑周围贴满了诗词，广场贴不开了，就向南面的松树林发展。人们在树林中拉起一根根绳子，上面挂满诗词和条幅，形成一条条峰回路转的"诗廊"。一首首铿锵有力的诗词，表达了人们心头的爱和憎。这些充满激情的战斗诗篇，燃烧着千千万万赤诚的心，表达了八亿中国人民热爱周总理、痛恨"四人帮"的阶级感情。人们高声朗读，俯首抄写。

听吧，这是一首七言诗："揭竿淞沪震亚东，八一南昌军旗红。万里长征献赤胆，弹雨枪林一心忠。滚滚延河育劲草，巍巍宝塔育青松。龙潭虎穴斗山城，舌剑唇枪战顽凶。艰苦卓绝三山移，碧血凝染五星红。反帝反修创伟业，为国为民立奇功。人生自古谁无死，独留丹心化大公。"

这是一篇散文诗："他没有遗产，他没有嗣息，他没有坟墓，他也没有留下骨灰。他似乎什么也没有给我们留下，但是他永远活在我们心里。他富有全国，他儿孙好几亿。遍地黄土都是坟，他把什么都留给了我们，他也永远活在我们心里。他是谁？他是谁？他是总理！……"

在广场的人群中，北京铁路分局青年工人王海力，双手举起在白绸上写的血书："敬爱的周总理！我们将用鲜血和生命誓死捍卫您！！！"许多人看了血书，热泪夺眶而出，争相和他握手。

这是声讨"四人帮"的战场。人人义愤填膺，个个口诛笔伐。北京崇文区化学纤维厂孙正懿同志写的一首诗："翻案图穷匕首见，攻击总理罪滔天。青江摇桥闪鬼影，反罢河妖红霞现"，用"谐音"点了张、江、姚的名。诗一贴出去后，围抄的群众水泄不通，还写了许多"好！""妙极！""真好！"等批语。在纪念碑前，还贴了一首署名"新人"的诗《清明节呐喊》，诗中说："今朝扫墓，变本加厉。言称破旧，用心何毒！'电话通知'，诬人造假。'遥瞻'无罪，总理有瑕？桩桩件件，有目共察。追根寻源，海辽两家。名利熏心，欲立自家。裹挟天子，以令万家。宁左勿右，一如林家。"这首诗把"四人帮"的野心和手法，揭露得淋漓尽致。传颂传抄者，络绎不绝。

在纪念碑东侧，有一首诗署名"心明眼亮细读诗，真名实姓一工人"，引人注目。这首诗写道："三人只是一小撮，八亿人民才成众。赫秃清江掀逆浪，敢反潮流碎资梦。"当念到"三人"时，群众自问："是谁？"又自答："不问自明！"念到"一小撮"时，朗诵者解释："撮字，就是提手边加一个最坏的最字。"人们正是从这反问、哄笑声中，发出了对"四人帮"的嘲弄和蔑视。

天安门广场是历史的见证。这里曾经是中国人民反帝反封建的五四运动的发祥地，曾经是中国人民升起第一面五星红旗的地方。现在，这里又成了声讨"四人帮"的雄伟战场。为了把这历史的画卷留下来，为了把这时代的呐喊录下来，许多同志冒着生命危险拍了很多珍贵的照片，中央广播事业局的刘万勇夫妇，甘肃有色金属公司的任世明兄弟藏着录音机，穿行在人群中进行录音。遗憾的是，当时没有可能拍摄影片。但是，中国人民革命斗争史上这壮丽的篇章，中国共产党第十一次路线斗争史上这光辉的一幕，在中国人民心中留下的印象，是不可磨灭的。

三、王张江姚　密谋策划

从南京的雨花台，到北京的天安门广场，人民革命的波涛，汹涌澎湃，王张江姚濒临灭顶之灾，终于举起屠刀，向人民下毒手了。

他们一开始，就把群众悼念周总理的活动定为反革命活动。三月三十日，王洪文就对他们在人民日报的那个心腹说，"南京事件的性质是对着中央的""那些贴大字报的是为反革命复辟造舆论"。四月二日，当首都人民悼念周总理、怒斥"四人帮"的革命烈火燃烧起来的时候，姚文元对那个心腹说："要分析一下这股反革命逆流，看来有个司令部。"同日，他在给中央广播事业局的电话中说，"清明节是旧习惯""现在天安门前纪念碑送花圈悼念总理，是针对中央的，是破坏批邓的"。四月四日，姚文元再次打电话告诉人民日报的那个心腹："天安门人民英雄纪念碑的活动是反革命性质。"这就说明，定性天安门事件是"反革命事件"，并不是什么因为四月五日发生的烧、打，而是"四人帮"早有预谋，早已定性的。所谓烧、打，不过是他们的借口，其实罪名早已定下，罗网早已张开，对革命群众的一场血腥镇压早已策划好了。

他们下令对到天安门广场去的人采用法西斯特务手段，跟踪盯梢进行迫害。王洪文亲自给他们在公安部的一个党羽打电话说："你还在睡觉啊，我刚到天安门去看了一下，那些反动诗词你们拍下来没有？不拍下来怎么行呢，将来都要破案的呀，否则到哪里去找这些人呢？你们应该组织人去把它拍下来，要考虑到将来破案嘛！"张春桥提出要派便衣，说："便衣很起作用，只有便衣才能到群众中去了解情况。""四人帮"在北京市公安局的那个黑干将十分嚣张，三月三十一日他就派出便衣，"以群众的面目出现，观察情况，注意动态,把念的小字报、贴的诗词都记录下来,全部报告"。四月二日,这个黑干将连续召开三次紧急会议,部署"还要准备三千人",作为"随时出动的机动力量""监视跟踪,查明下落""当场扭获""不便扭获的,就跟出广场扭获"。四月四日,这个黑干将又部署,"车辆准备好,拘留所、收容所要作好准备,组织好"。四月三日到四日,他们就抓了北京市自行车一厂工人魏海涛、房修二公司工人韩志雄等二十六名悼念周总理的群众。

  为了进一步镇压群众,姚文元竟拿蒋介石死日作借口。(编者按:人民公敌蒋介石是一九七五年四月五日死的)他在四月四日说什么:"(送花圈)这个行动不是不理解了,国民党和我们捣乱。有些群众要求延长到六号,六号是国民党的日子,要坚决制止。"北京市公安局那个黑干将也叫嚣:"移走花圈,不给阶级敌人继续活动的场所。"人民群众向自己的总理献花圈,竟成了配合国民党,成了不可饶恕的罪行!这天深夜,他们调集了二百辆卡车,把花圈扫荡一空。

  人民群众含着泪水精心制作的花圈,被任意践踏,镶嵌总理遗像的玻璃镜框被砸碎了。这怎能不激起人民的愤怒?自己的战友为悼念周总理而被一个个押上警车,关进牢房,怎能不难过、不气愤?中国人民难道能够被这种气势汹汹的鬼蜮行为吓倒吗?难道能够不起来保卫周总理,保卫毛主席的革命路线,保卫人民的民主权利吗?不,英雄的人民群众是不会屈服的。这样,四月五日的激烈斗争就不可避免了。

四、还我花圈　还我战友

  四月五日清晨,群众走到天安门广场,竟看到这样一幅景象:花圈收走了,诗词撕掉了,挽联、条幅都不见了,地上是一滩滩的水,纪念碑周围是三道戒备森严的封锁线。

  人们心里骤然一冷。

  北京一七二中的三十多个同学,抬着花圈,迈着沉重的步伐,走近纪念碑。人们让开路,鼓掌支持。守卫人员把他们拦住,花圈献不上。

  "为什么不让我们上纪念碑?"

  "要修理。"守卫人员按规定的口径回答。

  "为什么早不修晚不修,偏偏今天修?"

  守卫人员无言对答。

群众又追问:"为什么不让我们献花圈?"

就在争辩的时候,北京整流器厂工人吕德俊,听到一个穿蓝制服的人说:"大家不要受反革命分子挑动。别再闹了。别为走资派卖命了,现在报上都快把走资派点出来了。"这篇昏话也被北京化工学院陈子明等人听到了。群众说这人是在攻击周总理,就追上去打。这时,有两名公安人员上来解围,群众发现他们是便衣,怒火都集中到他们身上。其中一个飞步跑向人民大会堂,群众从后边追,一直追到人民大会堂东门外。

在人民大会堂东门外,已经有上万名群众聚集在那里。他们以为花圈被收在大会堂的地下室,高呼:"还我花圈,还我战友!"设在广场东南角小楼里的指挥部诬说群众要冲人民大会堂,马上给东观礼台下的交通指挥所打电话:"赶快出去宣传,讲清明节已过,悼念活动已结束,请革命同志离开天安门广场,要警惕一小撮阶级敌人的破坏活动。"当时接受任务的北京市公安局交通处的乔厚传同志,将喊话内容记在本子上,由广播员照念。广播车沿着大会堂东侧由北向南来回行驶,连续广播。当广播车转第三圈时,群众围上去,纷纷质问:

"你们说悼念活动已经过去,是谁组织过我们悼念总理?悼念活动从什么时候算起?"

"阶级敌人指谁?是谁在破坏捣乱?"愤怒的群众把车推翻,把车顶上的喇叭砸了。人们看乔厚传是个干部,就把他从车里拉出来说:"你们不叫我们悼念周总理,还有一点良心没有?""如果你不反对周总理,那你就喊'谁反对周总理我们就打倒谁''我们永远怀念周总理'。"

乔厚传同志尽管受到群众的围攻,但他内心同情支持群众的行动,此时就呼了这些口号。群众说:"他们也是执行者,放他们回去。"这就是所谓砸广播宣传车的原委。乔厚传同志因此被"四人帮"在公安局的那个黑干将认为是经不起考验、斗争不坚决的人。

九点左右,还有很多人在大会堂东门口要求"还我花圈,还我战友",并高呼"人民万岁"等口号。这时一个身材不高、身穿工衣的人跳出来说,"人民万岁的口号不对,人民也分阶级""送花圈没有用,周总理是最大的走资派"。在场的北京市西城区棉纺织厂工人王维衍、北京大明眼镜行工人李金生等同志听到这些鬼话,非常气愤,上去教训他。群众主动拉起保护圈,把他围在中间教育。北京铁路局工人岳存寿质问他是哪个单位的,他拒不回答,后来从他兜里找出了一张清华大学机械系的听课证。群众见他很顽固,就拉到纪念碑前责问。北京东城区电子仪器一厂工人齐国治问:"你为什么要攻击总理?"这个人说是上海《文汇报》上说的。接着,群众就把他押到中山公园派出所,要求严肃处理。

十点左右,汇集在人民大会堂东门外的群众已达数万人,高呼"谁反对周总理就打倒谁!"这时,指挥部的头头指示,派民兵和部队围住大会堂。当部队、民兵同群众对峙时,水电部工程二局工人侯玉良等人,朗诵了《敬告工农子弟兵》的诗:"人民子弟兵,你们聆耳听。今天人民悼总理,不许你们胡乱行。你们的军装是周总理长征吃过的草根来染成,你们的枪刺是我们工人的机器来制造,你们的身体是我们农民的粮食来铸成,你们的父兄姐妹盼望你们猛冲在和敌人的斗争中……"这诗,深深地感动了解放军战士。他们纷纷说:"我们和大家一样心情。"许多工人民兵感动得流下泪,纷纷扯掉袖标,撤了下去。侯玉良还拿出他起草的成立"首都人民悼念总理委员会"的倡议,宣读后,群众振臂欢呼。

十一点多,一个青年拿着半导体话筒说:"大家看那座小楼,那是联合指挥部,昨天夜里收花圈、抓人,都是他们指挥的。现在我们去同他们交涉,要花圈要人!"然后,他宣布,排好队,遵守纪律。接着,人们手挽手,唱着《国际歌》,横穿天安门广场。知识青年刘迪(就是被"四人帮"一伙称为小平头的一个同志)看到那个青年已受人注意,为了掩护他,就主动拿过话筒,指挥队伍来到小楼前。群众提出派代表进楼谈判,侯玉良和北京特艺机修厂工人赵世坚、北京八十六中学生孙庆柱、北京化工学院学生陈子明等站了出来。当谈判代表进楼后,刘迪等同志在楼外领呼口号:"毛主席万岁!""给人民以纪念总理和先烈的权利!"他们还宣布了三条纪律:"一不许打人;二不许破坏公物;三要防止阶级敌人破坏。"十分钟过去了,代表们没有出来,群众很着急。刘迪又把三条纪律重复念了几遍。不一会,代表们出来了,说楼内根本找不到负责人。是指挥部的头头不在吗?不!他们乘的上海牌小轿车、"212"吉普车,明明停在小楼外边。他们是避而不见,是在捉弄群众。群众的感情受到压制,遭到捉弄,更加激起了愤怒的火焰。在人民的天安门广场上,为什么有收花圈的自由,没有献花圈的自由?有攻击总理的自由,没有捍卫总理的自由?

下午一点五分,当愤怒的群众知道停在小楼外面那辆上海牌小轿车是指挥部的头头坐的,就把它推翻烧着了。

二点四十分,指挥部两辆吉普车被烧。

二点五十五分,一辆面包车给工人民兵送饭来了,群众说:"我们从清晨到现在什么也没吃,倒让他们吃饱肚子镇压我们!"于是一气把车推翻,烧着。

五点零四分,指挥部小楼也被群众烧着了。

当时,在场的有几万名群众,他们不去救火,这是为什么?难道人们不知道疼爱国家财产吗?难道人们不知道这会带来什么后果吗?人们当然知道。但是,群众却从内心支持这种行动,因为这个行动是对"四人帮"法西斯暴行的反击,是对白色恐怖的抗议!

五、四五之夜　一片恐怖

当小楼起火后,指挥部的领导们接到撤退的命令,在"首长先走"的嚷嚷声中,一个个从窗户爬出去。晚上七点,公安局的黑干将下达命令:"今晚搞统一行动,组织要严密,准备武器,可以带棍棒、铐子。"

一场大规模的镇压就要开始了,数万名群众的心灵蒙上一层阴影。人们又涌向纪念碑,向总理的英灵告别。他们高唱《国际歌》,高呼"我们永远怀念周总理"的口号,用呜咽的声音朗诵北京电视机厂工人景晓东新贴出的怀念总理的抒情诗《告别》:"我多想,多想生出凌云的翅膀——飞上九霄,把您的忠魂探望;再听听您那深情的教导,再看看您那慈祥的目光。我多愿,多愿是那月里的吴刚——把最醇的美酒,为您捧上……但我只有悲痛的歌声能向那九霄轻飏;我只有这哀悼的诗句能在您的灵前献上。"

当群众不断离开广场时,指挥部的一个头头正在四处打电话:"队伍集合得怎么样?要快,动作要快,再晚人都走光了。"九点三十五分,广场的灯一下都亮了,对人民的镇压开始了。

请听听那些受害者的控诉吧:

国家计委经济研究所共产党员孟连说:"我正在纪念碑南侧抄诗,看见有人追打四散的群众。我心想不好,赶紧收起笔记本,绕到纪念碑北侧。只见北面也涌来好多人。我急忙跑下台阶,想冲出包围圈,但已来不及了。他们一边狂喊'回去!回去!'一边舞着棍棒劈头盖脑打来。猛然一脚,我被踢倒在地,十多个人围着我,连打带踢,直打得我头晕目眩,不能动弹。等到我慢慢清醒了一些,才感觉还有一个人压着我的腿,胳膊旁边也躺着另一个人。不远处传来有人挨打的惨叫声。我想,你们打我们手无寸铁的群众,算什么能耐？！后来，他们发现我有抄诗的本子，便把我连夜押到监狱。"

北京汽车二厂工人阮南南说："我看着四五个人追打一个青年，其中一个照着那青年的后脑勺狠狠击了一棒，那青年一声惨叫，倒在地上。我跑到广场东南角，只见一些人从纪念碑那里走来，恐吓驱赶群众。有一个还叫着：'革命的同志快离开广场，反革命的留在广场……'我气愤地说：'好！我们走，我们是革命的，留下的可是反革命的。'那个人大吼：'抓住他！'其他几个人冲过来，拳头、皮鞋照我头部、胸部、腹部猛烈袭来。我被打倒在地，扣子被扯掉，棉衣、衬衣被撕破，裤子也给撕开了一个大口子。他们连踢带打，把我拖到纪念碑下。一个人过来搜我的身，还用皮鞋猛踢我的脸，踢得我口鼻流血，休克过去，等我醒过来，只见一个人用皮鞋把我流在纪念碑上的血迹擦掉。大约又过了一个多小时，我被押到中山公园，在凛冽的寒风中站了几小时。后来，我被关进牢房……"

那天晚上，二百多名革命同志，在天安门广场被拘捕了。"四人帮"的白色恐怖笼罩着北京，蔓延到全国。

六、造假情况　欺骗中央

天安门事件被"四人帮"诬陷为反革命政治事件，同他们控制的人民日报社的《情况汇编》有直接的关系。所谓"天安门广场的反革命政治事件"这种提法，最早是在《情况汇编》上出现的。

从四月一日到六日，"四人帮"通过其在人民日报社的心腹指挥记者突击采写、编发了十多期关于天安门广场活动的《情况汇编》。有时一昼夜出三期，有时搞"不宜印发"的手抄件。这些《情况汇编》完全是按照"四人帮"事前定的调子采写、编辑，经他们的心腹挑选炮制，再送姚文元修改审定印发的。

他们把悼念周总理诬蔑为"借悼念总理为名，恶毒攻击党中央和中央领导同志"。他们竭力歪曲、掩盖广大群众悼念周总理的活动，即使记者写的情况中涉及一些悼念的内容，姚文元也千方百计地砍掉，或者加以歪曲、诬蔑。四月三日《情况汇编》中提到在纪念碑北侧的栏杆上，贴着不署名的标语，"我们想念周总理，我们怀念杨开慧"。姚文元气势汹汹地加了一句批语："这同外地的煽动性的反动口号完全一样。"四月四日的《情况汇编》，登了一首署名"敬周试作"的《满江红》："千古华土，脱蛹几只新苍蝇，嗡嗡叫。

得宝成精,自鸣得意。伟人光辉形象在,岂容小虫来下蛆。激起我满腔怒火燃,拍案起。志同者,团结紧,捍卫咱,周总理。拿起火与铁,准备决战。任凭熊黑掀恶浪,摆开架势对着干,揪出藏尾巴的恶狼,斗到底!"姚文元别有用心地把"捍卫咱,周总理"以上的句子删去,在末尾加上:"这类反革命言论表明,幕后策划者是在言论之后还想搞行动的。"有一张署名"青年工人杨光明"的悼念总理的小字报,写道:"历史将无情地宣判那些竟冒天下之大不韪而翻总理的案,损毁磨灭总理伟大光辉形象的人不得人心。这些人民的败类,社会的渣滓,必将成为中国和世界人民的千古罪人和公敌。"姚文元加了"从这里可以看出,这股猖狂的逆流,完全是有组织有计划的反革命政治行动"。

四月三日《情况汇编》清样里登了署名"青年工人丁亮"写的一份《倡议书》,充分揭露了"四人帮"假左真右的反革命面目,结尾指出:"说共产主义空话是不能满足人民希望的""他们最终也要穿着这种镶满空话的美丽外衣,连同他们肮脏的肉体,一起被人民扫入历史的垃圾堆"。这明明是斥责"四人帮"的,但是,姚文元却把《倡议书》全文删去,恶毒地将"说共产主义空话"篡改为"公开提出'反对共产主义空话'的反革命口号"。姚文元还就科学院一〇九厂写的那有名的"碧血再开革命花"的诗句,凭空加上一句"所谓'再开革命花'就是要推翻社会主义革命和反击右倾翻案风的斗争"。广场上贴过一张题为《某公三哭新谱》的散曲,从全诗的内容来看,是反对刘少奇、林彪和江青的。姚文元及其心腹为了加人以罪,在四月四日的《情况汇编》中,没有引用一句原文,就说它是"以极其恶毒的语言,把矛头直接指向伟大领袖毛主席和中央领导同志"的。这种卑劣的做法,充分暴露了他们千方百计把天安门事件打成反革命事件的险恶用心。

他们蓄意歪曲天安门广场烧打真相。四月五日的《情况汇编》中登的那篇《天安门广场的反革命政治事件》,一开头就说:"今天清晨七点多钟,有人看见天安门广场的花圈没了,便聚众抗议。"这里,姚文元把"有人"改为"一小撮坏人","聚众"改为"煽动一伙人"。文中接着说:"八点左右,一辆市公安局的广播宣传车被砸,车子被推翻在地,车身和喇叭都被砸扁了。"可是,群众为什么砸广播车,《情况汇编》只字不提。在谈到打人时,《情况汇编》原来写道:"有十来个小伙子,分别被闹事的人围打。据闹事的人说,其中两个是清华大学工农兵学员,一个是解放军。他们公开说了'周总理是党内最大的走资派'。"但是,姚文元公然把恶毒攻击周总理的这句话砍掉了。这样，打人的起因再看不出来，事实真相完全被歪曲了，事情的性质根本改变了。结果，捍卫总理的革命群众变成了"一小撮坏人"，攻击总理的人竟成了受害者。在烧汽车、烧楼房问题上，他们也采用同样卑鄙的手法。提到烧汽车的《情况汇编》，原稿写有"现场黑烟冲天，一股橡皮气味……"被改为"一片反革命喧嚣声"。原稿还有一句"现场指挥部楼前都是青年人"，被改为"参加这次反革命事件打先锋的，大都是一些青年人"。姚文元及其心腹就是这样歪曲、颠倒事实真相的。

"四人帮"在人民日报的心腹，这样不择手段地编造假《情况汇编》，为"四人帮"疯狂镇压群众立下了汗马功劳，难怪江青、姚文元在天安门广场事件后接见他们在人民日报的心腹等人时，连连赞赏说这个"小报"（指《情况汇编》）"有时比几百万张（报）的作用大"；人民日报那个心腹也曾经那样得意地说，他们搞的《情况汇编》"起了重大作用"。

七、拼凑黑文　流毒全国

在这些歪曲事实的《情况汇编》的基础上，由"四人帮"亲自指挥，炮制了那篇臭名昭著的《天安门广场的反革命政治事件》的假报道。

那是四月七日上午的事。七时左右，姚文元打电话给他的心腹说："你和写天安门广场情况的记者马上到人民大会堂来，带着那几期刊登广场事件的《情况汇编》来。"

"四人帮"这个心腹带着他手下的几个人到了人民大会堂，一见面，姚文元就扬扬得意地对这个心腹说："大好事，大好事！你们把反映天安门事件的几期情况，编成一篇公开报道！"快到中午时，姚文元把他的心腹等人带到东大厅同王洪文、张春桥、江青见面，把这些"有功人员"一一介绍给他们。

姚文元说："他们就是搞天安门情况的。"

王洪文说："你们有功劳呀！"

江青说："我们胜利了""祝贺你们"。并煞有介事地安慰说："你们挨打了没有呀？"

王张江姚及其心腹欣喜若狂。王洪文首先举杯说："都干一杯！"江青也一一敬酒表示祝贺。

张春桥对如何写报道做黑指示。他杀气腾腾地说："这帮家伙写那些反动诗,就是要推出邓小平当匈牙利反革命事件的头子纳吉。"

姚文元接着说:"有的坏家伙说,由邓小平主持中央工作,斗争取得了决定性的胜利,就是为邓小平歌功颂德。"

"四人帮"的心腹立即带着那几个记者将这几期情况改编为报道。

姚文元又授意他们:"春桥不是说了吗?这些家伙就是推出邓小平当匈牙利事件的头子纳吉。要把这些话写上去。还要把'由邓小平主持中央工作,斗争取得决定性胜利,全国人心大快'这些话引进去,这样更有力量。"姚文元还对报道的每个细节和提法都做了黑指示,他们都一一照办。

在编写这篇报道的过程中,王张江姚一直在直接指挥、亲笔修改,姚文元还对他的心腹说:"要快,写好一页送一页回去排印,用我的警卫车去送稿子。"从上午开始到下午掌灯时分,在这帮"刀笔吏"的黑手下,一篇制造大冤案的黑文出笼了。

这篇报道把天安门事件诬为反革命政治事件的重要根据,是一首所谓"反革命"诗。我们先把当时登载的这首诗抄录如下:

"欲悲闻鬼叫,
我哭豺狼笑,
洒血祭雄杰,
扬眉剑出鞘。
中国已不是过去的中国,
人民也不是愚不可及,
秦皇的封建社会已一去不返了,
我们信仰马列主义,
让那些阉割马列主义的秀才们,见鬼去吧!
我们要的是真正的马列主义。
为了真正的马列主义,
我们不怕抛头洒血,
四个现代化日,
我们一定设酒重祭。"

这篇报道把这首诗说成"丧心病狂地把矛头指向伟大领袖毛主席,分裂以毛主席为首的党中央""含沙射影地、恶毒地攻击诬蔑伟大领袖毛主席、党中央的领导同志""完全同林彪反革命政变计划《"571工程"纪要》中的语言一样,是彻头彻尾的反革命煽动",等等。罪名大得很呀!当时许多读者心里就有一个疑问:为什么一首诗前后格调完全不同?前四句是五言旧体诗,后边是自由体诗,哪有这样不伦不类的东西呢?现在查清,果然不对。它根本不是一首诗,而是两首拼凑起来的。当初拼凑时,有人曾提出把前四句删掉。姚文元说:"有剑出鞘,不能删。"姚文元们之所以要拼凑这首诗,就是为了要把"剑"和"秦皇"联起来,借以诬蔑作者是在影射攻击毛主席。用这种东拼西凑的办法栽赃陷害,是罕见的。

"扬眉剑出鞘"的剑,不是指向毛主席的,而是指向"四人帮"的。那么,"秦皇的封建社会"是不是影射毛主席的呢?去年纪念周总理逝世一周年的时候,这首诗在天安门广场重新张贴出来,使我们得以看到了它的全貌。它的题目是《清明悼周总理》,现在我们把全文发表:

> 敬爱的周总理,
> 您的儿女对不起您,
> 您的英灵至今不能安息。
> 掏尽红心,
> 难表我们对您的深切怀念;
> 挥尽血泪,
> 难倾满腔悲愤思绪。
> 您的一生历史已作出最高的评价。
> 功高日月,声震寰宇。
> 国际史上,
> 永载您的音容笑貌;
> 革命路上,
> 踏遍您的稳健足迹。
> 风云涌,鬼神泣,
> 巨星一陨天地哀,
> 四海五洲下半旗。
> 可笑群魔不自量,
> 妄想重翻腥风血雨。
> 鼓唇摇舌,捧裾牵裾,

猿猴沐冠,什么东西!
蚂蚁缘槐夸大国,
蚍蜉撼树谈何易。
让那些家伙看看吧:
天安门前花似雪,
纪念碑下泪如雨。
你们不念我们念,
你们不祭我们祭。
总理精神万代传,
子子孙孙举红旗。
中国已不是过去的中国,
人民也不是愚不可及,
秦皇的封建社会已一去不返了,
我们信仰马列主义。
让那些阉割马列主义的秀才们,
见鬼去吧!
我们要的是真正的马列主义。
为了真正的马列主义,
我们不怕抛头洒血,
我们不惜重上井冈举义旗。
总理的遗志我们继承,
四个现代化日,
我们一定设酒重祭。
安息吧,
敬爱的周总理。

　　这首诗完全是悼念周总理,痛斥"四人帮"的。诗中表达了对周总理的无限怀念,对周总理的丰功伟绩作了高度的评价。今天读起来,我们仍然抑制不住激动的感情。作者也怀着满腔的愤怒,声讨"四人帮"。读着那犀利的诗句,心中又是多么痛快、多么解恨啊!但是,这首诗选登在《情况》上时,"四人帮"的那个心腹,先把"四海五洲下半旗"以上的诗句删去了,到了姚文元手里,他又把"可笑群魔不自量"到"蚍蜉撼树谈何易"删去了,而在《人民日报》上发表时，张春桥、姚文元又把"我们不惜重上井冈举义旗""总理的遗志我们继承"等句子删去了。这样，原诗就面貌全非了。至于诗中"秦皇的封建社会已一去不返了"，也是针对"四人帮"的，是对他们结帮营私，控制舆论工具，搞"帮天下"的那种封建法西斯统治的控诉。紧接着这句诗的后面，作者明白地表示"我们信仰马列主义""为了真正的马列主义""不怕抛头洒血""不惜重上井冈举义旗"，走毛主席的革命道路，这怎么能扯得上反毛主席呢？！怎么能同林彪《"571工程"纪要》硬联系在一起呢？！真是荒谬绝伦。这是姚文元对这首诗的作者的陷害，也是对到天安门广场悼念周总理的广大群众的陷害。

在编写这篇报道时，张春桥、姚文元还出了一些歹毒的主意。为了把天安门广场群众悼念周总理的活动，打成有"幕后策划者"指挥的"反革命政治事件"，姚文元说，要把"有预谋、有组织、有计划地制造的反革命的政治事件"这句话写上，为他们打倒一大批老一代无产阶级革命家制造反革命舆论。在所谓"冲人大会堂"、烧楼房问题上，张春桥看了稿子说："几百个民兵排着队走上大会堂干什么？去参观？目的性没有说清楚"，结果在报道中改成"几百个工人民兵，为了保卫人民大会堂"，造成似乎有人要冲人民大会堂的假象。他还说："把烧楼房改为烧解放军营房，全国人民一听这帮坏人砸了、烧了解放军营房，就会愤慨！"结果将楼房改为"解放军营房"。经他们这一连串的篡改，捍卫周总理光辉形象的革命人民竟变成了"暴徒"，无辜的群众变成了冲击人民大会堂的罪人。张春桥、姚文元就是这样造谣欺骗、蛊惑人心，进行反革命煽动的。

四月八日报道发表后，广大读者纷纷来信来电话提出强烈抗议。四天之后，报社收到一位署名"一名现场的工人民兵"的一封信。信封的正面写道："人民日报总编辑收"，背面是"戈培尔编辑收"。信里装着四月八日《人民日报》的一、二版。这位民兵同志在报上批了很长一段话，现摘录几句："令人震惊！党报堕落了！成为一小撮法西斯野心家阴谋家的传声筒！""明明是一小撮野心家阴谋家操纵《文汇报》《学习与批判》把矛头指向敬爱的周总理，引起群众气愤与（予）以反击，你们胡说八道说指向毛主席！""明明是十来个青年进行挑衅攻击周总理，并得到大会堂里的人保护，你们说是冲大会堂打了人，真理能封锁得住吗？事实能歪曲吗？""明明是你们耍阴谋使诡计收了花圈扣了人，还说有人闹事。""明明是你们编造的诗词拿来说是天安门广场的，谁人不知是江家小朝廷的？""你们演的这场'国会纵火案'实在不高明，一篇混淆视听的假报道就能骗得了人民群众吗？从今日改为：法西斯党机关报。""打倒野心家阴谋家江、张、姚！！！"这就是革命人民对这篇假报道，对"四人帮"的最有力的回击。

八、揪总后台　陷害忠良

天安门事件期间，邓小平同志完全处在与外界隔绝的状态，跟事件毫无关系。"四人帮"为了将邓小平同志置于死地，竟说他是事件的总后台。

群众对"四人帮"疯狂打击、诬陷邓小平同志尽管愤愤不平，但在天安门广场活动的最初几天，在诗词、传单中，未见提到邓小平同志，"四人帮"及其心腹没有找到下手的机会。有一次，人民日报的《情况汇编》登了一期所谓"一小撮阶级敌人在天安门广场"的罪证照片，姚文元看后大发雷霆，立即打电话给他的心腹说："为什么用这些照片？杂乱无章，有打破头的，没有一张与邓小平有关系的。"为了搞"与邓小平有关系的"，他们就搬出封建社会株连九族的卑劣手法，从邓小平同志的亲属身上打主意。邓小平同志有个女儿在科学院半导体研究所工作。该所送了两个花圈到天安门广场。"四人帮"及其心腹得知此事，喜出望外，要记者快写情况。其实，邓小平同志的女儿当时生病在家，既未参与做花圈，也未到天安门广场。即使这样，记者还是写了情况，用了"邓小平女儿所在的科技处做的花圈上写着"这种别有用心的句子，说明到天安门广场送花圈的活动，同邓小平同志有关系。"四人帮"的帮派骨干得意扬扬地说："不要以为只一二百字，可重要啦！"

四月四日晚上九点，"四人帮"的心腹派的记者在纪念碑西南角看见几千人围着听《第十一次路线斗争》的传单，全文是：

"第十一次路线斗争

一、七四年一月，江青扭转批林批孔大方向，把矛头指向周总理。

二、七四年十二月，江青背着中央接见外国传记记者，诬蔑中央领导同志，在四届人大争当总理。

三、七五年一月，主席识破了江青，按周总理的意图召开了四届人大，取得了斗争的初步胜利。

四、七五年七月，毛主席批评江青，停止其在中央的工作。在周总理患病期间，由邓小平同志主持中央工作，斗争取得了决定性胜利。邓小平同志重新主持中央工作，全国人民大快人心。

五、最近所谓反右倾斗争，是一小撮野心家搞的翻案复辟活动。毛主席说：'翻案不得人心。'这些人翻历史的案成了过街老鼠。"

这张传单引起广大群众的注目和拥护。记者马上赶回报社汇报这一情况。"四人帮"的心腹如获至宝，抓起铅笔记在日历上，立即把传单的内容打电话报告姚文元。姚文元听了，大声叫好。这个心腹还要汇报群众反映，姚文元说："够了！下面的不要说了，我正开会，快散会了，我要到会上说一下。"这个心腹马上让人把传单抄下来，火速送姚文元，题目叫《一个极为重要的情况》。

在炮制《天安门广场的反革命政治事件》的报道时，姚文元说："要鲜明地点出邓小平。"尔后，凡是有关天安门事件的报道、评论、文章，就把什么"邓纳吉"啦，什么"谣言公司的总经理"啦，什么"天安门广场事件的总根子"啦，种种诬陷不实之词，加在邓小平同志的头上。特别是"四人帮"控制的人民日报写作组与梁效合写的《党内确实有资产阶级——天安门广场反革命事件剖析》那篇黑文，竟胡说什么"到天安门广场闹事的那些牛鬼蛇神，群魔百丑，都是按照邓小平的笛音跳舞的"，邓小平"集中代表了党内外新老资产阶级和地、富、反、坏、右的利益和要求"，天安门广场事件是"邓小平一手造成的"。姚文元还嫌这话不够，又亲笔把"一手造成的"改为邓小平"就是这次反革命事件的总后台"。邓小平同志就这样被定性了。

邓小平同志被打倒后，"四人帮"继续利用天安门事件大做文章，指使他们的心腹连续炮制了《天安门广场的反革命政治事件（续）》和《不许纳吉式的人物上台》两篇文章，准备出笼，露骨地把矛头指向华国锋同志。这时，王洪文狂妄地说："去年反革命谣言没有好好追。我们要追，天皇老子也要追，不要以为是老干部就不敢追。涉及到国务院、党中央系统也要追"，妄图打倒坚持毛主席革命路线的中央负责同志。

九、生命不息　斗争不止

"四人帮"四月五日对天安门广场的革命群众进行血腥镇压，不仅没有吓倒用毛泽东思想武装起来的人民，反而彻底暴露了这伙政治匪徒的法西斯嘴脸，更加激起了强烈的反抗。

一夜的腥风血雨刚刚过去，第二天，仍然有许多人来到天安门广场。有人激昂慷慨地发表演说，揭露昨天晚上在天安门广场发生的事情，痛斥"四人帮"的反革命暴行。有人提出静坐示威，有人提出请愿，有人提出游行。

北京东城电子仪器一厂工人齐国治被群众的热情所鼓舞，大声说："静坐有什么用？请愿有什么用？游行又有什么用？不是全没有用吗？只有组织起来才有力量。"他建议成立"全国保卫周总理委员会"，向全国人民说明真相，揭露这伙野心家的阴谋。他的建议受到群众的热烈拥护。

四月七日夜，"四人帮"炮制的所谓天安门反革命政治事件的消息刚刚广播完毕，中央广播事业局技术处干部李景春立即写了两条大标语："要反周总理的江张姚（恶狼）决没有好下场，不得好死！""打倒江青、姚文元、张春桥！"多么勇敢的行为啊！

革命群众敢于斗争，又善于斗争。天安门广场的革命诗词、祭文、悼词，在清明时节发挥了巨大的战斗作用。天安门事件被镇压后，怎样保存这些革命文物，便成为革命群众在新的情况下同"四人帮"进行斗争的一种方式。人们想尽一切办法，巧妙地保护和珍藏。像轻工业部一名干部，把抄录的革命诗词，按照只有他自己才看得懂的排列顺序，重新抄在纸上，外面绕上很厚的棉线，好像一个线团。公安局的一位民警同志，把抄录的革命诗词移到他在河南农村的家乡，埋在地下。一位在秦皇岛工作的同志，清明时节恰在北京，他抄录了大量革命诗词，用塑料布包起来，埋在香山。有的同志把诗词埋在花盆里，藏在炉膛夹壁内。人们这样做，是因为怀有一个坚强的信念：坚信"四人帮"总有一天要完蛋，黑暗即将过去，曙光就在前头。

在那些艰难的日子里，北京第二外国语学院汉语教研室的十六位同志，顶着"四人帮"的压力，冒着入狱的危险，四处搜集、整理，以童怀周的名字油印出版这些珍贵的天安门诗抄。他们中的一位成员白效朗被捕了，但他们不屈不挠地坚持斗争。七机部五〇二研究所和中国科学院自动化所的同志，怀着深厚的无产阶级感情，搜集、出版名为《革命诗抄》的集子，赵朴初同志为它题了字。

在狱中，那些被捕的同志，把牢狱变成反对"四人帮"的新战场。

"四人帮"的党羽施展种种手段，妄图胁迫那些同志就范。他们把曙光电机厂中层以上干部的名单，摆在该厂党委委员元海章面前，要他划出参加悼念周总理活动的人的名字，元海章拒绝了。他们要刘迪出卖同志，写诬蔑邓小平同志的材料，刘迪痛加驳斥。他们三次要李舟生写叶副主席的材料，李舟生严词拒绝。他们让北京市第七机床厂工人王英斌承认天安门诗词是反动的，他据理驳斥。北京钢铁学院进修生王雷在狱中和韩志雄互相鼓舞，为迎接出狱后的斗争而努力学习。在这些同志面前,"四人帮"及其党羽的阴谋均告破产。

这是新生的一代,英雄的一代。他们同天安门广场的广大群众一起,肩挑祖国命运的重担,为粉碎"四人帮"大声疾呼,在前进的道路上披荆斩棘,多么难能可贵呵!

十、四五运动 光照千秋

天安门事件被人们誉为伟大的四五运动。它以鲜明的旗帜,磅礴的革命气势,史无前例的巨大规模,向全世界庄严宣告:中国不是"四人帮"的;人民,只有人民才能决定中国的命运,只有人民才能推动历史前进。

人民是历史的主人,这个马克思主义的真理,经过天安门事件,化为气壮山河的巨画,深深地铭刻在亿万人民的心中。谁是天安门事件的组织者?人民。谁是天安门事件的指挥者?人民。百万人民群众表现了这样高的政治觉悟、组织才能和斗争艺术。在天安门广场演出了这样惊天动地的史剧,是历史上少有的壮举。它极其深刻地说明:人民革命运动的历史潮流,是任何反动势力都阻挡不了的。四五运动虽然遭到"四人帮"的镇压,但是真理的火种已经撒遍神州大地。人民觉醒了,看到了自己的力量,开阔了自己的眼界,增长了斗争的才干,增强了胜利的信心。四月的斗争敲响了"四人帮"的丧钟,为华主席领导的十月的胜利准备了最重要的条件——亿万觉醒了的人民。

四五运动的革命精神光照千秋,永远鼓舞着中国人民前进!

(1978年11月21日—22日)

一场捍卫党的原则的伟大斗争

——揭穿林彪、"四人帮"一伙制造"二月逆流"重大政治事件的真相

纪希晨

编者按： 一九六七年春天，所谓资本主义复辟的"二月逆流"，是林彪、"四人帮"炮制的迫害老一代无产阶级革命家的一个重大政治事件。其目的是打倒当时抵制他们的国务院副总理陈毅、李富春、李先念、聂荣臻、谭震林等同志和中央军委副主席陈毅、叶剑英、徐向前、聂荣臻等同志，进而打倒周恩来同志和朱德同志，架空毛泽东同志，为篡夺党和国家最高领导权扫清道路。

在这场关系党和国家命运的生死斗争里，老一代无产阶级革命家们英勇捍卫马克思主义原则和党的传统。他们在关键时刻，挺身而出，力挽狂澜，同林彪、"四人帮"一伙进行了惊心动魄的斗争。他们坚持原则，光明磊落，无私无畏，表现了共产主义战士的崇高品质，为我们树立了光辉榜样。

以华国锋同志为首的党中央，最近再次郑重宣布不存在什么"二月逆流"，而是"二月正流"。为了使广大读者了解这个事件的真实情况，本报特组织了这篇报道。

还历史本来面目

一九六六年，文化大革命一开始，叶剑英等同志就同林彪、"四人帮"一伙，在政治局会议上，在中央军委会议上，在如何领导运动的问题上，发生了深刻的路线分歧。双方多次的斗争，都集中在运动要不要党的领导；对老干部应不应都打倒；要不要稳定军队等等革谁的命、靠谁革命的问题上。这种针锋相对的斗争，在一九六七年二月怀仁堂会议达到了高潮。

林彪、"四人帮"一伙，把老一代无产阶级革命家进行的这场保卫党的原则的斗争，污蔑为所谓"二月逆流"，炮制了一个震撼全党全军全国的大冤案。在全国范围内立即掀起了一股反击"二月逆流"的妖风，造成了极大的恶果。

但是，历史是客观存在的。一九七一年"九·一三"林彪反革命武装政变彻底失败以后，十一月十四日，毛泽东同志接见成都地区座谈会的人员。周恩来同志和叶剑英同志参加了这次接见。当叶剑英同志走进会场时，毛泽东同志就对大家说：

"你们再不要讲他'二月逆流'了。'二月逆流'是什么性质？是他们对付林彪、陈伯达、王关戚。"

毛泽东同志还多次讲过："这件事搞清楚了，不要再讲'二月逆流'了。"

这就是说，毛泽东同志在那个时候，就已为"二月逆流"翻了案、平了反。但是，林彪、"四人帮"一直掩盖着历史的真相。

现在，我们可以来回顾这段历史了。

一九六七年二月中旬，在中南海怀仁堂的会议室里，在周恩来同志主持下，召开当时主持党、政、军日常工作的同志和中央文革成员的碰头会议，讨论"抓革命、促生产"的问题。有关同志也参加了会议。会上，围绕着文化大革命要不要党的领导，应不应把老干部统统打倒等几个问题，展开了尖锐争论。

这是因为，当时社会上已出现了公然破坏党中央制定的文化大革命《十六条》的许多事件。

一九六六年八月八日，八届十一中全会通过了《十六条》。广大群众迅猛起来了。为了达到搞乱全国、乱中夺权的目的，八月十三日，林彪以"副统帅"姿态在中央工作会议的讲话中，公然破坏《十六条》中关于绝大多数干部是好的和比较好的估计，篡改毛泽东同志关于无产阶级革命事业接班人的五个条件，另立所谓三条标准，凡他认为不符条件者，一条"罢官"，二条"罢官"，三条还是"罢官"。八月十八日，他又在百万人大会上，叫嚣要"四个打倒"，要"大破一切""改革一切""扫除一切""搬掉一切"！他鼓吹什么群众运动是"天然合理的"，号召打倒"走资派"和"反动权威"，进一步煽动大乱，把"罢官""横扫""火烧"之风刮遍全国！

北京市委和各省、市委连遭冲击之后，大批干部被扣上"走资派""反革命"帽子打倒了。

邓小平同志等党中央、国务院、军队的许多领导干部，被点名批斗、关押或靠边了，"公检法"被砸烂了，国家机构开始瘫痪了。

人民解放军的领导机关连续遭到冲击。林彪、"四人帮"一伙一股劲地煽风点火，造谣诬蔑，狂叫有"带枪的资产阶级路线""揪军内一小撮"，妄图毁我长城。

功在祖国的贺龙同志，早在一九六六年八月，就被林彪一伙造谣诬蔑，接着全家被抄，妻子儿女离散、流落了。与此同时，在陈伯达、戚本禹操纵煽动下，一些受蒙蔽的学生掀起了炮轰聂荣臻同志的浪潮。人民解放军总司令朱德同志也遭到恶毒攻击。在外事口，他们集中攻击陈毅同志，把外交部搞瘫痪，妄图先夺国防和外交大权。

林彪、"四人帮"一伙为煽动群众冲垮军队，在一九六七年一月三日，唆使军事院校学生要求开十万人大会，批判叶剑英、陈毅、徐向前、聂荣臻等同志。一月十九日，陈伯达诬蔑"军队资产阶级化"了。各个大军区，从南到北，从东到西，无不遭到冲击。

就在这时，政治局常委陶铸同志，被林彪、陈伯达、江青突然袭击，一月四日被点名诬陷打倒了。这是怎么回事？谭震林、李先念、陈毅等同志去问政治局常委李富春同志，富春同志也不清楚，回答说："不知道，没有讨论。"

这时，全国许多工厂停工停产，国家经济生活引起严重混乱。周恩来同志不能不出来过问了。一九六六年十二月，他就指示谷牧同志立即起草工交系统抓革命、促生产的指示，要求工厂不要停产闹革命，红卫兵不要到工厂串连。但是，这个指示还没有发出，立即遭到林彪一伙的围攻，谷牧同志被批了三天。在一次会上，林彪叫嚷，工交路线比文教战线更坏，必须"彻头彻尾地打破旧的东西"，坚持要在工交战线大串连，造成许多地方"停产闹革命"的严重形势。首先，国管院有关的部长和主管生产的国家计委几位副主任，都被揪斗了。王震同志等也被斗了。"现在管生产的只剩下一只胳膊了。"这是指在战争中失去一只胳膊，在漫天风雪中踏遍大庆油田的余秋里同志。

周恩来同志像中流砥柱，巍然矗立在险风恶流中间。周总理挺身保护被揪斗的老同志。他把贺龙同志一家接到自己家中；他煞费苦心地把一些老同志安排到中南海居住，使他们在冲击中得到短暂的休息。他看到煤炭部长张霖之同志被鞭打致死的照片时，悲愤地说："这些同志，死的不明不白，我怎么向党中央交代呵!"

一九六七年一月七日,在林彪、"四人帮"一伙操纵下,上海爆发了"夺权"黑风。接着,山西、青岛、贵州、黑龙江等省市,以及中央、国务院的各部门也相继发生夺权。这时毛泽东同志发出警告,指出"怀疑一切、打倒一切的口号是反动的"。可是,这些整天喊"高举""句句是真理"的人,根本不理会这些,仍然大肆宣扬"新文革和旧政府"的矛盾,竟然向毛泽东同志、周恩来同志、严禁夺权的外交部、财政部发动了夺权。

陈毅、谭震林、李先念同志来到李富春同志的住处。他们面对眼前的混乱情况,十分义愤地议论说,这些家伙把老干部打倒,把几个副总理和老帅打倒,下一步就要打倒周总理了。把毛主席架空了,国家就要大乱了。半个世纪千百万人民大众,无数先烈用生命和鲜血换来的无产阶级天下大乱了。这不能不引起跟着毛主席南征北战打天下的老一代无产阶级革命家的高度警觉和忧虑! 陈毅同志一针见血地指出:"他们不光是反对几个副总理和几位老帅,还要反对周总理,这一定是反革命要搞垮我们的党。他们这样搞,绝没有好下场!"事实不正是这样吗?

一场面对面的生死博斗

二月中旬怀仁堂会议,双方斗争发展到白热化。后来所传的所谓"大闹怀仁堂",就是老一代无产阶级革命家同一伙反党阴谋家、野心家进行的博斗。

一九六七年二月十三日下午的碰头会,像往日一样,周恩来同志坐在中间,一边坐着七位军委副主席、国务院副总理和余秋里、谷牧同志;另一边坐着陈伯达等中央文革成员一伙。两军对阵,十分鲜明。

军委副主席叶剑英同志首先站起来讲话。为党和国家命运感到无限焦虑的老帅,气愤地向坐在对面的陈伯达一伙,义正词严地说:

"你们把党搞乱了,把政府搞乱了,把工厂、农村搞乱了!你们还嫌不够,还一定要把军队搞乱! 这样搞,你们想干什么?"

坐在叶剑英同志旁边的新任军委文革组长徐向前同志,激愤地拍着桌子,痛斥陈伯达一伙:

"军队是无产阶级专政的支柱。这样把军队乱下去,还要不要支柱啦?难道我们这些人都不行啦?要蒯大富这类人来指挥军队吗?"

在这以前，徐向前同志曾因他们凭空捏造刘志坚同志是"叛徒"，顶过陈伯达。徐向前同志说：

"我们是带兵的人，军队的干部，跟我们打过仗，难道我们还不了解吗？"

叶剑英同志接着又质问他们：

"上海夺权，改名为上海公社，这样大的问题，涉及到国家体制，不经政治局讨论，就擅自改变名称，又是想干什么！"

叶剑英同志幽默地嘲弄陈伯达：

"我们不看书，不看报，也不懂得什么是巴黎公社的原则。请你解释一下，什么是巴黎公社的原则？革命，能没有党的领导吗？能不要军队吗？"

为了稳定军队，在这以前，叶剑英同志主持召开了中央军委常委会议。陈毅、徐向前、聂荣臻等同志的一致意见是，无论如何都要稳住军队，军队不能乱。叶剑英、聂荣臻同志一同去找林彪，指出：军队要搞个法，要搞个命令，要有限制，不能把军队搞乱。于是，中央军委向部队发了指示，军队不能搞大民主，不能成立战斗队，不能搞串连。

但是林彪利用他窃取的权力，主持召开了一次军委常委会。他蛮横地提出要在军队全面搞大民主。参加会议的几位军委副主席，异口同声地同他辩论：军队搞乱了，天下大乱了，你国防部长靠什么？

经过争论，决定野战部队不搞大民主，军事院校可以搞，但不准串连。这样，军委搞了"八条命令"，送给毛泽东同志。毛泽东同志亲自找了叶剑英、陈毅、徐向前、聂荣臻等同志，详细进行研究，认为"八条命令"很好，一月二十八日，批准照发，以稳定军队。

斗争更加尖锐化。就在传达经毛泽东同志审查批准的军委八条命令的会议上，关锋仍在诬蔑解放军不能搞社会主义革命，当即遭到叶剑英等同志的痛斥。他们指出，由党领导和培养的解放军，战胜了民主革命的敌人，也一定能战胜社会主义革命和建设的敌人。谁要想搞垮解放军，必定粉身碎骨！

但是在林彪一伙煽动下，"八条命令"以后，冲击军队的事，仍然连续发生。听到一些军队高级干部被抄家，机密文件被盗劫时，叶剑英同志在京西宾馆激怒地用拳头敲着桌子，警告想要搞乱军队的野心家说，谁想要搞乱军队，绝不会有好结果！

徐向前同志也愤然站起。他说，我们搞了一辈子军队。人民的军队，难道就叫他们几个毁掉吗？他气怒之下，一把掀倒跟前的桌子，真是义愤冲天。

就这样,叶剑英、徐向前等同志怀着无产阶级的怒火,来到碰头会上,点燃了怀仁堂的斗争。

斗争在继续着。三天之后……

二月十六日下午三时,前来参加碰头会的谭震林同志,在门口碰到操纵上海"一月夺权"黑风的张春桥。谭震林同志问他:

"陈丕显同志来了吗?"

谭震林同志所以提出陈丕显同志来京的问题,是因为一些省、市委书记被游斗之后,毛泽东同志连续在三个不同场合,一再指示,要把各省、市委书记接到北京保护起来。周恩来同志排除多方阻拦,把一部分省委书记接到北京,可是仍有一部分在当地被无理扣押着。陈丕显同志就是一个。张春桥听了,狡猾地说:

"群众不答应呵!"

"群众?"谭震林同志说,"党组织可以做工作嘛!"

"党?党不管用了。"张春桥说,"在上海,科长以上干部统统靠边站了!"

说的多轻巧!千万干部的命运就这样被他们决定了?一股怒火在谭震林同志胸中燃烧着,他激愤地指着张春桥:

"原来靠边站,打击一大片,都是你领导的呵!"

谭震林同志一进屋,就再次提出陈丕显同志来京的问题。

"陈丕显同志从小参加革命,是红小鬼,他有什么问题?几个大区书记、许多省委书记有什么问题?为什么不让他们来北京?"

林彪、"四人帮"惯于打着"群众"的招牌,把群众运动变成"运动"群众,假借"群众"之手,实行他们的罪恶阴谋。谭震林同志见张春桥故意刁难推脱,马上打断他的话:

"什么群众?老是群众、群众,还有党的领导哩!不要党的领导,一天到晚,老是群众自己解放自己,这是什么?这是形而上学!"接着又说:"你们的目的,就是要把老干部一个一个打光。四十年的老革命,落得家破人亡,妻离子散……蒯大富,是个什么东西?是个反革命!搞了百丑图。这些家伙,就是要把老干部统统打倒。这一次,是党的历史上斗争最残酷的一次,超过历史上任何一次!"

谭震林同志说着,愤怒地站起来,穿衣服,拿皮包,边走边说:"照这样,让你们这些人干吧,我干不了!砍脑袋,坐监牢,开除党籍,也要斗争到底！"

周恩来同志要他回来，不要走！

陈毅同志也说："不要走，要在里边斗争！"

陈毅同志接着发言。他针对林彪一伙打着毛主席的旗号，进行反革命两面派活动，斥责说：

"这些家伙上台，他们就要搞修正主义。在延安，过去有人整老干部整得很凶。延安抢救运动搞错了许多人，到现在还有意见。这个历史教训，不能忘记。那次挨整的还有我们这些人。历史不是证明了到底谁是反对毛主席的吗！（指林彪）以后还要看，还会证明……"

叶剑英同志讲到党的传统："老干部是党和国家的宝贵财富。对犯有错误的干部，我们党向来是惩前毖后，治病救人，那有随便打倒的道理？照这样，人身都不能保证，怎么做工作？"

看到许多单位发生残酷虐待老干部的事，余秋里同志拍案大声疾呼："许多干部被揪来斗去，这样对待老干部，怎么行？照那样干法，我就不去！"

一个事后证明早已倒向林彪、"四人帮"的公检法负责人插话辩解。

"你不要和稀泥！"

李先念同志也愤怒地谴责林彪一伙破坏党的传统，破坏社会主义法制的法西斯罪行：

"我们党一贯强调绝大多数干部和群众是好的。现在这样搞，团结两个百分之九十五还要不要？老干部都打倒了，革命靠什么？现在是全国范围内的大逼供信！联动怎么是反动组织哩？十七八岁的娃娃，能是反革命吗？"

想到许多老干部被残酷斗争和凌辱，谭震林志同说：

"我从来没有哭过。现在哭过三次。哭都没有地方哭，跟前又有秘书，又有孩子，只能背地流眼泪！"

当那个公检法负责人插话说，不要从个人出发，要从全局出发时，谭震林同志驳斥他：

"我哭不是为自己，是为全体老干部！是为整个党！"

"我也哭过三次，"李先念同志说，"从红旗十三期社论开始（社论号召'对资产阶级反动路线，必须彻底批判'），在全国范围内就开始了大规模的斗争，还有什么大串连，老干部统统打倒了！"

周恩来同志当即质问中央文革的那个顾问、"理论权威"：

"这篇社论，你看了吗？"

那个顾问回答："我没有看！"

周恩来同志气愤地说：

"这么大的事，为什么你不叫我们看看！"

聂荣臻同志对林彪一伙把干部子弟和许多青少年，诬蔑成是什么"联动"，是保守反动分子，进行打击迫害，不让他们上学，有的还关押起来的情况，十分气愤。他说：

"这种'不教而诛'的做法是极其错误的。毛主席在军委八条命令中特别加了一条，各级干部特别是高级干部要严格管教子女。如果父母不教育，责任就在父母。不能为了打倒老子，就揪斗孩子，株连家属。残酷迫害老干部，搞'落井下石'，就是不安好心！"

在中央碰头会上，我们尊敬的共产主义老战士就这样同一伙叛徒、特务、阴谋家、野心家进行英勇战斗。老将们铿锵、锋利的语言，剔肤见骨地揭露了林彪、"四人帮"一伙的罪恶，伸张了革命的正义，是代表全国人民对他们进行的审判和控拆！

顶着惊涛骇浪

在怀仁堂的会议室里，林彪、陈伯达一伙一连对李富春、陈毅等同志围攻批斗了半个多月。其中数那个"理论权威"和那个公检法负责人叫嚣得最凶。他们恶毒诬蔑老帅们在碰头会上的发言，是"反对毛主席的革命路线""反对无产阶级文化大革命""否定延安整风运动"，叫嚷什么"保护老干部就是保护一小撮走资派，保护叛徒、内奸、特务。"

各种帽子、棍子一齐飞来。什么"俱乐部"呀，什么"黑干将"呀，什么"联络员"呀。政治局常委李富春同志协助周总理处理日常工作，是主管国务院工作的业务组长，几个副总理常到他那里讨论问题。那位中央文革顾问，因此就诬蔑他是"俱乐部主任"。李富春同志回答这位"帽子工厂"的老板：

"好呀，那你就组织专案审查吧！人有嘴，话总是要讲嘛。"

三月十八日，陈毅同志回到家里，无限感慨地对身边的同志说，"真是巧合！四十一年前，一九二六年三月十八日这天，在党和李大钊同志领导下，我们组织四千多市民、工人、学生，冲击北洋军阀段祺瑞的反动政府，革命群众遭到屠杀。鲁迅痛斥'三一八事件'这天，是'最黑暗的一天'。想不到四十一年后的今天，我因反对这一类反动家伙，受到批判！"

党的民主集中制原则受到了践踏。一场危机真正到来了。从此，党、政、军、文碰头会中断了。合法的政治局委员们的发言权被剥夺了，而且被批斗了。在组织上，林彪公然宣布：中央文革小组代替政治局；用军委办事组取代军委常委会，逐步实现了他们的夺权阴谋。

他们并不满足。在社会上大规模掀起反击"二月逆流"的流潮。谭震林同志曾写信给中央揭发江青，称她是"今日中国的武则天！"希望对她提高警惕。江青听了暴跳如雷，对谭震林同志等恨不得一口吞之而后快。她立即叫戚本禹和谭厚兰密谋商量，决定"反击'二月逆流'先从谭震林开刀""反谭震林可以从大寨展览开刀"。三月八日前后，相继制造了冲击农业展览馆和冲击工业学大庆展览的事件。

三月十四日，在林彪、陈伯达一伙操纵下，首都街头出现了示威游行，他们高喊打倒"二月逆流"，打倒国务院五个副总理和军委四个副主席，"用鲜血和生命保卫中央文革"等口号，掀起所谓反击"二月逆流"的第一个高潮。

在极其复杂的局面中，王震同志等坚决保护老一代无产阶级革命家；全国广大群众同林彪、"四人帮"一伙掀起的黑风恶浪展开斗争。

一九六七年五一节，毛泽东同志、周恩来同志亲自批准叶剑英、李富春、谭震林、陈毅、徐向前、聂荣臻、李先念等同志登上天安门，检阅游行。五月四日，陈伯达、戚本禹亲自窜到北师大，向谭厚兰等煽动说："他们上天安门，你们反他们嘛！""如果真理在你们手里……按照你们的意见去办嘛！"果然，他们就把毛泽东同志亲自批准的决定，当作所谓"五月妖风"来反，使已经混乱的形势，变得更加混乱！

七、八月，在江青、陈伯达策划下，王力、戚本禹直接指挥国务院各口"造反派"，建立"摧资联委"和"揪刘火线指挥部"，动员二十万人，对党中央所在地中南海，展开围困战。他们妄图下毒手，劫持敬爱的周恩来同志，夺"旧国务院的大权"。街头上公开出现了反对周恩来同志的大字报和标语、传单。直到毛泽东同志察觉了这一罪恶阴谋，他们的企图才未能实现。

七月十五日，"批陈联络站"在外交部门口"安营扎寨"，周恩来同志多次指示要他们撤出。那个公检法负责人却几次窜到那儿煽动："小将们，你们的大方向是正确的! 我支持你们！"陈毅同志到飞机场接待外宾，痛斥那些阴谋篡夺外交大权的野心分子："你们是两面派，是赫鲁晓夫式的人物，我不能把权交给你们！"他们更加猖狂揪斗陈毅同志。

陈毅同志在大小会议上被批斗六次。周恩来同志旗帜鲜明地保护陈毅同志。八月初，一次会上，有人公然对抗周总理指示，在会场挂出"打倒陈毅"的大标语。周总理站在灼人的阳光下，坚持不进会场，直到他们灰溜溜地把标语摘下，才同意开会。八月十一日大会上，他们搞突然袭击，甚至窜上主席台揪斗陈毅同志。周总理指示警卫人员保护陈毅同志，并愤然退场。八月十五日，人民大会堂召开万人批斗大会。那个公检法负责人操纵大会，一心要搞臭陈毅同志。周恩来同志批评他："搞臭了陈毅同志谁来当外交部长？你来当外交部长？"八月二十七日凌晨，连续工作了十八个小时的周恩来同志，又遭到一伙人的长时间围攻，以致心脏病复发。可是，他却不听劝阻，扬言要拦截汽车，坚持要冲击陈毅同志。周恩来同志万分气愤地警告他们：

"谁要在路上拦截陈毅同志的汽车，我马上挺身而出；你们今天要冲，我一定出席，并站在大会堂门口，让你们从我身上踏过！"

八月十九日，人民大会堂进行批斗谭震林同志的大会。会上周恩来同志再三强调要文斗，不要武斗，保护谭震林同志。会中，周恩来同志临时离开会场，"四人帮"在卫生部的女黑干将，乘机扑上台，劈面打了谭震林同志两个耳光。接着，就有三个大汉，一跃上台，将谭震林同志架起喷气式，一阵拳打脚踢，把谭震林同志打倒在地，然后在他腰背上踏上两只脚！

对这种错误做法，李先念同志当场抗议："周总理事先跟你们是有协议的，可以批判，但不能武斗。你们这样搞，我就退出会场！"

一九六八年三、四月，是陈伯达所说的反击"二月逆流"的"决战的第五回合"。江青在三月二十七日十万人大会上，妄加罪名，宣布谭震林同志是"大叛徒"。同时还宣布杨成武、傅崇碧等为"二月逆流"翻案，撤销他们的职务，逮捕了余立金同志，任命黄永胜为总参谋长，进一步巩固了他们夺取的权力。

"疾风知劲草，板荡识诚臣"

"疾风知劲草，板荡识诚臣。"（唐太宗诗）在文化大革命的暴风骤雨中，老一代无产阶级革命家和大批老干部经历了严峻的考验。

林彪、"四人帮"杀人之心不死。一九六八年十月，党的八届十二中全会上，林彪一伙搞突然袭击，把除谭震林同志外的六个老同志分割开来，每人专门成立一个小组，不断地围攻、批斗，大搞逼供信。聂荣臻同志曾到一些政治局委员那里交换工作意见，林彪、"四人帮"一伙就诬陷他们是"反党集团"，监视行动。有人甚至拿出聂荣臻同志的活动登记，逼他承认。聂荣臻同志当场痛斥这种法西斯罪行：

"我们政治局委员之间就不能交往吗？就不能相互商量问题吗？党内还有什么民主？你搞这是什么？是特务！"

叶剑英、聂荣臻、陈毅、徐向前、李先念、李富春同志，每日带着病弱的身体，出席会议，有时连请假写"检讨"也不准许。被折磨得精疲力竭的副总理和老帅们，只能在会议间隙时间稍事休息。会上，他们抓不住老帅们什么问题，就凭空诬陷叶剑英、聂荣臻同志是什么所谓"杨余傅事件"的黑后台。

聂荣臻同志去问林彪："是怎么回事？"林彪狡辩说："没有点名嘛。"

聂荣臻同志很气愤地说：

"你没有点名比点名还坏。我宁可受明枪，不愿遭暗箭！"

八届十二中全会闭幕后，林彪、"四人帮"为继续迫害老帅，又编造谎言，埋下伏笔，突然把闭幕了几天的一期《会议简报》发了下来。《简报》不仅莫须有地诬陷徐向前同志的爱人、聂荣臻同志的爱人是"叛徒、特务"，而且故意披露，一九四八年毛泽东同志由延安来到华北，暂住阜平县陈南庄军区司令部时，驻地遭到国民党飞机的扫射轰炸。这件事，后来在解放大同、保定时，从敌伪档案里查清，是司令部的一个内奸作案引起的。在罪证确凿，罪犯供认不讳的情况下，经过正式审判，把这个内奸枪毙了。这期由江青发言的《简报》，竟血口喷人，说聂荣臻同志是杀人灭口，意思是说，聂荣臻同志当时要蓄意谋害毛泽东同志，真是恶毒至极！

他们把两件事连在一起，故意制造借口，诬陷当时在山西，河北前线指挥作战的徐向前、聂荣臻同志，妄图给他们戴上勾结敌人的帽子，置之于死地。

徐向前同志先后被抄家三次。家中的文件、书信，甚至连作战日记也都抢劫一空。可是他们一根稻草也没有捞到。他们看到了什么呢？看到的是一个忠诚的共产主义战士在几十年的戎马生活中的忘我战斗。徐向前同志和战友们同无数先烈一起，用自己的鲜血染红了鲜红的战旗。他说："我们跟毛主席革命几十年，错误也犯了不少，但是我们对党对革命忠心耿耿，问心无愧！"

林彪一伙通过所谓疏散，对老帅们进行精神折磨，"围而待歼"。被批斗的几位老帅，一家老少全都分散各地，不能互通音信。聂荣臻同志的爱人，被别有用心地安排到靠近边境的吉林草原上的一个五七学校里去劳动。

战争年代，曾长期在大别山区和中原地区坚持武装斗争的李先念同志，一九四六年奉中央命令，率部向北突围。林彪、"四人帮"竟制造谣言说他是"大叛徒头子"。当即遭到参加领导突围的王震、王树声等同志的有力反驳。他们用大量确凿的证据，驳斥了诬陷，保护了李先念同志。王震同志等拿出当时突围作战的会议记录说，这些都是我们亲身经历的历史，怎么能允许颠倒呵！

林彪一伙把献身中国人民解放事业的叶剑英同志视作他们篡党夺权不可逾越的障碍，千方百计要打倒。一次中央会议上，叛徒江青突然发难，诬陷叶剑英同志"要搞政变"！

那个"理论权威"马上接着说："我对徐向前、陈毅也有意见！"诬陷老帅们要"搞政变"。

叶剑英同志当场反击他们：

"我跟毛主席革命几十年，无论在长征中，在延安，无论筹划指挥全军作战，或是在解放以后的历次路线斗争，我都忠实执行毛主席的指示，坚持站在毛主席一边，保卫毛主席的革命路线，保卫毛主席的安全！"

会后不久，他们公然违抗党规国法，派人抄了叶剑英同志的家，还挖开了地板，检查有无武器、电台。一九六七年四月二日，戚本禹讲话当天下午，北京街头贴出"打倒叶剑英""打倒带枪的反动路线""斩断叶剑英伸向文艺界的黑手"等大标语。中央戏剧学院成立"揪叶联络站"，先后将叶剑英同志的五个子女及其亲戚、保姆拘捕，分别关押一年到四五年。

"大雪压青松，青松挺且直。要知松高洁，待到雪化时。"在七位副总理和军委副主席先后被冲击、批斗和疏散的日子里，他们尽管身陷囹圄，但始终对党对人民怀着无限希望和信心，充满高昂的斗争精神。

那时，国内外大事，几乎全靠敬爱的周总理操劳处理。从夜晚到黎明，从日出到黄昏，他关心着祖国各条战线的问题。从生活必需的油米柴盐，到遨游宇宙的人造卫星；从少数民族的山寨，到深更半夜接见外宾，日理万机！他的身体一天天瘦弱了。有一天，一个烈士子弟前来探望总理，他恳求总理为全国人民保重身体。总理听了，在黄昏的庭院里，停下脚步，两道浓眉下，闪着炯炯目光，深情地望着这个同志，激动地说：

"在文化大革命中,我只有八个字:鞠躬尽瘁,死而后已!"

鞠躬尽瘁,死而后已!这就是老一代无产阶级革命家在同林彪、"四人帮"搏斗的暴风雨里所表现的崇高品质。他们光明磊落,无私无畏,为我们树立了光辉榜样!

沉痛的教训

林彪、"四人帮"一伙制造的我党历史上罕见的"二月逆流"大冤案,给我们党的创伤十分深重,教训极其惨痛。

谈到这个问题时,徐向前、聂荣臻、谭震林等同志指出,我们伟大的党,伟大的人民,伟大的军队是不可战胜的。历史的潮流是不可阻挡的。在这场斗争中,我们学了许多东西,要认真吸取教训。

他们说,建立好的领导班子,是关系党和国家命运的重大问题。文化大革命给人们最重要的教训就是,这场运动的领导班子——中央文革,被一批叛徒、特务、阴谋家、野心家、反革命两面派和篡党夺权分子掌握了领导权。他们通过种种阴谋,居于一人之下,全党之上,爬上了权力的高峰。他们利用篡夺来的权力,从中央到地方,实行法西斯专政,上整干部,下整群众,制造大量冤案、错案、假案。他们把许多老同志打倒,把大批干部和群众打成"走资派""反革命",破坏工农业生产,使国民经济面临崩溃的边缘。它从反面教育我们,必须十分重视领导班子的配备和建设。选拔到领导班子的干部,应具有勇于坚持真理,修正错误,富于斗争精神,作风正派,光明正大,实事求是,敢讲真话,善于团结同志,密切联系群众的优良品德。我们绝不能再让坏人来篡夺领导权!

他们说,要把领导班子建设好,关键在发扬民主,走群众战线。林彪、"四人帮"践踏党的民主集中制原则,破坏社会主义法制,使广大党员和群众的民主权利受到摧残。我们一定要充分发扬党内民主和人民民主,在全党、全国造成浓厚的民主空气,造成生动活泼的政治局面,使民主制度化、法律化。做到使制度和法律不因领导人的改变而改变,不因领导人的看法和注意力的改变而改变。使党和国家的命运,能真正掌握在广大党员和人民群众手里。如果有人敢于践踏民主,破坏法制,就坚决和他斗争。千万不要忘记林彪、"四人帮"给我们党的沉痛的教训!

是的,同志,这些沉痛的教训,我们这一代永远不能忘记,也要教育我们的子孙后代永远不能忘记，并逐步加深对这场斗争的认识。正如恩格斯说的："我们只能在我们时代的条件下进行认识，而且这些条件达到什么程度，我们便认识到什么程度。"（《马克思恩格斯选集》第 3 卷第 562 页）总结教训也是如此。

我们要发扬党的十一届三中全会的生动活泼的民主精神，在华国锋同志为首的党中央领导下，团结起来，为把我国建成现代化的伟大社会主义强国而奋勇前进！

（1979 年 2 月 26 日）

分清主流与支流　莫把"开头"当"过头"

范敬宜

最近一段时间，经常听见这样的埋怨声："生产队自主权强调过头了，现在下面都不听指挥了……"

说这类话的，不仅有县社干部，也有城里的机关干部，有的还列举了许多当前农村中出现的问题，似乎这一切都应该归罪于生产队有了自主权。

事情果真是这样吗？为了弄清这个问题，我们走访了一些社队。

在采访过程中，我们同许多农村干部和社员提出这样一个问题："今年农村最大的变化是什么？"普遍的回答是："活起来了！"这个"活"字，很形象地概括了生产队有了自主权以后，在政治、经济、生产、生活上出现的生动局面。人们对"活"字感受如此深刻，绝非偶然：过去十多年，在林彪、"四人帮"极左路线干扰下，生产队自主权遭到肆意践踏、剥夺和侵犯，生产队不用说因地制宜地确定合理的经济结构和生产布局，就连种一亩土豆、一亩谷子都成了犯罪，生机勃勃的千村万户被弄得万马齐喑，死气沉沉。党的三中全会以后，随着发展农业的两个文件深入贯彻，生产队自主权重新摆到了它应有的地位，人们哪能不由衷高兴！但是，不能设想，林彪、"四人帮"在十多年中造成的影响，可以在短短几个月消除净尽。在贯彻尊重生产队自主权政策的过程中，阻力还是很多的。从目前来看，在不少生产队，自主权还仅仅意味着在作物地块和品种的选择上有了一点余地，其他还谈不上；而有些生产队，连这点权利还没有得到。有的队干部和社员对我们说："我们只有劳动权，没有自主权。"这种现状告诉我们：尊重和保护生产队自主权的工作，现在只能说刚刚开头，没有理由可以认为已经"过头"。

那么，有了自主权的生产队是不是都"不听指挥"了呢？我们还是多看事实吧！有一个县，也曾被人描绘成自主权多得"乱了套"，可是一调查，今年高产作物和经济作物面积都不折不扣地完成了国家计划。天下哪有这样"不听指挥"的生产队！后来我们渐渐摸到了一个"窍门"：遇到埋怨下面"不听指挥"特别厉害的干部，就较较真，请他提供一个"最不听指挥"的典型，一下子就"将军"了，因为这样的典型确实很难找。这说明，有些干部，特别是上面的干部，并没有亲自调查研究，而是道听途说，人云亦云。绝大多数生产队都是懂得如何正确行使自主权的，坚定不移地走社会主义道路的。那种企图摆脱党的领导、不顾国家计划、不听正确指挥的生产队虽然也有，应当做好他们的工作，处理好自主权同党的领导的关系，但这样的生产队只是极少数，我们不能以偏概全，把支流当作主流。再说，对于"不听指挥"，也要作具体分析：究竟是正确的指挥，还是错误的指挥、瞎指挥？事实上，凡是指挥受阻的地方，一般都事出有因。我们问过一位县委书记，今年在哪些问题上卡过壳，他很坦率地举了三件事：第一件是某项县办水利工程继续平调生产队的劳力；第二件是不经试验就大面积推广某种作物；第三件是在播种时间上不顾实际情况又搞了"一刀切"。他说："这不能怨下面，应该从上面来检查。过去生产队遇到这种情况，都忍气吞声，现在他们敢说话、敢抵制了，这应该说是好事，不是坏事。"可惜能够这样严以解剖自己的领导干部，现在不是很多。

尊重生产队自主权既然是这样一件大得人心的好事，为什么会遭到这么多非议？通过调查，我们感到，一个很重要的原因是，十多年来有些干部受林彪、"四人帮"极左路线的影响较深，思想完全从禁锢中解放出来需要有一个过程。有的老干部忘记了群众路线的老传统，也习惯于那种官僚主义、强迫命令的手段了；有些比较年轻的干部，从当干部那一天起，就没有听说过生产队还有什么自主权，接触的就是"挖修根""拔修苗"以及"一声雷""一刀切"那一套，以为这是天经地义的事情。现在看到原来唯命是从的基层干部居然敢于提出不同意见，就认为大逆不道，"乱套了"，甚至对党的政策也产生了怀疑。这恰恰从反面说明，各级领导干部解放思想，是保证生产队自主权正确行使的关键。

尊重和保护生产队自主权是党的三中全会确定的发展农业生产的重要政策，我们一定要坚定不移地去继续贯彻落实。大量工作在等待我们去做。这里最重要的是领导干部对客观形势有一个清醒的、正确的估计，分清主流与支流，千万莫把"开头"当作"过头"。这是正确贯彻党的政策的前提。否则就会左右摇摆，贻误工作，甚至像毛主席讽刺过的那位好龙的叶公那样，天天念叨生产队自主权，等到自主权真正来临的时候，又惊慌失措，迷失方向了。

(1979年5月16日)

这样好的党支部委员为什么跳海

章南舍　吴恒权　李长群

二十四岁的女共产党员范熊熊,四次写信揭发本单位主要负责人弄虚作假、违反政策招工的错误。问题没有得到解决,却受到了来自多方面的压力。眼看一场维护党纪国法的斗争要不了了之,她为了表示自己同不正之风斗争到底的决心,采取了投海自杀的行动。她的斗争精神值得学习,她的投海行动是不足取的。

一九七九年十月二十一日深夜,从宁波驶往上海的客轮上,一个姑娘纵身投入波涛汹涌的大海。

她叫范熊熊,是个年仅二十四岁的共产党员,在浙江省宁波海洋渔业公司镇海渔业基地人保科工作,是党支部的纪律检查委员。她为什么要投海呢?

一九七八年上半年,渔业基地因建设需要,向当地农村征用土地,并按规定要在当地招收"土地征用工"。公司和基地的主要领导人,利用这一机会,弄虚作假,欺上瞒下,把包括浙江省水产局一位副局长的女儿和公司一位负责人的孙女在内的七名职工家属,冒充"土地征用工"招收进来。公司和基地的职工对此意见很大,有人向公司直接提出了批评,也有人写信上告。但是,公司领导根本不理,承办人甚至反诬工人"闹事""搞串联",并挑衅地说:"有能耐的就去上告!"

范熊熊目睹这一切,内心极为痛苦。她在遗书中写道:"看着领导和群众对立的两种态度,我的心就象万箭穿射的靶场,犹如一盆熊熊燃烧的大火。党交给我的职责鞭策着激烈斗争的思想,感到:不能再为个人利益而委曲求全,受良心、党心、民心的谴责。坏风气不改变,党的威信不树立,个人的前途名誉系在哪里?"她决心不顾个人的安危,要为群众喊出压在内心的呼声。为了严肃党纪,纠正不正之风,范熊熊决定向上级纪律检查机关反映这一问题。她在遗书中写道:"既然决心已下定,就应该做好最坏的准备。只要没有掺杂个人的恩怨、私心,心感无愧,怕什么。"她还给要好的同志说过,就是枪毙了我,也要揭发。

为了把事实搞清楚,范熊熊利用工余时间查阅了上级批准招工的有关文件,去地区农业局、市建委查询了有关征地政策、具体数字等情况。她还走访了被征地的大队干部和社员。经过了一个多月的调查,终于摸清了违反政策招工的内幕。

事实调查清楚以后,熊熊便给宁波地委纪律检查委员会写了一份书面揭发材料。一九七九年五月二十九日,她亲自将信送到纪委,向接待的同志详细说了自己的态度,并留下自己的名字和电话号码,希望早日听到回音。

一个星期过去了,没有回音。熊熊又登门去地纪委反映情况,当晚又给地纪委写了第二封揭发信,并一针见血地指出:"我知道公司领导干部和你们都熟悉,彼此关系也不错,所以你们在拟定解决问题时,更应把党的原则放在第一位。""党委托你们,群众相信你们……你们应负起重任。"

可是,当地纪委派出两个人到基地调查时,却被蒙骗了,以为招工无问题。熊熊得知以后,立即向地纪委写了第三封信,敦促他们到群众中去调查,并提供了调查的具体线索。从五月二十九日起到八月十二日止,熊熊陆续向地纪委写揭发信四封、催办信一封,亲自去地纪委十次以上。

一九七九年八月十六日,宁波地纪委终于发出了《关于宁波海洋渔业公司在招工中弄虚作假违反政策的通报》,仅仅是责成公司党委作检查,并将违章招收的七人退回原地。八月十九日,浙江省纪律检查委员会转发了地纪委的通报,重申了地纪委的意见。然而,就连通报中的那些起码要求,也难于在渔业公司贯彻。迫于形势,公司和基地党委的几位领导人,虽然不得不在一次会议上,轻描淡写地做了几句检讨,把责任往林彪、"四人帮"身上一推了事,但是,人却一个不退。在上级机关的再三催促下,直拖到九月十二日,才暂停了七个人的工作,而户口仍然未动。对此,范熊熊极为愤慨。她说:"有些干部,虽然在会议上检讨,对'四人帮'深恶痛绝,而在行动上自觉不自觉地用权主宰一切。要真正改变坏风气很费劲。我反复想,现在把一切都归罪于'四人帮'的干扰和破坏,难道五年、十年以后,生产、工作出现这样那样的差错,仍然按现在那样用固定的形式、固定的词句检讨?"

自从地纪委派人调查到发出通报前后,公司和基地的主要负责人始终在软磨硬抗,就是不肯纠正错误。党委书记陈庆文同志,甚至向上级提出了只检讨,不退人的无理要求;副书记崔文岳同志,则多次在会上公开提出,一九七九年的招工还要按一九七八年的办法"再捞一批",用以表示对抗。有的人则把检举者看作是"烂肚肠子"的人,是吃东郭先生的狼或咬死农夫的毒蛇。

由于熊熊的检举是秘密进行的,地纪委的通报下达后,在公司和基地引起了群众的种种猜测。谁是揭发者?当时有八个人被怀疑,熊熊也在被怀疑之列。除熊熊外,被怀疑者都很惊恐,害怕领导的打击报复,特别是由于调整工资即将开始,更增加了被怀疑者的不安。当时,领导确已开始暗中追查。熊熊是知道这一情况的,她在遗书中写道:"被怀疑的七个人都很痛苦……难道为了我,还要他们承担这触领导霉头,当'叛徒'的罪名,去增添无名的隐忧。"

这时,范熊熊一方面向老师、好友征询意见,想公开站出来进行斗争。但是,他们出于对她的爱护,没有支持这一意见。另一方面,她考虑用她认为的"最高的斗争形式",即用自己的生命向不正之风作"最后的冲刺",以唤醒全党的注意。于是,她冷静地做了充分的准备。她写了致党组织的信,写了给亲友、同事的信,还写了两篇自述性的小说——《冷焰》《社会真实的一角》和二十五首诗。然而,她要作"最后的冲刺"的决心是在十月十一日《浙江日报》发表了消息以后。她在遗书中写道:"《浙江日报》刊登违法招工之事,使我激动过,犹豫过,仿佛感到新的希望已经飘来,真理正在降落。"《浙江日报》在报道中说,渔业公司和基地的领导人已经"进行了认真检查",非法招来的工人,也已"陆续退回"。可是,实际上,公司领导既未"认真检查",应退的人也没有"陆续退回"。她等了十天,事情毫无进展,眼看一场维护党纪国法的斗争,就要这样"不了了之"了。她"恍惚感到要一下子纠正这么多、这么广的面,不能光靠一篇文章。"于是,她终于采取了不幸的行动。

范熊熊投海后,有人把她看作是"傻瓜",有人说她是英雄,也有人怀疑是否有其它死因。但是,凡是和熊熊相识的人,没有一个不夸她是好同志的。那么,她究竟是一个怎样的人呢?

她热爱党,热爱老一辈无产阶级革命家,热爱我们的社会主义祖国。她在遗书中写道:"我出生在一个普通干部家庭,从小受到纯真的社会主义教育,家庭中的父母,幼儿园、小学、中学的老师,总是用最美好的比喻来歌颂祖国,歌颂党,歌颂新中国的创建人毛泽东同志,这一切在我幼小的心灵中打下深深的烙印,感到生活在伟大时代的幸福。"一九七四年高中毕业后,她为了响应党的号召,"做一个对得起党,对得起人民,对得起时间的人",带头报名走向农村。在农村,她不仅积极参加劳动,而且牺牲休息时间,办夜校,办板报,搞文艺宣传,做团支部、青年、妇女的工作。她年年被评为先进工作者,出席过公社、市的知青代表会,并在一九七七年加入了党组织。

一九七六年,"四人帮"被粉碎了,她高兴地写道:"相信寒冬已经过去,明媚的春天以巨大的力量,不以人们意志为转移而来到人间。"三中全会后,她为四化建设的宏伟目标所鼓舞,"感到年青一代任重道远,应该具有远大抱负,崇高的理想,要竭尽全力为党工作"。她曾说:"有人羡慕我这样年轻就加入了党组织的行列,而我觉得这是担子,是行动准则,并不是金字招牌,时时刻刻都要检查言行是否玷污这个名称。"

她待人诚恳,助人为乐。早在中学时代,她就满腔热情地帮助有困难的同学。有一位叫钟宝娣的同学,由于家庭的纠纷,造成了她的不幸,影响了生活、学习。范熊熊不仅帮助她学习,并经常把她带到自己家里吃住。熊熊在中学就入了团,当了团支书,成了老师的得力小助手。当她插队到农村后,对社员的困难乐于帮助。有个叫项玲玲的小姑娘,家里经济情况不好,身体有病,熊熊利用假日带她进城看病,吃住在自己家,还代她垫付药费。她送给同志们的遗物中,有给患高血压病的老师买的药,有给科里同志买的防护眼镜,有给她的同学、同事买的收音机、书籍、衣料、衣服、围巾、小孩用品。她是那样地了解、关心周围的人,又是那样地乐于帮助他人。

她作风严谨、朴素,好学上进,从小学起,年年都得学习成绩优秀奖。她的中学生活虽然在十年动乱中度过,但她不随波逐流,一直刻苦学习,坚持每晚自学已成习惯。她学习的东西很多很广,书架上摆放着政治、经济、历史、文学和自然科学等各种书籍。为了适应四化建设的需要,从一九七九年起,她还自修英、日语。她省吃俭用节余下来的钱,除了买书,就是用以帮助他人。

她工作负责,遵守纪律,严格要求自己。在插队期间,凡因公进城,事情办完,就立即归队,从不在家耽搁。一次,她进城办事,遇上下雨,母亲再三挽留,她仍然当天冒雨回队;她有时回家取衣物,也总是安排在节、假日。回城工作后,她负责工资表册和劳动保护用品的发放,工作积极、主动、及时把工资表册做得既清晰又准确。她甚至在投海前还把下月的表册和有关调整工资的表册做好了。

她痛恨不正之风,敢于为捍卫党的利益而斗争。她在遗书中说:"记得在我加入党的队伍那天，曾经宣誓，要为广大人民群众谋利益，要同有害于党的倾向作斗争，用生命来维护党的威信，为共产主义事业鞠躬尽瘁，死而后已。"她在遗书中写道："自始至终，我的心是朝着党的，内心时时祝愿党的肌体强壮、健全。"

范熊熊的死，是令人惋惜的。她最后所采取的"斗争形式"是不应该的，这反映了她的单纯。然而，对于一个只有三年党龄、年仅二十四岁的姑娘来说，能把自己的全部心思用于党的事业，甚至不惜以献出宝贵的青春来表示对不正之风斗争的决心，这是多么难能可贵啊！相比之下，那些至今仍在搞不正之风的人，思想境界上的差距是多么远啊！难道不应当受到谴责吗？在我们社会主义国家，一个年青的共产党员为了维护党和人民的利益竟至被逼投海，这种事本来是不应该发生的。我们一定要认真接受教训，切实整顿党风，严肃党纪，绝不能让范熊熊这样的悲剧重演。然而，中共宁波地委对于造成这一悲剧的宁波海洋渔业公司主要负责人却迟迟不作认真处理，直到今年三月二十二日，还做了对有关人员"拟不予处分"的决定，这难道不令人愤慨吗？最近，中共浙江省委对此案进行了调查，并将给该公司和基地的主要负责人以纪律处分，这是完全应该的，是符合广大群众要求的，是有利于搞好党风的。每一个共产党员，都应当学习范熊熊的斗争精神，积极行动起来，同各种不正之风进行坚决的斗争，以恢复和发扬党的优良传统和作风，维护党的威信。

（1980年7月5日）

一个共产党员的信仰
——李海成七十三次告状记

丛林中　欧庆林

3月3日,河北省衡水铁厂下马遭到严重破坏的事件在本报公布,李海成73次告状告出了头这一新闻,顿时成为衡水地区人们议论的中心。多数人表示高兴、拥护,少数人感到惊愕、意外,也有人背地里骂娘的。

几位推心置腹的好友,当晚特意来到李海成家祝贺,其中的一位在临走时又忧心忡忡地说:"海成呵,这事一完,你想法调调工作吧,衡水不好待了。"

为什么一个人告了状,这地方就"不好待了"呢?

一、权力和关系交织的网

1979年10月29日,衡水地区铁厂宣布下马,急急忙忙贴封条,宣布工人三天之内调离。半夜突然停炉,不采取任何技术措施,硬是把30吨焦炭全部烧毁,几十吨焦油白白流失,炉门炉框烧变了形。开始大拍卖,100吨稻草,估推40吨,每吨120元,只卖4元;新砖4.5万块,就卖200元。拆房子,砸高炉,卸机器,分财产……厂内厂外乱成了一锅粥。李海成大惑不解:这是怎么了?莫非从此日子不过了?

他爱铁厂,爱这里的高炉,爱每一部电机和自己抚摸过多少遍的大大小小的阀门。这种感情就像人们爱祖国、爱故土是一样的。他是一个转业军人,为了学会炼铁,他钻呵,啃呵,付出了许多心血,怎么能忍心转眼之间就让这一切化作一片瓦砾呢!

"下马是对的,可不是这种下法,只有败家子才这样干。"李海成一片好心,想提醒领导上注意,不料从这开始,引起了一场严重的斗争。

这期间发生了这么几件事。第一件,李海成找厂长孟秋丰出了个主意:

派人出去,和省内同行业有同型号高炉的联系一下,把设备或者处理或者转让给他们,以便物尽其用。孟秋丰回答得很干脆:没路费!第二件,物资处理规定由三人定价,党委批准,但从一开始就甩开组长赵学恭和副组长李海成,变成一人定价,孟秋丰批准。低价处理呀,随便送人呀,不止一桩。你去找孟秋丰,他说:"唉呀,每次开会都通知你们的,找不到呀!"李海成知道,这是嫌他们碍事。第三件,孟秋丰亲自押车私拉精煤和焦末回衡水,李海成去查过,磅房没有计数,财务没有收账,这煤拉到哪儿去了?

群众议论纷纷。李海成和赵学恭商议:疏忽大意可以谅解,为非作歹不能容忍。"找工业局长去!"李海成自费专程从邯郸到衡水去了。

出乎意料之外,工业局长苗庆荣听了他的汇报,突然问道:"你们厂焦末多少钱一吨?"

"厂里职工烧,每吨5元。"李海成答。

苗庆荣当场掏出5元钱说:"那车焦末我分了一吨,你代我补交了吧。"

李海成的心"咯噔"一下子凉了。他猛然想起,孟秋丰临回衡水时曾秘密对人说:"我去堵堵嘴去。"天知道,这个厂长都堵了谁的嘴呢?

他心事重重地回到了邯郸。

邯郸马头镇热闹异常。铁厂下马工作正处在一片混乱中。大车小辆出出进进,人喊马嘶,一片喧嚣。有些人在暗地里计谋着如何能捞到好处,各种交易在权力和吃喝的掩盖下正在成交。其中也夹杂着孟厂长尖厉的咒骂声:"他妈的李海成,让他告吧,有他的好果子吃!"

人有私心,行为必然不公。每天都有种种可疑、可气的事情进入李海成眼里。党委名存实亡了,党委书记李仞久,党委委员、副厂长国志义,分别为私事南下广州,东奔青岛,厂长孟秋丰奉命"抓全面",大权在握。于是,麇集在他身边的几个阿谀奉承、专看眼色办事、精通关系学的人物,执掌了下马期间的人财物大权,人称"五人办"。他们凌驾于党委之上,发号施令,在孟秋丰的把持下,竟把党委集体决定的各项规章制度和下马期间上级所作的种种规定,一概推翻。约束和纪律无效了,厂长一句话,"五人办"一个条子,人财物可以通行无阻,关系户、关系网大显神威,为非作歹之徒为所欲为。

但是,正义的力量也逐渐有形无形地围拢在李海成的周围。群众的眼睛无所不在。有人知道低价处理,有人知道私收现金,有人知道内部捣鬼,有人了解厂外行贿……李海成像一块磁铁,材料和线索从四面八方被吸拢过来。24吨钢球哪里去了？职工宿舍几十个小厨房怎么都拆掉送人了？为什么一夜之间几十台电动机不见踪影了？冀县来人提着果品烟酒想搞什么鬼？……

群众的怀疑，现在已经被全部证实。平均每吨730元的钢球，竟以300元的低价卖给生产队近12吨，生产队转手以每吨750元又卖给国家，从中获利5000多元，其余12吨至今查无下落。低价处理物资，其中的奥秘远非外人所知。出库物资不登记，出厂物资取消"四联单"，凭白条放行，谁知道有多少物资查无去向？冀县来车拉废铁，同车偷出电动机33台，直到这次省调查组来才发现。不经过财务，私收现款，谁能算清有多少钱财落入私人腰包？也有不收钱，白送人情的。下马规定处理物资一律先交款后提货，而那个提着烟酒而来的冀县五金厂一个负责人，凭着与孟秋丰的老关系，酒壶一端，拉走空气锤、化铁炉、鼓风机各一台，至今未付款。

人们不难看到，权力，在这里已经转化为各种各样的私欲和编织私人关系网的手段。

二、在公与私的尖锐对立中

同苗庆荣谈话显然没起任何作用，因为局里无人过问，厂里的混乱有增无已，孟秋丰更加肆意妄为。白天出来，屁股后面跟着几个保镖的，霸气十足。一到晚上，那一帮人喝酒打牌，折腾到深夜，闹得四邻不安。从来不开党委会，不论多大的事，酒杯前，牌桌上，一说就定了。工人有事找孟秋丰，保镖的挡着驾，连屋也甭想进去。群众用鄙夷的口气说："这还像个厂长、像个共产党员吗？"李海成听了感到脸红耳热。他和赵学恭商量，决定再次尽一个共产党员的责任，找孟秋丰面陈利害。

但是三次找孟，三次碰壁。什么规章制度废弛呀，群众不满呀，用人不当呀，不让李海成工作呀，孟秋丰听也不想听。"你甭管了""这事再说"，背后还放出一股风来，说李海成不工作光告状。

李海成的大脑皱褶不比别人少。他分析了厂内外的形势，看出了他面对的是一个不小的势力，人不多，但是有权。他也看出对方有不可克服的弱点：既没有群众，也没有真理。

他夜里睡不着，一遍一遍地想着下马以来厂里发生的一些怪事。一下马就宣布工人全部留在邯郸，交省冶金局，而孟秋丰却提前20天得到工业局长批准，单独将女儿调回衡水。李仞久扔下工作径自陪同妻子去广州看病，临行前特意派两个工人给他看家。对国家上千万的产业可以置之不顾，而对自己的小家当却照料得如此精心！国志义为私事开公家吉普车去青岛，中途跑坏了车，大修花了6500元。群众看得很清楚，他们不是在搞"四化"，而是在搞"私化"。一个共产党员难道不应该挺身而出吗？想到这些，他霍然而起，打开灯给上级写信。

"借权力以营私，借下马以营私，这就是事情的本质。"李海成对记者说："这样的事谁不气愤？告状的不止我一个。我确信，在共产党领导的国家里，他们的劣行早晚有一天要败露的。你看过电影《小兵张嘎》吗？我总想着嘎子有一句话：不怕闹得欢，就怕将来拉清单！"

三、锥扎不动

告状有时是不容易的，酸甜苦辣难免都得尝一尝。

李海成第一封信，没敢署名。他想的是，要是转回工业局怎么办？转回厂里呢？

信发出后，没有下落。海成想，不署名，人家不重视。怕什么，既然告状，总有一天要当面核实。怕就别告。第二封信，他就把大名署上了，表现了一种浩然正气。

信，一封一封发出去了。与此同时，铁厂燕志超、李东郊、刘长生等同志的告状信也发出去了。这些信件带着李海成和他的战友们对党的事业的一片忠诚，对上级领导机关的满腔信赖，对于正义能够得到伸张的渴望，对于国家财产正在蒙受损失的焦虑，呈现在省、地委各级领导、各有关部门的办公桌上。然而，日子一天天流水般过去了，没有任何反响，也没人找过他们，厂里一切如故。李海成坐不住了。

"我要找上门去！"

李海成"找上门去"这段经历很有意思，很能看出我们某些机关一些干部的精神状态。几乎所有的主管部门都跑遍了，李海成得到一个印象：有些人一见他就腻歪。跑的次数多了，从许多人的脸上都能看出那上面写着："你怎么又来了？""又是你！"他成了一个不受欢迎的人。

或者是不接见，或者是懒洋洋地说："知道了，已经转给有关领导，你等着吧。"有时他刚一提铁厂的事，对方就说："唔，你找苗局长吧。"苗局长一看见李海成就像看见瘟疫一样，抬腿就走，把他一个人撂在屋里。找经委主任，他说忙，总是开会。"那我晚上到你家里去……"李海成这话就像火炭触到了这位主任的皮肤，慌忙回绝道："可别去！你可别到家里去！"

他很忙吗？一天，清早6点钟，李海成在这位主任家门口等着。这位主任每天这个时候捞鱼虫回来。

李海成："我找你几次了，也没谈成……"

这位主任还是那句老话："你去找老苗嘛。"

李海成："苗局长叫找张局长，张局长叫找苗局长，踢来踢去！我希望按组织系统反映，如果老不解决，我只好再往上反映了。"

对方生气了："愿意反映到哪反映到哪，反映到中央也不要紧！"一扭身进屋去了。

没有一点韧性，工业局长办公室那扇门是很不好进的，李海成已经多次被拒之门外。有几次，这位局长就像赶叫花子一样，极不耐烦地边推边说："去吧去吧，这儿办公呢，你别打搅了！"这位局长也没有想一想，铁厂问题不是你应该办的公吗？地区一个最大的企业，下马中搞得一塌糊涂，身为一局之长，难道这不正是你应该办的公吗？

李海成气急了。有一次，他跑到工业局去叫号，当着几位工业局领导人的面说："我就问问，工业局有没有清官？有，咱们就说说，没有就算了。"

当然无济于事。因为有些机关已经麻木到这种程度，锥扎不动。

四、打持久战

"我很不愿意讲这一段告状的经历"，李海成说："你想想看，我们某些领导机关都变成什么样子了！这种'官衙门'作风不改变如何得了呢？我们的党如何能同群众保持血肉的联系呢！"

李海成发自内心的感叹，使人强烈地感受到一个共产党员对目前有些人的不正之风的深切焦虑和不安。

李海成陷入苦恼之中。"置之不理"是一个多么可怕的东西。它能磨钝人的意志，使人变得麻木不仁，等到把你拖得没劲了，事情也就算完了。

李海成在苦恼中思索一连串的问题：阻力究竟在哪里呢？地委管工业的书记为什么不出来过问一下呢？共产党员，特别是领导干部应该有怎样的是非标准？他们对公与私、亲与疏、正确与错误，要不要有一个起码的原则？

为什么有些人不问曲直，一听告状就反感，而对那些能吹善拍、为非作歹之辈，却总是想办法加以庇护？这样下去，岂不是如古人所说"佞者进，忠者退"了吗！

不，李海成决不退却！他经过一番苦苦思索之后，不生气了，不着急了，他决定打持久战。这个决定需要极大的决心和勇气，表现出一个普通共产党员挡不住、压不倒的大无畏气概。是什么东西给了他这样大的精神力量？李海成说："这就是对共产主义事业，对我们党的信仰。这个信仰在我的心里，你是拿不走的。我深信，我们党自三中全会以来所制定的政策是代表广大群众利益的，有些人的手再大，终究遮不住党的阳光。"

李海成行动起来，开始向省和中央反映情况，同时动手做更深入的调查研究。他要做一些实事，尽一份个人的力量。他深深感到，他不是一个人孤军苦斗，在他背后有广大的党员和群众。他们的鼓舞和支持，成为李海成打持久战的坚强后盾。

后来的事情，读者已经知道了。人民日报内部刊物刊登了李海成的来信，中央领导同志作了批示，河北省委和中纪委先后派出调查组，李海成本人也成为地委调查组的一员。经过三个多月的调查，铁厂下马一案的调查结果和处理情况，即将公之于众。李海成终于胜利了，正义得到了伸张。

一位积极主持这次调查的领导同志说过一句话："多出几个李海成，可以使领导人少犯错误。"是的，我们总结了经验教训，就能继续前进。令人高兴的是，我们党内正涌现出更多的对党的事业具有坚定信念而又百折不挠为之斗争的李海成式的同志，这是我们事业能够取得更大成功的希望！

（1981 年 5 月 26 日）

一个共产党员的"财富"
——记兰考县委书记刁文

马鹤青

紧张的麦收时节,兰考县委书记刁文从乡下回到县城。他满头大汗,一身尘土,见人就笑:"你没想到吧?大旱之年,咱们小麦丰收!"他晚上开完公社书记会,第二天一早又骑自行车下乡。54岁的人,干起工作还是劲头十足。

刁文是1977年11月13日,接受中共河南省委的任命到兰考的。上任以前,他再三向省委说明:"我当县委书记以来,犯过不少错误,还在写检讨。兰考的担子更重,怕挑不起来。"省委的回答是:你过去的错误我们都知道。让你去兰考是省委讨论决定的;相信你能改正错误,挑起担子。

刁文刚到兰考,"造反"人物就抢先到街上刷大标语"热烈欢迎刁文同志来兰考主持工作!""向刁文同志学习!向刁文同志致敬!"刁文对县委办公室的干部说:"大家帮帮忙,把那些标语覆盖起来。要告诉大家,我是犯过错误的人,不值得学习,更不必致敬!"

这不是一般的谦虚。在刁文那个简单的行李中,有个牛皮纸袋子,装着他二十年来写的许多份检讨,他走到哪里背到哪里,时常拿出来翻阅思考。

"这是我的财富!"

1954年,27岁的刁文担任共青团许昌地委书记。他带领青年们,专听党委有啥号召,说叫学习,饭不吃也要学好。一见突击任务,就立即往前冲,工作上总有使不完的劲。两年以后,他被任命为禹县县委书记的时候,还不知道党的县委书记担子有多重,怎么挑。他到任不久,就遇上轰轰烈烈的反右派和惊天动地的"大跃进"。"大跃进",这可对了他的胃口,他比谁都"敢想敢干"。你说"亩产500斤",他敢说"亩产800斤"。那时候,禹县的土高炉火光冲天，炼些半生不熟的铁，还说放"钢铁卫星"。说大话、说假话的"传染病"，都传给他，他又传给别人，给禹县人民造成很大损失。几年以后，他在检讨里说自己"私心作怪，好大喜功"。私心是有的，但是"好大喜功"这一条，他不能独占。那时候，大家缺少经验，认为一个"跃进"就能建成社会主义；谁能挡住那场"热风"？

后来，县委书记刁文承担了自己的责任，受的处分不轻：撤销职务，留党察看，工资降一级。要是别人，难免消沉一阵子。可是刁文心想：留党察看，我还在党内；察看我，我更得干好。他要求下乡劳动。他总说："我欠了账，要努力还账！"许昌地委的同志看到刁文这股劲，很感动。一年多以后，恢复了他的党员权利，调他回地委农村工作部工作。

"文化大革命"开始，刁文也想响应号召参加运动。他去问过"造反派"，"造反派"说："犯过错误的人，不要！"这当然是件好事。可是在那"史无前例"的年代，他怎能彻底改掉过去的错误，怎能逃过新的"传染病"？1974年，他被任命为临颍县县委书记。这个一心给人民还账的共产党员，不怕出力气，努力工作，积极劳动。他跟着社员们，拉上架子车到百里外的山区拉石头，兴修水利工程，一心想把农业搞上去。谁想到，一场大洪水把河南中部几县淹没。刁文每天只穿条短裤，在齐腰深的洪水里趟来趟去抢救群众，常常连饭都吃不上。他的爱人和孩子不放心，到临颍来找他，想叫他回许昌休息几天。他让爱人和孩子上了救灾的木筏，亲自察看灾情。他对爱人和孩子说："我是这里的县委书记，这个时候，怎么能离开受难的乡亲？！"

可是在临颍县的那三年，刁文在工作中又出了错误。为了"学大寨""跨长江"，他浮报过粮食产量；他没有认真遵守财经纪律，搞了些计划外工程；他民主作风差，性情急躁，训斥过一道工作的干部……

人们看见，刁文能够认真对待自己的错误。他在禹县写的检讨长达两万字，带在身边20年。为了临颍的问题，他给河南省委和许昌地委写过四次检讨。他背着这些检讨，不只自己时常看，还拿给一道工作的同志看。他说："这是我的财富！"

在新的斗争面前

许多认识刁文的干部和群众都说：我们就佩服他一条：不论是顺利的时候还是倒霉的时候，总是精神饱满，有朝气，敢工作，敢负责，是个共产党员样子!

这次调他到兰考，他犹豫过，不是嫌兰考穷，不是怕兰考苦，是看兰考比别处更复杂。1976年10月，当中原大地响起锣鼓鞭炮欢庆胜利的时候，只有兰考城鸦雀无声。帮派人物张钦礼和他手下的"三霸天"们"通令"群众"不准乱说乱动"。直到刁文带着省委任命到兰考的前一天，张钦礼还宣称他们的"形势大好"。

面对这种阵势，工作从哪里入手？向来干工作风风火火的刁文，这一次真"文"起来了。他要从联系群众，调查研究入手。1977年冬天，兰考还有几万人在外乡要饭，留在家的，生活着实困难。刁文和同来的县委副书记徐学忠商量，要和县委常委们一道去各社队看看乡亲们。不能空手去，一人拉一辆架子车，装上社员们要买的年货和急需的煤炭。车队冒着风沙出发，走在焦裕禄同志走过的道路上。

春节来了，刁文没有回许昌，跑到兰考化肥厂，在雨雪中帮工人们背化肥。年初一，他说要让节日加班的工人吃上饺子，就跟炊事员一道切菜剁肉，包好饺子送给工人。县里的干部想见见新来的书记，刁文头一次在干部职工大会上露面，先亮自己的"丑"。他说起他过去犯过的错误和受过的处分。他说他来兰考，是来学习焦裕禄同志，是要一边工作，一边改错，希望大家监督他，帮助他。多年来，人们常听那些"路线觉悟高""一贯正确"的人讲自己的"功劳"，没想到新来的书记大讲自己的错误。人们听着，看着，对比着，觉得这个犯过错误的人很诚恳，很可亲。一些群众开始来找他谈情况，提建议。冷清多年的县委大院，人来人往，热闹起来了。

春节过后，县委宣布成立人民来信来访办公室。这个消息震动全县。许多人有话要说，有冤要伸，信访室门口排起长队，刁文和办公室的干部在这里接待群众。那些"响当当"的人物坐不住了。他们写来匿名信，骂刁文的祖宗三代，说"不许刁文动造反派一根毫毛"。他们半夜去砸碎刁文和徐学忠的窗户玻璃，给刁文送来一个花圈，说他"不得好死"。他们搞"车轮战术"，整天来找刁文"辩论"，使刁文吃不上，睡不成。他们甚至要制造"交通事故"，用汽车撞死刁文。刁文寸步不让。他按照兰考群众的要求，坚持调查他们的罪行，免掉一些坏人的官。斗争最紧张的时候，有人传说刁文已经被打死，有的群众悄悄来门口站岗，保护县委书记。

也有人来劝刁文，说咱们出门当干部，谁能没有错误？你刁文不是也犯过错误？你现在不是还当着书记？要讲宽大嘛！刁文听出了言外之意：你自己犯过错误，为什么抓住别人的错误不放？当然不能放！因为张钦礼和他手下的"霸天"们，不是在工作中出了错的好人。件件查实的罪证说明，他们是打砸抢分子、刑事犯罪分子。斗争结果，他们先后被政府依法逮捕，依法判刑。

现在看看兰考县委的信访登记本和有关材料。三年之内，全县有960多起冤假错案得到平反，为14300多人伸了冤，52万兰考人抬起了头。这是改变兰考面貌的关键性的第一步。

"我来承担责任！"

改变兰考面貌，还有更艰难的第二步。刁文从这村走到那村，全县16个公社347个大队他几乎走遍了。他找社员谈情况，谈意见，他思考着党的农村政策，许多问题在他头脑里翻腾。他想起在禹县和临颍的教训："左"，不讲实事求是、不考虑群众的疾苦。要改变兰考面貌，就要从这几方面改起。

"兰考有三宝：泡桐、花生、大红枣"。多年来，说花生红枣能卖钱，"卖钱就是资本主义"，给批判掉了。花生快要绝种，枣树没人管理。1978年春天，县委帮助全县人民大量栽种泡桐。刁文带领县委全体干部到城北开荒35亩，从外地买来花生种子，宣布县委带头种花生。下种那天，正在县城开会的公社干部都要求参加，附近的社员也来帮忙，35亩花生，半天种完。现在说，种35亩花生算啥大事？可是，当时兰考人奔走相告，十分高兴。社社队队人们都说：党的政策回来了。又讲因地制宜了，县委种花生，咱们也种花生！三年工夫，兰考的花生恢复到历史最高水平。

说起红枣问题，真有点"惊心动魄"。1978年春天，城关公社杨三寨大队的支部书记张中周进城找刁文，说："你看过，我们那里枣树多。往年没人管，人们随便摘枣，有人用枣喂猪，全糟蹋了。我们想了个办法，把枣树都估好产，每家分几棵管理。秋后收下枣，各家和队上四六分成。"

刁文听得清楚，这里明明有个"包"字，"包树到户"。犯过错误的刁文敢不敢跟"包"字沾边？他想了一阵回答说："好！就按你们的法子办。先不要往外说。要是有人责怪下来，我来承担责任！"城关公社各大队的枣树都包给社员了。往年，这个公社收不到10万斤枣，这一年收了60万斤。

事情就这样开了头。包了枣树包花生，包了花生又包麦田。刁文心情紧张，因为报上没有这个经验，上级也没有具体指示。刁文又满怀希望，因为生产好转，群众高兴。他对县委的同志说："现在总说解放思想，咱们这是不是解放思想？我看是。我看，只要是发展生产的，帮助兰考人走出穷窝的，给社会增加财富的，都是好办法，都可以试一试。党让咱们在这里工作，群众眼巴巴看着咱们，咱们就要敢工作，敢负责，不能老是怕这怕那！"

1978年冬天，在全国闻名的穷县兰考，"包"字渐渐放大、展开。群众喜气洋洋，出门要饭的人纷纷回来。一个深得人心的生产热潮开始出现。

刚过1979年新年，传来党的三中全会喜讯。刁文连夜阅读全会制定的文件。文件上说："公社所有基本核算单位，都有权因时因地制宜地进行种植，有权决定增产措施，有权决定经营管理方法，有权分配自己的产品和现金，有权抵制任何领导机关和领导人的瞎指挥。"刁文热泪盈眶，想跳起来喊万岁！党呵，您怎么这样了解群众的心愿，了解农村干部的难处呵？！

三中全会说的那五个"有权"，要做到也不容易。1979年春天，兰考开始实行各种生产责任制的时候，遇到过种种阻力。有人说：刁文又要犯错误！但是，兰考县委没有动摇，刁文响亮地说出了大家的决心："只要群众能吃饱，不怕自己被打倒！"

人要做到无私无畏，很难。但是，只要按照党的指点，同人民群众一道探索前进的道路，就有可能逐步走向这个境界，就可能创出奇迹。从1978年早春到1980年秋季，不过1000天，兰考连着三个好年景，兰考的"三宝"又放出光彩。报纸上不断登载来自兰考的新闻：口粮达到500斤，每人收入70元！23年来，兰考人第一次把余粮送入国库。你信不信？"老要饭"们到处抢购"三大件"，有几户正坐在家里看电视！

记者第一次见到刁文，他把他那个牛皮纸袋子拿来说："先看看我的错误和检讨！"几天以后，久旱的兰考下了好雨，刁文从乡下回来，很高兴，谈得多，甚至动了感情。他说："再过半个月，就是咱们党成立60周年。党在工作中有失误，党公开承认。我这个人，入党36年，错误不少，更得公开承认。毛主席不是说过：'错误和挫折教训了我们，使我们比较地聪明起来了'。我记着这句话。我只想往后少犯错误，多干工作。"

第二天，雨过天晴，刁文一大早又下乡去了。他要补回失去的时间，他要在新长征中赶路。

(1981年7月8日)

在农村好形势面前
——安徽采访札记

许仲英

讲成果要注意事实依据

去年秋天,记者在皖东皖南采访,看到庄稼长势喜人,人们说1981年安徽省将获得建国以来少见的大丰收。11月初,安徽省农业厅和统计局根据各地市的预报,测定全省粮食总产357.48亿斤,比1980年增产66.7亿斤。当时全省阴雨连绵,皖南的晚稻、淮北的山芋还没有收,有些同志担心会受较大的损失,省委一再强调:讲成果要注意事实依据,不说过头话。

春节前,1981年生产的粮食到手了。这时记者又去安徽,在皖北和皖西等几个地区,见到农民手里有粮,特别是那些增产幅度大的地方,农民家中囤尖筐满,余粮不少。实行"双包"以后,农民收粮大都不过秤,用笆斗和箩筐估算产量,我们在一些农民家里,点着筐囤同他们核算产量,都是实物比说的多。农贸市场上,有相当多的粮食,肥西县集市上,要粮票的大米1角4分1斤,比国家牌价低2分。我们接触到的公社、区、县和地区,都有两个粮食数字:一个是留有余地的向上报,一个是实有数字。许多同志说,看来安徽1981年总产357亿斤,比1980年增产66亿多斤,比历史上产量最高的1979年增产37亿斤是有把握的,因为有充分的事实依据。

去年安徽省粮食生产的成绩是巨大的。但是不少同志不赞成前个时候一些人讲的,安徽的粮食多得"估不透"或"没有边"的说法。他们说省地掌握的统计数不十分精确,却是有根据的;虽然各级都留有余地,生产了多少粮食还是有边的,例如省里最近向上报粮食产量是357亿斤,下边实际有362亿斤,就是个边。我们应当记取1958年说过头话的教训。

并非"老生常谈"

实现丰收的原因是多方面的。第一条经验是,党的三中全会的一系列政策,特别是实行合乎群众心愿的联产承包生产责任制,调动了广大农民的积极性。这并非"老生常谈"。随着实践的发展,这个真理不断得到新的证明。例如去年秋收季节阴雨近一个月,皖南的晚稻,淮北的山芋收获时损失不大,是出乎许多人预料的。皖南的农民说:"像以前'大呼隆'的话,是会大损失的:晚稻割下来,不能脱粒,就垛起来,过几天里边一发热,不发霉也会生芽。现在我们分散管理了,割下来的稻子摊在田埂上,不发热也霉不了。"淮北收山芋的情形也类似。"大呼隆"时生产队收下大量山芋没法放,就赶紧擦片撒在地里晒干,遍地都是白花花的山芋片,遇雨收不迭,收了也不能保存,眼看着白糟踏了。去年农民种的山芋少了,收下来放在屋里一时也坏不了,用不着马上擦片晒干。农民们还把雨水泡着的山芋,从地里挖出来做成了粉条。五河县的同志说,如果不是搞了联产责任制,单他们一个县去年秋收就得损失 2 亿斤粮食。

多年来一直是安徽最贫困的泗(县)、五(河)、灵(璧)、固(镇)、定(远)、凤(阳)、嘉(山)等 13 个县,以及淮北中部砂礓地带和沿淮大河湾圩区,去年粮食增产的幅度最大。13 个县产粮 81 亿斤,比前年增长 26.5%,平均每县增产 1.3 亿斤,占全省增产总数的 1/4。以前这些地方很多耕地是不施肥的"卫生田",单产不过百斤。实行联产责任制后,农民们竞相在承包的土地上多施肥、施好肥,消灭了"卫生田",粮食产量成倍提高。这些地方过去的生产基数太低了,增产的潜力特别大,稍有投资就上来了。

符合群众心愿的生产责任制,使农业生产力诸要素中最根本和最积极的因素——劳动者活跃起来了,使劳动者同生产资料和劳动对象的关系改善了。这就使广大农民的智慧和才能、土地的潜力和科学的作用都进一步得到了发挥。称心如意的生产责任制所激发出来的劳动者的积极性,可以改变客观生产条件,转化为物质力量。

有了一个较好的起步

同前几年相比,1981 年安徽省的粮食种植面积减少了 700 万亩,产量增加两成多；农业生产内部结构发生变化，打破了单一种植，向多种经营发展，因而农民的收入有显著增加。据有关方面计算，1981年农民人均收入已达205元，比1980年增加50多元。

安徽省虽然有6800多万亩可以种植粮食的耕地，可是，多年来一直背着农民饿肚子的包袱；多种粮食，以至多种山芋，把经济作物挤光，甚至去限制农民吃细粮，都不外乎是想解决4000万农民吃饭问题。直到1978年安徽省委提出六条农村经济政策，特别是贯彻执行党的三中全会一系列政策以后，这种状态才发生根本变化。1979年安徽省的粮食产量达到320亿斤，1980年虽然遭到全省性的涝灾，粮食产量仍然保持在300亿斤上下，从而甩掉了农民饿肚子的包袱，并在这个基础上开始取得了因地种植发展多种经营的主动权。去年在绝不放松粮食生产的前提下，多种经营有了一个较好的起步，农业总产值增长24.6%。

从全省看，除少数户以外，多数农民还并不富裕，实行联产责任制才一二年，把农民都说成钱多得已经花不出去了，不是事实。要多引导农民将增加的收入用在扩大再生产上，这才能帮助农民尽快地富裕起来。

还应看到地多人少的地方，通过调整粮食和经济作物的比例，发展多种种植，容易由穷变富，可是地少人多的地方这么做就受到限制。显然，要由穷变富，就要着眼于农业生产的全面发展。安徽的水面，在东南诸省中首屈一指，山的面积也很多，自然资源相当丰富，向大农业进军有广阔的前途。

卖农副产品难的问题

安徽去年农业丰收后的一个新问题，是一些增产幅度大的地方的农民卖粮难、卖农副产品难。

这些地方，农副产品比以前多了，但不是"过剩"了。从安徽全省看，由于人口增加，人均占有粮食刚700多斤，同50年代初期的水平差不多；种植面积单产400斤，与一些邻省相比还是低的。省里管财贸的同志说，不是没有力量收购增产的这些东西，问题是早一些时候没有预料到，滁县地区要卖12亿斤粮，霍丘、寿县、怀远、六安、肥西……好些县都要卖3亿斤粮，这些地方过去都是大量吃返销粮的，省里原来的粮食调度平衡计划被打破了，重新组织粮食平衡调拨的工作没有赶上去。

"过剩"虽是一种假象，它却反映出农业生产的商品率稍有提高以后，流通领域的工作就不适应了。这个问题早在1979年和1980年就在生猪问题上反映出来。1980年夏天，阜南县拉了十几汽车生猪去蚌埠出售，等候了三天三夜，好几汽车生猪死了，只好以每头10元的价钱卖给肥皂厂炼油。群众说："生猪卖不出，养猪干什么！"那时的生猪也不是过剩，问题是流通不畅造成的。去年安徽的生猪存栏数下降了，原因是多方面的，但流通方面的问题，确也起了"促退"作用。

安徽省农村实行"双包"以后，卖粮的户头增加了近20倍，粮站的许多同志，为了满足农民卖粮的要求，克服种种困难，做了大量的工作。但客观情况表明，不少50年代、60年代制定的已经不适合今天情况的条条规定，仍束缚着很多干部，妨碍着农业生产的发展。

现在只是增产幅度大的一些地方流通方面的问题突出起来了，农业生产的商品率普遍提高以后，问题又会怎样呢？看来改革不适应新情况的规章制度，搞好流通环节方面的工作，加强对农业生产的计划指导，已成为一个急待解决的问题。

多讲些辩证法

去年安徽省的自然气候相当好，但仍有插花灾。在大部分社队增产的同时，有小部分社队减产，就是一个生产队，群众的生产和生活状况也是不平衡的。

阜阳地区110万亩耕地遭旱灾，农作物严重减产，有50万群众的生活和生产发生了困难，少数地方社员有外流的。虽然群众也讲过"有了联产责任制，我们旱涝灾害都不怕"，事实也证明联产责任制搞得好的地方，小灾可以抗，中灾可以减少损失，但大灾还难以抵御，应当承认我们在相当大的程度上还是靠天吃饭的。农田基本建设或作物种植趋利避害搞得好，可以抵御或减轻自然灾害的影响。年前，安徽省委、省政府在淮北召开会议，研究布置了在实行"双包"责任制的新情况下，要加强抗灾斗争，继续进行以小型水利、沟渠、涵洞配套为主要项目的农田水利建设。

据省农业部门统计，近29年中，安徽有19年曾遭受过全省性的旱涝灾害，局部的灾害年年都有。1978年遇到了全省性的旱灾，1980年又遇到了全省性的涝灾，这两年全省的粮食产量都下降了20多亿斤，灾重的地方损失就更大了。许多地县的领导干部总结去年丰收经验的时候，也在考虑今年会不会有大的自然灾害，如果有灾又怎么办的问题。

在采访过程中，我们看到安徽省委和许多地县委的同志，在丰收后的一派大好形势下，没有被一片叫好声所陶醉，正保持着清醒的头脑，既充分肯定成绩，又积极探讨新情况下的新问题，把上年的成果看作是今年继续前进的起点。这是一种实事求是的态度。采取这种态度对继续发展农村的大好形势很有益处。

(1982年2月28日)

深圳见闻

林 里

到过深圳经济特区的人，无不为它的工资制度所吸引。

有的惊奇，有的羡慕，还有的呢？把它当作"港化资料"，带回内地，在他们的"自由天地"里窃窃私语。

深圳是特区，这就要用特区的眼光看特区，用内地框框硬套，很可能把一些问题看成大逆不道。其次，深圳在开发，深圳还处于建设时期。深圳的一切，都还在试验。试验嘛，就包含着成功和失败的两种可能性。事实上，这里的一切，都在成功和失败之间挣扎、搏斗。

深圳的工资确实高，一般比内地高出一倍到两倍。而且，越是工资基数低的人，高出的比例就越大。原因是，基本工资没有变动，补助部分却一个劲儿的长。补助部分超过了基本工资。少者超过一倍，多则超过两倍，或者更多。形成了所谓"低工资，高补贴"。1982年以前，一个部门一个样，没有个统一的章程。1982年开始整顿、改革。力求改变阻碍调动人的积极性的"大锅饭"和"铁饭碗"，力求通过工资制度改革，开创深圳建设的新局面。

深圳市的友谊餐厅，就是工资制度改革的试点单位之一。

友谊餐厅是1980年7月开张营业的，现有四个餐厅，四个百货商场，职工579名，是个综合性的大型企业。工资制度改革中，他们取消了十种补贴，即：边防补贴、物价补贴、粮差补贴、附加工资、单车补贴、房租水电补贴、清凉饮料费、夜餐费、一般性的医疗费和供养直系亲属的劳保费等。同时，保留了一些暂时不宜取消的补贴，如：出差人员的旅途补助费、节日加班费、非特殊工种需要的加班费、严重慢性病的住院医疗费以及地区差价等。

改革办法是：保留基本工资，另加职务工资和浮动工资。三种工资的比例是：

基本工资 每人每月平均 39.22元

职务工资 每人每月平均 40.40 元

浮动工资 每人每月平均 88.38 元

职务工资是根据职工现任职务确定的；浮动工资比例最大，占 52.6%，是按工作表现，工作态度和实有成绩评定的。浮动工资的决定因素是完成营业额。不完成营业额，就没有浮动工资。这就使职员、工人等，人人关心营业额，人人想法完成营业额。超过的部分，另有奖金。在这条措施激励下，友谊餐厅曾经有过一天完成营业额 40 万元外汇券的纪录。家用电器售货组，一天售出 4000 台电风扇；有个售货员，一天卖出去的商品款项，高达 10 万元外汇券。两个新纪录，都是内地望尘莫及的。

友谊餐厅的工资改革，体现了尊重技术人员的精神。他们的一级厨师、一级点心师的工资，同总经理的工资相等，都是月薪 280 元。通过改革，友谊餐厅的全员平均工资，每人每月 168 元，比改革前增长 12%。改革还是初步的，但它起了调动个人积极性的作用，也引起了全国各地的广泛注意。他们制定的《工资改革暂行条例》，被内地很多单位拿去参考。

深圳经济特区创办以来，出现了一大批来料加工厂。这些工厂，有原料，就有工做，有钱赚。原料不来，或者来料不足，就停工或半停工，就没有工钱或者减少收入。来料加工厂在深圳最活跃，也最不稳定。工资问题就更是五花八门。1982 年以前，来料加工厂的厂长的工资，是按五个计件工人的最高平均数发给，约 350 元，但不稳定。这就促使他们千方百计找客户，找原料，促使他们在同一个时间，接受几家客户的原料和订货，促使他们向进料加工方向发展。因此，他们非常关心市场，关心产品销售，还从中学会了经商，学会了同资本家谈生意。因为一分钱差价，他们瞪起眼睛，同老板吵嚷半天；然后，再到帝国饭店的宴席上，碰杯、言欢。内地的企业管理者，谁都不会感到当前世界经济危机的威胁，他们却非常敏感，无时无刻不在关注着世界经济形势的发展变化。经过三年奔波，有的找到了固定客户，有的在进料加工上开辟了门路，部分工厂能够正常运转，可以相对稳定。在这个基础上，罗湖区制订了《工业管理章程》试行草案。规定来料加工厂的行政管理人员，基本实行浮动工资制。有的在浮动工资基础上，再加职务工资。这样，厂长月薪 300 元左右，车间主任 200 元上下。工人的工资，平均 120 元，多的高达三四百元。他们才真是按劳取酬，多劳多得呢！

蛇口工业区集中了 200 多名工程技术人员。他们的工资，是在原工资的基础上，先加一点一倍，然后，再加各种补贴，包括全国共有的和特区独有的。有关人士对记者说，原在内地工作的工程技术人员，62元工资的，在蛇口是160元到188元。做出重大贡献，或者成绩特别突出的，则高达200元以上。

工程技术人员在深圳特区受到的尊重和优待，还表现在其他方面。最棘手的家属进城问题，内地很难解决，特区可以优先照顾。在蛇口，凡是本人申请家属来特区的，都解决了。住房，一个四口之家，通常可以分到三房一厅，也是优先解决。在蛇口的200多名工程技术人员，来前，多是技术员，现在，半数以上晋升为工程师；剩下的不到一半，正在办理晋级手续。

1982年2月，记者第一次到深圳特区，听规划局介绍情况。人们告诉我，介绍情况的人，叫郭秉豪，刚由副科长提升为科长。4月，记者再到深圳特区，再次听取规划局介绍情况。人们告诉我，介绍情况的人，叫郭秉豪，刚由科长提升为副局长。当我把这段情节，说给别人时，在场的"老深圳"插话了：郭秉豪是六十年代的大学毕业生，上海人，到深圳后一直是技术员，要不是办特区，说不定还要当多少年的技术员哩！

特区，为有志之士开辟了新天地。

(1983年1月11日)

湖南乡里事

范荣康

多年没有下乡，对实行联产承包责任制以后的农村情况不甚了了。年前走访湖南的长沙、浏阳、醴陵三县，拜访了十余户农民，同省、县、区（这三个县都设区）、公社和大队、生产队的干部座谈，所见所闻，得益非浅。略记一二，以飨读者。

"锅里有煮的，桶里有扎的，柜里有装的"

包了以后，农民生活究竟有多大的改善？

坐在机关里读报纸，看电视，翻阅某些反映农村新事的小说，印象较深的是：农民坐飞机旅游，年轻人骑摩托下地，老太太坐在炕上看电视，当家人靠在沙发上吹着电扇，吃着刚从电冰箱里取出的西瓜……

一个"包"字，果真使中国农民忽然由穷变富？有人持怀疑态度。有人说："反正是撑死胆大的，饿死胆小的。"也有人问："农民富了，工人怎么办？"

这次调查，给我的印象是这样的：

少数专业户、重点户发挥了技术特长，经营有方，收入增加较多。很多人家在起新房。长沙、浏阳一带，到处可见生火的土窑。省里统计，这几年湘北、湘东盖新房的约占农户总数的20%。极少数过去家底比较厚实的农户，生活更好些。有的有缝纫机，个别的有洗衣机、收录机、电视机。至于电冰箱、轻骑，记者访问的这些人家都还没有。

多数农民的生活也有所改善，主要表现在粮食多了。用乡里话说，现在是"锅里有煮的，桶里有扎的，柜里有装的"。湖南今年收成较好。记者所到的这三县，粮食增产都在二成左右。同农民算粮食账，他们扛回家的粮食，一般比往年分得的多一倍。增产二成，多得一倍，是什么缘故呢？一是过去队里统一留种子粮、饲料粮,现在统统归户里了;二是过去队里留储备粮、机动粮(其中一部分被干部胡乱支用,农民叫"集体开餐"),现在也分到户里了。农民把粮食堆在家里,自己做得了主,过日子就踏实了。

"先富帮后富"

大包干是不是造成贫富悬殊,两极分化?没有。

先富起来的(也只是比较而言),大都是"手上有门艺"的专业户。或养鸡养鸭几百只,或养猪几十头,或养鱼,或养蜂,或种天麻,种薄荷。他们也怕人家说"人无横财不富",选择的行道都是同国家打交道的。象长途贩运这样的行道,还没有人问津。浏阳去年金桔丰收,运不出去,烂了不少。

穷的也有。醴陵县东富公社社员张有贵,家里两口人,父亲年过七旬,本人40岁,承包了一亩八分田,打谷子2700斤,交公粮130斤。张有贵也想搞点副业,但本人"脑子不灵",家里没有帮手。喂过一头猪,没有喂好,作价卖给别人了,养了几十只鸭子,怕得病,也卖给别人养了。就是这样一户不大景气的人家,比起过去来,粮食收入也增加一倍多,自吃有余,归还了欠队上的粮食200斤和现金50元。

五保户的日子也过得去,一般是每人600斤粮食,一月几块零用钱,挑水烧柴由专人承包。在浏阳县金刚公社,我们访问了一家五保户。老两口,穿着整齐。男的叫何传玉,70岁,得过脑溢血,已不能说话,坐在屋前晒太阳。女的叫滕妹发,64岁,腿脚利索,忙前忙后为客人筛茶。问她家日子过得好不好,她满脸带笑,给我们算了一笔账:两人从队上领1200斤粮食,60元补助;有三分自留地,一年出两头猪,收入300元;给嫁到外村的女儿看小孩,女儿还给点钱。

这几个县都已把帮助困难户当作一项任务,向致富的专业户、重点户提了出来,叫"先富帮后富"。我们访问的一些专业户,大都已这样做了。有的传授技术,有的帮着出点子、订规划,有的借给资金,有的甚至套用过去"一对红"的说法,搞"一帮一,一对富"。浏阳县著名的养鸭专业户傅乐安,人称"鸭司令",先后给42户人家传授养鸭经验,使其中33户人家致富。

"不堵不塞,群众选择"

湖南农村实行联产承包责任制,经历了一个漫长的过程。省里的同志说,他们脑子里"左"的框框比较多,开始的时候强调湖南是鱼米之乡,不准包;后来感到有压力,想用把生产队划小的办法维持现行的管理体制;再后来允许定额包工,又允许联产到组,但还是不允许包产到户或包干到户。农民批评这种忸忸怩怩的做法是"脱裙不脱裤"。

1981年,省委的思想才有所转变,提出对各种责任制"不堵不塞,群众选择"。结果,到1982年百分之九十几都选择了大包干。在省里的时候,曾听说浏阳还有个革命生产队,自以为家底厚、条件好、班子强,坚持不搞大包干,等我们到了浏阳再一打听,革命生产队也搞大包干了。

同干部座谈,普遍反映对大包干有一个从疑心、担心到放心的转变。开始是怀疑大包干是不是社会主义性质的,总怕"辛辛苦苦30年,一夜退到解放前"。后来是担心生产管不了,计划不落实,甚至担心"交公粮得派警察去收"。现在都放心了,大包干并没有改变生产资料的公有制,反而极大地激发了农民的生产积极性。

很多大队和生产队的干部说:"没有想到包了以后工作比过去好做了。过去是千斤担子一人挑,现在是千斤担子万人挑。"过去出工要打几遍钟,社员才三三两两出门,现在不用打钟,农民就下田了。有人粗粗算了一笔账,现在的工效比过去高出一倍。过去育秧的时候,农民看见老鼠和麻雀吃谷种,也装没有看见,现在有的农民硬是花本钱、下功夫,用塑料薄膜把田坎堵上,用尼龙绳在田面上编成网子。至于交公粮,都比往年交得早。现在的问题反倒是有些粮站库容量小,收不过来。

"就怕一天等于二十年"

农民现在有什么心事没有呢?有,怕变。

在长沙,听到这样一个故事:9月初,一个干部问一个农民,为什么不给柑橘树上粪?农民说:"我等十二大。"干部问:"为什么?"农民说:"我看十二大政策变不变。"那干部说:"集体经济实行生产责任制长期不变。"那农民说:"就怕一天等于二十年。"

这个故事，很形象地反映了农民怕变的心理。记者所到之处，也听到很多这方面的例子。有的把银钱买卖进出单据全部留着，准备将来"查账"。有的赚了钱，统统存在银行里，准备将来"退赔"。有一个养蜂专业户，把80箱蜂送给18户人家。问他为什么？他说："将来站台板子（指挨斗）多几个人。"

农民这种怕变的心理，一是从历史上政策多变的事实得来的。同农民谈话，他们可以举出许多例子证明"没有饭吃讲政策，吃饱饭了批政策"。你跟他讲六中全会总结历史经验，以后不会再往回变了，他将信将疑，还说你"嘴巴两块皮，边说边移"。再一个原因是，签订承包合同时一般以3年为限。3年以后怎么样，农民不能不考虑。

省里的同志说：农民嚷嚷怕变，主要是造舆论，给各级领导递信息，希望政策不变；至于下功夫做田，打主意搞副业，那是一点也不懈怠的。

(1983年1月29日)

贝京为什么要辞职

陈积昌

8月28日,以色列总理贝京在内阁会议上宣布他要辞去总理职务。这一消息,在以色列政界引起一场震惊和混乱。贝京声称,他的辞职是出于"个人的原因"。然而以色列电台却表露得比较坦白:"困扰人心的政治形势,正在崩溃的经济形势,内阁部长间的深刻分歧,是贝京提出辞职的原因"。

贝京自1977年5月上台以来,他对外推行赤裸裸的侵略政策。在他任职期间,以色列强化了对阿拉伯被占领土的殖民主义政策,完成了对叙利亚戈兰高地的兼并步骤,空袭伊拉克的核设施,多次入侵黎巴嫩南部,袭击巴勒斯坦的游击队和难民营。特别是去年6月,贝京当局对黎巴嫩发动大规模的进攻,又无理霸占了黎巴嫩的半壁河山。去年9月,贝京当局还一手制造了震惊世界的萨布拉和夏蒂拉难民营的大屠杀事件。今年5月17日,在美国的撮合下,黎巴嫩和以色列虽然签订了撤军协议,但是贝京当局至今拒绝撤军,致使黎以协议无法执行。

最近,贝京当局决定"重新部署"以色列在黎巴嫩的军队,企图建立40公里的"安全区",造成长期割据黎巴嫩的局面。贝京当局的侵略和扩张政策遭到黎巴嫩人民和全世界人民的强烈谴责和反对,也激起了以色列人民的反对。据不完全统计,以色列官兵在黎巴嫩战场上已有3000多人伤亡。在阿拉伯武装力量日益频繁的打击下,以色列士兵几乎每天都有死伤。以色列报纸哀叹,对以色列士兵来说,黎巴嫩是"一座正在燃烧的火山",对他们的家属来说是"眼泪的深谷"。特别自黎巴嫩战争爆发以来,以色列人民曾多次举行声势浩大的示威游行,要求以色列军队撤出黎巴嫩,要求贝京政府辞职。以色列舆论界惊呼黎巴嫩战争使贝京处于"国内人民的强大政治风暴之中"。

以色列的经济危机是贝京无法应付的又一棘手问题。侵黎战争的巨大军费开支和国内经济政策的失败,使以色列的经济走上了崩溃的道路。以色列的经济学家承认,"1982年是以色列经济最坏的一年,而且这种状态仍在恶化。""经济衰退和通货膨胀像一个双头魔鬼在游荡。"据以色列政府发表的经济报告,1982年以色列的通货膨胀率为135.5%,国民生产陷于停滞不前的状态。贝京上台以来,以色列的外债翻了一番,按人口平均计算为世界之冠。贸易赤字不断上升,货币不断贬值,财政陷于十分困难的境地。以色列中央银行副行长指出:"以色列经济目前依靠举债支撑,如果外贷一旦停止,以色列的生存就不能维持,有可能导致经济上的死亡。"

国内深刻的社会矛盾是使贝京面临垮台命运的又一原因。以色列的劳资斗争此起彼伏,绵延不断。由于贝京当局执行种族歧视政策,犹太人和阿拉伯人之间的暴力冲突不断升级。社会上的各种尖锐矛盾加剧了统治集团内部危机。执政党利库德集团与反对党工党之间争权夺利的局面愈演愈烈。今年以来,工党利用贝京当局对内对外的困境,曾几次提出对贝京政府的不信任提案。贝京政府正面临反对党日益严重的挑战。利库德集团内部对贝京不得人心的内外政策也有越来越多的异议。不久前,在讨论对黎巴嫩战争是否成立调查委员会和1984年以色列财政预算时,内阁部长之间和利库德集团各党派之间发生激烈的争吵。甚至有的党派扬言要退出联合政府。这些迹象表明,利库德集团内的离心倾向也正在发展。

在这种内外交困的情况下,贝京不得不承认:"他已不能像一个身负重任者应当做的那样行使职能"。贝京要求辞职只能说明在他领导下的以色列政府推行的不得人心的内外政策的失败,也是他长期以来倒行逆施的必然结局。

(1983年9月1日)

柏林印象

蒋元椿

勃兰登堡门顶上那几匹铜绿斑驳的奔马,仍然拉着战车做出向前疾驰的姿态,使人回想起当年普鲁士王朝的拓殖精神。它的白色大理石圆柱上经过填补的累累弹痕,告诉人们这座建成已将两百年的建筑经历过多少沧桑。如果它能说话,它无疑将倾诉德意志帝国的盛衰史,好让人们从中吸取应有的教训。

现在,勃兰登堡门是德意志民主共和国首都柏林边境上的一处哨所。它的另一侧是西柏林。勃兰登堡门外二三十米处,一堵用水泥板筑成的墙向两侧延伸出去,把东西柏林分隔开来。站在门外一座木板平台上,可以看到西柏林境内的一条大街。这里是公园和绿化地区,宽阔的街上很少行人,更无车辆。远处路边林荫下露出两辆坦克,那是苏军攻克柏林纪念碑的所在地。近处一边是旧日德国的国会大厦,另一边有一座木板平台,一小群男女正在台上倚着栏杆向东柏林眺望。

在勃兰登堡门内,右侧一大块草地上有一个小土丘,那是希特勒的地下指挥部入口处,他就是在那里见到自己末日的。正对着勃兰登堡门的菩提树下大街上,车辆行人络绎不绝。50年代在这里见到过的战争残迹,已经被许多新的建筑所取代。这条大街上现在有民主德国的许多党政机关、公共设施和商店,成为一个热闹的中心。

一个德国分成两个德国,一个柏林分成两个柏林。40年代大国政治造成的这个结果,是民主德国和联邦德国今天面临的严峻现实。观察民主德国的内外政策都不能不考虑到这个现实。

战前德国的工业重心在西部,民主德国所在地那时是不发达的地区,工业基础很差,原料只有褐煤和钾盐,土壤是沙地。1949年10月7日德意志民主共和国宣告成立以后,首要的任务就是建立自己的工业基础。据介绍,50年代到60年代,民主德国经济政策的基本成就是建成了一个比较完整的工业体系,并从60年代初起实行农业合作化。在战后百废待兴的困难条件下，人们需要做出艰苦的劳动，但不能马上提高生活水平。那时向人民提出的口号是"今天怎样工作，明天才能怎样生活"。

这是一个艰巨的任务。联邦德国和西柏林就在跟前。那里在美国的援助下经济恢复很快。从30年代以来，西方社会按照凯恩斯的以消费带动生产的学说，逐渐成为高物价、高工资、高消费的社会，市场上商品五花八门，琳琅满目。联邦德国和西柏林当然也是这样。虽然这种繁荣无法避免资本主义生产的社会性和占有的私人性矛盾所必然引起的经济危机，但是对于普通群众来说，高工资、高消费具有很大的诱惑力，不少人想往西柏林和联邦德国跑。因此，民主德国在经济建设初期要人民不向联邦德国和西柏林的物质生活看齐，是一件不容易的事情。

民主德国同志说，到了70年代初，民主德国的社会主义建设已经取得一定成就，国际地位也发生了有利的变化。德国统一社会党八大提出了新的课题，决定把经济政策同社会政策联系起来，提高人民生活水平，使劳动者了解从自己的劳动中能够得到的好处。除了提高最低工资和各种社会福利措施外，核心的问题是改善人民群众的住房条件。国家为此进行了大量的投资，在柏林市内和郊区，在北部的海港城市罗斯托克和南部的农村，都可以见到许多新的美观实用的住房。此外还翻修了许多旧房，给它们安装新的生活设施。到现在为止，民主德国人均住房面积已经达到25平方米，在苏联东欧国家中首屈一指。50年代柏林斯大林大街上引人注目的高层居民楼群，现在已经淹没在新的楼群之中。斯大林大街也已改名为马克思大街。

人民的生活水平是不低的。居民楼前马路两侧停满了小汽车，多数是民主德国自产的用工程塑料作外壳的瓦特堡牌，一部分是苏联的拉达、伏尔加等。阳台上、庭院里鲜花盛开，家家窗户明净，纱幕低垂。许多人在郊区有别墅，一到周末就出城度假。柏林周围有许多大大小小的湖泊，通过市区的斯泼里河同它们有运河相通。乘坐游轮游览，可以见到水道两侧树荫下挤满了小别墅。休假的人们穿着游泳服在草地上享受日光浴的乐趣，大湖里风帆推着小艇在水面上滑过，到处是一派和平欢乐的景象。

70年代中期以后一再发生资本主义经济危机，形成西方经济长期滞胀的局面，对民主德国既有好处，也有坏处。好处是使一些人懂得了西方并非天堂。在柏林可以收到5套电视节目，2套自己的，3套西柏林的。联邦德国在经济长期停滞又卷入80年代初战后最严重经济危机之后，失业人数超过200万。那些向往西柏林和联邦德国的人从西柏林的电视新闻和节目中看到了这些,有了比较,觉得在民主德国生活安定,不会失业,他们安心了。

坏处是民主德国也受到资本主义经济危机的影响。从苏联来的石油和原料涨价了,出口竞争更激烈了,欠了100多亿美元的外债。这就使得从70年代初以来实行的经济改革有了更大的迫切性和必要性。据介绍,这个改革的目的是使经济结构进一步合理化,发挥企业的主动性,采用新技术,提高劳动生产率,降低能源和原材料消耗,降低成本,加强在国际市场上的竞争能力。改革的核心措施是建立专业的、具有生产销售、研究发展三种职能的联合企业现在在政府主管工业的部长直接领导下的工业交通方面联合企业已有156个,此外在专区领导下的还有66个。每个联合企业的职工人数在3万人以上,最大的8.5万人。在联合企业中从事研究、设计工作的有12万人。民主德国同志说,这些企业能相当主动、自由地适应变化日益剧烈的国际市场条件,对保证经济社会政策的实施起了良好作用。目前它们的总产值已占全国工业商品生产总值的90%以上。今年上半年工业产值增长了6.2%,这是好现象。

农业方面由于稳步推行农业合作化政策,农民生活有了很大改善。我们在民主德国西南部土壤和气候条件都比较好的图林根地区访问了一个种植业合作社和畜牧业合作在联合经营的单位,所见所闻,都说明这两个合作社经营得很不错。农民们在合作社和国家资助下都在盖新房,室内的陈设布置都很讲究。一位民主德国同志说,现在农民们除了把房子盖得比别人漂亮以外,在室内布置上也互相比赛,以致引起了一场关于这种比赛究竟是必要还是奢侈的辩论。辩论没有得出结论,但显然提出了一个值得从理论和实践上加以探讨的问题。

民主德国在国际上所处的特殊地位,使它特别关心战争与和平的问题,希望战争不要再在德国的土地上爆发。人们对中德关系的改善感到高兴,并且希望这种改善不要停留在扩大文化交流上,更重要的是要有经济贸易上的实质发展。这是完全可以理解的。

坐落在亚历山大广场上的高耸的电视塔是民主德国柏林的标志。坐在电视塔顶部缓缓转动的餐厅里,柏林的万家灯火,像一张用珍珠织成的地毯从塔下向远处铺去。我想起了一位民主德国同志的话:"能不能保卫和平是德国人民常常想的问题。"但愿柏林人民永远在一天的和平劳动之后,能有这样一个美丽宁静的夜晚。

(1983年10月7日)

"妈妈教我放鸭子"
——记湖北沔阳县彭场公社陈惠容的谈话

刘 衡

我去访问陈惠容啦。她刚满18岁,是全国最小的妇女代表,又是全国最小的"三八"红旗手。我说:"鸭姑娘,你小小的年纪,一年收入九千几,本事真大!"她对我说:

哪里,哪里!我一只巴掌拍不响,这九千多元是我们一家5个劳动力合起来挣的。我的荣誉是妈妈转让的。没有妈妈,就没有我的现在。

1979年,我初中毕业。妈妈说:"现在党的政策好,不割'尾巴',不消灭'海(鸭)陆(鸡)空(鸽)',你跟着我养鸭吧!"我说:"姑娘伢跟着鸭屁股转,人家笑话!"妈妈说:"谁会笑话?我8岁就甩鸭篙子了。"我说:"你那是旧社会,'饿得没法,就去放鸭!'"妈妈叹气了:"咱们家,吃的多,做的少,么时候才能不吃国家救济啊?"我见妈妈伤心了,赶紧说:"妈,我跟你去,我不怕丑了!"

说是不怕丑,走到荒湖野地看见同学来了,赶紧往草堆里躲。蚂蚁咬脸不敢动。时间一长,人们都知道了,我才不躲了。

我们全家搬到离村子四里开外的湖边,搭上棚子。天天,我手拿一杆全枪,脚踏一叶扁舟,当上了"鸭司令"。早晨,披着星光去;晚上,踏着月色回。一天三餐,由姐姐送来吃。夏天热冬天冷,苦楚是不少的。

妈妈告诉我:"鸭子虽小,浑身是宝,国计民生不可少。"鸭的蹼能制药,毛能做衣服、被子。这些过去我都不懂,只知鸭肉鸭蛋可以吃。

妈妈说:"饿不死的鸡,撑不死的鸭。鸭子是直肠子,消化快,最贪吃了!一年365天,天天要把鸭子赶到老远吃野食,才能省下饲料。"

妈妈说:"矮禾经不起鸭子拖,禾密过不了麻鸭婆。放鸭子,要做到'四不拖'。就是:禾苗没有稳苑;田里无水;禾秆倒伏;谷子低头的时候,不能把鸭子放进稻田。还要掌握'四不踏'就是:在雨天、雪天、田泥不干、春天盛长期,不能把鸭子放进绿肥田,不然农民要生气骂人。其余的时间,农民都欢迎鸭子进田。因为鸭子进了田,能够松土壤,除野草,吃害虫,施肥料。省工,省药,不污染。"

真想不到,妈妈懂得这样多!妈妈说,养鸭要知鸭性。她还听得懂鸭子说话哩!

有一次,我把鸭子赶回家。它们又推又挤,乱吵乱叫,不肯进窝。妈妈听见了,对我说:"鸭子叫:'懒姑娘,房里脏!'你有几天不锄粪了?"我回答:"六天。"果然,等我把鸭窝打扫干净,鸭子就排着队,一步一摇地走进去了。

妈妈的眼睛也挺厉害,轻轻一扫,就能看出鸭子是好是坏,是公是母,是老是小,有病没病,肚子里有蛋没蛋。慢慢,我把妈妈的本事也学来了。

原来鸭子有好多地方像人。年轻的鸭子喜欢打扮,穿得五颜六色,花里胡哨;年老的鸭子灰不溜秋,老里老气。公鸭体格魁伟,毛色鲜艳;母鸭小巧玲珑,十分朴素。有蛋的鸭子像人怀了肚子,尾部拖下来,走得慢;没蛋的一身轻松走得快。有病的鸭子不想吃食不想动,没病的东咧咧、西咧咧,嘴巴不肯歇一歇。

鸭子不看表都知道钟点。到了钟点不给食,就围着我闹。有时把脖子伸得老长,呕气、装死相,动也不动一下。喂了食,就高兴了,一蹦几尺高,有的还能飞三丈远。

鸭子知道害怕,碰到陡坡,只要超过四十五度,不敢上,也不敢下,连忙弯路走。

鸭子还知道害臊,从来白天不在野地里下蛋,都是夜里在窝里下。它们知道人们为它辛苦一天,不愿人们捡蛋麻烦,都是一个一个地轮流下在一个固定的地方。只有极个别的"懒婆娘"才就地下散蛋。

我到北京、到武汉开妇女会,一些姐姐、阿姨、奶奶都爱围着我问:"你一个人在野外,不害怕吗?不寂寞吗?"我回答她们:"我像鸭子一样,爱上了湖中水,石头打来也不飞!""我怎么会寂寞,害怕呢?我又不是光杆司令,我有一千多名鸭兵!我爱它们,它们也拥护我。"

(1983年12月12日)

在"转化"中看多数
——关中农村见闻

李克林　宋　琤

麦收前夕,我们访问了陕西省八百里秦川腹地——户县和长安县。跑了十多个村子,走家串户,边看、边谈。虽说是走马观花,却也约略看到农村经济向商品生产转化过程的某些侧面。

是快还是慢

这里紧靠西安,素有"金周至、银户县,白菜心是长安"之说。我们看了这里一些较富裕的专业户、专业村,以及各种新兴的乡镇工业,也看到一些一般的并不富裕的村庄和农户。这里的"转化"好像是又快又慢,又易又难。这个印象似乎是矛盾的,却有一定的现实根据。

户县的东街大队原来是个高产穷队,三中全会后,政策一放宽,各业大发展,现在的经营项目有食用菌加工、家用化工、榨油、机械、电镀、服务业等十几种企业。总产值从1980年的76万元,上升到去年的294万元。我们参观了他们的化妆品厂。小小车间,设备简单,生产的"贵妃霜"等却已在全国打开销路。因为他们请了西北大学的一位教授做技术顾问,为他们设计了好的配方,年产值达160多万元。大队党支部书记王永吉是一位有胆有识善于经营的人。他带我们参观了他们的"上林苑"饭店。他雄心勃勃,正在兴建一座接待外宾的旅馆。这个大队,现在已经定名为东新企业联合公司,是一个农工商综合经营的组织。从名到实,都可以看出这个大队"转化"的步伐快速而有力。

在长安县,我们采访了"美佳"儿童服装厂。这个厂今年2至5月生产了三万多件童装,总产值十万元。产品样式新颖,远销省外。而这个厂,竟是三个初中毕业的二十几岁的小青年在去年春天办起来的。小青年们穿着整齐的厂服,谈起话来劲头十足。从他们这里也感受不到"转化"的艰难。

长安县、户县的专业户大致都占总户数的10%以上,还出现了一批专业村。家庭副业的发展也是迅速的,种、养、加工……生产门路越来越广了。新建的砖房、小楼,像雨后春笋,从一片片破旧的农舍中冒出来。绝大多数农户做到了"吃饱,穿暖,有些手中还有零钱"。这里实行家庭联产承包制较晚,短短一两年,变化不能说不快。

但是,我们也看到了另外一些村和户,从他们那里看,"转化"却又是缓慢的,而且颇为艰难。那些首先活跃起来的人,大多是有知识、懂技术、有胆识、善经营的"能人"。过去,"左"的一套束缚了他们的手脚。一旦政策放宽,他们很快就冒了尖,成了发展商品生产的带头人。然而,在农村,他们毕竟是少数。更多的农户是"想富无路,求富无门"。种种历史的、现实的主客观因素,使他们徘徊在商品生产的门外,不得其门而入。请看看皇甫村吧:

他们为什么不要奶牛

长安县委的同志们谈到这样一件事:作家柳青写作《创业史》的生活基地皇甫村,近两年解决了温饱问题,但生活并不富裕。今春,省里决定贷款给他们购买一百头奶牛,把皇甫村建成奶牛专业村。没想到皇甫村的农民大多不肯要。

我们去皇甫村,看望了《创业史》中梁生宝的原型王家斌,问他皇甫村的农民为什么不愿要奶牛。

皇甫村背靠终南山,有割不完的青草,农民又有养牛的习惯。养奶牛无疑是这一带的致富门路。可为什么不肯要呢?王家斌说:"买一头奶牛要三千多元,万一养不好,出个差错,那可不像死一只鸡。"是呀,养奶牛是要担点风险的。农民想富,可又怕担风险,王家斌的考虑,代表着这里相当一部分农民的思想。

皇甫村初级社时生产有所发展,几经折腾,一直很穷,去年大包干后才有好转。王家斌家中有病人,生活尤其困难。现在,他家里养了一头牛,一头母猪,几十只大白鸡,去年他家收粮食八千多斤,现金七八百元,确是大有改善了。今年春节后,省委书记马文瑞同志去看望他。他说:"马书记啊,眼下不算困难了,有吃,有穿,手中还有点零花钱,这就不错了!"真挚、坦率！但却多少让人觉得有点"三十亩地一头牛"的味道，他不是不想富裕，但是，在他思想里还缺少那种发展商品生产的强烈"冲动"。

今天皇甫村的农民，还像50年代《创业史》中所写的那样，除了种地、饲养家畜家禽，仍然是到终南山割草、扎扫帚，进行简单的交换。温饱不愁。可是，怎样在商品生产的道路上开拓新业呢？和我们同去的一位合作化时期的老区长说：这村有一个农民胆子大一点，他买的奶牛喂养得好，已经怀了犊。等到他的奶牛产了奶，见了利，愿意买奶牛的人就会多起来。农民要亲眼看到确有干头才肯干。看来太急了不行。这样的村庄，这样的农民，不仅在长安县还占相当比例，在别的地方，我们也看到过不少。

那些生龙活虎般的专业户，那些新兴的生机勃勃的乡镇工业，看来确实使人振奋，使人鼓舞。然而，像"皇甫村"这样千千万万的农村该怎么办呢？怎样才能写出《创业史》的新篇章呢？

"磨"不推能自转吗

大包干后有一种说法：农民有了种地的自主权，"磨不推自转"，这话确有一定道理。农民祖祖辈辈生息在小片土地上，耕种还是熟悉的，一旦获得了种地的自主权，确实是不用别人推动，就很快解决了温饱问题。可是再迈第二步，要进入商品生产的行列，就大多数农民来说，一切是那么陌生，抬腿不知该往哪里落脚。自给性生产，一般来说不用别人"推"；商品性生产这个"磨"，对目前的多数农民来说，不"推"就很难转动起来。

在户县，我们看了两个专业村，一个生产蜡烛，一个制造粉笔。蜡烛专业村虽然已有三分之二的户从事蜡烛生产，可是至今仍是各户自产自销，销路没有保证。有的农民说，要是有两个推销员解决销路问题就好了。为什么不能联合解决推销问题？社员们都说：干部自顾自，谁管这些事！粉笔专业村双南大队，也是靠个人销售，而且原料有困难，烧石膏的无烟煤不能保证供应。专业村尚且如此，一般的村子需要解决的问题就更多了。

看来，由自给经济转向商品经济，确实是一个艰难的过程。户县的东韩村离县城只有三四里，紧靠公路，交通方便，过去是有名的高产队。大队的党支部书记是劳动模范、全国人大代表。可是，进得村来，只觉冷冷清清。和社员们谈谈，都说除了种地，没有别的什么生产门路。村里只有十几户养了奶牛。养鸡一般也只是家庭副业的扩大。有一户养了几百只鸡，由于防疫问题没解决，一下子死了很多，别的户也就不敢多养了。一位正在起粪的青年农民对我们说：社员不是不想干点别的，可就是不知道怎么干，没门路，没资金，没技术，这些事也没人管。这个村和东街毗邻，条件相似，情况为什么如此不同？因为东街有一个有眼光、善经营，敢闯敢干的党支部书记；这个村的党支部书记虽在小麦创高产方面做出过贡献，而今要为商品生产开新路，就相形见绌了。

户县大王西村是一个"转化"较快的村。党支部书记赵忠文向我们说：就在我们这样的队，也有一部分社员是"吃死饭"的，他们肯吃苦耐劳，却只能是别人安排好了叫干啥就干啥，叫怎么干就怎么干。这个大队正想法多办企业，让这部分农民也"活"起来。"吃死饭"这个词儿很有意思。目前程度不同的"吃死饭"的人并不太少，怎样把他们也引进商品生产的队伍中来呢？

我们为什么要提出这个问题？因为皇甫村、东韩村这类的村庄目前还是多数；"吃死饭"的农民比起"吃活饭"的农民也是多数。

(1984年8月2日)

已是山花烂漫时

艾 丰

当今中国,有谁不知道"包产到户"呢?她已如烂漫山花开遍祖国大地,城乡人民不仅闻到她的芬芳,也已尝到她的果实了;连国外的一些人也对她发生了浓厚兴趣。

但是,是谁起初提出和实行这种责任制形式并总结了完整的经验?他们的经历又如何?对于这些,至今知道的人并不多。

信 念

1978年,祖国大地春雷刚刚响过。一个哲学问题——真理标准的讨论,正徐徐化开人们头脑中的冰层。

微弱的灯光,照亮了昏暗的小屋。炎热的天气,更使那有限的空间充斥着油坛、酱缸、咸鱼、干虾散发出来的浓烈气味。一个年近五十的中年人,在他算完了各种伙食账之后,又趴在满是油渍的小桌上,开始写作了。

他,李云河,二十多年前浙江省温州地区永嘉县县委副书记、现任永嘉农机厂炊事员,正在写什么呢?他,要为自己申诉,不,更确切地说,他要为一度曾被视为洪水猛兽的那个东西——"包产到户"申诉。

"党中央:我在1956年担任浙江省永嘉县农业书记的时候,因主张'按劳分粮'和试验'包产到户',于1958年被划为右派、开除党籍……恳请中央对我的问题给予解剖……"

"包产到户"!爱人包于凤在他写的材料上看到这四个字,简直像触了电一样:"你还写什么'包'呀'户'呀的,你还没有给'包'害死呀!"她阻拦、流泪。亲戚们也来劝。

难道李云河自己真的忘记了那些经历吗?

1958年2月14日,温州市永嘉县四级干部会上,对他作出了宣判:"李云河由严重资产阶级个人主义、骄傲自满，发展到目无组织，积极主张'包产到户'，积极提倡'多劳多得'，坚持资本主义道路……已堕落成为资产阶级在党内的代理人……"

李云河的脑袋"嗡"的一声，只觉得天旋地转。

他踉踉跄跄，木然走回家门……

记忆又揭开另一幕："横扫一切"的"大革命"，使李云河成了首当其冲的"双料货"。谁让你混进革命队伍还当了县农机厂的副厂长？一张大字报"批"得"精彩"：

"李云河！在农村搞包产到户，在工厂搞包工到人，在家庭搞包娘教子！自己讨个老婆姓包，李家三兄弟讨的老婆都是包、包、包。李云河靠包起家，靠包成家，日夜出入'包'府大门，简直被'包'迷住了心窍……"

李云河被游街、挨批斗、遭殴打、受关押。他的生命像狂风中的蜡烛，他的家庭像在礁石上撞碎了的小舟……

这一切怎么会忘记呢？他原名苏凤庭，老家山东。因家穷，九岁过继给李姓。15岁参加革命，17岁入党，1948年随军南下，24岁当了县委副书记。啊，多难忘啊，那在党领导下奋发向上，充满革命激情的年月……"你还年轻，要重新回到党的怀抱！"在他被错划为右派后，一位领导同志对他说的这句话，始终成为他的精神支柱。

此刻激励李云河奋笔疾书的还不只是这扎根心底的坚定信念，还有那已经看得如此清晰的希望的火光。这火光，他是从粉碎"四人帮"的胜利中看到的，是从邓小平等老一辈无产阶级革命家重新出来工作看到的。一行又一行饱含激情的文字，出现在他的笔端：

"人的一辈子有几个二十年？戴'反党反社会主义'的帽子谁不怕？"但是——"我现在考虑的不是个人问题，而是农村工作碰到的问题。"

"自从1958年处理永嘉县两大问题以后，农村管理问题以及如何体现按劳分配问题，没人敢搞了。'四人帮'流毒所及，经营管理更被划为禁区。"

他向党中央请求：

一、指定几位专家，对他的"两大错误"进行解剖；二、对"包产到户"的来龙去脉调查清楚；三、展开一次这方面的讨论。他说，"我愿意在这个问题上做一个'铺路石子'，起抛砖引玉的作用。"

将近半年之后，具有伟大历史意义的党的十一届三中全会召开了。一个新时期开始了。

标 准

党的十一届三中全会的文件，给李云河增添了勇气和力量。他更深地埋头于自己的"户学研究"了。在马列主义经典著作中，他欣喜地发现，家庭、户，在这里并没有被描述成可怕的东西，"它是一个积极要素，它从不停滞不前，而随着社会由较低阶段，发展到较高的阶段。"

针对当时有人惊呼农业生产责任制"危险"，李云河决心站出来讲话了。他是决心让实践，当年和戴洁天等同志一起搞包产到户的实践，站出来说话；让那小册子，纸张已经发黄的《燎原社包产到户经验总结》的油印小册子，站出来讲话⋯⋯

1956年，成立高级社之后，永嘉县24岁的县委副书记李云河和他的同事们，遇到了新的矛盾，群众的顺口溜唱出来了："天光等等队，田头烟未未，夜间计工开开会"，懒的人一天天多了，勤的人一天天少了。群众在呼喊："天天困在田里，困死了，困死了！做功做德把我们解开吧！"

1956年4月29日《人民日报》发表了《合作社和社员都要实行包工包产》的文章，李云河如获至宝。他看了一遍又一遍，一个大胆的、后来几乎决定了他一生命运的想法，在他的脑子里闪现了。

1956年5月，经上级批准，由李云河、戴洁天直接进行的"包产到户"试点在浙江省温州地区永嘉县燎原农业合作社开始了。试点的艰难，无须赘述。只知道戴洁天发高烧四十度，还坚持在第一线，只知道在病房中，李云河还和戴洁天讨论着怎样总结经验。

1956年9月，《燎原社包产到户经验总结》出世了。

它写着："在明确方向道路的基础上⋯⋯讨论了我国农业集体化的道路与现代化的道路。结合讨论了少数人负责、多数人不管，与人人负责，哪个有利⋯⋯明确了加强责任制是目前增产的主要措施，而增加生产，更是农业现代化的重要基础。"

这件事情的深刻意义，也许到今天才看得更清楚，在我党的工作重心应该从以阶级斗争为中心转到以经济建设为中心的那个历史时刻，他们首先响应党的号召，在管理经济方面进行了创造性的探索，及至后来为此付出惨重代价时，他们也没有懊悔。1958年，当戴洁天被遣返回乡监督劳动时，除了简陋的行李外，他偷偷卷走的就是那份给他带来大祸的《包产到户经验总结》。"文化大革命"中他首先隐藏的也是这份《总结》。

"忍将心血埋深土,为待他年有问津,

甘为苍生受苦难,五十年后识斯人。"

他当时写的这四句诗,充满了对实践的确信和期望。

当然,并没有等到50年,那燎原的火种又被党的十一届三中全会重新点燃了。

李云河从实践出发,提出这样的见解:包产到户绝非什么"不得已而为之"的办法。它是在经济比较发达的地区、党的领导和经营管理比较强的地区首先搞起来的。它是根据农业生产特点总结出来的体现按劳分配的先进办法。

一个人的命运和一种生产责任制的命运如此紧密地联系在一起,这不仅是历史的安排,也是他们个人的追求。

土 地

"包产到户",这个在党领导下,我国农民和知识分子的共同创造,终于在960万平方公里的土地上形成了燎原之势。

但是,一个相当长的时间里,李云河所在的地区,包产到户还被看成可怕的东西。

最早搞"包产到户"的地方,却成了最害怕"包产到户"的地方,似乎是有讽刺意味的,却也是可以理解的。当年搞"包"的人,遭遇如此惨痛,名声如此之"臭"!多少年,用千千万万句语言刻在人们脑子里的痕迹,要比用钢铁制成的斧子凿在石头上的痕迹还要难以去掉。

这气氛、这情况,是足以令人沮丧的。

李云河,冲破这一切,继续为"包产到户"呐喊。

1980年2月,在温州市委召开的工作会议上,他就包产到户问题,提出和中央保持一致的问题。1980年3月,他给上级党委写信,要求到农村去,搞一个区的农业,并立下军令状:一年之内不增产增收,自愿下台听候处置。

1981年3月,他给中央写信,反映当地在包产到户问题上发生的争论……

这中间,他听到过严峻的警告,也听到过善意的劝告。

有人对他说:"说你被'包'迷住了心窍,真是高度概括"。他说:"被

'包'迷住心窍的,有人比我厉害"。"谁?""农民。"

又有人说:"你为包产到户受苦了。"他说:"是。不过比我受苦更多的是农民。"

是的,他怎么会忘记群众,忘记解放初、土改、清匪、互助合作时期,干部群众那种鱼水关系呢!可是后来,干群关系为什么紧张了呢?

他怎么会忘记温州地区农民,为实行包产到户所进行的一次又一次的斗争。1956年,第一个回合。1966年到1975年,永嘉县又有不少农民搞包产到户。1973年,江青曾亲自批示,把坚持吃大锅饭的一个大队树为样板,并创作出电影《苍山志》,准备作为炮打"走资派"的炮弹。这是第二个回合。1975年至1976年,永嘉县被点名,永嘉不少干部、社员因"分田单干、集体经济被破坏"的罪名遭到批判斗争。这是第三个回合。

至于全国,围绕着包产到户、联产责任制引起的斗争波澜,也是一起再起。

李云河觉得自己背后站着亿万农民。

"实行责任制,我说,敢表态者大有人在。安徽、四川……千千万万农民积极要求建立队以下的组户为中心的责任制,这就是表态。'担心者'眼里缺乏群众观点,有眼不识泰山。"

哈,曲折的河道并没有磨光这个石子。

李云河、戴洁天等同志反映的情况和意见,受到了中央有关部门的重视。1981年7月,中共中央书记处研究室的一期简报上,用《1956年永嘉县试行"包产到户"的冤案应该彻底平反》的标题,发表了原永嘉县委书记李桂茂和李云河、戴洁天等十名同志的来信,并加按语说:"这个情况,在全国来说,知道的人不多……现在,尽管'包产到户'这种形式的责任制已在许多地区实行,但是,当年首创这种责任制的同志所受的冤屈,至今都未得到彻底平反。"1981年9月,李云河等同志写的材料,被送到中央领导同志那里……

和亿万农民心连心的党中央倾听着并且早已听到了人民群众的心声……

思 考

包产到户曲折发展引起的思考,远远超出一种经济责任制的范围。怎样鼓励和保护那些为发展社会主义事业挺身而出的探索者?

辨别是非往往是困难的。刚刚出土的嫩芽,要马上断定它是鲜花还是毒草,那又增加了一层难度。实践是检验真理的唯一标准。人们常说要倾听实践的呼声,那么,当实践发出与已有的认识不同的呼声时,你怎样办?当初,在追究"罪责"时,李云河是最难推卸的一个人。他是主动要求试验包产到户的,他是"自觉的";他是直接在蹲点乡指挥干的,他是"有计划、有步骤的";他自己动手写文章、作报告,因而是"有理论、有纲领的"。上推下卸均不得,只有"自食其果"了。有的人执行别人的,上边的,错了,打不到自己的屁股;由自己费力去倾听实践的呼声,常常要独立地做出判断,错了,"罪责难逃"。

也许,正是可以从这里总结出我们在四化建设时期对干部素质的某些要求吧。

"听话"似乎总比"骄傲"讨人喜欢。但如果这种"骄傲"是指那种勇于倾听实践的呼声而不愿轻易苟同的精神呢?知识和见解是不可分割的。

怎样看待一个党员对党、对党的事业的忠诚?

有人问李云河:"你有什么特点?"

李云河回答:"我爱搞新东西,爱讲,爱写。干工作,把乌纱帽拿在手里"。

"你有什么弱点?"

"我有点看远不看近。我们山东家乡的人说:'四十里外能看出蝗虫的公母,出门反叫驼骆绊倒了'。我正是这样的人。"

如果像他在包产到户上做的那样,为事业看得远,而忽略了个人面临的危险,那么,这种毛病也需要改正的吗?

又有人问:"为什么受了多年冤屈,你对党没有一点怨气?"

李云河回答:"搞革命总要付出代价。武装斗争,我们付出了许多生命的代价。和平建设,有时也要付出代价——政治生命的代价。没有一部分人付出代价,人们对一些事情,比如'左'的危害,不会看得像现在这样清楚。比战争年代幸运的是,生命牺牲了不能复活,政治生命牺牲了,还可以复活"。

已经深入到人生观的问题了。戴洁天,这位解放初期参加革命工作的青年知识分子,当他穿过20多年的逆境、平反、入党,如今已经是近六十岁的人了。家庭长期不能团聚,工资不高,孩子失去了受教育的机会,屋里陈设近乎"家徒四壁"。

是否个人失去的太多了？尽管他们进行过创造性的工作，但是，他们当初既未期望格外的奖赏，今日也不索求特殊的补偿。像一切热爱自己事业的人一样，他们认为最好的奖赏就在自己的事业之中。在阳光明媚的春天，他们来到阔别多年的燎原社所在地——任桥、曹棣、皇桥，看到这里的小学还命名为"燎原小学"，看到这里的石桥还凿刻着红字"燎原大桥"，更看到"包产到户"的火种重新在这里闪光。

"老李、老戴，这些年为我们吃苦了！"

当年的社干部、老社员围了过来。熟悉的村路，热情的面孔，亲切的话语，湿润的眼睛，紧握的双手……

"啊，二十多年了，群众没有忘记我们！"他们的心里感到最大的满足。

现在，李云河、戴洁天分别在浙江省和温州市政策研究部门工作。他们深深感到，过去的岁月，白白地流失了那么多；今日的形势，又发展得这样快，不努力是跟不上了。他们决心像当年那样，和群众肩并肩地走在这希望的田野上。

(1984 年 10 月 12 日)

南极，请你作证

杨良化

南极，你这遥远、荒凉的冰雪大陆，如今竟和我们离得如此之近！是什么力量，把千百万中国人的心带到了南极？

1984年冬，曾经有过鉴真东渡和郑和下西洋历史的中华民族，再一次派出了自己的英雄儿女。中国首次南极考察编队成功地进行了南极考察和建站活动。南极洲以它严酷的"炼狱"再一次考验了我们民族的传统精神，我们国家发奋崛起的能力在地球上最遥远的地点得到了集中、生动的体现。

使 命

南极大陆孤零零地沉睡在地球的底端，已经何止千万年了。在它冷酷的外表下面，其实却包容着"热血"一团。它蕴育了富甲全球的石油和天然气，它隐匿着首屈一指的特大煤矿，它掩藏着足够全世界用二百年的铁矿，它养育着数以十亿吨计的美味磷虾，它掌握着揭开地球上无数科学奥秘的钥匙……数百年来，南极洲睁开冰雪的眼睛，期待着人类的光临，同时也检验着每一个民族的意志和能力。

1983年9月，我国代表团首次出现在于澳大利亚堪培拉召开的第十二次南极条约会议上。每当会议讨论到实质性内容或是进行表决的时候，中国代表团总是被客气地"请到外面喝咖啡"，并且连表决结果也不被告知。此前我国虽然已经加入了南极条约，并派出30多名科学工作者到外国站进行考察和访问，但仅仅因为我们没有在南极建站和派遣自己的考察队，就不能取得条约协商国的地位。眼看着16个协商国的代表对着南极地图指指点点，眼看着联合国安理会五个常任理事国中唯一没有南极决策权的中国代表团还要接受其他国家代表的安慰，谁能受得了？！代表团成员、国家南极考察委员会办公室主任郭琨再也忍不住了。他向我国代表团团长发誓说："在南极不建成中国的考察站，今后我再也不参加这样的会议！"

回到国内，郭琨立即着手组织了南极考察建站的调研、论证和筹备工作。与此同时，一批了解情况并富有远见的科学家和领导同志也在为此事而奔走呼号着。国家南极考察委员会主任武衡，这位从延安时期起就从事科研组织工作的老同志，发誓要在晚年干成这件事。他夹着介绍南极的材料，不知多少次踏进一个个相关部门的大门："陈老总讲过，'百忙之中要下一步闲棋'，南极考察这步棋是有战略意义的。在1990年南极条约修改前不建成站，我们民族的利益就可能受损失，子孙后代要骂的。"

1984年春天，一份由南极考察委员会和国家海洋局签署的组织首次南极考察的报告送进了中南海。国务院迅速批准了这一报告。10月，邓小平同志为南极考察题词："为人类和平利用南极做出贡献"。一场我们民族历史上空前的远航考察壮举吹响了进军号！

短短四个月内，上千种、数百吨器材、物资从全国几十个单位研制出来，争分夺秒地运送到上海；一支近六百人的队伍从北京、杭州、青岛、广州、兰州选拔出来，云集黄浦江码头。

南极张开双臂，世界睁大了眼睛——中国人是否能实现"零"的突破？

理　想

以世界"寒极""风极"和"冰雪之极"著称的南极从来不欢迎弱者，它为每一个来访者设下了数不清的障碍：终年咆哮的狂风恶浪、坚如铁石的冰山和暗礁、深不可测的冰崖和冰缝……磨难、危险乃至不幸，以相同的机率摆在古往今来的来访者面前。

谁不知道，在南极探险和考察史上，已经发生过数不清的沉船、坠机和人员失踪事件，已经有成百上千的人死于非命或致伤致残。谁不知道，中国考察队已经做好了最坏的准备，两条船上都备有装殓遇难人员的尸袋。然而，591名考察队员都是争先恐后而来的。

这支队伍中，有十几位饱经风雪的"老南极"，他们领略过风险，体味过寄人篱下搞考察的滋味，他们是多么盼着能在中国自己的考察站上从事工作啊！

第二海洋研究所的助理研究员董兆乾、蒋加伦，一个曾经三赴南极，一个曾经在一年多前落入南极冰海险些丧命。如果再上溯十几年，他们一个是在舟山农场围海造田工地上消磨时光，一个是在温州农药厂当包装工"接受改造"。如今他们来了，心里只有一个念头：抢回失去的时间，为国家多做工作。

在这支队伍中，更多的是对南极怀有敬畏心理的"新南极"。归侨科学家郭南麟，爱人不幸去世，他把两个孩子寄养在亲戚家出了海。他的愿望，就是祖国日益强大，中国人在所有方面都能感到自豪。海军青年军官潘建新，当舰队司令员的父亲刚去世一周，他就踏上了征程。他的志愿是让老一辈创下的事业在新一代的手里更风流。一位考察队员在给亲人的信中写道："最大的光荣，莫过于为报效祖国、振兴中华而出力吃苦"。一位科学家预先给组织上留下了"遗言"：如果发生不测，请把我埋在南极，碑上刻上"中国人"……

在这支队伍中，有十几位队员的妻子即将分娩，有54位船员的假期未满，有更多的人家有年老体衰的父母。激励他们远离亲人、吃苦受累甚至把个人生死置之度外的，是共同的崇高理想。在考察队员中，有两句话是喊得最响的："为人民吃苦，乐在其中""人生能有几次代表祖国，我们是代表中国来的！"

意　志

遥遥南极路，迢迢艰难路。30天浩淼太平洋，4万里艰难新航线，这是意志和毅力的考验。船队出长江口，穿琉球群岛，过信风带、台风生成区、低压气旋发生区、西风带，直向东南航行。

风，无休止的风；浪，无边无际的浪。156米长、1.3万吨重的巨轮，在太平洋的涌浪中前仰后合、左右摇摆、上下颠簸。不要说初来乍到的科学工作者，就连许多以海为家的船员们也晕起船来。随着脑前庭平衡器官的严重紊乱，人们一个个被搞得头重脚轻、四肢无力、五脏翻腾、周身虚汗，许多队员连续呕吐，三餐不进。饭厅里吃饭的人从2/3减到1/3，有时甚至少到只有七八个人。严重的痛苦困扰着人们。然而，更深沉有力的，是大家一往无前开赴南极的宏愿。谁都知道，这里需要的是坚韧、不屈，是进取、乐观！于是，一个乐观主义的口头禅出现了——"交公粮"。谁吐了几口，都不叫苦，反而乐呵呵地说自己是交了"公粮"。

但是，不搞储备光"交公粮"怎么行？南极洲考察队党支部在队里提出：共产党员要带头吃饭！这个队的后勤班长刘书燕，开始时一进餐厅就冒虚汗，躺在床上还想呕吐。后来，他琢磨出个办法：睡觉时蜷曲起身体，尽量减少肠胃蠕动的空间，吐了以后强迫自己再重吃一餐。人们善意地笑他是"蹲着睡觉""多吃多占"。有位新闻记者，经常是身旁摆个脸盆，一边呕吐一边写稿，有时甚至是跪在大幅度摆晃的卫星通讯室里，一手持电话一手抱脸盆，边吐边念，坚持把稿件发到北京。就是凭着这种坚韧不拔的精神，人们逐渐适应并战胜了晕船。

考验一个接着一个，战胜了困难又迎来新的困难。

12月上旬，船队驶达瑙鲁与吉尔伯特群岛之间的赤道海域，警报先后传来："J121"船右主机两个汽缸发生机械故障，"向阳红10号"船左右主机的高压油泵喷嘴接连堵塞。编队指挥部当即下达命令：两船停机抢修！

"J121"封起右机第一缸，把裂开了的第八缸支架做了焊接加固。"红10号"则组织突击队，拆开两个主机的18个油泵，清洗整个油路系统。闷热的赤道地区，灼人的机舱空气，几十个船员甩掉上衣，脱掉长裤，只穿一条短裤拼命干起来。汗水在不停地流淌，油污在周身闪亮，没有人叫苦，没有人休息，就连吃饭也没有人愿意去。几天前刚砸伤了脚的副轮机长开长虎，忍着伤痛奋战在内燃机旁。抽空了的油柜只有一个仅容一人爬进去的小圆孔透气，船员王应禄、毛国华等钻进去擦拭杂物，相继窒息昏倒，醒来后又扑向机舱。南大洋考察队副队长花峻岭渴极了，错把柴油当绿豆汤喝下一大碗，身体当即发起高烧，可别人怎么劝他也不休息⋯⋯

抢修持续了一天一夜。人们在24小时里干完了平时进厂维修需要十天半个月的工作量。船队又以正常航速行驶在开赴南极的征程上。

速　度

乔治岛，这个南极洲南设德兰群岛中的最大岛屿。去年12月26日，船队绕过巨大的浮冰群，在鲸鱼和企鹅的欢迎下徐徐驶进峭岩和冰障环绕的民防湾。

12月30日，南极洲考察队的54名队员高擎五星红旗胜利登上了南极洲。艰苦卓绝的建站攻坚战打响了。

乔治岛上，浓雾笼罩，寒风凛冽，雨雪交加。考察队员们睡在常常灌满了雪的帐篷里，奋战在浊浪排空的海边和冰水横流的台地上。早晨，5点起床；夜间，24点休息。在这里，没有节假日，没有职业的分工，更没有讨价还价的余地。指挥员的每一句话、工地上的每一项任务，都是命令，都是纪律，都是冲锋。

十天之内，一座长三十米的卸货码头垒起来三次，又被冲毁了三次。队里的科学家、电讯工程师、气象专家和记者们跳到冰冷彻骨、随时可能被恶浪卷走的海水里连续奋战两天两夜，第四次筑起了码头。5个昼夜，船员、海军指战员、考察队员在浓雾、风浪和海滩上顽强拼搏，把500多吨建站物资安全无损地运送上岸。三天两夜，通讯班的八名队员没合过一下眼，硬是在朦胧的暗夜和"违反施工条例"的大风下树起高高的天线塔，保证了长城站和考察船以及同北京的通讯联络。建筑钢结构架空式主体房屋，需要在卵石和冻土上挖开54个基坑，为了保证浇注水泥不受源源涌进来的冰雪融水浸泡，队长、科学家、记者们趴在冰雪里机器般一刻不停地往外舀水，等到干完了工作已经累得站不起来。安装350平方米的建筑，光是墙板就有500多块，螺钉一万多个。海军指战员、工程技术人员和考察队员组成一支支突击队和施工小组，争分夺秒地立钢梁、安墙板、拉电缆、装屋面……完成卸货以后26天，一座中国的"长城"就崛起在乔治岛上！

在登陆的两个月内，他们有51天生活在风暴和雨雪中，绝大多数时间的空气湿度都在90%以上。极地紫外线和雨雪使考察队员本来色彩鲜艳的羽绒服褪掉了颜色，人们的手上裂开了血口，脸上曝起了黑皮。两个月内，没有人能抽出时间理个发、刮刮胡子、洗件衣服。队里的考察、测绘人员攀悬崖、涉沼泽、钻冰洞，一走就是六七个小时，常常被海水、冰水、雨雪淋得遍体湿透，但他们都以能争取到一次考察机会而兴奋不已。地震、地球物理工作者在白天参加了全部建站劳动后，还要夜间钻进科考小帐篷调试仪器，整理资料。有些队员摔断、压断了筋骨自己当时竟未发觉，几天后经医生检查方才发现伤处。有的队员由于过度疲劳晕倒在工地上，第二天又不顾医生的严重警告拼搏在施工现场。他们何止是"令行禁止"！他们是在主动地、创造性地工作，他们是在用自己的血肉在南极洲筑起我们新的长城！

素　质

终年笼罩在极地暴风气旋下的别林斯高晋海以风浪和冰山迎接了首次驶入南大洋的"向阳红10号"科学考察船。船和船上人员的素质，一起经受着锤炼。

南大洋考察队进极圈，登南极半岛，过利文斯顿岛、欺骗岛，闯过了一次次狂风恶浪。1月26日，最严重的考验突如其来地扑了过来。凌晨3时，风力加大到七八级，中午又达到每秒28米。到13时，风力增强到每秒36米，超过12级，涌浪高达16米。汹涌的怒涛从四面八方像大山一样翻滚而来，疾风把浪尖撕成棉絮般的水沫遮盖住天空。钢铁的万吨巨轮像一片柳叶般被抛上抛下，船后的两只巨型螺旋桨已经九次悬空飞车，船体周身振颤，嘎嘎作响。船上雇用的三名外籍直升机驾驶员套上救生衣，不停地面向苍天划着十字。指挥部向国内发出十万火急电报："……船正处于危险之中"。

有20多年航海经验的船长一早就登上驾驶舱，指挥全船与风浪，与命运抗争。他命令：关闭全部水密门窗，加强操舵值班……排山倒海的巨浪扭着船体，要把它推横、打翻、吞噬。张志挺果断地下达命令，一忽儿左舵，一忽儿右舵，一会儿进，一会儿退，甚至采取"右车进四，左车退二，左满舵"的非常操作法，硬是稳稳地把定航向，以20至30度夹角顶风前进。

在船长一眼不眨地指挥抗风的同时，船上的每一个人员都坚定沉着地奋战在自己的岗位上。正副机电长下舱亲自操作，随时准备应付飞车带来的主发动机意外；报务员们趴在桌椅倾翻的地板上，坚持发出指挥组的电报；碗口粗的缆绳被浪打得拖下海去200米，随时有缠进螺旋桨的危险；副船长、水手长等毅然扑到浪山跟前，将它捞起；王荣、唐质灿等科学家眼看后甲板上的科研仪器和网具要被巨浪卷走，冲进铺天盖地的浪涛里奋力抢救……

经过近20个小时的搏斗，"向阳红10号"拖着被巨浪卷走了吊车驾驶室、拍掉了拖网门、主甲板和部分桁梁产生裂缝的船体终于冲出了暴风气旋。

……

在一百四十二天的南极考察过程中，许多威武的场面和感人的细节都早已为读者所熟悉。但是，这里有必要再介绍几个有说服力的数字：船队两渡太平洋，两进大西洋，挺进南极海，往返跨越了196个经度和340个纬度，总航程48955.2公里，等于绕地球一又四分之一圈，这在世界航海史上是个开拓性的创举；南极洲考察队仅用45天，就于2月20日胜利建成中国南极长城站，并在当年把原计划的夏季站转变为常年站，这比世界各国通常用两三年时间建成站并在若干年后发展为越冬站的进度，提高了一大截；南大洋考察队两度解剖太平洋断面，在南大洋调查海区10万平方公里，取得3000多海里水深测线和2000多海里重力、磁力测线资料，获得6万组综合海洋测量数据和数百种生动样品,并很可能发现新的物种。顺便提一句,591名队员在如此艰苦卓绝的考察中无一伤亡,全员凯旋,实现了"初战必胜,万无一失"的目标……

这一切,都已经永远地铭刻在南极洲的考察史上。

让全世界好好地看一看吧:英雄的中华儿女是怎样的一群地球公民!

南极,你可以作证!

(1985年5月6日)

有胆略的决定
——武汉三镇大门是怎样敞开的

王 楚

武汉三镇——这个"自守"了30多年的城堡,终于敞开了大门。

把城门打开,让外地商品冲击自己的市场,让自己的企业在市场上参加竞争,经风雨、见世面。制定这一决策,对"重镇历来讲守"的江城来说,的确是要有胆略的。

市委第一书记王群,59岁,打仗出身;市长吴官正,46岁,学自动化专业的。就是这二位和他们领导的新班子凭着他们的魄力和胆略,使这个城市改革方案、决策,顺利得到实施。

(一)

去年5月,武汉市被批准为省会城市经济体制综合改革试点。对此,王群、吴官正心里既喜又忧。喜的是,"从此放开了手脚";忧的是,"下步从何入手"。他们考虑的是,决不能辜负中央对武汉的厚望。

偌大的武汉三镇,日趋"加固的城堡",使货不能畅其流,路不能畅其通,经济效益差。但是,一提起工业,一些同志总是津津乐道,在全国44个工业门类中,武汉已有了40个;在156个工业细类中,武汉已占145个。可报表上清清楚楚写着:1983年,全市工业固定资产给国家提供的利税,竟为全国平均数的45%。

武汉有"九省通衢"之称,而现状是,"铁路吃不了,航运吃不饱"。人、物要么进不来,进来了又难以出去。吸引力、辐射力日益缩小。昔日唇齿相依的九省,如今逐渐与武汉脱钩,纷纷自找伙伴。有识之士曾多次上书,大声疾呼:如此下去,"九省通衢"将会落个"东西南北空"。

"天上九头鸟,地下湖北佬",这种褒贬都含的俗语,也成了一些人炫耀的资本。全国第二次质量评比,一两重的"棉花糖",被推上了银牌的高座,一扫武汉在金银牌榜上无名的愁容,于是,"么样吵,湖北佬还是厉害哟",赞誉之声不绝于耳。殊不知,两把重的"棉花糖"怎能与大武汉共上天平称呢?!

王群和吴官正坐不住了。吴官正想到了自己的"智囊团""思想库"。

武汉市人民政府咨询委员会,是一个高水平的"智囊团",32名委员和8个专业咨询组的86名成员,几乎囊括了社会学科和自然学科的各个门类。其中不少是享有盛名的经济专家。其下,则是由大学、科研、学会、民主党派等7路大军共262家咨询单位形成的智囊网络。就是这个"智囊团",为市委、市政府的重大决策,提供了一系列的科学依据。

把武汉建设成一个网络型、高效益、多功能的中心城市,必须走开放之路,这是各家的共同见地。"智囊"集团军提供的大量科学论据和分析,使吴官正板上有眼了。

6月,市长吴官正举行新闻发布会,真诚地向国内外宣布:地不分南北,人不分公私,一律欢迎来武汉做生意;提供24万平方米的场地,供国内外客商开发、投资、做生意。

(二)

"枪一响就不怕了,"市委第一书记王群说,"怕就怕在战斗未打响那一阵。"

的确,让三镇大门洞开,决策者有了勇气,还有一个怎么让全市各界通力合作去迎接挑战的问题。

当广州市要求来武汉展销他们的轻纺产品时,有关部门就向市委领导表态:"坚决反对"。理由是,武汉市轻纺产品竞争不过广州。明知本地产品缺乏竞争能力,还让外地产品打进武汉市场,抢走本地生意,万一自己的企业被淘汰,成千上万人的工资、奖金,岂不……,有的干部竭力给决策者吹风:"保护措施这个传统不能丢。"

武汉自行车二厂采取跨地区,择优选取外地零部件,以提高产品竞争能力。武汉自行车零件一厂就向系统内十多个单位散发传单,声言:"本是同根生,相煎何太急。"并发出最后通牒,将本厂内与二厂有亲属关系的职工,全部辞退,让他们去向二厂要工作。

真是水不急，鱼不跳。城门还未打开，城里已是风雨满巷。

"敞开三镇大门，岂不是引狼入室？"

"从来都是肥水不流外人田，问他们吃的还是不是武汉的粮，为何胳膊往外拐。"

"让外商来汉办厂、设店，岂不是拱手把武汉交给了洋人。辱国之举，辱国之举！"有的人还真的动了感情。

王群、吴官正心里很清楚，要使武汉腾飞，必须走敞开三镇之路，"引客人室"，是为了"放虎出城"。实行保护落后的措施，只能使本市产品永远落后。何况，落后产品，过了今天，过不了明天。武汉是华中的武汉，是全国的武汉。要站在北京看武汉。"他山之石，可以攻玉。"

"企业在家门口竞争，万一真垮了怎么办？"有人直接质问市领导。

"垮了活该"。王群和吴官正口径一致，回答得干脆利落。

说是这么说，要是企业真垮了，职工张着嘴，市委、市政府还能不管饭？王群多次给企业领导做工作，鼓励他们在竞争中振兴："看准了的事，该拿出勇气冲锋了。"

市政府作出决定，欢迎广州来汉展销，并要求热情接待；聘请联邦德国专家任武汉柴油机厂厂长；支持武汉自行车二厂从26个省市的277家企业中，择优选取外地零部件，使"黄鹤牌"自行车由B级车上升到A级车。

（三）

武汉三镇敞开城门，万商云集，千帆进江，百货竞流，各业争雄。真是放开一步天地宽。截至今年4月30日，外省市在汉办厂办店460多家，外地、本地合资、本地独资兴办的厂店11500多家，11个月来，平均每天有36家厂店开业。省外进武汉和经过武汉输往各地的日用消费品品种超过5.3万个，金额占武汉市总成交额的40%以上；同时，武汉市地方轻工产品一万多种，也源源不断流向28个省、市、自治区。

长期被无形绳索紧紧捆缚的武汉，一旦放开了"手脚"，大有不知所措之感。昔日封闭的城堡，变成眼花缭乱的大千世界。一些企业像鸭子走旱路，东张西望，但很快找到了水域和泉源。市场开放，打开了武汉本地企业狭隘的眼界，企业纷纷由生产型向生产经营型、开发经营型转化。武汉手表一度因外地手表涌进而被困，库存达15万只。全厂从厂长到工人，精诚团结，深入本省农村和大西南,建立了500多个销售点。同时,根据市场需要,研制出新式坤表和"武当"表,又夺回了市场。

面对激烈的竞争,除个别工厂被挤垮以外,有转向,有合并,更多的是跌倒了又就地爬起来,在竞争中提高了应变能力,为生存需要,走上了专业化协作的联合道路。去年以来,全市工交系统就有1565个企业,与28个省、市、自治区有关单位,组建了各种经济联合体和协作网253个。

武汉市改革走出了成功的一步,市委、市政府把权力同智力有机结合起来,以智力为依靠,实行科学决策,发挥"外脑""群脑""智囊"的作用,他们这种魄力和胆略的产生,不是令人十分可信和深思的吗!

(1985年5月11日)

墨西哥城最悲惨的一天

姚春涛

1985年9月19日，太阳刚刚从地平线上升起，蓝蓝的天空只有几片薄云，墨西哥城的清晨空气十分清新。人们同往常一样，开始从四面八方向市中心移动。谁也没想到，就在这瞬间，土地突然剧烈颤动起来，上下左右只晃了90秒钟，一场空前的惨祸就从天而降，墨西哥城发生了强烈地震。从著名的起义者大道以东到环城街，从哥斯达黎加街以南到南第七中心道，这个建筑物集中的心脏地区，顷刻之间30%的面积成了瓦砾堆。晴朗的天空顿时扬起一阵阵灰黄色的尘雾，接着不少地方冒起烟柱。几分钟后就响起了呼喊声和痛哭声。失去亲人的孩子哭着叫爸妈，老人们跪在瓦砾堆旁伤心地呜咽，青壮年妇女哭得悲痛欲绝，到处是一片惨不忍睹的情景。

据初步统计，市中心有250幢楼房全部倒塌。70幢楼房严重损坏，近千幢楼房部分损坏。已有上千名伤者被送到急救站或医院抢救，死者估计数千。但挖掘工作刚刚开始，尚无确切伤亡数字，财产损失巨大，一时尚难估计。受灾的居民，有去处的已陆续撤离灾区，无依无靠的，拉着孩子穿着睡衣，呆呆地坐在街边等待政府收容。

损失惨重的这个心脏地区，据说有370万居民，因为这个地区主要是政府机关和私人企业的办事处，其中一半以上是流动居民，白天去那里上班，晚间就回家住。当地震爆发时，许多人还没有来到办公室，因而避免了更大的伤亡。但是上述机关办公室，加上那里许多重要的文化、新闻、通讯中心，像心脏突然停止跳动那样，全市、全国的活动骤然瘫痪。邮电部的通讯塔和长途电话台的倒塌，使墨西哥城同全国和世界各地中断了联系。电台、电视台、报馆遭受破坏，新闻传播失去了媒介。地震发生后，一个地区不知道另一个地区的情况，一时间人们连震级都搞不清楚，也给及时有效地组织和指挥救灾带来困难。地震对许多区的供水系统、供电系统造成了严重破坏，有的房屋虽然完好，但没有水电供应，生活马上出现问题。成千上万参加救灾的工作人员和志愿人员，靠从远处运来的柑橘解渴。天黑时，被压在瓦砾堆中的人们有的可能还活着，有的需要急救，然而怎么解决这大面积的照明问题呢？人们心急如焚。历史上，在人们的记忆里，墨西哥城没有经受过这么大的灾难。这里的政治家和史学家悲痛地说："1985年9月19日，将成为墨西哥城最悲惨的一天载入我们祖国的历史"。米格尔·德拉马德里总统在召开内阁和有关重要的军政人员紧急会议讨论抢救措施时，决定从9月20日起用三天时间进行全国哀悼，下半旗，作为民族悲日。

(1985年9月22日)

今日大寨

李克林

金秋时节,我来到大寨。第一个印象是,这里山村静悄悄。虎头山默默无语,大柳树长丝低垂,几条牛在山坡慢悠悠地吃草,小雀在枝头鸣叫……往昔那"红火"的景象,那无尽的人流,都已悄然逝去。那曾经踏上四面八方的参观者的千千万万个脚印的大寨之路,如今已长满荒草,只留下窄窄的山道。夜晚,我住在大寨国际旅行社,偌大一层楼只我一人,静得令人发怵。清晨,我站在虎头山边,遥望蓝天白云,不禁思绪万千:大寨!你为什么这样寂寞?!

然而,当我深入这个山村内部,却发现另一种景象:到处生机勃勃,热气腾腾;与过去那种表面"红火"、内里僵冷的景况,恰成鲜明的对比。过去我来大寨,不能随便和社员谈话,社员们也是板着面孔什么也不说;这次我可以自由自在地走东家串西家,和干部群众任意交谈,和大嫂大娘炕头谈心。我串了七八家窑洞,一种"自由""解放"的喜悦扑面而来。大寨人几乎是异口同声地说,现在真好!贾忙妮说:"现在可真自由,想甚时去地就甚时去!"吕喜英说:"邓小平真沾!可把咱妇女给解放了!"自由,解放,这本是三十多年前常见的字眼,今天,竟在大寨妇女们口中重新出现,颇耐人寻味。

这个长期在"左"的禁锢中的山村,一旦获得解放,立即显出新的活力。几个大娘谈起过去"早晨五点半,地里两顿饭,有时还加班干"那艰难的岁月,感叹不已!她们说,现在是粮没少打,活也没少干;男的大都去干工副业搞运输去了,干地里活主要靠妇女,一天也干出过去两天的活。一个农民看我好像不大理解,在旁说:"过去是伙的,现在是我的,这不是明摆的理儿?"是的,就是这个简单明白的道理,我们却是二十多年没弄懂,硬是把人家捆在一起,"摽着穷"。

大寨是1983年年初开始实行包干到户的。当时一些老干部想不通,年轻人多数想试试看，昔阳县委做了大量思想工作转好这个弯。没想到这一年粮食产量第一次突破了百万斤大关。群众反映："这年真怪，种甚收甚！"这里有人的热情，天的帮助，也不能忽视"大寨田"的作用。要不狼窝掌的高粱怎么长得那么壮实？应该客观地分析这些历史的因素。

  大寨所显示的勃勃生机，不仅是由于实行了家庭联产承包责任制，还因为过去被当作"资本主义的路"而紧紧"堵"着的各项生产门路疏通了。大寨当前经营的项目，除粮食种植外，有采煤、运输、烧砖、石子、林果、畜牧、酱醋加工等近十项生产。后山煤矿绞车隆隆，虎头山下车轮滚滚，大寨人从狭小的"大寨田"里，走向了广阔的天地。

  大寨的后山蕴藏着优质的煤层，过去这里就有"要想富，开黑库"之说。五十年代初，老英雄贾进才曾带头在这里挖过小煤窑。可是后来批判"要想富得快，庄稼搅买卖"，煤窑被当作"资本主义"批来批去，从此黑色金库长期沉睡地下没人敢再提，老贾也因此背了几十年黑锅。如今煤窑重新打开，乌金滚滚，每年产煤约 1.7 万吨，可收入 20 多万元，净交集体 7.5 万元。几十个新矿工，每人每月收入近 200 元。

  煤炭的开采，促进了运输业的发展。去年大寨出现一股争买汽车"热"。到今年初，社员个人买大汽车八辆，带头小四轮七辆。大寨有史以来第一次出现了一批"运输专业户"。过去被当作"资本主义尾巴"割掉的家庭副业和小手工业蓬勃兴起，铁木工匠各显其能。耿艮柱的家庭养鸡场，一年育雏过万只，还为食品商业部门提供了上万斤鲜蛋和大批肉鸡，为周围村提供了一批良种鸡。这个昔阳闻名的"养鸡专业户"，去年人均收入两千元。

  大寨果园已有 120 多亩，1500 多株开始产果。金黄的"丁露香"，艳红的"甜红玉"，累累满枝，今年预计可收 15 万多斤。还有几万株幼苗，共可收入 4 万来元。"山上绿色银行，山下黑色金库"，这是大寨集体经济的两大支柱。地下还有矾石、黏土等矿藏呢。今日大寨的七沟八梁一面坡上，不再只是金皇后和高粱，而是多彩多姿。丰富的自然资源同勤劳勇敢的大寨人以新的方式结合起来，形成了新生产力。农、工、商、林、果、牧全面发展，产业结构、种植结构以至食品结构，都发生了变化。小米小麦多了，去年人均小麦 250 多斤，大寨人的食品不再是"老玉米当家"，而是天天有白面了。

  短短两三年，大寨开始呈现出集体壮大、个人富裕的新局面。与十一届三中全会前的 1978 年相比，去年总收入达 54 万多元，增长近一倍；人均纯收入 601 元，增长两倍多。他们最近提出新的目标："奋斗五年，人均两千。"

这是有条件、有根据的，当然也是艰巨的。集体经济壮大了，一方面开辟新的生产门路，一方面为家庭经济服务，促使承包后的农户走共同富裕之路。这可不是"归大堆"、又吃"大锅饭"，而是合作经济优越性的新体现。这几年集体经济为农户做了几件好事：一是各户承包土地，由集体提供良种、农药、化肥等，亩均约50元，他们叫"以工补农"；二是各项费用，如干部补贴、民办教师、优抚代耕、管理费等由集体统一承担，不再向农户摊派，因此大寨农民不感到负担重的问题；三是集体统一购买一批"昆仑"电视机，以低价分发各户。另外对缺少劳力的困难户用各种办法给以扶助。现在家家有余粮，全村最困难的户也吃饱穿暖，还有电视看，比"农业学大寨"时强得多。

大寨当前遇到了一个大难题，就是房子问题。如今生活富裕了，家中摆设多了，每家都希望有个独门小院，养鸡喂猪，栽花种树，美化生活环境；可现在那列车似的排排窑洞却很少有发展余地。我串过几家门，有些家里广式沙发、大彩电，新式家具一应俱全，可门外却是乱糟糟。正象他们自己说的："窑内电视电扇，窑外乱成一片。"加以这些年孩子长大，青年结婚，人口发展，矛盾更加突出。大寨现已由前几年的80多户发展到125户。住在下边或上边的还可盖间小房房，中间一层的就毫无办法。据说，当年修建这样的"大寨楼"时，有个老社员就提过意见，说这不适合农民生活，却挨了当时大寨负责人的一顿批，以后就再没人敢说话了。如今造成了这么大的麻烦。

"大寨楼"的建设反映了当时大寨领导人的思想。有人说这是为了给人参观，成排成行，威武壮观。其实不尽如此。当时一些人心目中的社会主义是什么样？平均，集中。生产资料集中，自留地集中，牛集中，猪集中，人也集中。鸡不能集中，就是资本主义尾巴，割掉！人们改善生活的种种要求都属于"资"，好像无产阶级只能是苦行僧式的苦一辈子。一个时期，大寨青年不得戴手表，不得穿皮鞋，不得下饭馆，甚至姑娘穿件花衣服也被看作带着"资"味，也要批。"堵住资本主义的路，才能迈开社会主义的步"，七斗八斗，灭资兴无，这种把社会主义当作资本主义批判的所谓"大寨经验"，一段时间里竟能吹遍全国，吹得大地白茫茫一片……多么惨痛的教训！

在这里，我还想为大寨和昔阳人说两句话。现在人们一想到"堵路""割尾巴"以及"七斗八斗"所造成的灾难，自然联想到昔阳和大寨。"风起于青蘋之末"，好像这里就是"风源"，一听说是昔阳和大寨人，好像他们身上就带着一股"左"味儿。这是不公平的！岂不知，大寨、昔阳人在"左"

风劲吹时,是首当其害。在那"七斗八斗"、杀气腾腾的年代,昔阳因批斗致死的有一百多人。他们付出过血的代价啊!大寨现任党支部书记赵存堂,1975年还是个二十来岁的小会计,就因为给一个外出木匠开个介绍信,被批为"资产阶级在党内的代理人"而开除党籍,直到1980年才得到纠正。历史的转折,给昔阳的任务特别繁重。既要肃清"左"的毒害,又要保护干部群众,昔阳县委为拨乱反正做了艰苦细致的值得称道的工作。

这次到大寨,当我紧握着贾进才老英雄的树根一样的双手,坐在炕头叙谈往事的时候,我带着歉意说到当时的报纸宣传。宋立英连忙说:"也不怨你们,那时候不那样说行吗?当时什么经验都来大寨找,甚么风都挂上大寨牌子往外吹,其实大寨老百姓知道个甚?"这是对当时历史的简明又实在的概括。当大寨这个山区建设的典型被某些野心家涂上政治色彩、当作工具利用的时候,大寨是被玷污、被扭曲了!我觉得真正的大寨精神是凝结在老英雄这树根一样的双手上的。愿大寨的年青一代,能正确认识老一代走过的历史道路,继承发扬这种精神!

历史又翻过新的一页。喜看今日大寨,一派欣欣向荣。当大寨人懂得"大锅饭"不是"社会主义",当他们挣脱"左"的绳索找到了真正的社会主义康庄大道之后,立即显出了强大的生命力。他们的欢乐,反映了广大农民的欢乐;他们受过的苦难,正是我国众多农村苦难的缩影。经过历史的曲折和阵痛之后的大寨人,从来没有现在这样充满活力,充满信心!

(1985年10月5日)

大户心态篇
——温州风情画之三

孟晓云

共产党的富民政策,使温州先富起来的专业户腰杆子挺了起来。他们希望别人也富,大家都富了,"红眼病"就少了。通常是邻帮邻,亲帮亲,一个购销员出门跑业务,带一批人出去。大户怕自己孤立,成为群众的对立面。过去农民眼红干部的收入多,认为自己的收入低,劳动强度大,现在颠倒过来,大户希望干部富,因为干部是制定和执行政策的,似乎干部富起来政策就牢靠了。

在富裕的苍南县、乐清县,农民几乎家家订报,一个小小的金乡镇,订人民日报的有210多户,订其他报纸有8500份。订报一是捕捉商品信息,二是看党的政策,他们的命运和党的政策连在一起。不少大户至今心中仍有顾虑,小富不怕说,大富不敢露,担心自己会像林黛玉进荣国府,先受宠爱,后来就是葬花了。他们的心理状态是一边富,一边怕;一边怕,一边干,而干是主要的。

这种心态反映出从小生产转到商品经济轨道上来的农民想寻求保护的迫切要求。大多数富起来的农民愿把积累用于扩大再生产。但是他们希望联合体或个体办厂的固定资产能受到法律保护。这是一。

其二,私人办厂,风险较大,弄不好人财两空,让人不托底。于是,金乡的大户开展两栖经营,一方面自己全力投入在联办企业上,一方面让家属搞小商品生产,以家庭工业收入来弥补联户企业万一遇到风险造成的损失。

大户的心态是很微妙的。钱有了,他们还期望在社会上有地位。一些大户觉得尽管自己挣钱多,政治上还是个"三等公民"。瑞安县一些先富起来的农民争着与县委书记合影,一方面,显得自己政治上可靠些,另一方面,也可以成为炫耀社会地位的资本。

大户们普遍热心公益事业,捐款办学,建公园,所在多有。这是他们富起来以后，追求知识，需要文化娱乐的一种心理反映，但更重要的是，他们注重社会对自己的评价，他们要在社会上扬名，以证明自己存在的合理性。金乡镇有七八个专业户主动捐款一万元办学校买图书。金乡文化服务公司要在狮山公园办一个文化娱乐中心"园中园"，农民集资6.9万元，公园立了一块石碑，凡捐款者都可在上面找到自己的名字。

在钱库镇，我走访了一户农民家庭，户主叫王文化，他从括山乡迁居到钱库，盖了一座相当漂亮的四层楼，进门墙上挂着一块匾，上面写着"远瞩"二字，这是王文化为家乡小学集资捐助，乡政府奖给他的。

这块匾仿佛能向人们说明房主人的某种身份和地位。

王文化是一个农民购销员，但是他向记者介绍自己时，带了不少"国营"和"集体"的帽子，比如当过某镇地方供销公司的推销员啦，现在又是某镇工业公司的经理啦，这使我想起在钱库采访的另一个百货批发大户，他的足迹遍全国，赚了大钱，但介绍身份时，也称自己是集体商业的采购员，怕提私有，尽量往国家和集体靠，仿佛公有比私有要稳妥些，体面些。这是大户们的另一种心态，也是农村中长期以来，倡导平均主义、一大二公的心理遗留。

心态是变化着的东西，随着商品经济的发展，有些将成为过去，将来也许会成笑谈；有些积攒下来，也许将成为制定政策时应该考虑的因素。

(1986年10月27日)

今日"两地书"

马文科　罗同松

五十年前,鲁迅先生和许广平鸿雁传书,畅叙国事,传递友情,留下了脍炙人口的《两地书》。如今,前线猫耳洞及其他部队一些干部、战士和军委机关一位干部书信频传,纵论国家大事,今日"两地书"的佳话闪烁着社会主义精神文明的火花。

鸿雁从战火硝烟中飞来

老山。一场战斗刚刚结束,硝烟弥漫的阵地上一片宁静,阴暗潮湿的猫耳洞里,浑身泥土、满脸烟尘的战士们,有的擦拭武器,有的喝水嚼饼干,也有人把话题转到战斗前的趣谈上来:

"前几天从报上看到一条消息,说我们家乡来了个'检查团',一个月吃喝就花了八万七千多元。纠正不正之风搞了好些年,为什么有的干部还是《准则》心中留,酒肉穿肠过呢?"

"还有哪!有一个城市成立'打狗办'也要一名主要领导人挂帅。常说,领导不必事必躬亲,为什么有些地方鸡毛蒜皮的事也非得领导出面不可呢?"

……

胸怀祖国的战士们越谈越焦急,越想心头的疑云越浓,他们把探询的目光投向从机关来的一位干部。

这位干部想起新华社的内部刊物几次发表过军委办公厅干部张立写的文章,谈的大都是编制体制、干部制度改革方面的建议。于是说:"咱们不妨写信向这位同志请教请教!"

他的提议一出口,战士们掏出钢笔,撕下罐头盒上的商标纸,垫在枪托上挥笔疾书,不一会便写了好几封挂满"?"的信。

北京西山。军委机关宿舍楼的一间屋子里,一位中年军人静静地坐在堆满各种书刊资料的桌旁,他就是张立。此刻,他读完了那一叠从战火硝烟中寄来的信件,遥望南天,一股崇敬之情油然而生。新一代最可爱的人啊,他们置身疆场,心系祖国。我有什么理由不给他们分忧解难呢!

一星期后,一封六千余字的长信从北京飞到老山。战士们你抢我夺,争相传抄。有的一边阅读一边手舞足蹈,大喊大叫:"好!""说得对呀!""太解渴啦!"战士张小弟给张立写信说:"过去我总觉得这些问题是解决不了的,想不到你却提出了这么多解决的方法。我看了你的信以后,心里亮了,觉得我们的改革大有希望!想到这些,打仗的劲头更足了!"几天后,这个战士壮烈地牺牲了。在清理他的遗物时,同志们从他的衣兜里发现几张张立复信的残页。

五连指导员胡汝魁有幸获得了这封信的抄件,读后只觉顿开茅塞,禁不住连声赞叹:"好教材,好教材!"因为信上讲的都是平日战士们向他出的难题。所以他连夜摘抄在战地日记上。第二天便拿起电话,给猫耳洞的战士讲了一课。有的战士说:"指导员,你这堂课讲掉了我们的疑虑,讲出了我们的信心!"

从此,一封封寻求答案的书信从前线飞往北京:"为什么不停地反对文山会海,会议文件却减不下来?""为什么某些机关决策水平较低,而大批有识之士的合理化建议却得不到采纳?"……

罐头商标纸上论国事

这一封封来自前方的信件,有的写在罐头商标纸上、香烟盒上,有的已浸泡过雨水、沾满了汗渍和血迹,还有的被战火烧得残缺不全。个别战士将信写好来不及交给战友带下阵地发邮便牺牲了。所有的信件,都喷吐着火焰般的激情,充满了纯真的希望。

我们的面前,摆着一张用"糖水橘子"罐头商标纸写成的信。这是战士韩群飞写给张立的。一天,韩群飞从《人民日报》上看到某省由于机构臃肿每年办公经费要花四千多万元的消息,心里一阵酸楚,不由地想起曾经看到一所小学的课桌坑坑洼洼,学生写字十分不便,于是给张立修书:"机构减而复肿的根子究竟在哪儿?如果我们能尽快解决机构臃肿问题,省下一些钱发展教育事业,使每个孩子都有一张平整的课桌该有多好。盼望你把这个问题探讨一下。"这封只有二三百字的信,是手握钢枪、身在疆场的战士用了三天写成的!轰鸣的炮声,常常打断他的思路;暴雨来了,无法书写,他只好用匕首把观点记在石壁上;问题考虑成熟后,却又找不到纸,后来好不容易捡到一张"糖水橘子"罐头商标纸,钢笔又没有水了。夜幕降临,送给养的人员来到阵地,韩群飞别无他求,只是说要讨几滴墨水。他用笔尖对着战友的笔尖吸了几滴,才把这封字字烫人的信写成。

张立掂着这封信,手直哆嗦,他无法确定这张纸条的分量,只觉得字字句句撞击着自己的心扉。他想:我们身在后方,对战士们提出的问题,若是无动于衷,那将愧对南疆,罪莫能恕。可是,战士们提出的问题,解答起来并非易事。张立决心不使战士们失望,缺乏资料,他四处查找。一天傍晚去公共厕所,他发现尿池里有张碎报纸,上面有段正需要的资料,便赶紧把那片报纸捞起来仔细阅读。周围的人以为他精神失常,两个儿童吓得提着裤子跑了。张立每天要完成大量本职工作。白天没有空,他就在晚上加班加点,就连走路吃饭都在苦思冥想。有回他下班回家竟失足摔下了楼梯,额头碰起一个大疙瘩。一天他去机场接人,走一路想一路,到达目的地后,他竟问司机李满意:"我们到这来干啥?"他这样苦熬了几天几夜,一封有理有据、旁征博引的长信写成了。

祖国万事连我心　献计献策为己任

张立说:"我研究了一些问题,都是部队同志帮助的结果。"张立研究问题所需要的数据和资料,大部分是部队同志提供的。一天,张立准备给一位战士回信,解答"为什么年年强调改进机关作风,推诿扯皮的现象还是层出不穷"的问题。他拿起笔来陷入了沉思。要解开这个疑问,必须对机关的纵横结构进行剖析。但是自己手头的两份资料是头两年为研究机关编制而写的。现在情况有了变化,再用这个材料提供的数据还有没有说服力?前线的同志了解到张立的"困难",便纷纷给他来信提供素材。某团组织股长王升基花了七天时间做了份统计表,把机关每小时的工作状况详细登记,统计起来寄给他作参考。

为了追求共同的目标,他们在频频传书中,相互学习,取长补短。一次,团政委唐宏印看了张立写的"为什么近几年军队干部的级别提了,钱也加了,不安心的面反而大了"的复信后,觉得他对改革以职务工资为主的干部工资结构论述得不尽全面。于是写信向张立陈述了自己的观点。看了这封来信，张立不住地连声称赞："很有见地，很有价值！"

时光在流逝，探索成果在发展。截至10月中旬，这几年张立给前线战友写信一百三十多封。战斗间隙，几位同志把这些信件收集整理，其中论述干部制度的十二篇，论述编制体制的九篇，论述领导决策科学化的四篇，论述端正党风的两篇，论述政治工作的六篇。这些以书信形式出现的文章，不但使前方将士得到了满意的回答，而且受到有关部门的重视。

这里没有左顾右盼的审慎防线

前方将士和张立的往返书信，至诚坦率，突破了那种左顾右盼的审慎防线。

战士张光锐在致张立的信中，直率到了惊人的地步："报上天天说精简，可谁也不见机构减少。个别地方办一件事要盖上百个公章。有人怀疑这种状况是社会主义制度造成的……"

张立的回信更坦率："有些问题比你说的还要重。1983年精简时，一般的省级机关有五十个厅局，现在有的已发展到七十多个。'文化大革命'前，县级机关只有三百五十人，现在有的已近九百人。"

写到这里，张立批评说："认为这是社会主义制度造成的就大错了。"他有理有据地指出人民政权机关最有利于精简的道理，分析了机构越来越庞大除了官僚主义、机关职能方面的原因外，主要还是由于传统的编制体制思想不适应现代化建设发展的趋势造成的。他讲了现行编制的四点缺陷，设计出未来政权机构的蓝图。

有人担心张立提出的观点过于"锋芒毕露"，提醒他别那么直来直去。他笑了笑说："我们机关干部的责任就是帮助领导出主意。只有像战士那样忠诚坦率，才能真正为上级拾遗补缺。如果做个'风向标'，哪股风来往哪歪，只能给领导帮倒忙。"

如今，张立的抽屉里还珍藏着前线一位伤员的来信。那位伤员说，有篇文章讲到三百多名厂长反映宏观决策变化快，企业无所适从。他想写信请机关研究一下为什么有的决策朝令夕改。周围的同志都为他捏着一把汗，怕这样做会被说成看不清大好形势。这位伤员在信中语重心长地说："在战场上，当敌人向我们挑衅时，我们义无反顾地进行反击。对待前进路上出现的问题，我们为什么要瞻前顾后呢！"

张立研究问题遇到"险情"踌躇不前时，只要取出这封信来看看，便觉得有一种不可抗拒的力量在敦促着自己。

说真话，讲实话，掏心里话，缩短了他和战士们的距离，实现了情与理的交流。

(1986年11月5日)

西去羌塘

卢小飞

绿色羌塘虽是我国五大牧场之一,但却没有"风吹草低见牛羊"的景色。短小得像"寸头"的牧草,当地名叫"那扎",蛋白含量极高,极适于牛羊的生长。

去了羌塘,最好先停车去尝尝刚刚挤出的牛羊奶。如果主人慷慨地递来生肉和小刀,不要回绝,也不必惊愕,要故作老练地削上一条,慢慢地咀嚼。这就是羌塘,如今仍然是这样一种古老的生存状态。

羌塘,唐朝的吐蕃地图上就标有这个地方。藏语叫"北方高原",传说是格萨尔王驰骋的疆场。羌塘占西藏面积的2/3以上,相当于8个浙江省,通常认为其北界是昆仑山、唐古拉山,其南界是冈底斯山、念青唐古拉山。这里平均海拔4500米以上,是地球上拥有阳光最多、含氧却最少的地方。

羌塘的两端各有一名镇:青藏线上的那曲镇和新藏线上的狮泉河镇,分别是中共那曲和阿里地委及行政公署所在地。那曲在历史上就是重要的商品集散地,相对繁荣一些;狮泉河是新兴的城镇,地处古代阿里的三围之中。

从那曲西去,人烟逐渐稀少。县与县之间的旅途格外漫长,途中没有城镇、村落,有时车行一天也难得见到几个牧人。朝圣者留下的经幡、马尼(石头圣堆)似乎是仅有的人文景观。忠实伴旅是山原、荒漠、砂碛、湖泊和冰川,甚至可能遇到巍峨的火山岩、欧亚板块的缝合带、阶地上的中石器时代遗存、美丽的溶洞和深海的各种岩积。地质第三纪前的古海,给这里留下许多意想不到的遗产,在一些岛上,可以见到数以万计的地中海黑头鸥;在奇林湖畔,地质队员和牧民都曾见到似马似牛似羊的湖兽;措勤县牧民见过扎日南木湖里有形似巨龙的水兽。顺便说,西藏是我国湖泊最多的省区,其中88%分布在羌塘,5平方公里以上的湖有307个,100平方公里以上的湖有42个,前面提到的两个湖和纳木湖、当惹雍湖都在1000平方公里以上。

羌塘是探险家的乐园,凡去过的,无不感叹那造化的神奇。而此时,你或许正穿行无人区，可能正面临一场突如其来的暴风雪，可能遇到汽车难以通过的沼泽，也可能会遇到野兽。如果单车行驶，又出了故障，前不见古人后不见来者，事情就有些麻烦。在草原过夜，戏称为"当团长"，受冻挨饿，还要防备野兽的突然袭击。此时此刻，轻松的草原浪漫曲被沉重的自然压迫感取代了。怎么样？大自然给予的美妙与严酷同时而来。这时，想想羌塘牧民在死亡面前的沉静，想想杰克·伦敦的《热爱生命》，你会坦然起来。不是么？走到哪儿也不能躲过人生的命题，只有搏击，才会超越人生的各种障碍。

似乎有些沉重，说个笑话。据传旧政府的税务官曾到了西部羌塘，只觉枪叉子碰着了天（海拔极高），喝水只能用口袋（冰块），火种都拴在腰上（火镰），实在是鞭长莫及，他调转马头，不再收税了。

大概是经历过西部羌塘的磨难，我对于世居的羌塘人和不远万里从祖国内地来参加建设的新羌塘人怀有深深的敬意。记得1981年在措勤县遇到一个汉族教师，当时县里其他汉族干部都陆续内返了，只有他还安心地教着他的藏族学生。前次去那曲，因为采访风能发电，认识了主管这项工作的孙光明同志。这是位饱经风霜的老者，却有着青年人的创造热情。1984年4月12日，他和几个同志顶着11级大风，在零下34摄氏度的室外安装起那曲的第一台风能发电机。在这之前，那一带人还没见过电灯。如今全区已安装了287个风能发电机，有9个风能发电示范村，1个太阳能发电示范村。在古老的生活方式和现代文明面前，羌塘牧民选择了后者。

如同日喀则地区的亚东、樟木、吉隆等边境口岸，阿里边境也发育着许多边境市场，成交额不算大，内容挺丰富，早几年，可以在秋季见到驮羊组队的"轻骑兵"，到边贸市场从事交易。"盐粮交换"是这一活动的传统叫法，顾名思义，牧民用盐（草原上盐湖极多）换农民的粮，当然不限于这个，还有诸如畜产品换工业品等等。这种古老的以物易物贸易今天依然存在，但新市场扩展了，交通工具也由驮羊改为卡车。前不久，北京科影厂的同志告诉我，为了拍到《万里藏北》中的驮羊队，他们几乎跑遍了羌塘，好不容易在草原深处找到一支。

从羌塘草原上发现的几处中石器时代遗迹来看，至少在一万年以前羌塘就有人类生存。一万年呐！在人类的长河中，不过沧海一粟，羌塘现在看上去还那么"原始"。但有点深为人们信服：经济体制改革打破了羌塘的封闭，古老的生存状态发生变化了，这是继西藏民主改革后的又一次历史性巨变。

(1989年8月7日)

难忘的时刻

——小平同志会见最后一批外宾侧记

孙 毅

还是这间透着八闽风情的大厅,还是上午 10 点这一时刻,背景依然是那幅日光岩巨画,茶几上照例摆放着两盆鲜花……

接见现场的一切似乎都和往常一样,但是今天这里熟悉的一切,却又给人以不同于过去的感觉。

1989 年 11 月 13 日,邓小平同志于人民大会堂福建厅会见外宾。

这是一个历史性的时刻。

小平同志身着深灰色中山装,站在屏风旁边,容光焕发,同来访的日中经济协会访华团的日本客人一一握手。当着几十位日本客人、几十位中外记者,小平同志向他们,也是向中国、向全世界宣布:"日中经济协会代表团将是我会见的最后一个正式的代表团,我想利用这个机会,正式向政治生涯告别。"

短短几句话,像以往那样说得明快、平和,几十位在场在中外记者却由此得到一条重要信息:今天,敬爱的小平同志将正式告别他 60 多年的政治生涯。

"退就要真退,这次我就要百分之百地退下来。我退下来,也是想让党、政府、军队的领导人能够放手工作。我相信他们能够把工作做好。"

记者注意到,当小平同志说这句话时,深邃的目光中透露出的神情是坚定的,是自信的。

整个会见充满亲切、友好的气氛。从斋藤英四郎先生向小平同志问候开始:"看到您满面红光我很高兴",到最后道别时斋藤先生双手紧握小平同志的手,深情地说:"为了中国的繁荣、亚洲的繁荣,为了中日两国人民的友好情谊,希望您健康长寿!"近 70 分钟的会见,竟像一瞬间那么快地过去了。

以往会见结束时,在场的工作人员深知小平同志时间宝贵,虽然都想和他说上几句话，但谁都不忍心去占用他的时间。然而今天，几位经常采访小平同志会见外宾的记者再也按捺不住对小平同志的崇敬之情，异口同声地请求："邓主席，与我们这几位中国记者合个影吧！""好！和记者们合影要轻松多了。"小平同志答应得这么痛快，引起一片欢笑，连几位大会堂工作人员也挤了过来，说："我们也要和邓主席合个影。"小平同志愉快地满足了大家的要求。

小平同志告别了他光辉的政治生涯，但人们永远不会忘记他……

(1989年11月14日)

他们的未来不是梦

——第31届国际数学奥林匹克中国队速写

李泓冰

7月15日下午。北京西郊碧峰野岭之下的香山饭店。从转门里依次走进几个神色凝重的中国人。走在前面的年长者蓄着蓬松的头发，不修边幅，像个搞艺术的，很少有人料到这是一位思路缜密的数学家。他是参加第31届国际数学奥林匹克（简称IMO）中国国家队教练杜锡录教授。跟在他后面的6个少年，眉宇间则流露出一丝忐忑。

多功能厅中人头攒动，等待本届IMO分数揭晓的人们正急不可耐之际，一长溜的记分牌终于展示出来了。各国的教练、队员，举着照相机、摄像机的记者一拥而上。杜教授匆匆在他熟悉的名字下抄记着分数：周彤42分、汪建华42分，——好样的，两个满分！王崧41分，余嘉联、张朝晖36分，库超33分。杜教授立即意识到这几个沉甸甸的分数意味着3到5枚金牌！于是，这个年过半百的山东汉子挤出人群，泪洒衣襟。面前这6个男孩在他视线中时而模糊，时而清晰。

周彤，内秀而天真，在国家集训队中无论是老师还是工作人员几乎是人见人爱。他注意力特别集中，又善于总结解题规律，从不轻易将难题上交老师，喜欢"独立攻关"。哦，这个在初中和高中时都曾是全国数学联赛湖北赛区一等奖的获奖者在物理方面也游刃有余。去年参加全国物理联赛初赛出线，成为复赛的种子选手，极有希望代表中国参加国际物理奥林匹克。但为了本届IMO，他放弃了复赛资格。今年秋天，他就要去北京大学物理系再试锋芒了。

汪建华，都说他少年老成，看上去是比别的孩子壮实，是陕西汉中的沃土更养人吧？他的父母都是中学数学教员，他妈妈就在他的母校西乡一中任教，这次千里迢迢地作为校方代表也赶到北京来了。儿子没有让她失望，潇潇洒洒地拿了个满分。第二场考试题目的难度使不少选手交了白卷，本应考

4.5 小时，汪建华却在 3 个小时里全部解出。他将带着一份轻松走进南开大学数学系。

王崧，国家队中最小的选手，唯一的高二学生。提到这个名字，许多熟悉他的人要忍俊不禁。他的轶事举不胜举！他出门必须有人贴身陪着，否则准要迷路，而且他绝不开口问路，因为他不肯和陌生人讲话。进澡堂也得小心看住他，上一次他懵懵懂懂地站在喷头下，"哗啦"一下拧动了开水开关，要不是身边的老师眼疾手快一把拉开他，非烫坏了这个数学"小怪才"不可。几天前中外学生联欢，他穿着一双其大无比的拖鞋啪哒啪哒走进会场，前半个脚掌几乎都伸出鞋外，10 个脚趾头索性高高翘起来，居然也走得稳稳当当。这副尊容使许多外国选手再也忘不了他了。有人打赌说，一看见王崧的脸就知道这孩子在数学上有不凡的智慧，把他混在一群孩子中，陌生人也会一眼认出他是个数学神童。是够神的——去年集训时，一道有关抽象代数的难题使孩子们冥思苦想了几天都毫无结果，只有王崧一人不仅解答出来，而且代入一个符号使复杂的解题过程大大简化了。这一下把小伙伴们全都"镇"了！这次第二场考试他提前一个多小时完成，百无聊赖中竟坐在考场里在草稿纸上画出一副牌例，自己和自己打了一圈桥牌。他明年还要代表中国赴瑞典参加下一届 IMO 哩。14 日下午在蓟门饭店卡拉 OK 歌厅，一向沉默寡言的王崧在汪建华"怂恿"下，出人意料地第一个上台吼了一曲时兴的摇滚："不是我不明白，这世界变化快……"

余嘉联、张朝晖、库超……杜教授一个个地看着自己心爱的学生，一时间他几乎忘了数学，只想让这些刻苦用功的孩子痛痛快快地去读武侠小说、去打桥牌、去看足球、去玩电子游戏……而他自己，要就着咸菜，饱饮它三大瓶啤酒！

IMO，引导这 6 个孩子走向世界；

IMO，让世界惊喜地认识了这 6 个中国孩子。

(1990 年 7 月 18 日)

新唐山扫描

费伟伟

仅仅 15 年。

15 年前化为废墟的唐山,今年 9 月将以东道主的身份,迎接前来参加第二届全国城市运动会的体育健儿。唐山的电视台、报纸、广播每天告诉人们:"距城运会开幕还有 ×× 天。"在占地 25 万平方米的唐山市体育场内,工人们正顶着炎炎烈日扩展着绿色的草坪……

有人预言"将从地图上被抹掉"的唐山,如今那整齐的楼群间、棋盘式的交通干道两侧,震后栽下的幼树才向外扩展第 15 圈年轮,唐山可容纳 3 万观众的体育活动中心,就将回响起全国运动健儿的笑声。

"15 年前大地震,15 年后办城运。"这句话成为唐山时下最响亮的口号。它把人们的目光再次引向这个地震后新生的凤凰城。

美哉,凤凰城

1986 年 7 月,英、美、德、日、苏等 8 个国家的 20 名记者采访唐山。他们惊奇地发现,这座被地震夺走了 24 万人生命的城市,人口已超过震前。唐山市市长对此解释道,一个重要的原因是,新唐山以其迷人的魅力吸引不少从四面八方来支援唐山建设的人们留了下来。

联合国副秘书长、人居中心执行主任阿考特·拉马昌德兰称赞唐山是"科学而热忱地解决住房、基础设施和服务设施的杰出典范"。

81 岁的张瑞智老人用满意的微笑表达了与拉马昌德兰相同的感受。这位家住曙光小区的老人告诉记者,震前,他家 8 口人住房面积不到 30 平方米,现在全家 5 口住房面积近 50 平方米,做饭有煤气,冬天有暖气,抬腿一出门,满眼是绿荫,过条马路就是与住宅小区配套的中心公园。

这是唐山最普通的一个家庭。到去年底,唐山人均居住面积达 8.07 平方米，名列全国大中城市前茅。

旧唐山是1878年后，随着开滦煤矿的发展而形成的，布局混乱，污染严重，住房矮旧，交通不畅。"旧的唐山毁灭了，却给了人民一次新的选择机会"。有人在震后这样说。

唐山把握住了这一历史的契机。

新唐山，不仅市区面积比原来扩大了2／5，而且具有现代的气质：

——功能分区明确，布局合理。在震后的废墟上复建了政治、经济、文化中心的老市区，和东面以开滦煤矿为主的采矿工业区，又将原来老市区布局紊乱的工业企业迁出，在北面辟建工业新区，三区各距25公里，如三星相互辉映，整个城市闹静分开，生产、生活各自有序。

——居民住宅统一规划、施工，环境舒适优美。孩子们不用过马路就能上学，与工业区之间有足够的防护林带，雨水、污水分流排放系统完备。唐山的人均绿地面积是震前的2.66倍，已达2.05平方米。

——市政设施配套，在国内堪称一流，集中供热率居全国首位……

1990年11月13日，联合国授予唐山"人居荣誉奖"。新唐山当之无愧。

"中国近代工业摇篮"的新篇

厂房栉比，高炉巍峨。震后28天就炼出第一炉钢的唐山钢铁公司，如今已跨入全国10大钢铁企业的行列。

震后一个月就生产出第一批陶瓷制品的唐山市第一瓷厂，如今已旧貌变新颜。一条投资4000万元新建的国际公认的高档瓷——骨灰瓷生产线已正式投产。穿着翠绿色工装的女工，全神贯注地检查着从流水线上走过的每一件洁白细腻的胎瓷……

唐山，是我国第一座现代化煤矿、第一家铁路工厂、第一家机械化水泥厂的诞生地，素有"中国近代工业摇篮"之称。

今天，在奔流不息的陡河岸边回响着全国最大电厂之一唐山发电总厂的隆隆机声；

在全部地面建筑都毁于地震的开滦煤矿，全国最大的范各庄洗煤厂昂然崛起；

还有全国规模最大、最现代化的冀东水泥厂，全国最大的生产卫生陶瓷的唐山陶瓷厂……

截至去年底,唐山14年来已向国家上交利税200亿元,相当于国家重建唐山投资的4倍。

壮哉,"大三角"

如果说,地震后,唐山形成老市区、矿区、新工业区这样一个"新三角"的话,那么,现在它又在形成一个"大三角"格局。

王滩,在唐山市区东南95公里。72年前,孙中山先生在《建国方略》中,认为这里应建"北方大港"。

1989年8月,三艘大型挖泥船开进这里,咆哮轰鸣起来。时间仅仅过去1年零10个月,码头、疏港铁路、公路、水电等主体工程已基本竣工。今年底,7号、8号两个泊位就要启用。

满头白发、年过花甲的王指挥告诉记者,这里的宜港海岸长达6公里,而近期仅需开发1／3。王滩港是"大三角"的一角。

一片片苇荡,一片片海滩,南堡依旧荒凉。但是,展示着这块土地美好前景之一的唐山碱厂已从芦苇荡里拔地而起。"我们在芦苇荡里打下了7000根分别高28米、20米的水泥桩,用36个月的时间建成了这座年产纯碱60万吨的、远东最大的现代化制碱企业之一。"在制碱车间里,厂长邸维章自豪地说。

碱厂并不寂寞,与巍峨的碳化塔相伴的,还有冀东油田的上百座井架,还有许多即将走下蓝图的美丽构想。南堡,这是"大三角"的又一角。

一个王滩,一个南堡,加上风华正茂、从震后废墟上崛起的"小三角",这个"大三角",将支撑起更加魁梧的新唐山。

唐山人民在党的领导下,正满怀信心,走向未来!

(1991年7月26日)

红场易旗纪实

周象光

公元 1991 年 12 月 25 日晚 7 时许。莫斯科。隆冬中的红场。

由于莫斯科电视台头天就预报了戈尔巴乔夫将在今晚 7 时发表辞职演说,许多人便预料克里姆林宫顶上将要更换旗帜。莫斯科市民,还有许多外地人冒着凛冽的寒风赶来观看这一历史性场面。一些人带着半导体收音机来到红场,一面等,一面收听戈氏的辞职讲话;电视和摄影记者在选择拍摄角度;人们在谈论着自己的看法,并不时抬起头来,眺望着在暮色中飘动着的苏维埃社会主义共和国联盟国旗。人群中,有的举着苏联国旗,有的举着过去加盟共和国的国旗。

看得出来,此时此刻,人们的感情是十分复杂的,对联盟的解体态度也很不一致。有人在高声呼喊口号:"苏联万岁!"一对来自乌克兰的老年夫妇说:"怎么能没有联盟呢?苏联分裂成 15 个国家,就不再是一个大国了。"一位来自雅罗斯拉夫尔的工人说:"这标志着俄罗斯又复兴了,现在就看叶利钦有没有办法防止饥民造反啦!"几名女青年说:"换旗是自然的,因为苏联已经不存在了。"来自格鲁吉亚的一个俄罗斯人反对易旗,这时,人群中开始争论起来。他们的观点各异,有的甚至截然对立,对戈尔巴乔夫和叶利钦的评价也不尽一致。有一位中年妇女插进来无可奈何地说:"挂什么旗都可以,只要让人们有吃的就行,因为我有六个孩子。"一位来自萨拉托夫的青年工人说:"这么大的事件应当举行一个仪式,现在的做法未免太简单了。要知道我们几代人生活在这面旗帜下,我从小就知道我是苏联人,没想到这么突然就改变了祖国。"另一个人说:"举行不举行仪式无所谓,重要的是不能再像过去那样只说空话不干实事。"

7 时 25 分,戈尔巴乔夫电视讲话结束了,苏联总统府的屋顶上出现了一个身影。人们屏住了呼吸。7 时 32 分,那面为几代苏联人熟睹的镰刀锤子旗开始徐徐下落、下落……7 时 45 分,一面 3 色的俄罗斯联邦国旗取而代之,升上了克里姆林宫上空。此时此刻,广场上的人们意识到,克里姆林宫已成为俄罗斯的总统府,苏联从地图上消失了。

莫斯科的夜空开始飘起雪花,气温明显下降。但仍有不少人陆续来到红场。人们还在红旗落地的地方发表自己的看法,还在那里争论……

(1991年12月27日)

农产品收购资金哪里去了

江 夏

秋凉冬至,农副产品收购进入旺季。全年收购量六成的粮棉将集中在第四季度收购、入库。正是叫劲儿的时候,各地尤其是粮棉主产省区却传来阵阵急切的呼声——

收购资金吃紧 "白条"现象严重

粮棉主产区之一的湖北省,到9月份统计,全省开出的"白条"就达9.06亿元,有的收购点因此而一度停收。辽宁、吉林、山东、新疆等地也纷纷告急,一些地方因无资金难以开秤或从一开始就打"白条"收购。

农副产品收购资金年年都不宽裕,但今年缺口之大、呼声之高更甚于往年。随着农副产品产量和商品率的大幅提高,收购数额日益增加,资金调度的难度日趋加大,任何一个部门、任何一家银行都不可能把数量如此巨大、投放如此集中的收购资金全部包下来。目前各地普遍采取的是政府牵头,财政、银行、粮食等部门各负其责,多方筹措、统筹安排的办法。今年的问题正是出在各方负责的收购资金普遍不到位。据四川省10个县的统计,到位资金仅占所需资金的6%左右。中国农业银行不久前提供的一份调查材料说,山东省收购总值需80多亿元,但各部门资金到位率高的不足50%,有的部门甚至完全没有到位。这种情况在粮棉生产大省并不鲜见。

根据今年的收成和市场粮价的走势,收购量和收购总值并没有大的增加,国家投入收购的资金总量亦不算少,截至9月底,粮油库存总值才占收购贷款的一半,但收购所需资金却全面紧张。人们不禁要问——

收购资金哪儿去了

记者从有关部门获悉,本应用于收购的大笔资金被各个方面通过各条渠道或堂而皇之,或迫不得已地截留、占压、挪用了。它们大致有如下去向:

——相当数额的资金被调销缓慢的粮、棉牢牢压住。特别是棉花,进多出少,库存成倍增加。长期巨额的贷款拖欠,使农行收购资金无法及时归位,再贷款能力减弱。据统计,全国粮棉调销后因货款拖欠长期无法归位的资金达269亿元。

——财政应拨欠拨的粮油补贴款有增无减。全国粮食企业的挂账比年初净增加52.8亿元。这等于大量收购资金垫付了财政开支。

——粮食企业挤占、挪用收购贷款数额惊人。截至去年底,在农行开户的粮食企业,挪用收购贷款搞基建、参与股份、转借外单位、支付地方政府摊派等达83.5亿元;商办、粮办工业的流动资金90%以上是挪用收购贷款周转的。此外,粮食企业历年形成的巨额亏损也是占用大量收购资金的重要原因,这使贷款资金周转率逐年下降。

——大量农村资金向城市和工业部门流动,农业银行筹集资金的能力减弱。今年以来,各地为发展城市工业、上基建项目和缓解财政困难,通过各种形式集资,吸纳了大量农村资金。据26个省、市的统计,今年以来,农村向城市和县以上工业部门流入的资金达524亿元,农村储蓄的增长幅度下降,直接减少了收购资金的来源,并造成恶性循环,农民出卖农副产品拿不到钱,又拿什么往农行、信用社存呢?!

此外,上半年银行贷款增加较快,许多用于搞开发区、房地产,下半年无法及时收回再贷。

各方面都把收购资金当成利率低、用着方便的"肥肉"割一刀,收购资金怎能不"瘦骨嶙峋"?

从收购资金的种种遭遇不难看出,其中既有老毛病,又有新问题,它目前面临的困境,只不过是——

经济生活诸多矛盾的集中反映

农副产品收购资金问题非常复杂,它受制于国民经济运行发展的全局,又由于它对农业和农民的特殊意义，终将对经济生活产生影响。前面所述收购资金的种种非正常去向，无论哪种的背后都有着更深刻的原因和更复杂的矛盾。

粮棉调销慢，就与农产品品种结构的调整和工业产业结构的调整直接相关。据有关部门介绍，并不是所有的粮食都压库，玉米价格在上扬，大豆很走俏，粳稻也不积压，压库的主要是早籼稻。在总量基本平衡的情况下，高产的早籼稻因为品质不好而乏人问津。但是调整结构需要时间，高产优质的品种即使研究出来了，制种推广也没有那么快当。棉花的问题更加明显。去年棉花丰收，偏偏纺织工业又开始调整结构、限产压库，消化不了那么多棉花。去年的棉花还没调出去，新棉又上市了。

结算渠道不畅、货款拖欠严重的重要原因之一是现行收购资金管理体制。现在这块资金的管理是被拦腰截开的，县以下基层收购部门多在农行开户并取得贷款，而县以上粮食中转和调入部门大多在工商行开户，这些单位承付的贷款要通过工商行汇划回农行。链条一长，空子就多了。专业银行之间相互设卡、压汇、退汇、拦截、占用粮食调销资金的不乏其例。虽然收购资金归一家银行管理的优越性明显，而且在局部地区的试点也有成功的经验，但因为涉及两家银行利益关系的协调，呼吁多年也没有结果。

财政分灶吃饭以后，各地方都要维护自己的经济利益。产区生产集中，收购资金、仓储的压力很大，而销区是常年消费，在粮食目前是买方市场的情况下，更不愿意一下子购进，占压自己的库容和资金，有的地方政府居然查问本地的粮食挂账为什么那么少？言下之意这笔钱本来是可以另派用场的。

至于今年特别严重的农村资金流失问题，更是与各地决策者的经济发展指导思想有关。城市要发展，工业要发展，但该不该以伤害农业和农民为代价？农业这一支撑经济发展的基础目前还很脆弱，经得起大起大伏的折腾吗？

今年收购资金紧张的问题，已经引起国家的高度重视，并要求各地各级政府、各级银行、财政、商业等有关部门明确各自责任，采取有力措施，该收的收，该清的清，该拨的拨，该贷的贷，一切给农副产品收购让路，保证收购资金及时足额到位。看来渡过今年这一关前景乐观。但明年呢？后年呢？年复一年仅靠行政命令和临时措施恐怕终将难以为继。

目前，粮食的流通方式已经发生了很大变化，全国许多地方粮油价格已经放开，国家计划收购的部分日益减少，收购资金的供应政策也应随之调整，改变过去银行统包平、议价收购资金的老办法。农业银行有关专家建议，对国家定购粮油、专项储备和议价粮油实行"区别对待、保证重点"的供应办法，有的优先保证，有的则以销定贷。在新旧体制转换的过程中，怎样既保护农民的利益，又把生产者、经营者、消费者尽快推向市场，对大家都是一个新课题。要使收购资金走出困境，只有坚定不移地推进各方面的改革，舍此别无他途。

（1992 年 11 月 19 日）

> 龙居大旱，水贵如油。为合理分配用水，乡村干部脸瘦了一圈，村民多了理解，少了怨言。记者夜行踏看，写成——

守水记

陈 华

到四川省什邡县采访，没想到当地眼下矛盾最大的，既不是收购打"白条"，也不是乱摊派。让农民最揪心的，是"双抢"缺水。

县水电局局长余存忠向记者介绍，今年五月一日至六月七日，全县降雨量不足去年同期的三成。

龙居乡旱情最严重。这个近一点六万人的乡，在一点四八万亩耕地中，水田就占了一点三二万亩。靠水维生的龙居人，邻里常常为争水而产生纠纷，"有时，连儿子老子都不认得。"

到了乡政府，见一黑板上写着：六月七日晚到第二天上午十一时守水人员名单。"守水？"乡长吕贤江向我解释，由于缺水严重，采取了统一协调、轮流灌溉的办法。什么时候、灌溉什么地方、放多大的流量等具体工作，都是由坚守在四个支渠、十二个斗门和两个流动组的乡村干部承担。

夜幕已经降临。乡党委书记刘朝荣陪着我去看看守水的同志。车沿着四支渠行驶，迎着车灯，走来一荷锄农民，对着车嚷了句："快点去看一下，水咋那么小？咋个淹田嘛。"走不多远，来到红星村的"幺店子"，店主刘友庸一见刘书记就反映："上头都淹成了海，可我这儿还是干的，你说咋办？"我一打听，原来他家的三亩多地，处在"尾水"的不利位置，水流到地里已很小了。

沿着水渠边走边谈，忽见前面有电筒光，走近一看，是两个乡干部在查看斗门。老者叫惠远德，已到了抱孙子的年龄，为了乡里人搞好栽种，老人身裹雨衣，手拿电筒，没日没夜地在沟渠边巡视。乡长吕贤江说，打五月十三日以来，乡、村干部就没睡过好觉，全乡二十余公里的渠道上，到处留下了他们的足迹。

正说着，一辆巡夜的摩托车走近了，上面是副乡长唐庆光和乡水管员文少奇，他俩负责用水的总协调，被称为"掌勺的"。文少奇已连续熬了六个通宵，累得便血，他声音嘶哑，借着手势直说："没啥。"

乡亲们是这一幕幕的见证人。农民梁廷贵讲，"我半夜三点还看到渠边有电筒光"。正在灌田的农民告诉我们，没有干部守水，就要发生纠纷，还要毁坏水利设施，地里的秧苗就活不了。

当然也不是人人都满意。一晚，刘书记在三支渠守夜，来了一群年轻人冲着他发火。面对大家的情绪，乡干部总是因势利导，一方面讲清道理，一方面把水的分配情况公开。人心都是肉长的，看到这些日子，上自县委书记董玉梅，下到自己身边的乡、村、组里干部日渐消瘦的面容，龙居人也多了份理解，少了些怨言。看着一亩亩得到灌溉的田地，刘朝荣感到很欣慰："今年是天最干的一年，但基本上做到了不死苗，人心不慌。"

此刻，已是六月八日凌晨。沿渠而行，不时碰上守水人，望着他们辛劳而疲惫的身影，耳边响起了他们自编的歌谣："月亮越守越大，星星越守越亮，蚊子越守越凶，人越守越瘦……"

（1993 年 6 月 10 日）

铸就中华文化的丰碑
——记《中国大百科全书》的编撰出版

卢新宁

引子

18世纪中叶，一位叫狄德罗的法国哲人在监狱里进行着重获自由后的构想：以科学和历史为基础，编撰一部汇集各类知识的百科全书，用以启迪民众。数年之后，这部被后人称为"第一部现代百科全书"的著作出现在1772年的法国。它像一道闪电，划破黑暗，带来了欧洲现代文明的曙光。

200多年后，中国大地正经历着一场空前的文化浩劫。在北京一所监狱里，一位叫姜椿芳的中国共产党人面对着连小学课本都缺乏的祖国，也在构想：如果我自由了，我所做的第一件事是编一部集古纳新、广瀚博大的知识总汇——中国大百科全书。

在那个年代，在中国大地的许多角落，在牛棚、干校，甚至监狱中，多少像姜椿芳那样的知识分子，面对一片文化的灾荒和凄凉，不约而同地从不同的角度对中国文化的重建进行着自己的设想。他们期待着有朝一日，能让自己的祖国因为这些设想而变得文明富强。

终于，1978年，在经受过深重的苦难、科学文化一片残破的中国，这些劫后余生的知识分子，为构筑中国现代最大的文化工程——编撰《中国大百科全书》走到了一起。他们来不及抚平动乱岁月留下的创伤，甚至还没有得到平反昭雪，便聚集到"大百科"的旗下。他们当中有著名系统工程学家钱学森、物理化学家卢嘉锡、生物学家贝时璋、数学家华罗庚、苏步青、物理学家严济慈、力学家钱伟长、桥梁学家茅以升、法学家张友渔、军事学家宋时轮、医学家吴阶平、文学家周扬、外国语言文学专家季羡林、冯至、历史学家陈翰笙、社会学家费孝通、经济学家许涤新、陈岱孙、哲学家胡绳、美学家朱光潜、音乐家贺绿汀、戏剧家曹禺……

15年之后，一部74卷、7.7万个条目、1.2亿字的《中国大百科全书》问世了。它囊括了哲学、社会科学、文学艺术、文化教育、自然科学、工程技术等66个学科，汇集了当今世界最新科学文化成果，体现了中国知识界几十年的学术研究水准。

这是第一部中国人自己的大百科全书，它跨越了10年浩劫的文化沼泽，架起了通往21世纪的文化桥梁，铸就了一座中华文化的丰碑。

盛世方修典

1917年，中国著名教育家、思想家蔡元培先生在为《植物学大辞典》所作序言中这样写道："一国之文化常与其辞书相比例……社会学术之消长，视各种辞典之有无与多寡而知之。"他希望我国"不必乞灵于外籍"，应有自己编写的辞书。

此后的若干年时间里，随着社会的发展和进步，一批又一批辞书相继在中华大地出现，然而代表着辞书出版最高水平、被称为"工具书之王"的百科全书却仍得"乞灵于外籍"。中国人一直没有自己的百科全书。

而自18世纪中叶，那个伟大的法国哲人开创编撰现代大百科全书历史之后，世界各主要国家都陆续开始了自己的百科全书事业。作为包容一切学科、知识领域的大型工具书，规模宏大的大综合性百科全书被称为"没有围墙的大学""人类知识的宝库"，它反映一个国家的文化面貌，代表一个民族的科学文化水平，因而成为许多国家极端重视的重要文化工程。近200年内，出版大百科全书的国家已有好几十个，从英、美、法、德、日、前苏联，到印度、斯里兰卡、土耳其，甚至像人口不到40万的苏里南也都编有自己的百科全书。有人做过这样的估算，世界各国历代编出的著名百科全书，已经能摆满3~4公里长的书架。而在联合国图书馆长长的百科全书书架上，却没有一部属于有着5000年文明史的中国。

早在清末民初，西风东渐，一批立志于中国进步与富强的知识分子，深悟科学与知识对民族存亡的重要性，萌发了编写中国大百科全书的意愿。但在科技文化落后的近代中国，他们无力构筑百科全书必需的知识体系和学术规范，再加上战乱频仍、财力匮乏，使这些有识之士壮志难酬。中华人民共和国建立之初，又有一批知识分子建议编写大百科全书，当时的出版总署也曾有此考虑，稍后拟定的科学文化发展12年规划也曾将此列入，1958年又提出开展这项工作的计划，但因众所周知的原因，均未得实现。

1978年，重获自由的姜椿芳在社科院规划办编印的《情况和建议》上，发表了洋洋近万言的《关于编辑出版中国大百科全书的建议》，引起了学术界强烈的反响。不久，在党的十一届三中全会前夕，胡乔木同志也向党中央建议编辑出版《中国大百科全书》。在一代又一代知识分子看来，编写一部中国大百科全书，不仅是国盛民强的标志，也是推动时代科学文化进步的工具。"盛世修典"，在那个拨乱反正、百废待兴的岁月里，出版大百科全书的建议使得中国知识界群情沸腾。

同年，中国科学院、中国社会科学院、原国家出版局联名向党中央提出了编撰《中国大百科全书》的建议。

建议首先得到了邓小平同志的支持，在此后他又将美国友人赠送的《大不列颠百科全书》转赠中国大百科全书的编撰者们，并亲自为中国大百科出版社题写了社名。这位无产阶级革命家在这项近世中国最大的文化工程上再次显示了自己超卓的决断。在这位中国改革开放的总设计师的蓝图上，添上了《中国大百科全书》这精彩一笔。

1978年5月28日，中共中央批准了这一建议，决定成立以胡乔木为主任的总编辑委员会，并专门成立了中国大百科全书出版社。不久国务院批示各省市、各部委称，这项工程"对全面系统地介绍古今中外的文化科学知识，提高整个中华民族的科学文化水平，实现四个现代化具有重要意义，请给予积极支持和协助"。批示下达后，各部、委、院积极响应，并各由一位领导同志挂帅，把编写此书有关学科卷列入各自的工作日程。

由国家最高当局出面，动员全国学术界，这在世界百科全书编辑史上绝无仅有。而在当时的中国，决意上马这项规模巨大的文化工程，更需要一种超越历史的眼光和魄力。在此后的15年里，中国政府又从紧张的财政收入中共计拨出8000万元用于这项文化工程，充分显示了社会主义中国对知识、文化的极端重视。

中国人就这样开始了自己的百科全书编撰事业。百年圆一梦，虽然这个梦做了近一个世纪，虽然与其他国家相比已经晚了许多年，但这毕竟是中国人迈出的第一步，它开始于一个伟大的时代，不仅代表了中国新时代科学文化的进步，同时也标志着这个时代的进步。我们终能告慰蔡老先生等前辈学人的英灵。

十年磨一剑

1983年秋，北京大学勺园招待所，一间不大的房间里，《中国大百科全书》的《哲学卷·中国哲学史》编写组审稿会正在进行。为节约经费，编写组没租会议室。74岁高龄的著名哲学家张岱年坐在一张借来的破藤椅上，其他学者则挤在两张床上，审稿会就这样开了15天……

还是在燕园。为撰写《中国文学》卷首条，宗白华、季羡林、王瑶、吴组缃等一批造诣深厚的著名学者汇聚一堂，他们从各自研究领域入手，对负责撰写卷首条的周扬等人无私地提供自己多年的研究成果，从中国文学的语言特点，到中国文学的独特审美趣味，从中国文学与人民的关系，到世界文学范围内中国文学的特点……

15年来，类似上面的故事在《中国大百科全书》的每一个学科编写组里多次发生过。为编好中国人自己的百科全书，这些知识分子同心协力，坦诚相助。

翻开百科全书的历史就会知道，历代主持编撰百科全书的人，如果不是那个时代最出众的大思想家，也一定是博览群书、涉猎广泛的大学者。而《中国大百科全书》则几乎汇聚了现代中国文化知识界所有的名人。在那称为"科学的春天"的年月里，多少学者放下自己手中正在写作的论文、专著，怀着强烈的使命感加入到大百科全书的编撰队伍中。自蔡元培办北大以来，还没有一项文化事业能够吸引如此众多的学界名流。15年间，参加大百科撰稿的作者达2万余人，中国科学院绝大部分学部委员、社会科学领域众多的学科带头人、各领域卓有成就的专家学者都参加了该书的编撰工作，作者阵容之强大，堪称世界第一。无怪乎后来台湾学者发出这样的慨叹：世界上没有第二个国家的政府有可能组织这样大规模的知识工程。

美国百科全书理论家科里森这样说过："为百科全书撰写条目，本身就是一种艺术，在有限的篇幅里要挤那么多内容，而且要做到丰而不舍一言，约而不失一辞，确实很难。大多数专家认为写一本书比写百科全书一个条目来得容易。"作为人类最基本知识的总汇，编写百科全书之难，不在于提供高深莫测的尖端学问，言人之所未言，而在于提供一般的标准知识，对于这种标准知识的阐述必须精确凝练。在没有编写现代百科全书经验的中国，知识界各领域的泰斗巨匠们能够按照百科全书的要求编好它吗？

出生于19世纪末、20世纪初的这一代中国知识分子，大都在战乱时期受到过完整的现代文化教育，同时于国家民族有一份超出寻常的责任感和事业心。动乱岁月耗费了他们一生最好的时光，他们最大的心愿就是在有生之年为祖国的科学文化事业做点贡献。为编好中国人自己的百科全书，这些一代宗师没有名人的架子、不顾权威的面子，边干边学，精益求精。学科编委会确立每一学科卷的框架都要修订七八次；每一学科卷开始编撰时都要先试写三四稿。每一次审稿会实际上是一次学术讨论会。这只有在今日中国才能做到。

在总编委会主任胡乔木给中央的报告中有这样的话："大百科全书事关国家科学文化和政治荣誉。"《军事》卷中"毛泽东"一条，是由中央文献研究室撰写的，后来由胡乔木加以修改，最后经邓小平亲自审定。为搞清平型关战役的一个细节，编撰者甚至不辞千辛万苦找到了当时一名炊事员。总编委会副主任钱学森为撰写《军事》卷"导弹"这一条目，一再与其他学者会商，数易其稿。在国际上被誉为"杂交水稻之父"的袁隆平教授撰写《农业卷》"杂交稻"一条时仍然斟酌再三。不少撰者为写好一个不足500字的条目，得查阅上百本书籍。2万多位条目作者，既要表达学科知识的真谛，考虑读者的理解能力，又要遵循百科全书的撰写体例和规范，所付出的心血和辛劳难以言述。74卷《中国大百科全书》除《天文学》卷采取集中编写，只用了26个半月外，多数卷的编撰时间为5~6年，其中《中国文学》用了8年，《生物学》《现代医学》10年，《中国历史》甚至长达12年。

十年磨一剑，用破万人心。许多年迈学者为撰稿审稿、搜集查核资料，往往夜以继日，备尝艰辛，众多事迹，催人泪下。

考古学家夏鼐，下午发病住进医院，上午还在伏案修改《考古学》卷概观性文章。他辞世后人们发现，在他的案头床边堆满了大百科的资料。国际法学家陈体强是在病卧床榻时，逐字逐句修改完几十万字的国际法条目后谢世。文学家周扬、经济学家许涤新、历史学家侯外庐、冶金学家孙德和、物理学家王竹溪、天文学家戴文赛都是在住院期间领导有关卷目的编撰工作的。建筑学家童寯临终前还在写"江南园林"条目，当他写到"扬州以莳花闻名远近，清初……"即溘然长逝。不少老专家学者，没等到《中国大百科全书》全部出版，甚至没见到自己主编或撰稿的卷册付梓，就谢世而去。胡乔木、华罗庚、宋时轮、张友渔、姜椿芳、茅以升、周扬、许涤新、侯外庐……在15年的编撰过程中，总编委会110位委员里，已有32位先后辞世。几乎每一学科卷出版时，卷前的总编委名单里都要添加几个黑色方框，让人黯然伤怀。

我们完全可以这样说，《中国大百科全书》的编撰是一个历经浩劫的国家在文化断层的边缘，及时抢救了一批稍纵即逝的学术财富；是一批可歌可泣的知识分子在生命的黄昏所作的一次呕心沥血的绝唱。古代传说，为铸就干将、莫邪，铸剑者将自身投入熊熊熔炉。这种崇高的、为事业献身的民族精神，又一次显现在从事"大百科"事业的当代优秀知识分子身上。他们不愧是永远值得人们怀念的中华民族的精英。

当大批知名专家学者为编撰全书殚精竭虑之时，参加《中国大百科全书》编辑工作的编辑、出版人员也在做默默无闻的奉献。1978年，在版本图书馆的三间堆着图书的平房里，中国大百科出版社踏上了自己漫长的创业之路。不久，随着队伍的扩大，出版社不得不在京城8个地方借房办公，他们自己戏称为"八大处"。今天的人们绝难想象，如此辉煌的文化工程竟是在如此俭朴甚至可以说是简陋的条件下进行的。而在当时的百科全书出版社人的心中，都明白他们从事的是自己一生最大的事业。《中国大百科全书》的最早编辑者之一金常政至今提起当初的情景仍很激动。他讲到那时提出的"大百科精神"，即"共赴时代召唤，艰苦创业，解放思想，尊重科学，团结奋进，崇尚效率"。讲到他们如何夜以继日、团结一心地拼搏，讲到他们曾经骄傲地自称"百科全书人"。

1980年12月10日，仅仅两年多时间，《中国大百科全书》第一卷《天文学》就在现代文化名人胡适的故乡皖南绩溪的海丰印刷厂付梓。这是中国文化出版史上值得大书特书的日子。为了这一天，王绶琯等编撰人员度过了多少不眠之夜；为了这一天，编辑班子在绩溪死守了4个月。因此1981年的春节对于《天文学》编辑组成为一次真正的庆典。

《天文学》卷问世后受到了世界学术界的重视和赞誉。1981年7月，英国著名科学史学家李约瑟获得此书后，连续阅读几个小时爱不释手。他在著名的科学杂志《自然》周刊上这样评价："中国这个伟大的文明古国终于有了自己的大型百科全书……全书水平很高，印刷精美……应为此感到自豪。"美国天文学家道格拉斯·林也认为"本卷书的作者们概要地提供了中国人多年辛勤研究这些古天文记载的成果，达到了很高的学术水平"。他还认为"这一卷书若是用英文写成，当可推荐给一切学习天文或物理的大学学生使用"。

世界知名学者对《天文卷》的肯定，使编撰者更加精益求精。他们认定，编写《中国大百科全书》是对我国学术界的一次空前大检阅，关系着国家声誉。在大百科全书出版社工作的同志相当一部分是有研究生以上学历的知识分子，15年栉风沐雨，岁月洗净了这些年轻人的稚气，染白了中年人的双鬓，却未能改变大百科人的初衷。当外面的世界变幻着展现着繁荣和喧嚣时，当社会上"经商""下海"热火朝天、人心跃动时，绝大多数大百科人仍在固守着一份执着的信念，淡泊宁静，安于寂寞。

1993年8月26日，在北京阜成门大百科出版社一间不大的办公室里，出版社现任总编辑、80高龄的梅益在讲到《中国大百科全书》编辑者时这样说："编撰'大百科'这种书，一年两年甚至十几年看不到名，得不到利。如果没有相当的奉献精神，没有为国分忧的精神根本无法做到！"

可以说，一部《中国大百科全书》不仅代表着中国现代科学文化水平，也凝结着当今中国知识分子的智慧和心血。它的出版，与其说是铸就了一座留传万世的文化丰碑，毋宁说是谱写了一曲当代中国知识分子的颂歌。

一飞则冲天

1993年8月12日对于中国文化史来说是非同寻常的一天。就在这一天，《中国大百科全书》《财政·税收·金融·价格》卷问世。至此，历时15年的这项近代中国最伟大的知识工程终于画上圆满的句号。

如果说百科全书应当是一个国家民族文化知识及对外界了解水平的总结，那么《中国大百科全书》是否真的实现了编撰者们为自己确立的目标？它是否能当之无愧地成为我国科学文化水平的标志？编撰者们诚惶诚恐地等待着学术界的"宣判"。

74卷《中国大百科全书》，覆盖面包括哲学、社会科学、文学艺术、文化教育、自然科学、工程技术等66个学科，共收77859个条目，12568万字，绝对是空前的鸿篇巨制。这部书不但达到了一般百科全书所应具有的权威性、客观性以及全、精、新的要求，还有着鲜明的中国特色。

世界上的百科全书一般都采用从A—Z的全字顺编排法，对于读者来说，必须购齐整套书的每一卷才能使用。《中国大百科全书》在编排中考虑到当前国人购买力和藏书空间有限，吸收我国古代编辑类书的传统，采取大类分卷与字顺相结合的方法，每个学科卷自成系统，以便读者视需要选购。

世界许多著名的百科全书虽也介绍有关中国的知识，但数量有限，有的还夹带偏见。《中国大百科全书》的另一特色，是在中外兼顾的同时又适当侧重中国，提供了我国丰富的研究成果、有创见的论述和首次发表的宝贵资料，这些都是其他国家的百科全书所没有的。如《航空·航天》卷详细地记述了中国古代火箭、飞行技术、鲁班制作木鸟等史实，展示了我国古代科学技术的辉煌成就。《民族》卷在详细叙述中国56个民族的历史现状、婚丧嫁娶、风俗民情的同时，又在广阔恢宏的历史背景下重现了北匈奴、南三苗等已经在今日中国消失了的55个民族的生活方式。《力学卷·中国古代力学知识》，从《墨经》《考工记》中有关力学的内容，到出土于湖北的曾侯乙编钟的振动频率；从应县的辽代木塔结构，到欧洲经典力学与中国力学的融合都做了精彩的阐述，使人在历史与现实的变幻对照中感受到中华文明的博大精深。这一卷作为综合性工具书，不但开我国之先河，在当今世界亦不多见。《地理学》卷问世后，国家卫星遥感中心总工程师、学部委员陈述彭这样说："其科学性、系统性与综合性，在世界上都是一流的，若干年内难有一本类似的书能超过它。"而全国人大环保委主任曲格平认为《环境科学》卷所收内容比美国、前苏联同类辞书更为丰富，"它的出版和发行，是我国环境科学的研究和环保事业的重大成果"。

《中国大百科全书》的大多数学科卷是我国第一次在该领域问世的辞书，因而第一次系统地总结了这些学科的基本知识和科学成果。运用于此书的许多资料还是第一次面世，例如《法学》卷中关于沈阳、太原审判日本战犯的资料，《戏曲》卷中山西出土的金、元两代戏曲文物的照片，《考古》卷中1935年北京人遗址发掘现场照片等。

雍容庄肃的孔子在明代画家马远的笔下凝神遐思，日本来华名僧雪舟的戎克船在明代大运河上悠然扬帆，伟大的爱国诗人屈原在明代画家朱约佶的灵魂对视中栩栩如生……翻开《中国大百科全书》，总能在阅读其流畅的文字的同时，欣赏到精美的插图。"图文并茂"构成了《中国大百科全书》的另一重要特点。这部百科全书共有49765幅图表，平均每页一幅，较一般外国百科全书要多，直观、形象的插图"济文字之穷"，使这《中国大百科全书》更加生动明了，赏心悦目。

按国际惯例，百科全书一般都侧重于社会科学，科技部分的内容大都只占30%。《苏联大百科全书》是世界百科全书中科技比例最大的，也只有44%，在《不列颠百科全书》的最新版本中只占40%。而《中国大百科全书》则按我国的实际需要，大大增加了科技内容的分量，自然科学与工程学科在全书所占比例高达56%。在我们这个素有"重人文、轻自然，重社科、轻科技、重感悟、轻实证"传统的国度里，《中国大百科全书》的这种与众不同不仅反映了我们今天的时代对科学技术的尊重和重视，而且也体现了编书之始所确立的"为四个现代化服务"的方针。

《中国大百科全书》的出版引起了国内外学术界的注目。英、美、日等国有关专家均对此有较高评价。日本称，它是"对世界的百科全书的挑战"。台湾学者说大陆出版的《中国大百科全书》是"具有国际标准的""是当代中国最大的知识工程""大陆规划出版此书的气魄不能不令人叹服"。台湾锦绣出版社已在出版《中国大百科全书》繁体字版。国内许多著名学者也对此赞誉有加。

英国科学家 H.G. 韦尔斯在《世界智囊》一书中曾这样说："世界大百科全书是一切才智之士的知识背景。"事实说明，世界上每一次较有权威的百科全书的出版，都会对本国甚至对一些别的国家产生巨大的影响。《中国大百科全书》的出版，其意义也绝不止于给人提供了一般知识的总汇，还在于它是中国人第一次全面系统地总结世界各领域的科学文化成果，并由此在中国建立了一整套学术规范，提供了一种科学的思维方式。自汉代佛教文化传入中国以来，我国还从未如此大规模地对世界文化进行系统的吸收和融合，它对中国的影响，也许今天还看不清楚，但一定会在21世纪的中国显现出来。

记得在编撰《中国大百科全书》时，著名科学家钱学森称之为"伟大的事业"。我国辞书专家吕叔湘讲到辞书工作的辛苦和愉悦时，曾称之为"不朽的事业"。为我们民族创造伟大与不朽，正是历代中国知识分子的优秀传统。当今天的我们为这项中国近代最伟大的文化工程举杯庆贺时，当我们的后人吸取百科全书的营养健康成长时，让我们永远记住那些为了这一天而呕心沥血的编撰者们，永远记住那些未能看到这一天便溘然长逝的前辈学人们。让我们庄严地弯下腰去，向他们深深一躬，再深深一躬……

(1993年9月6日)

"赵光腚"的后代，富了
——访周立波《暴风骤雨》中写过的元宝村

董 伟

3月28日，记者坐着黑龙江省尚志市元宝村的轿车，沿着当年"老孙头"赶着马车几步一陷的马路，去48年前东北土地改革时就因周立波的《暴风骤雨》而闻名的元宝村（书中称元茂屯）采访，想探寻"赵光腚"的后代们今天过得怎样。

这里位于张广才岭深处，是个典型的山沟沟。记者坐在轿车里，追寻着荏苒光阴，想象"老孙头"当年沿着这条路赶马车的样子，眼前不断延伸的路就像渐渐展开的一幅历史画卷。

48年前，在中国共产党领导下，这里发生了一场伟大的历史变革，农民成为土地的主人。"赵光腚"——这个书中代表翻身农民的艺术典型，穿上了裤子，过上了温饱生活。在《暴风骤雨》中妇女主任的原型70岁的李淑芹家中，至今仍放着土改时分得的一个大炕柜，老太太说："那是胜利果实，不能扔。"

农民分得土地，仅仅是摆脱了封建剥削；走向富裕，没想到却经历了那么长的时间。

傍晚时分，轿车开进了村子，这里已没有书中描写的"低矮的土墙"了，宽宽的街道，整齐的砖房，分明是一座小城镇。村子里有餐具厂、铅笔板厂、铅笔厂和综合建材厂等，还有好几个舞厅。看到这些，很难相信这就是周立波笔下的"元茂屯"。村子里唯一能和书中相吻合的地方就是村后的那座历经沧桑的元宝山。

已经深夜12点了，元宝村的党支书张宝金还在兴奋地和记者唠着。唠到过去，他说村里人都知道周立波和《暴风骤雨》，明白是周立波的小说让元宝村出了名；唠到现在，他们对自己所做的一切感到满意，可以骄傲地让世人看看今天的"赵光腚"了。

"我们村富起来，是在农村大包干以后。"张宝金介绍说。1983年，"大帮哄"实在过不下去了，队里欠债27万元，社员干一年挣不到20元钱，全村大约30%的农户有变成"赵光腚"的危险。无奈，只好承包到户了。

生活很快就好起来了。但是，全村1300多口人，耕地只有4000多亩，单纯种地是不够的。1985年，张宝金带着村里的4个"大能人"去了山东、广州等地取经。这成为元宝村的一个历史性转折。

"开头很艰难，但我们终于有了自己的工业。"张宝金说。1994年，元宝村的工业总产值已达5175万元，人均收入达3200余元，铅笔和卫生筷子大都出口到日本、韩国和东南亚国家，其中"YBS"牌卫生筷子成为日本的免检产品。为了感谢元宝村常年提供质量上乘的卫生筷子，一次，日本新的合作伙伴佐藤中雄先生邀请张宝金访问日本，并带他去当地最好的商场，让他随意选最好的商品，由日方记账。可是，张宝金只买了一套价值3000多元人民币的筷子生产线用高级切割刀具和磨石。在日本人惊愕不解的目光中，流露的是对中国现代农民的由衷敬佩。

在残留着农村气息的鸡叫狗吠声中，迎来了我到元宝村的第二天。

元宝村有一个中外合资的黑龙江元宝山木制品有限公司，村办的企业都在这个公司属下。公司的总会计师姓牛，他介绍说，全村只有几十户种田大户在种田，主要劳力都在工厂了。由于工厂发展很快，元宝村的劳力只能满足其一半需要。所以，这个偏僻山村的企业走出山沟，异地建厂。现在，元宝村在大连就有一个公司和一个工厂。同时外地工人走进山沟。记者在车间里，见到许多来自山东、河北和黑龙江省其他地区的工人。一个叫关玉红的女工引起记者的注意，她的母亲原是元宝村人，因受不了山沟沟多年的贫穷，外嫁到黑龙江省方正县。现在，元宝村富了，这位母亲又把女儿送了回来。关玉红说，她一个月能挣400多元钱，生活蛮好，以后有机会想学学唱歌。

我很想见见"赵光腚"的后代，镇党委书记富伟说，《暴风骤雨》中唯一没有生活原型的就是"赵光腚"，他只是代表最贫困农民的一个艺术典型。"不过，元宝村姓赵的老户倒有不少。"

记者见到了一位姓赵的农会干部的后代，他叫赵发青，今年42岁，是工厂里开汽车的。他的媳妇快人快语："赵家很穷的，当初嫁给他，我家都不同意。"可现在生活好了，住上了140多平方米的砖瓦房，两个孩子也在工厂上班，全家都是工人了。"虽然家中彩电、音响齐全，我家在村里只算中等生活水平。"他媳妇补充说。

元宝村富了,全村有80余人坐过飞机旅游,孩子上学和医疗全部免费,"赵光腚"的梦想终于实现了。新一代的元宝人并不满足,张宝金告诉记者:"我们新上的铅笔厂和大连的分厂,今年将新增产值4000余万元。今年,我们将成为亿元村。"

(1995年4月3日)

让历史警示未来

——在日本看"八·一五"

李仁臣　孙东民　张国成

悠悠岁月，尘封了多少茫茫世事。然而，"8·15"却是个令人不能忘怀的日子，它的特殊意义，至今仍在人们思绪中萦绕，尽管纪念它已经是第50个年头了。

半个世纪前的8月15日，日本宣布无条件投降。这对中国人民来说，是抗击日本帝国主义侵略的胜利日；这对朝鲜半岛上的人民来说，是朝鲜民族的光复节；这对从日本帝国主义铁蹄下解放出来的亚洲其他国家人民来说，又是争取民族独立的新起点。那么，对于当年发动侵略战争的当事国日本来说，"8·15"意味着什么？在日本，看待"8·15"的眼光，对待"8·15"的心情，又是怎样的呢？

今年的"8·15"前夕，我们来到日本采访。在东京，在广岛，我们强烈感到，8月是日本思考战争与和平的季节，日本列岛又经历了一个不寻常的"炎热夏日"。

战败与解放——"8·15"是日本帝国主义战败命运的必然归结，又是日本国民摆脱战争重压的精神解放日

直面历史，有时也需要勇气。

有学者称，日本人不愿意回忆过去，日本是一个健忘的民族。这种看法或许有其根据，但却不宜一概而论。50年前的那场战争，日本人没有忘记。

日本视50年为"大年"，有关纪念战后50年的活动远比往年为甚：报刊上有关二战的特刊纷纷面世；电视上有关二战的史料频频播放；有关二战的展览会、座谈会接连不断；二战题材的书刊占据了书店的显著位置；广岛、

长崎的和平祭典规模宏大……对那场侵略战争,有真诚的反省,有正视历史的举动。揭露臭名昭著的"731部队"搞细菌武器试验的展览,从去年起在日本巡展,反响强烈,参观者达23万人之众;良知唤起的战时旧军人,提供了数以百计的揭露军国主义罪行的证言。这是主流的一面。另一方面,掩饰侵略罪行、拒绝反省的聒噪也不时冒出,那些鼓吹"侵略有理""谢罪有害"的论调依然时有所闻。尽管50年过去了,两种历史观和战争观的激烈对立依然存在。8月9日,新任文部大臣岛村宜伸拒绝承认日本过去进行的那场战争是侵略的言论,就是最近的事例。

出现这种认识上的强烈反差并不是偶然的。

人们记得,50年前那个闷热难耐的中午,广播里传出伴着噪音的天皇"玉音":"……耐其所难耐,忍其所难忍……"在似火骄阳下,聚集在皇宫广场前的人群有的长跪不起,有的哭泣,有的则以呼喊"万岁"发泄感情……听惯了大本营总是发布胜利战报的日本人,不得不猝然面对一个现实:侵略战争已经失败,接受《波茨坦公告》,无条件投降。茫然若失中,许多人又松了口气,一丝生存的庆幸涌上心头:战争的结束毕竟意味着不再遭受轰炸,青年不再被赶上战场,亿万苍生将免受宪兵的恐吓、保甲的举报和"报国会"的监视。"8·15"毕竟是对旧帝国的告别,一个新时代的开始。

这仅仅是结论的一部分。

历史学家们证实:当年7月26日盟军敦促日本无条件投降的《波茨坦公告》发表,在日本统治阶层内部就有一场战与降的争斗,《波茨坦公告》被歪曲成要日本屈服的"阴谋"。当苏军势如破竹围歼关东军,当两颗"新型炸弹"在广岛、长崎上空爆炸,数十万平民死于非命时,法西斯军部仍妄图驱使疲惫不堪的子民们准备"本土决战",鼓吹"一亿玉碎";当日本天皇决定投降,录制"终战诏书"后,军部又为夺取天皇录音盘不让发表而发起一场失败的军事政变。人们混乱、惊恐、茫然,"8·15"成为日本"历史上最长的一天"。

对"8·15",从一开始在日本就有不同的认识。正视历史的人说它是"战败日",不愿承认日本失败者称之为"终战日",日本政府则把"8·15"定为"纪念阵亡者,祈求和平日"。《朝日新闻》评论主笔有马先生谈到日本"8·15"的历史意义时说,它是从1895到1945年50年来的日本帝国主义从产生到走向灭亡的归结,是日本战后文化复兴的起始,也是日本人精神上从战争的阴影下走出来的解放日。

战败与解放，本是一个问题的两个方面，军国主义的失败就是日本人民的解放。学者们说，从历史的角度看，以"8·15"为开端，日本社会既有断层，又有连续。作为战前政治的断层，表现为民主化和解放性。战后，日本变帝国宪法为否定战争的和平宪法，从神权天皇制到主张主权在民，从改变封建的家庭制度到进行废除寄生地主制的农地改革；其连续性表现在另一股势力仍在顽强表现自己，旧梦难舍，体现了一种军国主义思想的惯性。著名评论家加藤周一认为，把"8·15"说成是"终战"，既掩盖了战败的事实，又模糊了从军国主义摆脱出来的解放性。德国把1945年5月8日当作解放日，这已成为德国大多数人的共识。而在日本，深刻认识解放性的一面则是需要补上的一课。

加害与受害——越来越多的人呼吁：要正视日本加害的历史，不要再把历史的包袱留给年轻一代

广岛原子弹爆炸50周年纪念日——8月6日刚过，我们来到广岛。这座破碎过的美丽城市，无处不在诉说战争给人类带来的惨重灾难。广岛的和平公园在城市中心，公园的正中有座肃穆的慰灵碑和不熄的长明火，碑的对面就是和平纪念资料馆，这里每年平均接待150万参观者，是日本当今"最热"的博物馆。

馆长原田浩先生告诉我们，纪念日这天，从早上4点到午夜12点，慰灵碑前一直排着前来悼念的长队，好多人想起当年的惨状悲痛地放声大哭。

广岛没有忘记过去。慰灵碑下的石棺内装着死难者的名单，去年新死去的受难者的名单又加了进去，使广岛的原爆受难者增加到19.2万人。

侵略战争是一个怪物，是对正义的否定，是以生命为代价的。侵略战争又是一柄双刃剑，它残害的不仅是他国人民，同时又让玩火者自掘坟墓，苦果自尝。战争是少数人发动的，承受战争苦难的却是人民大众。据日本战后的经济安定本部估算，日本在战争中的财富损失为460亿日元（1945年价格）；二战中日本失去310万人的生命，其中在海外战场上的死者达150万人，另有20多万广岛、长崎市民在原子弹的闪光中倒下，10多万东京市民死于空袭。高喊"本土决战"的日本军部强令被赶上战场的冲绳民众"集体自决"，送往中国东北的日本"开拓团"，在日军灭亡的末日成了弃民……这是日本

军国主义带给日本普通百姓的战争苦果。

50年前亚洲的那场浩劫,日本军国主义首先加害于亚洲各国人民,同时也加害于日本人民,这是不争的事实。直到50年后的今天,日本军国主义的战争犯罪证据仍多有发现。

加害与受害的关系,不言自明。但是这个问题一直困扰着日本社会。每年夏季,在一些新闻媒体和各种集会上,突出的话题是战争的悲惨,谈论最多的是日本如何受害,似乎最大的受害者不是中国,不是亚洲各国,而是当年发动战争的日本。人们还没有忘记80年代在教科书里把侵略说成是"进入",前不久日本又通过措词含混的"国会决议",不敢痛快地坦率认错,从而造成一种日本不诚实的灰暗形象。有人说,在承认过去的侵略问题上,日本给世界的印象如同昔日足着木屐迈着小碎步走路的女人,不肯向前迈出大步。

有识之士分析,日本社会上强化受害意识,回避加害亚洲问题,这与有人利用视野狭窄、以自我为中心思维的"岛国根性"有关。这使许多人只看到自己的受害,念念不忘本国在战争中死去的几百万人,而不去认真对待由于日本的侵略战争给其他国家造成的超出日本多少倍的损害,几千万人的牺牲。另有图谋的政客更是利用这种狭隘的民族心理恫吓日本国民,说什么如果承认日军向亚洲人民挥舞过战刀,日本从事过侵略,就会被贴上"日本民族是残忍的民族"的标签,同时,这种思维定式又往往使日本只有在外压下,甚至是被击一猛掌后,才会向前迈出半步,妨碍了日本正确认识历史,减消了自我超越的勇气。

在受害与加害的问题上,近年来特别是今年以来,日本越来越多的人士和广大国民开始从加害角度,正视日本对亚洲各国造成的损害,这无疑是一大进步。在广岛的和平纪念资料馆里,去年新加进了有关广岛与战争关系的资料,揭示了广岛作为日本发动战争的"军都"与被炸之间的内在联系。作为日本受害的象征的广岛和长崎,在今年为纪念原子弹受害50周年而发表的宣言中,都强调必须从受害和加害两方面正视战争,对日本过去的殖民统治和战争对亚洲各国造成的难以忍耐的苦痛表示道歉。广岛市长平冈敬说,日本受原子弹之苦,绝对不能成为忘记加害别国的遁词。他认为应该对广岛、长崎在历史和战争中正确定位。他说,"事实上,日本一直没有通过自己的手清查过'战争犯罪'问题。只要这个问题不解决,无论怎样高喊挨炸的惨状,都不会使亚洲各国动情。"日本报纸指出,记住广岛和长崎受灾,不仅是为了回忆过去,更重要的是我们需要在今后决定未来方向时得到警示。记忆也是一种力量,记忆是过去和未来的接点。

"日本需要与亚洲有共同的历史认识,日本应该正视加害亚洲的历史事实",这是日本社会近来出现的一个积极动向。持有这种认识的人越多,日本真正实现与亚洲各国的和解就越有希望。

过去与未来——日本从哪里来?又到哪里去?从哪里来需要解开"历史情结";到哪里去需要明确方向。过去连着现在,又关乎未来

当日本在战后的和平环境中一次次抓住良机,求得经济迅速发展的同时,却未能及时抓住彻底反省发动侵略战争的机会。已经成为经济大国的日本,如果不彻底解开与亚洲国家间的这个"历史情结",不仅违背亚洲人民的意愿,更影响日本的未来。

正如德国前总统魏茨泽克所说:"闭眼不看过去的人,对现在和未来也是盲目的。"日本认错也罢,道歉也罢,说到底,无非是以坦诚的态度协调日本与亚洲各国的关系,形成友好相处、共同发展的共识。日本能这样做,首先符合自己的利益。

高知县一位16岁的中学生已经看清了这一点,这位孙子辈的遗族在"8·15"当天《朝日新闻》晚报上发表的读者来信中说:"对日本战时的侵略行为,向亚洲国家道歉是先决条件。应该一直道歉到亚洲各国人民满意时为止。只有这样,才能建立与亚洲的友好,才能建立没有战争的未来。"

村山首相在纪念战后50周年举行的记者招待会上发表谈话说:"日本在过去的一段时期,国策有错误,走了战争道路,使国民陷入存亡危机,殖民统治和侵略给许多国家、特别是亚洲各国人民带来了巨大的痛苦和损害。"

村山首相今天在书面回答本报记者提问时明确表示:"痛切反省由于我国(日本)的殖民统治和侵略对中国人民造成的巨大损害和痛苦,在此表示衷心的道歉。"

村山首相"8·15"谈话,是迄今日本首相就战争问题最明确的表态,是日本首相第一次在声明中承认日本的侵略,并就日本侵华明确道歉。日本

评论家们对村山首相的谈话也给予积极评价。

应该说，广大的日本国民是反省日本过去发动的侵略战争的。就是在政界，主流也是反省战争的。各政党在纪念"8·15"之际纷纷发表声明，自民党在声明中表示反省过去的战争，谦虚学习历史教训，不再重复悲剧；新进党的呼吁书表示反省日本的侵略行为和殖民统治；社会党书记长声明要正视日本对中国等亚洲国家进行的侵略战争，承担加害者的责任，进行道歉；日本共产党对"在日本军国主义的侵略战争中牺牲的亚太各国和日本国民表示哀悼"。人们认为，这表现了日本各界对历史认识上的深入和对历史认识上趋于接近。

8月15日上午，政府举行了天皇和国会议长出席的"全国战殁者追悼式"，向战争的死难者致哀。与此同时，不少民间团体举行了各种纪念活动。在东京的山手教会，东京市民举办的以介绍日本战前70年的侵略史为内容的展览，吸引了不少青年人；在东京的千鸟渊战殁者墓苑，从一早就挤满了祭奠和献花的市民；由军人的遗属组成的"和平遗族会"，今天与韩国的太平洋战争牺牲者遗族会共同举办了"亚洲共生'8·15'集会"。和平遗族会负责人表示，如果不承认日本的侵略战争，不明确日本的加害责任，日本便不能做到与亚洲共生。

与此同时，日本社会上美化侵略的行径仍在招摇过市。在祭有甲级战犯的靖国神社，数十个团体今天又在上演为侵略者招魂的丑剧，70多名国会议员和8名政府内阁成员仍以各种名目前往祭奠。

日本从哪里来，又到哪里去？一位评论家说，从哪里来和到哪里去的问题是日本亟待解决的课题。在从哪里来上，日本对历史问题还没有彻底清算；在到哪里去上，至今找不到明确的方向。由于日本尚没有对侵略战争进行彻底清算，是日本向政治大国发展的障碍，日本至今仍背着过去的包袱，还没有真正向亚洲人民敞开心扉。

以日本宪法学者知名的众议院议长土井今天在出席追悼战死者的悼词中说，战后经过了半个世纪，日本对亚洲的殖民统治和侵略带来的侵犯人权、歧视、蔑视的历史，至今都没有得到清算，没有向亚洲的人们伸出真正和解的手，这与德国形成明显对照。例如，据统计，战后日本向遗族发放的抚恤金约40万亿日元，而日本政府至今对外国的赔款只有1万亿日元，两者比例是40∶1；德国对外赔款和对内抚恤金基本是1∶1。日本舆论指出，战后50周年，日本要抓住彻底反省侵略的千载难求的时机。

以历史为镜，可以知兴衰。

历史证明，侵略扩张危害世界，侵掠和损害他国的国家，自己也要招致灾难。只有和平发展，才有持久繁荣。

(1995年8月16日)

雪域高原第一乡

刘 伟

一九六一年六月，在加多村一片杨树环抱的草地上，刚刚经过民主改革的翻身农奴们，行使主人的权利，投票选举了西藏有史以来的第一个乡级人民政权。

今天，西藏自治区已走过三十年的岁月，西藏的第一个乡——堆龙德庆县古荣乡发生了什么样的变化呢？

沿青藏公路北上，出拉萨四十公里，经过堆龙河上的铁架桥，进入一处绿色的山谷。

副乡长赤列遥指山坡上绿树簇拥的山村说："那就是加多村。"

这是一个安静而美丽的山村，流水潺潺，芳草萋萋，山风微微，杨柳依依，林间鸟雀鸣叫，村中鸡啼狗吠此起彼伏。

副乡长拍着齐胸高的石墙，向里叫了一声："旺堆！"一个中年汉子应声而出。

旺堆今年五十三岁，是加多村村长。当记者说明来意，旺堆"哦"了一声，笑指着林间说："就在这片草地上，当年我们选举了西藏最早的乡级人民政权。我那时也参加了选举。"

听说古荣乡第一任乡长欧珠就住在加多村，记者便问旺堆："欧珠在家吗？"

旺堆说："在，就住在坡上。"

清澈的溪水从村子中间流过，踏过搭在溪水上的石板，旺堆拍打一座白墙院落的门。

一位瘦小的老人走出门来。

记者问起当年民主选举乡政权的情况，欧珠望着宽阔的山谷，沉默了一会儿说："那是一九六一年的夏天。我不识字，还是旺堆帮我填的选票，村民们呢，则是问同意谁，就由别人帮助填上谁的名字。"旺堆介绍，当年古荣附近几个村的老百姓太穷了，日子过不下去，许多人翻山到外地流浪乞讨。后来，听说家乡民主改革，要成立人民政权，流落在外的古荣人相互转告，许多人立刻赶回了家乡。

"为什么要选你当乡长呢？"

"我当时是民主改革的积极分子，在县里学习过。"欧珠颇为得意地说。

旺堆接过话说："欧珠人厚道，是我们这儿的种地好手，为人正直，我们就选了他。"

一九七六年，欧珠从乡长的岗位上退了下来。乡亲们仍很尊重他。前几年欧珠家盖了三间新房，村里人都来帮忙，最近欧珠家又买了一间大一些的房子。

欧珠有一儿一女，女儿在家务农，儿子现在是解放军的一名中校军官。

如今与过去不同了。旺堆向记者介绍，全村四十五户村民中有三十七户买了手扶拖拉机，村民家大都有收录机、缝纫机。有九户村民组建了农民建筑队，专为附近村庄的农民盖新房。

辞别欧珠，缘溪流而行，记者看到一座水磨。旺堆介绍说，水磨坊的主人叫格桑多杰，是村里比较富的一家。

走进宽大的院子，格桑多杰的妻子卓玛正在和面做馒头。旺堆解释："我们藏族农民并不像外面人认为的那样，只是吃糌粑，喝酥油茶，平时村民常做馒头、饼子吃。"卓玛说："我们也经常炒上几盘菜，吃米饭。"

古荣的糌粑在拉萨很有名，乡里搞了个乡镇企业"巴热糌粑公司"。另外乡里还有三家私人办的糌粑公司。

古荣乡距拉萨不远，也是到西藏名寺楚布寺的必经之地。一些富了的农民买了汽车跑运输，有九户农民还买了面包车，专到拉萨跑出租，拉去楚布寺的中外游客。有个叫顿珠的农民，已更新了三次出租面包车。

(1995年11月16日)

陈景润精神魅力永存

温红彦

哥德巴赫猜想——"1＋1",这道世界各国科学家为之前赴后继奋斗了250多年的古典数学难题,曾被一位中国人在本世纪60年代中叶证明到最接近"1＋1"的地步——"1＋2"。他的成功为中华民族在国际数学领域争得了一席光荣之地,他攀登科学高峰的勇气更成为改革开放初期鼓舞人们迈步新长征的精神动力。他,就是大家熟知的著名数学家陈景润。

昨天(19日),他去了。带着对"1＋2"的满意微笑和对"1＋1"的无限向往。由于受帕金森氏综合症的长期折磨,近日又因肺炎病情加重,他离开了我们,离开了那个让他眷恋的数学王国。

全世界公认,陈景润的"1＋2",是数论领域中"筛法理论的光辉顶点",被国际数学界称为"陈氏定理"。前天深夜,著名数学家杨乐、王元等看望了弥留之际的陈景润,今天,杨乐怀着沉痛的心情对记者说:"陈景润是数学界一位非常重要的学者,他对数学的热爱如醉如痴,选择了哥德巴赫猜想这条极为艰辛的研究道路,他证明出的'1＋2',是我国数学界近几十年来取得的一项重要成果。"中科院数学所所长龙瑞麟说:"陈景润的去世,是我国数学界的重大损失,他超人的刻苦和勤奋、执着的治学精神,将继续鼓舞我们和有志于献身科学的年轻人。"

20多年来,陈景润一直是热爱科学的年轻人的精神偶像。中科院数学所代数数论室的田卫东博士说:"我是上中学时读了陈先生的事迹才走上这条道路的。"顺义出租汽车公司41岁的司机付铁玉告诉记者,在他上初中时就听过陈景润做的报告。他说:"至今还记着这样一句话,'学习一定要刻苦,要忘我',我常用这句话教育我的孩子。"

一天来,到陈景润的居所致哀的人络绎不绝。统战部、中组部的领导同志及中科院的科学家们对陈景润的去世表示沉痛哀悼。胡锦涛同志办公室打来电话,希望家属节哀。北大附中初二年级的陆望老师,带着学生们来到陈景润家,信宇轩同学对记者说:"老师常讲,真实的知识是最宝贵的,我们要发扬陈景润的拼搏精神,将来为国家做出贡献。"

从事科学研究,是陈景润的全部生活和精神寄托。在陈景润寓所简朴的灵堂前,他的妻子由昆告诉记者,春节前后,他常给看望他的同行、领导唱"小草"这支歌,他说自己要像小草一样奉献给春天。她说:"经北京医院建议,全家商量,就让他实现最后的愿望——遗体解剖,为科学事业做最后一次奉献吧!"

陈景润弥留之际,由昆带着上初二的儿子陈由伟来到病床前,她沉痛而深情地说:"你放心去吧,我一定把儿子抚养成人,一定向热爱科学的年轻人转告你的意愿,希望他们刻苦学习,勇攀高峰。"陈景润微微点了点头,似乎还想尽力睁开双眼,但他太疲倦了,他需要休息。

安息吧!陈景润,您的精神魅力永存!

(1996年3月21日)

虎林笑看虎怕牛

孟仁泉

最近,记者在哈尔滨的松北新区"东北虎林园",目睹了一次"牛斗虎"的奇观,感到很有意思。

原来,这个"虎林"是半年前建立的,目的是为了保护野生动物,把濒临灭绝的兽中之王从动物园的铁笼子里请出来,"放虎归林",进行野化训练,以提高东北虎的野外捕食能力和生存本领,准备最终让它们回到大自然里去,好让这些在地球上威风了几百万年的宝贝不至于断种绝代。虎林园也向游人开放,游客可在管理处购买鸡、牛等动物喂虎,观赏猛虎扑食的场景,同时受到环境意识的教育。8月1日,我们一批参加全国报纸总编辑新闻摄影研讨会的摄影记者,扛着长短镜头、大小相机,买了一头牛犊去喂虎林园里的30只老虎,满心想拍一幅精彩绝妙的"群虎争食图",结果却大大出乎意料。

当我们驱车进入36万平方米的虎林园,将牛犊放入虎口——草丛边一个六七平方米的喂食台下时,人们焦急地瞪大了眼睛,预料凶猛的东北虎会立刻从四面八方出现。然而,足足有三分钟光景没有动静,而后才见一头肥硕的兽王懒洋洋钻出草丛,小心地走近小牛。小牛则紧张地用蹄子刨着地,发出一声声沉重的低吼,给自己鼓劲壮胆。它低头耸肩,把一对犄角高高挺起,严阵以待,准备迎击来犯者。相持约十几分钟后,又来了六只老虎,但谁也不主动出击,最后还是第一只老虎扑向小牛,将小牛按在地上。人们不禁替小牛捏一把汗,心想:小牛完了!谁知顽强的小牛蓦地一顶,兽王倒退两步,别的老虎则眼巴巴地在一旁静观。小牛越斗越勇,兽王狼狈逃回草丛。见此情景,人们哄然大笑。

老虎居然会怕牛!有人说是因为今天这头牛了不起,应该封它为"英雄牛";有人说是过去铁笼子里的"铁饭碗"把老虎喂懒喂馋了,使得虎性消退;还有人说是虎林园的"大锅饭"把兽王们喂散了,虎心不齐,才让一头小牛逃脱了七只老虎之口。最幽默的要数黑龙江日报社社长贾士平，他说："这些老虎在计划经济体制下吃'等食'吃惯了，丧失了自己的觅食能力，看来还得经过一番锻炼，才能适应市场经济的竞争呢！"

(1996年8月19日)

大地般宽广的胸怀
——农民企业家张贺林义务办学记

王树成　偶正涛

1996年9月17日,是安徽阜阳农民张贺林终生难忘的日子。这一天下午4时许,江泽民总书记风尘仆仆来到由张贺林个人出资创办的乡镇企业中专学校。

这所占地156亩、建筑面积6.5万平方米的学校,是张贺林投资5800万元建成的。校园内一排排校舍整洁有序,亭台雕塑独具特色,运动场地绿草如茵。

在听了有关张贺林同志义务办学的事迹介绍后,江泽民深有感触地说:"张贺林同志富了以后没有把钱用于个人享受,而是把钱用于社会,投到办教育上。我认为,这体现了为人民、为社会无私奉献的精神。希望有更多的人发扬这种精神,把我们的国家建设得更加美好、更加富强!"

张贺林家世世代代居住在阜阳西郊一个不起眼的小村子。在党的改革开放政策指引下,张贺林搞起了建筑业,很快成为当地小有名气的富裕户。可他所在的区,1980年办起的18家企业,几年后就有16家倒闭。乡邻们纷纷向张贺林伸出求援之手。张贺林想:"要治穷,先治愚;要治愚,办教育。中国历史上有武训,有陈嘉庚,我张贺林身为一名共产党员,豁出后半生也要为乡亲们从根本上摆脱贫困趟出一条路子。"

1985年夏天,经有关部门批准,张贺林开始筹建乡镇企业学校。他没向国家要一分钱,而是把自己苦心经营所得的16万元全部投了进去。

万事开头难。张贺林带领全家人夜以继日地奋战在工地上,经常每天只睡两三个小时。一天晚上,过度疲劳的张贺林来到工地,一阵头晕,摔坏了腰。为了省钱,他不肯去住院治疗,而是躺在家里继续指挥工程,结果病情日益加重。祸不单行,妻子因操劳过度病倒住院,大儿子不慎摔断了鼻梁骨。但这些都没有动摇张贺林办学的决心。

1986年夏,凝聚着张贺林心血的、全地区第一所乡镇企业中专学校终于开学了。可张贺林的体重却由原来的84公斤下降到54公斤,并落下了终身腰疾。

学校一开办,要求进校学习的农民纷纷前来。为了让更多的人有学习的机会,张贺林把自己在沿海经营多年的房地产低价变卖,拿回了1500多万元用于扩大学校规模。

呕心沥血积攒资金,量力而行滚动发展。目前,学校已拥有教学楼、实验楼、学生公寓楼18幢,闭路电视、微机中心、各种先进实验装置一应俱全,成为阜阳市首屈一指的学校。

吃进去的是草,挤出来的是奶。这是世人推崇的老黄牛精神,也是张贺林奉行的人生准则。十多年来,他靠党的政策,靠自己勤劳和聪明才智,投入5800万元办学。据审计部门的评估,阜阳乡镇企业学校目前的产值超过亿元。可为了挤出每一分钱用于办教育,这位"亿万富翁"一直过着别人难以想象的简朴生活。

办学之初,张贺林筹集了数十万元资金投入,却舍不得给自己买一件衣服。说起来人们难以相信,他仅有的一条裤子,经常是晚上洗干净,早上出门时再穿。他出差经常是选择夜间乘车,为的是既节约住宿费,又不耽误时间。

1994年,国家教委为宣传张贺林的义务办学事迹举行新闻发布会。张贺林进京路过合肥,省教委的人一看,他没有一件像样的衣服,才帮他买了一套西服。妻子今年春天悄悄花80元给他买了一件衬衫,他一直舍不得穿,直到总书记来时才穿上。这是他有生以来穿的最贵的一件衬衣。

1994年,地委行署因张贺林办学有功,曾奖励他一套别墅式住房。可没过多久,他就把这套住房卖了,所得的8万元又投到学校建设中。

随着知名度的提高,前来求学者整天门庭若市。张贺林根据不同的需求,开设了47个相应的班级和专业。如今,在校的近3000名学生,来自安徽省66个县、市的农村。到目前为止,学校已向社会输送了7000多名人才。

阜阳市乡镇企业局曾对学校毕业的近4000名学生进行跟踪调查,结果是90%以上成为乡镇企业骨干,晋升为工程师、技术员的数以千计,全市年产值在50万元以上的乡镇企业,管理者中相当部分在这所学校学习过。阜阳市有27家省政府命名的"明星企业",其中23个企业的负责人是这所学校培养的。全市"十强企业"中的7名厂长经理,500家骨干企业中的430

多名领导或业务骨干，也都出自这个学校。

面对已有成绩，张贺林仍壮心不已。他向记者表示：要把学校办成教学多样化，管理科学化，中专、大专、本科一条龙的教育体系，办成乡镇企业人才培养的基地。

张贺林为党和人民做出了贡献，一顶顶荣誉的桂冠也接踵而至：全国尊师重教先进个人、全国优秀乡镇企业家、全国创业之星、全国农业人事模范、全国劳动模范……荣誉多了，名气也大了。可张贺林仍然保持着农民的本色，淳朴得就像脚下厚实的土地。

（1996年10月28日）

联合国风雨送加利

周德武

1996年12月31日中午12时,按惯例是联合国举行记者吹风会的时候。然而今天的会议室却大门紧闭,联合国秘书长首席发言人福阿女士也没了踪影。当加利任期即将结束的时候,福阿是第一位宣布辞职的联合国官员。据说,她将利用一年时间撰写一部新著《尝试新生活》。

来到大厅一层,记者发现摄影和摄像的同行们早已把电梯出口处作为今天的新闻焦点。原来美国几家著名的电视台事先得到消息,加利秘书长下午1时离开联合国。他们便早早来到这里抢占有利位置,准备拍摄1996年联合国的最后一条新闻。门外,车牌为"外交00008 A"的加利专车和一辆警车在风雨中静静地等候。这是一辆由德国政府送给加利先生的"奔驰"防弹车。我好不容易挤到护栏前面,这时离加利出发还有30分钟。电台也正播出加利即将离开的消息。在大厦里工作的联合国雇员陆续来到这里,电梯周围很快就被挤得水泄不通,为的是争相目睹这位坚强斗士光荣退休的场面。1时整,联合国副秘书长明石康、金永健等10多位副手先后出现,排在电梯两旁。不一会儿,保安人员宣布,加利乘坐的电梯马上到达,大厅里顿时响起热烈的掌声。加利身着一身浅色西装,风度儒雅。从他微笑的嘴角中,透出几分倔强。也许正是这种倔强使美国人觉得他难以驯服,决心把他作为美国国内政治纷争的替罪羊。也正是这种倔强,增强了他与美国霸权主义做斗争的勇气。

现年74岁的加利先生是第一位来自非洲的联合国秘书长,也是第一位没有获得第二任机会的秘书长。美国以加利"对联合国改革不力"为由,对加利的第二任期行使否决权。但明眼人都很清楚,是因为加利与美国在处理索马里、波黑问题上发生矛盾,对美国拖欠联合国10多亿美元会费提出严厉批评而招致美国的不满。但是加利并没有为美国的压力所屈服,依然宣布竞选下任秘书长,争取非洲人应当享有的权利。在僵局难以打破的情况下,加利先生从非洲大局出发，主动宣布暂停作为下任秘书长候选人资格，使得来自加纳的安南先生得以脱颖而出，从而最终实现了非洲人连任联合国秘书长的权利。

　　送行的人们带着钦佩的心情与加利握手道别。加利走到早已准备好的话筒前祝大家新年愉快，祝联合国取得成功，祝安南取得成功。他还告诉大家，他准备取道巴黎返回开罗，今后将继续以世界知名人士身份服务于联合国。人们目送加利迈出大门，一位工作人员迅速将一件大衣披在他身上。记者追至门外，突然发现秘书长首席发言人福阿正等候在汽车旁，最后一个与加利行吻别礼。随着汽车的关门声，加利乘坐的黑色奔驰车很快消失在风雨中。送行的人们久久驻足大厅，默默地为他祝福：愿好人一路平安。

（1997年1月2日）

非凡的胆略

——邓小平与"一国两制"的伟大构想

张虎生　傅　旭　张首映

在香港岛,在九龙,在"新界",我们时时处处都强烈地感受到一个巨人的存在,都深深为香港各界同胞对他的无限崇敬所感动。

一位中年出租车司机得知我们是专程从北京来港采访回归庆典的记者,便从车门插兜里取出一份报纸递过来。头版上他重重地画着红杠的几行字顿时跃入眼帘:"在香港回归在即的今天,邓公未能亲自看到祖国统一大业完成的这一部分,未能如愿来香港一行,未能检视他老人家创设的'一国两制'方针和'港人治港'、高度自治政策之落实,诚属一大憾事。"

82岁高龄的黄老太祖籍四川,她翘着大拇指对记者说:"邓公是我们的大恩人,是爱国爱民的好领袖。"

邓小平,一位世纪伟人,一座巍峨的时代丰碑。

他永远活在人们心中。在香港回归时刻,好像他伫立在迎风飘扬的五星红旗的光彩里,好像他漫步在枝繁叶茂的紫荆丛中。他和他所提出的"一国两制"的伟大构想,已经植根在香江两岸的沃土上,已经与祖国和平统一大业紧紧连在一起。

历史的郑重嘱托

作为建设有中国特色社会主义理论的重要组成部分,"一国两制"构想是当今最富于想象力、最具时代特征的政治思想。国际著名的智囊机构评价它是"天才的创举""极其富于创意"。

"一国两制",我们为这个新事物诞生在中国这块土地上而自豪,更为能真正理解它而一遍遍地思索……

每一个时代的理论思维,都是一种历史的产物。唯物史观的创始人这样告诉我们。

于是，历史的与现实的，中国的与外国的，经济的与政治的……一切一切，在我们眼前纵横交错。我们努力去把握历史的脉络，探寻"一国两制"构想诞生的历史必然，那个透过各种偶然为自己开辟道路的必然。

纵观古今，一部中国历史，就是一部反对分裂、坚持统一的历史。统一是中国历史发展的主流。对比欧洲的历史，中国历史的这个特点更加引人深思。美国著名学者费正清十多年前曾感慨地写道："生活在欧洲和美洲的10亿左右欧洲人，分成约50个独立的主权国家，而10亿多的中国人却生活在一个国家中。"

大一统者，天地之常经，古今之通义。中国几千年的政治学说史上，这个思想一脉相承。向往秩序，维护统一，反对分裂，这是华夏民族自古以来的传统，是中国人民爱国主义的精粹。

完成祖国统一大业，是中华民族的根本利益所在。中国共产党人始终把国家的统一作为自己奋斗的一个重要目标。从不承认不平等条约，主张到条件成熟时，和平谈判解决香港、澳门问题，并最终解决台湾问题，完全实现祖国的统一大业，以毛泽东为核心的中国共产党第一代领导集体，执着地追求着国家的统一。

60年代初，周恩来意识到，解放台湾的任务不一定要在他们那一代完成，可以交由下一代去做。他说："我们要播好种，把路开对就行。"

14年后，81岁高龄的毛泽东在中南海的书房里对来访的英国首相希思说，中国统一这件事我恐怕看不到了，他指着身边的邓小平说，这是他们的事了。在毛泽东的心中，可能不无遗憾，但没有丝毫的妥协。他把对祖国统一的厚望托付给了邓小平。

"我们一定要完成前人没有完成的统一事业。""实现国家统一是民族的愿望，一百年不统一，一千年也要统一的。"几年后，担负起党的第二代领导核心重任的邓小平，义无反顾地接过了历史的郑重托付，向世界发出了振聋发聩的声音。

年逾八十的香港中文大学教授饶宗颐对我们说："邓小平先生之所以高人一筹首创'一国两制'伟大构想，同他对中国历史的深刻洞察和准确把握密不可分。他是一位具有高度智慧的世纪伟人，而历史老人又赋予他新的智慧。"

创造性的伟大构想

实现国家的完全统一,是民族的愿望,历史的托付。邓小平的不朽功勋在于,他敏锐地把握时代发展的脉搏和契机,审时度势,高瞻远瞩,以巨大的理论勇气和政治勇气,创造性地提出了完成祖国统一大业的新思路:这就是"一个国家,两种制度"的伟大构想。这个构想的提出是从台湾问题开始的,首先运用于解决香港问题。

李家泉研究员对记者说:"邓小平提出的'一国两制'伟大构想,是一个具有远见卓识的科学创见,是对马克思主义国家学说的新的贡献。"

这一重大理论创造,源于辩证唯物主义和历史唯物主义的世界观和方法论,源于解放思想,实事求是。

杨春贵教授在接受记者采访时说,"一国两制"不是从马克思主义的本本出发,而是坚持理论与实践的统一提出的,是对马克思主义的发展,同时也是坚持唯物辩证法的两点论的产物。

解放思想,实事求是,始终是我们党永葆蓬勃生机的法宝。以马克思主义为指导思想、代表中国人民根本利益的中国共产党人,最富于理论创造精神。

粉碎"四人帮"以后,在我们党和国家的命运处于重大转折的关头,邓小平以彻底唯物主义的精神,领导了实践是检验真理唯一标准的大讨论,从而为重新恢复和确立党的实事求是的思想路线奠定了基础。

理论家龚育之这样评论道:"解放思想、实事求是的思想路线的重新确立,是建设有中国特色社会主义理论的历史起点,也是这个理论的逻辑起点。"没有解放思想、实事求是思想路线的重新确立,就不会有"一国两制"构想的提出。

从1978年年底邓小平头脑里开始酝酿,到1982年1月他第一次提出"一国两制"的概念,再到1984年6月他全面、系统、透彻地阐述这个构想,整整用了5年多的时间。

邓小平指出:解决国家统一问题"只能有两种方式,一种是和平方式,一种是非和平方式。而采用和平方式解决香港问题,就必须既考虑到香港的实际情况,也考虑到中国的实际情况和英国的实际情况,就是说,我们解决问题的办法要使三方面都能接受。""就香港问题而言,三方面都能接受的只能是'一国两制',允许香港继续实行资本主义,保留自由港和金融中心的地位,除此以外没有其他办法。"

他总揽世界风云,把握时代脉搏,指出和平与发展是当今时代的主旋律。中国作为维护世界和平的坚定力量,坚持以和平共处五项原则作为新的国际、经济秩序的准则,主张国与国之间通过协商和平解决历史遗留的问题和争端,而不是诉诸武力。

马克思主义原则的坚定性与策略的灵活性,理论的逻辑与历史的逻辑,就这样和谐地统一在这个伟大构想中。它的基本内容就是:在一个中国的前提下,国家主体坚持社会主义制度;香港、澳门、台湾是中华人民共和国不可分割的部分,它们作为特别行政区保持原有的资本主义制度长期不变。在国际上代表中国的只能是中华人民共和国。

"一国两制"是从中国实际出发,实现祖国和平统一的最佳方案。实行"一国两制",有利于促进全国的现代化建设,符合国家发展和民族振兴的整体利益,也有利于保持香港的繁荣稳定,为解决澳门问题,特别是台湾问题树立了一个典范。它还有利于维护世界和平,促进国际经济的交流与合作,并为国际社会提供了一种以和平方式解决国家间存在的历史遗留问题和争端的模式与范例。

董建华先生这样评述:"'一国两制'方针提供了一种全新的视野和思维,是代表12亿中国人对当代世界做出的伟大贡献之一。"

非凡胆略的源泉

一个人民民主专政的社会主义国家,将在相当长的时间里,让资本主义在自己身边的小范围内继续存在,并通过立法保障,保护它们的稳定、繁荣和发展。这个对马克思主义国家学说的创造性发展,对有的人来说,确实有些"惊世骇俗"。

"空前大胆的创造",很多人为这一构想创造者身上那种异乎寻常的勇气所震撼。

坚强、坦率、自信……有人从邓小平气质和性格特点中寻求这种非凡胆略和勇气的源泉。

"杀出一条血路",也有人从他的波澜壮阔的革命生涯中发掘那种罕见的进击原动力。

然而,邓小平以其言简意赅的特有语言风格,给世人提供了最好的答案。邓小平说,没有中国共产党,没有中国的社会主义,谁能够制定这样的政策?没有一点胆略是不行的。这个胆略是要有基础的,这就是社会主义制度,是共产党领导下的社会主义中国。没有点勇气是不行的,这个勇气来自人民的拥护,人民拥护我们国家的社会主义制度,拥护党的领导。

一代伟人的非凡胆略和勇气,源于党和人民。

正是在重新确立解放思想、实事求是的思想路线以后,以邓小平为代表的中国共产党人领导人民开始了一场新的革命,在改革开放的崭新实践中,开拓了马克思主义的新境界,开辟了建设社会主义的新道路。在社会主义改革开放和现代化建设的新时期,在以邓小平同志为核心的党中央领导下,我们国家经历了从农村改革到城市改革,从经济体制的改革到各方面体制的改革,从对内搞活到对外开放,社会主义物质文明和精神文明建设一起抓的伟大历史进程。中国的生产力得到突飞猛进的发展,人民生活得到很大改善,国家面貌发生了深刻变化,国际地位显著提高,广大人民群众衷心拥护。

胆略和勇气,来自改革开放和现代化建设的光辉实践和巨大胜利,来自人民群众对党对社会主义制度的衷心拥护。

美籍华人、经济学家韦基舜先生说得好:没有改革开放的成功,就不会有"一国两制"的提出;没有"一国两制"构想,就不会有香港如此平稳的回归。香港书法家陈文杰击节赋诗:"一国行两制,大业展初基,民族更灿烂,发达可无疑。"

"我是中国人民的儿子。我深情地爱着我的祖国和人民。"邓小平从中国亿万人民从事的伟大事业中,获得了无比的信心和力量,获得了非凡的胆略和勇气。

"一国两制"是一项长期不变的基本国策。"因为这些政策见效、对头,人民都拥护。既然是人民拥护,谁要变人民就会反对。"邓小平斩钉截铁地说。

江泽民同志指出:"祖国的完全统一是全中华民族的共同心愿。用'一国两制'方式实现和平统一,是邓小平同志的伟大创造。我们一定要按照邓小平同志的教导,努力实现祖国统一的目标。根据中英、中葡协议,香港即将回归祖国,澳门将在1999年回归祖国。台湾问题也终将得到解决,祖国的完全统一必定会实现。"

6月17日,当我们将毛泽东、邓小平、江泽民三代党的领导核心阅读《人民日报》的巨幅照片移入香港新闻中心时,安检人员主动让开中心通道,众多记者蜂拥而来,成为新闻中心最引人注目的景观。

　　几天来,我们穿行在香港的大街小巷,看到的是一派绚丽多彩、繁荣祥和的景象,感触最深的是:"一国两制"的伟大构想,已经为我们国家的统一大业铺就了一条金光大道,香港只是这条大道上的第一站。此时此刻,我们更加崇敬和怀念"一国两制"伟大构想的创立者——邓小平。

　　云山苍苍,江水泱泱,先生之德,山高水长。

(1997年6月23日)

不夜的香港
——民间万众欢庆回归

本报记者

有这样一个传说：香港太平山上的那只石龟会走路，什么时候走到了山顶，香港就会回到祖国的怀抱。

这个传说不知始于何时，但可以肯定，是在美丽的香港岛被侵略者占领之后；不知出自何人之口，但可以肯定，是生活在这个岛上的一位中国人。

一个动人的传说，一个缠绵的梦想，一个美好的愿望。

150多年过去了，石龟仍静静地安卧在半山腰，然而人们日思夜盼的愿望今天终于实现了！

百余年的企盼浓缩在这一刻，百余年的激情迸发在这一刻：1997年7月1日零时——

神圣的时刻

当神州大地所有的倒计时牌齐刷刷地亮出"1"字来的时候，全世界的目光一下子集中到了这里。

几十家电视台的镜头在这里聚焦。

川流不息的人群，登上最后一班飞机、轮船、火车直奔这里。

8000多名记者摆开了决战架势。

此刻的香港，是多么的庄严神圣和令人神往。

薄雾轻笼，骤雨初歇。

那似海似潮般的灯光，表达了600多万香港人企盼回归的深情；耀目的五星、晶莹的紫荆、欢跃的中华白海豚，寄托着他们幸福的憧憬；满城的鲜花、满街的灯笼，诉说着他们不尽的欢欣。实行通宵服务的十几万辆的士、巴士、电车、地铁、轮渡、私家车，将人们送往广场、公园、剧场、礼堂、饭店、赛马场、体育馆……去度过那不眠的、难忘的狂欢之夜。

香港岛、九龙、"新界"、离岛……欢快的舞在跳，喜庆的鼓在敲，欢呼声此起彼伏。

150多年，人们天天在等、在盼这一天，此时此刻，人们在用分分秒秒计算着这一刻的来临。

"10、9、8、7、6、5、4、3、2、1——"，全香港、全中国、全世界都在倒计时。当时针跳向零时，米字旗缓缓垂落，五星红旗冉冉升起，刚刚还是一片宁静的香港又掀起了狂欢的浪潮，夜空中回荡着亿万人的欢呼。

数以万计的街头的士、港湾游艇的汽笛在一齐鸣响，是那般洪亮和舒畅。

伴随着会展中心五星红旗和紫荆花区旗的升起，在催人奋进的国歌声中，一面面五星红旗和紫荆花区旗在湾仔、柴湾、上环、油麻地、荃湾等9大装卸区的趸船上升起，在沙田大围欢乐城升起，在港湾的条条渔船上升起。

随着午夜零时的钟声敲响，在港督府前执勤的警员迅速从衣兜里取出了新警徽，将制帽上缀有英国女王皇冠的旧警徽换下，前后用时不过5秒。新警徽上标有紫荆花图案和中文"香港警察"，中央是维港景色，一派香港特色。今晚在会展中心当值的2000多名警察，都在此时换上了新警徽。正在一入口处执勤的香港警察阮鸿翔，今年40多岁，谈起对香港回归的看法只有5个字："香港回归好！"他摘下帽子，用手指着被汗水浸湿的头发，一字一板地对内地来的记者动情地说："我的头发与你的一样，都是黑头发！"

千杯美酒今不醉，举杯同庆回归日。素有"美食之都"称誉的香港各大饭店，今晚相继推出"1997回归宴"，许多团体和家庭都纷纷来此共度佳期。

200对新人选择今天这个大喜的日子举行婚礼，永远铭记人生中这一重要的时刻。

"哇——"午夜零时，一个小生命诞生了，这是150多年来香港第一个诞生在回归祖国的土地上的新生命。母亲用慈爱的目光注视着自己的宝贝，医院向宝宝赠送了一块小金牌表示祝贺。

钟敲12下，刚刚出席完香港政权交接仪式，又将于一个半小时后就宣誓就职的临时立法会主席范徐丽泰说："我很高兴，我有机会做历史的见证人，看见英国国旗落下，中国国旗升起来。"

钟敲12下，正在会展中心参加中英香港政权交接仪式的72岁的香港地区事务顾问尹庆常，眼里滚动着泪花说："香港回归祖国，完全证明了毛泽东、周恩来、邓小平几位伟人制定的解决香港问题战略的英明和正确。现在他们虽然离开了我们,但我们会永远感激他们。"

钟敲12下,正在《龙的光辉——庆祝香港回归大汇演》晚会上主持节目的香港著名艺人曾志伟高兴地说:"我就盼着这一天早日到来。早来到,早安定;早来到,早发展。"

钟敲12下,香港最具欧美风情的兰桂坊一家取名"1997"的餐馆门前的倒计时钟下,围聚的人群发出欢呼声。置身于此情此景的香港辉煌集团有限公司董事长梁毅夫妇感叹地说:"过去人们在这里倒计时过圣诞,今天人们在这里倒计时迎接香港新纪元,香港的时代真的变了。"

此时此刻共回眸,百余年的沧桑,百余年的奋斗,一起涌上心头,献上优美的舞蹈,放开动听的歌喉,金龙飞舞,百狮腾跃,全世界瞩目着——

欢腾的香江

回归之夜的香港,是名副其实的舞之都,歌之城,乐之邦。

4000多名香港和内地的文艺工作者,怀着异常的激动和特别的兴奋,聚集到尖沙咀文化中心《龙的光辉——庆祝香港回归大汇演》、跑马地《万众同心大汇演》、新光戏院《庆回归京剧大汇演》三大晚会上,以天作幕,以地为台,演出了一幕幕动人的活剧。强大的电波将他们精彩的表演输送到全港无数个家庭。

这三台跨零时的晚会各有千秋,互为映衬,相得益彰,把香江之夜闹得红红火火,气势非凡。

《龙的光辉》晚会是一台由香港和内地艺术家联手创作的舞台精品。晚会既倒叙了香港人创业的艰难历程,又展示了香港明天更美好的辉煌前景。

大幕拉开,一组大写意的立体雕塑扑入观众眼帘。舞台两侧竖立着两座栩栩如生的、银灰色的浮雕群,56个民族的少女载歌载舞,一派祥和的气氛;北京天坛、人民大会堂,香港尖沙咀钟楼、中银大厦等标志性建筑,在万里长城的环抱中相互交错在祥云之中,象征着香港和祖国的血肉相连。舞台正面,是香港岛壮观楼群的缩影,富丽堂皇,大气磅礴。

此台晚会可谓名家荟萃。大会司仪为汪明荃、沈殿霞、曾志伟、郑丹瑞、陈百祥、陈欣健等,参加演出的香港演员有成龙、梅艳芳、罗文、刘德华、周华健、黎明、郭富城、叶倩文、彭羚等,还有来自沈阳、河北、上海、天津、成都、武汉、山东等地的近400名演员,著名钢琴家刘诗昆也参加了演出。

晚会的序幕气势不凡。一群身着海蓝色长裙的少女在台上舞蹈,如波浪起伏的海面,身穿黄色服装的一队小伙子似汹涌澎湃的黄河向"大海"奔去。香港钢琴家蔡崇力表演的钢琴协奏曲《黄河》,久久地回响在尖沙咀文化中心的大剧院内。

晚会的高潮在零点,当五星红旗升起来的时候,震天动地的威武锣鼓敲起来了,长长的中国龙翻腾盘旋地舞起来了,身着白色中式长衫的刘德华引吭高歌一曲《中国人》:

> 五千年的风和雨啊
> 藏了多少梦
> 黄色的脸黑色的眼
> 不变是笑容
> ……
> 一样的血 一样的种
> 未来还有梦 我们一起开拓
> 手牵着手 不分你我
> 昂首向前冲
> 让世界知道我们是中国人

舞,刚劲挺拔;歌,回肠荡气。心中充满的是身为中国人的骄傲与自豪。

与刘德华同台表演的是来自山西临猗县王申村的锣鼓队和河津市的花鼓队,都是农民,都是第一次来香港。红色的衣衫,红色的头巾,浑身透着喜庆。乍一看,那矫健的舞步似乎全部出自颇具阳刚之气的大丈夫,仔细辨认就会发现,里边还有不少巾帼英雄。

天涯共此时,全世界的炎黄子孙莫不人同此心。56个民族载歌载舞,情溢万水千山,因为我们都是龙的传人。成龙与千余名演员同唱的一曲《龙的传人》,使全场一片沸腾。

跑马地的《万众同心大汇演》是一场别开生面的晚会,在两万余观众的参与下,显得更加热气腾腾。

"啪——"

随着王义夫扣响的枪声,一支欢乐的队伍冲出帷幕,开始绕场巡游,观众席上掌声四起。在这支3000余人的队伍中,除王义夫外,还有世界乒乓球冠军邓亚萍和乔红、"体操王子"李宁,有的在表演艺术体操,有的踩着高跷,3条金龙和百头雄狮在翻飞舞动。

当零时的钟声响过,场地上空升起五彩的烟花,告别舞台多年的香港名演员徐小凤,身着一件精心设计的火焰装,在40多名香港小肥仔扮演的小熊猫相伴下,满脸喜色地唱起《喜气洋洋》:

> 齐鼓掌歌声放今晚开心唱,
> 请鼓掌。
> 齐鼓掌高声唱今晚开心唱,
> 请欣赏。

徐小凤的一番话道出了全体演职人员的心愿:"我们一班人一定倾尽全力,在回归的晚上给大家留下一个美好的回忆。"

《超时代高跷时装表演》开始了。12位"亚洲小姐"和两位高跷领队穿着由14位时装设计师特别为本次演出设计的"回归"时装登台亮相,别有一番情趣。

创飞越黄河壮举的"亚洲飞人"柯受良,乘坐热气球徐徐上升,一曲《河》更是震撼人心。

邓亚萍和乔红这两位世界冠军今天接受了从未有过的挑战,要在一张"97"形状的球台上打球,看来让人忍俊不禁。

今晚北角新光戏院张灯结彩,丝弦齐奏。香港开埠以来最大的京剧汇演——《庆回归京剧大汇演》在此间开幕,千余名穿着节日盛装的观众将戏院挤得水泄不通。

香港的舆论界和专家用"历史性的汇演""世纪汇演""盛世元音"等美好的字眼形容这场京剧界的群英会。全国人大常委会副委员长王光英为演出欣然题词:"雪我国耻,全我金瓯。"董建华也挥毫写道:"弘扬传统文化。"

来自内地的名角梅葆玖、谭元寿、马长礼、刘长瑜、叶少兰、张学津、李维康等,与香港名票李龙婉云、谢许萍苏、钱江、丁蕾蕾等联袂献艺,8天连演10台戏。

汇演的筹办人李和声先生难以抑制心中的激动。他说,在回归之夜,用京剧艺术来展示我们港人的喜庆之情具有特别的意义。我们心向祖国,情系祖国传统艺术。内地京剧艺术赴港演出团团长尹志良也表示，京剧艺术是炎黄子孙特殊的精神纽带。我们很高兴能和香港艺术家同台演出庆回归，用京剧这朵民族之花装点回到祖国怀抱的香港。

全场观众观看电视转播的香港政权交接仪式实况，当五星红旗徐徐升起时，全场爆发出经久不息的掌声。此时，大幕重开，锣鼓又起，两地艺术家再度合演《红鬃烈马》中最后一折《大登殿》，把全场团圆、吉祥、喜庆的气氛推向高潮。

儿时随父亲梅兰芳在香港居住过的京剧名旦梅葆玖饰演《大登殿》中的王宝钏，演出的成功使他异常兴奋。他说，国家强大了，香港才能回归。作为一名演员，能够生逢其时、躬逢其盛，在港参加庆贺回归的演出，实在是一件非常值得庆幸、光荣的事。

这三台香港历史上从未有过的晚会的成功举办，标志着香港的文化在回归祖国之后，将会有一个新的飞跃。此时此刻，我们是那样的亲，心贴得是那般的近，一杯酒、一盏茶、一声问候，对亲人、对香港、对祖国都是——

真诚的祝福

一条通体金光闪闪的巨龙昂首向天，9条小龙环绕四周，尖沙咀文化中心广场上的这一"九龙戏明珠"灯饰，寓意九九归一，祝福祖国早日完全统一。

维多利亚公园欢声笑语一片，由香港妇女庆祝九七香港回归筹委会举办、81个妇女组织参与的"万家同乐庆回归嘉年华"上午10时就开始了，入夜后更是高潮迭起。

公园的入口处搭起了一座巨大的白塔，塔顶鲜艳的五星红旗高高飘扬，旁边是紫荆花区旗。悬挂的标语上写道："香港妇女携手，共创美好明天。"由各区妇女会搭起的一座座小棚里，都别出心裁地设计了许多与回归有关的游艺节目。

大会主席林贝聿嘉说："我们今天特别选用了'万家欢乐'来作这项喜迎回归活动的主题，因为对每一个妇女来说，没有什么比家庭更亲切，而我们的社会就是由无数个家庭组成的。我们祝福香港的明天家家欢乐，继续繁荣。"香港人十分熟悉喜爱的粤剧演员红线女十分投入地演唱了专门为香港回归创作的粤曲《娱乐升平庆回归》。当她尽情地唱到"普天同庆香港回归""人在旗下把腰挺""同创未来共创繁荣"等处，观众席中一再响起掌声。

全美中文学校协会会长王建军看着飘扬在夜空的五星红旗，激动不已。30日上午，他将一份来自美国的珍贵礼物送到了新华社香港分社：一面长15米、宽7米、重达几十公斤的五星红旗和一本"喜庆香港回归，遥寄一份真情"的万人签名册。他感慨地说，这是美国几十所中文学校的上万名师生的心意。3个多月来，东至纽约、波士顿，西至洛杉矶，南至休斯敦，北至底特律，无数个日日夜夜，人们聚集在全美几十个州的数十所中文学校的签名桌旁。年小的仅4岁，年长的80有余，怀着"庆贺香港回归"的同样心情，在签名册上留下了自己的心愿。

在喜庆回归的日子里，"新界"大埔酒店迎来了200余名原东江纵队港九支队的老游击战士，他们是专程从内地各省赶来与香港的老战友一起共庆回归的。一双双手握在一起，这是相隔50多年后的重逢。岁月的痕迹刻在额头，当年的乌发已如霜染，然而，老战士们盼故乡早日升起五星红旗的愿望始终未变。原广州市总工会主席梁超说："时光如流水，岁月不留人。我们昔日是风华正茂的热血青年，今天都已是80岁左右的老人。能见证香港回归祖国，了却深藏心中半个多世纪的心愿，真是高兴啊！"

半世总为天外客，今朝同是故乡人。香港回归祖国前夕，33个国家和地区的300多位华侨、华人作为嘉宾，云集香江。他们身居国外，但心系祖国统一大业。他们日思夜盼的喜庆大事——香港回归祖国今天终于实现了！来自美国纽约的著名物理学家、美籍华人袁家骝博士，今年已85岁高龄，不顾年迈，来到香港。他说："在有生之年，能见证香港回归祖国，我感到三生有幸。"法国巴黎华商陈克威先生曾于1961年来过香港，事隔30多年后再看香港，感慨万千。他兴奋地说："近十几年，特别是祖国改革开放以来，香港取得令世人瞩目的成就。我相信随着香港回归祖国，生活在这片国土上的龙的传人更能施展拳脚，创造出更多的奇迹。"

东方曙色微露，新的一轮太阳即将升起。

今天我们圆了一个百年的梦，明天我们还要圆一个百年的梦：民族昌盛，四海安宁。

一个真诚的愿望，一个永恒的祝福。

（1997年7月1日）

三峡工程：一部民族史诗

龚达发

公元 1997 年，共和国注定要以最辉煌的篇章载入世界的编年史。庆祝香港回归的礼花，刚在南国怒放；落实十五大任务的鼓点，还在神州激荡；在中国第一大河长江上，正在演出一场威武雄壮的活剧——三峡工程大江截流。桀骜不羁的江水将按照人民的意志开始它新的生命。

大江截流的日子里，记者来到峡江两岸十里工区，和万余名建设者，和全国人民一道分享胜利的喜悦，我们的心每时每刻都被激动着。

长江，民族的母亲河，以她甘甜的乳汁，哺育着世代中华儿女，孕育出灿烂的华夏文明。同时，也给我们民族带来过深重的灾难。根治长江水患，是中华民族千年的梦想

掀开历史，从公元前 185 年至 1911 年，2096 年的历史里，长江共发生有记载的大小水灾 214 次，平均每 10 年一次。"荆州不畏刀兵动，只怕南柯一梦终"，这是刻骨铭心的记忆。1860 年、1870 年两次特大洪水，冲开了南北荆江大堤，两湖平原一片汪洋，百万生灵葬身鱼腹。民国的 38 年里，发生大水 7 次，平均五六年一次。1931 年，长江中下游洪水，淹没农田 5090 万亩，淹死人口 4.5 万，汉口水淹百日。这场灾害比 1938 年黄河改道的大灾难造成的损失还大六七倍！ 1935 年，灾害再次降临，仅支流汉江遥堤溃口，一夜之间就死了 8 万人！灾难，数不清的灾难，次次把我们的民族推到痛苦的深渊。

新中国成立以后的 1954 年，长江洪水再次肆虐。尽管人民政府带领沿江人民奋力抗灾，并启用刚刚建成的荆江分洪工程三次分洪，但华中重镇武汉仍被洪水围困三个月，京广大动脉中断百天，3.3 万人死于水灾，直接经济损失百亿元！

根治长江水患，成了中华民族几千年的梦想。

在近代以振兴中华为己任的民族伟人无不把根治长江、兴利除弊作为治国方略之要。民主革命的先驱孙中山先生以其敏锐的眼光和宏伟的抱负，第一个提出开发长江三峡水利资源的创见。在《实业计划》中，他提出，在宜昌以上"当以水闸堰其水，使舟得溯流以行，而又可资其水力"，描绘出改善川江航道，开发三峡水力的宏伟蓝图。李四光，这位喝长江水长大的地质科学家，20年代就踏遍三峡山山水水，为开发三峡进行了艰苦的地质考察。

40年代，走遍世界名川大河，参与设计、建造过60多座水电站的美国著名大坝专家萨凡奇，被三峡壮丽的景观和丰富的水利资源惊呆了。他向世界急切地推出著名的"萨凡奇计划"，并断言"三峡的自然条件在中国是唯一，世界上也不会有第二个"。

是的，长江怎不让人心动！奔流6300公里，流域面积180万平方公里，滋润着全国1/5的国土，每年入海流量达1万亿立方米。从唐古拉山到入海口，落差5800米，可资开发的水能近2亿千瓦，年发电量可达1万亿千瓦时，相当于5.6亿吨标准煤，约为美国可开发水电量的1.46倍！

然而，真正把三峡工程提到议事日程，是新中国成立、人民掌握长江的命运以后。

1950年，长江防洪写进了三年国民经济恢复计划。这一年成立的长江水利委员会担负起统一规划长江治理、开发、建设的重任。1953年2月19日，毛泽东在武汉登上长江舰，召见长委会负责人林一山，仔细听取治理长江的汇报。"……为什么不集中在这里卡住它！"他把扭转乾坤的大手指向了三峡。这是毛泽东第一次提出建三峡工程的设想。1956年6月，毛泽东畅游长江之后，乘兴写了壮丽诗篇："更立西江石壁，截断巫山云雨，高峡出平湖。"

1958年2月底，周恩来站在巍巍荆江大堤上，目睹"人在水下走，船在楼上行"的险象，紧锁的浓眉一直没有舒展。"站在这里，我是如临深渊，如履薄冰。"这一句话像刀刻在随行人员的心中。此行，他是为三峡工程而来。在拟建的三峡工程坝址中堡岛停留了三个小时。3月下旬中央成都会议上，周恩来做了《关于三峡水利枢纽和长江流域规划》的报告。中央据此作出的正式决议指出："从国家长远的经济发展和技术条件两个方面考虑，三峡水利枢纽是需要修建而且可能修建的。"

1989年7月21日，刚刚当选为党中央总书记的江泽民，冒着酷暑察看荆江防汛前线，而后他踏上了中堡岛。他对长江的那份牵肠挂肚、寝食不安感动了随行的人。李鹏,这位水利专家出身的共和国总理,从出任副总理开始,几乎每年都要到长江走一走,看一看。每一次他都要叮嘱湖北省领导:荆江防汛是天大的事,千万不能马虎!

"三峡工程第一位的是防洪效益。"三峡工程建成后,正常蓄水位175米,有效防洪库容为221亿立方米,用于调节洪峰,拦截洪水,可直接控制防洪形势最为严峻的荆江河段90%以上的洪水,控制武汉以上2/3的洪水来量,使荆江河段的防洪标准从目前十年一遇提高到百年一遇,即使发生类似1870年特大洪水,配合沿江各分蓄洪区也可防止毁灭性洪灾发生,可以减少汛期进入洞庭湖的水、沙,减轻洞庭湖淤积和防洪负担,延长洞庭湖的寿命。正如三峡工程开发总公司总经理陆佑楣说:"三峡工程从本质上讲是生态工程。"

> **集中力量办大事是社会主义优越性的重要体现,三峡工程从科研、设计到施工,既体现了社会主义大协作的精神,也是一次在重大国计民生问题上实行科学决策、民主决策的开创性实践**

1959年,按照中央成都会议的决定,长办正式提出了三峡枢纽初步设计要点报告,与此同时,成立了由国家科委、中科院牵头的三峡科研领导小组,全国先后有200多个单位上万名科技人员参加了科技大会战。华罗庚教授和300多位科学家一起考察三峡工程,争着要包揽勘察、设计中所有的数学难题。他曾深情地说:"各类科学研究都是'经',要有'纬'来串联,三峡工程则是一根最重要的纬线。"至今,许多建设者都能说出一大串为三峡科研做出贡献的科学家的名字:华罗庚、周培源、张文佑、田鸿宾、朱物华、钱令希、张光斗……

毋庸讳言,如此巨大的工程不可能意见完全一致。历史也不应该忘记那些诤言者,是他们从另一个方面使工程避免了盲目,使设计更加细致、精确和稳妥。

1985年4月,全国政协六届三次会议上,有167位委员在17件提案中就三峡工程提出了意见,建议"慎重审议""不要匆匆上马"。党中央和国务院对这些不同意见极为重视,责成有关部门广泛组织专家,又进一步论证修改原来的可行性报告。

来自国务院所属部门、中科院和高等院校的412名专家，汇聚了相关学科的英才。其中中科院学部委员15人，高级职称者占90%，全国政协委员20余人。历经两年八个月的深入调查、反复论证，绝大部分专家达成共识：三峡工程对四化建设是必要的，技术上是可行的，经济上是合理的，建比不建好，早建比晚建有利。这次论证，充分尊重每一位专家的意见，为国家决策提供了科学依据，也为今后重大工程项目决策科学化、民主化树立了榜样。

1992年3月，记者在全国人大七届五次会议湖北代表团驻地，看到一位年过花甲的代表把自己写的一首诗挂在会场："研究论证七十春，中外古今五代人。白帝彩云天已晓，三峡长梦将成真。万吨船队达宜渝，千亿电量供汉申，巫山云雨不为患，高峡平湖映女神。"

1993年，三峡建设的准备工程动工了，数万建设大军聚集西陵峡谷，开始了这项跨世纪的工程。

经过几十年的发展，我国已经拥有一支强大的水利水电专业施工队伍，有建造过举世瞩目的葛洲坝工程的水电建设的铁军——葛洲坝集团，有征服过黄河、汉江、新安江等大江大河的14个大工程局，总人数约25万。早在50年代，他们就建成了佛子岭、三门峡、新安江等水利枢纽，60年代，建成了丹江口水电站，之后又建起了葛洲坝、龙羊峡等一大批混凝土重力坝工程。其中最大坝高为178米，比三峡大坝还高3米。对于坝后式水电站厂房、大型船闸等主要枢纽建筑物的施工，也都积累了成熟的经验。经过改革开放洗礼的中国水电建设队伍，已经吸收了国外先进经验和管理，采用了当今世界最先进的技术和设备。工程采取国际上通行的项目法人责任制为中心的招标承包制、项目监理制和合同管理制，以确保质量、控制进度和投资，是一次按社会主义市场经济的高效管理和组织大型水利工程的有益探索。

从浦东、三峡工程到沿江开放，长江流域的经济格局正按照邓小平的战略思想重新绘制，三峡工程为长江经济带的振兴起了决定性的影响

1992年春天，邓小平以非凡的胆略和气魄，从长江中游重镇武昌开始，经深圳、珠海，到黄浦江边的上海，在著名的南方谈话中，他多次提到长江，提到三峡——上海是我们的王牌，抓上海是大措施。三峡工程看准了就下决心，不要动摇。

以这次谈话为起点,中国掀起了新一轮的改革高潮。中外战略家的目光再次向长江经济带上聚焦。随着浦东的开发,上海正日新月异,人们对三峡工程寄予厚望。

正是沿海开放浪潮从南部、东部向中、西部推进时刻,而长江恰是一条沟通东、中、西部天然的纽带和桥梁。事实证明,三峡工程的建设,已经和正在有力地推动长江流域的工业布局、基础设施、交通、能源、通讯等格局调整。依托宝钢、武钢、攀钢,东汽、上汽、重庆长安,全国最大的"钢铁走廊""汽车工业走廊"呼之欲出;有色基地、大石化基地、大建材基地正从长江上、中、下游崛起。沿江雨后春笋般涌出17个国家高新技术开发区和7个省级开发区,形成最有活力的高新技术产业带。经济学者测算,由于浦东开发和三峡工程的带动,长江经济带在未来10年建设中投资规模将达到1万亿元。世界最大的100家工业性跨国公司已有1/4在浦东、武汉、重庆"抢滩"。

1997年6月18日,地处长江上游的重庆成为共和国第四个直辖市。这个3000万人口、8万平方公里的超级大市,拥有一座特大城市和一批相当贫穷落后的乡村。困难是不言而喻的。三峡工程恰好为重庆的腾飞提供了千载难逢的良机。直接为三峡工程服务的产业,以及三峡水库带来的舟楫之便,使丰富的土特产品、矿产资源得以大规模开发,一系列新的经济增长点正在迅速形成。

三峡工程是我国能源规划和电力工业生产的重要组成部分。三峡水电站总装机1820万千瓦,比世界上最大的巴西伊泰普水电站还要大40%,年发电量840亿千瓦时,等于为全国每人每年增加了70千瓦时电,相当于一座年产5000万吨煤矿和两条1000公里的铁路。三峡电站地处腹地,与我国主要电力负荷地区相距1000公里左右,是经济的输电范围。它还将把全国七大电网连接起来,充分发挥跨流域的调节和调度作用。专家估算,全国各水电站可因此增加发电能力300万~500万千瓦。

"蜀道之难,难于上青天"。这是1000多年前李白的浩叹。宜昌至重庆660公里的河段,共有滩险139处(葛洲坝水库已经淹没30处),单向航道段37处,绞滩站16处。记者多次往返于汉渝之间,常为航道不畅延误行程所苦。三峡工程建成后,首先将大大改善川江航道。100多处险滩尽没库底,绞滩站全部取消,使往日滩多水急的峡谷航道变为深水库区航道,万吨级船队可直抵重庆。使重庆至宜昌单向通过能力由目前1000万吨提高到5000万吨，还可使船舶运输成本降低35%~37%，使长江"黄金水道"更加名副其实。

三峡工程以其规模之大、水电站装机之多、综合效益之显著堪称世界级巨型工程，毫无疑问，这项工程是对我国综合国力的一次检验。

工程主要建筑物分三大部分：第一部分为混凝土重力坝构成的挡水泄洪建筑物。大坝坝顶高程海拔185米，最大坝高175米。第二大部分为水力发电建筑物，共安装26台单机70万千瓦的水轮发电机组，总装机1820万千瓦。第三大部分为通航建筑物。由双线五级船闸、垂直升船机和施工期通航用的临时船闸组成。

三峡枢纽建筑物的主要工程量包括，土石方开挖10259万立方米，土石方回填2933万立方米，混凝土浇筑2715万立方米，金属结构安装28.1万吨，混凝土防渗墙23.1万平方米，26台单机70万千瓦的水轮发电机组……

这些庞大数字您一时也许无法理解。形象地说，主体工程的混凝土浇筑量2643万立方米，为目前世界最大的伊泰普水电站的2倍。如果用这些混凝土修筑一条2米宽0.5米高的水泥路，从广州铺到北京还用不完。土石开挖量1亿立方米，如铺成1米高1米宽的土堤，可绕地球赤道两周半！

1996年金秋时节，正是大江截流预进占前夕，曾经29次访问中国的基辛格博士来到三峡工地，站在左岸制高点——坛子岭上俯瞰工程全景，他被眼前的景象惊呆了。连声说："三峡工程正式开工两年，工程进展如此迅速，规模如此宏大，我感到惊讶，向你们表示衷心的祝贺。"

如今大江截流已胜券在握，这标志着三峡工程第一期工程胜利结束，第二期工程即将全面展开。设计宏伟的蓝图正一步步地变为现实，库区移民的新农村、新城镇正在兴建，已初具规模，真是一年一变样，五年大变样。

(1997年11月6日)

押猪四日

龚 雯

做梦也没想过有一天我会去当猪倌。

10月22日至25日，连续四天，我随供应港澳鲜活冷冻商品快运货车"三趟快车"之一的8753次列车，沿浙赣、京广线押运供港（澳）活猪，从浙江金华到深圳北站，全程1600多公里。这是我有生以来第一次押猪，第一次乘坐货车，第一次亲身感受艰苦环境下的漫长旅程。

事后才知道，我竟是第一个体验押运生活的女记者。

上　路

当了几年外贸记者，恐怕没有比押猪对我更具挑战性的了。35年来，三趟快车风雨无阻，为港澳同胞源源载去内地货物，使该地区的繁荣稳定得到了切实保障。在这项工作中，最苦最累最脏的要数押运。

考虑到我是女孩，有关部门特地帮我联系了浙江省粮油进出口公司金华发运站，那儿有一批女押运员。

在设施良好的金华站，副站长骆向前满脸狐疑："你行吗？押猪苦得很，而且，车上特臭！"我一笑："臭能臭到哪里去！"骆站长说："这么跟你讲吧，到了终点站深圳，你连洗几遍澡，换掉所有衣服，洒上香水，那身上的臭味也一时散不了。"

我一听，有点紧张，但还是硬着头皮走向我的工作岗位——8753次列车的8010480车厢。老远，就有一股刺鼻的怪味儿。车厢分上下两层，装有98头大猪，在二层中部即猪舍之间用薄铁板围成三四平方米的"地界"。站长将我托付给这节车厢的两位女押运员——翁惠英（37岁）和吴文香（26岁）。

我捂着鼻子问："咱们仨住哪儿？"翁惠英一指薄板内那一小块空间。

人猪同住？我一惊："那吃饭洗漱还有上厕所怎么办？"骆站长平静地

答道:"吃喝拉撒睡,全在这里边!"

我顿时目瞪口呆。

过 "关"

当押运员,得过好几"关"。

首先是气味。猪车没有窗户,闷罐似的,刚上车那会儿,浓烈的猪臭呛得我一个劲地干呕。翁大姐说:"秋天还好一点,要是在夏季,车里臭得人直流眼泪。"两小时后,我下意识地嗅了嗅自己——天哪,臭极了!所幸没多久,我的嗅觉"失灵",对满车恶臭竟渐趋麻木。反正"死活一身猪",适者生存!

第二关是睡觉。我承认,这一关没过好,在车上的几夜一直失眠。两位女师傅将车内的所谓"吊床"让给我睡,她俩挤挨着打地铺。车上没灯,一到晚上,是地道的"伸手不见五指",人猪之间仅一板之隔。

早听说猪鼾如雷,我原想,这好办,就当是人打呼噜。一押猪才明白不是那么回事儿。往往是正躺着,忽听左边猪舍里一阵尖叫或低吼,借着手电,只见身旁猪头攒动,你扑我咬,群情激愤,闹得个沸反盈天。刚把猪们喝斥住,猛然右边猪舍嚎叫不止,新一轮争战又开始了。一整夜,这98头猪此伏彼起,吵得人心里发毛,再加上车身的剧烈晃动、蚊虫的轮番袭击,简直无法入睡。记得第一夜,我在吊床上睁眼到天亮。

第三关是吃饭。车上没开水,方便面是吃不成了,要解渴就得喝上车前准备的一点凉白开。好在外贸部门投资修建了12个押运服务站,既为活口上水,也让押运员歇歇脚。翁大姐和文香都是自带饭菜,每当列车在货站停下编组,我们就以最快速度跑到附近的服务站热菜热饭,顺便洗把脸。这一趟,她俩照例带了梅菜烧肉,据说梅菜不易馊掉。

起初,粪臭扑鼻,我怎么也吃不下。第一顿午饭,正好车停鹰潭,我执意下车,三个人便蹲坐在铁轨上吃起来。尽管灰尘大,尽管那架势像盲流,但臭味比车里淡一些。后来就没那好事了,常常是到了饭口,车却不停,只好在车上开饭。饭菜冷热倒在其次,受不了的是入口的东西总像沾上猪尿臭。但次日情况就变了,也许是头几顿吃得太少,我居然像换了个胃,端着饭盆狼吞虎咽,直夸菜香。

接下来的一关是干活。押运员要给猪喂水喂料,外加清扫,一日两次。

两位押运员分头协作，配合默契，我在一边插不上手，只能帮着递工具。看上去这仅是体力活，实际并不简单。大猪比中猪笨，也更倔，有时，你就是拼了老命连拉带赶，它也死守着一滩猪粪不肯挪窝不让打扫，或者为了争食搅得车内粉尘弥漫粪泥四溅，直折腾得你满身污垢满头大汗。看到瘦弱的文香拖着几十公斤重的饲料袋在双层猪车爬上爬下，我没法不揪心。

公司对押运员要求很严，规定猪到深圳不能出现掉膘、残次或死亡，否则罚扣工资。若猪残，一头要扣押运员每人100元，而他们押一趟猪的收入仅有200多元。24日，我们发现了一头"排腿"猪（即后腿不能直立），大家立即实行重点护理，像照顾孩子一样百般呵护。翁大姐说："虽然是打工挣钱，责任心还是要有的，这些猪，价值10万多块呢，质量不好的猪不能卖给香港人吃的。"

找　乐

押运员有几怕：怕猪生病，怕人掉车，怕途中遭遇车匪路霸，怕猪到深圳因为暂无配额而压站——以及一切不可测因素。

翁大姐头一回押猪就掉车。当时车到衡阳北站，她去服务站热饭，岂料原定停一小时的车竟提前开动。掉队的她只好一路扒煤车，忍饥挨冻，直到韶关才追上8753次，那模样已脏得让人认不出了。她顾不得解释，赶紧上车查看猪是否安然无恙。打那以后，她再不敢在衡阳下车。

大姐说为押猪她就哭过一次。那是在归途中，突然飞来一块石子打中她的头部，鲜血淋漓，好不容易熬到家，一进门她就抱住了丈夫放声大哭。

不过，相比之下，押运员最怕的是寂寞。

翁大姐感叹：三四天的路程，没有广播没有灯，各车厢之间禁止串门，她和同伴大眼瞪小眼，聊天聊到再也找不着话题。特别是漫漫长夜，窝在奇臭而嘈杂的猪车里，性子再好的人也会着急上火，这一点我深有体会。今年春节期间，铁路运力吃紧，她们的回空车愣是走了半个月才返抵金华。路上，她想家想得都快疯了。

唯一的办法，只有找乐。

翁大姐挺会逗趣。我的衣服溅上猪粪，她说："猪在给你留纪念哩！"我被车颠得东倒西歪浑身酸痛，她又说："你就当它是摇篮。"每次猪打得不可开交，她便上前用金华方言斥责一番，并说："我们金华猪听得懂金华话的。"

大姐和文香都带了不少零食，什么瓜子、米花糖、自家种的甘蔗、蜜橘，加上我的饼干和口香糖，日子仿佛一下子丰盈起来，惹得男押运员们垂涎不已。在株洲站，我们还去打了一次"牙祭"。

8753 次车始发于上海新龙华，途经 16 个大站，每过一站，押猪队伍就壮大一分，到深圳时全车共有 2000 余头活猪。停站时，十几节车厢的押运员多在车旁席地而坐，玩扑克侃大山，苦中作乐。由于我的介入，这一趟大伙闹得更欢，他们当中，不乏干了近 20 年押运的劳模。

翁大姐爱玩爱笑，她的歌，在这条线上小有名气。对她来说，排遣寂寞解除烦恼的最好方式是唱歌。23 日晚，天黑得特早，我提议大姐唱一个，她果真爽快地唱了一支《洪湖水，浪打浪》，一鸣惊人，没料到她嗓子和乐感这么好。大姐来了兴致，放开歌喉唱起《英雄赞歌》《红梅赞》《十五的月亮》。她唱得极投入，沉沉的黑暗中，一束手电光映照着她的脸，很像一幅油画。车轮的轰隆变成了背景音乐，猪舍里安静多了，不知它们是不是也在聆听大姐的歌？此时此境，我真的被感动了，情不自禁跟着哼唱起来。大姐还会京剧，一会儿李玉和一会儿小常宝一会儿沙奶奶，惟妙惟肖，听得我和文香拍疼了巴掌。末了，大姐拉着我问："开心吗？"我由衷地点头："开心，真开心！"

听文香说，大姐原本白白胖胖，当上押运员后明显黑了瘦了，丈夫心疼，不让她干，她却坚持了下来。大姐告诉我，她就是想出来跑跑，看看外面的世界。好多人看不起押运员，她习惯了，反正走一路，唱一路，天大的烦事也抛在脑后。况且，除押猪外，剩下的时间都属于自己。"好自在的！"她满足地笑道。

感　悟

25 日黄昏，车终于驶入深圳北站。明天，如果顺利（即有配额），我们押的这车猪将经过罗湖桥，进入香港市场。如果不顺利，猪还要压站待命，那可就苦了押运员了。翁大姐说："给香港押了这么多趟猪，香港是个什么样子我还不晓得哩！"

走出站台，一见到接站的人我便急问："我臭不臭？"对方老老实实地说臭。我无心吃饭，跑进了浴室。

分手时，大姐、文香一再邀请我明年去金华，吃她们种的大葡萄。同甘共苦几日，我们已相处得亲如姐妹，彼此无话不谈。

回北京后我总在想：这一趟究竟得到了什么？

印象中，两位女押运员总是因陋就简，不急不躁，泰然自若。这个工种需要女人比男人付出更大的代价，可无论多脏多累，她俩吃得香，睡得甜，唱得高兴，每谈及押运的艰难与委屈，她们神态平和，像在转述别人的辛酸。车将至深圳时，大姐为我唱了一支电影《小花》插曲，算是作别："世上有朵美丽的花，那是青春吐芳华……"这歌应该献给大姐和文香。在三趟快车上，这样的押运员约有8000名。

押猪可能不是世间唯一最苦最脏的工作，但无疑是其中之一，它可以最大限度地磨炼一个人的意志、韧性和适应能力。有几次，车上的臭气和噪声令我忍无可忍，特别是24日夜，我胸闷头晕得厉害，几乎窒息，当时只想下车回家。可是，咬咬牙，憋足劲，居然也就挺过来了。押一趟猪，我感觉身上的"毛病"改掉了不少，甚至觉得今后没啥吃不了的苦。或许，在翁大姐她们看来，平常人以平常心做平常事，乃是生命的本质。而在我看来，小至个人，大至民族，于逆境困境中锻造出来的坚忍、达观、从容和对生活的热爱，是最可宝贵的一笔财富，是最应弘扬的一种精神。

人生本该如此：一路风尘一路歌。

（1997年12月8日）

沉重的代价换来什么

——在山西文水制造销售假酒案发生地的思考

阎晓明

今年的春节对于山西人来说，过得很不平静。虎年岁首，山西省文水县不法分子用甲醇勾兑有毒白酒，造成了雁门关外朔州等地至少30人中毒死亡，数十人伤残，震惊全国。由于含超量甲醇的白酒大量流向市场，各地不得不动用很大力量查禁追缴流散的假酒。现在，案件已经水落石出，正按照法律程序审理，罪犯不日将受到法律的严惩。激愤过后的沉痛中，记者在文水假酒制造现场采访中反复思考，这些毒害无辜者致死的假酒中，还包含着什么呢？

贫穷，假酒中包含的另一个超量元素

记者是2月10日来到制造销售超量甲醇白酒的源头文水的，比起雁门关外朔州的悲愤和慌乱，位于汾河湾文水的气氛是一种难以言喻的震惊。经过侦破，文水境内的犯罪嫌疑人除两人在逃外，其余20人尽数落网。全县无照生产、销售白酒的19户酒坊全部查封。非但如此，凡是散装白酒，这些天全销不出去了，这真是文水人始料不及的。

那天出文水县城往东，沿紧靠汾河的一条堤坝走10公里左右，贯家堡、王家堡就在堤坝下面。往常，这两个村落在文水从不显山露水，这回，因为致死人命的假酒都是在这两个村里勾兑的，几天内就闻名全国了。胡兰镇的书记、镇长和贯家堡的村支书、村主任，在寒风中阴沉着脸站在堤坝上，说是等待省里来人。镇委书记宋建国让其他人继续等着，他和村主任孟锁扣领着我来到本案头号祸首王青华家。

与周围的邻居比，这个院落显得简陋，低矮的土墙上，嵌着用粗细不等的木棍编成的栅栏门，这在如今北方农村已经少见了。倒是院里的六七个大铁罐、十几口大缸和一大堆煤，显露出与假酒的种种关系。首先映入眼中的是县工商局1月27日贴在各种家什和房门上的白色封条。村主任孟锁扣介绍说，王青华办酒厂前后几年了，一直没有弄成样子。他指着一口大缸告诉记者，县上的人说，这缸里装的就是甲醇兑的白酒。是不是就在大缸里勾兑毒酒的？他说不清楚。

宋建国和孟锁扣都参加了抓捕王青华的行动。王青华是在审讯其他嫌疑人时被发现的。前去抓获时已是年三十深夜11时多，差半个小时进入虎年，这个属虎的家伙落网了。

记者问："有没有文水人喝假酒受害？"突然冒出的问题使宋建国和孟锁扣面面相觑。"没有。"宋建国回答。"假酒都卖到雁北了。这几年文水人不喝散酒了。"比起文水来，朔州穷。文水和朔州，一个在汾河湾，一个在雁门关。过去山西有个形象的说法："欢欢喜喜汾河湾，凄凄惨惨雁门关。"朔州冬日苦寒，土地贫瘠。唐人岑参诗曰"北风卷地百草折，胡天八月即飞雪"，也算得上是对朔州的写照。朔州天气寒冷，民风一向豪饮。昔日走西口，朔州人占了不少。近年来，朔州人过上了温饱日子，但致富毕竟才开头。嗜酒又贫穷，散装白酒价格低廉，在朔州便销路畅通。据说，王青华等用甲醇兑的毒酒，在朔州零售每公斤2.4元。山西省委书记胡富国在全省查禁假酒的紧急广播电视大会上，感慨地说："1块2一斤的酒，谁喝呀？都是生活困难的农民！"

记者手头有这样一份资料，1992年以来，连这次朔州案在内，全国共发生9起假酒致死人命恶性事件。作案人都是用甲醇兑酒，受害者几乎都在贫困农村。因贫穷而被抑制的消费，为简陋而且赤裸裸的造假提供了机会。贫穷、愚昧和贪婪，是制造有毒假酒的毒源。

致死的不仅仅是人的生命

到文水之前，记者路过汾阳市杏花村镇，到著名的山西杏花村汾酒厂去看看。没容说明来意，公司总经理高玉文劈头甩了一句：你要采访假酒，找别人去！我不接待。此时的山西汾酒厂人正心急如焚。杏花村汾酒厂已有1500年历史，1997年利税达2.6亿元，是山西第一大户。这次假酒案中，有一涉案的中杏酒厂也在杏花村，又冠以杏花村名字，所以各地在查禁假酒时，连正宗的杏花村汾酒厂的产品也列在查禁或检查范围。山西汾酒厂突遭沉重打击，库存急剧上升，用户纷纷退货。

不仅杏花村，整个山西酿酒行业都面临严峻考验。记者在文水县了解到，事发后，全县78户酒厂全部停产整顿，库存白酒全部封存，共查封散装白酒4166吨，瓶装白酒7694箱，还封存了1000多万公斤已经装窖准备烧酒的高粱。胡兰酿酒集团康宁酒厂段康厂长叹息说，做假酒的真是给我们丢人，也害了我们！贵和酒厂的经理激愤地说，贯家堡这些人做的哪是酒，那是毒水，放到饮料里照样毒死人！

通过卫星电视，山西人可以在自己家里收看到各省的节目，眼睁睁看着各地一片查禁"山西假酒"声。山西的一位领导在事发后的一次会上痛心疾首地预言，山西白酒的市场信誉将受到空前损害。他的话不幸应验了。

好毒的假酒啊！

悲剧还会不会重演？

面对刚刚发生的假酒案，亡羊补牢，我们现在能做些什么？

严格管理甲醇、堵住造假源头是人们的共识。朔州假酒案前，国家7部局已对甲醇销售作出过明确规定，诸如开介绍信、写清用途等。但是，面对一吨食用酒精7000多元，一吨甲醇2000多元的利润差距，总是有王青华这样的贪婪、愚昧之徒铤而走险。文水县不法分子兑酒的甲醇从何而来，还没有最后结案，但无疑又是这个环节首先出了漏洞。

握别胡兰镇党委书记宋建国时，这个已经递交报告，请求上级予以处分的基层干部沉重地说，含超量甲醇的白酒从胡兰镇流出去了，我有责任。这回，我一听说出了事，赶紧把乡政府里挂着的几块"先进"牌子摘了。我实在怕丢人呀。摘了那些"先进"牌子，我在想我们基层政府管理中有哪些漏洞？"我们为什么没有及时发现造假酒，特别是防住造假酒呢？其实，连计划生育我们都能管住，咋就管不住造假酒的？"元宵节前夕，这个基层干部的话，在寒夜中听来令人深思。

是的，我们的基层政权建设和法制建设，在偏远的农村要比在城市走更多的路。仅就打假而言，如何在广阔的农村健全市场行为，教育农民提高自我保护意识，确实已经提上了议事日程，至少是我们不能再让甲醇横流毒害生灵了！如果我们从这次假酒案中吸取足够的教训，找到"解毒"良方，我们的市场和我们的经济无疑会具备更强的生命力。

(1998年2月24日)

利在当代　功在千秋
——实施可持续发展战略

贾西平

改革开放后，我们党的工作中心转移到经济建设上来。中国是一个发展中大国，人口占世界总人口的1/5，中国的经济起飞必然令世界瞩目。然而，中国是按传统的粗放模式发展经济，或是像某些国家那样进行掠夺式经营，还是走一条发展与环境相协调的新路？

一切关心中国命运的人都在关注着。

十一届三中全会确立的解放思想、实事求是的思想路线，是指引我们打开未知领域之门的一把钥匙。在以江泽民同志为核心的党中央领导下，中国人民毅然选择了一条可持续发展之路。

一个陌生的名词，从世界传入中国——
可持续发展战略的确立是思想解放的重要成果

"可持续发展"一词变成中国老百姓的口头语是近几年的事。

在相当长的时间里，我国人口急剧增加，生产力水平低下，亩产徘徊在三四百斤。为了解决吃饭问题，人们以为只有扩大耕地面积，才能生产出足够的粮食。修筑梯田、围湖造田、开垦荒地，遍及神州大地。这种指导农业的思想，在工业生产过程中也不同程度地存在。翻开如今已发黄的报纸，赫然一个标题："大家动手，把960万平方公里的宝藏都找出来！"不错，发展是硬道理。中国落后，求发展的心情更加急切。但是，这种粗放型生产方式，不仅生产效率低下，解决不了真正的发展问题，而且造成了资源的浪费和生态环境的破坏，严重威胁着后续的发展进程。显然，这种方式在中国这样一个人口多、底子薄、人均资源贫乏的国家里是难以为继的。中国应该走一条社会、经济、人口、资源、环境相互协调的发展道路，既要满足当代人的需要又不危及后代人满足其需求的发展，即一条可持续发展的道路。

走可持续发展道路，实质上就是对发展做理性的限制。为了全局的利益，而放弃局部的利益；为了长远的利益，而放弃眼前的利益；为了多数人的利益，而放弃小团体的利益。这种选择是需要眼光和胆识的。

以江泽民同志为核心的党中央是实践解放思想、实事求是思想路线的表率。党中央审时度势，对中国经济发展的国情做出科学的分析，毅然突破常规，做出了走可持续发展道路的决策。1992年在巴西举行的联合国环境与发展大会上，李鹏总理代表中国政府向世界庄严承诺：中国作为最大的发展中国家，将保持经济与环境保护协调发展，把《21世纪议程》付诸行动。

为了把一个富强、民主、文明的中国带入21世纪，江泽民同志更进一步高瞻远瞩地指出："在社会主义现代化建设中，必须把贯彻可持续发展战略始终作为一件大事来抓。""经济的发展，必须与人口、环境、资源统筹考虑，不仅要安排好当前的发展，还要为子孙后代着想，为未来的发展创造更好的条件，决不能走浪费资源、先污染后治理的路子，更不能吃祖宗饭、断子孙路。"

几年过去了，可持续发展战略在我国已深入人心。经济社会的协调发展使人们进一步认识到，走可持续发展道路是中国社会经济发展的客观需要和必然选择。

一个发展中的大国，保持经济与环境基本协调发展——
可持续发展战略的实践创造了世界经济史上的奇观

为了实施可持续发展战略，党中央、国务院制定了一系列适合中国国情的方针政策，正确处理和协调了环境与发展二者之间的关系，为遏制环境质量恶化、改善生态状况做了大量工作。

我国大力开展了江河污染治理、国土资源整治、荒漠化治理、防护体系建设、生物多样性保护等工程。黄河、长江等7大流域水土流失综合治理已经展开。加大荒漠化治理力度、推广节水灌溉技术、加强草原和生态农业建设等项工作的开展，使我国生态环境建设和保护进入了一个新阶段。目前"三北"防护林体系已长达4500公里，全国已设立自然保护区600余处。

治理污染，果断决策。淮河流域水污染治理是我国空前的水污染治理工程。经过流域4省人民的共同努力，依法取缔、关闭污染严重的小造纸、小印刷、小制革、小土焦等"十五小"企业，基本实现了国务院要求1997年全流域工业污染源达标的排放目标，干流水质趋于好转。

太湖流域历史悠久，富庶美丽，是我国文化经济生活十分重要的地区，还太湖一片净水已成为从上到下的共识。党中央、国务院要求，太湖流域排污单位到明年1月1日必须达标排放。

为了保护环境、控制污染、合理利用资源，我国制定了一系列法律法规。据不完全统计，迄今我国已制定了6部环境保护法，9部与环境相关的资源法律，30多件环境法规，70多件环境规章，900多件地方性环境法规，90多项强制性污染排放标准和环境质量标准，近期还将完善污染防治和生态环境方面的法律法规。可以说，一个基本适合我国国情的环保法律体系已初步形成。我国颁布的《刑法》，首次将严重破坏环境与资源的行为定为犯罪。截至去年底，我国依法取缔和关停了污染严重的6500多个小企业。

按照国家环境保护"九五"计划和2010年远景目标规划的要求，我国正在认真执行污染物排放总量控制计划和跨世纪绿色工程计划，全面实施"三河"（淮河、海河、辽河）、"三湖"（太湖、巢湖、滇池）、"两区"（二氧化碳、酸雨污染控制区）、"一市"（北京）的污染防治重点工程，力争在2000年使环境污染和生态破坏加剧的趋势得到基本控制。

实施可持续发展战略，就是要坚持人与环境协调和谐统一的原则，自觉地将自身的社会实践限定在自然界所能承受的范围内。由于我们有中国共产党的坚强领导，实行社会主义制度，全国人民有统一意志，就能较好地协调各种矛盾，处理好发展与环境的关系。改革开放20年来，我国国民生产总值平均每年增长9.8%。在人均耕地资源低于世界平均水平、自然灾害相当频繁的情况下，1997年农业总产值比1978年增长了2.4倍，基本解决了12亿人口的温饱问题。中国的成就举世公认，创造了世界经济史上的奇观。

可持续发展战略与科教兴国战略相互依存，共同发展——
奏响了社会经济发展的协奏曲

邓小平同志说："科学技术的发展和作用是无穷无尽的。"走可持续发展道路，就必须紧紧依靠科学技术。被国际上誉为"杂交水稻之父"的袁隆平院士培育成功的杂交水稻优良品种，至1993年已在我国推广1.6亿公顷，增产粮食2400亿公斤。他率领科研人员又相继培育成功三系法杂交稻、二系法杂交稻，近年来，超级杂交稻育种已初露端倪。

在经济社会发展的方方面面，科学技术总是在创造着奇迹。许多人类所面临的热点、难点、重点问题，必须而且只有到科学技术中去寻找答案。

几十年来，我国科技工作者培育的农作物优良品种已有三四千种，目前我们所能见到的农作物，差不多都是更换了四五代的新面孔！

焦炭是冶金工业的主要原料。过去炼焦厂用水将灼热的焦炭熄灭，称为湿法熄焦。这种做法要造成大量的水污染，成为钢铁工业主要污染源之一。上海宝山钢铁公司在我国率先采用干法熄焦技术，即用冰冷的氮气灭火。用这种方法不仅制取的焦炭质量大为提高，还能将熄焦后的高温氮气用来发电，发过电的氮气再制造合成氨，不仅治理了污染，还进一步创造了经济效益，实现了资源的循环利用。

1997年年底，我国登记的重大科技成果达30566项，鉴定成果23878项，获国家奖励的优秀成果626项。这些科技成果在我国经济建设中被广泛使用，成为推动社会经济协调发展的强劲发动机。

科学技术是实现可持续发展的强大手段。离开了科学技术，可持续发展就成为空谈。科教兴国战略与可持续发展战略二者相互依存。只有这两个战略同步实施，才能奏响中国社会经济发展的协奏曲。

我国人口众多，资源缺乏，生态环境脆弱，所承受生存与发展的压力特别大，实施可持续发展战略任重道远。今年长江、嫩江、松花江特大洪水给人民生命财产造成的损失再一次给我们敲响了警钟。

然而，不论前进的道路上有多少艰难险阻，只要我们沿着以江泽民同志为核心的党中央开辟的可持续发展道路走下去，就一定能用我们劳动的双手迎来伟大祖国山清水秀的明天！

(1998年12月8日)

在"一国两制"的旗帜下
——澳门基本法诞生追记

曹宏亮 吴亚明

再过 8 个多月,当五星红旗和荷花旗在万众瞩目的澳门升起的时候,澳门历史上,由澳人自己参与制定的第一部基本大法将随之生效,这就是《中华人民共和国澳门特别行政区基本法》。

整整 6 年前,一个同样春意盎然的季节,这部人类政治史上又一个划时代的杰作呱呱坠地。全国各族人民的 2790 名代表满怀信任,行使自己的神圣权力,给这部法律画上圆满的句号。共和国主席江泽民随之发布主席令向世界宣告:这部法律将在 1999 年 12 月 20 日实施。

正是按照体现了"一国两制"伟大构想的这部法律的设计,6 年来,澳门平稳健步地走向回归之途。也正是这部法律将"一国两制"的伟大构想化为符合澳门实际的蓝图,在回归的日子日益临近的今天,澳门同胞满怀信心、昂首阔步迎接自己的新纪元。正如一些评论家所指出的:"有香港的先例,澳门基本法一定能够成功实施。"

饮水思源,回顾澳门基本法的制定和诞生,不能不说,这是邓小平"一国两制"创举的又一次成功实践,是实事求是解决祖国统一问题的又一个光辉范例。

大业续新篇　万众奠基石

1987 年 4 月 13 日,中葡两国关于澳门问题的联合声明在北京签署。联合声明宣布,中华人民共和国政府将于 1999 年 12 月 20 日对澳门恢复行使主权。这标志着,澳门从此踏上回归祖国的历程。

联合声明同时宣布,"一国两制"的基本政策,将由中华人民共和国澳门特别行政区基本法规定之。这就是说,澳门回归祖国之后,将与香港一样,有一部具有小宪法性质的法律作为自己的基本法。"一国两制"的构想将在这部法律里化为蓝图。正如邓小平在同一时期接见香港基本法起草委员会委员时所指出的那样："我希望这是一个很好的法律，真正体现'一国两制'的构想，使它能够行得通，能够成功。"

邓小平对香港基本法的期待，当然也是对澳门基本法的期待。为了邓小平同志的嘱托，全国人大常委会法制工作委员会、国务院港澳办、新华社澳门分社，广泛征求意见，数次开会研究，反复掂量斟酌，遴选能够承担这一重任的人士。

1988年4月13日，在中葡联合声明签署整整一年的时候，第七届全国人民代表大会第一次会议作出决定，成立澳门特别行政区基本法起草委员会，负责澳门特别行政区基本法的起草工作。

承担这一光荣使命的48位成员，以共和国老一辈外交家、国务院港澳办原主任姬鹏飞为首，副主任委员有全国政协副主席、中国社会科学院院长胡绳，全国人大常委会副委员长兼法制工作委员会主任王汉斌，全国政协副主席、澳门中华总商会会长马万祺，澳门旅游娱乐有限公司总经理何鸿燊，全国人大常委会副委员长、老一辈法学家雷洁琼，全国政协副主席、著名科学家钱伟长，全国人大常委会委员、澳门银行公会主席何厚铧，有关方面负责人李后、郭东坡等。

所有组成人员当中，中央国家机关有关部门负责人17人，各界知名人士6人，内地法律界人士6人，澳门各界人士19人，包括了法律、工商、劳工、教育、新闻、宗教等各个方面。

这样的阵容，不仅澳门同胞和全国人民充分信任，国际舆论亦认为：起草委员会的成员"照顾到了澳门的各个方面，各个阶层，具有广泛代表性和高度的专业性，能够反映澳门各界人士的意见、愿望和要求。"

是年10月25日至26日，澳门基本法起草委员会在北京召开第一次会议，邓小平以84岁的高龄接见全体委员并合影留念，万里委员长亲手为起草委员们颁发任命书。

也是在这次会议上，基本法起草委员会委托来自澳门的22位起草委员发起筹组一个更广泛的民间组织，为基本法的起草提供意见，给予咨询，并最大限度地反映来自所有澳门居民的呼声，名称为澳门基本法咨询委员会。也就是说，要创造尽可能多的机会，使澳门居民能参与基本法的起草。

毫无疑义，这是"一国两制"伟大旗帜下又一个创举，是中国共产党人和中央人民政府诚心诚意允诺"澳人治澳"方针的生动体现。澳门基本法咨询委员会本着民主、合作、公开的精神,客观、全面、深入的原则,协商、兼容、求同存异的态度,尽可能全面地收集、整理澳门居民的意见和建议,向起草委员会反映,同时接受起草委员会的咨询,在澳门居民和基本法起草委员会之间架起沟通的桥梁,为制定一部保护各方利益的澳门基本大法提供民意基础。

来自澳门的起草委员经过半年多的奔走和组织,一个完全民间的基本法咨询委员会于1989年5月28日成立。这个委员会由澳门各界代表90人组成。时任澳门中华总商会副会长的崔德祺出任主任委员;基本法起草委员会副主任委员何厚铧,澳门工会联合会会长唐星樵、土生葡人、澳门律师业高等委员会副主席欧安利出任副主任委员;基本法起草委员会委员廖泽云出任秘书长。

咨询委员会的成立,起到了动员整个澳门社会的作用。凡是澳门居民,无不对基本法的起草寄予极大关注和热情。全澳各个社团先后组织了29个基本法关注小组,并大力推荐其代表出任咨询委员会的工作,不少社会有识之士主动自我推荐,从而使咨询工作深入到了各个阶层和层面。

咨询委员会还开展了一系列形式多样、别开生面的活动,反复就市民的意见和起草委员会的意见进行沟通。在4年多时间里,他们举行工作会议192次,咨询会议168次,深入学校、社团、机关收集意见90次,总共收集具体意见2687条。这些意见涉及基本法近89%的条文,为制定一部澳门居民认可的基本法做出了巨大贡献。

基本法起草委员会委员、《澳门日报》社长李成俊先生的概括极为精当。他说:"澳门基本法起草时间之长,参与人数之众,涉及层面之广,收集整理意见之多,如同香港基本法,是世界上任何一部法律前所未有。'一字千金','字字珠玑',精练准确,当之无愧,这是所有不带偏见的人都不能不承认的。它将载入中国统一大业的史册上,永放光芒。"

民主铸法魂　华章更璀璨

"《中华人民共和国澳门特别行政区基本法》虽然是一个小地区的宪制性法律,但于其瓜熟蒂落之前,经历了一个反复咨询、不断推敲、逐字琢磨、数易其稿的四年多的待产期。以一个法律的创制所需要的开放、严谨及广泛的民主讨论来衡量,除了香港之外,澳门基本法对澳门乃至世界而言,其历史性及开创性均属巨大无匹。"澳门基本法诞生以后,基本法起草委员会副主任委员何厚铧如此说。

的确,以澳门基本法的参与人数之众,已可见民主程度之高。更何况,起草委员会成员之构成,又为民主制定出一部宪政史上的崭新法律准备了充分条件。

尽管如此,起草委员会一开始就借鉴起草香港基本法的经验,为充分发扬民主制定了专门的程序和规则,这就是《澳门基本法起草委员会工作规则》,并郑重地在第二次起草委全体会议上审议通过。

按照规则要求,在讨论条文的时候,每人都须知无不言,言无不尽,充分发表各种意见,遇到不同主张,可以争论和协商。特别是起草具体条文时,遇到不同主张,不是通过简单的表决来决定取舍,而是将各种意见都予以保留。在充分讨论之后,最后定稿时采用无记名投票表决。

在整个基本法起草、审议和通过的过程中,为穷尽每一种意见,"基本法各草委之间在平等的基础上,积极投入,畅所欲言,逐句逐条都经过多次讨论研究,有时甚至为了一两个字句或标点符号,琢磨斟酌,直到大家一致同意或大多数同意,做到最大民主,气氛热烈而又融洽。"一位来自澳门的起草委员这样回忆当时的情景。

事实上,一部澳门基本法的形成,也是一次具有中国特色的民主形式的延伸和发展。对此,历史已经留下了不可磨灭的记录:

——在起草基本法结构草案的过程中,澳门居民提出书面意见118份,具体内容697条,涉及面包括全部9章。从结构草案讨论稿到正式审议通过的结构草案,增补改动达26处。

——在基本法(草案)征求意见稿起草的21个月里,5个专题小组共举行小组会议50次,起草委员会举行全体会议4次。16位内地起草委员先后两次前往澳门,深入工厂、学校、居民区,直接听取澳门居民的意见。咨询委员会前后组织三批交流参观团赴内地反映意见。

——基本法草案在全国人大常委会通过以后,咨询委员会印刷中文本2万册、葡文本3000册,向广大市民发派,公开征求意见。4个多月内,澳门市民呈交意见书287份,澳门各新闻媒体发表文章52篇,所有意见共计953条,涵盖基本法草案116条和3个附件、2个附录,占条文总数近87%。起草委员会根据两次咨询得来的意见和建议,对基本法草案做了100多处修改。

——基本法草案出台的时候，起草委员会全体成员对全部145条以及序言和3个附件逐一无记名投票表决，并且每条都须2/3以上的多数赞同。就是说，仅这一次表决，每个委员就需要投票150次以上。

……

数字是枯燥的，但数字背后具有中国特色的民主形式和精神永远常青。

以这样的形式和精神制定出来的基本法，自然会充满民主气息，充分保障澳门居民的基本权利和自由，保证"澳人治澳"、高度自治。对此，基本法起草委员、澳门工会联合会副会长刘焯华不无自豪地说：如此民主地制定法律"不仅在澳门历史、中国历史上，而且在国际立法史上，都是没有先例的。"

也正是出于对这样一部法律的肯定，当起草委员会最后一次会议结束之际，江泽民、李鹏、万里、乔石、李瑞环等党和国家领导人在人民大会堂专门接见全体起草委员并合影留念。

求实又求是　濠江尽朝晖

"一国两制"的构想是解决香港、澳门和台湾问题的。但是，当着手制定澳门基本法的时候，人类政治史上这一伟大的创造和设计仍处于初步实践阶段。如何将这一构想落到实处，使之具体化、具有可操作性，都还需要大量的探索。

香港基本法的制定为这一实践积累了宝贵经验，但澳门有自己的实际和特点，"一国两制"的伟大构想要在这块土地上开花结果，具有基石作用的基本法必须符合澳门实际。

"所以，一开始我们就借鉴起草香港基本法的经验，首先是花大力气调查研究，力求了解和掌握澳门的情况；再是确定了一条原则，只要符合澳门实际，有利于保持澳门稳定和发展，就一定在基本法里有所反映。"10年后的今天，国务院港澳办原副主任、香港基本法起草委员会秘书长、澳门基本法起草委员会副主任委员李后回忆说。

事实上，一着手起草基本法的大纲——基本法结构草案，结构草案起草小组的内地委员就专程赴澳门调查研究，深入工厂、学校、居民区了解第一手材料。在13天的时间里，他们平均每天举行一次座谈会，与咨询委员会委员、社团代表、基本法关注小组、在澳全国人大代表和政协委员交换意见，并吸收6名来自澳门的起草委员共同起草。进入草拟基本法条文时，负责各专题小组的起草委员们又分期分批前往澳门，座谈多达25次，会见各方面的代表达600多人次。有些条文直至基本法草案通过之日还在讨论和斟酌。

在调查研究、听取意见的基础上，来自澳门起草委员的意见也总是得到高度重视。最后形成的基本法，其中不少法律条文都鲜明地反映了澳门的特点。

比如，关于官方语文的问题。长期以来澳门的高级公务员都聘自葡萄牙，官方语文全是葡萄牙文，居民中95%以上的人以中文为母语，可办理各种文书、合同、诉讼，却必须用葡文。基本法一方面要消除这种殖民色彩，规定官方语文为中文，但为了保持澳门社会运转的连续性、稳定性，又规定"除使用中文外，还可使用葡文，葡文也是正式语文。"

又比如，关于土地制度问题。葡萄牙人占领澳门以后，在不同历史时期，都有少量土地归私人所有，并被政府承认。为了照顾这一现实，基本法一方面规定澳门境内的土地和自然资源属国家所有，同时又载明，澳门特别行政区成立以前已依法确认的私有土地除外。

再比如，关于设立死刑的问题。澳门已有100多年不设死刑，目前所实施的法律也如此规定。考虑到这一实际和问题本身的复杂性，本着高度自治的原则，基本法既没有规定设死刑，也没有规定不设死刑。既着眼澳门目前不设死刑的状况，又为澳门特区政府将来根据情况处理这一问题预留了空间。

……

一部澳门基本法，这样的例子比比皆是，甚至字里行间都透着澳门的特点。

"澳门基本法的内容，基本上都符合澳门的实际情况，符合并反映了绝大多数居民的普遍意愿。"基本法起草委员会副主任委员何鸿燊如此评价。澳门舆论这样写道："澳门基本法……按照澳门的实际情况，作出了全面的扼要的规定，充分反映了澳门的特色。"

在制定香港基本法时，邓小平曾设想："我们一定要切合实际，要根据自己的特点来决定自己的制度和管理方式。"应当说，澳门基本法与香港基本法一样，不仅把"一国两制"的伟大构想用法律形式规定下来，也将邓小平这一实事求是的设想绘入了美丽蓝图。

6年来的实践证明，"基本法对于澳门的平稳过渡发挥了重要作用，澳门居民对基本法非常满意，充满信心。"这是基本法起草委员、澳门进出口商会会长吴荣恪从濠江带来的新信息。

明末清初大思想家黄宗羲说过："有治法而后有治人。"相信体现了"一国两制"构想和实事求是精神的澳门基本法完全是一部"治法"，在这部法律面前，祖国的又一个特别行政区，一定会稳定繁荣，光彩夺目。

(1999年3月31日)

异国恸哭诉悲愤

吕岩松

中国驻南斯拉夫大使馆遭北约疯狂袭击后，潘占林大使和全体馆员的精神没有崩溃。大家冒着生命危险救护受伤的同志，抢救国家财产。然而使馆每一位同志的内心深处都有一个共同的强烈呼声，那就是希望尽快听到祖国的声音，见到祖国的亲人。

今天清晨，中国政府处理中国驻南使馆遭北约袭击事件专门小组乘坐的专机平安抵达贝尔格莱德。驻南使馆工作人员和祖国12亿人民的代表终于相见。人们再也抑制不住内心的悲痛和愤恨。感情的波涛汹涌澎湃，战火纷飞的贝尔格莱德回荡着中国人揪心的恸哭。

专门小组组长王国章抱着潘占林大使哽咽着说："你们受苦了，党中央和国务院派我们来看你们。"小组成员翁惠强伏在记者肩头泣不成声："小吕，你还活着！两天来我女儿一直哭着问吕叔叔的消息。"遇难者朱颖的父亲朱福来抱着一束鲜花走下专机，老人满面哀容，他要用这束透着故乡泥土芬芳的鲜花，送风华正茂的女儿女婿上路。

车队在阵阵凄风中缓慢地行驶着，越接近市区，人们的心揪得越紧。惨不忍睹的遗体、鲜血淋漓的伤员、支离破碎的馆舍，这将是怎样一个令人心碎的会面啊。专门小组首先来到贝尔格莱德市中心一家医院看望伤员。组长王国章拉着伤员的手颤抖地说："祖国的亲人惦记着你们，一定要挺住，我们就要回家了。"武官任宝凯头部严重受伤，在浓烟滚滚的废墟中挣扎了9个多小时后才被挖掘出来。今天凌晨他才恢复知觉，然而望着泪流满面的妻子，他竟说不出一句话。一秘曹荣飞脸部伤痕累累，双眼见不到任何光亮。在这黑暗的世界中他最最惦念的就是妻子邵云环的情况。当从国内赶来的新华社代表黄慧珠向他表示慰问时，曹荣飞声音微弱地问道："邵云环还好吗？你们见到她了吗？"人们强忍住泪水说，出色的女记者只是受了点轻伤，很快就会康复。然而早已面目全非的邵云环明天将被火化，曹荣飞即使恢复了视力，再也不会见到情意笃深的爱妻。走出病房，几十人在楼道里放声痛哭。

朱福来来到光明日报记者站，清理女儿女婿的遗物。房东老太太哭诉着对两位中国孩子的印象："许杏虎不分昼夜地工作，朱颖天真活泼，学塞尔维亚语，学烤面包，并梦想着回国后要一个孩子。"记者陪着朱父到市中心购买衣物。朱福来只带来了朱颖的母亲用泪水缝成的一件小背心，他要购买鞋袜、领带、套装，送两位孩子漂漂亮亮地走上不归之路。小许单位的领导杨政含着泪对售货员说："请拿出最好的，不论多贵我们都买。"

专门小组来到被北约炸毁的中国大使馆。鲜艳的五星红旗仍然高高地飘扬，忠诚的外交官、新闻记者用他们的生命和鲜血捍卫着共和国旗帜的尊严。在一片废墟上，外交部领导成员王国章向中外记者痛斥了北约的暴行。他义正辞严地指出，北约侵犯中国主权、屠杀中国公民，它必须对这一野蛮行径负责。朱福来指着苍天痛苦地呼喊："我的孩子，你们在哪里呀。以美国为首的北约为什么要炸我驻南使馆？为什么要杀死我的女儿和女婿？！他们是活蹦乱跳来贝尔格莱德工作的，明天我只能抱着他们的骨灰回家去。"

最揪人心魄的时刻终于来到了。在一间太平间内，人们见到了邵云环、许杏虎、朱颖三位遇难者血肉模糊的遗体。呼叫声、痛哭声惊天动地、撕心裂肺。中华民族的三个优秀儿女永远地离去了。

历史啊，记住这一天吧！只要中华民族的尊严尚在，它一定会讨回公道。安息吧，遇难的兄弟姐妹，祖国人民永远不会忘记你们！

(1999年5月10日)

为了世纪大阅兵

郭 嘉

历史将永远记载着这一天。1999年10月1日,共和国伴随着新世纪的曙光迎来了自己50周年华诞。

历史将浓墨重彩地书写这庄严的时刻。走向21世纪的中国武装力量——陆海空三军、人民武装警察、预备役和民兵,国庆之日,列阵天安门前,接受党和人民的检阅。

这是50周年盛大庆典活动中最激动人心的场面,这是受阅部队作为我军威武之师、文明之师、胜利之师形象的缩影所写就的最辉煌的一页。

为了这一天,三军将士以饱满的政治热情和昂扬的精神状态,苦练过硬本领;为了这一天,受阅官兵舍小家,顾大家,报效祖国和人民。

> 等待着／一天天向我们走来的庄严的时刻／等待着／汗水浇灌出金色的季节／等待着／祖国和人民交给我们的世纪重托。
> ——摘自一受阅队员写给10月1日的诗

激昂的《中国人民解放军军歌》奏响了世纪大阅兵的序幕。中共中央总书记、中华人民共和国主席、中央军委主席江泽民乘红旗牌轿车检阅了受阅官兵。这是党的第三代领导核心第一次在天安门广场检阅三军部队。

绿色的步兵方队、白色的水兵方队、蓝色的飞行员方队和橘红色的女民兵方队……国庆受阅的陆海空每一支部队都是英雄的集体,每一个受阅的官兵都无愧为共和国最可爱的人。

这是一支跟随毛泽东秋收暴动走来的部队,今天,官兵们驾驶着机械化新型战车一展新姿;当年转战冀、鲁、豫,挺进大别山,参加淮海战役、渡江战役,跨过鸭绿江,屡建奇功的刘邓大军的一支劲旅,今天驾驶着新型火炮，成为对敌作战的突击力量；受阅的空中梯队是以空军航空兵为主体，陆军、海军航空兵联合组成的，都有着赫赫战功，飞行员全部都是中队以上干部，梯队长机全部由师团干部领航，是我军新一代知识化指挥员的代表，今天，他们驾驶着我国自行研制的新型战机，挟雷带电般从天安门上空飞过，接受祖国检阅；受阅的海军官兵从浩瀚的大海走来，南海的风云，东海的波涛，北海的潮汐，万里海疆镌刻着他们的威严和忠诚，今天，他们以磅礴的气势走过天安门；长民族志气、扬国威军威的战略导弹部队以全新的英姿昂然于受阅部队中，一柄柄长箭乘风驶来，一枚枚导弹呵护着祖国的安全。

> 世纪之交，参加阅兵是我终生难得的机遇和荣誉。只要阅兵需要，我甘愿当连长、排长、班长甚至列兵。
> ——引自一带队将军的话

有一首歌唱得好：生命里有了当兵的历史，一辈子也不后悔。作为一名共和国军人，有幸参加50周年国庆阅兵，更是一生的荣耀。

海军大连舰艇学院副院长刘德全少将受命担任海军院校方队长后，有人劝他当当挂名"顾问"就可以了。他却说："世纪之交，参加阅兵是我终生难得的机遇和荣誉。只要阅兵需要，我甘愿当连长、排长、班长甚至列兵。"

刘德全说，虽然他不能成为阅兵方阵中的一员，但他的心在方阵中，他将用一颗赤诚的心走过天安门。

在受阅的院校方队中，有一位当年高考分数在清华录取线上的学员，他叫孙卫国。怀着强我国防、壮我军威的一腔执着，走上了从军之路，加入到受阅行列。在军校，孙卫国学习成绩优秀。阅兵训练他是基准兵，每天10多个小时的紧张训练，有时回来累得连床都爬不上去，但是他依然在灯下坚持学习文化知识。那天，记者参加了他们方队饭前3分钟的英语演讲，孙卫国用一口流利的英语谈了他训练的体会。

宋月强，仪仗方队的掌旗人。当共和国决定举行盛大阅兵的消息传来，他早早地递上了申请。宋月强深知，军旗手的位置是整个受阅方队的"龙头"，要求最严、动作最难、责任最大，"龙头"怎么摆，"龙尾"怎么甩，他的动作直接关系到身后42个方队。为了练就超一流的掌旗动作，宋月强自制了一根灌满沙子、重达18公斤的钢管，反复练习45度角旗杆定位动作，一打一收，一练就是数小时。

预备役方队14排面排头兵王建清，参加过国庆35周年的大阅兵，而今，这位36岁的建筑公司老板，又一次成为国庆50周年阅兵中预备役方队的骨干。

王建清曾是北京顺义区一个农民。改革开放后，他承包了建筑队，成为远近闻名的建筑公司经理。阅兵的消息传来时，王建清正在北京与一家公司签订合同。他立即停下手中的活，驱车来到区武装部，强烈要求参加这次阅兵。

操场上，王建清站墙根、顶砖头、绑沙袋，雄风不减当年，次次都是训练标兵。

记者问他参加两次阅兵的心情，他感慨地说，不为别的，为的是尽一份老兵的心。

> 踏着正步，胸中有一种雄壮与伟岸呼之欲出，一时间我被它的美震撼了。这是什么？是男儿的刚，是超越自然的军魂！
>
> ——摘自一受阅队员的日记

今朝练得精，明日打得赢。

在阅兵村里，记者处处看到战士们在黑板上、在草地间，用笔写和石粒制作的一行行标语："一流的精神风貌，一流的作风纪律，一流的训练质量"。这"三个一流"，是中央军委对受阅部队的要求和重托，也是受阅官兵共同的心声和实际行动。

北京今夏如火，酷热百年不遇。这天，记者冒着42摄氏度的高温走进阅兵村。火辣辣的太阳，滚烫烫的地表，受阅官兵就在那无遮无挡的水泥跑道上一招一式地进行队列训练。远远望去，每个排面的头线、胸线、枪线、臂线、脚线都是一条直线，雄起起，气昂昂。一排排伟岸的身躯，犹如钢浇铁铸的城墙，威武雄壮。

在阅兵村采访时，记者听到过这样一个既新奇又感人的故事。武警特警方队受阅队员邢建强训练时，脚上长有鸡眼，时时发作，每天还要完成1000多米正步的训练量。但是，小伙子好像什么也没有发生，一个正步踏下去，震得尘土飞扬。方队考核时，训练场上留下了丝丝血痕。战友们被深深感动了，他们即兴作了打油诗一首：队列训练脚当家，怎奈鸡眼密如麻，乐忍剧痛拔正步，踢出国威强中华。

听受阅队员们讲，一条新军裤穿了不到两个月，两只裤腿就开了"花"；一个月穿破一双皮鞋；早晨换上的衣服，出操一身汗，收操一身碱。

听教练们说，军姿训练，站立两个小时不变样，40秒钟不眨眼，正步踢腿定位3分钟不动，75厘米步幅分毫不差，踢腿高度30厘米不能高不能低；方队行进中，无论纵看、横看还是斜看、竖看，都要像一个人一样，踢腿带风，落地砸坑。

满载地面重装备的战车，要依次、依时、依距、依速通过天安门，这就要求，一方面，车上人员在车辆运动中必须站如松，另一方面，保证驾驶技术不出丝毫差错。

因此，各方队在进行严格的单兵、单车训练的基础上，不断加大科技练兵的含量和手段。徒步方队在训练中，先后发明了用IC卡"治疗"O形腿、土"背背佳"矫正背姿、顶帽训练法、几何图形训练法等；车辆方队的科技人员先后研制出等速、卡距、红外检测仪等，对行进中的装甲车进行标齐、方距、列距、骑速、等速进行考评；导弹方队还根据自身车辆普遍超高、超宽、超长的特性，针对性地请来心理学专家对官兵进行心理训练；空中梯队针对华北地区大侧风天候较多、气流不稳的状况，各梯队地面苦练，空中精飞，先后成功研练出"三次拦截法""团编队穿云法"等新训法，保证了编队距离一米不差，准时到达一秒不差。

> 你能参加这世纪大阅兵是我和孩子的骄傲，为了永久的纪念，咱们给未来的孩子取个名吧，生个男孩叫国庆，生个女孩叫悦兵。
> ——摘自一受阅队员妻子的来信

有人说，在每个受阅队员背后，都有一个坚强的支撑，这支撑源于军地各级领导的关怀和激励，源于他们亲人朋友的热情支持和信任。这支撑既给了他们温暖，也给了他们力量。

一位部队院校学员因担心参加阅兵选拔影响学习，有些拿不定主意，便去找女友商量。巧的是，女友的父亲不仅是一个老军人，而且还参加了两次国庆阅兵。这位学员返校前，女友到车站为他送行，并突然塞给他一封信，吩咐他上车以后再看。学员拿着沉甸甸的信，以为是"吹灯"信，迟迟不敢打开。车到中途,他终于鼓足勇气打开了信。信封里放着一张女友的照片,照片的背面有这样一行清秀的字:"我爸爸说,他的女婿应该是参加过阅兵的军人。"

女兵方队队员侯长宁的父亲患了癌症。但父亲一直不让家人告诉女儿,怕女儿为他而分心。那天,小侯在电话里硬要爸爸说话,母亲实在忍不住了,啜泣声中,小侯才知道了原委。母亲说:"你走过天安门是爸爸的心愿,要让爸爸高兴,就要有好的表情。"

车辆方队有 9 名受阅官兵的妻子怀有身孕,其中 4 名官兵妻子的预产期就在八九月份,尽管她们远离丈夫的照顾,但这些坚强的军嫂把对丈夫的思念深深地埋在心里,把生活的不便独自担在肩上。区队长张建新的妻子在给丈夫的信中这样写道:"你能参加这世纪大阅兵是我和孩子的骄傲,为了永久的纪念,咱们给未来的孩子取个名吧,生个男孩叫国庆,生个女孩叫悦兵。"

仰望苍穹,战鹰矫健,威风八面;倾听大地,步履铿锵,车轮滚滚。听着那动人心魄的轰鸣声和脚步声,看着那排山倒海的磅礴气势,我们有理由相信,我军完全能够打赢可能发生的高技术战争。我军将时刻捍卫着祖国母亲的尊严!

(1999 年 10 月 2 日)

古玩城：听人说古玩

周　庆

您如果喜欢收藏、鉴赏古玩，不妨到北京古玩城看看，就在东三环南路21号。300多家铺位占掉三层楼，但见玉饰骨雕、珠宝翠钻、金银铜器、中外字画铺铺相连，古旧陶瓷、家具、地毯、钟表难以尽睹，也有大量仿制品无暇细辨，千余个品种堪称一时之胜。

顾客可乘滚动电梯上下，各家字号颇雅：今古阁、古月山房、瓦石山房……这"瓦石山房"出自乾隆帝口吟的诗句："手捧欲求之，落地为瓦石"，包含一段有趣的历史。在二楼荟萃阁，记者听经理黑冠宇说玛瑙玉器，才知他家爷爷辈、父辈就在北京经营以玉器为主的旧货。如今，他和儿子又继承了祖业。

这古玩生意颇有些来历。

家藏的、民间的器物，随着岁月的流逝，有的淹没了，有的增加了收藏价值，成了古玩、古董。这些东西无法再生，愈藏愈值钱。有业内机构计算，其投资回报率大大高于炒股票和房地产，至于藏家追求的艺术享受，更无法用金钱来衡量。前些日子，一位加拿大游客踅到荟萃阁，花7000元人民币挑走了三件清末民初的玛瑙鼻烟壶。鼻烟壶本是从西方传入中国的。这位朋友喜欢壶上图案的中国味道：人物、鸟兽都出于玛瑙本身的色彩，雕工又讲究，值得收藏留念。黑冠宇告诉记者，这类工艺行话叫"巧做"，至于内画，要出自名人之手才算上品。与他父亲同辈的马少宣先生的内画当时值几个大洋，现在值几万几十万。马少宣首创的壶内肖像画很传神，为王公、总督所喜欢，如今已成绝品。

古玩城出售的古玩，都经过北京市文物管理部门监管员的鉴定，贴有"京文检"的标记并打漆封。身担此职的孙学海先生告诉记者，他们的责任有两项：一是宣传、执行有关法规、政策，保护国家文物不致流失，1911年以前，有价值的文物不许交易，像青铜器、石刻更是重点保护对象；二是保证不在此范围的民间旧货古玩工艺品合法交易，凡仿制品一概不贴文物检验标记。工商、税务也有专人驻城，城内还有个体私营经济协会开展行业自律。管理人员告诉记者，由北京市旅游集团和天城开元经济服务中心共同投资1亿元建设的这座古玩城，目前是亚洲最大的古玩艺术品交易中心，营业面积超过1万平方米，它已连年被北京市评为文明示范市场，铺位无一空缺。今年已经72岁的沈其武先生，是6月份才租到一个铺位，年龄虽然偏大，但他是建筑业高级工程师，参加过天安门翻修，懂得古代建筑。如今他把祖上在苏州开的米行名"恒丰泰"三字重新挂在古玩城，变成了经营古玩的字号，不少古玩竟是祖上所传。

"古玩生意百分利"，经营者岂能放过如此良机。古玩城经理介绍，来开店的除家有古玩、祖上做过古玩生意者外，还有离退休官员、专家学者、富商、接触过文物与工艺品的退职人员等。有的钟表、玉器铺老板，已在海外开了分店。海外古玩价高，一位港商从内地花1.5万元买的鼻烟壶，海外可值15万；有位欧洲游客20万元买走一台老钟，回去值120万元。当然也有例外，有港商感慨：明清青花瓷器全世界数北京贵。

古玩生意也有它的弱点，受经济形势影响波动很大，但经营者总体上仍呈上升趋势，以全国古玩市场联谊会为例，会员目前已发展到28家。上海豫园商城工艺品公司、长春清明街、郑州金海大道、西安朱雀大街的古玩城，都已有相当的规模和名气。而在北京，参加联谊会的古玩市场就有7家。

来到北京古玩城，古玩爱好者常乐而忘返。这些爱好者有东南亚、韩国、日本游客，归国华侨，欧美研究中国文化的学者等，国内则是收藏家和企业老板占多数。记者在这里曾碰到老报人、作家苗培时先生。他的收藏爱好是受老姑爷的影响。老姑爷做过清代慈禧太后的供奉，是位名噪京华的玉雕艺人，故宫珍宝馆的九环瓶就出自他手。老人晚年在家揽活糊口，对玉器行老板总是一口价，保持着一位艺人的尊严与孤傲。苗培时读高中时，当时北京最大的玉器行"荣臻祥"老板送来20来斤重的一块"顽石"请老姑爷雕刻。老人天天围着石头转，在水池子里刷，整整一个月后才动手，开价每月120块大洋，工期4年。老板没有还价的余地，只好答应。4年后"顽石"变成了玛瑙南瓜，瓜藤上的叶子经霜后变黄弯卷，中间发绿的地方雕出一只吃残叶的蝈蝈。日本侵略者占领北京后老姑爷不吃日本人的饭饿死了，活了85岁。新中国成立后，苗培时成了北京市文物委员，常转旧货市场。1954年他在天桥花150元买了一张明代的花梨紫檀木床，重433.5公斤，睡上去冬暖夏凉。记者问苗先生,这么金贵的古物,现在还舍得睡上去吗?苗先生回答:"照睡,只是把四周镶嵌的大理石取下放好。"

中国历史上的文人雅士、商贾官绅,甚至贵为皇帝、平凡如布衣者,都有收藏古玩的主。如今太平盛世,经济发展,民间收藏趋旺,就连不少古玩经营者,也是收藏家,有时为生意忍痛卖出心爱的古玩,发财了,再高价买回来,一时买不回来的,有空还到主人那里去看看。在他们眼里,古玩城不仅是一个交流的好场所,简直就是座一流的艺术殿堂,他们以古道热肠在保护、弘扬传统艺术。

古玩城可以说是应运而生、随市而兴吧!

(1999年10月10日)

村民自治头一年

崔士鑫

一股民主的春风，正在吹遍我国的万里原野。

在9亿中国农民中间，在这片封建传统延续了几千年的土地上，一场意义不亚于土地承包的变革，有如春风化雨，沐浴着东海水乡、西域村落、南疆傣寨、北国山庄……

从1998年11月4日起，改革开放后我国农村最引人注目的民主政治建设——以村民自治为核心的农村基层民主，因为正式出台了第一部规定村民自治的法律，短短一年间，就产生了一系列更加引人注目的变化。

农村有了"小宪法" 黄土地上涌春潮

很少有这样一部法律，在整整试行了10年之后，才予以修改正式颁布实施。

很少有这样一部法律，正式出台之前，要在报刊上公布，向全民征求意见。

也很少有这样一部法律，出台以后，围绕法律的贯彻落实，很快就在各地各级组织尤其在广大农民群众中，引起了如此强烈的反响。

1998年11月4日，全国人大常委会正式通过了修订后的村民委员会组织法。不久，民政部等联合下发了学习贯彻的通知。河北省印发宣传资料400多万份、翻印村委会组织法30多万册，发到农民手中；江西省把宣传村委会组织法纳入农村普法重点，在全省开展村委会组织法及其实施办法的宣传月活动；西藏组织编译、编印了村委会组织法汉、藏文对照本，发给广大农牧民；天津、山东、山西等省（市、区）则率先全部完成了乡镇党委、村党支部书记、村委会主任的培训……

农村干部群众反映，就一部法律的贯彻实施，进行如此及时的部署、广泛的学习、多层次的培训,这是多年来少有的现象,充分体现了党和政府推进农村基层民主建设的决心。

农民们更是把村委会组织法誉为农村"小宪法",依法参与民主实践的热情空前高涨。一年中,有19个省份适逢村委会换届选举,农民参选率达到了90%,绝大多数农村做到了村民直接提名、直接秘密选举、票数当场公布、结果立即生效。

许多地方还依照农村"小宪法"的要求,重新选举了村民代表,出台了村民会议和村民代表会议制度的规范性文件,对村民会议议事规则,村民代表的产生、培训、职责等,作了详细的规定,使村民自治的核心——民主选举、民主决策、民主管理、民主监督,都有了可靠的法律保证。

"草根民主"带来惊人变化　还权于民农村更富生机

河北任丘市的东大坞村邻近京九铁路,由于村里得到的铁路占地补偿款使用账目混乱,从1995年5月开始,在3年多的时间里,乡里任命的6届班子,都相继垮台。愤怒的村民几十人坐拖拉机进城上访、600多人联名上访到国家有关部门,成为"中央级"的上访案。

1999年4月,任丘市严格按照村委会组织法的规定,让村民们通过直接选举产生了东大坞村有史以来第一个真正"民选"的村委会。旷日持久的上访风波遂告平息。

在村委会组织法正式颁布后的一年里,全国各地发生了许许多多像东大坞这样由乱到治的故事。一年的实践证明,党的十五届三中全会确定扩大农村基层民主、全面推进村民自治的战略部署,的确是得民心、顺民意的英明之举。农民们亲切地称这种最基层的民主是"草根民主"。"草根民主"虽来自最基层,却解决了许多大问题,给广大农村注入了更多的生机和活力。

——村民直选的村干部素质好、威信高,使农村村委会班子更替进入了难得的良性循环轨道。全国去年新当选的村委会干部普遍出现了"三高一低"现象,即党员比例高、致富能手比例高、文化程度高、平均年龄低。第一次实行村委会直接选举的广东省,新当选村委会干部中党员占78.7%,初中以上文化程度占85.3%,平均年龄下降2.1岁。

——农民对自己亲手选出的村干部有了信任感和认同感,村干部也切身体会到,村委会的权力是村民授予的,只有全心全意依靠群众、为群众服务、廉洁奉公，才会赢得村民的理解和支持。由此密切了党群、干群关系，促进了农村各项工作的开展。1999年，许多村委会组织法贯彻落实比较好的地方，农田基本建设、"三提五统"以及计划生育等过去比较难办的事情，现在好办了。

——强化了村民的法制观念，促进了农村稳定。农民群众在参与民主选举、民主决策、民主管理、民主监督的活动中，培养了民主习惯和依法办事的风气。有的农民说："过去对村干部我们没有办法管，有了不平事只好用拳头'说话'。现在不同了，我们可以用选票'说话'。"

从根本上说，村委会组织法的贯彻落实，坚定了农民群众跟党走建设有中国特色社会主义的信心和决心。农民群众普遍反映，党和政府尊重和保护农民的合法权益和民主权利，使他们"气顺了，劲大了，心同干部贴得更近了"。

部分关系仍待理顺　县乡干部是个关键

过去的一年，是村委会组织法极为"风光"的一年。

然而"风光"之下，不无隐忧。在我们这样一个有着几千年封建传统、平均文化水平不高的国度里，要做好村民自治这样一件关系到亿万农民群众当家作主的大事，不可能一蹴而就。

当前最关键的问题，是提高县乡干部的认识。县乡干部在贯彻落实村民自治工作中，处于十分特殊而又关键的地位，然而有一些县乡干部至今仍对村民自治认识不到位。有的认为农民整体素质不高，村委会直接选举搞早了；有的认为乡镇不能任命村委会干部，削弱了乡镇政府的权力，工作不好开展；有的认为只要经济指标上去就行了，搞不搞村民自治无所谓。因此有的在村委会选举中，操纵选举、指选、派选，有的随意免去群众选举的干部，有的对拒不交接村委会工作等现象听之任之等等。

因此，既要对农民群众进行民主法制教育，更要加大对县乡干部开展村民自治工作的教育培训，使他们正确对待村民自治，有效指导村民自治，从而保证村民自治工作能健康稳定地发展。

推进村民自治，还有待于相关部门的密切配合，制定相应法规，依法行政。比如，有的部门和地方在制定农村有关政策时，很少考虑农村已经实行村民自治的事实。有的一厢情愿地提出农村经济和社会发展的过高过急的指标,甚至采取"百分制""一票否决"以及"末位淘汰制"等政绩考核办法,使县乡干部不得不去侵犯农民利益,干涉本属于村民自治范围内的事项。有的不仅不搞村务公开、民主管理、民主理财,反而上收农民的民主权利,走"村财乡管"的回头路。

令人欣喜的是,在过去的一年中,村委会组织法的执法力度业已加大,各地人大常委会也加大了执法监督力度。

我们相信,只要严格贯彻落实村委会组织法,充分尊重农民的合法权益和民主权利,曾创造出村务公开、村民代表会议等制度的广大农民,一定能以前所未有的气度,挺直腰杆为国人示范民主,为中国的民主建设奠定最为稳固的基础。

(2000年3月22日)

嘉禾高考舞弊案曝光之后

吴兴华

对曝光的两种态度

湖南省嘉禾县一中高考舞弊案曝光后，记者从长沙驱车南下430多公里，来到嘉禾县，发现人们对于这场高考舞弊案的曝光，有两种截然不同的反映。许多当地群众向记者反映：曝光好！把嘉禾高考舞弊的丑行暴露出来，维护了公平和公正的原则，触动了嘉禾县弄虚作假这根敏感神经。也有些领导干部、教师不以为然。嘉禾县一中一位教师忿忿地对记者说："既然是为了促进工作，电视台记者既然知道要发生舞弊，为什么不立即告诉当地政府采取措施？就好像一只载满旅客的航船，你记者发现船漏水，不报告。等到船沉没了，你才报道！报道舞弊案的电视台记者的目的有问题！"

报道了这场高考舞弊案的新闻记者怎么看？湖南经济电视台的同志说，高考前夕，一个自称"有正义感的"嘉禾人打来电话称：嘉禾1997年高考、中考都发生严重舞弊，近几年高考都有舞弊问题。听说今年高考有县领导的子女参加，很可能会发生舞弊，请你们来采访，将这一腐败现象公布于众。

接到了电话的新闻工作者考虑，目前正值高考，应该警惕腐败现象侵入高考考场。但这个电话反映的情况有多大可靠性？嘉禾离长沙400多公里，有必要去一趟吗？是新闻工作者的使命感和社会责任感驱使他们毅然决定：派记者去捕捉这一可能发生的违法违纪现象，维护高考的严肃性和公平、公正！该台拍摄到舞弊现场情景的年轻记者对记者说："看到触目惊心的舞弊现象，我们感到一种义愤。公平和公正何在？我们应该将舞弊丑闻揭露出来！"

嘉禾县许多群众支持新闻工作者。一位不愿公布姓名的干部气愤地对记者说："作为领导者要带头遵守考规考纪，这方面的文件发了多少？为什么不认真执行？不准搞舞弊，还用记者来事先提醒吗？"

对于"事先通气"问题,年轻的电视记者坦然一笑:如果不是拍到真实的镜头,有的人不仅不会接受我们的提醒,还可能会指责一番:你们无事生非。过去的教训还少吗?

在嘉禾,关于"曝光问题"的争议还在继续。然而记者发现,大多数干部和群众表示理解和支持新闻工作者的敬业精神。

认错的与不服气的

203名涉及舞弊行为的考生被取消了今年的高考资格,嘉禾全县震动。刚来嘉禾就任县委书记不及一个月的罗海运同志告诉记者,为了稳定这些考生的情绪,对每个被取消了考试资格的学生都安排3个干部和教师做工作,他们中的大多数情绪已稳定下来了。

晚上,记者采访了一名因考试时夹带纸条被取消今年高考资格的考生。他说:"我不想为自己辩解。"孩子的母亲在旁边说:"这时候辩解也没有用!"有一位考生在最后一场考试时,站起来看别人的答卷,被摄入电视镜头,现已被取消今年高考资格。他的班主任老师曾德彰介绍说,这名学生听到处罚的消息,很快就表示,我确是想偷看别人的试题,对取消考试资格不再申诉。

也有被取消资格的考生感到委屈。记者见到了几个这样的学生,一直在哭,要求对他们的试卷重新鉴定。一名衣着朴素的农家考生痛哭流涕地说,估计自己这次考试总分在518分至530分之间,但考试时,旁边有人把他的卷子抢去抄了,他想拿回来,但没有成功,也被取消了今年高考资格。因为允许别人抄试卷,也是违反考场纪律的。

嘉禾县一中有一名考生考试时向后座回头,被摄入镜头并播放出来。他也在被取消资格之列。他的班主任介绍说,这个学生的学习成绩很好,考试中回头是因为后座的考生向他问答案,他扭头说,你不要吵我。但是他和后座考生讲话是违反考场纪律的。这位考生还打算明年再考。他说:"考个好学校,让大家知道,我不是舞弊的人!"

记者在采访中强烈地感到,在嘉禾,应试教育的阴影太重了。嘉禾的干部、群众反映,主管人员片面追求升学率,走向了极端。今年高考前,分管教育的县委副书记雷井杏就对嘉禾县一中负责人说:去年,嘉禾县一中上本科线的学生127人,今年考上本科线的学生要达到150人。原嘉禾县一中校长说,他要监考员放松考场纪律,目的就是今年要创"省重点中学"。

弄虚作假的根子在哪里

来到嘉禾采访,走到哪里都可以感觉到"高考舞弊案"的震撼。许多群众对记者说,高考舞弊事件不是偶然的,县里作假的事太多了。有些领导为了造政绩公开作假,上行下效,把风气弄坏了。

一些当地的干部群众列举了嘉禾县许多弄虚作假的情况:教育"两基"达标验收弄虚作假,有些乡镇学生流失多,教学设备差,为了凑满在校学生人数,使设施达标,连夜用车从其他乡镇拉来学生和课桌到验收点凑数。为了达到"基本扫除文盲"的目标,有的地方找初中生、中专生和高中生顶替,参加脱盲验收考试。嘉禾县还是"科技先进县",其实名不副实。乡镇农科站很多散伙了,有的农技人员回城帮助老婆摆摊子。农村初级卫生保健验收时,把相邻的乡镇卫生院的药械、药具搬到验收点充数。为了财政收入过亿元,有的领导示意一些单位到银行借钱填充财政收入,有些乡镇在几个月发不出工资的情况下,向干部借、贷款等来抵税收任务。如此这般,出现了高考舞弊,也就不足为奇了。

让我们听听嘉禾县一位年轻教师李贺喜的呼声吧。他说,高考作弊,践踏了公平、公正的原则,对勤奋学习的正直学生是一个打击,它严重污染、毒害青少年的身心,我们坚决反对。

但愿这个沉痛的教训能使嘉禾人警醒,使实事求是的作风在嘉禾得到恢复和发扬。

(2000 年 7 月 21 日)

让历史变为财富

——江苏省办公机构迁出"总统府"前后

顾兆农

1982年至今,我国共公布了3批99座国家历史文化名城。在城市化进程和经济社会发展中,如何更有效地保护这些历史文化名城受到人们的关注。在南京,为给筹建中的中国近代史遗址博物馆让路,江苏省办公机构从原"总统府"迁出。本报记者对此进行了专题采访——

办公机构撤离"总统府"

作为南京人,无数次到过"总统府"。前不久,陪客人又一次来到"总统府"参观时,却陡然发现,原先在这里办公的江苏省政协机关已全部搬出,"总统府"恢复了历史的原貌,以广阔的空间、丰富的内容,供参观游览。

"总统府"是中国近代史的重要见证地,新中国成立后一度成为江苏省的"办公重地"。先后有江苏省政府、省人大、省政协、省委统战部、省工商联、省科协及民主党派等20多个机关1000多人在此集中办公。熟悉历史的同志告诉记者,早在50年代,南京就有专家学者建议,应该把"总统府"建成近代史博物馆。但是,由于刚刚解放,百废待兴,特别是经济实力还不强,因此,只能把"总统府"仅仅当作"房子"来用。随着事业的发展,经济实力的增强,到80年代中期以后,机关陆续迁出"总统府"的计划开始列入省委、省政府的议事日程。

80年代初期,"总统府"西花园和孙中山临时大总统办公室开始对外开放。

1984年,省政府机关最先搬出"总统府";1988年,省人大又从中搬出;1997年,省工商联、省各民主党派机关、省科协等单位第三批迁离。到20世纪最后一年,江苏省政协机关酝酿迁出,12月底,搬迁工作全面完成。至此，江苏省各类机关先后在"总统府"内办公长达51年的历史结束了！动迁前后整整花了16年的时间。

还"总统府"以原貌

文物需要保护，更应该加以利用。腾空的"总统府"将分3期工程，争取用3年的时间，全面建成"南京中国近代史遗址博物馆"，这是中共江苏省委、省政府的重要决策。

对这项将耗资数亿元的宏大的历史文化恢复性工程，中共江苏省委、省政府高度重视。1997年11月，中共江苏省委召开书记办公会议，专题研究筹建南京近代史遗址博物馆的问题，成立了筹备小组；1998年下半年，省委再次召开专题书记办公会，决定成立以省委副书记顾浩为组长的博物馆筹备领导小组，开始制定博物馆的总体规划方案；1999年12月30日，省委召开常委（扩大）会议，原则通过了博物馆的总体规划方案，同意博物馆由现在4.3公顷恢复至原貌的12.27公顷。

省委书记回良玉刚到江苏，就向省政协有关领导指出，筹建近代史遗址博物馆很有意义，这件事情一定要办好。省委副书记、省政协主席曹克明说，建设南京中国近代史遗址博物馆是江苏文化大省建设的重要内容之一，不仅对南京，而且对江苏全省的改革开放、两个文明建设都具有十分重要的意义。

江苏及全国的众多专家学者积极参与博物馆方案的论证和修订。国家文物局古建筑专家组组长、全国历史文化名城保护委员会副主任罗哲文召集全国著名学者对"南京中国近代史遗址博物馆"作了充分的论证。

目前，已经开放的范围除西花园和孙中山临时大总统办公室外，还有：清朝两江总督署史料陈列、太平天国天朝宫殿史料陈列、孙中山生平史迹展、"总统府"文物史料陈列和"总统府"门楼展等5个部分。再就是一条中轴线：即从最南面的门楼至最北面的子超楼，两侧中西合璧的每一幢建筑，都是具有重要价值的历史遗址。

然而，这还不是"总统府"的全貌。因此，一期工程，将东扩2.2公顷，恢复如今已成为工厂工作区的当年国民政府行政院办公楼的原貌和旧址，拆迁上百户的居民，恢复两江总督署的马厩；二期西扩至今天已成部队的营房，恢复"总统府"当年参谋本部和国民党卫戍总司令部的原貌；三期北扩，恢复原"总统府"的一系列直属局旧址……

让历史告诉未来

著名建筑设计师齐康、张锦秋等同志认为：还"总统府"以原貌这是一项有见地、有气魄、有效益的文化建设工程，它是塑造南京历史文化名城形象、充分体现南京文化特色的重要举措。

对南京而言，"总统府"这组建筑群落地位特殊。明初，陈理和朱高熙先后被封为汉王，在此开府；清代，设两江总督署于此；太平天国攻取南京后，天王洪秀全将两江总督署改建为天朝宫殿，俗称天王府；1864年7月，太平天国革命失败以后，这组建筑经湘军洗劫、焚烧，已荡然无存。遗址现存建筑主要是清同治九年（1870年）重建的两江总督衙门原有规模。民国后，将其部分改建，又新建西式楼房等。1912年1月1日，孙中山在这里就任中华民国临时大总统。以后的15年，这里又成为北洋政府的地方政权所在地。1927年，国民政府定都南京后，又成为国民政府的所在地。1937年至1945年，南京沦陷后，这里又为日军所占用。1946年，国民政府"还都"南京后，这里又先后成为国民政府和"总统府"的府邸。

1949年4月23日，南京解放！那张一群解放军战士站在"总统府"门楼上持枪欢呼的历史照片，曾深深地印在了几代中国人的心里。她是新中国彻底解放的象征，她是另一种意义上的新的历史纪元开始的物证！

这里是中国近代史上民主与封建、革命与反革命、侵略与反侵略、压迫与反压迫、先进与落后抗争的核心之地。人们在这里思考，在这里进一步认识历史与未来。

(2001年2月12日)

夜宿新庭村

马 利

车进新庭村，已是掌灯时分。突然有车进村，村民们不知来了谁，纷纷从门里探出头来观看。那些亮了灯、坐在门庭吃晚饭的村民，停了筷子凝视着。孩子们跑到车前，嚷嚷着问是谁家娶新娘。

还是当教师的女房东朱长华反应快，立即认出谢德新副书记。马上生火启灶，加水加米。得知谢书记来了，闻讯的村民也聚拢来。

"是谢书记回来了！"

村里人直率，涌进门的男男女女有的还端着饭碗，就七嘴八舌地说开了。看得出，谢书记是这里的老熟人了，大伙儿没把他当外人。

新庭村，在安徽省东至县大渡口镇，是池州市委副书记谢德新的常驻点，新庭村又是他"进村入户"的工作点。

听说还有记者在，村民们更活跃了。男女老少抢着发言，嚷嚷着要给谢书记摆摆好。走了一批，又来一批。"谢书记住在老杨家，白天挨家走，田里转，晚上与我们拉家常。心里有话都愿对他讲！""过去，老百姓心里有话不知该对谁讲，小干部管不了，大干部见不着。谢书记来了，该说的话都说了；想到的事，谢书记都给办了。请我们看了场戏，还说要给我们修广播。真是当年老八路的作风！"

几天来，记者和谢德新同志从青阳县的木镇到九华山镇，接着又来到大渡口镇，所到之处干部、群众几乎都与他很热乎。夜已深了，乡亲们仍然谈兴不减。

支书、村主任的"心病"摸准了

村支书汪新武、村主任张永松,一看就是憨厚的乡村汉子。新庭村位于长江边,大部分是圩区,以种棉为主,五年经历了四年灾。过去村里不通公路,党支部下决心,勒紧腰带,带领群众修好了一条路,但只通了5个村民组,还有5个村民组路不通。大部分棉田都在低洼地,下场大雨排不出,半月无雨又冒烟,党支部又发动群众修了两条排水渠,建了两个排灌站。群众修渠建站时,积极性很高,但沟挖通了,站建好了,买机器又没有钱,电线也无力架过去,群众意见很大。外出打工的多,全村有400亩地在撂荒。结果,有些想种地的没好地种,好地撂荒又无人种。村干部看在眼里,急在心里,束手无策。农民家中积压的棉花卖不掉,上面要求农业结构调整,老百姓也想调,但往哪调,如何调,村干部感到"老虎吃天,无处下口"。这几件事,成了支书、村主任的"心病",想办无能力,群众怨气大。去年村里民主评议时,村支书丢了将近一半的票,按汪新武自己的话说:下届"两推一选"他很难过关。这个心有余力不足的老支书一度不想干了。

谢德新驻村后,第一次在农户住了3天,马不停蹄,走村串户。一一看了庄稼地、撂荒田、修了一半的公路、挖好后一次水也没流的排水沟、建好房子没机器的排水站。他仔细询问农民收入与开支的情况以及村集体经济的状况。然后,召开了一个村民代表座谈会,了解村民的所想、所盼、所怨。听在耳里,看在眼里,想在心里。

村里的"难事"解决了

村民把困难都摆出来了,可谁也没想到事解决得这样快。

交通局长来了,没修好的另一半公路立即开了工;

水利局长来了,排灌站安上了水泵,"有庙无神位"的排灌房有了生机;

农校的校长、教师也来了,与农民签订植保承包合同,解决棉农劳动强度大、棉花生产成本高、种棉缺技术等难题。

短短20多天,村民代表会提出的几个问题一一解决。老百姓和村干部感觉到:这次干部驻村入户,不是田头转一转、农户看一看、大道理说一遍;而是真正想为老百姓办好事、办实事。几件事虽小,对村里影响却很大,农民怨气消了，心气顺了，村干部工作也有劲头了。想撂挑子的村支书也来精神了，白天带领群众修路，晚上召集村干部研究、讨论村里发展计划，并与村主任去隔江相望的一家企业联系引种良种萝卜，帮助群众搞农业结构调整。

20多天里，谢德新三进新庭村，一方面督促检查几件事的落实情况，另一方面趁热打铁，帮助村里理清发展思路，为村民改变落后状况一件件订措施。

这一夜，村民们忙着说，我这里忙着记，安静的山村春夜，变得热闹而活跃。

(2001年4月28日)

由火灾、溺水、食物中毒、邪教迷信、交通事故、校园事故等原因导致的意外伤害,已成为威胁青少年安全的"头号杀手"。为此,有识之士强烈呼吁——

让伤害远离孩子们

李新彦　王淑军

青少年是民族的希望和未来。然而,随着自然与社会环境的变化,由各类灾害、人为暴力、邪教迷信、校园事故和暴力等导致的意外伤害问题,致使近年来青少年受伤害人数急剧上升,给本人、家庭带来痛苦和灾难,给学校、社会乃至整个国家带来无法弥补的损失,而成为一个突出的社会问题。

近日,在青少年安全健康宣传教育研讨会上,专家学者们再次把目光投向这个公众所关注的焦点。

意外伤害成"头号杀手"

事实上,青少年安全问题早已成为具有普遍意义的世界性议题。从20世纪70年代末起,西方发达国家儿童死亡排序中,意外死亡就一直居于首位。世界卫生组织1985年发布报告,就指出世界范围内约50%的儿童死亡是由意外伤害所致,死亡人数超过肺炎、癌症、先天畸形和心脏病致死数的总和。

而在我国,目前也进入了青少年安全事故的多发期,意外伤害同样成为威胁青少年安全的"头号杀手"。从目前情况看,发生意外伤害,一是产生于安全措施不完备的校内生活学习设施,如实验室、教室、厕所、宿舍等场所,以及危险建筑意外倒塌引起的伤害;二是学生正常社会实践、文体活动中的意外伤害;三是火灾事故、爆炸、食物中毒、煤气中毒等伤害;四是杀人、抢劫、性侵犯、毒品等社会性侵害;五是校内外交通事故。

面对一个个花朵般的生命受到伤害,一个个幸福的家庭蒙上阴影,我们应当怎样来保证亿万青少年的安全和健康？

安全意识教育刻不容缓

在意外伤害事故中，主要原因是青少年天性活泼好动，而安全意识十分淡薄，自护和救护知识更为匮乏。然而，让人忧虑的是，在多数中小学校的教育中，有关青少年安全和健康的教育至今仍是空白。

海南医学院的焦解歌教授曾在一个红绿灯路口，观察了100位中小学生过马路的情况，发现有近10%的学生闯红灯，或不看交通信号而径直穿过。据此焦解歌问了两个问题，全国2亿多中小学生违章会有多少？其中又将有多少人发生意外？他说："这反映了广大青少年安全意识的普遍性缺乏，而背后的现实则是家庭、学校乃至整个社会对青少年安全意识教育的相对忽略。因此，在社会环境急剧变动的今天，通过对青少年的安全教育，发挥学生自我保护的主体意识已刻不容缓。"

安全教育、培养自救能力应成为素质教育中的重要一环，在青少年安全防护意识和能力普遍较弱的今天，更该引起每一位家长、教育和社会工作者的重视。中国青年政治学院党委书记褚平认为，青少年安全知识并非高深的学问，关键是把这方面的知识从专家手中解放出来，变成广大青少年自防自救的武器并运用到生活、学习中。家庭、学校、共青团和少先队组织、妇联、关心下一代委员会以及街道等社会各界，有责任针对青少年年龄、生理及心理特点，以安全健康知识竞赛、讲座、主题夏令营、防灾自救演习等各种有效灵活的方式，向学生普及安全防护和法律知识，进行防火、防电、防溺水、防中毒等各种安全自救训练，切实提高青少年安全意识和自我保护能力。

"目的就是让他们遇到危险的时刻，可以自救而不致茫然无措。目前，我们一些家长、学校在教育管理上过于成人化、封闭化、简单化，对学生的风险防范、安全自救等素质的培养不够，应该敲响警钟了。"褚平说。

创造安全健康的外部环境

作为未成年人，青少年是社会中的弱势群体。保护青少年安全，除了加强他们自我保护的主体意识外，更需要全社会的努力和参与，为青少年健康成长创造一个良好的外部环境。

剖析诸多青少年意外伤害案例，会发现其中的校园暴力、非法出版物、伪劣用品等因素都是一些社会问题的反映。因此，解决青少年安全问题，应从解决社会问题入手。团中央少年部部长郭长江认为，青少年安全健康问题，是一个系统工程，必须进行综合治理。目前的紧要任务首先应是建立社会各界联动机制，形成学校、社会、家庭共同参与的青少年安全防护体系。比如，公安、交通、工商、卫生防疫与教育部门共同维护学校及周边地区的治安消防、交通、市场经营秩序和食品卫生安全，消除各种隐患，时刻关注孩子们的健康成长环境。

海南省教育厅副厅长徐金龙则强调学校的核心纽带作用。学校应负起主要责任，如强化学生安全教育、设置警示性标志、推广学生意外伤害保险等；同时还应主动加强与家长、社区、社会各部门的沟通和配合，实现学校、社会、家庭对学生安全教育的互补和统一。

青少年意外伤害大多发生在校园中，校园安全问题便成了研讨会上谈论最多的话题。中国教育学会常务副会长郭永福认为，目前有关在校中小学生此类案件的日益增多，不仅严重威胁到青少年的人身安全，也使越来越多的学校被推上被告席，已影响到学校的正常发展及教育教学秩序，同时也给学生、家庭、社会带来了不安定因素。因此，为保障中小学生和学校的合法权益，合理划分学校、家长、当事人及社会的责任，制定校园安全法势在必行。前不久，上海市在全国率先制定实行《中小学校学生伤害事故处理条例》，对一直争议不断的中小学生伤害案责任归属问题作了界定，无疑是一次有益的尝试。

我国各级政府有关部门为保护青少年安全做了大量工作，自1995年国家召开第一次中小学安全工作会议以来，建立了一系列的工作制度，如不定期的部委联席会议制度、每年省级安全工作联络员制度、全国中小学生安全教育日制度等。党和国家的教育方针提出使学生德智体全面发展，而在教育地位日益凸显的今天面对一件件惨痛的事实，要实现这一目标，全国政协教科文卫体委员会副主任王明达强调："创造一个安全、健康的环境，让伤害远离孩子们，这是一个前提，也是全社会的共同责任。"

(2001年11月30日)

安徽淮北市去年几个大的招商项目接连搁浅：号称亚洲最大的高尔夫球场工程奠基已一年多，如今工地成了荒地；据说要投资30亿元的"温哥华城"在挖了4个大坑后，也没有了下文——

决策为何连连失误

蔡小伟

安徽淮北市的人民路，过去是条不出名的市郊马路，去年却出了一番风头。淮北市民被告知，路东和矿山集镇塌陷区将建起亚洲最大的高尔夫球场，相距不远处，还要建起投资30亿元的"温哥华城"，淮北这座煤城将彻底改变其工业城市的面貌，成为一个供人们休闲旅游的"绿色家园"。然而时隔半年，"绿色家园"成了半拉子工程，打基础留下的大坑像是几个深深的问号，至今静静地躺在那里。

淮北是我国五大煤矿基地之一，过去地方经济对煤电产业的依赖性很强。着眼于淮北的未来，当地提出了城市转型的思路：建设一个现代化的工业、商贸、旅游城市。为实现这个目标，淮北积极招商引资，发展开放型经济。

然而，几个大的招商项目接连搁浅，让人不得不重新审视城市的转型之路应该怎么走。

画在纸上的绿色家园

2000年，北京一家民营公司找到淮北市有关领导，希望在淮北建一个亚洲最大、世界第二的高尔夫球场，称为新世纪生态家园高尔夫6+1球场。项目直接投资30亿元，间接投资超百亿。面对这么大的外来投资，淮北人喜出望外，像接待贵宾一样，先后6次接待这家公司的董事长和公司决策人员，并划出9800亩土地，承诺以每亩10元的价格给投资商，供他们在距市区10公里的矿山集镇塌陷区兴建6个连体国际锦标型球场，在市郊人民路东段建一个公益性娱乐球场。

2001年4月，该项目举行了规模空前的启动仪式。谁知工程奠基至今一年多，工地成了一片荒地。而安徽省国土资源厅至今没有收到这个项目的用地许可申请。

高尔夫球场工程搁浅，成为街谈巷议的话题时，有人又介绍来一位加拿大客商，带来的项目计划是，建设一个国内一流的生态住宅区，包括国际会展中心、五星级酒店、国际新闻发布中心、豪华公寓及其他公共配套设施，取名为"温哥华城"。眼看投资巨大，淮北市又决定辟出4150亩建设用地，将其列为"重中之重"项目，希望3年内初步建成，2001年10月之前，先建一个别墅群。

淮北有的是煤矿塌陷地，但许多已复垦，种上了庄稼，要实施这两大工程，许多已经复垦的土地贡献了出来。"温哥华城"的建设需要郊区余庄、梁庄、暗楼村的部分土地，当地居民给予全面配合。任圩镇的农民眼看着100多亩齐膝高的芝麻、豆子被推土机铲去。去年8月11日，"温哥华城"一期工程——别墅苑举行了奠基仪式。然而到10月，这个工程挖下4个大坑之后，就动不起来了。记者日前在工地上看到，4个大坑在太阳下暴晒，其中一个占地近20亩的大坑，灌满了水，周围杂草丛生。钢筋水泥基础已打了一半，一些裸露在外的钢筋，锈迹斑斑。

命运坎坷的招商项目

淮北是个有190多万人口的地级市，城镇居民人均可支配收入5000多元，农民人均纯收入2200多元，该地区知名度较高的旅游景点不多。在这里建亚洲最大的高尔夫球场可行性何在？多少人会来此玩高尔夫？在一次新闻发布会上，有记者提出这个问题。答复是：可以建飞机场，请东南亚的大财团老板开着私家飞机来淮北打球。此语一出，引来哄堂大笑。

同样，建设高档的"温哥华城"，在淮北有多大的销售市场？

不切实际的项目，从一开始就埋下了坎坷的伏笔，这样的结果，作可行性研究报告的时候都分析到了吗？其实，这些工程开工后，外商并没有再投入多少资金，而是用这些土地进行"再招商"。前不久，记者遇到"温哥华城"工地上的一个留守人员，他说，这工程去年10月就停工了，挖坑的钱还是市里拿的呢。

不该付出的"学费"

暗楼村有几个自然村所在地被确定为塌陷地,决定搬迁至现"温哥华城"工地处。但"温哥华城"的建设占用了这些农民的宅基地,面临房屋倒塌危险的农民还没有找到新的安身之处。

这些项目还没有上马前,淮北的宣传广告早已铺天盖地。一年内,淮北举行了3次规模较大的活动,做广告,请明星,开新闻发布会,花费谁也说不清。有知情者说,仅几个新闻发布会和奠基仪式,就超过200万元。当地一些干部的说法是:"外商出面,淮北拿钱,捞个虚名。"

在淮北采访时,许多人对我们说,搞经济工作,难免会有失误,我们也允许决策者付一些学费。但如果是为了追求影响和"政绩",人民是不愿意承担这笔学费的。淮北的市民告诉我们,群众心里自有衡量干部政绩的一杆秤。去年淮北市人大常委会对副市长进行述职评议,有32名人大常委出席会议,负责这些引资项目的副市长不称职票达到16张。

几个招商项目的流产和搁浅,如今已引起淮北市委、市政府的高度重视,他们痛定思痛,认真总结经验教训,开始走一条务实的招商引资之路。最近一段时间,淮北开展了热烈的解放思想大讨论,市里领导提出,在加大招商引资力度的同时,要对每一个项目进行充分论证和调研。据悉,市里正在启动南洋工业园,将有制衣、新型建材、机械制造、电子等行业的50家外商投资企业进驻淮北。

人们期待淮北转型成功。

(2002年5月29日)

决战在没有硝烟的战场
——北京全面抗击非典型肺炎纪实

阎晓明　王建新　赖仁琼

2003年春天。首都北京。正当全市人民全力贯彻十六大精神，为"率先基本实现现代化"和"办一届最出色的奥运会"两大历史任务阔步迈进之时，非典型肺炎这一人类从未遭遇过的疫病，以意想不到的速度和意想不到的程度向北京袭来！

3月初，北京发现首例输入性非典病例；4月20日，卫生部常务副部长高强宣布，北京报告非典病例339例；4月27日，北京非典病例累计突破1000例；4月29日，当天新增病例达到创纪录的152例；5月7日，北京非典病例累计突破2000例……

医生告急！病床告急！医疗物资告急！口罩脱销，消毒液紧缺，学校开始停课，游人纷纷离京，市场出现波动，市民情绪恐慌……

人民身体健康与生命安全受到极大威胁！北京，面临着前所未有的严峻考验！紧要关头，在党中央、国务院的直接领导下，北京市委、市政府带领1300多万市民直面危机，迎难而上，对非典展开了一场坚韧、顽强、壮烈的阻击战……

"要从全面贯彻'三个代表'重要思想的高度，始终把人民群众的安危冷暖放在心上"——临危不乱，果断决策，党的领导凝聚民心

"揪心！"这是2003年春天，一个让共产党员深感责任沉重，让人民群众深感温暖关怀的词。北京的非典疫情，时时牵动着党中央、国务院领导同志的心。党中央、国务院高度重视、十分关心首都抗击非典的斗争。胡锦涛总书记和其他中央领导同志亲临一线，深入调查研究，看望医护人员，对北

京抗击非典斗争作出一系列重要指示。

4月17日,中共中央政治局常委会召开会议,专门听取有关部门和北京市关于非典型肺炎防治工作的汇报,并对进一步做好这项工作进行了研究和部署。会议批准成立北京防治非典型肺炎联合工作小组,全面统筹北京地区非典型肺炎防治工作,这一决定为北京抗击非典斗争起到了关键性的作用。4月20日,中央从全国和北京市的大局出发,果断对卫生部和北京市政府主要负责人的职务做出调整。在以胡锦涛同志为总书记的党中央的坚强领导下,北京市及时调整思路,完善措施,整合资源,扭转了初期的被动局面。

设在正义路2号北京市委院内的北京防治非典型肺炎联合工作小组,是北京抗击非典的前沿指挥所。中共中央政治局委员、北京市市委书记刘淇担任组长,中央和国务院有关部委、解放军和武警部队负责人参加。下设各小组的组长全部由市委副书记、副市长担任。联合工作小组迅速启动危机处理和社会动员机制,从领导体制、医疗救治、科技攻关到群防群控、物质保障、市场供应等各方面,全面整合,有效运转。

为了加强决策的针对性,联合工作小组会议隔日一次,基本都安排在晚上。朦胧的夜色中,各路负责人匆匆赶到市长会议室,通报前两天的情况,布置后两天的工作,所有议题都浓缩成6个字:问题、办法、落实。会议室里有疲倦的面容,有嘶哑的声音,更有"没问题""现在就落实"这样坚决的回答。一项项果断的决策,一道道及时的命令,从这里传出……

4月27日晚,会议提出小汤山医院医务人员住宿问题,几分钟后,问题解决了。在物资保障组,记者看到这样的情形:62名工作人员、23部电话、15部传真机,平均每天2800个电话,24小时不间断地工作……

"小汤山速度"更是北京在抗击非典斗争中打破常规、特事特办创造的奇迹。在国务院和有关部门的大力支持下,一座占地122亩、总建筑面积2.5万平方米、拥有1000张病床的国家一级标准传染病医院,当天晚上决策,第二天建筑工人进驻工地,第五天结构工程和基础工程完工,7天后医院全部建成,第八天正式启用。

在这场没有硝烟的战斗中,北京市广大党员干部身先士卒,在医疗机构、疾控中心、科研院所、学校、工地、市场、社区、村落,到处都有党员的身影……市委书记刘淇光是工地就跑了20多个;代市长王岐山等市领导深入社区、市场、农村一线,确保抗击非典各项措施及时到位、落到实处。

北京石景山区鲁谷社区,1700多名社区党员来到党支部,要求参加抗击非典的工作。如今这个社区，活跃着108支党员志愿者队伍，1153名党员志愿者利用社区阅报栏、楼门文化阵地、社区小报等广泛宣传防治知识，为101户"低保"家庭定期送去营养品和防护用品。

在危急时刻，最能显示共产党人无私无畏的英雄本色。

"恳请组织上信任我，把最艰巨的任务派给我，我保证服从指挥，冲锋在前，坚决完成党和人民交给我的任务……"这是公交车司机杜春强给党组织信中的一段话。得知北京市医疗部门急需抽调50名急救车司机，杜春强和北京公共交通总公司的267名党员，在第一时间报了名。

"一座不垮的大厦，必定有高大的栋梁；一个不倒的巨人，必定有刚直的脊梁。"在这段患难与共的日子里，京城百姓看到了一个坚决实践"三个代表"重要思想、全心全意执政为民的政党，看到了一个敢于负责、务实高效的政府，正在调动一切可投入的资源，尽最大努力保护着人民。北京市统计局的抽样调查结果显示，超过99%的市民表示拥护政府采取的抗非典措施，91.5%的市民对北京市今年和今后的发展充满信心。

"提高收治率与治愈率，降低病死率与医务人员感染率"

——科学防治，步步为营，措施得当稳定人心

5月15日上午，小汤山医院首批7名康复的非典患者走出了医院大门。他们虽然都戴着厚厚的口罩，但迎着久违的灿烂阳光，他们眼角泛起的笑容显示出对生命由衷的热爱与珍惜。据了解，目前在此住院的所有患者病情都比较稳定，近期还将陆续有康复病人出院。

非典疫情暴发初期，尤其是4月中下旬，患者数量急剧增加，北京面临医疗资源短缺的窘境。王岐山代市长在4月30日的新闻发布会上曾带着巨大的压力表示，当时北京只能说"提高收治率"，尚不能做到"保证收治率"。

面对危机，北京快速运转，沉着应对。最初北京确定6家专门收治非典病人的定点医院；随后，定点医院很快增加到11家；5月1日，仅用了7天7夜时间新建的目前全国最大的收治非典患者的专门传染病医院——小汤山医院正式启用；5月7日，改造后的三级甲等医院宣武医院开始运转；5月8日，另一所改造的三级甲等医院中日友好医院开始收治病人。至此，北京抗击非典的医疗资源发生了决定性的转变，非典病床增至3600张。5月7日24时，北京所有的确诊非典患者全部转移到全市16所市级定点医院，实现

了"确保收治、随诊随收、集中治疗"。

一切开始规范有序，一切开始协调运转：为整合首都的医疗卫生资源，组织了定点收治医院的院长联席会议，成立了医疗救治指挥中心；为及时切断传染源，成立了2500人的流行病学追踪调查大队，哪里有疫情，哪里就会出现他们的身影；为有效防止医院内的交叉感染，将全市的发热门诊从初期的123家调整至67家，在设置条件、就诊流程等方面形成了规范；为加强对医务人员的防护，制定了严格的规章制度和控制标准，加强对医务人员的培训和内外部的管理和监督；为提高治愈率，降低病死率，组建了专家医疗组，不断加快科研成果的转化运用，探索包括中西医结合方法在内的新的临床治疗途径，切实提高治疗效果……

抗击非典，这是一条宽广的战线，这是一场人民战争。在社区，在农村，在学校，在工地……一张科学防控非典的网络迅速建立、张开，覆盖到了全市的各个角落。

记者日前来到顺义区后沙峪镇西田各庄村采访，看到两位穿着白大褂的村民背着草绿色喷雾器，正在对等待进村的面包车进行消毒。值班的村民朱文庆告诉记者，进入村子的道路24小时有人值班，外村的车和外来的人不经村委会批准不得进村；本村的汽车和自行车出村回来，也要喷药消毒。

安翔里社区的75名党员最近开始佩戴着"防治非典志愿者"胸卡活跃在社区内，清理楼道卫生和周边环境，挨家挨户给居民讲解有关防范非典的知识。记者了解到，像这样深入到位的防范行动，在北京已成声势。目前，全市已发放《非典型肺炎预防手册》数百万份，帮助市民及时掌握了有关知识。

学校、工地等是备受关注的重点。5月3日，北京决定全市中小学继续放假两周，并利用各种媒体，从5月6日起开办"空中课堂"，指导和推动中小学生放假期间在家学习。5月9日，宣布高考如期举行，但将严格采取全方位措施，调整相关程序，保证考生健康与安全。各高校实行封闭式管理，教师不停课，学生不停学。清华大学一改过去欢迎参观的做法，实行凭学生证、工作证、离退休证进入校门制度，家属和确有需要进入的人员，要到居委会办理家属出入证和临时出入证。对外来务工经商人员，北京严格按照"对健康人员就地预防，对有接触史的就地观察，对确诊者就地治疗"的原则，对出现疫情的工地立即进行隔离，对其他工地和民工居住区进行封闭管理，坚持不停工，全员每天测量体温，严格控制民工离京。

为切断传染源，4月23日，北京决定依法分批对重点疫情场所采取隔离控制措施。24日凌晨，西城区有关部门开始对北京大学附属人民医院整体隔离，隔离范围包括医院院区、科研楼、家属楼及医院通向外界的大门和通道。北京还相继对有疫情的工地、学生宿舍楼、居民楼、医院和指定集中收治非典病人的医院、综合医院的非典病区、二级以上医院发热门诊，采取了隔离控制措施。截至5月29日上午10时，全市实行分散隔离和集中隔离的非典患者及疑似患者的密切接触人员29312人，已解除隔离观察26901人。目前，所有隔离区秩序井然，居民生活无忧，情绪稳定。

严密的防治网络，使北京的防治工作步入规范有序的轨道，并取得了明显成效。近一段时间，北京疫情开始大幅度下降。5月30日上午10时，北京报告新增确诊非典病例6例，这是北京连续第五天新增确诊病例下降到个位数。

"医院就是战场，作为战士，我们不冲上去谁上去"——挺身而出，舍生忘死，白衣战士赤子心

5月13日凌晨4时15分，因抢救非典患者不幸染病的北京人民医院急诊科副主任丁秀兰永远地离开了这个她深爱着的世界。在作为病人住进病房前，丁秀兰一直奔波于非典患者的床前，问诊、查体，匆忙的脚步告诉人们，她根本没有时间考虑个人安危。

"选择做医生，就是选择奉献"，这是丁秀兰生前常挂在嘴边的话语。丁秀兰，还有同样倒在救治非典患者第一线的武警北京总队医院内二科年仅28岁的主治医师李晓红，她们用生命诠释了熟悉的誓言："不得瞻前顾后，自虑凶吉，护惜生命。"

首都北京的这个春天，医务工作者承担了战士的责任。面对严峻的疫情，一批又一批的医务人员走向了抗击非典的最前沿。他们用每一天与疾病乃至死亡的面对面，书写着一个个舍生忘我的感人故事。

姜素椿，74岁的老军医。抢救患者被传染后，他镇静地说："作为医生，我不能为患者服务了，但作为病人，我愿以自己的身体做实验，为防治非典闯条路。"在他的执意坚持下，医院给他注射了非典康复者的血清……

王金静、刘子军，地坛医院两位普通的麻醉师。有一天，一位病人情况危急，急需插管，刘子军将准备工作做好后，迅速来到病人床旁，可王金静

用肩膀一下子将他顶到一边，不容置疑地说："让我来！我都60多了，还怕什么？"其实，医护人员都知道，在所有的技术操作中，气管插管是与病人最近距离的一项操作，也是最危险的工作。插管过程中会引起病人的咳嗽，不少医护人员都是在这种情况下感染此病的。

首都北京的这个春天里，我们眼里常常满含热泪。那么多的医务工作者，他们都是生活中的普通人，同样有着对疫病的担忧，对亲人的牵挂，但在危难中，祖国和人民的一声召唤，母亲吻别甜睡的婴儿，儿女瞒过年迈的父母，丈夫告别了新婚的妻子，义无反顾走上了前线。是责任感，是使命感，是崇高的精神，在默默地激励着他们。

"在生命的最前沿战斗，我们无怨无悔。"隔着厚厚的口罩，被抽调到北京西郊402医院参加非典抢救的积水潭医院护士长崔晶晶的话颇具感染力。面对记者的话筒，她嘶哑着对14岁的儿子说："虽然见不到妈妈，但尽管放心。在家要听爸爸的话，照顾好奶奶。"说话时，她手里攥着一沓浅蓝色的病例纸，潦草的笔迹记录着对儿子的思念。

接触病人最频繁，工作最琐碎、最繁重的是护士们。一位护士来回换输液液体，每天从治疗室到病房就要走上100多趟！除此之外，她们还要整理病历、安置病人、记录医嘱、发药、抽血、打针、测体温、量血氧饱和度，为重病人擦身、洗脸、喂饭、倒大小便……她们还要好言好语地哄着因生病闹脾气的病人。佑安医院感染科的孙焕琴总护士长告诉记者，她这么多年在传染病医院工作，从没有经历过这样繁重的护理任务。

首都的这个春天，和奋战在隔离区的医务人员一样，还有许多人同样面对着危险，面临着考验。

承担着病人转运工作的北京急救中心，是抗击非典的最前沿。急救中心的200多名党员冲在了最前面。有着18年党龄的赵立强连续奋战21天，最忙的时候，连续工作近40个小时，被同事称为"钢铁战士"。急救科一位护士原定于5月1日结婚，领导考虑到她的特殊情况，不让她承担转送患者的任务。可是她说什么也不同意："结婚的事，可以往后推，但病人的事，一刻也不能等。"她义无反顾地连续工作了20天。按照规定，她本可以多休息几天。可是，刚过3天，她就又要求出车，奔赴抗击非典第一线。

流行病学调查是一项艰苦而枯燥的工作，防疫人员一家一户地跑，经常遇到"铁将军"把门，或者住户不配合。但是，他们宁可自己多受委屈，也不愿放过一个疑点。为了取得被调查者的信任，不引起群众的恐慌，他们往往只穿便装，而不能穿防护装。即便是在近距离询问需要戴口罩时，他们也要首先征得被调查者的同意。火车站、飞机场、公共汽车……在人群密集的地方，到处可以看到他们的身影。他们指导消毒防疫，传播科学知识，为首都筑起了一道牢固的安全防线。

不应被忘记的，还有许多与非典病毒近距离接触的人。医院的送餐员、清洗病房的清洁工人等等，他们同样"出生入死"，值得尊敬。

广大医务工作者的无私无畏，更加激发了各界群众对他们的热爱。"在抗击非典战斗的第一线，医护人员表现出的是德，是信仰，是奉献。在这个没有硝烟的战场上，他们是最可爱的人。"这是一位患者的真诚感激；"每当'国难'当头的时候，总会有那些平时默默无闻、任劳任怨的中国人撑着。他们是'中国脊梁'。"这是一位网友的由衷赞叹；"我们与你们同在，我们年轻的心正和你们的节奏一起跳动！"这是莘莘学子发自肺腑的心声……

"伸出你的手，伸出我的手，伸出我们大家的手，挽起手来才有力量"——患难与共，众志成城，中华大地涌动爱心

今春的北京，处处真情涌动，处处团结一心。

"有这么多工作人员冒着被感染的危险守在身边，我们并不孤独。"面对从未见过的非典疫情带来的"非典型"措施——隔离，隔离区内的人员识大体、顾大局，积极配合政府采取的措施，几乎一致选择了理解与合作，情绪平稳。

"隔离是为了早日欢聚！"隔离区外的人们主动关心、帮助被隔离者，真情涌动。在北京首个隔离区域——人民医院宿舍隔离带外的一排杨树上，挂满了大大小小、五颜六色的中国结、黄丝带、千纸鹤和心形卡片。5月8日，北方交通大学嘉园公寓被解除了14天的隔离措施，368名学子"重获自由"，迎接他们的是欢呼、掌声与一个个充满激情的拥抱。

抗击非典，使首都人民的心紧紧凝聚在了一起。当此困难之时，他们没有怨天尤人，而是相互支持，相互鼓励，从自身做起，从眼下做起，以不同的方式共同投身抗击非典的斗争。

4月29日，北京非典定点医院的第一位志愿者王兰，穿上了印有"佑安医院"字样的工作服，为医务人员临时休息的公寓打扫卫生。这位平时几乎从不做家务的珠宝店老板主动请缨，谢绝了每天50元的报酬，开始了长

达一个月的义务保洁工作。据了解，北京仅在非典咨询热线岗位上，就活跃着100多位志愿者。

一位靠捡拾和卖废品生活的人看到北京电视台演播的"万众一心，共抗非典"的大型义演时，毅然骑着自行车，紧赶慢赶了近3个小时，从朝阳区酒仙桥赶到地处海淀区的北京电视台，捐赠了自己辛辛苦苦积攒的1000元。自从4月22日北京开通"防治非典、奉献爱心"社会捐助热线以来，热线电话就一直没停过。截至5月28日，仅北京市民政系统收到的捐款捐物就达到4.7亿多元。

"一方有难，八方支援"，这句普通的老话，在抗击非典时期有着真切的注解。危难面前，全国人民心往一处想，劲往一处使，成为首都这个抗击非典主战场的坚强后盾。

"全力支援，紧急调度，为北京和全国渡过难关做贡献！"4月20日，北京向上海紧急求购1万箱特效除菌皂。1万箱，足足75万块，相当于上海制皂厂往常近一年的内销量。非常时刻，上海制皂厂立即停产所有其他订单产品，连夜改造生产线，紧急转产药皂。为赶任务，总经理来了，党委书记来了，近百名管理人员不约而同来到生产车间，一齐上阵，突击包装。任务终于如期完成。

"讲政治、顾大局，全力支援北京抗击非典！"4月23日，北京首次向山东发出特急用血求援函。此时，山东省血液中心血库只有296单位全血——平时一天的用量。山东省血液中心向菏泽、济宁、青岛等地紧急发出指令。他们得到的都是坚定的承诺：如果需要，我们现在就向北京送血。短短3天时间，全省迅速调集680单位全血发往北京。4月30日，"支援北京急救用血一日捐"在齐鲁大地展开，许多人毫不犹豫地捋起了袖子，在青岛，献血市民排起长队，全天采血619人次，采血量191000毫升，创青岛血站建站以来采血数量新纪录。

在这场抗击非典的征战中，人民军队肩负起了光荣的使命。中央军委一声令下，从解放军和武警部队抽调1200名医护人员，迅速进驻北京小汤山非典定点医院，全面负责对入院病人的治疗。接到命令，首批人员在6小时后踏上征程。从5月1日起，部队医生在小汤山医院开始收治非典病人。5月5日，来自驻各地部队的1200名医护人员齐聚在小汤山医院。

从南到北，从东到西，从城市到乡村，从地方到部队，从党政机关到工矿企业，从党员干部到普通群众，无论男女老少，都在关注着首都的疫情，都在献出同一颗爱心。可以骄傲地说：无论人力还是物资，首都抗击非典一线需要什么，国家和各地就给什么！

4月23日前后，北京市场出现波动，部分地区和超市出现集中购买现象。24日，从全国各地紧急调运的1500吨大米、500吨面粉、890吨食油、4350吨食盐、20万箱方便面就投放到北京各大商场和超市。25日，市场趋于平稳，价格全面回落。北京市防治非典物资保障办公室的同志告诉记者，他们向全国发出紧急求购无纺布鞋套和帽子的消息后，仅一个上午，就有400多个援助电话从祖国四面八方如潮水般涌来……在抗击非典最困难的时刻，药材、口罩、消毒液、消毒皂、温度计和防护服、呼吸机、X光机等源源不断调配进京，保证一线医院供应和城市医药民用品需求。

"北京，我们支持你！"在从河北开往北京运送救援物资的车上都贴着这样的标语。北京也在疫情得到初步控制后，向一些地区捐赠了一批急需的医疗物资。团结互助，和衷共济，这是2003年春天，中华民族面对危难众志成城的共同心声。

"不经历风雨，怎能见彩虹"——迎难而上，愈挫愈勇，首都人民满怀信心

北京现代汽车有限公司1500多名中韩员工一直坚守在生产建设第一线，公司每天仍有200多辆新车下线，并在4月创下日产282辆成品车的最高纪录。公司负责人介绍说，北京现代今年将确保完成5万辆生产目标，稳步推进生产线二期10万辆产能改造。

北京地铁一号线的延长线——八通线地面轻轨工程目前已全线铺轨完成，计划年内通车。日前，记者在地处北京通州区的城建道桥公司施工工地看到，两条平行的轨道在高架桥上蜿蜒着向前延伸。

严峻的非典疫情虽然不可避免地给北京的经济社会生活带来了强烈冲击，尤其是旅游、交通、餐饮、商贸、会展业等遭致重创。但经历了20多年改革开放的北京，已经具有了内在的活力。非典阻挡不了北京前进的脚步。境外和高新技术企业比较集中的北京经济技术开发区，873家生产经营企业无一停产，诺基亚、GE、可口可乐等世界著名公司的生产经营活动一切正常。北京市今年确定的60项重大工程中，已经开始施工的41个项目基本未受到非典疫情影响，正紧张有序地按计划施工建设。据统计，今年1月至4月，

北京国内生产总值同比增长12%，其中高新技术产业增长了15%。

更让人欣慰的是，面对来势凶猛的疫情，几十万普通的劳动者坚守本职工作岗位，默默地用自己的实际行动，为抗击非典贡献力量。交通、治安、市政、环卫、供电、供水……非常时期，这座特大型城市的基本功能加速运转，确保了正常和增加的服务需求。

"一手抓防治非典型肺炎这件大事，一手抓经济建设这个中心不动摇。"北京市委、市政府清醒地认识到：由于经济运行的滞后作用，非典对经济的影响可能在今后一段时间有更充分的显现。被动消极地等待危机过去，只会使经济增长的机制遭到破坏，抗击非典的斗争也将失去雄厚物质基础的支撑。临危不乱，以变应变，主动出击，才能将影响降到最低限度。在疫情得到初步控制的同时，北京开始采取措施，促进经济增长。实施为期5个月的20项具体应对措施已经出台，这些政策措施包括免征受非典影响比较严重的行业的行政事业性收费、政府性基金，减轻企业负担；对部分行业、单位、个人实行税收优惠政策；扶持受非典影响比较严重的行业，支持企业尽快恢复正常生产经营；扩大生产、拉动消费，培育新经济增长点等。同时，将在更长时间内实施的促进今年经济增长的系列政策也已制定完毕，正在完善之中。

突如其来的非典疫情，留给人们的思索是多方面的。北京也在反思、总结和改进，努力将坏事向好的方向导引。预警系统、监控系统、疫情报告体系、社区防控体系的建设将明显加快，长期的公共卫生体系将逐步健全，突发事件和危机处理的能力得到显著加强，公共信息披露机制不断完善，政府协调能力和行政工作效率大大提高……这些，无疑将为未来北京加快发展，在全国率先基本实现现代化和举办一届历史上最出色的奥运会提供强大的推动力。

非典疫情也给广大北京市民上了生动而深刻的一课，除了让市民们开始养成良好的个人卫生习惯、提高了他们的公共卫生意识外，一种精神也开始在他们的日常工作生活中扎根、生长，这就是——科学与理性、责任与爱心。许多市民感慨道："团结一心，同舟共济！北京人比过去更齐心了！"

5月1日，国际劳动节。记者在采访中看到，上午8时，在北京市首批被隔离的居民住宅楼——海淀区皂君东里29号楼上，一面鲜艳的五星红旗从几位居民手中升起，伴着晨风飘扬在楼门口上方。那是一种信念，是1300万北京人民万众一心、战胜非典的信念。

一个在经历了1993年的申奥失败后，仍坚定地将中华民族举办奥运会的百年梦想变成现实的城市——北京，在经历了这场史无前例的抗击非典斗争之后，一定会更加开放，更加坚强，更加成熟，更加美丽。

(2003年5月31日)

司令退休之后
——记回乡带领乡亲致富奔小康的李守发

马利　胡果

青山满目。夕阳脉脉。

这是一个老兵的第二战场,一名退休干部的常青本色,一位共产党员的坦荡胸怀。

李守发,长春军分区原副司令员。1998年退休后,回到家乡辽宁开原,1800个日日夜夜,引领父老乡亲从穷山沟里闯出一条致富路!

李守发说,我是农民的儿子,只想当好农民的儿子。这是一个没有任期,永不退休的岗位,要用生命去践诺……

退休,还乡,拓荒。一种凝重的责任:他要实实在在为父老乡亲出一分力

一开春,残雪还未融净,55岁的李守发扛着铺盖卷,上了山。

乱石滩里推出块平地,四根木棍一支,就是个马架子窝棚。四周密密撒上一圈旱烟丝,蛇虫鼠类就不敢出没。一把斧、一柄锄、一根棍,白天做开荒的工具,夜里当防身的武器。

窝棚半年,83岁的老母亲让人把他叫去。

"儿啊,放着城里的清福不享,到这山沟里受活罪,你到底要干啥?"

"绿化祖国,建设家乡,造福子孙,实现小康。"

"出去这么多年,你说话娘听不懂了。你能不能说简单点?"

"俩字,栽树。"

"哦。"母亲听明白了,"图个啥?"

"山清,水秀,人活,家富。"

"你再说简单点。"

"钱！就是让老百姓有钱。"

"你有多少钱？"娘担心了。

"娘，我兜里没钱，但我能想法儿让乡亲们兜里有钱！"

母亲盯着他的眼睛，半晌吐出一句："我儿没白出息一回！知道回家啊。"

是的，回家，回家。

1998年，李守发从长春军分区副司令员任上退休了。

20岁参军入伍，从辽东海防到塞北边防，从战士到司令员，36年啦，一身军装已成第二皮肤，要脱下它，不容易。

可这就是人生规律。李守发拉过老伴的手："上半辈子操持家，你服侍我，下半辈子，我还你！"

两位远客的到来，扰乱了刚找回的平静。

"司令员，我们代表乡亲来，请您回去！"老家的乡党委书记和乡长一脸恳切。

"我一没钱，二不懂经济，回去能干啥？"

一次，两次，老家人急了，打来电话，话说得直率："您是村里出去的大官。可不管你官有多大，家乡父老一样叫得出你的小名……这么多年，你为家乡做过些什么？"

你为家乡做过什么？

一句话，让李守发彻夜难眠。

7岁爹去世，10岁娘改嫁。他，小李发子，领着8岁的妹妹、7岁的弟弟，还有80多岁的祖父。稚嫩的肩膀哪里撑得起一个家？家乡的野果山泉解他饥渴，东家一碗苞米饭、西家一件布衣裳拉扯他长大，每月9元的一等助学金抚他读完初中。参军了，骑大马，戴红花，乡亲们送了一程程。

血乳之源，根脉所系，大地母亲！走得再久再远，这脐带，又怎能剪断？

1998年冬，李守发回到阔别多年的家乡，辽宁省开原市马家寨乡杏花村。

山沟里转，炕头上唠，一笔笔穷账，灼烧着他的心：全村67户近300口人，靠田吃饭，靠天种田，人均年收入不到1500元。比贫穷更让人揪心的，是观念的陈旧与闭塞——

全村初中以下文化程度的占80%以上，几十年没有出过一个大学生。几个女孩跑到山外打工，又被唾沫星子追了回来。

科学种养，高效农业……改革开放20多年，山外生机勃勃的现实，在这里如同天方夜谭。

20公里外的靠山镇花卉栽培红红火火，这里却埋头种着苞米无动于衷……

杏花，多美的名！如今一提起，扎得人心疼。

是家乡人笨？是家乡人懒？不！家乡缺科学文化，缺现代观念，缺外界信息，但归根结底，缺一个引路人。一个做给大伙看、领着大伙干，既让群众心服口服、自己又能无私无畏的拓荒者。

李守发怦然心动。

拓荒，一种凝重的责任！他要实实在在为家乡父老出上一分力！这是缘分，更是使命。

一页页啃，一点点琢磨，要向科学讨答案。军用挎包里，揣着杏花村的一捧土

一身迷彩服，老兵出征了。

握惯枪的手拿起锄把，为一句誓言——乡亲不富不下山！

先打井，有水才能活人。

跟着开荒。玉米、地瓜、蔬菜，趁着农时赶紧种下，一年的口粮才有保证。

报批宅基地，买砖买瓦进木材，雨季前，三间砖房盖了起来。

起早贪黑，羊肠小道扩成5米宽土路。

跑乡里，跑市里，掏出积蓄，深山沟里扯上了电线，架起了电话……

创业维艰，打击来得却快。

春天，满怀希望育下4000株樟子松。小苗刚出土，赶上天大旱，眼瞅着一天天打蔫，心一急，喷壶灌上井水兜头就浇，结果淹死一半！把剩下的树苗小心翼翼移栽到山坡上，没几天也枯死了。

有人劝："司令员，到此为止吧，你对家乡的一片情大伙儿都看到了！"

有人说："当官的啥都不缺，回来就是玩玩。他玩得起，俺们可玩不起……"

摸着伏地的苗苗，听着一句句议论，他的心阵阵发疼。不是心疼钱，是怕自己头一仗就败下阵来，乡亲们从此丧失致富奔小康的信心。

他想到放弃。趁一切还没到不可收拾，趁失败还承受得起。

然而，又怎能放弃？

打打牌，钓钓鱼，含饴弄孙，颐养天年，不是不会，也不是不愿。在部

队管后勤，刚退休就有企业想聘他为顾问。习字28年，现任长春市书法家协会理事。想挣钱，想休闲，都用不着跑到这山沟沟里来。舍弃现成的清福，舍弃和家人的团聚，半百之年，回乡开荒种树，不是跟自己过不去，实实在在是因为心中那份焦灼。

栽树，是为了引路。司令上山，一村老老少少，所有的眼睛都在悄悄注视着呢。如果连他也向荒山低了头，乡亲们心中那簇好不容易刚刚点燃的火苗，不知又要到何年何月才能够复苏！

依然是那身迷彩服，李守发出门了，他要去向"科学"讨答案。军用挎包里，揣着杏花村的一捧土。

中国农科院绥中果树研究所，吉林农业大学，辽宁省林业厅，铁岭市林业局，开原市3个林管局、6家林场，一家家咨询，一次次求教。杏花村离县城28公里，离沈阳90公里，离长春190公里。惦着家里的小苗苗，每次外出都力争当天赶回，迎着晨风走，踩着夜露归，一块干馍挺一天。绥中果树研究所在葫芦岛市，去一趟得一昼夜，碰上火车没座，就站他24个小时。

栽培，嫁接，剪枝，防病防害，施水施肥，只要是与苗木技术有关的书籍资料，他都当宝贝。深山静夜，一页页啃，一点点琢磨，两年下来，笔记作了十几万字。骆驼红杏子，山西大红枣，绥化核桃，丹东板栗……一个个适合杏花村光、热、水、土的优良品种引进来，扎下根。

这一沟树啊苗啊，就是他的兵，他的命。

当年大兴安岭火灾，他率部抢险，领着干部扑火头，叫战士站在火场外。危急时刻，没人下令，全体战士一拥而上，拔草根，刨砂石，硬是用双手掘开一条防火道……

带兵要爱兵。栽树如同带兵，一锄锄挖，一点点抠，一个个树坑里，铺的土盖的草浇的水，都润着爱。

为抗旱，他琢磨出泥浆抗旱法。别人春天栽树，他偏选在秋天。春天芽抽得快，但风沙大，雨水少。秋季风小，树干不摇晃，根就扎得实；雨水多，水分就充沛；加之一冬考验，来年返青快，成活率就高。

"司令总干反盆子（不同传统、常规）的事哩！"

李守发说，不是异想天开，得信科学。只要符合一定的光热条件，一年四季，都能栽树。

"司令跟老天有缘，你的树就是比俺们的好。"

"哪块云彩都下雨。种树跟待人一个样，用了心，它就给你长！"

五度寒暑，260亩荒山秃岭在这捧心血的浇灌下郁郁葱葱。

五度寒暑，李守发脸黑了，人瘦了，双手老茧疤重疤。不穿那身旧军装，活脱脱一个久居山乡熟知农事的老把式。

不，他没变！

还是爱兵如子、敢打必胜的司令员，还是那个老兵，还是那腔热血！

盯着看，跟着干。"司令往地上插根棍，俺们就敢跟着插十根棍、百根棍！"

要致富，看准路，明特色，别糊涂
膜种田，圈养畜，棚种菜，栽瓜薯
种花生，种杂豆，多打工，学技术
包荒山，多植树，变结构，上花木
跟市场，销不愁，求品质，创高收
年两收，增苗木，年三收，加小秋
勤生金，穷有头，奔小康，朝前走

这是李守发编写的致富"三字经"。

平实，通俗，号准了这方土地的脉搏。

家乡穷，根在观念。观念依旧，只能一切依旧。

市、乡、村，干部会、党代会、人代会。只要请他讲话，首先就讲致富，每次都听得干部群众"呱呱"直鼓掌。开着会，底下就有人喊："司令，说慢点儿，我们记下来！"散了会，都争着来邀请："上我们那儿再讲讲，还没听够哩！"

他把创收的钱拿出来，在村里组织科技培训班，教科学种植技术，讲科学致富道理，算科技兴农大账。外村的农民也赶着马车来听他讲课。深入浅出的分析，让乡亲们听得入了迷，开了窍，动了心。

农民最讲实际。转变观念，光靠开大会、读文件，行不通。

推广地膜种植技术，他特意开出两畦地，垄挨垄，都种地瓜，一半覆盖地膜，一半裸露在外。孰优孰劣，一目了然。

南下山东，他引进36只小尾寒羊，乡亲们头一回知道了什么叫"圈养"。眼见为实，很快全村2/3的人家搞起了科学养殖。

引进苗木花卉种植技术，他在一块十几亩大的苗圃里创出利润 8000 元。如今，6000 多亩花木让马家寨乡四季芳菲。

夏天，他带杏花村人上铁岭、开原搞调查，开眼界。冬天，他领大伙扛着榛子、山蘑，去沈阳、长春闯市场，找销路……

看得见的事实，摸得着的实惠，教育着乡亲，感召着乡亲。

5 年前一提栽树，连自己的亲弟弟都将信将疑。70 多岁的二叔干脆说："俺种了一辈子地，铁杆庄稼是苞米！整那些个烧火的玩意儿，将来卖给你？"一年后，13 户学着种了。第三年，30 多户跟上来了。如今呢，承包荒山抢破头。全乡投资在 10 万元以上的造林大户有 57 户，700 多万株植被染绿了 2.4 万亩童山。

5 年前栽树想请乡亲们打工，没人应答，"司令您这不成剥削了吗？"无奈之下杀了口猪，一家送上两斤肉才解决了问题——"帮帮忙还成！"如今，仅村里 3 个绿化大户，每年支出的劳务费就达 10 多万元。

5 年前申请来 20 部电话，挨家挨户动员。如今，67 户拥有电话 70 部。尽管有的人家不用时还锁在抽屉里，共同的感受却是"真方便不少！"

悄然生长着的，还有人民群众对党的信任——

"盯着看，跟着干，俺们就信这样的共产党员！跟着司令员，致富奔小康。司令他往地上插一根棍，俺们就敢跟着插十根棍、百根棍！"

李守发却累倒了。

妻子心疼他：退下来了，就踏踏实实休息吧。那些大事，有在职在位的干部、党员操着心呢。

妻子的话，让他深思。

职务退下来了，责任没退嘛。不当司令员，人民的儿子还得当。

人生有不同的阶段。为人民服务，替人民谋利益，这是个没有时间、年龄、任期的岗位。一息尚存，怎能退却？

李守发下决心，我是农民的儿子，这是生命之约，要用全部心血去践诺。

温暖一方，带动一方，改变一方。你把群众捧在手上，群众自会将你揣在心中

小小杏花村，一桥一井一路，算得风景。

原本无桥。水大成河，水浅为沟。涨水时，春种秋收，驮柴卖粮，上山下地，上学放学，得绕出去一两里路。不绕也行。被水卷走的，扭伤腰腿的，年年都有几个。

小小一座桥，天大一道坎！

李守发掏出6000元钱，买来水泥、石材，请上青壮乡亲，几天劳作，桥建成了。杏花村人从此可以日日享受安全和便捷。

辽北多旱，山区尤甚。司令回乡，栽树养畜，自打的一口压水井，渐渐跟不上形势。沈阳军区闻听此事，派来工程兵，要把井打在家门口，被李守发一把拦住。

"部队花这么些钱，费这么大劲，光喂我这几头牲口，不值。还是打在山下，让大家伙围着井水，搞点苗木栽培！"

深水机井打好了，司令员没用上。自个儿掏了一眼蓄水井，水量少了，水质差了，心，踏实了。

79岁的徐世兴，摸着李守发的头顶看着他长大。提起李守发，老汉的三儿徐宝金话头就止不住。

"俺一家四口，我赶车，媳妇种地，一年人均也就挣个1000来元。后来跟着俺叔学栽树。你缺苗他给你掏，7毛一棵卖你4毛。你不会他给你教，手把手直到你闹明白。苗长大了，他扯上车票陪你去找销路，想着法儿让咱老百姓多得实惠。

"栽树上了道，俺叔又说了，人啊，不能在一棵树上吊死。交通越来越发达，骡马大车用处不大了。你养牛，牛犊落地就是1000，若是乳牛就2000，一头牛犊子顶上你10亩地粮……"

三儿媳代百勇抢过话头，一脸喜色：

"听俺叔的，开春买了两头牛。这不，大牛揣了满犊，一下下俩！二牛再过20来天也该下犊了，赶上以前种30亩地苞米！"

两口子扳着手指头，算了笔细账——

今年，一家人种了20亩粮，包了30亩山，栽了1500棵树，种了4亩花生，养了5头牛、两匹马，至少收入1万元。人均能有个3500元左右，顶上5年前的三四倍。

"明年有啥打算？"

"扩大规模接着干呗！俺叔正盘算着把咱杏花变成生态旅游村。前几天，市林业局局长还到杏花，跟村民代表一起开会合计呢。过几年再来，杏花到处是森林，俺们都搞旅游了……"

"小李发子好啊。"一直在旁边静静听着的徐世兴老汉慢慢悠悠开了腔。

"怎么个好法？"

"暖了一条沟。"

……

面对面，手把手，心贴心。温暖一方，带动一方，改变一方。

连年干旱的杏花村，人均年收入由1998年不到1500元增加到3000多元。

山乡的晨风夜露，记住了他孜孜跋涉的身影。

谁家做了好吃的，先给他送一碗。婚丧嫁娶、孩子满月，他不到，宴不开。去开原市买水泥架桥，卖主打量着他那身旧军服："司令员，听说了你的事，俺们太服了！今天就收个成本价。"

看他上山下山，来来往往，走在飞扬的黄土中，乡里决定给他修条路。全乡10个村，一下子来了百十台车、一两千人！那场面，让这个带了几十年兵的硬汉子湿了眼眶。

你把群众捧在手上，群众自会将你揣在心中。

只要根扎得深，生命就会长得旺。奇迹在创业中孕育，他改变的，不仅仅是一条沟……

七月流火，去看"司令沟"。

两行白杨耸立路旁，似身披绿甲的仪仗。

蓬着紫花的丁香，挂着红果的樱桃，翠发迎风的柳，铁臂朝天的松。山楂、京桃、银杏、刺槐……层层叠叠，热热闹闹。

"这是我的百万雄兵！"司令手一挥，一条沟成了战场。

乡亲们把这寂寂无名的山沟沟唤作"司令沟"。观摩的，取经的，三天两头来。也有的啥也不为，几十里地赶着马车来，只想亲眼看看这山，这树，这人……

生命是什么？人生的意义何在？被死神吻过额头的李守发，有着自己的理解。

如果没有经历过生命中最后100天的倒计时，不知道会不会有而今的选择。

1996年沈阳军区干部集训，普查身体，李守发查出了肝癌，生命仅剩100天。

生也有涯。不管早晚，总有画句号的一刻。生命的长度有限，宽度却能无穷。尽力开拓这宽度，也就等于延展了长度。有个最简单的公式：让你的所思所为，和更多的人、更大的事、更广阔的世界发生联系。李守发在绝境中时有顿悟。最终确诊，不是癌。老天开了个玩笑，却令人生从此不同。

二次创业，他不能扔下妻子。当初，他是村会计，妻是妇女队长，他介绍她入团，她送他参军。1994年，妻子不幸患了胃癌，晚期，胃切除3/4……

带着病妻上山开荒，难。奇迹，却在困境中孕育。

走进睽违已久的大自然，就像赤子扑入母怀，恢复了元气，找到了生机。充足的阳光，新鲜的空气，适当的劳作，开朗的心境，催生了奇迹：

妻子快掉光的头发长出来了，脸色泛出红润，体重从45公斤增到53公斤！第一年，每3个月下山复查一次。第二年，半年复查一次。第三年，一年一次。5年过去，医生笑着说，不用再来，没问题了……

奇迹还在延伸——

杨树不上山，是个常识。面对满山荒芜，思忖着该种什么树，李守发灵光一闪，认准了它。

赤松、黑松、白松，品质虽好，却要生长四五十年，杏花村等不起。杨树呢，生长快，见效快，只要有黄土地，土层在40厘米以上，便可成活。

听说司令员要让杨树上山，异想天开。"山上怎能栽杨树，活不了。不信试试！""山上杨树能活，我头朝下走路！"

李守发笑一笑，还栽杨树。

选择白毛杨，根系发达：主根能扎10多米，毛细根更了不得，树冠有多大就能伸多宽。又耐寒，又抗旱，渴不着，冻不死，有点光热就拼命生长……

他成功了。司令员的杨树上了山，中科院沈阳分院林业研究所的专家专程赶来，细细看后，连连叹道：奇迹！奇迹！

在李守发看来，这和做人的道理一个样。只要根扎得深，生命就会长得旺。

封山育林5年，"司令沟"成了花果山。好林招俊鸟，绝迹的鸟兽都回来了。一对画眉，看中屋檐下那块宝地，垒窝、下蛋、孵卵、喂雏、领飞，惹得老两口天天惦记、观察，时时有新发现、新惊喜。

一天劳作后，推开窗面对青山，李守发在自己的"蘭彦斋"里研墨运笔。

不写"日暮秋风起，萧萧枫树林"，爱书"老夫喜作黄昏颂，满目青山夕照明"……

（2003年7月7日）

一位到任仅3年的公安局长,因公殉职后,14万群众自发为她送行

百姓心中的丰碑
——追记公安局长的楷模任长霞

戴 鹏　徐运平

细雨绵绵,如泣如诉,灵堂已撤,诗墙依旧。

尽管当初万人恸哭、挽幛如云的场景已经隐去,宽敞的嵩岳大街、少林大道恢复了往日的平静,可隐约中,那悲痛凝重的氛围依然笼罩着这座著名的山城。

5月22日,在登封市公安局长任长霞不幸因公殉职一个多月后,我们来到登封追寻英雄的足迹,听百姓们含泪讲述长霞的故事,真情似颍水清澈,朴实如嵩岳无华,像追忆逝去的亲人。从那悲痛凝重的氛围里,我们真切地感悟到,一个人们心目中的"好官""好公安局长"与百姓的血肉联系,感悟到"天地之间有杆秤,秤砣就是老百姓"的朴素哲理。

　　其实,百姓的眼泪很金贵,也很慷慨,就看是对谁。
　　她抹亮了嵩岳一片蓝天,还给了登封一方平安,百姓就把泪洒给她,把心掏给她,用口为她铸碑

嵩岳无言,颍水低徊。雨像泪一样飘洒,泪如雨一般倾诉。
面对每一位受访者的泪眼,记者视线模糊,无法拍照,无法笔记。

4月14日20时40分,当任长霞为侦破"1·30"案件从郑州返回登封途中突遇车祸因公殉职后,登封"黑幛白花漫嵩山""城巷尽闻嚎啕声",仿佛一夜之间出了无数诗人,使整个山城涌动着诗的潮水,哀的旋律。4月17日,14万群众自发为她送行,其哀其痛,其悲其壮,撼天动地,千年历史的古城登封前所未有。

一个眉清目秀的柔弱女子,一个到任仅3年的公安局长,何以能在这么

短时间内赢得60多万百姓的如此爱戴、如此尊崇？！

"她才40岁，叫这么好的人走恁早，苍天它真的没长眼呐！"发出这声哀怨的是当地"王松涉黑团伙"的受害者、告成镇农民冯长庚。伴着窗外的细雨，他含泪向记者讲述任长霞如何除掉这个社会毒瘤，为民伸张正义的故事。

登封位于郑州、洛阳、平顶山的结合部，多年来，治安形势严峻，大案积案较多，群众对公安工作意见很大。以登封避暑山庄老板王松为首的涉黑团伙，就是一个没人敢碰的毒瘤恶疮。他纠集家族成员、两劳释放人员组成黑恶势力团伙，私买枪械，私设刑堂，在白沙湖一带为非作歹，伤人过百，命案累累。冯长庚就因为在水库边洗脚，被王松手下诬为偷鱼而被刺一刀、打断5根肋骨。

在一个局长接待日里，冯长庚试探着向任长霞诉说了自己的冤情，倾吐了不敢明告状，却又不甘心的苦衷，引起了任长霞的高度重视。在派人密访暗查掌握基本案情后，任长霞决心打掉这个背景复杂、组织严密、危害极大的犯罪团伙。经过专案组几个月的艰苦侦查，"王松涉黑团伙"所有成员全部被捉拿归案。作为全国十大打黑案件之一的典型案例，登封市公安局受到了有关部门的表彰。消息传开，老百姓奔走相告，称颂任长霞敢于打黑碰硬，为民除害。

"像这样棘手的案件，她可以找一千个借口搪塞，找一万个理由推脱，可她没有，她情愿为咱百姓当靠山！"冯长庚的话也说出了君召乡海渚村村民陈振章的心声。2002年4月16日，陈振章被涉黑团伙"砍刀帮"的成员砍了两刀，一直上访告状，是任长霞组织干警，端掉了这个以李新建为首的犯罪团伙，为百姓除了害，也为他讨回了公道。

"任局长是真心为咱百姓办事的官儿。老天爷啊，咋不让我这个老婆子替她去死哩？"满头白发的韩素珍说起任局长老泪纵横。

1990年9月8日晚，君召乡韩素珍的女儿和另一名女孩儿被犯罪分子强奸杀害，由于种种原因，案件长期未破。2001年5月，任长霞在"局长接待日"上了解这一情况后，决心拿下这一陈年积案。2002年8月26日，犯罪嫌疑人赵占义被抓获归案，11年的悬案有了结果。

"要是嵩山搬得动，我就用它为任局长立碑！"韩素珍为表达对任长霞这位"女神警"的崇敬之情，筹措1000元钱，为她铭刻了一块正面镌刻着"有为而威邪恶畏，为民得民万民颂"14个大字的"功德碑"。2003年4月10

日,她带领君召乡郭岭村的村民们敲锣打鼓,来公安局给任长霞立碑。任长霞坚辞不让,村民们说啥也非立不可。任长霞最终没有拗过,同意让大家把碑立在公安局后院一个不显眼的地方。等乡亲们离去后,任长霞立即让民警把碑拆了。村民们事后感叹:"任局长能拆掉石碑,可她拆不掉俺老百姓的心碑!"

在回放4月17日任长霞葬礼的录像资料中,一幅写有"痛悼亲人任长霞",落款为"上访老户"的巨幅挽幛格外引人注意,一头挂着的那包药来回晃动,尤为显眼。"来路短,去路长啊!长霞闺女为我们落下了一身毛病,带上点儿药也好御个风寒,免灾祛病。"老上访户张生林老汉未语泪流,泣不成声。

作为村民代表,张生林向上级反映村里财务混乱问题,受到报复,被打成重伤,颅骨至今塌陷。由于案子长期得不到公正处理,无奈之下,他常年上访,历尽艰辛。对他的申诉,任长霞极为重视,很快使案情获得重大突破。每次见他,总是问寒问暖,逢年过节,多有体恤。就在任局长牺牲前的4月12日晚,他应约来到任长霞的办公室,向她汇报一名打人凶手潜逃回村的重要线索。当任长霞得知张生林连小病都没钱看时,抓起电话就向市民政局长"说情"求援,为他申请救济。接着,她又把自己的常用药给张生林老汉挑了一大包,并约定15日她从郑州开会回来再说案情,弄准了立即抓人。

"可在4月14日她就走了,走时啥也没带……"送行那天,张生林约了另外6位"上访老户"凑钱为任长霞做了挽幛,早早来到了她的灵前。

登封街头卖冰糕的老汉王青山,与长霞非亲非故,素昧平生。"每逢星期六控申接待日,总能见到任局长耐心接待上访群众,倾听他们陈情,为他们主持公道。有一次碰面,她主动与我拉家常,问我生意咋样,收入够不够生活用,叫人心里热乎乎的。为了给任长霞送行,王青山老汉主动去帮助搭了3天灵棚。"就是沾亲带故,白发人送黑发人,也没有叩首跪拜行大礼的,可我是身不由己,腿不由心呐!"

> 莫道尽铁血，英雄也流泪。她的泪流淌着女人的天性，天性的慈悲，慈悲的纯真，闪耀着彩霞般的丽晖，映照出一位公安局长执法为民、关爱百姓的深切情怀

嵩岳无言，颍水低徊。雨像泪一样飘洒，泪如雨一般倾诉。
面对每一位受访者的泪眼，记者视线模糊，无法拍照，无法笔记。

"我娘死我都没有这么伤心，没磕这么多头，没跪这么久。"5月24日上午，在陈秀英家的堂屋门前，陈秀英将任长霞的遗像双手捧在怀里，泪流满面："我每天都要看看任局长，咋也看不够啊。在灵堂送行那天，我排了两次队，转了两圈，只为多看任局长一眼。"

2000年9月16日，中岳区任村村民陈秀英在一起纠纷中被打成重伤，事发后犯罪嫌疑人潜逃外地。陈秀英在医院做了两次手术，头上留下小碗口大的塌陷伤痕。由于案件迟迟未破，陈秀英踏上了上访告状之路。

"2001年5月的一个局长接待日，我到市公安局去申诉。那天的情景我到死都忘不了。任局长拉着我的手，问我啥事儿？我把告状材料递给她，她看了材料后，轻轻地摸了一遍我头上那块去掉颅骨仅剩头皮包着的软坑，她惊讶地说了声'咦！咋打成这样！'她的泪水一下流了下来，双手扶住我的肩问：'人呢？'我说'跑了'。任局长说：'你放心，跑到天涯海角我们也要把他抓回来！'当时在场的100多个告状乡亲中许多人都哭出了声。""任局长的心咋与咱老百姓的心贴得这么近，对咱这么亲！她也不嫌弃俺农村妇女蓬头垢面身上脏，在我头上摸了一遍又一遍。你知道，就这一摸，把俺的心都摸暖啦！"从公安局出来，陈秀英抑制不住情绪失声痛哭。经过两年多的艰苦侦查，今年2月，任长霞指挥民警终于将犯罪嫌疑人抓获归案。从那以后，陈秀英每次进城看病买药办事情，都要到公安局门口转转，总想看看任局长。

"任姐走了这么多天，这个画面还老是在我眼前晃动。"登封市电视台记者任俊杰眼含泪水，为我们讲述了又一段任长霞流泪的感人故事。

2003年12月18日，是一起重大案件告破的日子。在石坡爻村召开的公捕大会现场，囚车缓缓开动。一个小姑娘抱着一个小孩死命地追赶着囚车。小孩一声声哭喊着"爸爸""爸爸"！撕人心肺。小姑娘是犯罪嫌疑人王小伟的侄女，孩子就是他刚满3岁的儿子。因为家里穷，前两年他老婆跟他离

婚了，家里还有一个年近古稀的老母亲。听到孩子的叫声，犯罪嫌疑人眼睛紧闭，牙关紧咬，痛苦地将头埋在怀里。见到这个情景，任长霞走过去让民警把犯罪嫌疑人从囚车上押下来，说："打开手铐，让他们父子再见上一面。"犯罪嫌疑人看到还不懂事的儿子时，露出了人性的一面，抱着儿子嚎啕大哭。这时，任长霞蹲了下来，用双手轻抚着孩子的脸，从衣兜里摸出100元钱，递给一位邻居说："给孩子买点吃的，以后孩子有啥困难就去公安局找我，我叫任长霞。"说完扭头就走了。

当时在现场采访的任俊杰回忆说："当我过一会儿再见到任局长时，发现她在悄悄抹泪。""任姐，你哭了？"她对我说："唉，孩子真可怜！女人泪窝浅啊！"

高墙电网，厚门铁窗。5月25日下午，记者在登封市看守所见到了犯罪嫌疑人王小伟。第一次听到任局长遇难的消息，王小伟抱头痛哭："她可是个好人啊，不该走这么早！"好大一会儿，他抬起头来说："我对不起母亲，对不起孩子。如果有机会出去，我第一件事就是去坟上看看任局长，给她烧香磕头。"临了，王小伟哽咽着小声问记者："任局长埋到哪儿啦？"

女性的慈悲是博大的。因为博大才显得伟大。

"任妈妈这一走，我又成了没妈的孩子！"登封市直二中初一女生刘春雨还没开口就失声痛哭，泪滴像断了线的珠子洒落在她手中的作文簿上——《我心中一盏不灭的灯》。窗外，风摇月季，雨打花蕾。小春雨断断续续讲述着她被"任妈妈"收养的一段情缘。

2001年5月，大冶镇西施村煤矿发生瓦斯爆炸事故，刘春雨的父亲不幸遇难。两年前失去母亲的刘春雨成了一名孤儿。任长霞在处理这起事故中得知这一情况后，眼含热泪拉过小春雨的手："孩子，从今往后你就是我的亲闺女！"自此，任长霞独自承担了小春雨生活和学习的全部费用。

"任妈妈要是活着，她一定会给我送来生日礼物！"5月24日，记者采访小春雨时，这天正巧是她14岁的生日。她说，前年她过生日，任妈妈给她穿鞋的那一幕总是出现在眼前。

"2002年深秋的一天，任妈妈到我家来看我，给我带来一双运动鞋和一件粉红色棉袄。她蹲在地上给我穿鞋，见到我的袜子破了一个窟窿，就说，'这咋穿哪，给你点儿钱去买双新的'。我的眼泪刷一下掉了下来，要不是当时旁边站着别人，我真想搂住她亲她一口，叫一声'妈妈'。"

按当地习俗，披麻戴孝摔老盆，是亲生长子为父母送葬时才能行的最重的大孝礼仪，可在 5 月 17 日送别任妈妈那天，小春雨披麻带孝，在任长霞的遗体旁久跪不起，哭成泪人。她告诉记者："当时我真想把躺在那里的任妈妈拉出来。要不，她就会被灵车拉走，再也见不到了。""以前任妈妈工作忙得总顾不上回家，我宁愿她的骨灰放回家中，好让她再享受多一点家的温馨。要是放在陵园里，她太孤独了，连个说话的伴儿都没有……"

怀有这种感情的又何止一个小春雨？2002 年 1 月，任长霞为了使更多的孩子得到救助，向民警发出倡议，在全局开展了"百名民警救助百名贫困学生"的活动。全市有 126 名贫困学生得到了干警们的救助，重返校园。在为任长霞送行的那天，孩子们哪一个不是手扶灵柩，声声哭喊着他们敬爱的任妈妈！

> 她是个优秀的公安局长，却不是一个优秀的女儿、妻子和母亲。她把有限的生命时光几乎全都用到了事业上，留给家人亲友的唯有痛惜的泪水

嵩岳无言，颍水低徊。雨像泪一样飘洒，泪如雨一般倾诉。

面对每一位受访者的泪眼，记者视线模糊，无法拍照，无法笔记。

"说不生她的气是假的！几个月见不了她一面，好不容易回来一次，几句话，一顿饭就走了。我就是再想她，也不敢给患有脑溢血的老伴说，只有独自落泪，一哭半夜。我给邻居说，我算是给公安局生了个闺女。说实话，她心里很少有家的概念、父母的位置。"任长霞的母亲抹了一把泪："再想，她也对，家人再亲就这几口儿，那登封可有 60 多万人呐，不这样真的不中啊！"

"她的时间就像桶里的豆子，抓给事业上的多了，剩给家人的就少了。在这方面她固执得很，必须按她的原则办。说白了，工作上的事，群众的事不能挤，唯一能挤的就是给家人的时间。"任长霞的丈夫卫春晓律师说。"当初，我下班早了，给她倒杯水；她下班早了，给我倒杯水。多少回，她小鸟依人般偎在我怀里。随着她肩上的担子逐步加重，这些慢慢都没有了。她偶尔回家一次，也是不停地打电话说工作，或者倒头就睡，叫都叫不醒。'春晓，咱老夫老妻了，我真的太累，顾不了家，你多担待点儿'。"看似刚烈的卫春晓泪花闪闪……

"其实，妈妈很爱我，就是因为她太忙，很少有时间回家陪我。今年 3

月16日，我患病在医院动手术，痛得全身流汗，特别想妈妈，忍不住就给她拨通了电话。妈妈说，工作忙完了就来陪我。我听到妈妈在电话那头哭：'卯卯，好孩子，妈妈腾开手，一定去看你，一定！'为了让妈妈到医院来看我，也好让她借机休息一下，我故意在医院里多呆了几天，可直到我出院，妈妈也没顾上来看我一回。妈妈从来说话算数，可这次却永远地失信了……"任长霞的儿子卫辰尧一边讲述一边痛哭。

"要用百分比打分，你给妈妈多少分？"卯卯沉思了片刻："顶多80分，因为她陪我的时间太少了！"

又一个80分！面对同样的问题，长霞的丈夫给了她同样的分数！

记者的泪水夺眶而出……是的，只有完美的神，没有完美的人！

作为一个普通的人，一个普通的女人，如果说任长霞也有她的不足和缺陷，那无疑是一种英雄的残缺，残缺的美丽，美丽的崇高！

"说实话，姐姐人长得很美，也很爱美。除了警服，还特别喜爱红衣服——红夹克、红毛衣、红衬衫、红围巾。她自己就说，'爱红装又爱武装'。说真的，不管啥衣服，姐姐咋穿都好看。"任长霞的妹妹任丽娟翻看着姐姐的照片，眼里闪着酸楚的泪光。

她的话印证了长霞的美与爱美。记者在任长霞局长办公室的洗面台上发现，她的玉照下也有不少女人化妆用的必需品，一瓶忘记拧盖的化妆品仍散发着淡淡的芳香。

"这是唯一的一张全家福。"任长霞穿着红色的夹克衫格外醒目，格外妩媚。丽娟说，2002年春节，妈妈提议让姐姐回来，团圆一次，顺便照张全家福。可她说要值班，没空。我们全家就不期而至，"突袭"登封，硬是"逮"住她照了这张相。"她终究还是走了，撇下我们大家，留下一个残缺的家！"任丽娟镜片里的两窝泪水在盈盈晃动。

还有一张长霞身着警服，手持手机正在通话的照片。她一脸坚毅，显得特别飒爽。"其实，全家都习惯了，都理解她，支持她，包括至今仍被蒙在鼓里的瘫痪的父亲，从来都不给姐姐添麻烦。"

指着这张照片，丽娟说："去殡仪馆为姐姐送行那天，妈妈把我拉到一边，让我给姐姐'捎'去个手机，说我姐离不开手机，为那工作上的事，一天到晚不停地打电话，不能临走连个手机都没有！"

姐姐，带好你的手机，可别丢了！

说到舍小家为大家的任长霞，她曾经的搭档、郑州市公安局副局长、全国优秀刑警队长杨玉章说:"干公安局长这一角儿,别说是女同志,就是大老爷们儿也得咬牙硬挺,恨不得一天当作两天过,一个身子分成仨。长霞就是再优秀,登封治安状况那么复杂,她既要破案、扫黑、带队伍,还要接访、调研、顾群众,她能有多少时间来顾及家人?!"这位剽悍的铁血汉子硬是半分钟没说话,生生把将要流出的泪水憋了回去。

"闻讣沈阳已吞声,泪水随机过百城。此后无计可问谁,九躬难尽战友情。"闻知噩耗时,任长霞的战友、登封市公安局政委刘丛德正在沈阳出差,在火速赶往登封的途中挥泪写下了这首小诗。

3年来的并肩战斗,他们结下了深厚的战友情谊。"长霞逢事总是想别人的多,想自己的少。她到登封后的3个春节,都因为事情多,是在局里过的。2004年大年三十,长霞又坚持让我回家过年,她值班。我知道,她爹因脑溢血半瘫痪,娘的身体也不好。让我回家,老婆孩子围着,我怎么安心吃得下饺子?那天晚上,我带着爱人一起去看望了她的父母。"

刘丛德把头埋入双手,声音哽咽:"今年的春节她真的回不去了!长霞,你是顾不上了,就让我们替你尽孝吧,你放心走好!"

嵩岳无言,颍水低徊。雨像泪一样飘洒,泪如雨一般倾诉。面对每一位受访者的泪眼,面对照片上英雄的微笑,记者视线模糊。

大德无碑,大道无形。谁心里装着百姓,百姓就把你刻上心碑!历史就这么公道!

(2004年6月3日)

阿翁魂归故里

黄培昭

各国政要送别

11月12日，埃及首都开罗，碧空如洗，柔风习习，街上行人却满目含忧，神情凝重。人们知道，巴勒斯坦领导人阿拉法特的葬礼今天在这里举行。

记者很早就驱车赶往位于新开罗的埃及空军所属的"加拉俱乐部"医院。昨晚10时45分，阿拉法特的灵柩就已从巴黎由法方派专机运抵这里。

上午10时，覆盖着巴勒斯坦四色旗的阿拉法特灵柩被抬进医院的清真寺，穆斯林神职人员为阿拉法特诵念《古兰经》，为这位巴勒斯坦事业的卓越领导人虔诚祈祷。随后，灵柩被抬出清真寺，等候在外面的埃及军队仪仗队接过灵柩，小心翼翼地将其安放在一辆由4匹黑色骏马牵引的礼炮车上。

在阵阵哀乐声中，礼炮车载着阿拉法特的灵柩，在仪仗队的引导下缓缓驶向附近的一个军队俱乐部。俱乐部前，埃及方面刚刚赶建了一个临时大帐篷。包括10位总统、1位国王在内的大约60多个国家的领导人或其代表在这里向阿拉法特做最后的告别。

接着，由埃及军乐团开道，礼仪人员手捧鲜花继之，后面是礼炮车拉着阿拉法特灵柩，再后面，埃及总统穆巴拉克走在队伍的中央，突尼斯总统本·阿里、沙特王储费萨尔、巴解组织执委会新任主席阿巴斯、法塔赫新任主席卡杜米、叙利亚总统阿萨德、约旦国王阿卜杜拉二世、也门总统萨利赫、南非总统姆贝基和中国国家主席胡锦涛的特使、国务院副总理回良玉等各国政要一个个神情肃穆，缓步跟随灵柩前往不远处的马藻军用机场。

11时30分左右，阿拉法特的灵柩被8名礼仪卫兵抬着送上在停机坪等候多时的埃及空军的一架编号为1289SU-BAV的大型专机。送行的各国政要不顾炎炎烈日，久久注视着停机坪上的专机，为他们熟悉和尊敬的巴勒斯坦领导人再送上最后一程。

阿拉法特的夫人苏哈和女儿扎赫瓦也在送别的人群之中。苏哈一袭黑衣，神情悲恸。当阿拉法特的灵柩被送上专机时，年仅9岁的扎赫瓦在母亲旁边哭泣。埃及播音员动情地说："别哭泣，扎赫瓦，你的父亲从不哭泣。你的父亲是一个坚忍不拔的人。别哭泣，扎赫瓦，你要像父亲那样坚强，今天，所有的阿拉伯儿童都与你共享自豪和尊严。"

阿拉法特生前曾说，埃及是他的"第二故乡"，开罗是他青年时期接受高等教育和最早投身革命的地方，更是他几十年来活动最多的舞台之一。

英雄入土为安

阿拉法特的灵柩先由埃及空军专机送到埃及西奈半岛北部城市阿里什，再从那里改由直升机送往巴勒斯坦城市拉马拉。当地时间下午2时17分，灵柩运抵拉马拉。

一天多来，巴勒斯坦群众一直聚集在那里，怀着沉痛的心情等候阿拉法特遗体早日归来。不少人表示，他们要抬着阿拉法特的棺椁到耶路撒冷去，因为他们认为，自己的领袖应该安葬在那个圣地。当直升机在拉马拉缓缓降落后，人们悲伤和愤怒的情绪达到了顶点，纷纷拥上前去，冲破安全人员的警戒线，将直升机团团围住，现场不免显得非常混乱，巴安全部队的士兵不时鸣枪提醒群众，形势几近失控。

近半小时后，安全部队的士兵费了好大气力才将阿拉法特的灵柩抬下来，放到汽车上，运往事先挖好的墓地。大批群众高喊口号："我们将用鲜血和灵魂祭奠你！"他们情绪激昂，紧紧簇拥着灵车，灵车几乎无法开动。许多人眼含泪水，挥舞拳头，还有人爬上阿拉法特的灵柩，挥舞着巴勒斯坦的国旗。

阿拉法特的墓穴位于其在拉马拉的官邸内，与他平时的办公室仅咫尺之遥。灵车好不容易开到了墓穴前。穆斯林神职人员再次诵读《古兰经》，祈祷阿拉法特的在天之灵。灵柩最后被安葬在官邸内绿树环绕的白色大理石墓中。几天前曾去巴黎为阿拉法特祈祷康复的巴宗教领袖塔米米，将采自耶路撒冷的泥土抛洒在阿拉法特的灵柩上。这时，许多巴勒斯坦人仍在高喊"回到耶路撒冷""英雄归来"等口号。

中国驻巴勒斯坦办事处主任宫小生代表中国政府出席了安葬仪式。巴勒斯坦外长沙阿斯请宫小生转达巴勒斯坦政府和人民对胡锦涛主席、中国政府和人民在巴勒斯坦这一悲痛时刻给予巴勒斯坦人民的关切和支持的衷心感谢。

一代英雄已入土为安,一个时代画上了句号。阿拉法特走了,但他作为巴勒斯坦的化身却永远定格在世人心中。

(2004年11月13日)

党的好干部　人民的贴心人
——追记新时期领导干部的楷模、优秀少数民族干部牛玉儒

崔士鑫　盛若蔚　吴坤胜

> 长调悠悠，晚风拨动马头琴绵绵的思念
> 炊烟袅袅，牧场上传说你动人的故事
> 这里有辽阔的草原你美丽的家园
> 这里有你深爱的人和深爱你的人
> 你是草原的骄子，你是蒙古人的骄傲
> 你像敖包挺立大漠，挺立风雪
> 风雪中守护那美丽的草原，美丽的传说
> ——摘自纪念牛玉儒歌曲《草原之子》

这是牛玉儒最后一次"察看"呼和浩特的街道。

2004年8月19日清晨，青纱挽幛的车队从火车上接下牛玉儒，缓缓驶向他生前关注的引资项目、城建工地。

站前广场、中山路、开发区、机场路、新华广场、各小街巷……

像生前一样，虽然是"塞外青城"——呼和浩特的市委书记，他出行却不想惊动任何人。但这一次，他被闻讯赶来的各族群众包围了。

道路两旁，人们排起了长龙。晨风轻托起手中的挽幛、泪水沾湿了胸前的白花。"牛书记，你回家了！""牛书记，我们怀念你！"……人群跟着灵车，一点一点向前挪动，想再多陪牛玉儒一程。出租车鸣起长笛，一声声像是青城人深情的呼唤……

老百姓为何对他如此依恋，不愿停住跟随他的脚步？

他为这片土地留下了什么，牵动出青城人无尽的泪雨？

人心之中有天平，这天平总向着一心为民谋利益的人倾斜。

人民对他爱得深，是因为他为这片土地奉献得太多……

勤 政

2003年4月10日,牛玉儒被任命为呼市市委书记。到他去世,牛玉儒在呼市工作仅仅493天。

但呼市的干部群众,却有一个共同感觉:这个书记与众不同!

青城人从一场突如其来的灾难中认识了这位新任市委书记。

牛玉儒上任第三天,非典疫情迎面而来!

疫情凶猛。"封城"传言四起。老百姓的心,一下子揪紧了,生活必需品被抢购一空。不法商贩趁机哄抬物价,一斤萝卜竟卖到了8块钱!

就在这时,牛玉儒来到了百姓中间。他到的都是最危险的地方:非典医院、疫情社区、垃圾清理场……新书记连口罩都没戴,就和身穿防护服"全副武装"的医护人员一一握手、亲切问候,现场解决划定病区、后勤保障等问题。

"人家书记都不怕,咱怕啥?"看到牛玉儒,人们悬着的心,很快落了下来。牛玉儒及时指挥调度,由政府拨款调运物资稳定市场,一场风波消弭于无形。

40多天里,牛玉儒的足迹走遍了市四区的大部分社区街巷;40多天里,牛玉儒办公室的灯光几乎没熄过,每天开会到深夜。散会后,牛玉儒亲自从网上下载北京、广东等地抗击非典的经验和做法,分类整理,转发各部门。其他同志早上一到办公室,就会发现牛玉儒批的文件和资料早已摆上案头,而此时牛玉儒早已到基层为居民、群众解决急需的问题去了……

两个月艰苦卓绝的攻坚战结束了。已40多天没回过家的牛玉儒,拖着疲惫的脚步踏进家门,整整瘦了3公斤!

牛玉儒瘦了,但他在呼市百姓心中的形象却大了、高了。"呼市越看越像个'嘎查'(村庄)。"由于历史欠债,呼市城市建设一直不能让老百姓满意。牛玉儒接过前任的接力棒,又打响了改造青城的战役。

烈日炎炎,尘土扑面。牛玉儒徒步几公里,实地察看东风路环境整治情况。他一步一步地量着走,从道牙到绿化带以及便道的铺装,从砖的厚度、强度到树木的养护,即便花草的搭配,他都一一过问,反复叮嘱。城建部门的同志,无不惊叹他的"内行与专业"。

牛玉儒说:"搞城市建设,就像装修自己家一样。哪些地方需要装修,怎么装修，必须时时做到心中有数。"

这"心中有数"是牛玉儒用脚步量出来的。城建部门的同志最怕他下班时间打来电话——准是牛玉儒又在街上转悠时发现了问题。

一个下雨天中午，建委的同志接到了牛玉儒的电话："快到青城公园来！"等在公园里的牛玉儒对他们说："公园本应是市民休闲、娱乐的场所，就因一元钱的门票，把多数市民挡在了门外。要想办法把这里的破烂收拾出去，把公园建得漂漂亮亮，开门让老百姓进来。"

建委的同志怕公园开放不好管理，一时想不通。牛玉儒耐心地解释："这不是收不收门票的问题，更重要的是体现政府部门由管理型向服务型的转变。要通过公园开放，促进城市园林绿化的大发展。"临末还鼓励一句："什么时候你们把公园都治理好了，我来请你们客！"

不久，呼市的公园全部免费开放，还绿于民。青城人找回了"青"的感觉。

牛玉儒出门时爱"打的"。不少"的哥"不经意间就成了书记的"高参"。"的哥"杨树林就在一个周日上午拉过牛书记，向他抱怨为找厕所，得绕行好远才能找到，道路拥堵也影响出租车生意。

此后不到一年，呼市街头一下子冒出了许多现代、新颖的公厕。原来拥堵的马路，几个月内就拓宽了。路畅了，出租车生意就好。"的哥"成了牛玉儒的铁杆"追星族"，提起他就赞不绝口。

大街美了，牛玉儒还要看小巷："光大街美不行，老百姓可生活在小巷里啊！"他发现很多学生下晚自习后，在漆黑的小巷里行走。他摸了摸底儿，这样的"黑巷"有47条，随后就一一点名让城建部门装上路灯。"黑巷"一片光明，老百姓的心更是透亮。

一个周日，牛玉儒发现新铺好的便道上有根电线杆正挡在盲道中央，他对管城建的同志发了火："这样的盲道盲人怎么用？这不是害人吗？"当即要求对市区内所有的盲道全面检查、清理。全市几万残疾人由此受益。

城里美了，牛玉儒还想着城郊。

东河原是呼和浩特的"害河"。夏天发洪水，冬天沙尘飞。市民避之唯恐不及。

牛玉儒上任不久，就成了东河整治工地的"常客"。为保证抢在洪水来临之前结束河底和两岸工程，他早晚都要去工地。工地从头到尾3公里路，他疾步如风，每次去都"量"几遍。

东河工程完工，呼市百姓有了新去处。智能喷泉冲天而起，绿化隔带分布两岸……东河，人潮如流，游客不断。

青城变了，青城百姓，就在一草一木的变化中，真切感受到这个新书记身上透射出的两个字：勤政。

激 情

"牛玉儒同志是全自治区最有激情的干部之一！"内蒙古自治区党委书记储波这样评价牛玉儒，"不论干什么工作，他都充满信心，充满激情。在他的人生字典里没有'困难'二字。他自加压力，负重前进，不给自己留余地，不给自己留后路，远见卓识，思想超前……"

牛玉儒常说："不要谋着做大官，要谋着做大事，要做人民拍手称快的好事、实事。生命一分钟，敬业六十秒！"

1996年到2001年，牛玉儒在包头当了4年多市长。经历了大地震的包头，百废待兴。

在市委领导下，牛玉儒接连干了几件大事：克服重重困难，成功实现稀土高科、北方重汽等企业股票上市；抓住震后重建机遇，引入资金进行高水准的城市规划和建设，使包头成为闻名全国的西部"明珠"，获得联合国"人居奖"。

2001年到2003年，牛玉儒到自治区任副主席，分管外贸。经过认真调研，他反复算"积极进取"的账，硬把外经贸口引资、进出口贸易等任务指标，定得比原来的翻了一番。自治区领导不信：如果目标实现了，自治区财政拿200万元奖你们！结果，奖金真被牛玉儒他们拿到了！

与他共过事的人都说：牛玉儒身上有股"魔力"，他到哪里，哪里就发展；他到哪个岗位，哪里工作就有起色；他到什么地方，很快就会有好口碑；他接触到谁，谁就会被激起干事创业的欲望。"跟他干很苦很累，要求也严，可不知为什么就是愿意跟他干！总觉得有一股冲劲，能成就一番事业！"这，就是一位富有事业心的党员领导干部的魅力！

到呼市担任市委书记，牛玉儒接到的是一个"烫手"的新职位。从自治区副职变为一个地区的主官，级别没变，责任却加重了，况且是难当的"京官"。有点私心、没点胆量的人，不会接这副重担。

自治区党委领导找他谈，牛玉儒二话没说，第二天上午就走马上任。领导很欣慰：没看错人！向他提出了更高的要求：呼市经济要在全区做"老大"，在西部12个省会、首府城市中一争高低！

当"老大"，谈何容易！可牛玉儒好像还嫌压力不够，又提出"三个翻番、一个第一"的目标：到2007年，全市经济总量、财政收入、城乡居民收入要在2003年的基础上实现翻番，即年均增长都要达到18%以上！全市综合经济实力和人均收入水平，要位居全国5个少数民族自治区首府城市第一！

从此，凡大会小会，只要有牛玉儒参加，人们总能听到那几个熟悉的数字和字眼：2007、GDP实现800亿……讲得老百姓睁大眼睛，张开耳朵；讲得干部个个血脉贲张，跃跃欲试！

争做"老大"要有实招。把着力点放在"引企、引资、引智"上，发挥好"乳业、电子、信息"三大支柱产业优势，培育新的经济增长点——这是牛玉儒的三大"杀手锏"。

但他更大的"杀手锏"，还是他对事业的"激情"。这激情，把四面八方的人才、项目、资金，像磁石吸铁一样，"吸"了过来。

博士张伯旭是北京来的挂职干部，电子信息专家。本来没分在呼市，硬让牛玉儒给"截"了过来。本属礼节性的初次见面，竟一谈两个多小时。

"我见过许多领导，很少有人肯这么长时间兴致勃勃地听我讲专业问题。"张伯旭说，"他是那种人，让人见过一次就忘不掉，见过他的人就还想见，还想与他打交道。"

俩人成了事业上的莫逆之交。牛玉儒常常一天打来五六次电话，询问正在引进项目的进展情况。有时半夜想起事来，他也要打来电话："你看要不要给投资者再做点什么？"

张伯旭没让牛玉儒失望。一个将改变我国电子信息产业格局的高端电子产品生产基地落户呼市，将为呼市乃至内蒙古区域产业结构的优化升级和经济发展，增添新的动力！

牛玉儒看中了一位当时还在北京学习、善搞城市绿化的干部，但人家不想来。牛玉儒就专门把他请到呼市，亲自带他在市区一处处走，一处处看，一处处讲他勾画的蓝图。

"你看，有这么多的事可做！"最后，他动情地说，"一个人有事做多好啊，你来吧！"对方很快成为他改造呼市的得力干将。

人们印象中，蒙古族人坦诚、热情、爱喝酒。平时在家滴酒不沾的牛玉儒，见到了远方来的客人，就尽显蒙古族的坦诚与热情。哪怕客人再多，他都要一一敬到，而且一饮而尽，生怕谁感觉受了冷落。只要他出现，满场客人都会受他感染，不知不觉就变得豪爽起来。就是在这种豪爽中，有心的客商深深体味到一颗加快发展、建设呼市的急切之心……

一分耕耘，一分收获。2004年上半年，呼和浩特引进区外项目和资金已连续3个月在自治区排名第一。牛玉儒提出的"翻三番"的目标，也有望提前实现。现任呼和浩特市委书记韩志然说："牛玉儒同志为呼市的发展，奠定了工作基础、思想基础和发展潜力。"

本 色

无论官位多高，权力多大，牛玉儒与老百姓总有着一种割舍不断的深情。

1952年，牛玉儒出生在通辽市一个蒙古族普通干部家庭。他6岁那年，母亲病逝，撇下兄妹6人，最大的哥哥也只有11岁。父亲无力照顾孩子，就把牛玉儒和他的二哥、小妹送到了乡下，和奶奶、二叔生活在一起。

农村生活贫穷。二叔家本来就有7个孩子，全家人的生活只靠他一人支撑。科尔沁草原的冬天十分寒冷，牛玉儒不记得自己曾穿过棉衣和棉鞋……

艰苦的生活磨炼了牛玉儒的意志，也培养了他与群众息息相通的情感。他特别喜欢吃老乡做的饭菜，那淡淡的、从院落里飘来的清香，让他多少年后说起来都回味无穷。那是他情感的土、不变的根！

上访群众在有的人眼中，不受欢迎：一张苦脸，一肚苦情。但牛玉儒在自治区当秘书长，只要看到家门口有人等，他就让爱人把他们让进来，沏茶倒水。

他怕爱人不理解，开导说："他们能找上门来，是下了很大决心的。没有困难，素不相识，谁会上门求助？咱们千万不能把人家拒之门外，冷了他们的心！"

一位基层干部向牛玉儒抱怨，帮困难户到政府部门跑点事，真难！

"难吧？"牛玉儒意味深长地对他说，"我们大小还当个官、有点权，你都觉得难，老百姓无权无钱，那不更难？咱手里有点权，就得想着给老百姓办点事！"

牛玉儒对群众的感情完全是亲人式的——出自本能，将心比心，总是设身处地为对方着想。

2003年春节前夕，牛玉儒踏雪走访贫困户。行前牛玉儒交代："一定要找个最困难的,要雪中送炭!"

残疾人孙震世丧失了劳动能力,为供养上大学的养女,欠下了2万多元债。牛玉儒进门后,关切地问老人:"年货办了没有?"老人以为领导只是问问,就简单地回答:"有啦,街道都送来了。"

牛玉儒不放心,亲手上前打开屋内唯一一个柜子——里面只有一袋面。他一阵心酸:"这哪行?过年不能光有一点粮啊!"

他把民政部门的救济款交给老人,又把自己口袋里的钱全掏了出来,对大家说:"我们捐点钱,让老人先把年过了,再想办法让孩子把书念好!"

快离开时,他拉着老人的手说:"我们大家都帮你,孩子就能上好学了。我叫牛玉儒,我也算一个。"老人感动地说:"我知道你,我在半导体里听到过。"牛玉儒一愣,马上问道:"怎么是半导体?没有电视吗?"他问民政部门的同志:"这样没有电视的贫困户有多少?赶快想办法,一定要让他们在年三十晚看上春节联欢晚会!"老人一时不知说什么才好……

这一年,呼市没电视的500户贫困群众,第一次过了一个"有声有色"的春节。

多少年来,牛玉儒为与他素不相识的老百姓办过无数实事、好事,可在亲戚中他却"六亲不认"——

牛玉儒的5个兄妹,至今全是普通百姓,他二叔家的孩子也大多在家务农。

妹夫几年前下岗,妹妹打来电话求助,牛玉儒说:"这事三哥我不能管,下岗是个普遍问题,你们要自己多想想办法,给别人带个头。"

二哥的孩子想找份工作,有人说:"你叔叔在自治区当领导,让他说句话不就行了?"二嫂千里迢迢找来。牛玉儒把二嫂接到家,热情款待。但一听这事,一口回绝:"这样的事不要找我!"二嫂当时就哭了。事情最终还是没办成。

最后,孩子靠自己努力,进了一家企业工作。牛玉儒得知后非常高兴。

不少老家的亲戚朋友听说牛玉儒当大官了,去找他办事,他总是婉言拒绝,然后让妻子好好招待,领他们上街逛逛,带上路费,送他们上车。

一些人说他"六亲不认"。但身为老党员的父亲理解他。听说牛玉儒果断拒绝了亲人们的相求,老人却感到欣慰。他在电话中劝道:"玉儒,亲戚越骂你,老百姓就会越信任你,亲戚以后会理解的……"

一次,老人看到京剧《铡包勉》,心有感触,忙给牛玉儒写了一封信:"我们家世世代代都是农民，只有你当了领导，一定要清廉，像包公一样，堂堂正正！"

在妻子谢莉眼中，牛玉儒对家庭也"无情"：他总有开不完的会，出不完的差。特别是到呼市工作以后，回家的时间一天比一天晚。

那些日子，谢莉看他实在太累了，担心他身体吃不消，每晚早早备好洗脚水、挤好牙膏，等他回来。但牛玉儒回家的时间根本没准儿。有时回来了，当妻子把洗脚水端到床前时，他连衣服没来得及脱就睡着了。妻子只能在他睡熟时，为他擦把脸、洗洗脚。看着他像孩子一样沉睡的模样，谢莉常常坐在旁边抹眼泪："也许只有这时，他才算能陪陪自己。"

牛玉儒回得晚，可起得特别早。妻子还没醒来，他早走得没影了——上班前明察暗访是他的惯例。对此，妻子不解：这样当官是不是有点傻？这样干到底是为了谁？可牛玉儒总是安慰她："你得多体谅我一些。我必须得这么干，上受组织重托，下对百姓承诺，我别无选择。等将来我退休了，一定好好陪你，给你做饭，干家务活，你想去哪儿，我都陪你……"

相识相知25年，她佩服丈夫那投入的工作热情，虽然不解，却又不得不去理解。别人谈起焦裕禄、孔繁森这些公而忘私、忘我工作的典型，认为生活中不可能有这样的人时，她就会在心中默默地辩解："有的，有的，真的有这样的人！"

考　验

死亡，是一份最严酷的考卷，最能衡量出一个人对生命意义的理解、对人生价值的追求。

如果真有这样一份试卷，牛玉儒用他生命中最后的90多个日夜，赢得了令人动容的满分！

2004年4月，一直用止痛片对付"胃痛"的牛玉儒，被检查出是"结肠癌肝转移"。医生和自治区领导要求他立即到北京做进一步确诊，可牛玉儒硬是坚持等呼市"两会"圆满结束，才从人大闭幕会场出来赶往机场。

得到这可怕的消息，妻子谢莉几乎到了崩溃的边缘。在医院一个僻静的角落，她失声恸哭！

她怨他、气他，也怨自己、气自己。他平时只知道没日没夜地工作，从不珍惜自己的身体。都病到这份儿上了，他还在与大夫交涉：要尽量在

"五一"长假期间把手术做完,争取3天下地,7天拆线,10天出院回家工作!

尽管谢莉强作镇静,但牛玉儒还是看出了她的悲伤。他反倒安慰她:"我没事,怎么也能再活个3到5年。我对呼市老百姓的承诺还没兑现,要干的事儿还多着呢……"他对前来看望他的自治区领导说:"过去战争年代不少人二十几岁就牺牲了,我已经够本了!"

5月3日,大夫为他做了手术。而牛玉儒真就说到做到:3天下地,7天拆线。然而,10天后牛玉儒却没能出院回家工作——他开始了痛苦的化疗。

化疗熬人。牛玉儒的身体反应比一般人还强烈,化疗后长时间高烧不退,几近昏迷。但他没喊过一声疼,叫过一声痛。

只要体力有所恢复,牛玉儒的病房就成了"办公室"。他天天躺在病房里,从早到晚不停地通过电话部署工作,不停地与身边工作人员探讨工作。

多少年来,谢莉早已习惯了牛玉儒快节奏的生活方式。但是护士不干了:"医院是治病的地方,这里哪能像在办公室?"于是,牛玉儒就让来谈工作的人,与护士捉起了"迷藏"。撑得紧了,他让来人避一避。护士一走,他就忙让人去找:"人呢?接着再谈!"

一次,女儿为了分散他的注意力,故意给他讲笑话,解除他的疲劳。他眼睛盯着女儿,看似在认真听孩子讲,可听着听着,忽然从他嘴里冒出一串工作电话号码,要女儿马上给他拨通。女儿再也笑不出来,抱着父亲大哭。

住院期间,牛玉儒三次回到呼市,每次都是在化疗后的五六天,身体刚刚恢复。

牛玉儒惦念着道路绿化、公园改造有多大进展,更想早点了解让他日夜牵挂的工业园区项目的落实情况。尽管在医院他每天都打电话询问,可他还是想亲眼看一看!

傍晚6点多下的飞机,第二天一早,他就迫不及待地坐上中巴车,到市区各处察看。

边看边说,激情依旧。牛玉儒让身边的人产生了一种错觉:这哪里是个身患绝症的病人?听说在伊利、蒙牛带动下,全市奶牛头数、鲜奶量在全国大中城市中占第一位,他精神顿增:"这比什么好药对我都管用!"

但是,工作人员已看出他的双腿不时在打颤,涔涔汗水浸湿了衣衫。他们忍不住一次次地打断他的问话,建议早点结束。但他每到一处,问得还是那么细,想得还是那么深!甚至关心施工会不会影响群众:"你们得快点干,别总让老百姓吃土啊!"直到中午12点多,他才大汗淋漓、拖着虚弱的身子回到家。

7月16日,呼市市委九届六次会议召开。为了能回来讲他对呼市发展的美好构想,他做了长时间准备。那时第二次化疗刚结束,他每天努力多吃饭,精神状态让大夫都倍感惊讶。他还每天都积极称体重,但体重却直线下降:1.76米的个头体重竟已不到55公斤!

在他一再坚持下,牛玉儒提前一天回到呼市。一进家门,就让妻子给他准备参加会议的衣服。但翻遍衣柜也没找出一身合适的,因为衣服大都不能穿了:原来2尺9寸的腰围,现在已不到2尺3寸!

牛玉儒叹了口气:"那就多穿几件内衣吧!别让同志们为我担心。"他兴致很高地一件一件在衣镜前试着穿,还让妻子和女儿从背后给他看看肩膀撑没撑起来,显不显瘦。

眼泪模糊了妻子的视线。丈夫里三层外三层穿了多少件衣服,她实在没有勇气去数。7月正值酷夏,这对一个刚刚做完化疗的病人来说,多么残忍……

牛玉儒却浑然不觉。为他的身体考虑,市委把他的讲稿压缩在40分钟以内。然而,牛玉儒在会上激情澎湃,脱开讲稿,讲体会、谈思路、说构想。知道内情的人不停看表,10分钟,又10分钟,分针、时针转了一圈又一圈……他整整讲了两小时十分钟!

整整一上午,台上台下,热血沸腾,心潮激荡,雷鸣般的掌声此起彼伏。人们一边为他鼓掌,一边眼中噙着泪花……谁能想到,牛玉儒这令人荡气回肠的讲话,竟成为他与呼市人民的诀别,人生的绝唱!

8月,牛玉儒已全身浮肿,2尺3寸的腰围又变成了2尺9寸!自己已经坐不起来了,臀部甚至生了褥疮。但听说自治区在8月10日要开党委中心组学习会,他让人扶坐病榻,和身边工作人员一起准备发言稿,一遍一遍地认真修改,准备再回呼市。

别人劝他,有个书面发言就行了,他不同意:"我要讲的话很多,我要当面向党委汇报!"医生阻止,他居然要求工作人员一定要请大夫吃顿饭,让医生知道这次回去的重要性。

他们真的请医生吃饭了。他们了解牛玉儒:他知道,这是他最后一次回呼市的机会,他要在生命的最后,向自治区党委、向呼市人民,做一个全面的交待……

直到8月6日,他还与来看他的同事说起呼市的建设,说起当天要在新华广场召开的昭君文化节和草原文化节。他还担心新华广场的改造,没有他预想的效果好……

那天,他的声音已极其微弱,时而清醒,时而昏迷。他生命中最后说出的一句比较清晰的话是:"不知道老百姓……对这个广场满不满意……"

3天后,医院下达了病危通知书。牛玉儒陷入深度昏迷,说不出话来。10日下午,牛玉儒忽然从昏睡中醒来。他发现妻子两眼红肿地坐在他床边。他蠕动着双唇,两眼看着妻子,眼神是从未有过的温和……从这以后,牛玉儒便紧闭双眼。

妻子实在不甘心丈夫一句话不说就离开自己,她跪在丈夫床边,一遍又一遍地呼喊他的名字,他却浑然不知。12日早上,妻子脑中忽然闪过一个念头。她偎在丈夫耳边轻轻地喊:"玉儒,玉儒,8点半了,要开会了。"

牛玉儒竟真的动了。他最后一次努力地睁开了双眼,凝视良久……

回　声

8月15日晚,灯火辉煌的呼和浩特市新华广场。昭君文化节暨草原文化节闭幕式在这里举行。广场上,人头攒动,笑语喧哗;广场上方,五颜六色的焰火,照亮了城市的天空……

就在头一天,直到弥留时刻还在关注老百姓对新华广场满不满意的牛玉儒,悄悄地走了。

自治区和呼市领导,没有立即把这个消息发布给广场上欢乐的群众。几经犹豫,他们也没有停止燃放那绚丽的焰火。他们知道,这些,都是牛玉儒最想做的,他会在那里欣慰地看着,笑着……

16日一大早,呼市的老百姓得知了这一消息,他们不相信自己的耳朵!一向雷厉风行、精力充沛的牛书记,你怎么会这么快就悄然离去?

就在一个月前,你不是向首府百姓承诺,要与呼市的老百姓一起,再好好"拼一把",力争在全区做"老大",与西部12个省会城市一争高低吗?

你可知道,昨天还是一片欢歌笑语的呼和浩特,因为你的离去,顷刻就淹没在悲痛中。你可知道,昨天还是朗朗晴空,今天就落下了霏霏细雨——人们说:"牛书记走了,连老天爷都哭了!他是个好人,是个好官哪!"你可知道,有多少人冒雨来送你啊……

城建系统的干部职工来了。在建设青城过程中,他们对你的情怀感受最深切。不管受你表扬的，还是挨你批评的，提起你都止不住落泪！

他们现在多想告诉你：你担心的呼伦路，现在完全畅通了，还在绿化带上装饰了花坛、花钵，就像你说的，变成名副其实的花街了；主次干道"进城"的大树，成活率很高，已成为一道亮丽的景观；你最牵挂的新华广场，即便深夜，也还有许多市民在这里消遣——你放心吧，对新广场，老百姓是满意的……

在青城投资的客商来了。他们不少人曾目睹过你的热情和风采，许多人因此扎根于这片土地。而今斯人已去，怎不让他们扼腕叹息！

他们多想告诉你：你病中还视察过的TCL彩电厂新项目，已经快完工了，彩电园区已经成形了；你花了那么多心血引进的汉鼎光电，到11月厂房就会完全封顶了。挂职期满了的张伯旭没有走，他还守在工地上，他说："牛书记有交代，我要把这件大事做完再走……"

你关心过的孙震世老人拄着双拐来了。这些天，老人把你送给他的电视擦了又擦，他说一打开电视就像又看见了你。

他多想还能拉着你的手对你说：是你让他过上了他"一生中最愉快的春节"。在他怀里，一直揣着一方手帕，包着你留给他的电话号码，他把手帕捧在手心里哭诉："牛书记啊，等我女儿毕业了，我们父女俩一定攒点钱，给你建个塔、立个碑……"

和你素不相识的各族农民来了。他们没有当面见过你，但他们看到过非典期间你不顾个人安危、走村串户为村民们送温暖的场面，听说过你为呼市发展呕心沥血的故事和那些爱民为民的传说！

当坐上出租车，只要一提你的名字，司机就竖大拇指的时候，原来带着问号来了解你的人，敬佩你了；当看到素昧平生的老大娘扑倒在你的灵前，嚎啕大哭的时候，当初怪你"六亲不认"的亲友，理解你了……

有什么评语，能比老百姓口口相传的品评更真实？有多坚固的敖包，能比在各族群众心中树起的形象更长久？

牛玉儒，你不曾离去！知你有共产党，爱你有老百姓。钢城记得你，青城记得你，黄河记得你，草原记得你！蓝天白云间将永久地留下你的身影，千里草原将永远流传着老百姓从心底呼唤你的悠悠回声！

(2004年11月26日)

海啸过后访普吉

杨 讴

航运繁忙　游客纷纷回曼谷

倒塌的房屋、损毁的车辆、凌乱的海滩，这是记者 27 日甫抵泰国南部旅游胜地普吉岛时映入眼帘的悲惨一幕。受印度尼西亚强烈海底地震影响，一场百年不见的海啸霎时间袭来，泰国南部各旅游景点广受波及，其中尤以普吉最为严重。目前已确认的死亡人数达 1500 多人，另有数千人受伤，由于尚有一些小岛与外界失去联系，加上救援工作仍在进行，估计伤亡数字还会上升。

在曼谷机场登机时，记者发现昔日飞往普吉的小型客机已改成了波音 747 大型客机，空姐告知，这是为了加紧运送滞留在当地的各国游客。本以为此时到普吉岛的人一定寥寥无几，不曾想，机上却是几乎满员，大部分是拎着行李的外国游客，看来灾难并没有影响他们对普吉的好奇。经过 1 小时的飞行，飞机稳稳降落在滨海地区的普吉岛，此时海面已是风平浪静，重新开放的机场秩序井然，各种飞机频繁起降。机场候机室聚集了大批等待离开的游客，其中还有几个来自中国的旅游团。游客们有的神情坦然，有的满面愁容。据机场工作人员介绍，泰国航空公司已经调集各种飞机免费运送滞留的游客返回曼谷。

救死扶伤　四面八方伸援手

当汽车驶入受灾最严重的巴东海滩时，记者一下子惊呆了。一个月前记者还刚刚陪团到过这片风光旖旎的海滩，如今这里却是满目疮痍：一座座民居、酒吧坍塌在路旁、海边；一辆辆大小汽车东倒西歪，破裂损毁，其中有两辆车竟然齐刷刷地重叠在一处，各种物品七零八落，散布四周；一些沿岸酒店的低层厅堂经过海水的冲刷显得凋零破落。因该地区电力中断，侥幸未被冲垮的房屋一片漆黑，只有微弱的烛光在闪烁。汽车在狭窄的街道缓慢行驶，转过两个弯后，忽然发现前面一片灯红酒绿，还有很多外国游客在悠然地"泡吧"，原来这里因地势较高而幸免于难。岛上的通信依然不十分畅通，记者的手机时常被告之"线路繁忙无法接通"，上网也很困难，下榻的五星级酒店竟打不出长途电话。

瓦其拉医院是普吉岛7家大型公立医院之一，当记者赶到这里时，天色已晚，医院前停放着数辆白色救护车，工作人员守护着一排排担架和轮椅，门口设了多个咨询台，不少西方游客和家属在焦急地询问和等待亲人的消息。病房内，肤色各异的海外游客有的缠着纱布，有的打着吊瓶，医护人员往来穿梭，不时有新伤员被送来救治。记者发现不少医务人员是金发碧眼的西方人，原来他们大都是前来观光的游客，灾难发生后主动留下来帮助救治伤者。因泰国政府下令普吉岛全天停课，大批学生也纷纷赶来做志愿者，协助伤员和家属。

死里逃生　心有余悸诉劫难

接待记者的是一名会讲中文的女学生。她把记者引至二层病房，颇受国内关注、来自杭州一个旅行团的黄启宇、黄晨就在这里接受治疗。这对年轻夫妇身上裹着绷带，黄启宇语气平和地向记者讲述了死里逃生的一幕："当时我们一团人刚刚下船登上披披岛，其他游客已进入饭店，我和黄晨走在最后，忽然身后传来剧烈的响声。回头一看，近10米高的大浪呼啸着向我俩扑来，想跑已经来不及，一下子就被海水冲进了饭店。我顺手死死抱住一根柱子，黄晨则抱住一棵大树，才没有被海浪冲走。当我清醒过来时，一看黄晨不见了，心里就打了个冷颤。多亏一位西方朋友发现了她并把她救上来，当时她已经吓得说不出话来，胳膊就像被斩断了似的，鲜血不停地往下流，直至昨天下午3点才被第一班救援船送来医院治疗。"

接待这个旅行团的泰国正普旅游公司的郭经理介绍说："这次海啸规模之大是泰国历史上前所未有，当地很多居民没有经验，大浪到了眼前还不知道跑，结果一下子就卷走了不少人。"

黄晨最后高兴地对记者说:"我们真的很幸运!"当记者祝福他们"大难不死必有后福"时,小两口露出了会心的微笑。

(2004年12月29日)

10月17日,一颗火热的心停止了跳动——

巴金:巨星陨落,光还亮着

李 辉

2005年,10月17日,星期一,晚7时06分。巴金老人停止了心跳。一颗文坛巨星陨落了。

再过一个多月,11月25日就是巴金101周岁华诞。但他没有等到这一天来临,他从病魔痛苦的折磨中解脱了。

几天前,得知巴金病危的消息,记者打通巴老女儿李小林的电话,她告诉记者:"爸爸昨天突然状态特别好,拼命想说话的样子……"

"生之目标就是丰富的、横溢的生命"

虽然早有思想准备,但巴金的去世仍令作家王蒙感到悲痛。他说:"去年3月,听到过巴老病情不好的消息,后来,老人家转危为安了,大家相信也祝愿,巴老不会有事,巴老永在,巴老的健在是我们的使命感和力量的源头之一。但是噩耗终于传来,巴老走了。早晨刚刚为神舟六号的胜利归来而狂喜,晚间便传来了这样的消息。一面旗帜降落了,一个老人、老师闭上了眼睛,一个好人、好友永别。一曲悲歌从心头响起。"

年届90岁的老画家丁聪,早在20世纪30年代就认识巴金。抗战期间,曹禺将《家》改编成话剧,在四川上演时,就是由丁聪负责舞美设计。后来,他还给巴金的作品配过插图,20世纪80年代,他还画过写作《随想录》时的巴金肖像。在熟悉巴金的人看来,丁聪笔下痛苦地沉思的神情,准确地刻画出了巴金的特点。在得知巴金去世的消息后,他对记者说:"他是一个伟大的作家，他的去世是文学事业的巨大损失。"

作为与晚年巴金交往甚多、与巴金主编的刊物《收获》关系密切的一位作家，冯骥才显得沉郁。"'文革'结束后不久，我开始文学创作，从《铺花的歧路》开始，《收获》发表了我的主要作品。当时，是巴老亲自决定发表我的作品，他的培养和影响，我终生难忘。"几天来，他一直在关心着病危中的巴金，不停地打电话询问。他说，巴金的逝世让他难过，但也为老人摆脱痛苦而宽慰。他说，巴金永远不会离开我们："一个伟大的心停止了跳动。从'五四'到'文革'，再到改革开放，巴金都是中国作家良心的代表，他的精神影响了一代又一代的作家。他把一切都留给了我们，时代良心、社会责任、火一样的情感、悲天悯人的精神，好像一样也没有带走。"

作家池莉则愿意以她的方式，送一个生命的远去。她在电话里平静地对记者说："在这样的时刻，对一位高寿的作家的去世，我想以静默的方式送他远行。一个生命的自然过程，会带给我们更深的感悟。"

早在70年前，年轻的巴金就这样感受过生命的运动："我常将生命比之于水流。这股水流从生命的源头流下来，永远在动荡，在创造它的道路，通过乱山碎石中间，以达到那唯一的生命之海。没有东西可以阻止它。在它的途中它还射出种种的水花，这就是我们生活的爱和恨，欢乐和痛苦，这些都跟着那水流不停地向大海流去。我们每个人从小到老，到死，都朝着一个方向走，这是生之目标。不管我们会不会走到，或者我们在中途走入了迷径，看错了方向。生之目标就是丰富的、横溢的生命。"

"理想，是的，我又看见了理想"

1985年，年过八旬的巴金，收到了江苏农村10位小学生的来信，他们向敬重的巴金老人询问"寻找理想"的问题。虽然年老体衰，巴金仍如当年一样对理想充满激情。"理想，是的，我又看见了理想。我指的不是化妆品，不是空谈，也不是挂在人们嘴上的口头禅。理想是那么鲜明，看得见，而且同我们血肉相连。它是海洋，我好比一小滴水；它是大山，我不过一粒泥沙。不管我多么渺小，从它那里我可以吸取无穷无尽的力量。"

他承认自己人生的坎坷和艰难，但支撑他与命运抗衡、执着地走向生命终点的，永远是对理想的热爱和坚信。理想和信仰是火，点燃巴金心中的激情，也点燃巴金的道德勇气。年轻时如此，年老后仍然如此。没有一种对美好理想的追求,没有一种对完美人格的追求,老年巴金就不会写下巨著《随想录》。他在《随想录》中痛苦回忆,他在《随想录》中深刻反思,他在《随想录》中重新开始青年时代的追求,他在《随想录》中完成了一个真实人格的塑造。

巴金说过,他为读者而写,为读者而活着。其实,他也是为历史而活着。

于是,历史的风风雨雨,一个个朋友的坎坷命运,自己人生的复杂体验,在他的笔下一一呈现。他不再人云亦云,不再丧失自我。他直面"文革"给民族带来的浩劫,直面自己人格曾经出现的扭曲。他愿意用真实的写作,填补一度出现的精神空白。他终于以在当代中国产生巨大影响的《随想录》,履行着一个知识分子、一个作家应尽的历史责任,达到了他的文学和思想的最后高峰。

走得很累,却很执着。有过苦闷,有过失误,也不断被人误解,但他始终把握着人生的走向,把生命的意义写得无比美丽。

人们以敬重的目光凝望他,更有人把他称为"世纪良知""知识分子的良心"。不是溢美之词,而是人们的真实感受。中国文化界、思想界应该为拥有巴金而骄傲。有《家》,有《寒夜》,有《随想录》,有真实的人格,这样的生命,永远与历史同在。

"化作泥土,留在人们温暖的脚印里"

年过90之后,巴金一直经受着病魔的折磨。他的生命在病房里艰难地延续着。

写作过程常常艰难而痛苦。他说他有许多话要说,有许多文章要写,却力不从心。字越写越大,手也抖得越来越厉害,一次记者看到,他给萧乾写封信,两页纸写了几天,还没有写完。尽管早就说过要封笔,但是,他却从来没有做到。像他这样一个把创作视为生命的作家,只要身体状况允许,是不可能放下手中的笔的。1997年,他完成了译文全集的所有序跋,接着对曹禺的怀念,又占据了他的心。

1998年年初,记者去上海华东医院看望巴金,他说他正在写一篇怀念曹禺的文章。说是写,不如说是"说"。他写字很吃力,只得每天口述几句,由女儿小林记下,再念给他听,加以补充。他用了两个星期时间,刚刚完成前面一个部分,大约几百字。他说还要继续写下去。

一个月后，记者再去看望巴金，他已经完成了这篇《怀念曹禺》。似乎想说的话很多，老人留恋的往事也很多。令人惊奇的是，靠每天一句一句续写而成的文章，仍如他过去的作品一样浑然一体，流淌着动人情感。还是那种真诚，似乎平淡的表述，却又分明有着意犹未尽的深沉。读它，完全可以感受到这位94岁高龄的老人，思想还依然活跃，还在用笔倾诉着心中的感情。他同意将这篇《怀念曹禺》交给《人民日报》副刊发表。

写完这篇《怀念曹禺》，巴金还想继续写下去。然而，一篇已经动笔的文章，再也没有写完。这样，《怀念曹禺》也就成了写作生涯将近80年的巴金最后完成的作品。

病中的巴金还是一团火，用他的真诚用他的爱感染读者、感染周围的人。每当看到有哪个地方受灾，第二天就会吩咐家人到邮局去，化名给受灾地区寄钱。对于巴金，想做的就是献出他对这个世界的全部的爱。不求回报，不求张扬。从热情投入社会革命到勤奋创作一生，从1983年捐款15万元倡议建立中国现代文学馆，到不间断地资助贫困学生，他都在奉献着自己。20世纪30年代初他曾这样说过："让我做一块木柴罢。我愿意把我从太阳那里受到的热放射出来，我愿意把自己烧得粉身碎骨给人间添一点温暖。"

巴金所经历的这一个百年，堪称中国历史上变化最为迅疾的百年。多少风云人物在百年历史舞台上走过。巴金以他自己的个人姿态走在历史画卷中。

很难用单一的比喻来概括巴金。有时他如电，如雷，如激流；有时又如阴云，如浓雾，如溪水。不同生命阶段，表现出不同的感情形态、生活形态。他就是这样以独特的生命方式走过了一百年。他为百年中国创造的一切，他的思想、精神、作品，以及他的复杂、矛盾的性格，都已成为巨大的存在，为我们解读百年中国的政治、思想、文化，提供了一个内涵丰富的范例。

"我唯一的心愿是：化作泥土，留在人们温暖的脚印里。"这是巴金晚年的心愿。这也是他的自信。

巴金，永远与读者同在。

(2005年10月18日)

男儿当自强
——洪战辉带着妹妹求学记(上)

贺广华　周立耘

12月12日下午,长沙爱尔眼科医院院长林丁与他的同事,特意赶到湖南怀化学院,执意将洪战辉带往长沙继续免费治疗。他们觉得,不尽最大努力为这个曾因屈辱而致使左眼几乎失明的倔强小伙子做点什么,实在心有不安。

这些天,许多素不相识的人以电话、信件、网络留言甚至捐款等方式,争相表达对在校大学生洪战辉的敬意,因为他们从洪战辉平凡艰辛的人生经历中,感受到一种奋发向上的力量。

13岁,母亲离家出走。伺候患有间歇性精神病的父亲,抚养不足周岁捡来的小妹,照顾年幼的弟弟,令洪战辉过早地感受了生活的艰辛

洪战辉的家乡位于河南省西华县偏远的洪庄村。若不是一场揪心的家庭变故改变了他的人生轨迹,他可能仍然在故土平静地生活。

那是1994年8月底,一向慈祥的父亲因患间歇性精神病,在一天中午砸碎了家里所有的东西,踹倒了妻子,摔死了小女儿……

妈妈伤了,妹妹死了,弟弟懵了,父亲疯了。时年12岁的洪战辉用稚嫩的肩膀挑起了家庭的重担。父母就医,让家里背上了沉重的债务。

那年春节前夕,父亲的病又犯了。洪战辉与母亲在距洪庄村约5公里的一棵树下好不容易找到父亲。此时的父亲,怀里却抱着一个婴儿,眼光里透出一种久违的慈祥。

母亲小心翼翼走上前,发现在孩子的贴身衣服上有一张纸条,上面写着:哪位好心人如拾着,请收为养女。

天快黑的时候,一家人回了家,临时照看小女孩的任务落到了洪战辉的身上。

家里一贫如洗,根本没钱买奶粉,母亲犹豫再三,决定让洪战辉把孩子送回去。他无奈地打开门,面对刺骨的寒风,不忍心的他哭着又拐了回去。他对母亲说:"不管怎样,我不送走这个小妹妹了……你们不养,我来养着!"

小女孩留下了,洪战辉给她起名为洪趁趁。

小妹妹的到来,给这个家庭带来了久违的欢乐。父亲对死去女儿的内疚让他把父爱都倾注到了趁趁的身上。他的病情也因这个女儿的到来稳定了一段时间。

因经济拮据,父亲的药费没有保障,一旦没有药物维持,他就不可抑制地狂躁。除了不打小妹妹,家里任何东西都成了他发泄的对象,包括妻子、儿子。

1995年8月20日,吃过午饭以后,母亲蒸了足可以让一家人吃一个星期的馒头。第二天,母亲不见了,是这个家让母亲不堪重负,她选择了逃离。

娘走了,洪战辉的心在抽搐。他别无选择。每天上学的时候,他把趁趁交给伯母照看,放学回家,立刻忙着为全家人做饭。最难办的是趁趁,每到夜深,她就要哭闹一场。洪战辉不知道怎样哄她,只好抱起她来,拍打着她,在屋里来回走动……

一晃两年,母亲杳无音讯,父亲的病情也不断反复。令洪战辉欣慰的是快3岁的趁趁,她学会了走路、说话。他自己顺利考上了重点高中西华一中。

录取过后,洪战辉犯难了:学费从哪来?趁趁怎么带?

16岁,洪战辉开始带着小妹妹外出断断续续求学打工,备尝辛酸和屈辱,这使他更为执着,也更为坚韧

人,无法自己选择命运。但是,人可以改变命运。

为筹措学费,洪战辉独自外出打工。依靠一个素不相识的中年人的帮助,洪战辉在一处工地找到工作,挣了700多元。

1998年秋,洪战辉如愿上了高中,还当上了班长。他在校园里利用课余时间卖起了圆珠笔、书籍、英语磁带,用微薄的收入来负担整个家庭的生活。洪战辉的举动曾让很多不了解内情的人反感。有一次,有位老师对他小

小年纪一心赚钱的行为非常恼火,将他毫不留情地赶出教室:"你家庭再困难,这些赚钱的事情也该让父母去做,你现在的任务就是学习!"洪战辉没有辩解,强忍住眼中的泪水,收拾东西走了出去。

洪战辉放心不下的还是趁趁。他在学校附近租下房子,把趁趁接到了身边。趁趁似乎知道哥哥的艰辛和不易。交待她不外出,她就呆在小屋里,等着哥哥放学。上晚自习时,洪战辉把她带到学校放在教室门边玩耍。有几次,等他下了自习走出教室,趁趁已在楼道里睡着了。

1999年秋,父亲因精神病又要住院治疗。为了借钱,洪战辉跑了周围的几个村子,两天下来才借来了47元钱,他只好含泪辍学。

2000年,父亲的病情稳定下来,洪战辉又渴望回到校园。在一个教过他的老师帮助下,洪战辉成为西华二中的高一新生。这时候趁趁也该上小学了,他在二中附近为趁趁找了所小学。2002年10月,父亲的病又犯了。他把父亲送到一家精神病医院,可是不交住院费人家不愿意接收病人。弟弟可能厌倦了这个家,不辞而别,出去打工了。

洪战辉没有气馁,扶沟县一所乡镇精神病院负责人被洪战辉的孝心感动,答应收下他父亲并免去住院费只收治疗费。

为读书,为父亲,为趁趁,洪战辉在学校附近的一家餐馆做杂工,每月挣30元工钱,还可以免费吃一顿早餐。中午他一般不吃饭,晚上喝一点稀饭。周末时,他还要赶回家中浇灌全家人赖以生存的8亩麦地。

后来,他看到学生对复习资料的需求量很大,就利用星期天坐车到郑州批发图书回学校来卖。为了省钱,从汽车站到郑州西郊的图书城,他宁愿步行两个多小时。

同学们的同情使洪战辉的生意很是红火,却惹得几个也在经营图书的人不满了。一天晚上,洪战辉晚自习后回租住的小屋,突然从黑暗里窜出来几个年轻人,对他一顿猛打,致使他落下严重的眼疾。到上个月动手术前,他的左眼已几乎失明。

21岁,洪战辉考取湖南怀化学院,最艰难的日子渐渐远去,希望在前面招手。他说:"我的心中,只有感恩和爱"

2003年7月,洪战辉以490分的高考成绩被湖南怀化学院经济管理系录取。为筹措5000元的学费,他利用假期,在一家弹簧厂打工挣了1500元。

钱还不够,在前往学校报到时,洪战辉扛着装有100多公斤弹簧的袋子上了火车,在同学们的帮助下,他将这些弹簧卖给了一家制造捕鼠器的制造商,将所得的2000多元钱交到学校。

为了生活,他在学校卖起了电话卡、圆珠笔芯,为地方电视台拉过广告。他拼命挣钱,却从来舍不得从食堂打一份荤菜。

次年春季开学后,洪战辉一边读书一边支撑家庭的故事逐渐传遍校园,同学们自发地帮助他,系领导得知情况后,发起了捐款活动。当系领导将3190元捐款交给洪战辉时,他却无论如何不肯收下。最后学校将这笔捐款直接代交了他的学费。系领导问他还有什么困难?他提出了唯一的要求:想带妹妹一起来上学!

洪战辉感动了怀化学院的领导,他们破例同意洪战辉将趁趁接来,并单独给他安排了一间寝室。洪战辉在学院附近的石门小学落实了趁趁读书这件大事。

2004年的暑假,洪战辉忙着打工没有回家,让同学帮忙把趁趁带到怀化。新的生活开始了,10岁的趁趁已很懂事了,她听哥哥的话,尽力帮哥哥做事。哥哥卖电话卡,去女生宿舍推销不便,她会拿着卡去一个个宿舍叫卖。路上看到空瓶子,她会捡回来。遇到哥哥从市里进学生用品回来,她也会去帮着搬运。同时,她还学会了做饭,无论多晚,她都会一个人做饭,等哥哥回来。

清贫而幸福的日子悄然而至。今年农历五月二十五,是洪战辉23岁生日。这一天,他手机上响起了祝贺生日的歌曲。他吃了一惊:这么多年来,从没向人说起过自己的生日啊!一打听才知道,是他心手相牵10多年的妹妹为他点的。晚上,趁趁放学回来,还送给他一只纸鹤,并说:"哥哥,我没钱,不能买什么东西送给你,就送这个了……"

暑期,洪战辉回到家乡,久病的父亲也许是因为儿子考上了大学,病情竟大有好转。虽然看上去苍老而痴呆,但再没有过狂躁的举动。母亲也回到了久别的家中,几年杳无音讯的弟弟也有了消息。

"现在,我的心中只有感恩和爱。"洪战辉面对记者,绽开的是自信的笑容。

(2005年12月14日)

英雄赞歌

——记独臂英雄丁晓兵

朱 玉　张东波　冯春梅

2005年6月22日，中共中央总书记、国家主席、中央军委主席胡锦涛，在会见武警部队第一次党代会代表和第八届"中国武警十大忠诚卫士"时，与丁晓兵亲切握手，并勉励他说，你是党和人民的功臣，希望你保持荣誉，为党和人民再立新功。

出征——为了祖国

1984年，边陲的一场重要军事行动。

战况惨烈。一个手雷砸在丁晓兵身上。

他想也没有想，抓起手雷就扔了出去。一团火光，他失去了知觉。

几秒钟后，丁晓兵睁开眼。突然他发现，右手使不上力气，侧头一看才发现，右胳膊已经被炸断了动脉，鲜红的血液，一股股地往外喷！

战友给丁晓兵简单包扎了伤口后撤，只连着一点点皮的右臂一次次挂在树枝灌木上。他又一次拔出了匕首，把右臂与身体之间仅仅连着的一点皮割断，割下来的右臂，被他插在自己的腰带上！

整整在山里跑了近4个小时，一看到迎面跑来的接应人员，丁晓兵一头栽倒在地上！

呼吸没有，脉搏没有，血压没有，心跳没有……有人开始为"烈士"丁晓兵换衣服。

战友们把着担架，不许将"牺牲"的丁晓兵抬到烈士陵园："他没有死，刚才还和我们一起跑回来……"

野战医疗队恰好路过此地，一位老医生切开了丁晓兵小腿上的静脉，强行压进去了2600毫升血浆。

两天三夜后，丁晓兵睁开眼睛，看到了医院的白色天花板。然后，他发现了右大臂上包着一大团还在渗血的纱布……

"我的手呢？"

"你们把我的手弄到哪儿去了？"

"带我去找我的手！"

大夫护士怎么忍心说出口呢？一个为国立了大功的功臣，要终生面对没有右臂的生活！

全国优秀边陲儿女金质奖章，整100枚，是那一年为嘉奖边疆儿女的突出贡献而设立的。受奖名单已经确定，颁奖仪式即将举行。为褒奖丁晓兵的壮烈表现，上级为他颁发了第101枚金质奖章……

壮士断腕，动地惊天——这是为年轻的侦察兵特意增设的一枚奖章！

进攻——直面困难

丁晓兵成为全国知名的独臂英雄。他向组织要求，一要学习，二要继续留在部队工作！

部队满足了丁晓兵的要求，他被送往军校学习。

在军校的第一次考试，丁晓兵没做完试卷。

丁晓兵向老师申请延长20分钟，一个惯于右手执笔的人，左手的写字速度怎么能与他人相比？

出乎意料，老师认为，学员丁晓兵能上学，就必须用左手按时答完答卷！

为了赶上别人写字的速度，倔强的他天天到图书馆抄书，一个月抄断了9根钢笔！之后，他独臂绘丹青，在书画界多次获奖；一手好书法，足以让绝大多数右手写字的人惭愧。

两年后，优秀学员丁晓兵做出了更让人瞠目的选择：下基层带兵去！

一次紧急集合，让刚到连队的他很没面子。

打背包是当兵的基本功，可是负伤以后，一只手怎么能干别人两只手做的事？

他用一只手好不容易把背包捆了个大概，跨出房门，傻了！全连官兵百十口子在等他一个人！

丁晓兵在全连面前扔下一句硬话："今天我让大家丢脸了，一个月后，我一定再把这个脸给大家争回来!"

嘴脚并用,丁晓兵开始练着单手打背包。背包带硬,用牙叼着拉的力度一大,就像刀子一样,拉破了嘴角,拽裂了牙齿。

背包带上沾满了血迹。10多天后,丁晓兵单手打背包的速度在全连数得着。

投手榴弹,全连只有丁晓兵一人不及格。丁晓兵天天跑到操场上,用教练弹砸。

时间到。丁晓兵一出手:58米!

系鞋带、越障碍、整内务、洗衣服、切菜、做饭、包饺子、蒸包子,一切都是单手操练;射击,包括立、跪、卧3种姿势,涵盖自动步枪、冲锋枪、手枪、轻机枪、火箭筒等多种武器;甚至,极高难度的单杠单臂引体向上、单臂大回环,丁晓兵都能高质量完成,8门军事训练课目,7门优秀,1门良好!

无法计量他到底吃过多少苦,这是一个把所有困难嚼碎了统统吞到肚子里、消化成为动力的人!是一个扔在地上叮当作响、站起来虎虎生风的男人!是一个永远呈进攻姿势的军人!

所有的高标准严要求,都是英雄下达给自己的死命令!丁晓兵说,一个军人,战时要忘死,平时要忘我!

突围——超越荣誉

荣誉得到不易,超越荣誉更难。

丁晓兵所在的师,可以毫无愧色地叫作英雄的"主产地"!这个人称"皮旅"的师,仅列在红色光荣榜上的一等功、特等功以上的英雄就有63人之多。

英雄只能成长在孕育英雄的土壤中,这土壤,必须识英雄、爱英雄、育英雄而不能宠英雄!

一天,还当着连指导员的丁晓兵没有带着部队出早操,被团长发现了。

"全连集合!"

团长招手叫来也是功臣、正带队跑步的侦察排长,开始问话。

"你打过仗?"

"报告团长,我打过仗!"

"你,立过一等功?"

"是,我立过一等功。"

"噢！一等功……"团长狡黠地问，"还用出操？"

站在连队前列的丁晓兵几乎羞死！

在这样的集体里，丁晓兵必须学会遗忘过去的辉煌。

战斗——中国军人

作一个带兵人，丁晓兵不能只让自己成为英雄。

一个有点捣蛋的兵打靶打得一塌糊涂。丁晓兵说了他一句，这个兵回头看看："来，你给我们做个示范！"

丁晓兵看了这个兵一眼，向前跨出一步，左手撑地，一个利落的匍匐动作，一只手射击，"铛铛铛铛铛"，5发子弹47环！

团机关干部5公里越野跑，丁晓兵特地让自己的妻子跟在队伍后面。跑到一半，他一挥手："超过他们！"

妻子逐个超过。丁晓兵大喊："你们怎么还跑不过一个老太太！"

部队军事演习，徒步拉练返营。行至离营区还有5公里多路的时候，已经走了两天半的官兵极为疲惫，战士脚上全是水泡，丁晓兵脚上也有一个分币大小的鸡眼肿痛不堪。

卫生员劝丁晓兵上车，丁晓兵发威："我不许上车，你不许上车，全营不许一个人上车！最艰难的时候是胜利的前夕，奔袭回营！"

所有的官兵，被激得眼睛都红了！已经没有力气的兵，顿时变成了一群奔出草丛的豹子！

全团的军人大会上，丁晓兵下台走到黄麒面前，这是个以爱兵出名、肯给受伤战士揉脚的班长。

"什么样的人最可爱？把别人装在自己心里的人最可爱。你是我敬重的人，我要向你敬礼！"

立正！一个恭敬、标准、不打一丝折扣的军礼！

敬礼——向着人民

中国在变。丁晓兵在变。但他不允许自己变化的，是对于利益的不当谋求——他依然不爱钱，不收礼。如果有人胆敢在干部提拔之际尝试，丁晓兵的火就会一下子被激起来，面沉似铁："平时不好好工作，靠这些来讨好领导……"送来的钱和东西会从门口直接飞出去。

有的人不解丁晓兵的举动,把扔出来的钱再加上一沓,继续送,丁晓兵也继续扔!

英雄曾经回答过别人这样的问题:

"别人升官发财,你平衡吗?"

"平衡,我是军人,军人就是流血牺牲的。"

丁晓兵习惯于去烈士陵园走走,站在先烈们的墓碑前,寻找共产党人为何奋斗、为谁牺牲的答案,聆听那些从未走远的伟大心灵的回响。

成千上万的人能慷慨赴死、前仆后继,支撑他们的,唯有共产党人的理想之火!

2003年,安徽寿县瓦埠湖堤坝突然发生特大管涌。

丁晓兵急了眼!冲上去与战士们一起运土扛包领着官兵喊号子,唱军歌,所有的人嗓子都哑了!

5个多小时后,管涌堵住了。丁晓兵觉得自己的断臂痛不可忍:原来假肢与断臂的接合处,经水一泡,一小块乌黑的残留弹片从皮下露了出来!

如果说,20多年前的丁晓兵成为英雄还有偶然因素,那么,今天的丁晓兵,是把自己的英雄业绩归零后,再一步步地在和平环境中,把自己又一次塑造成为英雄!

1987年,南京航空学院大学生王明给丁晓兵来信:我认为你成为英雄,只是过了第一关;假如10年、20年后,仍有事迹从你身上出现,英雄的称呼你才当之无愧!

当年的大学生,你在哪里?你是否听到了这首一直奏响的英雄赞歌?

(2006年1月3日)

擦鞋者说

龚永泉

南京有一个"郭师傅擦鞋店",别人擦鞋1元一双,这里却要2元,可生意依然红火。

来到位于莫愁新寓的这家小店,可见门口醒目的牌子上写着五六个服务项目和价格,还有两句话,一句是广告:"足下生辉,走出风采";一句是店规:"以诚信立基,做良心事业"。店里鞋架上放满了擦过或待擦的皮鞋。

郭师傅名叫郭兆松,41岁,一家三口都在这儿擦鞋,去年毛收入10万元。他一边擦鞋一边与我交谈:

有人问我,别人擦鞋都只要1块钱,你为什么要两块?我说,这叫优质优价!同是皮鞋,有几十元的,还有上千元的不是?

我是安徽固镇人,1991年举家来南京打工,搬运工、收破烂都干过,活不轻,钱不多。有一天,在闹市区看到一字排开的擦鞋摊,生意还不错,便悄悄在旁边看,一连看了5天,一位好心的师傅收我当了徒弟。我也成了"擦鞋游击队"的一员。

2001年,在一位城管队员的帮助下,我租了间7平方米的门面,月租800元,做起了定点生意。刚开始,擦一双鞋1块钱,没有多少生意,急得直上火。暗下决心:凡事要用心,虽说是擦鞋,也要擦出点名堂来!

以我的经验,鞋油都是一样的,差别就在鞋蜡上。我就琢磨自己配,成份有蛋清、鞋乳、白醋等。那些日子,我是白天试,晚上想,觉睡不实,饭吃不香。经过近百次试验,终于达到了满意的效果。我清楚地记得,那是2003年11月6日,晚上我一人喝了8两白酒,尽兴地醉了一回:咱也有"独门秘方"了!

自从用了自配的鞋蜡,生意一天比一天好。有一天,我在理发店理发，看到染发的要用电吹风吹，灵机一动：擦鞋也可用电吹风呀！现在，我擦鞋都加一道吹干程序。刚擦过的鞋，你端一盆水往上浇，一滴不沾！这样的效果，收2元钱不多吧？

你问我下一步的打算？我这店也算有了点小名气，我想让妻子和儿子留在这里干，我找个地方再开新店。现在城里人有钱没时间，穿皮鞋的越来越多，自己擦鞋的越来越少，市场大得很！

(2006年3月19日)

理性・风趣・共鸣
——胡锦涛主席在耶鲁大学演讲答问记

王 恬

4月21日12时20分，耶鲁大学斯普拉格礼堂，中国国家主席胡锦涛结束了他的重要演讲。根据会议程序，下面是胡锦涛主席回答耶鲁大学师生提问的阶段。校方安排耶鲁大学全球化研究中心主任、墨西哥前总统塞迪略主持答问。

"胡锦涛主席，谢谢您的精彩演讲，我们很受启发。"塞迪略说："现在，我们一共收到了78个问题，我当然不会向您一一提出，因为我知道您马上要走。"

"如果问题多的话，我就不走了。"胡锦涛主席答道。他风趣的插话，让台下600多名耶鲁大学师生都笑了起来。

"这些问题其实都围绕着一些共同的主题，我挑出了几个比较有代表性的问题。在美国，有些人认为中国是一个'威胁'，有些人认为中国是一个机遇；有些人认为中国是美国的'战略对手'，有些人又认为中国是美国'潜在的战略合作伙伴'。那么，请问胡主席，美国对中国意味着什么呢？"塞迪略说出了第一个问题。

"塞迪略先生是我的老朋友。"在回答问题前，胡锦涛主席首先微笑着说。话音刚落，耶鲁大学师生立刻热烈鼓掌。

切入正题，胡锦涛主席说："改革开放以来，中国坚持走了一条和平发展的道路。对内，我们坚持以经济建设为中心，聚精会神搞建设，一心一意谋发展。对外，我们坚持独立自主的和平外交政策，坚持维护世界和平、促进共同发展。28年来，中国的经济社会发展确实取得了很大的成就。"

接着，胡锦涛主席话锋一转："但是，我们也应该看到，中国有13亿人口，虽然中国的国内生产总值有所增加，可任何一个巨大的数字用13亿一除，就是一个很小的数字。"胡锦涛主席生动形象的分析使全场听众发出了会心的笑声。

"中国的发展不会威胁任何人，中国的发展为世界的发展提供了宝贵机遇。至于中美关系，我认为，中美两国都是世界上具有重要影响的国家。在维护世界和平、促进共同发展方面，中美两国都肩负着重要责任。在新的国际形势下，中美两国具有广泛的共同战略利益。我们两国不仅是利益攸关方，而且应该是建设性合作者。我相信，我的这一看法，一定会得到广大中国人民和美国人民的赞成和支持。"胡锦涛主席观点鲜明的回答赢得了全场长时间的热烈鼓掌，在演讲台上就座的耶鲁大学校长莱文也频频点头。

"谢谢您，主席先生。作为您的老朋友，我感到非常荣幸，但我还是要向您提一个更难回答的问题。"塞迪略笑着说。

看着塞迪略，胡锦涛主席微笑着说："我也希望塞迪略先生给我提问题的时候，不要手下留情。"全场又响起笑声和掌声。

塞迪略提出了一个涉及中国经济体制改革和政治体制改革的关系的问题。针对这个问题，胡锦涛主席语重心长地说："我认为，上层建筑的发展要适应经济基础发展的要求。我也认为，没有民主就没有现代化。如果把28年来中国经济社会发展所取得的成就，仅仅归因于中国进行了经济体制改革，这显然是不全面的，也是完全不符合实际的。事实是，从1978年以来，中国进行了包括经济体制改革、政治体制改革、文化体制改革等在内的全面改革。凡是对中国有比较深入了解的人就会得出这样的结论。无论是在经济体制改革方面还是在政治体制改革方面，中国都取得了重要成果。20多年来中国经济持续快速发展的事实也表明，中国的政治体制是基本适应中国经济发展的要求的。"

"今后，我们将继续根据中国的国情和中国人民的意愿，积极稳妥地推进政治体制改革，发展社会主义民主。我们将进一步丰富民主形式，扩大公民有序的政治参与，实施依法治国的方略，保障公民依法实行民主选举、民主决策、民主管理、民主监督。我们愿意借鉴外国政治建设的有益经验，但我们不会照搬外国政治制度的模式。"

听完胡锦涛主席这段充分说理的讲话，全场爆发出长时间的掌声。胡锦涛主席坦率明晰的语言风格、充满智慧的逻辑推理、平易近人的个人魅力令人折服。在场的耶鲁大学师生毫不吝啬地把他们最热烈的掌声送给这位可亲可敬的中国领导人。

时间飞快地流逝，尽管宾主都兴味正浓，但按日程出发的时间已经到了。

正当胡锦涛主席请塞迪略继续提出问题时,莱文校长不得不打断了塞迪略的提问,遗憾地宣布演讲会到此结束。胡锦涛主席微笑着向听众们挥手告别,在场的耶鲁大学师生再次全体起立,用经久不息的掌声表达他们对胡锦涛主席的敬重,对胡锦涛主席精彩演讲和答问的谢意。

这是一次心灵的沟通,这是一次文明的对话,这是一次必定令耶鲁校园铭记的访问。

(2006年4月24日)

阿布力孜家的"月亮泉"
——一个维吾尔族家庭与一个汉族弃婴的感人故事

王慧敏

5月16日,9岁女孩阿依布拉克出院了。一大早,新疆维吾尔自治区第二人民医院门口便自发围满了各族群众。

9时许,当阿依布拉克和她的"达当(爸爸)"阿布力孜在医护人员的陪同下走出医院时,人群中响起了经久不息的掌声。

"谢谢叔叔阿姨们,谢谢大家!"阿依布拉克欢快地朝大家笑着。人们争先恐后上前和这对父女打招呼,有人激动地把阿依布拉克揽在怀里,有人把鲜花往阿布力孜老人的怀里塞。许多人眼里噙着泪花。

为什么一个小女孩的病愈出院会牵动这么多人的心?这与阿依布拉克非同寻常的身世有关。

阿布力孜老人作出一生中最艰难的决定——收养这个弃婴

1997年9月23日清晨,新疆巴楚县色力布亚镇英阿瓦提村64岁的阿布力孜·努来克老人浇地回来,快到村口时,听到路边的树林中传出婴儿嘶哑的啼哭声,顺着声音他发现树林中有一个黄色的旅行包,包里放着个褟褓,哭声就是从褟褓里传出来的。

阿布力孜四处看了看,没有发现人影。谁把孩子放在这里,多危险呀。他在田埂上坐了下来,等候孩子父母归来。一个小时过去了,两个小时过去了……太阳已经西斜了,仍不见孩子父母的影踪。

孩子的哭声越来越微弱,老人的心也越揪越紧。最后一抹晚霞隐到了远处的沙丘后,还没有人来。老人只好抱起孩子朝家里走。

回到家,他和老伴吐尼沙罕打开褟褓一看:是个瘦弱的汉族女婴。孩子显然出生时间不长,脐带还没有脱落。因为哭了一整天的缘故,此时已哭不出声了,小脸上挂满了泪痕。襁褓里面还有一包奶粉,一个奶瓶,两件小孩的衣服。

看来是个弃婴!

老两口决定火速向政府报告。

镇派出所的领导听完捡孩子的经过,一时也不知该怎么办才好。他让阿布力孜先把孩子养着,等派出所打听到孩子父母的下落再通知老人。

第二天一大早,镇林管站的一位干部兴冲冲地踏进了阿布力孜的家:"听派出所的人讲你捡了个孩子。我家里没有女孩,就交给我来抚养吧。我已和有关部门打过招呼了。"

孩子有了着落,阿布力孜和老伴心里的一块石头也落了地。谁知几个小时后,那位干部又急匆匆地把孩子抱了回来:"这是个残疾孩子。我可养不了,还给你们!"说完不由分说地把孩子往阿布力孜怀里一塞,拔腿就走。

阿布力孜和老伴打开襁褓一看,大吃一惊:只见孩子的嘴巴不停地抽搐,小脸涨得青紫,肚子也圆鼓鼓的……不好!两人赶紧抱着孩子往镇医院赶。

医生对孩子检查后很是困惑:"真是奇怪了!这个孩子先天没有肛门。"

"啊?"老两口不知所措。"那该怎么办?"他们着急地央求医生。医生摇摇头:"医院还没有遇到过这种病例。凭镇医院目前的医疗条件,无能为力。"

情况在继续恶化:由于大便无法排出,孩子的全身都已经浮肿,额头青筋暴绽,眼球外凸,四肢无力地低垂着,呼吸也几乎停止了。

"求求你们了,医生。能把孩子救过来,花多少钱,我们都会想办法。"

再拖下去,孩子必死无疑。医生们紧急磋商后,决定冒险一试。方案是在孩子本应该是肛门的位置上开个小口,用导管将大便引出。

导管插进体内后,几个医生轮番在孩子的小腹上轻轻揉挤,大便一点一点顺着导管往外滴。4个小时过去了,孩子终于"哇"地哭出了声。

两位老人悬着的心还没有落地,医生又告诫他们:"你们要有心理准备,目前这种办法只是权宜之计,孩子到底能不能活下来,还不好下结论。"医生沉吟了一下接着说:"有了这个孩子,恐怕就不得安生了,无论是白天还是黑夜,只要孩子一胀肚子,就必须马上揉挤将大便排出。"

回家的路上,两位老人谁都没有说话。回到家,阿布力孜把自己关进了房间。夜幕降临了,他没有开灯。老伴多次唤他吃饭,他也没有答腔。他抱着孩子在炕上静静地坐着,一直坐到了天亮……

第二天，老人作出了一生中最重要却又是最艰难的决定——收养这个弃婴。

他把老伴和3个儿子召到跟前。他的话还没说完，全家人立马炸了锅。小儿子阿不都热依木首先反对："达当（爸爸），我不同意你这样做。人家的亲生父母都把孩子扔了，你到底图什么呀？再说家里也不缺孩子！你有两个孙子5个孙女呢。"憨厚的大儿子玉素甫江也忍不住插了话："弟弟说的对，养了这个生病的孩子，等于给自己背上个大包袱。你把我们弟兄几个拉扯大已经够不容易了。还是把孩子交给政府管吧，镇上不是有个福利院吗？"

老人没有答话，目光一直停留在孩子那张蜡黄的脸上。见大家都沉默，老伴吐尼沙罕从老人怀里接过孩子说："你的心思我理解。可做好事，也要量力而行。你已经64岁了，有能力把孩子养大吗？"

这时，老人抬起头，平静地看着大家说："你们说的这些顾虑，昨晚我都反反复复思谋过了。不过，你们想一想，孩子眼下这种情况，放在福利院能行吗？福利院人手毕竟有限呀。孩子让我遇见，就是与咱家有缘分，咱不能把孩子往外推。"

大家都不说话了。老人接着说："你们都分家单过了，每个家庭都有每个家庭的难处。我想好了，这个孩子就由我和你们的阿娜（妈妈）来养。一般情况下，我不麻烦你们。不过，俗话说黄泉路上无老少。如果突然有一天我们老两口都撒手走了，而孩子还没有成人，那就委托你们弟兄3个轮流抚养。"

见老人决心已定，3个儿子也就答应了下来。

从此，维吾尔族老汉阿布力孜家里多了个汉族女儿。他给女儿起了个美丽的维吾尔族名字阿依布拉克，翻译成汉语为"月亮泉"。月亮泉，在穆斯林群众心中意味着"圣洁，至高无上"。

只要还有一口气，就要想方设法治好女儿的病

刚捡到阿依布拉克时，孩子的体重不足两公斤。消化系统更是出奇地差：没有母乳，老人尝试着让孩子喝奶粉，可一杯奶粉下肚，不一会儿孩子的肚子就会胀起来。老人又尝试着让孩子喝鲜奶，还是不行。有人说白高粱粥养人，老人细心熬制，但孩子喝下去后，肚胀如鼓，任老人怎么揉挤，都无济于事。孩子疼得"哇哇"大哭。老人只好把孩子抱到医院去灌了肠。

农家能吃的食物，老人几乎都在孩子身上尝试过了，都不理想：要么喝下去，一会儿肚子就会胀起来；要么喝下去，立马就拉稀。一拉稀，肠炎、肺炎便接踵而至。

孩子在死亡线上挣扎，老人愁得夜夜睡不着。附近的几家卫生所、乡医院他都求助过了，没有找到解决的办法。色力布亚镇有个巴扎（集市）。一到巴扎天（赶集的日子），老人就四处打听偏方。也不知道试了多少个方子，终于，邻村一位民间医生的方子起到了效果：把羊尾巴油和核桃仁一起炒熟后嚼碎喂孩子。这样吃下去后，尽管排便时仍需不断揉挤，但比以前轻松了不少。

医生的话应验了：老人每天都得围绕着孩子转。每隔一两天，阿布力孜就要到六七公里外的镇上买一两角钱的羊尾巴油。夏天更是每天都得去——孩子的肠胃出奇地敏感，稍有变质，马上腹泻不停。导管也需要每3天到镇上的医院清洗一次。

在日复一日的奔波中，两位老人还在默默地执行着一个重大计划：攒钱为女儿治病。他们打听清楚了，阿克苏的大医院能治好孩子的病。不过，开刀造一个肛门需要3000多元。当时，英阿瓦提村的人均年收入只有六七百元。

说来也巧，捡到阿依布拉克不久，阿布力孜家的那只老母羊一胎下了3只羊羔。两个老人约定：今后不管是逢年还是过节，家里将不再宰杀一只羊。生下的母羊用来繁殖，公羊卖掉攒下钱为女儿看病。

村外的胡杨黄了又绿，绿了又黄。两年过去了，阿依布拉克学会了喊"达当""阿娜"，老两口也为女儿凑够了手术费。为了凑够这笔钱，老人卖掉了家里的粮食、棉花和那11棵长了10多年的白杨树。

满怀希望的老人带着女儿来到阿克苏。可到医院一打听，手术费涨到了4000多元。无奈，一向倔强的老汉只好向儿子们张口。儿子们闻讯，二话没说，凑够钱委托小儿子阿不都热依木送往阿克苏。

手术做完了，可效果并不理想：新造了肛门后，导管可以拔掉了，但大便无法从新造的肛门中排出，大便随小便一起顺着尿道外溢。而且，每次排便仍需要不断地揉挤肚子。

阿布力孜安慰老伴："不要灰心，等咱们攒够了钱，再找更好的医院。"

此时的阿布力孜已经66岁了。单靠家里5亩地和几只羊的收入，要想很快再给阿依布拉克动手术，显然是不可能的。他开始利用农闲外出打工。

逢镇上赶集的日子,他一大早就到集市去等候,看看有没有运输户需要装卸工。有的运输户嫌他年纪大不愿意雇他,他会央求人家:"雇我吧,我少要点钱。"色力布亚镇是产棉区,每到收棉季节有不少种棉大户需要拾花工。老人也加入了拾花工的行列。为了能多挣几个钱,他总是最早下地,最晚收工。

阿依布拉克在不知不觉地长大。年龄增了,可她带给两位老人的负担却没有丝毫减轻。以前为她排便,一个老人就可以解决问题。现在,孩子体重增加了,排便时老两口得一个半蹲着把孩子架在腿上,一个为孩子揉挤肚子。由于阿依布拉克没有自控能力,大便常常泄漏,老人每天都要为孩子换洗三四次裤子。新疆的冬天,滴水成冰,两位老人手上的冻疮常常是旧的未愈新的又生。

又是两年过去了,老人已积攒了5000多元。他准备再次去给女儿看病。老人的善举感动了乡亲们,大家你5元、他10元自发地捐献了1200多元。

带着这笔钱,一家3口来到了喀什的一家医院。医生诊断后认为:上次手术的位置不对,需要重新开刀再造一个肛门。由于前两次手术肛门周围的解剖关系破坏得很厉害,手术的难度更大了。

为了把每一分钱都用在孩子的治疗上,出发前,吐尼沙罕整整烤了两口袋馕。医院旁边的小旅馆一晚上只需5元钱,可两位老人仍舍不得住。晚上,年近古稀的老两口就一边一个和衣躺在孩子病床的地上。

37天后阿依布拉克出院了。手术仍不理想。前后3次手术,仅医药费就花去了11400多元。一向身体硬朗的阿布力孜,已经须发全白,走路也有些蹒跚了。

但老人并没有泄气。从喀什回来后,他又把全家人召集在一起:"只要我还有一口气,就会想办法治好女儿的病。喀什不行,下次去乌鲁木齐;乌鲁木齐不行,上北京……如果我死了,你们要接着治。"

在这个充满爱意的家庭里,阿依布拉克始终被幸福拥裹着

尽管疾病让阿依布拉克身体饱受折磨,然而,在家里,她却始终被幸福拥裹着。

赶巴扎,阿布力孜会把女儿驮在肩上;逢年过节家里聚会,阿依布拉克每次都是中心;为给孩子治病,老人舍不得吃舍不得穿,但决不允许自己的女儿比别人穿得差;在喀什住院时,老人啃着干馕,却每天要为孩子买一支棒棒糖……

　　2004年，阿依布拉克到了上学的年龄。村里的小学离阿布力孜家只有几百米远，但为了让阿依布拉克受到更好的教育，阿布力孜和老伴商量后决定把孩子送到镇中心小学。

　　阿布力孜每天用毛驴车接送阿依布拉克上下学。南疆的夏天，酷热难当，他在车上为女儿特制了一个遮阳篷；冬天风大，他把女儿抱在怀里用袷袢遮风挡寒。由于阿依布拉克经常大小便失禁，刚开始，同学们不愿和她坐在一起，也不愿和她一起玩。唯恐孩子心灵受伤害，阿布力孜带上自家田里种的蔬菜，到一个一个同学家里拜访。阿依布拉克很快就融入到同学当中了。

　　阿布力孜的儿子们也把阿依布拉克视为自己的亲妹妹。逢年过节大家都争着给阿依布拉克买新衣服。在这个大家庭里，数阿依布拉克穿得最漂亮。每家做了好吃的，也都会把妹妹接过去。阿布力孜规定：任何人不许说伤害阿依布拉克的话。有一次，阿依布拉克又把大便拉到了裤子上，老大玉素甫江7岁的儿子麦尔当见状捂着鼻子说"臭！臭！臭！"，平素舍不得打孩子的玉素甫江上去就给了儿子一巴掌。

　　在这个充满爱意的大家庭中，阿依布拉克很小就知道心疼父母。五六岁的时候，她就开始帮父母喂羊，做些简单的家务。短裤也开始自己学着洗。为了不给大人添麻烦，她从不乱吃东西。

　　阿依布拉克上小学二年级的时候，村里到镇上通了"摩的"（摩托三轮车）。老人再不用每天用毛驴车接送孩子了。他每天给阿依布拉克一块钱让她乘车上下学。可一个月后，老人发现，30元钱又回到了家里的抽屉里——为了给家里省钱，阿依布拉克偷偷来回步行。老人几次把孩子强行"押"上车，可只要老人一疏忽，孩子又会走着上下学。

　　老人只好又用毛驴车接送孩子了。于是，在英阿瓦提村通往色力布亚镇的那条简易公路上，每天早晚人们都会看到这样一幕场景：一位花白胡子的维族老汉乐呵呵地赶着驴车，一个汉族小姑娘搂着他的脖子伏在他的耳畔亲昵地讲着什么。老人时不时会被孩子逗得哈哈大笑。一次阿依布拉克对老人说："达当，等我长大了，我要买一辆全世界最漂亮的马车，我要赶着马车载着你和阿娜到县城、到北京、到全世界最好玩的地方去玩。"老人的眼睛湿润了。

　　一天，一家三口在看电视，电视里在讲述这样一个故事：一位母亲找到了离别多年的女儿，母女俩抱头痛哭。阿依布拉克也被感动得哭了。吐尼沙罕随口说："孩子，假如你的亲生父母来找你，我们也会把你送到他们的身边。"

阿依布拉克"哇"地一声伤心地哭起来："达当，阿娜，你们不能不要我呀！你们就是我的亲生父母。我哪里也不去。"

"谁也抢不走我的阿依布拉克。"阿布力孜一边责怪老伴一边把女儿紧紧搂在怀里。

阿依布拉克终于可以像正常人一样生活了

为了救治这个汉族弃婴，阿布力孜一家付出了常人难以想象的艰辛！8年多来，两位老人每天都要为孩子揉三四次肚子，每次至少要半个小时；8年多来，两位老人没添置过新衣服，可顿顿都要让孩子吃上羊尾巴油炒核桃仁。古尔邦节是穆斯林群众最隆重的节日，就如同汉族人无论穷富大年初一都要吃水饺一样，穆斯林群众在这一天即使再穷的家庭都要宰羊。可8年多来，阿布力孜和老伴没宰过一只羊……

不久前，记者在英阿瓦提村采访时看到，全村属阿布力孜家的房子最破。在阿布力孜住的那间房子里，除了一爿土炕和两张歪歪斜斜的凳子外，再没有其它物件。

记者问他："生活这么艰辛，为什么还要收养这个孩子？"不善言辞的老人轻声回答："她也是一条生命……"

"听说你一直没有向政府申请救助。这又是为什么？"老人同样没有豪言壮语："政府有那么多的事情要办。我收养了孩子，我就有责任把她养大。"

维吾尔族老汉阿布力孜一家收养汉族弃婴的故事不胫而走。2006年元旦刚过，中共中央政治局委员、自治区党委书记王乐泉委托民政厅党组书记莫涓赴英阿瓦提村详细了解情况，并带去了自治区党委和人民政府对阿布力孜一家的敬意。

民政厅党组做出一项决定：用"新疆福彩爱心关注资金"彻底根治阿依布拉克的疾病。

2006年2月12日，正是中华民族的传统节日"元宵节"。"阿依布拉克要到乌鲁木齐治病了。"这一消息让英阿瓦提村沸腾起来，全村人赶来为阿依布拉克送行。

阿依布拉克被安排进了新疆医疗条件最好的自治区第二人民医院。

这一次，手术成功了。5月6日，阿依布拉克终于可以像正常人那样排便了。阿布力孜一个人躲在走廊的尽头"呜呜"地哭出了声。人们没有去劝慰他——大家知道，他心里有太多太多的感慨！

阿布力孜一家的事迹，感动着新疆各族人民！人们通过多种方式向他们表示慰问：有的寄钱，有的写来慰问信，还有的从数千里外坐火车赶来，就为了能看上他们一眼。

怕阿依布拉克住院期间耽误了学业，乌鲁木齐市第四十二小学的李楠老师利用业余时间给孩子补数学；乌鲁木齐市第九小学的杨波则成了孩子的语文老师；正在自治区第二人民医院治病的新疆歌舞剧院国家一级演员米娜娃·穆合买提则自告奋勇当上孩子的音乐老师。怕孩子孤独，有的学校还组织学生分批到医院陪阿依布拉克做作业……

在刚刚结束的"感动新疆的十大人物"评选中，阿布力孜以高票当选。8年多的含辛茹苦，阿布力孜让一名生命垂危的弃婴过上了正常人的生活。他也给我们每一个人带来了许多许多……

(2006年5月26日)

矿难瞒报何时了

王明浩　裴智勇

"本是工伤死亡，硬要我说成病故，愧对良心啊！"

"女婿本是工伤死亡，硬要我说成病故，愧对良心啊！"今年6月14日，在河南省济源市克井镇槐树庄一间阴凉的小堂屋里，村民段程宝激愤地说。

2005年9月6日10时许，段程宝突然接到济源煤业有限责任公司（以下简称"济源煤业公司"）通知，说女婿张建政（又名张建延）在二矿出事了。11时30分他赶到济源市人民医院时，尸体已放到太平间了。矿上的人叮嘱道："不管谁问起，就说是病死的。""说得好，矿上满意了，宁叫钱吃亏，不让人吃亏！"

段程宝反问道："既没有病历，又没到二矿医疗所和老矿总医院检查过，怎么确定是病故？"段程宝很快从矿上知情人处获得消息：张建政是在井下被翻倒的拉煤车砸死的。

2005年9月13日，张建政尸体被火化。火化证上，逝世原因栏写的是"2005年9月6日经济源市煤矿总医院鉴定证明因心肌梗塞逝世"。生辰栏空白，逝者遗像栏也没有贴照片。段程宝说，这都是矿上急于掩盖死亡真相仓促处理造成的结果。

张建政是"工亡"还是"病故"？2005年9月12日，济源煤业公司（甲方）与张建政之妻段领换（乙方）签了份协议书。其中写道："关于张建延工伤死亡待遇一事，经甲、乙双方共同协商，达成如下协议……"协议上还有煤业公司董事长齐百红的签字。

济源煤业公司诱逼死亡矿工家属说假话、作假证，不只发生在段程宝一家。

6月14日，济源市天坛中路的一家属院3单元201房间，女主人吴小叶未语泪先流。她的丈夫李小兴在济源煤业公司一号矿干采掘工，已有十多个年头。2005年6月13日凌晨2时30分左右，李小兴在井下上班时被煤矸石砸死。吴小叶特意证实："我丈夫生前身体健康，无任何疾病。"然而，李小兴的死因，在济源煤业公司的"操作下"同样是"病故"。

同样惨痛的经历，发生在济源煤业公司二矿死亡矿工陈援朝和他的家属身上。陈援朝是在排险时，掉进几十米深的煤漏洞里摔死。掉下去的具体原因迄今不能确定。遇难时，他已在煤井下干了36年，还有两年就可退休。

"死一个人就像死一只蚂蚁！"6月14日，陈援朝妻子王爱珠说起丈夫死后矿上的冷漠，很是愤怒。

陈援朝尸体火化时，死亡原因栏填的是"病故"，当时矿上叫王爱珠签字，被王爱珠拒绝。可矿上威胁说：如果不写病故火化，写矿难，公安局就得解剖尸体。你不签可以，不签就不管，一切都由你们自己解决！最后，矿上哄骗王爱珠23岁的小女儿王金签了字。

陈援朝的最初死亡补偿是16.5万元。王爱珠提出，报纸、电视上公布煤矿死亡补偿每人不低于20万元。矿上的人回应道：那你问报纸、电视台要去吧！

一份"注水"的核查报告

记者手里有一份名单，上面是2004年、2005年两年中，济源煤业公司故意隐瞒事故、没有上报的7起7人井下死亡矿工的名单。今年6月15日下午，在济源市安全生产监督管理局，该局煤炭安全科科长李某说，2004年和2005年，济源煤业公司只上报了1起死亡事故，死者叫苗旭东，济源市勋掌村人，死亡时间是2004年3月23日。

2005年12月，有群众反映济源煤业公司在两年内隐瞒7起矿工井下死亡事故，引起国家安全生产监督管理总局的重视，并将反映的问题批转下去，河南煤矿安全监察局责成豫西监察分局前往当地核查。

河南煤矿安全监察局的资料显示：豫西监察分局会同济源市安管局、公安局、监察局、工会等有关部门组成核查组，在济源市安管局初步核查基础上，对济嵩矿安全矿长刘占强、济嵩矿生产矿长段安平、济嵩矿原包工头董传起、二矿四川籍掘进队长何成贵、济嵩矿工人郭振红的妻子张白白、二矿工人张建政的妻子段领换、二矿工人陈援朝的妻子王爱珠、一矿工人李小兴的妻子吴小叶等 8 个人进行了询问。2006 年 2 月提交了核查报告。

这份核查报告确认：群众反映的"济源煤业公司两年瞒报 7 起井下死亡事故"，只有常栓栓一人井下死亡是"矿方隐瞒了事故真相，没有上报"。在豫西监察分局的核查报告上，还详细记录着这些矿工发病的情况：

——2005 年 6 月 13 日 2 时 30 分左右，李小兴在一矿 12151 综采工作面下顺槽掘进工作面清煤时，突然出现头晕、恶心、呕吐症状，经抢救无效死亡。对其妻吴小叶询问证实：6 月 12 日晚上班前，李小兴就有头晕症状。

——2005 年 9 月 6 日 6 时左右，张建政在二矿下山轨道巷巷底躲避洞口呕吐，说自己恶心、头痛得厉害，经抢救无效死亡。通过对死者妻子询问证实：张建政平时就有高血压，高压 160，低压 100，且常有头痛头晕现象。

……

经豫西监察分局核查，群众反映的 7 起隐瞒井下死亡事故只有 1 起是真实的，与群众反映出入很大。到底应该相信谁？

济源煤业公司一位同志透露：豫西监察分局牵头组成的核查组，压根没有到死亡矿工家核实。济源煤业公司先到死者家里"做工作"，承诺给几万元并写下欠条，教如何说假话、作伪证，然后领着家属到宾馆找核查组，按约定将死者说成病死，出门后再付给"封口费"。

吴小叶在一份证明中写道："在 2005 年 12 月 29 日一号井领导葛有敏、卢要强来我家告我说，洛阳安监局人在市宾馆，到宾馆不要胡说，你就说小兴是病亡了，你说以后，煤业工（公）司真大，还养活不了你这一家了。"矿上承诺给她安排正式工，全家转成商品粮。后来省里调查矿难瞒报，经矿上安排，济源市红万家工艺美术有限公司和她很快签了用工合同。吴小叶上了 1 个月班、工资也没发就被打发回家。

在死亡矿工陈援朝家，死者妻子王爱珠说，2006 年 1 月 10 日下午，豫西监察分局要对死亡矿工家属进行问话。当天中午，二矿矿长、书记就来到她家"做工作"，答应给 8.5 万元，让王爱珠把丈夫说成有心脏病，向核查组证实是病死的。王爱珠提出，可以对外讲陈援朝是病死的，但矿上必须承认死亡的真相。当时，矿领导承认陈援朝是在井下抢修煤斗时因公死亡，并向死者的遗像鞠躬道歉。王爱珠把矿领导让她作假证的话作了录音。

每次上面来调查前，矿上都会到段程宝家"做工作"，先后来过 3 次，矿安全科长曾问段程宝："你们想要钱，还是想告状？矿上给你们 3.8 万元，让你们说啥，你们就给调查组说啥，否则一分钱没有！"为证明"诚意"，济源煤业公司一名干部打了一张欠条："再付张建政款叁万捌仟元正（38000元）"。

求神拜佛能保安全吗？

发生了事故，煤矿首先应该从安全措施上找原因。济源煤业公司却一面隐瞒井下死亡事故不报，一面建庙拜神，花费大量钱财搞封建迷信活动。

济源煤业公司一中层干部透露，公司直属5个矿井，每个矿井都有1间屋子供烧香拜佛用。碰到特殊日子尤其是矿上出事死了人，则要请2到3个神汉神婆，每人至少给三四百元，大祭大拜。公司党委书记、董事长、总经理齐百红还多次在会议上说，烧香、拜佛、跳大神，是为了"保佑平安"。这位要求匿名的中层干部还透露，2004年，济嵩矿发生一起潜水泵漏电打死人事故，就是事先没有安装漏电保护器造成的。"有搞迷信的花费，竟没有买个漏电保护器的钱。"这位干部气愤地说。

济源煤业公司一个干部反映，济源煤业公司有一个矿在新疆，因为当地没有烧纸，齐百红不惜花钱，从济源运送两车冥纸，带着神汉神婆坐飞机到新疆跳大神，祈求神灵"保佑平安"。

更让干部职工气愤的，是齐百红动用矿上的资财为一名神婆修建神庙神像。6月14日下午，记者在知情人的指引下，走了四五十里山路，亲眼目睹了这座当地人称为"大仙庙"的真面目：外墙高筑，红漆门，铁栅栏，琉璃瓦，大门上方"通天宝殿"四字格外醒目。与周围村民居住的土坯房相比，"大仙庙"三幢红建筑十分显眼。知情人介绍说，修建"大仙庙"全部花费在100万元到200万元之间。

求神拜佛、焚香烧纸真能保佑平安吗？济源煤业公司几年来安全事故不断，就是很好的说明。

（2006年6月20日）

写在蓝天上的忠诚

——记空军某试飞团功勋飞行员李中华

冯春梅　黄庆畅

这是一个难忘的时刻：2006年3月25日，中共中央总书记、国家主席、中央军委主席胡锦涛视察空军某部时，亲切接见了空军某试飞团副团长李中华，称赞他"你的事迹很突出，也很感人。你不愧是思想、技术双过硬的新型高素质试飞员，不愧是我军飞行员的优秀代表。特别是你牢记使命、为国奉献的政治觉悟，爱岗敬业、刻苦钻研的进取精神，临危不惧、勇攀高峰的英雄气概，值得全军学习。希望你牢记党和人民的重托，不断提高政治素质和军事素质，为祖国为人民为军队再立新功！"

这是一个光荣的时刻：2006年10月22日，李中华在人民大会堂举行的纪念红军长征胜利70周年大会上，代表全军官兵向党和人民表达心声和忠诚。

这是一个令国人振奋的时刻：2007年到来之际，我国自主研制生产、由李中华等试飞成功的歼—10战斗机装备部队，形成作战能力。

心随战机一起飞。李中华，这个同国产先进战机一起度过18年试飞生涯的双学士飞行员、国际试飞员、空军特级飞行员和功勋飞行员，当他经历了一次次生死较量，把一架架新型战机飞出极限性能、送上祖国蓝天的时候，那句22年前就写在日记中的诗词，总会浮现眼前：

"大鹏一日同风起，扶摇直上九万里！"

为了明天，飞出军人的尊严

惊险回放

涂装一新的歼—10战斗机，直升万米高空，尔后全速向下俯冲。

轰油！压杆！动力强劲的新战机如箭一般向地面狂飙。这是一次严峻的考验：飞出"低空大表速"。

地面监视器显示：飞机动压已大大超过我国试飞史上的纪录！

李中华仍在加速。

剧烈的震动和难以辨别的视觉效果，让李中华感到极度不适。

此前，飞机曾先后出现过前起落架护板严重变形、机翼前沿的铆钉飞掉、油箱渗油等现象。

耳边传来气流掠过机体时发出的低吼。李中华神经紧绷，全力以赴。

地面监控仪上的数据在急剧跳跃，监控室的空气仿佛凝固了。神情肃穆的专家们"紧张得浑身毛发都立起来了"。

此刻，出现任何差错，都会导致机毁人亡，因为处理情况根本来不及。国外在进行这种试飞时，曾发生过飞机空中解体的惨剧。

但李中华仍在加速，加速，冲击极限！距离地面不足千米。

终于，歼—10和李中华迎来了骄傲的一刻：中国战斗机研制史上盼望了多年的最大飞行表速、最大过载值、最大迎角和最大瞬时盘旋角速度拿到了！

中国一航航空产品部原部长晏翔没等飞机停稳就冲了过去，一把抱住从机舱下来的李中华："中华，好样的！你天生就是飞低空大表速的。"

险情解读

善攻者，动于九天之上。

现代战争的实践告诉我们，21世纪的今天，谁失去了天空，谁就失去了明天。为了明天，飞出中华天空的尊严，是当代中国军人的庄严使命和神圣追求。

研制专家告诉记者：任何一架新型战机的诞生，除了原理研究、工程制造、科研创新外，最后最关键的一关是试飞。通过试飞，考核飞机指标，检验飞机性能，摸清极限状态。所以，人们把中国试飞研究院和空军某试飞团称作新战机的"产房"，把试飞员誉为新战机的"助产士"。

在歼—10战斗机研制的过程中，李中华作为主力试飞员，担当起以激情燃烧天空、以拼搏催生新战机、以青春和热血铸造中华之剑的责任。李中华和他的战友承担了数十项极限试飞任务，对数百个课题、数千个参数进行了上千架次的试飞检验,圆满完成了定型试飞任务,确保歼—10战斗机按时装备部队。

"低空大表速"试飞,是验证战机在高度低于1000米时所能达到的最大速度,是对飞机结构强度和可靠性的最有力检验。试飞中一旦出现不测,飞机会在没有任何先兆的情况下瞬间解体,试飞员根本来不及跳伞逃生。这项试飞是要在"生死时速"中,极力掌控处于极限高速中的飞机、抵抗数倍于常人的高强度过载,并对飞机的"危险边界"进行全面评估。作为一类风险科目,也是歼—10战斗机试飞中最难啃的"硬骨头"。

故事背后

年少的李中华有一个梦想,就是为祖国造一架扬眉吐气的先进飞机。为了这个梦,他高考时坚持报考南京航空航天大学,以优异成绩被录取。

1983年,在他即将毕业时,得知空军要从他们这批毕业生中选拔飞行员,就毅然放弃留在大城市工作的机会,积极报名参加选飞。母亲知道飞行有危险,3天连发5封电报让他慎重考虑。他始终没有动摇。

入伍后,李中华上了航校,又在航空兵部队锤炼了两年,1989年,就在团里正要提升他为副大队长的时候,上级有关部门征询他是否愿意当试飞员,当李中华得知"试飞员将参与先进战机全程研制"时,他毫不犹豫地放弃了大家一致看好的前程,加入了试飞员的行列。1995年,他以优异的成绩从国外学成归来,一些大航空公司竞相以诱人的地位、丰厚的待遇请他"加盟",但李中华婉言谢绝了航空公司的邀请,他说:"国家花重金培养我不容易,部队的需要比什么都重要。"

曾有人把试飞比作"在悬崖上高速开行一辆不知道性能如何的新车",还有人说,试飞因摸索极限而危险,因为突破临界点的时机和后果无法预知,试飞员几乎每天都是慷慨赴死的壮士。李中华在这个高风险职业中一干就是18年。与李中华同批的14个双学士飞行员中,后来有8个转业到了民航,待遇好、风险低。一位好友曾问他:"哥们儿,你什么时候撤?"李中华则回答:"中国空军只要还剩下一个试飞员,那就是我。"

曾经参加志愿军抗美援朝的父亲,也是直到2001年到中央电视台参加儿子的访谈节目时,才知道儿子干的是风险极高的试飞工作。

李中华生性要强。很少掉眼泪的他,只有过一次失声大哭:因为颈椎间隙超出标准不到1毫米，落选宇航教练员。做宇航教练是当无名英雄，但李中华却为自己失去更具挑战性的机会而伤心。

绝美的风景多在奇险的山川。无论科研试飞还是定型试飞，都是专门靠化解险情、征服危机来达到科学的目标。这无异于虎口夺食、火中取栗。李中华却以攀登险峰为荣，把经历挑战的日子视为寻常。

李中华坚信，试飞是科学，尊重科学就会减少危险；试飞是使命，为使命出生入死是值得的；试飞是勇敢者的选择，坚定了信念才能果断地行动。

每当提到国际上加紧研制先进战机的消息，李中华就心急如焚。每天一进场，都盼望着能飞行。天气稍有好转，就一个劲儿地对着天空说："我看这个天就能飞。"

他潜心琢磨如何增加试飞时间，科学统筹技术要求、气候特征和任务需要，千方百计建起全团的局域网及有关信息化设备，大幅度提高了完成任务的效率。

某机型试飞原本计划30个架次，李中华只用17个架次就圆满完成任务。仅此一项，就为国家节约大量的科研经费，测试周期缩短了1/3。他按国际最优秀试飞员的标准要求自己："一个合格的试飞员，就是给你一架新机，能在7天之内把它飞起来，而且还要飞好。"

科研专家最赞赏李中华的那种激情和专注："中华的精力特旺盛，好像总也用不完。一坐进机舱，就能与飞机融为一体。"不止一次，当李中华驾机飞出一个个科学家们梦寐以求的理想数据时，总会有科学家满眼热泪热情拥抱："我真想代表祖国感谢你！"

采访时，李中华有一句话令记者难以忘怀："如果不能尽快地把新机的最好性能飞出来，那就愧对国家、愧对民族、愧对历史。"

为了胜利，飞越科学的巅峰

惊险回放

7秒钟，要把绝境变生途。谁能做到？李中华。

"5·20"是一个传奇，也是一场殊死搏斗。

这是一架科研价值极高的"三轴变稳"试验飞机。世界上数量极少，中国仅此一架。

这是一次突如其来的特大险情。2005年5月20日12时22分，李中华带着战友梁剑峰驾机完成两个状态，正准备做第三个状态试飞时，飞机突然向右侧剧烈偏转，并猛烈"倒扣"过来！

　　飞行高度不足500米，离大地近在毫发！飞行速度仅270公里／小时，这是接近危险的最慢飞行速度！"倒扣"的飞机，使操纵变得特别困难！

　　在这个魔鬼般的恐怖时刻，连空气都在颤抖！难道这架带着宝贵试飞数据的科研机就这样毁掉吗？

　　李中华沉声告诉梁剑峰："别动，我来！"梁剑峰信赖地静默了。他知道，除了李中华，神仙难救。

　　李中华平时千锤百炼的功夫开始显现。切断变稳系统，试图操纵飞机。压杆，没反应。拉杆，没反应。蹬舵，还是没反应……

　　飞机在加速下落。李中华和梁剑峰能够感到自己正倒栽葱地朝地面的麦田撞去。高度200多米，可飞机还不听"话"！没有跳伞的可能，也没有时间了！

　　李中华全神贯注。此刻只有一个方法，关掉电源！按常规这是不合逻辑的，在实验室也从没遇到过，但问题可能就在这里！念头电闪间，李中华已经行动：他以极其准确的动作，干净利落地关掉右边的3个电门，切断飞机的电传操纵系统！

　　果断而危险的对策，产生了期望的效果，在这个离地面极近的高度，飞机得救了。

　　7秒钟，只是生命一瞬间，但李中华创造了奇迹，飞越了一座前人未能飞越的巅峰！

　　解除"倒扣"，加速拉升……在没有电源、没有仪表显示、无法与地面联系的情况下，李中华驾机安全降落。

险情解读

　　这7秒钟后来成为了"5·20"的经典镜头。

　　这架新型三轴变稳飞机，是我国自行研制的空中模拟飞行试验机，具有世界先进水平。研制新型战机，有许多技术、设备必须在这种飞机上进行试验。向它输入相关参数，它就可以模拟出不同类型、不同状态飞机的空中特性。由于其科研本领大，被科学家们誉为"空中魔术师"。目前，世界上只有美、英、法、俄和我国5个国家拥有此种飞机。

中国飞行试验研究院一位专家说,如果这架飞机摔毁,中国航空工业的发展将受到极大影响,中国的新机研制能力与世界先进国家比,会一下子落后很多,先进战机装备部队的进程也会受到很大影响。

李中华和梁剑峰此次飞行的科目是"纵向诱发振荡",这是一项必须完成的科研试飞。事后,科学家们看着飞行记录,无不惊叹:"这个李中华,真是员'福将'!"

故事背后

试飞,是一门科学。试飞过程中要不断发现飞机缺陷、挖掘飞机潜能,非有严谨、求实、勇于探索的科学精神不行。

李中华是新一代试飞员的代表。既敢飞、会飞,又能参与飞机研制和设计的智能型飞行员。这是他发愤读书,虚心请教,积累经验,积极把知识转化为试飞能力的结果。

参加试飞后,当李中华明白新一代战机最需要专家型、学者型试飞员后,一场获取先进飞行知识和技能的拼搏,就如影随形地伴随着他的每一年、每一天。

每天保证1~2小时读书,与战友共同分析国外试飞资料,都是雷打不动的。

赴俄罗斯培训,他克服"连33个俄语字母都认不全"的障碍,苦练先进的试飞技能,背单词、背数据、背技术规程,对有难度的试飞动作千锤百炼。每天只睡5个小时,每天的学习和训练任务都超额完成,不仅以惊人的毅力在4个月内完成了其他国家试飞员一年的课程,获得"国际试飞员证书",而且胜利攻克了难度极大的"普加乔夫眼镜蛇机动"。当他驾驶苏—27战机从8000米高度一遍又一遍做出"眼镜蛇机动"时,俄罗斯著名飞行员科沃丘尔说:"李,祝贺你获得飞行员至高无上的荣誉!"

46岁的李中华,如今已是能够驾驶和试飞过歼击机、歼击轰炸机和运输机等多机种26种机型的全能试飞人才。安全飞行2250小时、成功处置20多次空中险情、先后12次荣立军功。

一次,李中华带飞3名新试飞员。为了"考考老师",3人一口气从试飞理论到飞行操纵连珠炮式问了50多个问题,李中华一一以简明扼要的语言表达清楚。3人信服地表示：跟着李中华飞，放心！从此，李中华得了两个外号："活字典""定心丸"。

坚实的功底给了李中华参与先进战机研制的充足条件。

这是一次能够载入史册的飞行：我国自行研制的飞机将首次使用电传系统着陆。人们充满期待，鲜花都已经备好。

然而，李中华驾机着陆时发现了意外。飞机降至离地1米时，飞行姿态没有执行操纵意图，反而在跑道上空颠簸起来，且没有减弱趋势，被迫复飞。

事后，经过严密分析，李中华提出，问题的原因是飞机纵向控制系统增益过高，操纵过于敏感。他建议：将纵向增益减去1/3。设计部门认为操纵灵活是新战机的优点，不同意修改。

他的"倔劲儿"上来了。他以飞行曲线和参数据理力争。经过整整两天的讨论、模拟试验，最终确认，李中华是对的。

李中华是飞行员，更是一名试飞工程师。参与了歼—10研制的全过程，并在预研阶段就提出了"安全、舒适、高效"的设计理念三原则。

试飞歼—10时，李中华感到座椅固定不好，做高难度飞行容易导致人椅分离，建议改进；人机界面不太符合飞行员的操作习惯，防错设计不够合理，建议改进；前起落架护板力臂过长，建议改进……10多项建议项项准确，全都被设计人员采纳。

这些年，他以飞行实践为基础，在《航空杂志》上发表了许多高质量的研究文章。

新型战机试飞期间，他没有出过一次错、忘、漏的差错。一个任务单上，有时有60多个动作，非常繁琐，李中华都做得极为精确。"这对于任何一个试飞员来说都是非常不容易的"，空军某飞行试验基地副参谋长徐勇凌说。

李中华的严谨出了名。每次试飞，都要亲自列表、画图、填写飞行卡片，认真思考试飞清单，在他的办公室，光是平常累积的飞行记录卡片就有1100多张。

平时，李中华守时像闹钟一样准确，守纪像铁板一样强硬。工作中的他，坐得总是笔直，双手放在膝盖上，连头发都是标准的"板寸"。

"勤奋＋钻研＋严谨"的科学态度，让李中华与先进战机一道展开了科学的翅膀，飞越过一个又一个高耸的"科研巅峰"，摘取了苦战过关的胜利果实。

为了祖国，飞在死神的前头

惊险回放

"这是死亡螺旋！李，赶紧改出来！"

当年在赴俄受训时俄方教员那句急促的口令，此刻又一次响在李中华的耳边。

这是万米高空，李中华正在填补我国"三角翼战机失速尾旋"科研试飞的空白。

收油门，飞机减速；蹬左舵、拉杆到底，战机如被激怒般浑身抖动起来。机头上仰，机身向下翻滚，像一片落叶飘旋着扎向地面……

飞机失控，李中华如骑狮虎！

突然被抛向空中，头撞在座舱盖上。机翼拍出一阵阵怪叫，令人毛骨悚然。

"1圈……3圈……6圈……"后舱试飞员李存宝一下一下地数着翻滚圈数。飞机迅速接近尾旋的极限。

已经多少次从尾旋中安全改出来的李中华，忍受着高速旋转的痛苦，测试着飞机性能的底线……好了！推杆、蹬右舵到底……飞机摆动双翼，顺利改平。

正飞尾旋被征服，再战倒飞尾旋！

战机冲向高空，开始"死亡陷阱"最残酷的"魔法游戏"。从万米高空下坠，进入加速滚转，发动机刺耳怪叫起来。剧烈地倒飞滚转中，发动机转速表归零。

不好，发动机停车！李中华知道，与死神赛跑的时刻到了。"试飞员的使命，就是让战机永远飞行在死神的前头！"

环控系统失灵。座舱玻璃迅速凝结了一层白色冰霜，视线被隔绝了……双重"鬼门关"前，李中华和李存宝进行着顽强的抗争。

终于，在距地面6000米时发动机发出悦耳的轰鸣，"倒飞"的战机冲出了螺旋。

"死亡陷阱"消失，英雄诞生了。

险情解读

失速尾旋被航空界称为"死亡陷阱",世界航空史上战机的大迎角失事,约90%都是因为进入尾旋造成的。仅美国和俄罗斯在"失速尾旋"的试飞中,就损失过几十架飞机、数十名试飞员。

在俄罗斯学习期间,李中华亲眼目睹了一次图134与另一架图22型试飞机空中相撞的悲剧。整个机组的6名试飞员全部牺牲。当天,飞行训练没有停止。其他试飞员驾驶的飞机在失事地点上空低空盘旋一周,以表达对烈士的纪念。

死神,离试飞员是如此之近!而"失速尾旋",则是被死神紧迫包围的地方。

长期以来,"失速尾旋"一直被国产三角翼战机视为禁区,曾发生因"失速尾旋"导致的飞行事故。征服"死亡陷阱",不仅是所有飞行员的梦想,也是保证作战胜利、保全飞行员生命必须打开的一道难关。

科研试飞中,为使战机具备危急时刻能改出"失速尾旋"的可靠性能,往往需要试飞员创造最极端的险境,并以可重现的操作手法使飞机脱险,并恢复正常飞行。

在我国,能够可靠进行"失速尾旋"试飞的,仅有3名!

故事背后

如果拍一张李中华的生活照,那一定特别可爱。

试飞团营区有一道独特风景:每天早上,在去饭堂的路上,一个空军大校、人们熟悉的副团长李中华,穿着旱冰鞋,一路如风似箭地越过人群,"滑"进饭堂。

这年冬天,他到西北试飞,驻地有一个人工湖,当时气温很低,水面结了一层冰。李中华以为可以滑冰,一大早就穿上自带的冰鞋下到了湖面上。谁知没滑上几步,冰层突然破裂,整个人掉进了寒冷的冰水里,好在他反应敏捷,迅速爬出了冰窟窿。领导发现后要求他:注意安全,别误了飞行。

李中华身体特棒。说起李中华,领导和同志们会异口同声地讲出一串形容词:瘦子,精干,灵活,事业心强。"他酷爱滑冰,酷爱跑步,酷爱体育运动，样样都能练几手"，战友们理解他。

李中华的妻子告诉记者，李中华是个"矛盾统一体"：试飞时，他是"拼命三郎"；平日里，他是个特别"惜命"的人。"军人不怕死，但不能做无谓的牺牲。锻炼对飞行帮助大，好处多，有效率，准确，不忘事，身体能够保持协调，关键时刻不出问题。"李中华自有道理。

李中华还是个"浪漫"的飞行员。每次飞行，他都要穿着从俄罗斯带回来的连体飞行服，把皮鞋擦得锃亮，戴上雪白的手套……战友们开玩笑："这么精心打扮，是不是去约会？"李中华半是调侃地回答："是呀，跟我的飞机去约会！"

他和妻子潘冬兰的爱情故事，广为流传，"好得会让你妒忌。"从恋爱到今天，李中华爱得热烈。那辆结婚时"接新娘专用自行车"至今仍是至爱；天各一方时写下的情书被妻子装订成册；不爱谈笑的李中华一有空就组织家庭演唱会；夫妻眼中，对方总是最美。

有一年潘冬兰过生日，本以为出差在外的李中华回不来。没想到天刚暗时，丈夫一手捧着一大束红玫瑰，一手拎着一盒精致的蛋糕，微笑着走进了家门。

潘冬兰说："我们懂得珍惜。生命中一些东西别人可以任意挥霍，而我们却不能。"

李中华为什么会这样生活？因为他知道试飞的危险性。他的所有爱好，都与飞行有关，都在为战胜危险、确保安全做准备。因为他知道，军人的生命不属于自己，只属于祖国。

有人说，试飞员是用生命去换飞机，李中华说，谈不上换，飞机就是试飞员的生命。为了这个生命在真正的战斗中焕发活力，李中华做好了为试飞奉献一切的准备。

李中华喜欢冒险，在试飞中经常有新的突破。

"他用主动冒险拓宽了战机的战斗力边界。"专家们由衷赞叹。"他在与死神开玩笑，我们既爱又怕"，试飞院领导说。

试飞我国首次研发的重点型号先进发动机，李中华是核心组成员。面对太多的第一次，大家心里没底。"要不从国外请人飞吧"，有人提议。李中华说："能不能咱自己来？"说干就干，先是请总设计单位上课，再到模拟机上"飞"几个周期，然后，单飞！

一番大胆试验，几经艰苦拼搏，型号数据飞出来了，试飞方法也成型了。

双丰收。

这些年来,李中华遭遇过"飞机发动机高空大马赫数时双发停车"、"飞机液压系统漏油、着陆刹车失效"等20多次"与死神过招"的时刻,每一次他都化险为夷。

1999年5月18日,李中华和战友李存宝正在进行"正尾旋"试飞,突然发动机发出"咔嚓"声怪响后停车,飞机瞬间急剧右滚。滚转许多圈后,又像浪尖上的一叶孤舟,由向左正尾旋变成更险恶的向右倒飞尾旋。一时间,机舱内浮尘弥漫。两人均感到飞机急坠、座椅保险带松动。"三险连发!"情况十分危急!

10000米……8000米……7000米……终于,李中华和李存宝以一连串敏捷动作将飞机改了出来,至4000米时,一次启动成功。

记得在"5·20"那天,"与魔鬼打交道"的飞行结束后仅半小时,李中华又从容登上另一架战机,带着部队送训的飞行员再次升空。当晚,妻子潘冬兰听到李中华回家的脚步声,一边念叨"感谢老天,又把他还给我了",一边含泪抱住刚进门的丈夫。李中华却显得十分轻松地抚慰妻子:"没事,我就是按了几个按钮。"

仿佛致命的危机仅是一阵风。内蕴英雄本色,外在温文尔雅,这就是一个中国军人的外柔内刚!

从一名普通地方大学生,成长为空军试飞专家和国际试飞员,经历了18年的生死考验,李中华把自己锻造成了真正的思想技术双过硬的高素质试飞员,在蓝天之上、白云之巅书写了一部荡气回肠的中华传奇。

(2007年1月15日)

使 命

——海军大连舰艇学院教授方永刚的生命之约

陈万军　白瑞雪　郭　嘉　王金海

渤海湾的晨曦映着一个攀登的身影。

2007年1月15日,海军大连舰艇学院教授方永刚来到政治系教学楼,讲授本学年的最后一课——"新世纪新阶段我军历史使命"。

学生们早早地等候在门口。迎着他们的目光,身患癌症的方永刚走上讲台,还是那么精神焕发,还是那么声如洪钟。

"今天我给你们上课,感觉很幸福……"方永刚的最后一句话,淹没在一片掌声中。

学生们的记忆里,将永远定格这么一幕:教学楼前110级台阶的陡坡,他们的方教授竭尽全力,一步一步向上攀登……

迈步之前,方永刚整了整军装。

远山如黛。他的目光,久久地停留在前方6个鲜红的大字上——

使命——忠诚——献身。

信仰——

"没有科学信仰的人是不幸的人,我的信仰就是马克思主义"

年均完成教学任务200%,为官兵和干部群众作报告1000多场,撰写论文100多篇……10多年来,方永刚就是以这样的节奏,为他的学生、听众和读者解答着同一个问题:发展变革中的中国,路在何方?

路,在党的创新理论里,在人民群众的伟大实践中。这是方永刚认准的答案。

1981年秋,方永刚考入复旦大学历史系。4年寒窗,在博览东西方哲学文学、苦读中国几十个朝代兴衰史之后,他把自己的主攻方向放在中国近现代思想史方面。

为什么洋务运动想从实业方面挽救中国，没有成功；为什么戊戌变法、辛亥革命想从制度方面挽救中国，没有成功；为什么中国共产党却能在沉沉暗夜中，找到民族复兴的正确道路？

这，就是科学理论的力量。正是这种力量，在一代代中国共产党人创造性的实践中，改变着国家、民族和每个人的命运。

在这些被改变的命运中，方永刚本身就是其中的一个。

1963年4月，方永刚出生于辽西一个有7个孩子的农家，贫穷，几乎是他童年的全部记忆。

1978年12月18日，党的十一届三中全会召开。这是方家认定的家族生日——从此，家庭成分的包袱没有了，"包产到户"后的全家第一次不用为吃饭发愁了；后来，全家族40口人中有30多人陆续迁至大连，祖祖辈辈生活的那个十年九旱的村庄成了附近闻名的电话村、自来水村，走出了一批批与方永刚一样的大学生和到韩国、日本打工的青年人……

他明白，所有这些变化，都是党的好理论、好政策带来的。农民之子方永刚朴素的感恩之情，涌泉般汇入学者方永刚的理性思考，汇成了对党的信赖和对党的创新理论的信仰。

一生无悔的职业选择，从此开启。

20世纪90年代初的一天，方永刚在公交车上听到关于苏联解体、东欧剧变的议论，听到有人对中国社会主义事业前途感到悲观。

像今天的许多中青年理论工作者一样，方永刚的理论研究和传播生涯是在社会主义事业于世界范围内受到挫折的背景下展开的，对于这样的言论，他并不意外。但，保持缄默或者一笑了之，从来不是方永刚的性格。

方永刚能言善辩，对方也并不示弱。旁边的人以为他们要动手打架，差点报警。讲国际战略格局，讲中国的变化，讲改革开放的特质，讲自己的亲身经历……方永刚最终说服了对方，而他雄辩执着的劲头也让那位来自监狱系统的管理人员震撼：这是位信仰坚定的共产党员，他的身上有着强大的感染力！

乘车因为辩论错过了站点，辩论双方却从此成了朋友。不久，方永刚接到了辽宁省监狱警察培训中心的讲课邀请函。10多年过去了，课程不曾间断。

"没有科学信仰的人是不幸的人，我的信仰就是马克思主义。"方永刚说，"我们做马克思主义理论教员的，自己都不坚信真理的话，怎么让别人相信呢？自己都不感动的话，又怎么去感动别人？"

科学信仰之于共产党员，如同人生的长明灯；科学信仰之于教师，乃师之大德；科学信仰之于任何需要信仰的人，则是一种可以传递、可以倍增、可以扎根的力量。

2001年暑假，方永刚应邀到大连市小龙街为退休老干部和群众讲解"三个代表"重要思想。

一位老干部提问：你讲的这些，还是不是我们原来理解的社会主义？

"党的创新理论之所以科学，不仅在于它的本质是一脉相承的，更在于它的内容始终是随着时代发展而创新的。"方永刚回答说，"中国特色社会主义是一部大文章，几代共产党人都在这部巨作中写出了自己的段落，并付出了巨大的牺牲……"

当他讲到毛泽东一家为中国革命牺牲了5名亲人，又把长子岸英送上朝鲜战场，邓小平一生"三落三起"，还始终为中国人民能过上好日子殚精竭虑时，那位老干部竟失声痛哭起来。

等大家情绪恢复过来，方永刚接着说："老同志出生入死打江山，他们最关心的，莫过于子孙后代能不能保持党的先进性。今天我们党把'三个代表'写在旗帜上，就是要确保老一代开创的事业千秋万代传递下去！"

……

从邓小平理论、"三个代表"重要思想到科学发展观，方永刚以一个理论战士特有的敏锐，密切关注着马克思主义中国化的每一个最新成果。他对学生说，只要立志成为党的理论工作者，关注前沿就不再是个人意愿，而是时代赋予的责任。

方永刚的事业道路并非一帆风顺。

1995年，方永刚的母亲去世，父亲重病缠身，6个兄弟姐妹都陷入了经济困难。

方永刚恨自己不能给这个养育了他的贫寒之家更多回报，无奈之下，向学院院长提出转业申请。

院长4次与深为器重的方永刚促膝相谈。没有许诺，没有更多的美言巧辞，她只是反复陈述着一个理由：军队建设不能没有优秀的理论人才。

这是方永刚无法拒绝的理由！

"我还要我的那张办公桌。"方永刚留了下来，当年就获得教学奖和科研奖，他所在的教研室也获得先进教研室的称号。"转业风波"让方永刚更加读懂了自己：他离不开部队，离不开这份登高望远的事业！

10年过去了，方永刚成了学院的青年教员标兵，拿到了博士学位，晋升为教授。

本色——
"理论只要回到人民群众的实践中去，就和实践一样常青"

如果说理论工作者是连接理论和实践的桥梁，方永刚甘愿做那桥上的一块砖石。

他认为，科学理论是从千千万万人民群众的实践中提炼、抽象出来的，理论工作者有责任使党的最新理论成果为群众所掌握，从而转化为巨大的物质力量。

我国加入世界贸易组织不久，方永刚应邀去旅顺口区铁山镇讲WTO对农民的影响。一传十，十传百，很多农民都放下手里的农活赶来听课。

"方教授啊，中国加入WTO了，咱庄户人可别让它给'踢'着啊！"一位农民喊了一嗓子，"咱种的粮食都不好卖，外国粮食进来更完了！"

方永刚问："大家知道为什么我们这里的小麦做面包掉渣吗？"

"咱们的小麦品种不行。"

"对，我们进口的小麦，主要是优质特种小麦。大家放心，国家是时时注意保护本国农民的利益的，我们农民也要科技种田、改良品种，这样才能在国际农产品竞争中不吃亏……"

台下议论纷纷，人们若有所思。

报告结束后，一位农民问他："你这个教授咋还知道小麦做面包掉不掉渣啊？"

一位老人执意要见见方永刚："孩子，那些个道理到你嘴里，咋都成了我们庄户人的大白话呢？"方永刚没有想到，这位80多岁的老人，竟然是躺在担架上听他讲了一上午的课！

方永刚泪流满面："老爷爷，我出生在农村，我也是农民的孩子啊！"

社会越是多元，人们越是迫切地需要科学的理论，在经济发达的城市如此，在地处偏隅的农村也是如此。

他忘不了，在守卫祖国北大门的漠河边防连，讲完了函授辅导的内容，战士们还要他讲国际形势，讲我国的内外政策，讲军队的改革发展。他们捧出自己酿的酒,端上大棚里种的蔬菜,要把这位远道而来的教授多留几天。

他忘不了,在长山要塞的海岛上,给干部、战士的课讲完了,家属们抱着孩子来也要听他讲。直到晚上11点半,他才结束了这堂他的教学生涯里时间最晚的课。

他忘不了,这些年来在大连一些单位讲课时,会场座位不够,人们就从家里带凳子来坐在过道上听。在这座首批开放的沿海城市,聚焦最新理论的"大连讲坛"已办了50多期,市、县(区)、乡三级宣讲活动红红火火……

工人、农民、干部、学生、军人、退休老人……面对课堂上这些来自社会各阶层的、最基层的听众,方永刚感受着人民群众对党的理论的渴求,感受着当代理论工作者的责任,他决心要当一个平民教授,让理论以更直接、更感同身受的方式还原到群众的生活中去。

纷繁错综的历史变迁,在抑扬顿挫间成了评书。高度抽象的理论问题,被方永刚精心织入拉家常式的唠嗑中,唠的,都是老百姓最关心、最贴近切身利益的事儿。

给社区居民讲"和谐",方永刚用一个拆字游戏作为开场白:"'和'——左边是'禾',右边是'口',就是人人有饭吃;'谐'——左边是'言',右边是'皆',意思是人人都能讲话。和谐社会,就是生活丰衣足食,政治高度民主。大家说,这样的好日子谁不想过啊!"

给农村基层党员干部讲先进性,方永刚引用了两句来自田间地头的顺口溜——"走路不沾泥,有钱娶婆姨",说明农民群众对致富带头人寄予的希望。

讲农村经济体制改革,他追溯小岗村那张盖满红手印的"生死契约";讲全面协调可持续发展,他痛陈非典肆虐的教训;讲建设社会主义新农村,他细述"三农"问题的来龙去脉……

"理论只要回到人民群众的实践中去,就和实践一样是常青的。"方永刚坚信,实践无止境,理论创新和理论传播也没有止境!

见证了科学理论巨大推动力的方永刚,希望能通过自己的传播,让理论为人民群众所掌握、所运用。

如今,他讲课时常说的"心贴心和睦相处、手拉手共建家园",成了大连市好几个社区的标语;在他"科学发展要找准定位"观点的启发下,新经济组织云集的人民路街道组建起了经济服务中心、推出六项"服务承诺";辽宁省监狱系统在听完他的"以人为本"讲座后,为干警们开设了心理保健课;大连市双岛湾街道台山西村农民听他讲了产业结构调整的道理后,对改种樱桃更有信心了……

当这些消息从四面八方传来，方永刚幸福地笑了。

激情——

"永远保持一个理论工作者的冲锋姿态，让有限的生命为太阳底下最壮丽的事业而燃烧"

方永刚深深地爱着三尺讲台。

他说，每个人来到世界上都有推脱不掉的使命，我的使命，就是为我的学生和听众讲好每一堂课。

他是学院政治系教授和硕士生导师，还是辽宁省国防教育讲师团成员、沈阳军区联勤部客座教授、大连市讲师团成员……讲学任务繁重，但乐此不疲。

每次讲课之前，方永刚先提三个要求：准备一杯白开水——润嗓，一条干毛巾——擦汗，告诉他听众的年龄、文化、职业构成——好思考使用什么样的语言。

2002年年初，方永刚应邀到沈阳军区联勤部驻齐齐哈尔某部作报告。从下午一直讲到晚饭时间，官兵们还是没听够。在大家的请求下，吃完饭后，方永刚又接着讲了两个小时……

"歌星有返场再唱的，"联勤部政治部一位领导说，"讲政治理论课，谁见过教员返场的？方永刚就能做到！"

即使躺在病床上，方永刚的激情也不曾减退。

1997年5月，方永刚在送孩子上学的路上遭遇严重车祸——只差一叶韭菜的宽度，他脑后的主神经就彻底断裂。

整整108天，脑袋上钻了两个洞、头部被牵引固定的方永刚命系一线。他只能一动不动地躺着，眼睛直直地盯着头顶那方天花板，记忆却幸运地一秒也没有丧失。

20世纪90年代中末期，正是亚太地缘政治发生重大变化、海洋权益斗争日益激烈的时候。中国海军应该发挥什么样的新作用？方永刚与同事王雨菲约定，从近代以来中国海军发展史的角度来研究这个问题。

刚有了提纲，方永刚就遭遇车祸。王雨菲急了，这个科研还怎么搞？

方永刚说："没问题！"

思绪喷涌如泉，方永刚一边口述一边修改；需要查资料时，用手把书举起来看。起初，举上几分钟就臂酸手软，到后来竟一举就是两三个钟头。

"近代亚太战略格局的演变催生了中国海军，中国海军的兴衰又深刻影响着亚太战略格局……"3个月后，30万字的《亚太战略格局与中国海军》脱稿之时，医生曾断言他仅有"百分之一希望"的身体也完全康复……

人们喜欢他的坦诚，他的朴实，喜欢他讲课的那股"劲"。

每次讲课，不到两分钟，方永刚就能融入情景，甚至连话筒是否打开都注意不到。有人曾提醒他讲课声音低些，但当全身每一个细胞、所有的能量都被调动起来，他根本无法意识到是否应该有所控制。

2006年7月，方永刚在本溪讲课时有人问：社会主义要消除两极分化，为什么城乡差距、贫富差距还这么大？

方永刚略一思忖，打了个比方："在我国的特殊国情下，需要一部分人先富起来，才能像火车头一样带跑。我们的火车过长，到现在，最后一节车厢可能刚刚出站，但我们要相信党和政府。重要的是，我们的铁轨已经铺好了！"接着，又用自己在南方乡村的见闻鼓励农民走出去开眼界，鼓励他们发展经济作物。

一堂两个小时的课，既讲了认识问题的方法，也谈了解决问题的思路，为这位"大城市来的教授"赢得了"不回避问题"的称赞。

十多年传播真理，方永刚渐渐闻名。从学院研究生队到附近社区，都有自称"刚丝"的方永刚的喜爱者。在大连市，他的课已经排到了2007年年底。中山街道、人民路、桂林路的居民一听说有课就问："是不是海军那个戴大盖帽的教授？"

熟悉方永刚的人都知道，一堂课下来，他常常汗湿衣衫。有一年夏天他在旅顺讲完课后，连裤子都湿透了，不好意思站起来。后来，他只要出去讲课，必须带上备换衣服。

外号"方大炮"的方永刚总是未见其人、先闻其声。同为大学教授的岳父送他另一个外号："永刚广播电台"——只要女婿一来，当天的国内外新闻马上在耳边响起。

在妻子回天燕眼里，工作状态中的丈夫有点"痴"。一写起文章来，念念有词，旁若无人。他说，一个问题要是整不明白，吃饭没味，走道没劲。半夜一两点以后睡觉是常有的事，时间长了，键盘敲击的声音成了妻子的催眠曲。每次发表了新的文章，方永刚会像个孩子一样一路蹦着、吹着口哨回家，然后喝杯酒庆祝一番。

在同事们眼里，常言"问题研究不透不算爷们儿"的方永刚有点"狂"。自从20世纪80年代末参与编写了系统研究邓小平理论的书后，他喜欢上了大问题、硬课题。2006年暑假，方永刚和教研室主任徐明善合写了《党的创新理论专题研究》，成为全军较早的关于科学发展观的教材。就在方永刚生病入院之前，他们又申报了一个关于中国特色社会主义理论创新研究的重大课题。

常有人问，你的激情从哪里来？

方永刚说，激情来自热爱。他对事业不仅"知之"，而且"好之、乐之"，他就像一把火，燃烧起来就无法熄灭。

约定——
"人的生命是有限的，我研究传播党的创新理论没有期限"

2006年春季开始，回天燕发现丈夫每天下班后都显得特别疲惫。问怎么回事，方永刚满不在乎："我这个人一讲课就好激动，一激动就好出汗，这说明我新陈代谢好！"

好几次肚子疼，方永刚以为是肠胃炎，自己找了点药吃。徐明善劝他去医院好好查查，但他总是抽不出时间……

这的确是异常忙碌的一年：除了例行教学和校外报告，方永刚还承担了海军基层政工干部培训班的授课任务，暑假里又编写出了关于科学发展观的教材。

2006年10月，方永刚到北京参加在国防大学举办的全军首届军队政治理论骨干研修班。机会难得，自然倍加珍惜。结业典礼上，他被选为学员代表，谈对理论工作和部队理论队伍建设的思考。

但，就在写这篇发言稿的时候，方永刚的病痛又发作了。凌晨两点刚写完，就挂上了吊瓶，连试讲也是由别人代替的。输液休息的几天里，不甘寂寞的方永刚又与他人合作，写出了一篇上万字的《论长征精神的时代价值》……

2006年11月17日，方永刚上了手术台。

病情比想象的更为严重。主刀的是从大连市请来的最好的外科医生。动了20多年手术，他头一次遇到这么严重的病例。"肠子烂了这么多洞，怎么还能坚持工作？"

往事一幕幕在眼前浮现。妻子心如刀割，丈夫是在透支自己的生命啊！

"这几年正是我精力最旺盛、思维最活跃的时候，而且，我刚从北京带回来好几个课题。"他说，"我没有理由消沉下去！"

实际上，方永刚几乎一天也没有停止过思考。

手术后醒来，麻药劲还没有全过，方永刚开了个清单，让妻子回家找书，准备为研究生做论文开题辅导。人还在重症监护病房，方永刚就把他指导的三个研究生全叫来，见缝插针地上课。

肖小平是方永刚的第一个硕士研究生。"你看看我导师那精气神！"肖小平说，如果不是那身病号服，根本看不出他身患癌症！

学生们不忍心，妻子也几次试图打断。方永刚发火了："你不要动摇军心！我肚子有问题，但脑子没问题，嘴没问题！"扭头对学生说："别受你们嫂子干扰，来，咱们继续上课。"

回天燕比谁都更清楚，对于刚做完手术的丈夫来说，每次谈话得付出多少气力——来人走后，方永刚常常一言不发地捂着肚子，密密的汗珠擦了一层，很快又沁出一层。

有人劝他，"歇歇吧，别干了。"方永刚还是那句话："不干，半点马克思主义也没有！"

方永刚把军装带进了病房。医生发现了这个秘密，问他："是不是准备趁我们不注意溜出去讲课啊？"

他嘿嘿一笑。他的心里，放不下那些因为生病一再推迟的课程，放不下那么多盼着听他讲课的听众。

2007年1月15日，第二次化疗后的方永刚如约登上讲台，给学生们讲"新世纪新阶段我军历史使命"。

"方教授站在讲台上，哪怕什么话也不说，就是履行使命的最好典范！"学生们说。

7天后，病中的方永刚又去兑现自己的另一个承诺，到大连市地税局作关于科学发展观的讲座。那堂课，擦汗的纸巾用去整整5包……

"人的生命是有限的，我研究传播党的创新理论没有期限！"方永刚说，如果有一天生命之钟停摆了，我愿意把它定格在我的岗位上，让有限的生命为太阳底下最壮丽的事业而燃烧！

解放军总医院一间洁白的病房里，方永刚聆听着春天的声音。他说，那是鸽子在窗棂上扑打翅膀的声音，那是风吹柳芽悄悄作响的声音。

方永刚的使命之旅，又在这个春天起航——

"我和春天有约，春暖花开的时候，我要走下病床，走出病房；

我和夏天有约，艳阳高照的时候，我要和全军战友一起庆祝人民军队的80岁生日；

我和秋天有约，枫叶红了的时候，我要和全国人民一起迎接党的十七大；

我和冬天有约，白雪皑皑的时候，我要再次走上我心爱的讲台……"

思绪海阔天空，约定山高水长——如同那没有尽头的四季转换，如同那永无止境的理论创新。

这，就是方永刚的生命之约。

(2007年4月3日)

辽宁以沿黄海、渤海的五个重点发展区域和一条贯通全省海岸线的滨海公路建设为核心，实施对外开放的新战略——

"五点一线"兴辽宁

皮树义　白天亮　许志峰

辽宁在哪里？辽宁在海边。

看看地图，整个东北地区就像一只下山的猛虎，辽西、辽南恰如昂扬的虎头。虎头依托黄海，又张开大嘴在渤海上咬了一口。东起鸭绿江口，西至山海关老龙头，辽宁陆地海岸线全长2290公里，占全国12%。辽宁14个城市中有6个在海边，全省2/3的面积在离海100公里内。

辽宁发展的机遇在哪里？在东北老工业基地的振兴，也在依托沿海优势的对外开放。

跨入"十一五"，辽宁以沿黄、渤海的五个重点发展区域和一条贯通全省海岸线的滨海公路建设为核心，实施"五点一线"对外开放的新战略，推动老工业基地振兴。

西拥渤海，东挽黄海，辽宁敞开对外开放的大胸怀。

海风劲吹，虎虎生威，辽宁摆开经济振兴的新阵势。

转身向海：抓住两个机遇

曲曲折折，辽宁的海岸线走了一个"N"字形，丹东、大连、营口、盘锦、锦州、葫芦岛，6个城市如同一颗颗闪亮的珍珠，镶嵌在蔚蓝色的大海边。

"五点一线"战略，具体是指重点开发建设大连长兴岛、大连花园口岸工业园、营口沿海产业基地、锦州湾产业园区、丹东产业园区这五个区域，建设贯穿黄渤海沿岸的滨海公路，形成沿海经济带，带动辽宁中部城市群，打造对外开放的新优势。总规划面积为482.9平方公里。

"五点一线"战略的提出，折射出辽宁发展观念的转变。

身在海边不识海。过去,在很多辽宁人的意识里,沿海省份是指广东、福建、浙江等经济发达地区,很难和老工业基地辽宁联系到一起。六个沿海城市,除大连外,布局都朝向内陆。紧邻渤海的锦州,沿海不见海,市区躲在山后边。中心城市沈阳距营口港73公里,按照国际标准,海岸线100公里内都属于沿海地带,可沈阳一直被看作是内陆城市。根据国际经验,沿海地区大都是经济繁荣地区,但辽宁省走在前头的多是中部城市。

"辽宁的振兴必须抓住双重机遇——国家振兴东北老工业基地的机遇和扩大沿海对外开放的机遇,努力跃入东部发达省份的行列。"省委书记李克强这样强调。实施"五点一线"战略就是抓住两个机遇的一个结合点,就是加快发展的一个突破口。

转身掉头向大海。沿海意味着交通运输方便快捷,意味着资源配置空间广阔,意味着商品生产的成本优势。经济发达国家和地区的崛起无不依托沿海,就在于沿海开放带来的时间效率和市场空间。

辽宁开始重新认识自己的沿海优势。

"辽宁发展外向型经济的条件一点都不差!"有绵长的海岸线,其中宜港海岸线1000公里,深水海岸线430公里;有优质的港口,大连、营口都是优良的不冻港,锦州港、葫芦岛港、丹东港都已形成规模;能充分发挥区域带动作用,大连等6个城市邻海,全省大部分地区距海都不远。辽宁沿海有广阔的腹地,可以为东北三省以及内蒙古东四盟提供最便捷的出海通道。

更重要的是,当一些沿海省份遭遇土地瓶颈时,辽宁沿海区域存在着大片废弃的盐田和荒芜的盐碱滩。"五点一线"建设,既不占用耕地,又成本低廉。

经过充分论证,2005年年初,辽宁省委、省政府提出了"五点一线"发展战略。

"辽宁要转过身来,面向大海,背靠腹地,构建开放与发展新格局。"李克强反复强调"五点一线"战略对辽宁经济社会发展全局的牵动作用。现在辽宁上上下下统一了认识,要把"五点一线"建设成为辽宁乃至东北地区对外开放的前沿地带,使之成为外来投资的承接地、吸引国际产业转移的接续带。"五点一线"要成为发动机、增长极,带动辽西、辽东山区发展,推动沿海与内地的良性互动。

面向大海,抓住两个机遇,东北虎插上了腾飞的翅膀。

海潮阵阵：软硬环境俱佳

隆冬季节，辽宁天寒地冻，但严寒挡不住海潮阵阵，"五点一线"建设如火如荼。走进沿海，映入眼帘的是大片已平整好的土地，四通八达的道路，建设中的厂房，开工的企业。

一条25公里长的滨海大道穿山而过，连接了锦州市区和锦州湾。"过去南山阻隔，市区到海边开车要一个多小时。沿海的发展无法利用市区的成熟设施，市区的企业和人才也不愿到海边去发展。"锦州市委书记佟志武介绍说。要让海风吹进来！锦州市在南山开凿隧道，修建公路，把市区到海边的距离缩短到20分钟，也使港口与市区的铁路、公路、市政供水、供电、供暖连接起来。

新规划的营口沿海产业基地，机声轰鸣，一辆辆推土机正在忙碌着平整土地。"最早这里是盐场，后来产量低就荒废了，没什么人来。"基地管委会副主任肖力说。"80平方公里，平均每平方公里开发成本也就是3万多元，再难找到这么便宜、又离港口近的连片土地了。"

2005年以来，辽宁"五点一线"地区基础设施建设已投入近50亿元，开发土地面积77.21平方公里，占起步区面积的近四成。

有了硬起来的硬环境，还要有很好的软环境。辽宁出台了包括免收涉企行政性收费、下放经济管理权限在内的12项优惠政策，支持"五点一线"地区加快发展。更重要的是改革政府管理方式，改进行政作风，提高办事效率，让海风顺畅地吹进来。

为更好地发挥沿海的带动作用，辽宁引入"飞地"概念——由沿海的锦州市和葫芦岛市分别提供1平方公里和2平方公里的"飞地"，作为离海较远的朝阳市和阜新市的沿海产业开发基地，享受特殊的优惠政策。

如果将"五点"看成五根手指，那么攥成拳头才有力量。统筹规划是避免重复建设、形成合力的关键。辽宁坚持规划先行，"要在一张白纸上画出最美的图画"。5个工业园分别请了新加坡裕廊集团、北京大学和同济大学做园区规划，有的还请中国国际工程咨询公司作产业规划。辽宁省正在编制《辽宁沿海城镇带规划》《辽宁沿海经济带开发建设规划》，以形成对沿海开发的合理布局。

如今，各具特色的产业集群已在"五点"摆阵布点。大连长兴岛临港工业区以装备制造产业链为主，进而发展成新兴港口城市；营口沿海产业基地重点发展精细化工、新材料、微电子、生物工程和现代服务业等。辽西锦州湾沿海经济区锦州西海工业区重点发展重化工行业和石油化工产业链条的接续产业；锦州湾沿海经济区、葫芦岛北港工业区着力发展船舶制造及配套、精细化工产业。环黄海沿岸，丹东产业园区将重点发展装备制造业、电子信息产业、化工医药业、重化工业。大连庄河花园口工业园区重点发展高新技术产品项目、汽车零部件、新型材料、精细化工、新能源、农产品精深加工等。

优良的发展环境，完善的政策措施，吸引了国内外众多大公司的目光。如今，中冶京诚装备技术公司总投资99.7亿元的营口中试基地已开工建设；韩国STX公司总投资4.1亿美元的造船项目落户大连长兴岛……据统计，目前批准进区项目151个，总投资491亿元，其中外商投资项目39个，合同外资额3.6亿美元。在谈项目147个，总投资1569亿元。

蓝图令人振奋，更令人振奋的是依靠扎实的努力，蓝图开始变成现实。

海风清新：追求又好又快

黄海、渤海，涛声依旧，"五点一线"吹来的却是清新的风。

"五点一线"建设不单单是引来投资、承接产业转移，而是要探索一条新路——经济增长、统筹协调、环境友好、节能降耗，又好又快。辽宁省把"五点一线"战略的实施定位在科学发展上。

"五点一线"不是简单重复建开发区，开辟几个示范窗口，而是要高标准、高起点，真正形成产业带。

"虽然有大片的荒地可供开发，依然要惜地如金"。营口市委书记程亚军严肃强调严把用地关。营口市规定：除了高科技产业，投资额在5000万元以下的项目都不允许进入产业基地。为保证土地的有效使用，还要求项目的投资强度每1万平方米不能低于2500万元。

不仅招商引资，更要招商"选"资。辽宁省对外开放领导小组办公室副主任刘文介谈到，曾经有一个分解电子元件的外商投资项目要求落户，尽管投资额高达数十亿，但辽宁有关部门考虑到其有可能影响整个园区的环境，还是拒绝了这一项目。

我们看到一份《辽宁省"五点一线"报告书》。这份报告书在"五点一线"战略启动之初,就对沿海自然保护区、风景名胜区、湿地保护区、文物古迹等环境敏感区的环境问题及制约因素进行了认真分析,还初步判定了战略实施后环境变化的影响因子、影响范围、时间跨度和影响质量,系统地提出了环境影响减缓措施、环境功能区划与发展循环经济和优化产业布局的建议。现在,对环境的精心保护已经体现在"五点一线"每个开发基地的每一个细节。许多园区在项目进来之前就统一建热源厂,避免之后的工厂再建锅炉,减少对环境污染。

"五点一线"建设不是沿海单兵独进,而是要带动腹地发展,沿海城市与中部城市群优势互补,互为依托,推动老工业基地振兴。

在营口鲅鱼圈,十几层楼高的高炉拔地而起,鞍钢来到海边——鞍钢500万吨精品钢项目进入施工关键阶段,这里将成为鞍钢精品钢生产的重要基地。现场项目经理介绍说,在这里建厂,进口的矿粉一到码头不需再装车,直接进入专用皮带输送到车间;加工好的热轧板、冷轧板也可以直接装船出口。"成本降下来,运输也更方便。"

沈阳是我国装备制造业的重要基地。沈阳正在着力打造沈西工业走廊,加快发展先进装备制造业。铁西新区接纳了从城里搬迁来的212家工业企业。沈重集团的开挖地铁用的13米大型盾构机在这里诞生,沈阳机床的有自主知识产权的数控机床在这里问世,华晨金杯新车型——骏捷在这里下线……一大批新产品增强了企业竞争力。规划总面积356平方公里的沈阳细河工业区,将为沈阳装备制造业提供更广阔的发展空间。建设中的沈西至营口港铁路工程通车后,将大大方便沈阳工业进出海。

站在营口港,放眼望去,只见一艘艘来自五洲四海的集装箱船正在紧张有序地装卸,滚装汽车码头、成品油码头、粮食码头、矿石码头一派热火朝天的景象。整个"五点一线"都是这样热气腾腾。

曾经一片荒芜,如今春潮涌动。"五点一线"充满希望!

(2007年4月4日)

矿工生命高于一切

——河南陕县支建煤矿淹井事故抢险纪实

曲昌荣

2007年8月1日上午11时38分,河南陕县支建煤矿井口,黑压压挤满了人,却出奇的静。

终于,矿工兰建宁第一个被搀扶出了矿井,人群,在这一刻沸腾了。

"你受苦了,你现在安全了!"早已等候在井口的国家安全生产监督管理总局局长李毅中、河南省委书记徐光春、河南省省长李成玉快步迎上前去,几双温暖的手一起握住了这双沾满泥浆的手……

紧接着,第二位,第三位……被困矿工陆续升井。12时53分,当最后一名矿工曹百成走出来时,人们再也抑制不住自己的感情,眼泪和着欢笑潸然而下……

76小时生死大营救,人们最终赢得了这场与死神的赛跑……

360米地层深处,百余平方米的高台上,刹那间,站满了一个个惊恐万状的矿工

7月29日凌晨,陕县支建地区大雨如注,山洪暴发,平日干涸的铁炉沟河顿时洪水咆哮,排山倒海的大浪不断冲击河堤。

8时10分,负责防洪巡查的中铝矿业分公司员工张长兴,在铝土矿采区边界外10多米的河道,发现一个飞速旋转的漩涡,顺着漩涡洪水汹涌渗入地下。

"不好,一定是支建煤矿透水啦!"张长兴知道河床下是支建煤矿。他立即向矿业分公司渑池铝矿值班人员报告。

公司紧急调集挖掘机、装载机进行填堵,同时通知支建煤矿。10分钟后,支建煤矿救援人员赶到现场。

而就在此时，汹涌的洪水已冲进采区巷道，冲垮三道密封。巷道被淹，当班下井102人中只有33人及时升井。

"进水了，进水了！"8时左右，平静的巷道里突然传出一声尖叫。

"快撤！"开拓队副队长曹百成猛喊了一嗓子。矿工们本能地向井口方向冲去。水迅速上涨，淹没了脚脖，转眼间又升到膝盖。"快冲啊！"曹百成边召唤着矿工弟兄边向外猛跑。

最后30米是巷道转弯处，压到胸口的洪水已使曹百成他们呼吸急促，行走艰难。

"出不去了？往前冲更危险！"曹百成定定神大声喊："快撤，快回撤！"巷道尽头有一个长30多米、宽不足3米的高台面。跟着曹百成一起撤到高台面的有开拓队7人，安检员宁保师、郭石屯等，一共13个。而此时正在作业的采煤队、掘进队、修复队、机电队、运输队共有50多人，并不知道险情发生。喘息未定的曹百成立即分派人手，迅速通知他们到这里集合。

刹那间，360米地层深处，这片百余平方米的高台面上，站满了一个个惊恐万状的矿工。

抢救！抢救！特急！特急！事故信息很快传到中南海，惊动了党中央、国务院

7月29日，星期天。三门峡市煤炭管理局局长雷建国正在家中休息。

10时20分，一个电话惊得他跳起来："支建煤矿东风二井被淹，目前有70名左右的矿工被困井下！"

长年从事煤矿安全工作的雷建国意识到事态严重，他一边责令矿方迅速向省局和当地有关部门报告险情，一边下令：所有的局领导立即集合！

10分钟后，汽车载着他们向支建煤矿疾驰。路上，雷建国的手机几乎打爆：向洛阳煤炭管理局求援；向有透水事故抢险经验的新安煤矿求援；命令所属其他煤矿立即组织精干力量增援支建煤矿！

几乎同时，河南省煤炭工业管理局副局长刘世伟也接到了正在东北考察的局长李恩东的电话："陕县有70名左右矿工被围堵在了井下，立即联系义马煤业集团，请他们迅速派出救援队伍，携带最好的设备，赶赴事故现场全力救援。"

11时，倾盆大雨。几乎在雷建国一行赶到的同时，义马煤业集团的救护

人员与设备、洛阳市新安县煤炭局备用的一套全新抢险救援设备也到达了现场，并立即着手安装。这是最早进驻现场，也是最终发挥决定性作用的一支骨干力量。

抢救！抢救！特急！特急！事故信息逐级汇报，很快传到中南海，惊动了党中央、国务院。

党中央、国务院领导同志当即批示，要全力施救，科学施救，严防次生事故发生，确保被困矿工的生命安全。

紧接着，又作出第二次批示，要求在前一段抢救工作的基础上，进一步按既定抢险方案，加大组织施救力度，切实防范出现新的险情，尽早救出被困矿工，在确保安全的情况下，工作推进越快越好，营救矿工越早越好，伤亡人员越少越好，努力做到无一人伤亡。

矿工生命高于一切！中央领导心急如焚！

14时，接到报告的国家安监总局迅速启动了应急预案，在北京发出指令：首先找到透水点，堵住水源！执行"一堵，坚决堵住地面水源，不再渗漏；二排，加快井下排水、清理矿渣的速度；三送，送风、送氧，后发展为送牛奶、送面汤"的抢救方案，并将有关情况和抢险报国务院领导。

当日下午，正在召开全省会议的河南省委书记徐光春得知险情，立即下达指令：要不惜一切代价，营救被困矿工，并提前结束会议，冒着暴雨赶赴现场，与省委副书记陈全国，省委常委、常务副省长李克以及三门峡市委、市政府主要领导一起了解事发原因，察看周边地形和河道水势，按照"一堵、二排、三送"的抢救方案：迅速增调武警消防官兵全力堵住漏洞，集中抽水设备全力排水，想尽一切办法向井下送风送氧，同时要保障电力、通讯安全畅通。徐光春指出：救人是唯一的目的，各项措施要围绕救人来实施，做到越早越好，越快越好，越细越好。

23时，国家安全生产监督管理总局局长李毅中和国家煤矿安全监察局局长赵铁锤带着最优秀的技术人员到达现场。李毅中要求立即核查支建煤矿井下炸药领取、存放的情况，严防次生事故发生。

正在辽宁考察的河南省省长李成玉和副省长史济春得知情况后，立即中断考察，连夜赶赴现场参加指挥抢救。李成玉斩钉截铁地表示："需要用人给人，需要用钱给钱，需要用物给物，要不惜一切代价往外'抢人'！"从7月30日凌晨起，他与李毅中、赵铁锤和史济春等一直坚持在一线指挥抢险。

为了69名矿工兄弟的生命，共和国紧急行动起来了，一方有难，八方支援！全世界的目光向这里聚焦，看以人为本的理念，如何成为化险为夷、起死回生的力量！

井口旁的一间小平房里，成为决战指挥部，一个个方案在这里制定，一条条指令从这里发出。饿了吃份盒饭，渴了喝口瓶装水，困了就在旁边的钢丝床上眯一会儿，人人眼中布满血丝……

官兵中的共产党员挺身而出，肩并肩，手挽手，用血肉之躯挡住汹涌的洪水，沙袋在人墙前慢慢筑牢，升高……

电闪雷鸣，雨势越来越大。洪水仍在上涨，如果不迅速堵住漏洞，后果不堪设想。

"立即派人赶赴支建煤矿抢堵透水缺口！"29日14时30分，三门峡市武警支队政委闫德华接到上级命令。

16时，他与副支队长张进福带领70名武警战士赶到现场。顾不上喘口气，官兵们立即组成了抢险突击队冲到雨中。

与此同时，三门峡市消防支队政委李星华也接到增援电话，他迅速调集三个中队和机关共40名消防战士赶往现场。

山洪以每秒15立方米的速度冲来！武警、消防战士扛着沙袋深一脚浅一脚地来回奔波。

30日凌晨，暴雨还在倾盆而下。上有已经到达警戒水位的小水库，下面3米就是被淹的巷道，情况越来越紧迫。

河水湍急。官兵们把雨布铺到河里刚用沙袋压住，就被大水冲走。"共产党员跟我上！"一声令下，官兵中的党员挺身而出，站在缺口前，肩并肩，手挽手，共产党员用血肉之躯在激流中组成一道人墙，沙袋在人墙前慢慢筑牢，升高……

将近20小时抢堵洪水渗漏的战斗中，武警官兵300多人先后搬运沙袋1.1万袋，在河床三面筑起80米长的防渗堤坝，铺设防渗河床200米，以最快的速度堵住了洪水下泄，在第一时间解决了抢险救援工作的最核心问题。

乌云密布，电闪雷鸣。又一场降雨即将来临！

30日13时20分，三门峡新一代天气雷达监测到矿区西南方向出现了强雷达回波。

人工消雨！随着指挥部一声令下，霎时，火箭齐发，炮声隆隆。顷刻，云开雾散,丽日当空!人工消雨作业持续了近两小时,成功地"拦截"了矿区西南方向的降雨。

69名矿工兄弟的安危牵动着全国人民的心:

来自中南海的嘱托,语气一次比一次急切,要求一次比一次高;全国人民的期望,一个比一个殷切,一天比一天焦急!

在现场指挥部那间闷热的平房里,连夜从北京赶来的煤矿技术专家与省市领导共同商讨救援方案,反复论证每一个技术细节;

在现场救援的人潮中,中央有关部门、省、市领导与抢险队员一样,穿上雨靴,脖子上搭条毛巾,日夜坚守着;

在层峦叠嶂的大山里,移动公司的移动基站开来了,电力公司的移动电站开来了;

三门峡市卫生部门130多名医护人员和25辆救护车赶来了;

第一台抽水用的潜水泵,连夜跨过黄河大桥,从山西省运城市运来了;

中原油田的钻井队带着钻探设备赶来了,提供了万一巷道清淤失败另辟救援战场的方案;

小浪底潜水队带着潜水设备赶来了,准备如果巷道水量过大潜水救人的方案;

河南抢险救灾排水中心把所有设备装车运到高速路口,准备随时驰援;

荥阳水泵厂得知抢险需要专业水泵,立即组织职工连夜加班,紧急组装水泵;

更有来自全国的47家媒体近200名记者,日夜守候在现场,把救援中的每一个进展及时传递给牵挂着的全国人民。

电话"8044"又急促地响了起来:"省委书记到了现场,要和你们通话。"

人们心急如焚,井下的矿工到底怎么样了?!

29日8时多,井下的曹百成刚站上高平台,猛然想到水中还有一根通向井上的压风管,有了压风管,能通风就有存活的希望!

曹百成立即带着安检员宁保师等人又冲下水去。巷道的水已快淹到了脖子,曹百成艰难地回游了100多米,在水中找到这根"生命线",用电工刀砍断,奋力拖上高台。

到底发生了什么事情？采煤队副队长朱年群第一个想到了用内线电话与外界联系。他发疯似地拨打着，一部电话没音，又冲到另一部电话前，还是没音……洪水在上涨，刚试过的一部电话，很快就被淹在了水里。

灯突然熄灭了，被吓呆了的矿工兄弟惊恐地聚在一起，鸦雀无声，一片死寂。不知过了多久，空气渐渐变得稀薄，人们呼吸越来越沉重，人群发出了呜呜的哭声。

"电话'8044'通了！"一直忙着拨打电话的电工马彦虎喊。

"发生淹井事故！上面正在救我们！"朱年群边接电话边扯着嗓子传递信息。不久，压风管道呼呼吹进来新鲜的空气，大伙贪婪地呼吸着。

有了空气，暂时没有生命之虞了，但水位还在一点一点地上升，止不住透水也得淹死啊！在300多米深的井下能坚持多久？朱年群他们心里没有底。

29日20时10分，电话"8044"铃声再次响起传来令人振奋的声音："省委书记来到了现场，要和你们通话。"

"矿工师傅，我是省委书记徐光春。我现在已经到矿上了，各项抢救措施都已经确定，已经开始实施，请你们在下面安心、放心，保存体力，团结起来，积极自救，要相信党和政府一定会想办法把你们抢救出来！"

省委书记的话让绝望的矿工们流下了热泪，矿工们的情绪逐渐稳定下来。此后，29日23时，赶到现场的国家安全生产监管总局局长李毅中与井下被困矿工通电话，向矿工们传达了国务院领导同志的批示和问候，温暖了矿工，更增强了被困矿工的信心。李成玉等领导都不时与井下通电话，鼓励矿工们团结自救，及时通报最新进展。电话真的成为一条"生命热线"。

让我们把镜头转回地上。

漏洞堵住后，3台水泵加足马力向外抽水。眼看着水面逐渐下降，救援队伍与井下矿工的距离越来越近。义煤集团副总经理贾学勤担任井上、井下联络和紧急情况判断处理任务，总经理翟源涛带着突击队亲自下井开拓淤积巷道。

此时的矿井受突水冲刷，巷道多处塌方阻塞，运输系统瘫痪。所有的抢险救灾物资全部靠人拉肩扛运输到现场，最大设备重量达600公斤。

狭窄、潮湿的巷道里，抢险队员在积水里作业，为了加快进度，他们脱掉衣服，赤条条在巷道里用铁锹、用锄头排渣清淤。

30日晚的暴雨给井下的清淤带来极大困难，31日凌晨3时，指挥部出于安全考虑,要抢险队伍撤出来。队员们急了,"下面还困着人呢,不能撤啊!"领导忍着泪吼道:"这是死命令,必须撤!"2个小时后,暴雨稍歇,还没等领导招呼,抢险队员们就早早来到井口,要求继续作战。

8月1日上午8时35分,救援工作迫近最后关头,在巷道内外淤泥清理贯通之时,巷道内部的二氧化碳和瓦斯大量涌出,抢险作业点二氧化碳浓度一度上升到3%,瓦斯浓度达2%。"抢险人员不能倒下去!多加几个监测点!"前线指挥命令道。在井下跪着掘进的义煤集团董事长武予鲁根据经验,沉着应对,他要求在确保抢险人员安全的情况下,加快清淤排水进度。"我们掘进一米,矿工们获救的希望就增大一分!"

在中国的矿难史上,成功利用通风管道为井下受困人员输送氧气、面汤、鲜牛奶,尚属首次

7月30日,由于空气被巷道阻断,井内二氧化碳含量增高,井下人员开始出现胸闷、心慌等症状。指挥部果断决定:通过压风管压入医用氧气。

半个小时后,井下打来让人欣喜的电话:"感觉舒服多了。"此后,医疗专家不断根据井下人员报上的身体感受,调整送氧量。医用氧气瓶被连接到压风管道上,这条线路从此被称之为又一条"生命线"。

压风管路、防尘管路、通信线路,这三条管道,在这次抢险中成为被困矿工名副其实的"生命线"。事后,人们不禁想到,如果支建煤矿没有安装这些设备,救援的结果还未可知。

在潮湿黑暗和憋闷中煎熬30个小时后,有几个年轻矿工逐渐失去了耐心,精神濒于崩溃。

危难时刻,共产党员吉先发、李保堂站出来了,入党积极分子朱年群、曹百成等站出来了!一个"临时队委会"在地下深处成立,朱年群总负责,并与吉先发一起负责与井上联络;曹百成负责稳定人心;维修队副队长兰朝军、机电队班长张彦群、采煤队副队长何保民,分别负责各自队伍;安检员宁保师、郭石屯二人负责瓦斯监测和水位观察。

把人员安置好后,"队委会"成员商量,要把食物集中起来,这可能是井下最后一点救命食物,只能等最饥饿、最需要时使用。

共产党员李保堂迅速腾出工具箱。吉先发宣布"队委会"第一道命令:请大家自觉将带到井下的食物全部放到箱子里!

30多米长的高台,一口铁箱慢慢从这头抱到那头,馍、烧饼、鸡蛋,一个,两个……无声放进铁箱,没有人犹豫。经过清点:馍与烧饼加起来有30个,还有珍贵的6个鸡蛋。箱子被郑重地锁了起来。井下有一个装水的保温桶,遇险后,水桶里的水也被"管制",留在最需要的时候喝。

时间在黑暗中缓慢地流逝,饥饿悄悄袭来。面对仅有的救命粮,大家都默默忍耐着,实在熬不住就坐在地上,用腿顶住胃部。

30日下午6时左右,井下水位明显下降。矿工们已经饿得前胸贴后背,"队委会"商定:大馍四人一个,小馍、烧饼两人一个,鸡蛋照顾给年纪大、身体弱的人吃。

不能让矿工们就这样饿下去。指挥部里,又一个大胆设想被提了出来:通过送气管道向井下输送新鲜牛奶。送奶就要停气停氧,这可是中国煤矿抢险史上从没有过的!经过缜密的谋划和计算,指挥部认为10分钟时间不会出现大问题。

注水清洗管道后,400公斤鲜奶被缓缓压入。"报告指挥部,俺都喝饱牛奶了,大家的矿帽里都接满了。"30日晚,朱年群打上来的电话,让指挥部里一阵欢呼。

喝上牛奶的矿工又进一步希望,能不能来点"添劲儿"的食物?河南省煤炭工业管理局局长李恩东提议,可以熬一点汤。指挥部决定熬制不会堵塞管道的面汤。陕县县委书记高战荣亲自跑到厨房,看着面汤熬好,又找来细箩将面汤细细筛过;河南省安全生产监督管理局局长李九成亲口尝过,又往面汤里加了足够的食盐,火速送往井下。

"喝到面汤没?""喝到了,还热乎着呢!"指挥部里所有人又长出了一口气。

小小的压风管,像连接母亲和婴儿的脐带,把祖国母亲和她的69个遭难的孩子紧密连在一起。洁白的乳汁,带着母亲的体温从地面汩汩流进地层深处,送去生的希望,送去力量和勇气!我们不幸的矿工兄弟,此刻你们是共和国13亿儿女中最幸运的一群!

30日,党中央、国务院领导同志又一次批示,要求紧急调人员和设备,加大送风、清淤和排水力度。力保向被困矿工送上牛奶、饮料。力争尽早救出被困矿工。领导的关心又一次坚定了矿工的心。

"那么多人在营救我们，我们就剩下最后的坚持了，大家排好队，盯着前面的人，一个一个出！"

　　时间啊，怎么这么慢！

　　本来以为24小时就能被救出去，但48小时过去了还没听到救援的声响，有的矿工已经达到心理极限，情绪又一次开始骚动并不断蔓延。有的矿工不吃不喝，有的情绪失控骂人。朱年群笑着鼓励大家："省委书记、省长都来救我们了，肯定能成！"

　　为稳定矿工们的情绪，指挥部让矿工家属与地下亲人通电话。当妻子们与井下通话时，"大丈夫"振奋起来，"没事，没事，好着哩！""饿是饿，大男人饿点怕啥！"曹百成接到妻子的电话连声说："没事，没事，有奶喝，死不了，你在外面等着吧！"妻子说，要不是大家来救你，你早没了！你看看这景况，领导来了这么多，你出来咋报答？

　　大巷道是唯一的出路，也是唯一的活路。水一度顺着40米斜坡巷，涌到离台面不远处。观察水位，从一开始就成了"队委会"最关心的事。五个队长加上两个安检员，轮流上前，每一丝水位的变化，都不放过。

　　"水下了。"8月1日上午8时，朱年群含泪向地面报告，声音提高了八度，他是想让兄弟们都听到，振作起来。

　　就在这时，正在水里观察的曹百成大喊："巷道有声音。"朱年群等侧耳倾听，果然巷道尽头似乎有嗡嗡的人声，头顶的管道有"咚咚"的敲击声。

　　水性好的兰建宁率先探路，水先是没到他的腿部，越往前趟越深。兰建宁开始凫水，污浊的水面离巷道顶部几乎只有四五厘米，每隔1米还有一道铁横梁挡着，遇到横梁，兰建宁就不得不把头钻到水里。

　　正游着，他突然听到前面传来一个声音："兄弟，不要怕，你们得救了。"随后，一只有力的手抓住了他的胳膊，顺着一个狭窄的洞把他拽了出去。

　　电话传来喜讯：兰建宁得救了！这一刻，矿工们聚在洞前欢呼了！

　　为了避免混乱，朱年群大声喊着："那么多人在营救我们，我们就剩下最后的坚持了，大家排好队，盯着前面的人，一个一个出！"秩序又一次井然，每一个队一组下水，身体好、会游水的两个保一个身体虚弱、年龄大的。

　　年龄较大的张群官身体极度虚弱，到了深处连喝了几口水，朱年群忙冲上前，一手抓住他的胳膊，又让自家的小舅子郭二怪托着张群官，俩人连推带拽艰难前行。前行几十米,眼看就要到洞口了,前方救援队员刚抓到朱年群的手,他就再也支撑不住了,一头栽倒,休克过去。

8月1日12时53分,最后一名矿工走出井口,69名矿工全部得救!

"我是曹百成,开拓队副队长,我是最后一个升井的。我代表69名矿工感谢党和政府,感谢善良的人们,是你们给了我们第二次生命!"

雷鸣般的掌声响起来了!噼噼啪啪的鞭炮响起来!

8月4日,矿工们全部出院,抢险救援工作取得了全面胜利。矿工们商量,8月1日这一天作为大家共同的生日。"和救我们的军人一起过生日,太幸运了!"

"入党应该有点希望了吧?"郭石屯出院第一天的第一件事,就是工工整整写了《入党申请书》;朱年群这位两次递交入党申请书的积极分子又一次郑重向党组织递交了申请书;而曹百成这位曾信过教的中年汉子,诚恳地说:"是共产党给了我第二次生命,我要把一辈子献给党和国家。"

8月13日,河南省委省政府、国家安全生产监督管理总局、中华全国总工会等单位在郑州召开表彰大会,表彰一批在陕县支建煤矿"7·29"抢险救援中做出突出贡献的先进集体和个人。

在总结表彰会上,国家安全监管总局局长李毅中说:"这次抢险救援是对党和政府应对突发事件能力的检验,更是对安全生产应急管理工作的考验。它的成功是上下共同努力的结果,是多年来煤矿事故救援最成功的范例!"

"这次事故对我们是一次检验,实践证明了社会主义制度的优越性,证明了我们共产党人是最有战斗力的!"河南省委书记徐光春总结说。

(2007年8月20日)

当法治成为一种必须，当法治成为一种习惯，当法治成为一种价值，当法治成为一种信念……法治，正用其特有的方式，改变中国，改变13亿中国人的生活

法治改变中国
——写在依法治国基本方略实施十周年之际

本报法制组

10年前的今天，"依法治国"写入党的十五大报告，成为中国共产党领导人民治理国家的基本方略。弹指一挥间，法治走过10年。

一、抉择

> 依法治国，是党领导人民治理国家的基本方略，是社会文明进步的重要标志，是国家长治久安的重要保障
>
> 实践证明，没有中国共产党，就没有中国的法治，没有法治的进步

风云变幻，潮起潮伏。21世纪，世界瞩目和平崛起的中国。

13亿人口大国，底子薄、基础差。连续20多年经济高位增长和社会持续稳定，靠什么保持？共产党的领导、改革开放、实行社会主义市场经济……还有一个不容遗漏的答案——法治。

1997年9月12日，党的十五大报告正式提出"依法治国，是党领导人民治理国家的基本方略，是发展社会主义市场经济的客观需要，是社会文明进步的重要标志，是国家长治久安的重要保障"；1999年3月，"依法治国，建设社会主义法治国家"写入宪法，成为其中最光辉的词句之一；2002年12月，在首都各界纪念宪法公布施行20周年大会上，胡锦涛总书记强调，发展社会主义民主政治，最根本的是要把坚持党的领导、人民当家作主和依法治国有机统一起来；2007年6月，胡锦涛总书记在中央党校的讲话铿锵有力："全面落实依法治国基本方略，弘扬法治精神，维护社会公平正义！"

执政党选择了法治，人民选择了法治。

回首来路，从人治到法治，中国走了几千年。

几千年的封建中国，有君权无民权，有人治无法治，有臣民无公民，特权横行，权利不张，人民饱受奴役。古人把治国希望寄托于明君贤臣，却逃不过"人存政举、人亡政息"的历史周期律。

共和国的建立，让中国人民的法治梦看到了曙光。然而，法治之路，并不平坦。

新中国成立早期，法制初创，却不幸经历"文革"，有了"人治导致灾难"的切肤之痛。十一届三中全会后，党中央提出了"健全社会主义民主，加强社会主义法制"的目标，实行"有法可依、有法必依、执法必严、违法必究"方针；而在党的十五大报告中，"法制"变成了"法治"。

从"制"到"治"，中国走了20年。许多人问，两者有何区别？

数十载为法治鼓与呼，中国社科院荣誉学部委员李步云研究员的回答言简意赅：我们今天所要建设的法治，16字方针难以完全概括。例如，不仅要求有法可依，而且法律应当良好，符合时代精神；必须建立在民主基础上；主要"治官"而非"治民"；尊重和保障人权，是出发点和落脚点等等。

一个国家法治的路线和状态，执政党起决定性作用。实践证明，没有中国共产党，就没有中国的法治，没有法治的进步。从毛泽东思想到邓小平理论，从"三个代表"重要思想到以人为本的科学发展观，正如中国人民大学法学教授孙国华所说，在中国化马克思主义指引下，依法治国服务于社会主义，走上了保障和促进社会进步的金光大道；社会主义实行依法治国，就找到了人类文明积累的最佳治国方略。

党的十六大以来，我们坚持党的领导、人民当家作主、依法治国有机统一，加快社会主义民主政治建设，阔步迈入法治时代。

法治，改变了中国社会的面貌，也改变着我们的生活。

二、人权

人权入宪，将"人权"由一个政治概念提升为法定权利

法律保护所有公民，更要保护弱者！让人人都能照到法律的阳光

2004年3月14日，"国家尊重和保障人权"，正式写入中华人民共和国

宪法。

短短九个字，人权一大步。宪法，成为人权的最高"保护伞"。

曾几何时，对人权，我们闭口不谈、讳莫如深，认为这是资产阶级的"专利品"。

随着社会的发展进步，禁区早已打破：1991年，《中国的人权状况》白皮书，将中国的人权状况和人权政策昭告天下；党的十五大报告、十六大报告中，"尊重和保障人权"闪耀其间……

人权入宪，标志着人权由一个政治概念提升为法定权利。

呵护人权，法治快马加鞭。

让我们看看这部法——治安管理处罚法。草案初审，各界大呼"保护公民权利"，限制过于强大的警察权。此后，"尊重和保障人权，保护公民的人格尊严"，成为新增原则，并增设"执法监督"一章。

参与立法的人大常委会委员们说，如此大的修改，在以往审议法律草案时并不多见。

立法多了人权理念，法律多了人文关怀：《劳动合同法》加大保护劳动者的合法权益；《物权法》细致保护公民的合法财产；《农业法》专设"农民权益保护"一章；孙志刚事件，催生了《城市生活无着的流浪乞讨人员救助管理办法》……

让我们听听来自司法的声音——死刑核准权统一收回最高人民法院。这是尊重生命、保障人权的又一标志性事件。继去年死刑案件数量成为近10年来的最低点之后，2007年上半年同比继续明显降低。法官们说，生命权，堪称最重要的人权。统一行使死刑核准权，体现了惩罚犯罪与保障人权并重。

超期羁押，曾是司法"老大难"，久治不绝、反复发作。在2003年开始的这场规模最大的清理超期羁押"风暴"后，更完善的长效机制启用。2003年，全国刑事案件超期羁押24921人次；今年截至目前，锐减至43人次……

让我们说说法律的温度——"农民工维权中心""少年法庭""残疾人权益保护中心"，法律援助、司法救助、国家赔偿……法律保护所有公民，更要保护弱者！让人人都能照到法律的阳光。

让我们回眸这些普通人——状告公务员录用存在歧视的乙肝病原携带者张先著；为家乡征地批复状告省政府的浙江农民张召良；因拒开发票状告"铁老大"的法律硕士郝劲松；质疑地方法规与国家法律不一致而上书全国人大常委会的河北老太太王淑荣；15年与高速公路不合理收费不懈斗争的北京

市人大代表李淑媛……

在法律的平台上，为保护普通人的权利，他们执着先行。

三、治权

权力越大，行权者越没有自由。任何人不得凌驾于法律之上

法治，重在治权、重在治官，为权力划边界，为权力定规则，为权力套上"紧箍咒"

权力信马由缰，权利就摆脱不了被践踏的命运。

2004年早春，国务院的一份文件引起世人瞩目，《全面推进依法行政实施纲要》向世界宣告：10年建设法治政府。

此时，大多数中国人对"法治政府"并不熟悉。国务院法制办对此的说明相当朴素——法治政府，不仅要求人们守法，更要求自己带头守法。

法治，重在治权、重在治官，为权力划边界，为权力定规则，为权力套上"紧箍咒"。一句话，执法有保障、有权必有责、用权受监督、违法受追究、侵权须赔偿。

没有界限，权力就会无休止扩张。比如审批。

"公章旅行"曾是一个"万能剧本"，在不同时间和地点、不同人物和部门中上演。有人抱怨，自己一个建设项目盖了上百个公章。

2004年7月1日，行政许可法实施，带来一场"政府的自我革命"，撤销了重重"关卡"。仅仅几年，国务院部门、31个省份取消和调整了半数以上的审批项目。

从"权本位"到"责本位"，行政执法责任制给权力量身划界。全国30个省级人民政府厘清"权力清单"，向社会公布；23个省份及国务院执法任务较重的10多个部门，开展执法考评，从细节限权……

有人感叹：执法变得"规矩"了。

阳光是最好的防腐剂。

中国中央人民政府网站2006年元旦正式运行，权力的执行者随时向主人报告言行；到2006年年底，国务院74个部门建立新闻发言人制度；今年1月，国务院通过政府信息公开条例，"以公开为原则，不公开为例外"；信息公开，拓展为从依据到程序再到结果的全过程公开……

权力,正从"暗箱操作"转为"透明运行"。

失去监督的权力必然产生腐败。今天,中国对于权力的监督日臻严密:党内、人大、政协、司法、舆论等监督,让权力监督不留死角;"审计风暴"连刮5年,更加重视纠正问题。今年,有关单位和地方共纠正问题金额358.7亿元,制定、完善各项规章制度249项;"二十年磨一剑"的监督法,将人大对权力的监督纳入法制化轨道。

治权,也要靠民主。目前,全国超过70%的市县政府建立了政府决策公开听取公众意见制度。决定利益调整前,听利益相关者说话,让公众知情、让公众参与。

10年前,"上管天,下管地,中间管空气",当年一位公务人员对权力的认识,似乎代表了相当数量的执法者。

如今,"合不合法",成了更多官员的口头禅;"官不好当",成了更多官员的共同感受。

四、良法

法律乃公正之准绳。人民的声音成为最高的法律

科学立法、民主立法是提高立法质量的内在要求,必须贯穿于立法活动的整个过程

有全国人大常委会委员做过统计,近些年,每次常委会基本上都要审议3~5部法律,这样的密度前所未有。

法治对中国的改变,正是通过这一部部法律。

九届全国人大期间,代表大会及其常委会通过的法律、法律解释和有关法律问题的决定共113件;十届全国人大期间,截至今年8月底,这个数据为93件。

梳理这些立法项目,我们不难发现,民生开始成为立法者的偏爱。除了公司法、证券法等经济领域的立法外,劳动合同法、突发事件应对法、就业促进法等社会领域的立法,得到更多关注。

专家评价:立法离生活本身越来越近。

时代在进步,法律也要紧扣其步伐。黑格尔曾这样说:法律绝非一成不变的,相反地,正如天空和海面因风浪而起变化一样,法律也因情况和时运而变化。

法治,是良法之治。近年来,"立法驶上快车道"之类的表述,似乎离我们越来越远,甚至出现了劳动合同法的"四审"、物权法的"八审"。

全国人大常委会委员长吴邦国这样说:"科学立法、民主立法是提高立法质量的内在要求,必须贯穿于立法活动的整个过程。"不再追求立法的快,不再追求立法的量,优质成为立法最核心的标准。

有人作过分析,从法律草案提交审议到通过,绝大多数法律草案1/3以上条款经审议后,被修改或调整;少数法律草案一半以上条款被修改或调整。这说明什么?立法机关不单是"举举手",更是"火眼金睛"。

我们欣喜地看到:

一些地方人大主动委托专家、律师参与法规草案的起草。十届全国人大常委会委员郑功成感叹,"这在以前是不敢想像的事。以前的法律在公布前都是机密文件,不能对外,根本不可能让专家提前介入。"

一些事关人民群众切身利益的重要法律草案,向社会全文公布,广泛征求意见。40天时间,物权法草案收到各界意见上万条;一个月时间,劳动合同法草案多达近20万条。立法大门,越开越大。

对法律草案中专业性强、各方面意见分歧较大的问题,通过立法论证会、听证会等深入讨论,集中民智。2005年,全国人大常委会第一次举行听证会——个税法修改听证会。来自重庆的一名企业一线工人吴志才,至今记得自己当年在最高权力机关说过的话:"虽然我不是什么大人物,但是我要尽量享受自己应有的权利……"

是的,人民的声音成为最高的法律。

五、彼岸

> 和人治相比,法治的意志更坚强,处置更公平,监护更有力
> 和谐社会,需要一个更强大的、更权威的法治

从法制到法治,一字之差,我们走了20年。从书上的口号,到治国的工具,再到信念的约束,要真正渡到法治的彼岸,中国又将走多久?

君不见,法治与法制不分的仍大有人在,甚至一些专业人士也不例外;

君不见,"拍脑袋"决策大有人在,甚至变听证等法治手段为"掩护伞";

君不见,依靠行政命令管理大有人在,甚至有意无意违法行政、以权压法;

君不见,"黑头不如红头,红头不如笔头,笔头不如口头,"从领导批示到领导讲话,再到红头文件、法律法规,效力反而层层递减……

法律的生命,在于不折不扣的实施;法治的效力,源于至高无上的权威。

建设社会主义法治国家,我们还有很长的路。

在路上,构建社会主义和谐社会的伟大使命,让法治肩上的担子更重。

2005年2月,党中央提出"构建社会主义和谐社会"的战略目标。和谐社会的六大基本特征:民主法治、公平正义、诚信友爱、充满活力、安定有序、人与自然和谐相处,个个与法治紧密相联;2006年10月,十六届六中全会通过了《中共中央关于构建社会主义和谐社会若干重大问题的决定》。"社会主义民主法制更加完善,依法治国基本方略得到全面落实,人民的权益得到切实尊重和保障",位居构建社会主义和谐社会的目标和主要任务之首。

和谐社会就是法治社会。

和谐社会,要靠法治。

和谐社会,需要一个更强大的、更权威的法治。

选择法治,因为和人治相比,法治的意志更坚强,处置更公平,监护更有力。在建设社会主义民主政治的道路上,中国共产党人高高举起"依法治国"大旗。

法治的信念潜移默化,法治的力量深入人心。

回首10年,见证法治,记忆中不尽是甜美的片断,但法治对中国的改变、对生活的改变,是不可改变的。这改变,给了我们信心,给了我们希望,给了我们一个值得期许的法治明天。

(吴兢、王比学、裴智勇、石国胜、宋伟、刘晓鹏、黄庆畅、白龙)
(2007年9月12日)

他们还健康地活着
——揭穿达赖集团"40人死亡名单"欺世谎言

徐锦庚　张　帆　刘维涛

3月25日,达赖集团"流亡政府"驻澳大利亚代表处公布了一个"40人死亡名单",称这些人在拉萨"3·14"事件中死亡的。一时间,境外媒体竞相转载,抨击中国政府的调门越拉越高。

这个"死亡名单"是真是假?为了还原事实真相,拉萨市公安局展开了深入细致的核查。

在这个"死亡名单"中,有24人只标明籍贯在四川、甘肃,但无具体地址,无法查询。另外16人虽然标明籍贯或住地在拉萨,但其中11人因无详细地址无法核查,有详细地址的只有5人。"死亡名单"标明的这5人是:仁增曲尼,女,26岁,拉萨曲桑尼姑庵;洛桑次白,男,31岁,拉萨色拉寺;欧珠,男,28岁,拉萨西藏大学;洛桑卓(托)玛,女,23岁,嘎如尼姑庵;阿旺铁钦,男,20岁,托隆达隆查寺。

于是,拉萨市公安局抽调力量,把这5人列为核查对象。

核查结果显示:曲桑尼姑庵里没有叫"仁增曲尼"的女性,有两人的姓名中含有"仁增"二字,一个叫仁增曲宗,1969年出生,西藏昌都人;另一个俗名叫仁增,法名叫平措央宗,1971年出生,拉萨市达孜县唐嘎乡人。目前,这两人均在寺庙里。

色拉寺里也没有叫"洛桑次白"的人,只有一名僧人的法名叫罗桑次巴,俗名次多,1972年出生,1987年入寺,拉萨市林周县彭多乡二村人,现住色拉寺桑洛康参,属色拉寺编内僧人,目前仍在寺庙内。

嘎如尼姑庵也称噶如寺,寺内只有一名尼姑的俗名叫洛桑卓玛,法名叫阿旺吉宗,是该寺编内尼姑,1969年出生,西藏日喀则人,但此人年龄与"死亡名单"不相符,且目前仍在寺内。此外,寺内目前还有两个姓名中含有"洛桑"二字的尼姑,一个叫洛桑央宗,1969年出生,拉萨市达孜县人;另一个叫洛桑曲珍，1973年出生，西藏山南人。

至于"死亡名单"提到的"托隆达隆查寺"和20岁的"阿旺铁钦"，拉萨市范围内没有叫托隆达隆查的寺庙，无法核实。堆龙德庆县有一个达扎查寺，但寺内没有叫阿旺铁钦的僧人。

4月10日下午，记者来到西藏大学，寻访"死亡名单"中的"欧珠"。据分管人事工作的副校长王维才和分管学生工作的副校长次仁平措介绍，从3月10日起，学校加强对教职工和学生的管理，每天都要清点人数，到目前，所有的教职工和学生中没有一人伤亡或失踪。

他们向记者提供了一份统计数据：全校共有994名教职工和7408名全日制学生。其中，全名叫欧珠的共有12人，分别是2名教职工和10名学生；姓名中含有"欧珠"二字的共有54人，分别是10名教职工和44名学生。目前，这66名师生都在正常上班和学习。此外，西藏大学还有1984名成人教育学生和2109名广播电视大学学生。其中，成教学生的姓名中含有"欧珠"二字者共有3人；电大学生中，有3人全名叫欧珠，有5人的姓名中带有"欧珠"二字。目前，这11人均在各自的岗位上。

王维才副校长向记者提供了全校12位姓名中含有"欧珠"的教职工的名单：工学院院长欧珠，现代教育技术中心工程师欧珠，医学院院长欧珠罗布，理学院教师欧珠朗杰，文学院教师次旦欧珠朗，工学院交通运输系主任次仁欧珠，公共教学部教师欧珠永青（女），公共教学部教师尼玛欧珠，艺术学院办公室主任格桑欧珠，艺术学院教师欧珠贡桑（女），校园规划建设与后勤管理处职工次仁欧珠，宣传部宣传科长欧珠多杰。

为了证实他们都健康地活着，王维才副校长还把在家的"欧珠"教职工全部约到一起与记者见面。除公共教学部教师尼玛欧珠、艺术学院办公室主任格桑欧珠下午外出办事外，其余10位"欧珠"全部到场。说起达赖集团的颠倒黑白，这些"欧珠"们又好气又好笑。

在拉萨"3·14"暴力事件中，共有18名无辜群众被暴徒烧死或砍死，但据拉萨市公安局核查，这份"死亡名单"内并没有这18名无辜群众的姓名。

核查结果证明，惯于欺世盗名的达赖集团，这次又是故伎重施。

(2008年4月12日)

永远和人民在一起
——献给顽强奋战在抗震救灾最前线的中国共产党人

李亚杰　董宏君

历史将永远牢记这个时刻——

2008年5月12日14时28分。一场强震撼动中国、震惊世界，数万生命顷刻陨落。

历史将永远铭记这个坐标——

北纬31度，东经103.4度。四川汶川，血泪之地，生民之痛，家国之难。

山崩、地裂、残垣、断壁……

危急关头，困境绝地，中国共产党人挺身而出——

他们中有干部，军人，警察，医生，教师，工人，农民，学生……

永远和人民在一起。中国共产党人带着阳光般的心，用旗帜般的双手筑起伟大的精神长城，托举起一个个生命的希望……

总有一种责任冲锋在前　总有一种使命义无反顾——
和时间赛跑，困难重重　却从来没有羁绊共产党人感天动地大驰援
与死神抗争，风险种种　却丝毫不能阻挡共产党人气壮山河大营救

天摇！地动！山崩！

楼塌！桥断！路裂！

短短80秒，特大地震突如其来，数百万生命置于生死边缘。

这是新中国成立以来破坏性最强、波及范围最大的一次地震，人员伤亡多、抢救难度大，抗震救灾任务艰巨。

此时此刻，共产党人和人民心心相连——

胡锦涛总书记立即作出重要指示："尽快抢救伤员，确保灾区人民群众生命安全。"

震后仅仅两小时,温家宝总理急赴地震灾区,余震未消便在现场指挥抗震救灾工作。

中共中央政治局常务委员会连夜召开会议,全面部署抗震救灾工作……

灾情就是命令!时间就是生命!生命高于一切!

中共中央组织部急电要求:充分发挥各级党委的领导核心作用;充分发挥基层党组织的战斗堡垒作用;充分发挥领导干部的带头表率作用;充分发挥共产党员的先锋模范作用。

奋起在抗震一线,冲锋在救灾一线。共产党人坚决听从党的指挥和人民的召唤,筑起震不垮、压不塌的坚强堡垒。

——在成都,四川省委、省政府立即启动应急预案,迅速形成抗震救灾指挥系统,确保整个抗震救灾工作高效、有序运行。

——在绵阳,北川县委、县政府在办公楼完全损毁情况下,当即在县城旁边空地处成立应急救援指挥小组,震后第四天受灾群众初步安置后,才搬进临时搭建的帐篷。

——在德阳,什邡市动员各级党组织成立"党员团员志愿者服务队",近800名"党员团员志愿者"在救助服务站,接待、安置受灾群众。

——在阿坝,汶川县萝卜寨村党支部,带领全村党员用肩膀扛、双手抬、手指刨,成功解救60余名受困群众。

——在雅安,受灾地区党组织,迅速组派100多个党员突击队、抢险队、救灾队、巡逻队,投入抗震救灾一线。

——在彭州,龙门山镇宝山村党委在灾后不到1小时,立即成立抗震救灾指挥部,分设抢险突击队和群众安置、后勤保障两个工作组。

——在理县,杂谷脑镇200多名党员在地震30分钟后,自发集结在镇党委,4小时内救出26名受灾群众,12小时内将受灾群众安全转移。

1小时、1分钟、1秒钟……

和时间赛跑,共产党人紧急行动!紧急开进!

与死神抗争,共产党人紧急奔袭!紧急救援!

面对特大地震灾害,共产党人奋不顾身,临危不惧,迅速行动,以坚定的信念、无畏的气概、刚毅的品格、钢铁的纪律,成为抗震救灾的"先锋队"、灾区人民的"主心骨"、受灾群众的"贴心人"——

他们从瓦砾中爬出来,推倒残垣断壁,擦去血泪,不顾疲劳翻越狭窄河道、泥石堆和山梁,火速报告灾情。

他们在震后废墟上，不等包扎伤口，便振臂而呼，动员组织群众搏斗灾难，在风雨中挺起坚强脊梁，为灾区群众带来信心和希望。

他们主动承担起最艰苦的工作，冒雨深入村组、农户，安抚群众、搜集灾情、排查隐患，送去党和政府的关怀和温暖。

他们在亲人和群众之间、小家与大家之间，毅然选择后者，用自己最朴素、最无华的生命，诠释入党誓言。

他们把生死置之度外，在余震中搜救，在瓦砾中寻找，用爱心扫描生命的信号，抚慰生离死别的悲情。

他们穿行在倾盆大雨里，全无吃饭、喝水的念头，浑身泥水，声音沙哑，冒着生命危险打通一个个"灾区孤岛"。

他们视灾区群众为亲人，送来水米充饥、拿来衣被御寒、捧来爱心送暖，确保群众有饭吃、有衣穿、有干净水喝、有临时住处。

这是一组熠熠闪光的数据——

在地震灾区四川基层党组织共组建"党员抢险队""党员突击队""党员服务队"1.8万个，在抗震救灾一线和灾民安置点组建临时党组织近千个，176.59万名党员干部战斗在抗震救灾一线，其中，县级以上领导干部8296人……

全心全意为人民服务——

共产党人把深沉壮阔的无私大爱，写在了一堆堆废墟上。

与人民群众血肉相连——

共产党人以舍生忘死的无畏大勇，抗击从天而降的灾难。

敬礼，伟大的中国共产党人！

总有一种感动泪如泉涌　总有一种力量生生不息——

生命，埋于碎石瓦砾中　却从来没有掩住共产党人倾情倾力的呼唤

余震，频发崇山峻岭间　却丝毫不能吓退共产党人排难除险的身影

妻子被埋在废墟中，父母、岳父岳母、侄儿、侄媳等10个亲人被压在钢筋混凝土下……

北川县委常委、副县长瞿永安匆匆赶回满地瓦砾的"家"门口时，扑通一下跪倒在地，泪流满面地向亲人重重磕下三个响头，随后便起身投入抗震救灾一线。

灾情发生后的十来天，瞿永安强忍失去亲人的悲痛，不分昼夜，废寝忘食地搜救群众，拼尽全力抢救每一个可能的生还者。

从抗震救灾指挥部到县城的通道，巨石挡道，裂缝密布，一些路面隆起和沉陷的落差达10米左右。

每天，瞿永安不知要沿着这条危险崎岖的路往返多少次，到县城搜寻幸存者，沿路救助伤病员，收集报告灾情。

碎石乱瓦、残垣断壁、倾倒楼房……瞿永安竭尽全力查看每一个可能有生还者的角落，用嘶哑的嗓子不停地喊，不放过任何救人的机会。瞿永安说："哪怕0.1%的希望，都要100%的努力。"

7天，160多个小时。瞿永安不分昼夜地奔波于救人现场，抢救出来多少群众，他已记不清了……

不管山崩，不论地裂，共产党人坚毅刚强的面孔，让人们充满信心和希望——

在第一时间，青川县委常委、组织部长伏玉琼带领抢险分队赶到重灾区，组织指挥抢险。当数万名群众受堰塞湖威胁时，她坚持靠前指挥，连续8天奋战于抗震救灾第一线。

资阳市石梯村党支部副书记、大学生"村官"刘德友，不顾个人安危冲进幼儿园，左右手紧紧抱住两名儿童往教室外跑，往返十多次，把几十名儿童全部转移到安全地带。

东方汽轮机厂党委迅速组织以党员为骨干的2000多人自救抢险队，用简单的救援工具和双手，在废墟里"地毯式"搜寻，顽强地开展自救，半天时间内转移1000余名伤员。

不管雨多大，不论路多险，共产党人毅然决然的话语，让人们看到胜利和曙光——

"快到学校、快到学校！"汶川县映秀镇镇长蒋青林带领一队人马，直奔映秀镇中学，坚持用双手不停地扒开砖块，努力抢救被埋师生。他的双手被钢筋戳穿，大腿被垮塌下来的水泥预制板砸伤。

"老婆，这个家就拜托你了！"彭州市新兴镇阳坪村党支部书记刘彬家里的7间楼房在地震中全部倒塌，家里60多岁的父亲和7岁多的儿子身着单薄衣服，在冷风中直打哆嗦，他狠狠心，扭头奔向抗震救灾现场。

"我是党员，我要回去救人！"彭州市白鹿镇关沟村党员袁书，同群众一道从废墟中抢救受伤的邻居，并用自己的微型车将20多名群众转移到山下安全地带。看到群众缺少食物，他又冒着道路塌方的危险，驱车30多公里赶到城里购买食品。

不管夜多黑，不论心多痛，共产党人奋不顾身的身影，让人们感到温暖和力量——

连续工作三天三夜不休息！绵竹市委常委、组织部长蔡绣鸿，顾不上亲人和自己的安危，走近断壁残垣，察看险情，抢救出60多位被掩埋群众。

奋不顾身冲向发电站！彭州市桂花水电站负责人干志军，救出13名村民，跋山涉水31个小时，将他们和两个被困游客，全部带到安全地带。

挨家挨户"拉网式"排查！都江堰市向峨乡以村（社区）为单位，组织13个党员干部搜救小分队，"地毯式"搜救幸存人员。奋战7天7夜，营救87名受困群众。

什邡市蓥华镇瓦窑村党支部书记廖永寿不顾腿脚砸伤，一瘸一拐地去搜救村民，15名群众从废墟中得救，300余名群众安全转移……

成都、德阳、绵阳、阿坝、广元、雅安……

汶川、北川、什邡、理县、茂县、彭州……

映秀、卧龙、通济、擂鼓、宝山、红白……

还有高山峡谷中10000多个村落……

哪里有生命呼唤，哪里就有共产党人的牵挂；哪里有千难万险，哪里就有共产党人的力量。

敬礼，伟大的中国共产党人！

总有一种力量闪烁黑暗　总有一种希望点燃生命——
地震，摧得毁千房万屋　却从来没有动摇共产党人拯救生命的决心
巨石，压得垮柔身弱躯　却丝毫不能摧垮共产党人坚如磐石的信念

5月12日14时，张家山煤矿。

大邑县雾山乡虾口村党支部书记刘全福和老伴，恰遇五保老人岳树安上山拾柴，他们一路同行，一路聊天……突然间，山摇地动、乱石纷飞，上百斤、上千斤，甚至几十吨重的大石头，从200多米高的山岩上飞滚下来。一时间，路面成了石头阵，情况危急万分。

刘全福和老伴一边就近躲进身旁浅岩窟里避险，一边大声呼喊："岳树安，地震来了，山要垮了，赶快躲起来……"岳树安吓呆了。

山顶千钧巨石开始向下滚动。刘全福冲上前去，用手使劲将岳树安拉到路边避险，却怎么也拉不动。眼见巨石砸下来，刘全福猛地将岳树安推开，自己却被巨石击中，血肉溅满岳树安一身……

"刘书记，多好的人啊！做的好事数不清！谁家有生病的，他去看看；哪家有难了，他去问问；对我们这些老人亲得很！"80岁的徐成英大娘说起刘全福，眼泪不停地流。

震颤——摇晃——断裂——崩塌——

挡不住共产党人勇敢向前的步伐。

伤口——疼痛——悲壮——心碎——

拦不住共产党人拯救生命的行动。

他像童话里的天使，张开双臂趴在课桌上，身下死死地护着4个学生。学生得救了，他却不幸遇难。

他，德阳市东汽中学教导主任谭千秋。

5月12日下午，东汽中学高二（1）班的孩子们安安静静地坐在教室里，谭千秋正在讲课。

突然间天崩地裂。谭千秋大喊："马上走，赶快走！"

整个教学楼在下沉……看着身边4个已经不可能逃离教学楼的孩子，谭千秋奋力将他们塞进课桌下，张开双臂趴在课桌上……

灾难面前，生命原来如此脆弱，令人动容。

面对灾难，生命却又如此绚烂，感天泣地。

王刚牺牲的这一天，正是他42岁生日。

5月16日，直升机开始向卧龙运输救援物资和运出受伤人员，汶川卧龙特别行政区森林公安局副局长王刚承担了停机坪警戒任务。9时37分，在救援直升机卸载救灾物资过程中，他发现一名在飞机旁摄影的女记者处境极为危险，奋不顾身地前往抢救，不幸被直升机尾翼击中……

在王刚牺牲的前几天——

13日，为保证卧龙灾民安置点1000余人的安全，他冒着大雨和生命危险，进入郭家沟察看。

14日，带领公安民警和武警官兵，深入郭家沟最狭窄的地带抢运炸药。

15日，耿达乡与外界失去联系50多个小时，王刚主动请战，带领民警冒着危险察看沿途灾情。

牺牲时，王刚身上还装着厚厚一沓报平安的纸条。

这些皱巴巴的纸条，密密麻麻地记录着388位被困群众亲人的电话。这些纸条，原本是被困群众交给王刚，托他转交直升机上的工作人员带出去与外界亲友联系的……

还有，还有，还有绽放在废墟上的如花生命——

断墙颓瓦中，她一手搂住一个学生，紧紧拥在自己身下。她的身体已经断为两节，脸部血肉模糊，人们怎么也无法掰开她那紧紧搂住学生的双手！

原本，只需两秒便可离开教室，到达安全地带，但在疏散学生离开教室时，什邡市龙居小学教师向倩看到两个手足无措的学生，义无反顾地冲向他们，一手搂住一个，朝门外奔去……

瞬间，教学楼轰然垮塌，向倩和几个学生一起被埋在废墟下。

2007年7月，大学毕业的向倩应聘到龙居小学任教，清秀、可爱的她正满腔热忱地耕耘在这片沃土上，而现在……

向忠海肝肠寸断，望着女儿破损的遗体，含泪说："我理解她，理解她，作为教师，应该这样。"

随时准备着为党和人民牺牲一切——这是每个共产党员在入党时，面对党旗许下的庄重誓言。

就在那一瞬间，共产党人作出了生死抉择，毫不犹豫地把生的希望留给他人。

急群众之所急，办群众之所需，解群众之所难，以人民的安危为第一出发点——

这是共产党人的神圣使命与宗旨，这是共产党人的高尚风格与精神，这是共产党人始终立于不败之地的力量源泉。

敬礼，伟大的中国共产党人！

总有一种倒下托起生命　总有一种抉择生离死别——
失去亲人瞬间，裂肺撕心　却从来没有停滞共产党人舍己为人的脚步
涌出悲切血泪，情何以堪　却丝毫不能夺走共产党人心系苍生的大爱

"妈妈，我好想你……"

5月12日12时许，蒋敏和远在北川县两岁女儿通电话时，女儿喊着说。因为工作繁忙，28岁的彭州市公安局政工监督室女民警蒋敏，在女儿只有5

个月大的时候就送回北川老家。

在此之前，蒋敏已经整整30天没与女儿见面了。

两个小时后，地震突如其来。"从办公大楼里跑出来，我的第一反应就是打电话，给家人报个平安。"蒋敏心有余悸，"电话打不通，我不敢想太多，而且当时的情况也容不得我想太多。"

地震灾难突袭，蒋敏和战友们紧急集结，出门抢救伤员、上街维护秩序，投入抗震救灾……

天渐渐黑下来。蒋敏不停地拨那个熟悉的电话号码，然而始终是忙音。13日早上6时许，蒋敏的手机终于响了，电话是舅舅打来的，刚听了两句，蒋敏泪如雨下。

舅舅哽咽着告诉蒋敏，她的爷爷、奶奶、母亲、女儿全部遇难，在北川的10个家人已经遇难……

残酷的现实面前，蒋敏想走，但不能走也不忍心走："道路不通，电信不通，我回去也没有用，还不如在这里做些事情，帮帮受灾群众……"

蒋敏没有提出回去看亲人最后一眼的要求，而是选择坚守岗位，把救抚灾区群众作为纪念亲人最好的方式。

看着忙碌憔悴的蒋敏，领导和同事特意把她调换到指挥中心，仅仅一天，她就又回到天彭中学安置点，维持秩序，帮助送水、运物资、扎帐篷。

现在，每次看到小孩的蒋敏，总是特别细心呵护，帮他们穿衣、盖被子、逗孩子们笑。

5月17日凌晨，连日劳累和悲伤的蒋敏晕厥过去。蒋敏在医院一醒过来，马上要求再次回到安置点："我还行，我不能占医院床位，让给受灾群众吧。"

提起逝去的亲人，蒋敏强忍泪水："如果我的妈妈、女儿还活着，肯定也在被很多人帮助、关爱。相信妈妈和女儿会理解的。"

像蒋敏这样的共产党人很平凡，平凡得在他们走过时，都记不得他们辛劳的背影。

像蒋敏这样的共产党人很伟大，伟大得在他们面前时，仰视才能领悟他们的境界。

石坝乡，青川县偏僻乡镇。地震后，房屋倒塌，通讯、交通、电力全部中断。

5月13日上午，乡党委书记舒云正在开会，有人递给他纸条："地震后，大家都没见到你父母，很有可能压到房子下面了，叫你回家。"他看完纸条顺手装进衣袋，接着布置工作……

下午，舒云在村里指导搭建避雨棚，又收到一张纸条："你父母被压在房屋下面，请速回家。"他看了纸条后什么也没说，继续组织抢救被埋人员。

晚上，正在避雨棚安抚群众的舒云，接到姐姐从老家木鱼镇托人捎来的消息：父母在地震中罹难。

舒云拭去悲伤的泪水。"我是石坝乡抗震救灾总指挥，作为一名党员干部，不能为了安葬父母而丢下受灾群众。"

泪水，冲刷不掉共产党人坚强的信念。

暴雨，浇淋不灭共产党人不熄的火种。

房屋倒了，家园破了，亲人走了。共产党人把悲切血泪洒满废墟，又昂首前行。

来到母亲居住的楼房废墟前，沈阳德泣不成声。

10多具遗体摆在那里，因为伤得面目全非，没有办法辨认母亲了。

沈阳德万般悲痛，含着眼泪面向10多具遗体，扑通一声跪在地上磕了三个响头，立即转身离去，奔赴抗震救灾一线。

此时，绵竹市汉旺城镇建设管理所所长沈阳德，已经在抗震救灾一线连续奋战了200多个小时。

噩耗相继传来，地震无情夺走15位亲人的生命。

但是，北川羌族自治县民政局长王洪发没有倒下、没有停下，他一边忙于救人，一边调度粮食供给、统计救灾物资。

在地震发生10分钟后，王洪发听说北川小学垮了，压了很多学生，就赶紧往那跑。路过倒塌的电力公司宿舍楼时，他才想起16岁的儿子因病休学就住这里。

顾不及救儿子，王洪发冲到北川小学，奋力救出两个孩子，儿子却永远离开了他……

灾难当道，共产党人和人民心心相印。

灾害临头，共产党人与群众唇齿相依。

共产党人，哪一个不是有血有肉？哪一个不是有情有义？

擦干眼泪，忍住悲痛。共产党人对群众不舍不弃不离，从死神手中救出一个个生命，创造着一个个奇迹。

敬礼，伟大的中国共产党人！

总有一种真情无限深沉　　总有一种温暖血脉相连——

亲情手足，戛然生离死别　却从来没有阻隔共产党人手手相挽的深情

美丽家园，瞬间桥断路绝　却丝毫不能斩断共产党人心心相系的厚意

情切切，爱深深。灾区群众的泪，就是共产党人心尖上的血——

没有了姐妹，共产党人就是姐妹！

没有了兄弟，共产党人就是兄弟！

没有了父母，共产党人就是父母！

没有了儿女，共产党人就是儿女！

……

蒋晓娟，婴儿眼里的警察妈妈。

看着一些嗷嗷待哺的婴儿哇哇啼哭，看着他们的亲属在一旁默默流泪，在安置灾民点协助工作的江油市公安局巡警大队女民警蒋晓娟主动提出为婴儿哺乳，全然不顾家中仅满半岁的孩子的哺育。

听说有位"警察妈妈"义务为婴儿哺乳后，许多灾民都抱着自己家小孩来了。为受灾群众的婴儿哺乳便成了蒋晓娟的"特殊工作"，每天要为10多个婴儿哺乳。

"我真的觉得这是一件小事。"蒋晓娟说。

"就是倾家荡产，我也要让大家都吃上饭！"北川羌族自治县擂鼓镇自来水厂厂长席成友说。

他出钱购买7000斤大米，为受灾村民运来救命粮；托人购买消毒药水，在村里消毒；看到路过的外地灾民，主动伸出援手，提供水和食品。

5月12日，汉源县医院住院大楼摇摇欲坠。全院各科室党员干部迅速分赴各自岗位，投入快速营救、转移和疏散病员的战斗。

为救助一名6岁小孩，副院长任锦翔不慎跌倒楼梯口，右手被划得血淋淋的，还抱住小孩拼命往外跑。当天，任锦翔抢救出3名小孩。

得知楼上还有老弱瘫痪病员，外科主任傅泽君迅速组织4名医务人员冲上楼，将两位老人背到楼下安全地带。

内科医师李华，正在为病人做透析回血。冒着楼房随时垮塌的危险，她倾下身体保护病员，完成回血程序后，又将病人转移到安全地带……

彭州。地震发生后，市委组织部倡议成立抗震救灾"共产党员先锋队"。市级机关32名年轻党员率先响应，他们很多是夫妻双双参与抗震救灾，家里还有老人和孩子急需照料。

5月12日夜,"共产党员先锋队"连夜赶赴受灾最严重地方,抢救受伤人员,安置受灾群众。

13日清晨,彭州行政中心广场。报名参加抗震救灾"共产党员先锋队"的党员有上百名,"我懂医疗和救助,我要报名参加!"省民族歌舞团赵永龙大声说。

一些不是共产党员的年轻人也来到报名点,要求参加先锋队。得知先锋队员必须是党员后,他们激动地说:"我们早就写了入党申请书,我们一定要参加!"

"好,马上去""还有什么事,让我干""有什么事,叫一声"头戴红色小帽的"共产党员先锋队",在抗震救灾现场引人注目。他们不讲条件,不分工作轻重,抢着干、争着干……

5月18日上午,一个特殊电话打进阿坝藏族羌族自治州州委组织部,一位男子急迫地告诉工作人员:

"我岳母叫格木基,是一名70岁藏族老党员。退休前是马尔康林业局综合经营公司经理。现在,她想通过州委组织部向灾区捐献特殊党费……"

下午,这位老党员的几个儿女来到州委组织部,把1万元特殊党费交给工作人员。

人民的痛苦,就是共产党人的痛苦。

困难时刻,共产党人用真挚的情爱擎起未来,化解群众失去亲人的悲伤。

群众的期盼,就是共产党人的心愿。

危急关头,共产党人用坚强的臂膀托起希望,筑起人民重返家园的路基。

敬礼,伟大的中国共产党人!

总有一种信念催人奋进　总有一种精神磨难铸就——
即使雨雪冰冻,灾难临头　却从来没有折服共产党人坚强的民族脊梁
无论旱涝地震,灾害当道　却丝毫不能打败共产党人昂首前行的意志

这是一次中华民族精神的大洗礼。

这是一次中华民族团结的大检验。

这是一次中华民族力量的大凝聚。

说什么天塌地裂、山崩路断,凭共产党人一腔热血,双手就是爱的行动!

说什么断壁残垣、家破园毁,看共产党人肝胆衷肠,双脚就是生的希望!

我们为这样的共产党人而感动!

北川县县长经大忠,家里6个亲人3个遇难、3个失踪,顾不上亲人,从废墟里爬出来就投入战斗,组织干部群众抢险救灾。

听见垮塌楼房中传出侄女和母亲微弱求救声时,青川县人武部部长袁世聪接到实施爆破疏通河道任务,不及多想选择后者,群众得救,两个亲人却永远离开了他。

5天5夜不休息。茂县凤仪镇党委书记李小斌组织党员干部开展1400多人次救援,冒险从垮塌房屋中强挖粮食。

80多岁老父亲不幸遇难,什邡市八角镇党委书记邢光敏,两天后才知噩耗。刚毅的他,流着眼泪指挥全镇抗震抗灾。

我们为这样的共产党人而骄傲!

都江堰市向峨乡爱莲社区党支部书记王婉民,同时得知母亲被掩埋以及向峨乡中学师生被埋废墟时,她毅然选择组织党员群众先救师生。

北川县陈家坝镇党委书记赵海清,不顾年幼孩子和年迈父亲,在抗震救灾一线连续工作40多个小时,双脚肿胀的他走在抢险队伍的前面,冒着滚落石头,疏散灾民。

5月12日至17日,安县茶坪乡党委书记向云刚基本上没有休息,困了,打个盹,饿了,吃生魔芋,还将分配给自己的口粮,全部送给灾民。

我们为这样的共产党人而自豪!

看到五保老人洪泽民的房屋即将垮塌,荥经县严道镇青仁村村主任助理、大学生村官陶伦方冒雨将她深一脚浅一脚地背下山;发现村活动室党员电教设备将被淋湿损坏,他冲进去把设备搬出。

绵竹市广济镇仁贤社区支部书记曹代成,冒着生命危险沿街喊话"快出来,地震了……"奔跑中脚踝不慎扭伤,但他强忍剧痛,继续沿街疾呼。

看到源源不断送来的伤者,绵阳市第三人民医院急诊科副主任李银先,来不及联系尚在单位的妻子和学校的儿子,立即投入急救工作中,清创、缝合、分诊。

安县飞龙村78岁的卞华仁被砸倒在楼梯上,村党支部书记夏平不顾危险,撬开倒塌的预制板,背着老人去救治。当他匆忙赶回要救外婆,外婆已不幸遇难。

多难兴邦。灾难，仅是一瞬；精神，却能永恒。

共产党人抗震救灾的精神，就是中华民族的伟大精神——

就是心系祖国、情牵人民的精神，就是迎难而上、顽强拼搏的精神，就是不怕吃苦、不怕牺牲的精神，就是迎难而上、百折不挠的精神。

就是万众一心、众志成城的精神，就是精诚团结、通力合作的精神，就是扶危济困、和衷共济患难的精神，就是敢打硬战、无私奉献的精神。

在挫折中奋斗，在逆境中雄起；在悲痛中前行，在废墟上重建——

我们坚信，抗震救灾的最后胜利，一定属于伟大的中华民族，一定属于伟大的中国人民，一定属于伟大的中国共产党。

二〇〇八汶川特大地震——

历史壮怀激烈，悲泣不再！

二〇〇八中国共产党人——

热血奔腾不息，昂首前行！

试问，一个民族有了这种精神，还有什么困难不能克服？一个政党，有了这么多优秀分子，还有什么艰险不能战胜？

敬礼，伟大的中国共产党人！

(2008年5月31日)

上半年，山西成为全国唯一 GDP 下降的省份

如何看待山西经济负增长

安 洋　刘鑫焱

今年 4 月，山西省出台煤炭产业调整和振兴规划，提出到 2011 年，全省矿井数量减少到 1000 处，单井年生产规模达到 90 万吨以上。

上半年，山西万元工业增加值能耗同比下降 7.92%，万元 GDP 电耗下降 8.54%，二氧化硫减排量达到 3.9 万吨，完成全年任务的 8.9 倍。

全国平均增长 7.1%，山西为负 4.4%——前不久，上半年经济数据公布，近年来一直处于全国中上水平的山西，经济增速陡然跌落，成为唯一 GDP 负增长的省份。

人们不禁追问：山西怎么了？山西经济的未来在哪里？

面对负增长：
是"进"还是"退"？

实际上，从去年 9 月起，山西各项经济数据就持续走低。今年一季度，全省 GDP 下降幅度达 8.1%。

在山西省政府发展研究中心主任张复明看来，山西 GDP 的负增长有其必然性，"这是山西固有的产业特性，以及山西要极力打破这种特性的努力造成的，只不过是国际金融危机提前了这一时刻"。

"山西固有的产业特性"，无疑与煤炭紧密相连。

数据显示，山西 119 个县（市、区）中，91 个产煤，财政收入的 40% 到 50% 来自煤炭；煤炭及与之密切相关的焦炭、冶金、电力等四大产业占工业总值的 80% 以上。每个到山西的人，随处都能感受到煤的气息、煤的分量、

煤的希望和煤的遗憾。

这种高度依赖资源的经济发展模式，曾使山西经济高速增长。在煤炭等能源产业支撑下，山西GDP在2001年至2007年间连续7年保持两位数增长，2008年人均GDP首次突破两万元大关。

在国家需要煤的时候，山西从未皱过一次眉头。2008年南方冰雪灾害期间，作为北煤南调主要通道的大秦铁路平均每7分钟就要发出一列万吨运煤专列。短短一个月，山西煤炭企业生产煤炭3385万吨。无论是汶川大地震还是北京奥运会期间，山西在国家能源保障格局中始终保持举足轻重的影响力。

这样的模式，也一直让山西饱尝"苦酸"。每年因开采煤炭破坏损耗的水资源就达15亿立方米以上；采煤还造成全省5000平方公里面积"悬空"，引发严重地质灾害面积达2940平方公里，每年新增塌陷面积约94平方公里；因采煤等造成的生态破坏和环境污染经济损失高达3980多亿元……蓝天白云、明月繁星一度成为山西人的"奢侈品"。

频发的安全生产事故更是山西的另一"痼疾"：50多年来，山西煤矿事故累计造成1.7万人死亡、1.3万人伤残；每年还有为数不少的官员因安全生产事故被问责、撤职或免职。

"不要带血的GDP！"近年来，这句话屡屡出自山西主政者之口。对于山西来说，转型，是可持续发展的大势所趋。

正是在这样的背景下，山西省郑重提出"转型发展，安全发展，和谐发展"的口号。省委书记张宝顺坚定地指出："不走这条路，山西的长期发展没有出路！"省长王君表示："走好这条路，必须真正从体制和政策上做起。"

尽管到今年6月底，山西的经济已整体向好，然而，面对上半年GDP的负增长，山西还是感到了少有的压力。是转危为机，为可持续增长奠定基础，还是重走老路，"薄利、多产、多销"，以求眼前增长的"面子"？

连日来，山西省委、省政府分别召开经济形势会，形成的共识是：咬定牙关，将转型进行到底。

煤炭产业：
是"收"还是"放"？

今年以来，朔州吸引了山西方方面面的目光。

上半年，朔州市生产总值完成196亿元，同比增长6%，大大高出全省平均水平，增幅居全省第一；一、二、三次产业增加值同比分别增长4.3%、5.4%、9.7%，其中，工业增加值完成110.4亿元，是山西省11个市中唯一正增长的市；固定资产投资、社会消费品零售、海关进出口总额，增幅均为全省第一。

朔州市何以如此？市委书记田喜荣谦虚低调："实在没有什么，无非是前任和我们笨鸟先飞。两年前，不能干的就坚决不干了，要干的坚决干大、干强、干好。"他所讲的"先飞"，主要是指作为试点城市，朔州先期完成了煤炭资源的整合和提升。经济学专家冯子标认为："朔州是刚刚尝到了转型后的甜头。其实，转型的初期，他们也付出过短视的代价。"

山西的转型发展，煤炭产业的转型首当其冲。"多、小、散、乱、差"是山西煤炭产业发展的瓶颈：产业集中度低，煤矿数曾近万，30万吨及以下小煤矿占80%；产业技术水平低，仅有12%的煤矿实现综采，40%的煤矿产能还是落后的炮采方式。煤炭重特大安全事故频发，中小煤矿占了不小比重。

早在2006年，山西就提出全面转型，以解决产业结构单一化、重型化、初级化的问题，剔除高耗能、高污染的弊端，抚平经济效益不高、竞争力不强的硬伤。用一个形象的比喻就是，"收紧拳头，拒绝粗放"。

山西为此付出的"代价"是：2007年，淘汰落后的GDP1000亿元，占2006年GDP总量的1/5。称"壮士断腕"之举，毫不为过。

2008年开始，山西省加快了煤炭资源整合和有偿使用步伐。今年4月，山西省出台《山西省煤炭产业调整和振兴规划》，这个规划推出的4个月内，年30万吨以下产能的煤矿全部"寿终"。规划提出，两年内，在现有2598座煤矿的基础上消减1000座。到2011年，全省矿井数量减少到1000处，单井年生产规模达到90万吨以上；到2015年，单井年生产规模达到120万吨以上。到2011年，山西全省形成3个亿吨级和4个5000万吨级的大型煤炭企业，大集团煤炭企业产量占全省的75%，到2015年占80%。

目前，山西2000多座小煤矿都在找大型煤炭企业当"婆家"，超过七成的小煤矿已签订兼并重组协议。这标志着山西推进煤炭资源整合及煤企兼并重组、在全国率先终结小煤矿的"资源新政"取得重要成果。

按照山西省部署，8月底，将全部完成兼并重组的协议签订工作；9月份，新的企业主体要入场开工，新建扩建矿井的基本建设全面推开。对那些有圈占资源之嫌不进行实质性结构调整的煤炭企业要取消其兼并主体资格，对其拟整合的资源按照市场化原则重新配置。

在做好"地下"产业的同时,山西省结合实际,发展好"地上"产业,出台了装备制造、煤化工、新型材料、食品四大重点产业的调整振兴规划。最近,又出台了《文化产业发展规划纲要》、《旅游产业发展规划》,为未来的科学发展制定"蓝图"。

追求 GDP:
是"绿"还是"黑"?

谢海曾是山西省煤运总公司的董事长,后来担任过阳泉市的市长和书记,现在是临汾市的市委书记。

临汾曾以"花果城"而闻名,后又因在全国污染检测中"名列前茅"而出名,又因洪洞矿难、襄汾的溃坝等事故成为舆论和媒体的"热点"。

谢海在临汾下乡很"诡秘",手里拿着在"关、停"之列的煤矿分布图四处"偷查",看坑口封了没有,看电断了没有,看是真关,还是假关?一旦发现问题,就会通知县、乡干部到场,让那些工作不实的干部无言以对。他随时会让司机停车,一米八五的个头,举着个高倍望远镜,看哪家企业的烟囱在非正常排放,以此判断排污装置是否启动。

"没有办法,这是形势所逼。临汾必须走绿色发展之路,该牺牲的必须牺牲掉!"

日前公布的数据表明:汾河水库水质,达到了二类水质标准,这是山西20年来的第一次。山西是能源大省,也是能耗大省,2004年、2005年,连续两年"夺得"全国单位 GDP 能耗最多的"桂冠"。山西节能减排面临的压力不言而喻。

2003年,山西烟尘粉尘排放量全国第一,固体废弃物排放量全国第一,危险废物排放量也是全国第一,所有城市的空气没有一个达到国家空气质量二级标准。从2003年到2005年,在全国113个重点城市空气质量考核中,山西省的临汾、阳泉、大同被列为全国污染最严重的三市。

山西必须举全省之力为 GDP 变"色"。山西先后发布《关于领导干部环境保护工作实绩考核暂行办法的通知》、《关于做好主要污染物排放总量减排考核工作的通知》,把减排情况作为环保实绩考核的重要内容,实行严格的环境保护问责制、奖惩制和一票否决制。2008年,将环境保护和污染减排列入科学发展考评体系。同时,山西还建立了环保"部门联动"机制,切断污染企业的"生命线"。

国际金融危机的冲击,并没有让山西放缓环保的步伐,反而提高了产业门槛。截至今年6月底,山西已淘汰落后钢铁产能231万吨,水泥产能183万吨,电石产能13.24万吨,铁合金产能4.4万吨,小火电71.21万千瓦,造纸产能4万吨。

去年,山西GDP单位能耗下降7.39%,降幅位居全国第一。今年上半年,山西万元工业增加值能耗同比下降7.92%,万元GDP电耗下降8.54%。继今年一季度在全国率先实现二氧化硫"十一五"减排目标后,山西上半年二氧化硫减排量达到3.9万吨,完成全年任务的8.9倍;化学需氧量减排量约1万吨,完成全年任务的78%;大气综合污染平均指数同比下降近24%;11个省辖城市环境空气质量二级以上天数平均达到了172天,环境空气质量达国家二级标准的城市也由去年的1个增加至10个,达国家二级标准的县(市、区)由去年的13个增加到62个。

今年,山西开展为期一年的安全生产专项整治,安全形势明显好转。1至6月,全省各类安全生产事故死亡人数同比减少356人,下降21.69%;一次死亡3人以上事故起数同比下降13.04%,死亡人数同比下降14.93%;一次死亡10人以上事故起数同比下降40%,死亡人数同比下降2%。

危机中毅然转型,转型中"绿色"当先,发展中民生第一。尽管转型之路注定不会轻松,却是必由之路。力图摒弃老路的山西,正努力在一条"阳关道"上实现转身。

(2009年8月21日)

倾听历史的诉说

——胡锦涛主席访问马六甲海峡侧记

吴绮敏

马六甲,是马来半岛历史最悠久的古城,是中国明朝航海家郑和在七下西洋的航程中多次驻节的地方,是马来西亚摆脱西方殖民统治、宣布独立的地方……当地人常说:"了解了马六甲的历史,就意味着了解了马来西亚的历史。"

历史的回声,伴随着马六甲海峡的涛声。11月11日下午,正在对马来西亚进行国事访问的国家主席胡锦涛来到马六甲。这里呈现着热烈的景象:高楼上悬挂着印有"热烈欢迎胡锦涛及夫人莅临马六甲"的巨大绸幅,众多马六甲市民沿途夹道欢迎。欢迎的热潮,印证了《星洲日报》"胡锦涛访马"专页前一天刊登的市民心声:我们希望能让胡主席感受到马六甲人民的热情。

胡锦涛来到双岛城岸边的马六甲海峡石碑旁,拿起望远镜眺望这片连接太平洋和印度洋的浩渺海域。水天之际,碧波荡漾;云霞之下,艨艟巡行。胡锦涛详细询问了海峡通商、港口建设等情况。当地官员介绍,当前世界海上贸易的25%都经过马六甲海峡,日轮船穿行量超过200艘。

人们兴奋地簇拥过来,争相同胡锦涛合影。两位市民捧着两只精致的瓶子好不容易从人群中挤到胡锦涛面前,原来是要向中国贵宾赠送马六甲海峡的海水、沙粒标本。胡锦涛高兴地说:"感谢你们的珍贵礼物!"

"我早就听说马六甲海峡是世界上最繁忙的水道之一,今天到这里来确实是百闻不如一见。距今600多年前,中国明朝航海家郑和曾多次到过这里,现在经过这里航行的中国船只越来越多。我们要把中马两国人民传统友谊继承和发扬下去。"胡锦涛在参观结束时对当地陪同人员的一席谈话,道出了中马两国人民共同的感受。

棕榈婆娑,波涛细语,仿佛依然在诉说600多年前的动人故事。当年,郑和七下西洋，用和平的方式带来了先进的文化和技术，用合作的方式促进了当地的发展和繁荣。马六甲百姓精心为郑和建亭、塑像、修庙，用郑和的名衔为这里的山峰和水井命名，表达他们对来自远方的和平友好使者的尊崇和怀念。

马六甲的中华记忆是温馨的。胡锦涛专门参观了这里的巴巴娘惹博物馆。巴巴娘惹是指15世纪初期定居在满剌加（马六甲）王国、满者伯夷国、室利佛逝国（印尼和新加坡）一带的中国明朝后裔，一般为男性华人与当地妇女通婚所生，男性称巴巴，女性称娘惹。他们在保存中国传统文化的同时，积极吸收马来文化。这座博物馆的建筑已有113年的历史，亮丽的砖瓦，木制的窗板，黑色匾额上镌刻的金色汉字，显示了鲜明的建筑特色。室内陈列的黑檀木桌椅、描绘中国风景的屏风、产自中国的瓷器、传统婚礼服饰等，既显出浓厚的中华文化渊源，也反映出文化交融的特征。

胡锦涛一边参观，一边询问博物馆主人曾金礼一家几代人生活在这里的情况。他饶有兴致地从墙上的老照片中分辨出曾金礼年轻时的形象。得知他们特有的生活习俗时，胡锦涛说："这就是文化交流和融合的结果。"

主人特意向胡锦涛展示了一幅绘画作品：600多年前马六甲海峡港口的街道繁荣兴盛，郑和宝船和满剌加国王乘船相依泊岸的场面栩栩如生。画作表达了两国人民对中马友好交往历史的深深感念。

依依惜别，当地民众聚集在街道两旁，不停地挥动中国国旗，中国留学生们激动地高呼"祖国万岁"。胡锦涛向欢送的人群频频挥手致意。

"中国和马来西亚是好邻居、好朋友、好伙伴。"这是胡锦涛在同马来西亚领导人的交谈中反复强调的一句话，这是体现中马两国人民友好交往源远流长的一句话，这是中马两国人民心中常常念记的一句话。

胡锦涛访问马来西亚，适值新中国同马来西亚建交35周年。这次访问增进了中马两国人民相互了解和友谊，加强了两国互利合作，推动了中马战略性合作关系迈上新台阶。正如马来西亚总理纳吉布所说，胡锦涛主席这次访问恰逢其时。

马六甲的友谊诉说，贯穿中马友好的历史，也必将伴随中马友好的未来。

（2009年11月12日）

希望田野上的斑斓画卷
——探寻中国特色农业现代化道路

江 夏 张 毅 赵永平 朱 隽 顾仲阳

经历了多重自然灾害的严峻考验,今年粮食生产再创新高。秋粮入仓,农民兄弟又播下了来年新的希望。

不久前闭幕的党的十七届五中全会,承前启后,继往开来,描绘了我国未来五年发展的宏伟蓝图。

辉煌"十一五",成就巨大,来之不易,农业立下汗马功劳;关键"十二五",历史机遇难得,风险挑战交错,将为全面建成小康社会打下具有决定性意义的基础,"三农"工作仍是重中之重。

全会提出,在工业化、城镇化深入发展中同步推进农业现代化,是"十二五"时期的一项重大任务。

似乎没有哪个产业像农业一样,平时似有若无,不显山不露水,但一有风吹草动,便牵动全国,上至国家领导,下至黎民百姓。

似乎没有哪个群体像农民一样,常年辛勤劳作,吃苦多,奉献大,却又是容易被忽略的沉默的大多数。

当今中国是农业农村变化最大、发展最好的时代,也是矛盾集中、挑战严峻的时期。在这个关键阶段,靠传统的农业发展方式,已无法承受经济社会发展之重。我们不能不把目光投向农业、农村、农民,不能不深刻认识工业化、城镇化与农业现代化协调推进的重要意义,不能不认真思索:中国农业现代化,特色何在?方位何在?路该怎么走?

没有农业的现代化，是残缺不全的现代化、潜藏巨大风险的现代化、不可持续的现代化。农业强则中国强，农村兴则中国兴，农民富则中国富

2004年秋天，在党的十六届四中全会上，胡锦涛总书记提出了"两个趋向"的重要论断："纵观一些工业化国家发展的历程，在工业化初始阶段，农业支持工业、为工业提供积累是带有普遍性的趋向；但在工业化达到相当程度以后，工业反哺农业、城市支持农村，实现工业与农业、城市与农村协调发展，也是带有普遍性的趋向。"同年12月中央经济工作会议上，胡锦涛总书记明确指出，我国现在总体上已到了"以工促农、以城带乡"的发展阶段。

"两个趋向"的重要论断，从全局和战略的高度提出了解决我国"三农"问题的指导思想，成为新时期制定"三农"政策的基本依据。

2008年秋天，党的十七届三中全会召开。在改革开放进入而立之年的重要历史时刻，全会专题研究新形势下推进农村改革发展的若干重大问题，确实意味深长。

全会通过的《决定》对我国所处的发展时期有一系列重要判断。敏感的人们注意到，其中我国已"进入加快改造传统农业、走中国特色农业现代化道路的关键时刻"，这样的表述是第一次在党的文件中出现。

对于国家现代化全局，中国特色农业现代化到底意味着什么？

什么是现代化？可能有多种解释，多个标准。但现代化的过程，就是农业社会逐步向工业社会转变、农村人口逐步向城市迁移的过程。现代化的本质是人的解放，是更美好的生活。而农业现代化，是传统农业向现代农业的转变过程。它不仅包括物质装备、产业体系的现代化，更包括农民的现代化。让农民从繁重的体力劳动中解放出来，从农业产业中获得较高的收益，过上富足而有尊严的生活。

农业现代化是国家现代化的基础支撑。虽然农业产值在我国国内生产总值中的占比不断下降，但农业的极端重要性不仅丝毫未减，反而比任何时候都更加突出。民以食为天。13亿人口要吃饭，始终是头等大事。而且，我们的"饭碗"不能端在别人手里，必须立足国内，实现粮食等主要农产品基本自给。随着工业化、城镇化的快速推进，大量农民离乡进城，从农产品生产者变成了消费者；城乡居民的消费结构不断升级，肉、蛋、奶等消费量大幅度增长，这是更多的粮食转化而来。根据农业部的研究，与10年前相比，我国城镇人口增加了2亿多，粮食消费增加了1000多亿斤，饲料用粮和工业用粮分别增长40%和60%左右。与此同时，农业资源约束日益趋紧，耕地和水资源变得更加稀缺。资料显示，1996年至2008年，12年间我国的耕地净减少1.25亿亩。需求增加和资源减少的趋势不可逆转，没有农业的现代化，就无法保障农产品的供求平衡。

农业现代化是国家持续健康发展的动力源。扩大内需，特别是消费需求，是中国经济发展的根本方针。农民是我国最大的消费群体，消费层次有很大的提升空间。国家统计局的最新统计表明，2009年我国县及县以下消费品零售额仅占全社会的32%。现阶段，我国工业已经形成相当大的生产能力，许多行业、企业的发展前景如何，在一定程度上取决于农民的购买意愿和购买能力。近两年，国家实施家电下乡政策，不仅农民受益，企业也活了。今年前三个季度，全国家电下乡产品累计实现销售额1158.4亿元，同比增长2倍。全国31个省份销售量都增长1倍以上。这充分说明，扩大内需，增加消费，最大的潜力在农村。没有农业的现代化，农民的腰包鼓不起来，国民经济持续健康发展就会失去重要的拉动力。

农业现代化是国家长治久安的稳定器。改革开放以来，农民收入增长明显，最近6年更是连续快速增长，但城乡居民收入差距仍在扩大。到2009年，绝对差距扩大到12000多元，相对差距扩大到3.33∶1。差距不只在收入上，还表现在城乡居民享受的公共服务上。来自河北承德农村的保洁员小刁，在北京打工10年了，全家住在地下室，日子过得并不宽裕。她虽然想念家乡，却不愿意回去。"农村挣钱少，环境不卫生，已经住不惯了，关键是老家的学校教育水平不行，怕耽误了孩子。"上亿农民工的全国大流动，每年春节都要重复一次。车站广场上人头攒动的场面，时时提醒我们，在高楼林立的大都市之外，还有大面积欠发达的农村，还有生活窘迫的父老乡亲。没有农业的现代化，就无法实现农民的体面劳动、惬意生活，就没有国家长久的和谐安定。

无法想象这样撕裂的图景：一边是先进的工业，一边是落后的农业；一边是繁华的城市，一边是凋敝的农村；一边是富裕的市民，一边是贫穷的农民……

没有农业的现代化，就没有国家的现代化。因为没有农业的现代化，是残缺不全的现代化,是潜藏着巨大风险的现代化、不可持续的现代化。只要农业基础依然脆弱,就支撑不起国家现代化大厦;只要占土地和人口多数的农村、农民依然被阻隔在现代化的大门之外,国家就不能算实现了现代化。

国家发改委宏观经济研究院副院长马晓河认为,我国已经进入发展关键期,如不加快传统农业向现代农业的转变,必将丧失发展机遇,经济社会转型难以完成,现代化目标将无法如期实现。

这绝不是危言耸听。20世纪七八十年代,一些新兴国家经济高速起飞,进入中等收入国家行列,但由于没有处理好转型时期的各种矛盾和问题,经济停滞,贫富分化,社会动荡,几十年过去了,人均国内生产总值仍然徘徊不前,掉入"中等收入陷阱",至今没能进入发达国家的行列。

目前,我国人均国内生产总值超过3700美元,已经迈向中等收入阶段。"中等收入陷阱"警示我们,要实现整个国家的现代化,必须加快转变经济发展方式,而农业转型是最艰巨的任务。

农业部部长韩长赋认为,工业化、城镇化和农业现代化同步推进,是我国现代化过程中必须处理好的一个重大战略问题。要切实防止在工业化、城镇化过程中忽视农业现代化,出现农业发展严重滞后、城乡发展严重失衡的情况。

农业部政策法规司司长张红宇说,党的十六大以来,农业农村发展的起点更高,政策体系更加健全,发展氛围更好,但是,农业比较效益偏低,农业支持保护制度还不完善,城乡二元结构特征的利益取向尚未根本调整,我国农业被忽视、被边缘化的危险始终存在。

四川省社会科学院副院长郭晓鸣研究发现,在国家经济转型的过程中,现代化速度加快,城市更加强势,农业处在弱势地位,如果没有必要的政策储备,没有国家强有力的支持,各种资源要素有可能加速被抽离农业,流向工业和城市。

从国际经验看,传统农业向现代农业的转变,是经济发展的必然规律。

马晓河分析,2009年,全国非农产业占GDP比重近90%,非农劳动就业份额近62%,城镇化水平超46%。这些结构性指标表明,我国工业化城镇化不仅不再依赖农业积累,而且完全可以支持农业加快转变发展方式。我国经济实力快速增强,2009年财政收入达到6.8万亿元,外汇储备和人民币储蓄存款充足,完全有能力反哺农业,加快推进农业的现代化进程。

后国际金融危机时代,在中国经济社会发展的大局中,农业的重要性、敏感性，农业现代化的必要性、紧迫性，比任何时候都更加凸显出来。

中国的农业现代化道路，必然带有中国国情的独特印记。人多地少、资源短缺、经济欠发达、发展不平衡的现实，决定了我们既不可能照搬国外，也不可能一个模式齐步走

中国特色的农业现代化道路"特"在哪里？只有从比较中才能看得更真切。

你熟悉这样的画面吗？

黑龙江"北大仓"粮田万顷，喷洒农药的飞机从低空掠过；

江苏太湖之滨，现代化养殖基地，监控屏幕上，8个区域的水质情况同时呈现，水产医院及时诊治虾蟹病情；

四川凉山，坝子里老水牛踯躅前行，赶牛的小伙两腿淤泥……

这是我国农业发展现状的真实写照。先进与落后，集约与粗放，开放与闭塞，甚至幸福与煎熬，同时呈现在乡村大地。

去美国、澳大利亚、巴西，看到的是一望无际的大平原，经营上百公顷土地的家庭农场，尚未开发的后备耕地资源……在法国、荷兰、以色列，农业的精细化，对资源的高效利用，让人感叹。

纵观世界农业发展，已经完成农业现代化的国家，由于资源禀赋及其工业化水平的不同，选择了不同的发展模式。大体上有三种类型：

一类是人少地多、资源丰富的国家，有大量可耕地，最缺劳动力。在农业现代化起步阶段，他们首选提高劳动生产率，实现规模经营。以美国为例，20世纪40年代初基本实现农业机械化，70年代之后，现代管理、信息和生物技术广泛应用于农业。

一类是人多地少、资源相对紧缺的国家，首选提高资源产出率，实现集约化经营。以日本为代表，在基本完成生物技术措施现代化后，把重点转向实现农业机械化。

第三类是资源禀赋介于前两者之间的国家。以德国、法国为代表，他们选择农业机械化和生物现代化并重。

国务院发展研究中心研究员程国强认为，各国农业现代化大都经历了两个阶段，一是以农业的物质装备和生产手段的现代化为主要内容，二是以提高环境友好性和健全支持农业保护体系为主要内容。而中国目前农业现代化面临的情况是：两个阶段任务相互叠加，国际竞争异常激烈，因此难度更大，问题更复杂。

那么，发达国家走过的农业现代化道路，我们可以原样复制吗？恐怕不可以！

这是中国的特殊国情决定的。

人口特别多——占世界人口的1/5，且农民数量特别庞大。

耕地特别少——耕地只占国土面积的13%，人均耕地1.38亩，仅为世界平均水平的40%。

环境脆弱、资源短缺——山区丘陵多，平原面积小；干旱半干旱地区占去大部分，绿洲少得可怜；灾害频繁，水土流失严重。水资源的人均占有量仅为世界平均水平的28%。且水土资源极不匹配，譬如水多的贵州缺地，地多的甘肃缺水。

经济欠发达——根据国际货币基金组织2010年发布的数据，我国人均国内生产总值排在世界第九十九名，不到世界平均水平的一半。

在这么大体量、这么多农业人口、这么少人均资源的发展中国家实现农业现代化，没有先例。别人的经验，可以借鉴，但无法照搬。

从人多地少，资源短缺，经济欠发达的实际出发，我们能采用一个适用全国的模式吗？恐怕不能！

中国国土广袤，东西跨越5000多公里，南北相望也是5000多公里，5大气候类型，农业生产条件千差万别，发展水平相去甚远。东西部人均国内生产总值相差2.1万元，农民人均纯收入最高的已经上万，最低的只有千把元。

只要把目光投射到全国，便可以清楚地看到各地发展现代农业不同的先天条件和鲜明的特色。

秋收时节，黑龙江农垦建三江垦区，联合收割机在一片金黄中往来穿梭。572万亩耕地，15个装备精良的现代化农场，田间综合机械化率达97%，每年为国家生产近百亿斤粮食。黑龙江省地广人稀，可耕地多，在稳定家庭承包责任制的基础上，发展各类专业合作社和产业化组织，实现适度规模经营，并依托农垦、森工、矿区推进城乡一体化，初步走出了具有黑土地特色的农业现代化道路。

我国绝大多数地方人多地少，但情形也各不相同。

经济发达的苏南，发展高效农业园区真有些"苏绣"的功底，针针角角一丝不苟。一个大棚，番茄刚拉秧，丝瓜秧就爬上来了，丝瓜秧底下又种上了莴笋；玻璃温室培育鲜切花，一年收几茬。人和地都不闲着。

中原粮仓河南，人均耕地只有1.2亩，亩均水资源是全国的1/6，但小麦良种覆盖98%、实现了全程机械化，粮食单产一年一个新纪录。全国1/10以上的粮食出产于此。依靠发达的农产品加工业，他们把麦粒变成面粉、味精、啤酒，转化成猪肉、鸡肉，生产出了全国1/3的方便面、1/2的速冻饺子和火腿肠。

地处西北的宁夏回族自治区，全区一半以上的土地沙化、荒漠化，水资源严重匮乏，但昼夜温差大，日照条件好，适于发展特色农业。宁夏人在沙漠里建温室大棚种瓜菜，在坡地上覆膜保墒间作瓜枣，改善了农业生产条件，农民收入成倍提高。全区特色优势产业集中度达到70%以上，产值占农业总产值的80%以上。

地形地貌自然条件如此不同，经济发展层次如此丰富，决定了我国的农业现代化道路不可能一个模式齐步走，必然是因地制宜，多元选择，多样化发展。

中国社会科学院农村发展研究所所长张晓山说，农业现代化是一个渐进的过程，要靠外部的政策供给、内部体制机制创新和经营主体的培育。各地资源禀赋不同，发展路径不同，不可能一个步调，全面开花，更不能靠行政命令硬推。

中国特色的农业现代化道路，说到底就是一条适合中国国情、符合当前发展阶段，能扬长避短、可操作、走得通的路。

一只脚迈进了现代农业，一只脚仍在传统农业。看清来龙去脉，明确所在方位，才能沿着正确的方向，脚踏实地，坚定前行

中国是个农业大国，五千年的文明史几乎就是一部农耕史。我们的祖先曾经创造了同时代最先进的耕作技术、水利设施，至今让我们为之自豪。但农村不只有田园牧歌，更有祖祖辈辈面朝黄土背朝天的农民。减轻劳动强度，过上衣食无忧的幸福生活，是中国农民绵延几千年的梦想。

新中国成立后，毛泽东、邓小平、江泽民、胡锦涛，每一代党的领导集体，对农业、农业现代化都有经典论述，都有宏伟蓝图。

在推进农业现代化的过程中,我们也曾走过漫长弯路,付出了惨痛代价。当年,为了找到实现现代化的捷径,人民公社化运动兴起。土地归大堆,劳动"大呼隆",分配"大锅饭",其结果是严重压抑了农民的积极性、创造性,造成了农村生产力低下,直到1978年,吃不饱肚子的情况在农村还非常普遍。

历史性的转折发生在党的十一届三中全会之后。"大包干"的全面推开,让农民蛰伏已久的生产积极性如火山喷发。20世纪80年代,中央连续发布5个一号文件,推动农村改革步步深入。农村基本经营制度确立,乡镇企业异军突起,农产品流通体制改革,农业产业化经营勃兴……中国特色农业现代化道路的探索,从此走入正途。

2000年,迈过基本小康的门槛,全面小康的号角吹响。党的十六大以来,统筹城乡经济社会发展,成为新时期解决"三农"问题的新思路。从2004年开始,7个中央一号文件接连聚焦"三农"问题,坚持"多予、少取、放活"的方针,对农民的补贴数量不断增加,范围不断扩大,农业税、牧业税等一系列税负被取消,基本公共服务均等化逐步推进,反哺"三农"的力度持续加大,中国特色的农业现代化加快了脚步。

六十年风风雨雨,三十年一路闯关,中国农业现代化目前达到什么样的水平?

农业综合生产能力是最重要的标志。

改革开放以来,我国农业的平均增长率达到5%以上,粮食产量先后跨上7000亿斤、8000亿斤、9000亿斤、10000亿斤4个台阶。今年,粮食生产有望实现"七连增",13亿人口的吃饭问题稳定解决。

农业的装备水平可谓"鸟枪换炮",农业机械化水平大幅度提高。截至2009年,全国耕种收综合机械化水平达到50.8%,小麦机械化耕种水平达86%。每到收获时节,一大批有组织的农机手转战南北、跨区机收的场面蔚为壮观。

农业结构不断优化,优势产业带逐步形成,产业集中度不断提高。东北的玉米、河南的小麦、新疆的棉花、陕西的苹果、云南的鲜花、宁夏中卫的枸杞、山东寿光的蔬菜,都是大面积区域化种植,既有效配置农业资源,又方便提供社会化服务。

农产品加工企业越做越大。加工禽肉的诸城外贸、广东温氏,加工猪肉的河南双汇、江苏雨润,加工牛肉的吉林皓月集团,加工食用油的山东鲁花，加工果汁的北京汇源……一批知名度颇高、市场份额很大的龙头企业遍布全国。

农业现代化水平的高低，还要看农民的日子过得怎么样。有几笔大账算得清楚：

2009年，国家对农民的"四项补贴"已经增加到1230.8亿元。农民人均纯收入提高到5153元，自2004年以来的年均实际增幅连续6年保持6%以上。目前，大电网对农村人口的覆盖率超过了95%，基本实现了城乡居民生活用电同网同价。农村免费义务教育全面实现，新型农村合作医疗实现全面覆盖，参合人数达8.33亿人。农村最低生活保障制度全面建立。公共财政的阳光更多地照到农民身上。

但是，与发达国家相比，我们的差距还非常明显。

小农户与大市场的衔接依然存在问题，农业产业化水平还不高。

世界上很多国家的农民都有成熟的合作组织，可以提供产前、产中、产后的各种服务，日本90%以上的农户加入了农协组织。而我们国家农民的组织化程度还很低，生猪、大蒜、绿豆等频繁坐"过山车"的情况在所难免。发达国家的农产品加工程度一般都在90%以上，而我们只有30%。农业产业化龙头企业，总体上看数量偏少、规模偏小，产业化的各链条之间的利益连接机制还没有真正建立起来。

基础设施脆弱，经营方式比较粗放。

今年的旱涝交加，把我们脆弱的农业基础暴露个"底朝天"。尽管大江大河安然无恙，但中小河流险情不断……不少农田不是灌不上，就是排不出。我国还有一半以上的耕地靠天吃饭，缺少基本灌溉条件。

农业科技创新亟待加快步伐。

农业科技创新水平在诸多领域仍落后于发达国家10—15年，农业科技成果的转化率不足50%，而发达国家达70%以上。农技推广"线断网破人散"的情况并不少见，先进实用技术与农民之间"最后一公里"往往不能贯通。

食品安全事件频发，严重影响产业的竞争力和长远发展。

农民增收仍然困难，城乡差距还在扩大。

一只脚迈进了现代农业，另一只脚还在传统农业，怎么能走得稳，走得快？

中国特色农业现代化，不能只考虑"一农"，要着眼"三农"。绕不开也躲不过的难题，唯有在深化改革中求解，在转变发展方式中突破

农村改革和发展站在历史新起点，前进道路上仍有诸多矛盾和问题，绕不开也躲不过。

家庭经营——效益从哪儿来？

有人说，现代农业要大规模、高效率，靠一家一户难实现，家庭经营已经落伍了。一些地方鼓励大公司、大老板直接下乡种田，有的甚至违背农民意愿，靠行政手段搞土地流转，规模倒是迅速扩大了，效率短时间内也提高了，但被挤出土地的农民出路在哪儿？农业现代化真的这么简单？

中央农村工作领导小组副组长、中农办主任陈锡文说，实行家庭经营，是农业本身的特性决定的。从世界各国的情况来看，尽管经营规模有大有小，但基本的经营主体都是农户。我国农业人口数量庞大，稳定农户的经营主体地位，对农业生产的稳定发展，对农村乃至整个社会的稳定，都具有特殊重要的意义。我国农业现代化最突出的特点，就是在短时间内土地规模无法扩大的条件下实现现代化。

黑龙江省省委书记吉炳轩，曾经长期在河南省工作，他在接受采访时说，规模经营对于土地少、人口多的地区是很难办的。比如河南省人均一亩多地，如果把30亩地交给一户种，在黑龙江还不算规模经营，但河南就等于把6户的土地交给一户耕种，那其他5户干什么？必须转移出去80%的人口不从事农业。

中农办副主任唐仁健说，其实谁也不愿意小规模，但这是中国国情。在人多地少的条件下推进农业现代化，必须把有限的资源更科学、更有效、更集约地用于农业。

事实上，农业的规模，不单是指土地规模，也可以是服务规模。科技的创新和推广、完善的社会化服务也能形成规模，带来规模效益。陈锡文说，不管是新大陆国家一户的几万亩地，还是在日本的小规模经营，打一个电话，农药、化肥、销售等专业组织都能上门服务。从一定意义上讲，中国农业效率低，很重要的原因是社会化服务体系不完善。

稳定家庭承包经营，绝不是维持传统的小农经济，而是要通过体制机制创新，改善外部环境，转变发展方式，创造家庭经营向现代化迈进的条件。

经营方式怎么转？党的十七届三中全会做出了明确回答：以家庭承包经营为基础、统分结合的双层经营体制，家庭经营要向采用先进科技和生产手段的方向转变；统一经营要向发展农户联合与合作，形成多元化、多层次、多形式经营服务体系的方向转变。

家庭经营也能创造高效益。

——效益从适度规模中来。在具备条件的地方，政府只要因势利导，做好服务工作，各种形式的土地流转就会在农民之间进行。湖北、湖南、江西、江苏、浙江……陆续出现了一些种粮大户、家庭农场。苏州种粮大户高健浩，在租种、代管的6000亩农田里用有机肥、覆盖防虫网，还在田里放养鸭子，统一标准、统一管理、统一销售，产出的有机大米1公斤卖到几十元。

——效益从新技术的应用和推广中来。山东寿光市三元朱村发明的冬暖式大棚已经发展到第五代。一按电钮，近100米的草帘自动卷起，轻点鼠标，数十个喷灌头水雾弥漫。一个温室大棚收入能达到2万~3万元，一亩棚收入超过十亩地。这一技术已经从山东推广到全国20多个省份，创造了惊人的效益。中国农业科学院副院长、马铃薯专家屈冬玉博士，为推广先进技术，十几年来跑遍全国的马铃薯主产区。他说，仅脱毒马铃薯这一项生物技术，就能增加单产300—500公斤。今年全国能推广3000万亩，只算一年的账，农民因此而增加的收入便十分可观。

——效益从社会化服务中来。河南五女镇保献农机合作社，今年代耕、代管、代收小麦2万多亩。合作社社员赵国庆说，家里没有壮劳力也不怕。不管是种还是收，打个电话就行。大马力拖拉机下田，作业深度35厘米以上，土壤透气了，产量噌噌往上蹿。过去亩产500公斤就是顶，现在这个顶早已被打破，今年亩产超过600公斤，亩增收200多元。

小农户，大市场——产业竞争力怎样提高？

加入世界贸易组织后，国内外市场连成一体。分散的农户，面对这样的阵势，难免茫然失措。当下的农业国际竞争，已不仅是初级农产品的竞争，更是整个产业体系的竞争。面对两个市场、两种资源，农业必须以更加开放的心态"引进来"、"走出去"，在更广领域、更高层次谋划发展。

农业产业化，是"小生产"对接"大市场"的一个现实途径。发达国家也是将农产品生产、加工、销售一体化，将农业产前、产中、产后连成一个完整的产业体系。农户和企业之间或由固定合同联结，或由合作社负责收购、加工、销售，并给农户返还利润。

农民完全可以通过农业产业化，紧紧扣住市场脉搏。同样是种菜，山东安丘"田间变车间"，从引导农民种什么，到培训农民怎么种，制定了33个生产规程、200多个国际生产标准，发展50万亩标准化蔬菜基地，产品源源不断走向世界。

从国内外成功的经验看，建立紧密的利益联结机制，是农业产业化发展壮大的关键。对企业来说，与其直接进入生产环节，与农民争土地、争利益，不如提供充分的产前、产中、产后社会化服务，与农民共享利益，共担风险。

有效的农业合作组织，对于加快推进现代农业，起着决定性作用。国务院研究室副主任黄守宏说，在发达国家，从生产资料供应、大型农机的使用，到农民的贷款、农产品的销售，都离不开合作社。《农民专业合作社法》颁布以后，我国农民合作组织发展速度很快，但目前带动力、竞争力仍然偏弱，应大力发展和培育。

中农办原主任段应碧说，来来回回试了很多年，农业的微观主体还必须是农民。从长远看，中国的粮食问题靠农民的小规模、兼业化解决不了。还是应在大力推进城镇化的前提下，发展专业大户。将来，农民不再是身份，而是职业。搞现代农业，提高农民素质是个大问题。要有计划地培养有文化、懂技术、会经营的新型农民，学校应该开设培养职业农民的相关专业。

城镇化、新农村——农民往哪儿去？

减少农民，才能富裕农民。关键是减下来的农民往哪儿去？

程国强说，在农业现代化的过程中，发达国家由于农民基数小，非农产业发达，社会保障体系比较健全，农业劳动力的转移过程比较顺利。而一些农业现代化程度较高的发展中大国，由于简单地把土地析出的农民抛向市场、推向城市，造成了大量的城市贫民和农村贫民，带来了严重的社会问题。这说明，对发展中的人口大国来说，减少农民，转移农民，是一个渐进和漫长的过程。

中国正经历有史以来规模最大的城镇化，2030年我国人口将达到峰值15亿，按照最乐观的估计，城镇化率可达到70%，这意味着在短短20年中，将有3亿多人从农村进入城镇，难度之大，可想而知。即使如此，仍然有四五亿农民生活在农村，因此，必须一方面积极稳妥推进城镇化，一方面大力建设新农村，双轮驱动，并行不悖。

但是必须弄清楚,我们要的是什么样的城镇化?什么样的新农村?

有两种倾向值得注意。

一些城市,只想要农民的地,并不想要农民;城市建得越来越光鲜亮丽,却没给进城的农民及其家庭提供更好的就业机会、生活条件和社会保障。土地的城镇化远快于人口的城镇化。

一些地方,以建设新农村为名,搞大拆大建,让农民离开村庄,搬上楼房,集中居住,却不问群众愿不愿意,生产生活方便不方便。嘴里说的是为农民谋福利,眼睛盯着的却是农民手里的地。更有一些村庄仅因为行政区划的变更,农民坐地"被城镇化"。

城镇化的本质是让更多农民真正变为市民;建设新农村的目的,是让农民在乡村也能分享改革发展的成果,过上同样文明幸福的生活。要真正实现城乡发展一体化新格局,改革还待攻坚,制度仍需完善。

只有非农产业能吸纳更多的农村劳动力,城市能接纳更多的农民转化为市民,农村能开辟更多的就业和增收门路,农业现代化才能推进得更快。

陈锡文说,我们要解决的是"三农"问题,不是"一农"问题,如果只是要提高农业效率,大机械在大地块集中作业就能解决,但是要解决农业、农村、农民的问题,就必须统筹兼顾,通盘考虑。"三农"问题都解决好了,国家才能实现现代化。

基础弱、底子薄——支持保护谁承担?

诺贝尔经济学奖获得者舒尔茨,考察了发展中国家的农业后认为,要充分发挥现代投入要素的作用,必须有两个重要条件:相配套的农业制度、相配套的新型农民。

对农业的支持保护体系,是农业制度的重要内容。各国农业现代化的过程,都离不开政府全方位、大力度的财政和信贷支持,这是一条重要的国际经验。

段应碧说:"中国农业到了最需要花钱的时候。中国农民没有什么积累,完全靠自己的力量,靠市场的作用,实现不了现代化。"党的十六大以来,国家对农业的支持保护体系正在逐步形成,但是要清醒地认识到,"反哺"才刚刚开头。资料显示,日本农民收入的60%、韩国农民收入50%、欧盟农民收入的40%,来自政府补贴,而我国不足10%。

随着国家财力不断增强,对农业的反哺力度应当不断加大。这是时代潮流、国际潮流,也是经济社会发展的内在规律。

张红宇认为，过去对"三农"投入的历史欠账实在太多，现在一时还补不上，无论是从投资结构还是支出增幅看，农业仍然处在弱势的地位。因此，必须下更大的决心，继续提高国家对农业的支持保护水平，并建立更加完善的支持保护体系。

政府持续加大对农业的投入，加强农业基础建设，才能吸引农民积极筹资投劳，吸引社会力量广泛参与，逐步形成多元化的投入机制。河南省瞄准薄弱环节，集中70%的农业综合开发资金，连续6年投入27个产粮大县。财政资金四两拨千斤，吸引了群众自筹及社会资金43.74亿元，累计改造600多万亩中低产田，核心产区粮食增量占到全省增量的80%。

资源环境紧约束——如何可持续？

中国农业正处于一个资源环境趋紧的时期，耕地越来越少，水资源频频告急，生态亮起"红灯"，这是一个无法回避的尖锐难题。当一些发达国家一滴一滴地浇灌农作物的时候，我们仍有很多地方扒开口子，大水漫灌！我国每千公顷耕地化肥施用量高达366.5吨，是世界平均水平的3.5倍。粗放、落后的农业发展方式已经难以为继！

打破日益严峻的资源环境约束，统筹兼顾眼前利益和长远利益，根本出路在于加快转变农业发展方式。

向先进耕作技术转。一度缺水的河西走廊，小麦玉米田正悄然消失，取而代之的是棉花、制种玉米等节水作物，膜下滴灌技术使"浇地"变为"浇作物"，棉花亩节水335立方米，增产12%。

向资源节约、环境友好上转。成都市设立了耕地保护基金，市县两级财政每年投入26亿元，为承担耕地保护的农户提供养老保险补贴，建立完善耕地保护补偿机制。一粒稻谷，如今在黑龙江垦区的产业链上"吃干榨尽"：剥壳做成精米，稻壳用于发电，壳灰变成白炭黑和活性炭，米糠粕提炼出卵磷脂……稻谷衍生出30多种产品，每吨增值700多元，努力实现低消耗、低排放、高效率。

向多功能并重转。发展乡村旅游、生态农业、观光休闲和能源替代等新兴业态，兼顾生产、生活、生态功能，拓展农业发展空间。四川率先开创的"农家乐"，如今已经有了星级标准，向集约精细的乡村度假型转变，吸纳农村就业300多万人。

实现中国特色农业现代化，是前无古人的时代课题，其艰巨性、挑战性可想而知。唯有直面矛盾，不避难题，在深化改革中求解，在转变发展方式中突破。推进农业科技进步和创新，加强农业物质技术装备，健全农业产业体系，提高土地产出率、资源利用率、劳动生产率，增强农业抗风险能力、国际竞争能力和可持续发展能力，积极探索解决"三农"问题的新办法、新途径。眼下，方向已经明确，道路已经开通，无论遇到什么样的困难，我们探寻中国特色农业现代化道路的脚步一刻也不能迟疑，一刻也不能放慢。

"1949—2049"这一中国现代化的时间表，已经进入了攻坚克难的"后半程"。

前半程，中国农业、农村、农民的巨大奉献，为奠定国家工业化基础提供了巨额积累；小岗村18位农民的手印石破天惊，农村改革开启了中国改革的大幕，农村经济支撑了中国经济30多年的高速增长；后半程，到21世纪中叶，中国能否实现现代化的宏伟目标，仍然取决于农村改革能否有新的突破，农业发展能否有质的飞跃。

让我们按照科学发展观的要求，努力推进中国特色农业现代化进程，建设亿万农民幸福生活的美好家园。

（2010年11月18日）

事故为何9天后才公布？对汀江究竟污染几何？

追问紫金矿业污染事件

赵　鹏　余荣华

7月12日，紫金矿业废水渗漏污染汀江事件被披露，引发了社会广泛关注。这起事故为什么在发生9天之后才公之于众？又对当地环境造成了怎样的影响？本报记者赶赴当地进行了采访。

废水泄漏9天后才公布信息，企业称"我们判断出现了失误"

7月3日下午，福建省紫金矿业集团有限公司铜矿湿法厂发生铜酸水渗漏事故。9100立方米的污水顺着排洪涵洞流入汀江，导致汀江部分河段污染及大量网箱养鱼死亡。

3日发生的废水外漏事故，作为上市公司的紫金矿业集团有限公司为什么直到12日才对外公布？

紫金矿业集团总裁罗映南说，3日15时50分左右，铜矿湿法厂岗位人员发现污水池内的污水水位异常下降，疑似发生渗漏。得到汇报后，公司派人检查，但当时既无法判断渗漏的具体数量，也无法判断渗漏的原因。

他说，最初只是以为发生了局部渗漏，"我们判断出现了失误"。

上杭县副县长蓝富雁在接受采访时说，3日晚，县环保局接到当地汀江沿岸养鱼户报告，说养殖的鱼出现异常死亡。当晚9时，县环保局顺流追查至紫金矿业公司，发现了渗漏事故，并判断事故严重，于是向上杭县政府及相关部门进行了汇报。

按照当地政府要求，紫金公司一方面成立了事故应急处理小组，采取了加石灰片碱中和处理、渗漏口拦截、外溢污水回抽、工厂停产等一系列措施,另一方面还按要求请相关专家到当地参与处理和分析原因。

关于9天的"时间差",罗映南进一步解释说,公司"想在发布公告前对社会和股民有一个负责任的表达,并集中精力先处理事故"。

据他说,7号下午抽水完成后,初步分析出渗漏的原因。到了9号,相关专家也基本认定了事故原因。但当时已是周末,考虑到即使当天将公告传到上交所,因周末休市,公告也要到下周一才能公布,所以就拖至12号才公布。

"你这样的说法能服众吗?"记者追问。紫金矿业集团相关负责人没有回答。

专家初步分析认为,铜矿湿法厂位于汀江古河道上,前期连续的降雨使现河床与旧河床间出现压力差,造成厂区溶液池区底部黏土层被掏空,致使污水池防渗膜多处开裂,渗漏事故由此发生。

水质已有好转,但能否养鱼还需要专家论证

事故发生后,当地各种传言四起,有群众的手机收到了短信,告知"上杭群众不要饮用自来水""不能再吃汀江里的鱼"等。

负责此次事故处理的蓝富雁告诉记者,上杭县有4个水厂,有2个涉及从汀江取水,而紫金公司恰恰位于这两个水厂取水口上游。但这两个水厂都是县里的备用水厂,只有东门水厂有供水任务。

3日晚,东门水厂取样检测发现:水质PH值明显偏酸,铜离子含量也明显偏高。县里决定东门水厂暂停取水,但全县并未因此影响水供应。

根据当地环保部门监测结果,到7月8日,汀江各取水点水样PH值大部分已回升到6~7.22之间,铜离子含量全部符合国家Ⅲ类地表水环境质量标准。到12日下午,监测结果为铜含量已下降至0.02毫克/升。

受此次事故影响最大的是上杭县中都、下都两个乡镇。这两个乡镇均在汀江沿岸,从事网箱养鱼的群众众多。上杭县从4日起组织乡镇干部群众一起在汀江中捞鱼,不论死活,一律由政府按每斤6元价格收购,鱼苗按每斤12元收购,以此作为对群众的补偿。

上杭县对于死亡的鱼进行无害化处理,对活鱼清洗后,再回投江中。据初步统计,已捞起的死鱼约50万斤,回投的活鱼约三四百万斤。

尽管目前汀江水质已逐步好转，但现在的水质是否能继续养鱼，上杭县表示要等到相关专家论证后才能确定。

根据《中华人民共和国渔业水质标准》（GB11607—89）规定，渔业水质铜含量标准为≤0.01毫克/升。

当地群众一直担心：紫金公司位于汀江上游，饮水安全始终让人不放心。上杭县有关领导介绍，上杭县已决定在距目前紫金公司约10公里的汀江上游处再修建一个新水厂。这个新水厂总投资约2.5亿元，其中紫金公司投入1亿元。

造成污染已非首次，龙头企业遭群众质疑

紫金矿业年报显示，公司2009年利润达50亿元，第一大股东为代表福建上杭县国资委的闽西兴杭国有资产投资经营有限公司，持有28.96%的股份。

紫金矿业给当地带来巨大财富。直至20世纪90年代，上杭县的财政收入一直位列整个龙岩地区最后一位。自2002年以来，随着紫金矿业的迅速发展，上杭已经成为本地区仅次于龙岩市区的经济最发达地区。据统计，2006年，紫金矿业对上杭全部税收的贡献，达到近70%。

然而，当地群众对紫金矿业的环保记录却一直疑问重重。

1999年，山洪冲垮了紫金矿业拦截废矿渣的大坝，带有氰化钠残留液的矿渣呼啸而下，冲毁了当地农民的庄稼，引起了农民与紫金矿业驻村赔付人员的激烈冲突。

2000年10月，安徽曙光化工有限公司一辆载有10.7吨氰化钠的汽车，在给紫金矿业运送原料的途中发生泄漏，造成附近102名村民中毒住院治疗，家畜家禽大量死亡，饮用水源严重污染。此事件被当地政府和国家环保总局确认为特大环境污染与破坏事故。

然而，紫金公司造成的这两次事故却并未受到任何处理和处罚：1999年的事故被认定为自然灾害而未受处罚，2000年的事故则被认定为安徽企业的责任。

近年来，紫金矿业在多个省区收购子矿，有些子矿也曾因为泄漏污染而被曝光。

今年5月，国家环保部对2007—2008年通过环保核查的上市公司进行

了后督查,表示"紫金矿业集团股份有限公司等在内的13家公司及子公司存在着不同类型的环保问题"。

紫金公司负责人向记者承认,这一次次的事件表明,公司在内部生产管理和对环保尽责问题上,没有完全尽到一个上市公司的责任。

那么,紫金矿业将会因为此次污染事件付出怎样的代价,受到怎样的处罚?据记者了解,紫金矿业铜矿湿法厂已经停产,全面开展整改,同时将依照事故调查结论承担事故责任和经济赔偿。

(2010年7月14日)

三问焦三牛
——一个清华毕业生的人生选择

姜 洁

"1989年出生,2011年7月工作,2012年1月副县,牛呀!"前不久,当刚工作半年的清华大学毕业生焦三牛的名字出现在甘肃武威市公选的副县级领导公示名单中,立刻引起社会广泛关注,也引来一些质疑的声音。日前,记者专赴武威调查采访,还原事情的真相。

初春的甘肃武威乡村,大抵只有黄与白两种颜色:白色是尚未消融的积雪,除了主要的公路之外,许多道路仍被冰雪覆盖着;黄色是沿路光秃秃的荒山,以及土坯结构为主的平房,似乎倾诉着这里的贫困与落后。

在凉州区清水乡菖蒲村村委会矮旧的平房里,我们见到了已经成为"网络名人"的焦三牛:黝黑的皮肤,瘦高的个子,一件朴素的黑色羽绒服,如果不是戴了一副眼镜,他和普通的村民看上去似乎并没有两样。2011年7月,焦三牛作为甘肃省委组织部在清华大学选拔的14名选调生之一,来到了武威清水乡这块贫瘠的土地,成为一名普通的乡干部。在2011年年底武威面向全国公开选拔(选聘)31名县级领导职位人选的过程中,他从报考市外事侨务办公室副主任的12名人选中脱颖而出,以各环节第一名的成绩成为最终被公示任命人选,却也引起了多方的关注与质疑:堂堂清华大学高材生为何要跑到落后的甘肃去工作?是不是冲着副县级的待遇才去的?为什么他刚工作半年就可以参加副县级岗位的公选?23岁的年轻人能否胜任副县级的岗位?

当我们真正走近这个朴实的年轻人,走进他的精神家园,这些疑问就都有了答案。

一问：清华毕业生为何主动去西部工作？
"到西部去，到基层去，到祖国最需要的地方去"

"人们常常把责任心理解为是义务，是外部强加的东西。但是责任心这个词的本来意义是一件完全自觉的行动，是我对另一个生命表达出来或尚未表达出来的愿望的答复。'有责任'意味着有能力并准备对这些愿望给予回答。"——弗洛姆《爱的艺术》（摘自焦三牛网上个人空间）

"到西部去，到基层去，到祖国最需要的地方去"——这是一直悬挂在清华大学南北主干道上的横幅。然而，具体到焦三牛身上，要实现这句话，不仅要坦然面对周围人的怀疑，还面临着家人反对的巨大压力。

焦三牛所在的清华大学 2011 届英语系 72 班共有 24 名学生，其中 20 人选择了在国内名校或出国继续深造，1 人选择到重庆做选调生，另有 2 人留京工作，月薪过万。事实上，毕业时他已获得了留京的工作机会，但当他最终下定决心告诉父母去甘肃工作的消息后，父亲陷入了沉默，母亲则表示坚决反对。

当年，焦三牛不仅是山西新绛县的文科状元，更是全县十几年以来第一个考上清华的学生。"我能理解父母的想法，当初那么风风光光地考上清华，敲锣打鼓地把我送出去，原本指望我能留在北京出人头地，没想到我却跑到了比家乡更穷的西部农村，他们的确很难接受。"焦三牛坦言，到甘肃之初，母亲依然不能完全原谅他，连他的电话都不接，直到春节回家过年，一提起他去甘肃工作的事儿，母亲还忍不住一个劲地抹眼泪。

究竟是什么促使名校毕业生焦三牛做出去甘肃工作的决定？

"我在上小学和初中的时候，家里曾经有一段特别穷困的日子。在那段时间里我深切地感受到，贫穷并不可怕，可怕的是因此失去了改变贫穷的希望，抓不住改变贫穷的机遇。"2008 年，正在读大学的焦三牛曾随水利系同学到甘肃武威参加一项节水宣传活动，在被当地自然风光深深吸引的同时，他也感受到西部与中东部地区贫富差距的鸿沟："青壮年大都外出务工，村里都剩下老弱病残；生态不断恶化，农业经济缺乏竞争力，如果没有人来支援西部，西部改变贫穷的希望将会越来越渺茫，我感觉自己有义不容辞的责任。"

焦三牛的父母都是年过六旬的农民，两个哥哥也是靠卖饼维持生计，家境至今并不富裕。在一般人看来，对"贫穷"有着深刻认识的焦三牛的当务之急应该是"穷则独善其身"；而焦三牛却宁愿选择"兼济天下"，把自己融入让西部更多的人早日脱贫的时代洪流中去，贡献自己的一份力量。

二问：到基层去是为"镀金"？
"褪去理想的热度，直面现实干事创业"

"我还年轻，我渴望上路。带着最初的激情，追寻着最初的梦想，感受着最初的体验，我们上路吧。"——凯鲁亚克《在路上》（摘自焦三牛网上个人空间）

从焦三牛这段写在个人博客上的文字，颇能看出他初到武威工作时充沛的热情。比焦三牛早一年到武威的清华选调生康石清楚地记得，2011年的选调生在省委组织部培训完之后，离下乡正式工作还有一个月的空当。其他人都选择回家，只有焦三牛留在了武威，主动要求提前开始工作，于是组织上就把他安排到了康石当时工作所在的凉州区武南镇见习。

一个月后，焦三牛被分配到了清水乡政府工作，同时还负责联系菖蒲村的工作。清水乡党委书记李晓燕还记得，为了让焦三牛尽快进入工作角色，最初安排他在项目办工作，如武威市城乡融合发展核心区总体规划清水乡实施方案等，都交给了这个初出茅庐的小伙子。

"其实许多交办给焦三牛的工作，他都并不是特别了解，但他从来没抱怨过，总是虚心向周围人求教，圆满完成领导交办的任务。"和焦三牛一批到武威工作的清华大学选调生蔡程程举了个例子："我是学法律的，有一次乡里让三牛起草一个乡村公路建设的合同，他就打电话让我帮忙修改，我们在电话里沟通了好久，直到凌晨一点他才放下电话。"

新奇和兴奋过后，热情逐渐褪去，焦三牛在工作中也开始遇到问题和困难，并且不断地思索着。他在个人空间里写下了这样的文字："城镇化之后的乡村文明该怎样向现代文明过渡？文明的连贯性、多样性该得到怎样的展现？党的理论在新形势下该怎样重构社会成员的伦理、道德体系？"

为了更好地解决这些问题，每逢周末他就骑着自行车到村里转悠，一边帮村民收土豆，一边和他们拉家常了解民情；他还组织乡里9名刚参加工作的大学生成立了政策信息搜集整理小组,利用工作闲暇时间从国家部委官方网站、省市政府网站等处获取对西部特别是武威发展有利的政策,为乡党委政府决策提供政策支撑。

"和三牛相处,大家从来没觉得他以清华毕业生自居、高高在上,连村里负责卫生的老郭头都夸他打扫卫生最认真。"2011年到菖蒲村任大学生村官的王宗敏感慨,"但他做的事又让大家感到,清华毕业生的能力的确高出一等,不服不行!"

三问:考上副县级干部有特殊原因?
抓住机遇在公选中脱颖而出

"不仅是为了争取一种光荣,更是为了追求一种境界。目标实现了,是光荣;目标实现不了,人生也会因这一路风雨跋涉变得丰富而充实;在我看来,这就是不虚此生。"——汪国真《我喜欢出发》
(摘自焦三牛网上个人空间)

"网上有人质疑,我是冲着副县级的岗位才来武威的。事实上,我们当初来的时候根本没想到武威会搞公选。我们只是碰到了这个机遇,正好又抓住了。"焦三牛告诉记者,他报考市外事侨务办副主任的时候,只是抱着试试看的态度,他对自己最终能考上也感觉有点意外。

而武威市有关领导对于这次公选介绍了更多深层次的背景:近年来,武威的GDP和财政收入在全省一直位列倒数,人才严重匮乏。2010年,全市800多名县级干部中,具有全日制大学本科以上学历的136人,仅占16.2%。2000年以来,全市考入全日制本科院校学生56031人,回武威的只有5573人,不到10%。

2010年,武威曾面向全国公开选聘11名工业园区领导职位,方案规定按10∶1选任,但报名的只有20人,资格审查后符合条件的仅12人,最终选聘的5名人选里还有1人放弃了任职。为了避免重蹈前一年的覆辙,2011年该市在面向全国公选时适当放宽了报考资格和条件,规定"211"大学毕业、在武威工作2年以上,清华大学毕业、在武威工作的可直接报考副县级领导职位。而之所以"优待"清华大学,是因为甘肃与清华签订了战略合作框架协议,自2010年以来分两批引进了21名选调生,其中有7名在武威工作。

"我们只是放低了报考的门槛,但并没有说来武威工作的清华毕业生就一定能成为副县级干部。"这名负责人解释,"这次公选中,这7名清华毕业生都报考了,但最后有3名没考上,而考上这4位都是通过了资格审查、知识测试、面试、差额考察、差额推荐、差额票决6个环节最终脱颖而出的,在这些环节他们和来自全国各地其他符合报考资格的报名者是站在同一起跑线上的,不存在任何照顾。他们能考得上,是用实力证明了自己。"

据武威市委组织部介绍,这次报考市外事侨务办副主任职位的共12人,经过资格审查,符合条件并参加知识测试的10人,焦三牛的知识测试成绩71.67分,在该职位列第一;面试成绩91.64分,在该职位列第一;按照知识测试成绩、面试成绩分别按40%、60%的比例折算,他的综合成绩83.65分,仍列第一;该职位共差额考察3人,考察组排序焦三牛列第一;市委常委会差额推荐,该职位有效票49票,焦三牛得了48票,列第一;市委常委会差额票决,实到常委8人,焦三牛得票8张。由此可见,焦三牛的选拔过程严格遵循了公选方案的程序和条件。

武威市工信委纪委书记祁成源是市外事侨务办副主任人选的考察组组长。他解释了为何将焦三牛在差额考察中列在第一位:"武威公务员中懂外语的太少,近两年来武威洽谈的外商外企增多,每次都要花高薪从外地聘请翻译。考察的3个人选中,焦三牛通过了国家英语专业八级考试,是英语水平最高的一个;从综合素质看,他虽然只参加工作不到半年,但工作态度、责任心、对群众感情方面都比另外两位更优秀,在交谈中我感觉他的语言表达能力也更强。"

由于不了解真实情况,社会上对焦三牛的拟任有一些质疑。对此,焦三牛抱着一颗平常心:"尽管我对自己能胜任新的岗位充满了信心,但我认为有质疑也是可以理解的,不论最终结果如何,我都会踏踏实实在岗位上干好每一项工作,在实践中不断提升自我。"

(2012年2月13日)

听农民吐心声，与干部聊出路，和返乡创业大学生探未来

驻村三日

赵 鹏

记者随福建省宁德市委书记廖小军深入福安市，驻村3天开展基层调查：当下农村是个啥状态？未来农村建设、农业发展、农民增收的希望在哪里？

13村农民
最发愁的是人走光、村很穷、钱难挣

这3天，我们一共走访了13个村，分别住过溪潭镇的蹯溪村、穆云乡的燕坑村和社口镇的坦洋村，都是山区村，经济不算富裕。村里人最发愁3个问题：人走光、村很穷、钱难挣。

蹯溪村人口2300多，其中700多人外出打工。村里没什么企业，村集体收入就靠两个小店铺，一年2000元。耕地有1000来亩，山地9000多亩，一直以种茶为主。这几年又先后种了太子参、脐橙、杨梅等。

燕坑村是个纯畲族村，位于闽东第一高峰白山麓，海拔近600米。全村640多人，外出打工最多时只剩下100多人。耕地500多亩，林地3800多亩。同样一直以种茶为主，另外发展了些太子参、水蜜桃、葡萄产业，村集体几乎无收入。

比较起来，这些山区村很多地方相似："土里刨食"村难富，都没什么企业。

"土里刨食"，并且大多跟风种、缺技术，面临市场与自然双重风险：茶叶种的普遍是福云6号、7号等传统品种，种植已久，价格虽平稳，但收入不高。今年气候不错，行情还算好，每斤约三四十元；太子参是近年引入，

由于数量大增,行情也如"过山车"般波动很大。去年一担(100斤)还能达800多元,今年就一下子跌到300多元。由于太子参更适合海拔500~800米左右,像溪潭镇的地理环境种植并不太理想,病害较重,打药、上肥频繁,成本上升。一年仅药、肥投入就高达每亩7000多元,利润几无。政府引导推广一个新品种不易,同样,政府引导不搞同一品种也不易。

村里无财,万事都难:地里挣不到钱,青壮劳力就都外出打工。而村集体没钱,别说引导农民搞设施农业,就是村里的公益事业都难以开展。路灯、自来水、道路甚至是垃圾桶等,也是刚刚才有。

两位村干部
最主要工作是讨到钱、保稳定、做任务

蹯溪和燕坑两个村还有个共同特点:村干部老化。前者支书叫王绍璋,64岁,去年第二次被选上。后者支书叫雷六弟,54岁,支书也做了几任。两人其实都不想再做,但没人愿干,只好硬撑着。为什么呢?

事太多,钱太少。村里每年必须完成的任务非常杂,计生、征兵、殡改、综治等一样不能少。以前一个月只有840元工资,现在每月1000零几块。村里穷,做啥事都得去求人。

王绍璋说他上任后最得意的是为村里完成了"一个半"项目:"一个"是自来水,花了30多万,靠的是福安市"一事一议"项目。但这种项目,每年最多一村一个。福安在福建算是比较发达的县级市,年自有财政能达20亿左右,可村多(480个村)人也多,财政也无力全盘包下。"半个"是盖了一座三层的村卫生所,封顶了,但没钱装修。2004年,他们还做过村里的公路,因为刚好是省道,从省里还讨到每公里19万元补贴。

近年来,随着中央、省里对农村各项工作扶持力度加大,各类水、电、路、桥、基本农田等建设内容,均有各种扶持补贴政策。在基层村、镇、县,但凡想建什么,就看谁能比对政策,谁更有办法讨到相关补助。

兴村关键要"造血"。这正是福建省"下派干部,挂村扶贫"工作的最终目的,可也是下派干部最头痛的地方。张恒华2011年被下派至燕坑村担当第一村支书。想推广复种小花生,可没地,只好借农民的地里套种;想推广刺葡萄,又没地,就干脆在从村口到村部的路上搭建了500米棚架,棚架上栽葡萄。也正靠此,到2012年年底,燕坑村村容村貌脱胎换骨,村集体

和村民收入分别达到2.2万元和7000元，比扶贫开发前分别增长79.5%和214%！而如何能长期保持发展势头，还是一道难题。

俩回乡大学生
带新观念，有新技术，欲在乡土展身手

"初生牛犊、朝气蓬勃"，这是记者见到林恩辉、谢思惠时的第一印象。

林恩辉25岁，2008年毕业于福建省农业大学。2011年春，拿着父亲借给她的50万元，小林只身来到海拔700多米的晓阳镇，成立恩辉农博园，准备在这片高山上发展生态、观光等新型农业。但现实却泼了她一瓢冷水。先是租地难。十几亩平地就会涉及几十户甚至上百户农民；再是人心难齐。租下的地，种下桃树不到半年，反悔的村民偷偷洒下除草剂毁了桃园。

但小林是个很坚强的女孩子。大哭了一场，父母又劝她别干，她不仅没放弃反倒干脆又拖着老爸，俩人一起上山自己动手盖了座二层板房，板子自己锯、水电自己拉，又当办公室又做宿舍楼，算是彻底扎下根儿来。

小林的诚意最终让农民接纳了她，同意与她合作栽种新品种，收益对半分。一季下来，成效立见——以往当地栽种的葡萄一斤收购价最多不超过3元，亩均毛收益6000元；而用她的办法下来的，当季一斤就卖到7.8元，亩收益达到1.5万元！

另一位大学生谢思惠，主动放弃保研机会，从山东农大带着七八万元资金回乡创业。同样是种生姜，他种的一亩收益是农民的3倍；同样是种土豆，他发展了全套产业链，收益则是别人的10倍！

记者手记

"当今中国城市、工业早已发生翻天覆地的变化，数以亿计的普通农民所从事的农业却仍多停留于传统方式。要用工业化理念发展农业时，实地调查、规模生产、科技含量、推广新品、市场导向、绿色生产……最终需要体现在生产者身上的诸多新观念、新方法、新模式，返乡创业大学生式的新型农民堪此担当。"调研结束时，记者和廖小军攀谈起此行收获时，他这么说。

驻村前一周，宁德市委正式出台《关于进一步扶持高校毕业生自主创业暂行办法》新策，内含从生活到生产各环节相当含金量的扶持返乡大学生的内容。"知晓率、落实率、建立返乡学生情况调查台账统计率，这'三率'

须在下月前达到三个100%！制定了好政策，就不能让政策睡大觉！"结束调查前，市委书记专门叮嘱随行市委办主任马上回去落实。

  7月福建，酷暑依旧。驻村3日，笔记记得心头沉甸甸，在炎热中感受到不少凉意……

（2013年7月23日）

6天被修改36次，清华化工系学生捍卫PX"低毒"描述

PX，一场特殊的"科学保卫战"

马 龙 刘先云 吕毅品 李 刚

"PX即对二甲苯。可燃，低毒化合物。"4月5日，搜索网站百度百科词条中关于PX的解释被定格在科学的描述上。可是，如果你打开其右侧的历史版本会发现，对PX"低毒"这一常识性科学论断的捍卫，源自近10位以清华化工系为主力的清华学生的昼夜坚守。

PX词条被篡改为"剧毒"，
清华化工学生亮明身份反击

4月2日下午，清华大学化工系大二学生王润佳惊讶地发现，百度百科词条中对PX的解释内容竟是"剧毒"。

原来，3月30日，茂名反PX游行事件发生当天的凌晨00：09，网友@幻想书生wjc悄然将百度百科词条中PX毒性由"低毒"改成"剧毒"。两个字的改变成了"词条保卫战"的导火索。自此之后，先后有网友多次对恶意篡改行为进行客观的更正，但连续几次都被人改回了"剧毒"。

"PX从化学毒性上看，的确是低毒的。"清华大学化工系副教授骞伟中解释，通俗地讲，PX的毒性跟乙醇（俗称酒精）差不多。

"这些人怎么能不顾科学常识？"王润佳决定用所学知识科学解释PX词条，并采用各种方式号召同学们来宣传PX知识。

随后，王润佳将自己在大学生中广泛使用的某社交网站上的头像改成了对二甲苯（PX）的化学式。还在人人网上建相册、传载图，号召同学们参与。

看到王润佳的相册后，化工系大四学生蔡达理也参与修改了词条，并在修改原因中写道:"清华化工系今日誓死守卫词条"。此言一出,清华化工系的学子群起响应。

"跟他们坚持到底!"化工系大三学生张睿每隔一两个小时就会刷新一下词条,随时准备"应战"。

不仅如此,清华化工学子捍卫PX低毒属性真相的战场拓展到了各大网站。清华化工系和化学系学生邓耿、徐克、白如冰等积极参与百度、人人、知乎等网站的解疑释惑,迎来众多网民的点赞。

据了解,以清华化工系为主力的清华学子,先后有近十人自发在知名网站上捍卫PX低毒属性这一科学常识。

清华化工学生最终取得了这场词条保卫战的胜利。词条所在网站对PX词条锁定在"低毒化合物"的描述上。

公众对PX了解程度仍然偏低,对PX产业发展存在误解

在广州工作的莫雯清明假期回到茂名的家中。3月30日当晚,由反对PX项目引发的打砸抢事件就发生在家门口,家人都是亲历者,惊心动魄的一晚历历在目。电子商务毕业的她对PX有毒无毒不了解,为此她曾经上网查询过,结果让她非常糊涂:记得百度百科说是有剧毒,但更多的文章说是低毒。

茂名石化工作人员钟大海注意到了百度百科词条遭恶意修改一事,当时他非常惊讶,但他也无可奈何,因为百度百科是个开放的平台,任何人都可以修改编辑。他发现,当舆论一边倒的以讹传讹称PX剧毒的时候,也是茂名PX项目引发的打砸抢事件达到顶峰的时候,当大家被理性告知PX项目低毒时,市民的情绪逐步平静。

PX百度百科词条被修改,在"茂名在线"网络论坛上也引起了激烈讨论,许多网友表达了对"PX低毒性"的谩骂与冷嘲热讽,与严谨执着的清华大学学子形成截然相反的对比。

"参与此次恶意篡改的主力是一个叫'溺水三千s'的网友,他一再篡改,并要求我们清华学生'别乱说'。后来,我们化工系的同学专门给他写信,给他讲科学、谈法律。最后,他停止了篡改行为。"王润佳不无骄傲地说。

据了解,通过清华学生的解释,网友"溺水三千s"还专门发信向化工

系学生道歉。

化学系博一学生邓耿在这场保卫战中发现，公众对于PX等化工产品的基本认识仍然不够，一些人甚至不断用错误观点来影响他人。

凤凰网曾经对如何看待PX项目进行了调查，有1647人参与调查，其中59.31%的被调查者不知道什么是PX，59.89%的被调查者不知道我们日常生活所用的许多物品中都含有PX。

清华化工系学生都知道，PX来源于石油，所有的汽油中都含有PX，它的主要用途是生产PTA（精对苯二甲酸），而绝大多数的PTA，又都用来生产聚酯，包括聚酯纤维、薄膜和瓶片，这些产品在我们日常生活中随处可见，对人类健康并没有产生明显危害。

长期在清华化工系教学的骞伟中认为，从科学性上讲，发展PX项目安全性没有问题。日本、韩国都在大力发展这个行业，地域狭小的新加坡也在离居民区不远的地方建了规模较大的PX项目。

一些网友认为，国外建这些项目是因为其安全性更有保障。对此，骞伟中表示理解网友的担心，但他认为，PX项目的生产工艺、流程，以及安全保护措施都有一套国际标准，并不存在我国标准和安全保障能力低于国外的现象。

2013年，人民日报《求证》栏目曾关注PX产业发展问题，调研了解公众对PX敏感主要是担心企业安全生产管理和政府安全监管的缺失。

骞伟中认为，PX是化工行业中上游非常重要的产品，产业链条长，对拉动就业、带动其它产业发展等有积极意义，不发展PX项目是不现实的。目前国内PX的产能大概1000万吨左右，每年还需要从韩国、日本等国进口500万—700万吨。随着国内自给率越来越低，从国外进口PX价格不断上涨。因此，从长远看，发展PX项目是非常必要的。

社会各界都应承担科普责任，
政府更应做好沟通工作、民主科学决策

骞伟中认为，学生的行动是富有责任感的行为，是科学理性的，他们是学生，不会从行业利益角度作出判断，这是一次对科普责任的主动承担，有利于不明真相的民众了解事实，更加理性。

对于公众和专业人士在发展PX项目上产生的分歧，中国传媒大学学术

委员会副主任丁俊杰认为这值得关注。丁俊杰分析，PX项目之所以常常引起民众的强力反对，与此前类似事件的处理有关。此前厦门、大连、昆明等地出现的群众反对PX项目事件，都以民众的反对和政府的退让而告终。这种博弈结果形成了一种既定模式，也造成了人们对PX的刻板印象，加剧了人们对PX项目环境危害的不安。

丁俊杰表示，在社会转型期，社会矛盾有所增加，PX项目等环境事件，容易和拆迁等事件一道成为人们表达情绪的窗口和通道。一些反对PX项目的人，可能并不是单纯地针对PX。同时，其他地方的群体性事件，也产生了一些传染和示范效应。

面对这样的矛盾和困境，骞伟中认为，针对公众对PX的误解，化工专业的专家和学生有责任对公众开展一些科普活动，和媒体一道做好解释工作。政府还要学会用老百姓能够理解的方式沟通。如，政府和企业可以请居民代表到已有的化工项目去参观，让他们切身感受PX项目的环境危害性。

"在项目开工前期，政府要督促企业把工作做严做实，严格按照标准建厂。在生产过程中，执法部门也应坚决防止企业偷排。"骞伟中强调，企业生产中要严格操作流程，避免人为造成的泄漏事故。

中南财经政法大学教授乔新生认为，一系列PX事件不是单纯的科学问题，更是民主决策或科学决策的问题。"我们在民主决策的过程中必须充分尊重公众的话语权和表达权利。政府必须充分意识到，政府不仅要向公众普及科学知识，而且要向公众充分说明，这项工程能够给他们带来多少利益。"

丁俊杰表示，今后顺利推进PX项目，首先要完善政府与民众的沟通机制。很多时候刚刚有反对声音的时候，政府往往不重视，认为自己是对的，没有必要去沟通，这种漠视态度和单向决策机制使矛盾加剧。其次，政府要进一步推进简政放权，更好地服务群众；同时要完善政府与公众双向沟通的决策机制。

(2014年4月6日)

三十四年后的追寻

"四有"书记谷文昌

杨振武　牛一兵　余清楚

他已经去世34年，却仍为当地民众深深怀念；
他带领群众植下的满岛木麻黄，如今已长成防风固沙的茂密森林；
习近平总书记撰文称赞他"在老百姓心中树起了一座不朽的丰碑"；
老百姓尊他为"谷公"，"先祭谷公，后祭祖宗"，成为当地多年的习俗；
他就是谷文昌，福建省东山县原县委书记。

刚刚过去的清明节，东山的父老乡亲，扶老携幼，络绎不绝，又一次拥至谷文昌墓前，献一捧自己采摘的花草，放一盘自家做的吃食，燃一根他生前最爱抽的香烟，寄托无限缅怀。

"我无论如何也想不到，在中国，在今天，一位共产党的县委书记，在他死后，居然会被普通的当地民众尊称为'公'。"到过东山的作家梁晓声，曾为所见所闻而慨叹。

金杯银杯，不如老百姓的口碑；金奖银奖，不如老百姓的夸奖。

谷文昌是河南林县人，1950年随部队南下至福建，在海岛东山县工作了14年，担任县委书记10年。后来任省林业厅副厅长，"文革"期间曾被下放劳动。凡是他工作和战斗过的地方，只要提起谷文昌，人们都有说不完的敬重、道不完的思念、言不尽的呼唤。

他以"不治服风沙，就让风沙把我埋掉"的胆魄，率领东山人民苦战十几载，遍植木麻黄，筑起绿色长城，硬是治服了"神仙都难治"的风沙，让海岛换了天地，让百姓换了人间。

他不仅把"不带私心搞革命，一心一意为人民"写在纸上，立下"不把人民拯救出苦难，共产党来干什么"的誓言，更是大事小情想到群众心底里，干到群众心坎上。他把功成不必在我的"潜绩"，十几年如一日地变成了泽被东山后人的福祉。好日子来到了跟前，共产党走进了人心。

他为民高擎一把伞，为民敢扛一片天，对党和人民高度负责，实事求是，敢于担当。解放初把"敌伪家属"改为"兵灾家属"的建议，一项德政，赢得十万民心。

他不论肩负重任还是身处逆境，从未忘记党员身份，从未褪去党员底色，从未动摇理想信念。见不得群众受苦受难受委屈，容不得干部不想不干不作为。任何时候，任何境遇，都相信党、相信组织，笃行宗旨。信仰，是从他心里长出来的。

他为官恪守两条原则：只要对百姓有利的事，哪怕排除万难也要做到；凡是对党的威信有害的事，哪怕再小也不能做。"当领导的要先把自己的手洗净，把自己的腰杆挺直！"对权力畏戒，对底线坚守，党性原则永远是个人头上的天。他以心中的"畏"，博得了群众心头的"敬"。

心中有党、心中有民、心中有责、心中有戒，谷文昌堪称"四有"干部的楷模。

今天的东山，天蓝、水碧、海湾美，沙白、林绿、岛礁奇。谷文昌当年描绘的愿景，"举首不见石头山，下看不见飞沙滩，上路不被太阳晒，树林里面找村庄"，早已变成现实。"我们的沙滩格外美"，是东山人的骄傲；"国家级生态县"，是东山岛的美誉。

"离开时，你带走的是两罐自腌的咸菜；留下的，是一片生机盎然的绿洲。这样的好官，谁不赞？""好书记""好干部"被人们传颂。

"我要和东山的人民、东山的大树永远在一起"，谷文昌临终留下遗言。如今，谷文昌长眠在他当年率领干部群众战天斗地的赤山林场。50多年前栽下的木麻黄参天如盖，守护在墓旁。

"看见木麻黄，想起谷文昌。"谷文昌为东山留下千千万万的木麻黄，千千万万的木麻黄又从千千万万人的心里拔节而生。岁月的洗礼，让他的身影愈加清晰挺拔，他的精神穿越时空、历久弥新。

一首为谷文昌谱写的歌曲在神州传唱：

谁说流水无意岁月无痕，

谁说落花无情往事如烟，

请听山的诉说，

请听海的呼唤,
政声人去后,
丰碑在人间……

(2015年4月7日)

五问中国经济
——权威人士谈当前经济形势

龚 雯 许志峰

一问：经济增长速度回落

增速回落是经济进入新常态的一个重要特征，但这是一个让人"不难受"的速度，既有"面子"又有"里子"。总的看，今年以来的经济增速符合《政府工作报告》提出的预期目标，经济运行在意料之中，仍处合理区间

问：年初以来，我国经济增速出现进一步回落。4月30日的中共中央政治局会议提出"一季度经济增长与预期目标相符"。对当前的增长速度究竟应当怎么看？

权威人士：增速回落是经济进入新常态的一个重要特征。今年以来，在错综复杂的国内外环境下，中央坚持稳中求进的工作总基调，创新宏观调控方式，以全面深化改革促发展、调结构、惠民生，赢得了来之不易的成绩。总的看，经济增速符合《政府工作报告》提出的预期目标，当前经济运行在意料之中，仍处合理区间。

以一季度为例，虽然增速有所回落，但这是一个让人"不难受"的速度，用老百姓的话讲就是既有"面子"又有"里子"。从主要经济指标看，一季度GDP增长7%，合乎预期，在全球范围是很快的，而且在基数较大的情况下，我们的增量也较大；城镇新增就业324万人，就业形势平稳；城乡居民收入水平同比增长8.1%，各项民生指标继续明显改善。一系列重大改革举措相继出台，一些新增长点破茧而出。经济金融风险总体可控，社会大局稳定。

尤其要看到，在增速放缓的同时，经济发展质量得到进一步提高，结构调整稳步推进，转型升级势头良好，出现了新的积极变化。产业结构方面，服务业跑出了"加速度"，经济结构由工业主导向服务业主导转型的趋势更明显。需求结构方面，投资增速虽有放缓，但消费增长比较稳健。收入分配结构也在持续改善，农民收入增速继续快于城里人，城乡居民的收入倍差在缩小。一季度单位 GDP 能耗同比降了 5.6%。一些新主体、新产业、新业态、新产品、新动力在加快孕育。

经济发展中的一些问题，短周期看可能是严峻的，需要认真对待，但从更长周期看，又是不可避免的阶段性现象。我国经济发展基本面是好的，有世界最高的居民储蓄率和最大的宏观经济政策空间，经济韧性大，制度优越性明显。只要把握好，就出不了大问题

问：对于目前的增长态势，社会反应总体上还比较从容，但也存在一些担忧和疑虑。如何判断中国经济前景？

权威人士：分析经济形势，要用历史的眼光，坚持短、中、长期结合，才能得出正确结论。"横看成岭侧成峰，远近高低各不同"，把一件东西摆近了看，往往会感觉很大，把它放远些看，就会显得很小。经济发展中的一些问题，短周期看可能是严峻的，需要认真对待，但从更长周期看，它们又是不可避免的阶段性现象。我国经济下行压力不小，但并未出现断崖式的急速下滑，历史上曾出现过的经济波动幅度也比现在大。我国经济发展基本面是好的，有世界最高的居民储蓄率和最大的宏观经济政策空间，经济韧性大，制度优越性明显。只要把握好，就出不了大问题。

经济增长说到底是为了让人民生活更美好，"有活干，有钱挣"，人民群众能够对当前增长态势充分理解，这是中国经济发展最大的底气。我们既要看到光明的前景，又要正视眼下的困难，一方面坚定信心，顶住压力，一方面积极应对，抢抓机遇，持续推进经济结构战略性调整。

二问：经济运行走势分化

"几家欢乐几家愁"，本质上是结构调整正逐步深化。综合看，凡是主动适应新常态，注重调整结构、需求分析、创新驱动和质量效益的，努力走向产业中高端的，发展势头都不错；反之，压力都比较大

问：今年经济运行的另一个显著特征是走势分化，为什么会有这样的现象？

权威人士：当前确实存在经济运行走势分化，可谓"几家欢乐几家愁"。为何会这样？因为全球供求格局变化了，国内又进入"三期叠加"阶段，调整是不可避免的也是必须的,调整必然带来分化。

从区域看,东部地区调结构动手较早,开始企稳向好,有的甚至较为乐观,对在新常态下爬坡过坎信心更足了;而部分地区,包括一些能源资源大省、前些年主要靠投资拉动增长的地区,经济下行压力持续加大。有的也知道要转方式,不转不行了,但还要一个过程。从产业看,产能过剩行业和"两高一资"行业用电、生产、投资、效益等指标下降,而高技术产业、现代服务业的增长相对强劲。从企业看,一些技术含量低、产品缺特色、调整不及时的企业生产经营普遍困难,有的已停产半停产;而善于捕捉市场机会,重视满足个性化需求、有品牌价值、搞技术创新的企业,日子比较好过。

走势分化,本质上是结构调整正逐步深化。综合看,凡是主动适应新常态,注重调整结构、需求分析、创新驱动和质量效益的,努力走向产业中高端的,发展势头都不错;反之,压力都比较大。

结构调整是新常态更本质的特征,等不得、熬不得,也等不来、熬不起。经济发展总是波浪式前进、螺旋式上升,我们要扭住调结构不放松,不必太纠结于一两个百分点的起落,更不能以焦虑心态稳增长,结果事与愿违

问:目前,去库存、去产能、去杠杆的进程在继续,其间也伴随着痛苦,这对中国经济意味着什么?

权威人士:结构调整是新常态更本质的特征,调结构必然带来阵痛,需求结构、生产结构、企业组织结构、产品结构、商业模式等目前都在进行较大幅度的调整,产业重组加快。同时,部分领域、产业和地区经济风险有所加大。必须看到,结构调整是一个需要不断往前推的过程,也是一个不以人的意志为转移的过程,这一关我们不得不闯过去。结构调整等不得、熬不得,也等不来、熬不起,只能主动调、主动转。早调早转就主动,晚调晚转必然被动。这么多年来,我国经济就是在一次次闯关夺隘中发展壮大的,一年有一年的问题,不可能都一马平川、一帆风顺。经济发展总是波浪式前进、螺旋式上升,我们要扭住调结构不放松,不必太纠结于一两个百分点的起落,更不能以焦虑心态稳增长,结果事与愿违。

三问:经济下行压力较大

经济下行压力较大有其必然性,我们要高度重视应对,但也不必惊慌失措。宏观政策要保持定力,稳字当头,并注重"三个结合",即近期和长期

相结合、发展和改革相结合、国内和国际相结合

问：目前的经济下行压力备受关注，不少企业生产经营困难，有的问题还在发酵。您认为该如何应对？

权威人士：当前我国经济下行压力较大，要看到其必然性。这里面有经济发展进入新常态、新旧增长动力尚未完成转换的因素，也有外部需求收缩、内部"三期叠加"多种矛盾聚合的因素；有经济环境变化等客观因素，也有一些主观因素。从现状看，总需求低迷和产能过剩并存还会延续一段时间，对此要有充分的准备，拿出给力的措施。

我们要高度重视应对下行压力，但也不必惊慌失措。宏观政策要保持定力，稳字当头，并注重"三个结合"：

一是近期和长期相结合。以牺牲资源环境为代价的老路子行不通了，继续加大对产能过剩行业投资、增加未来调整压力的增长也要不得，近期采取的稳增长政策要有利于长期发展政策目标，有利于经济结构战略性调整和产业优化升级，避免引发更多矛盾，调结构、促升级的政策也要有利于短期增长，二者应当结合起来。不能为了眼前刺激增长就不顾结构、质量和效益了，对调结构有好处的促发展措施也要该出手时就出手。

二是发展和改革相结合。发展政策要符合改革目标要求，也要通过改革举措来落实，改革举措要以发展为导向，多出台一些有利于经济持续健康发展的改革举措。有一些改革措施可以提早出台，有一些改革措施从长远讲是好的，但当前可能会加重企业负担或者产生一些负面影响，需要慎重权衡。

三是国内和国际相结合。在经济全球化的大背景下，我国经济与世界经济越来越相互依存，宏观政策既要考虑国内因素，也要统筹好国内国际两个大局。

投资本身要有可持续性，解决好投什么、钱从哪里来的问题。消费要立足我国基本国情，有针对性地挖掘潜力，使消费者敢花钱、愿花钱

问：在外需低迷的情况下，投资和消费是拉动经济增长的两驾重量级"马车"，能否在这方面释放更多动力？

权威人士：投资对经济增长具有关键作用，这就要求投资本身有可持续性，解决好投什么、钱从哪里来的问题。首先是方向，必须选对项目，力求有市场，有长期回报，把好钢用在刀刃上，投入到符合发展方向的地方。其次是资金来源，我国经济发展到现在这个阶段，能不能把储蓄转化为有效投资是支撑稳增长的关键。目前居民储蓄率很高，海量资金无处可去，人们难

以获得可持续的财产性收入；可另一方面，实体经济和重大建设项目缺乏资金保障。所以，财税、金融、投融资体制改革必须整体推进，特别是要打通投融资渠道，挖掘民间资金潜力，让更多储蓄转化为投资。

消费对经济增长具有基础性作用。适当调工资、增收入、完善社保制度都是必须的，同时要立足我国基本国情，有针对性地挖掘消费潜力。在城镇化加快推进的过程中，大量人口由农村流向城镇，满足他们的生活需要，将会进一步扩大消费。数千万贫困人口消费倾向最高，加强精准扶贫，增加他们的收入，可以转化为新的消费热点。对于收入水平较高的人群，应提高消费品质量和社会服务水平，使消费者敢花钱、愿花钱。中国消费者的购买力是可观的，一个黄金周就能在境外刷新人家的销售纪录，关键是我们要有令人心动的有效供给，有让人心安的产品质量。现在，个性化、多样化消费渐成主流，对质量好、服务好的消费品和服务性产品需求很旺，如果能有效激活，会形成巨大的增长动力，留住宝贵的消费资源。

总需求收缩的局面短期内很难改变。走出困境，化危为机，归根到底靠创新，靠转方式调结构。要有"功成不必在我"的劲头。与其临渊羡鱼，不如退而结网

问：除了适度扩大需求，缓解下行压力的根本之策是什么？

权威人士：无论从国内还是从全球看，总需求收缩的局面短期内很难改变。靠熬是熬不过去的，靠刺激也不可能完全克服。走出困境，化危为机，归根到底要靠创新，靠转方式调结构。中央就实施创新驱动发展战略作了多项部署，关键是抓好落实，抓紧推进。这要有"功成不必在我"的劲头，有的可能需要两三年，乃至更长的时间，在一定时期内不要说全面收获，可能早期收获都见不到。但是，与其临渊羡鱼，不如退而结网。"没有夕阳产业，只有夕阳技术"。创新是点燃经济发展的新引擎，现在势头很好，我们要浓墨重彩做好这篇大文章，激发全社会拥抱"创时代"。

四问：经济运行风险防控

从一定意义上说，防风险就是稳增长。当前经济风险总体可控，但对以高杠杆和泡沫化为主要特征的各类风险仍要引起高度警惕。实现今年经济发展预期目标，须把握好稳增长和控风险的平衡，牢牢守住不发生系统性、区域性风险的底线

问：随着经济增速放缓，各类隐性风险逐步显性化，呈现高杠杆状态。怎么看待这些风险？在防控风险中需要注意什么？

权威人士：风险防控对于经济持续健康发展意义重大。从一定意义上说，防风险就是稳增长。不出风险，经济就能保持稳定增长。

当前经济风险总体可控，但对以高杠杆和泡沫化为主要特征的各类风险仍要引起高度警惕，借债还钱，天经地义。我国广义信贷和GDP之比是176%，比2008年上升了63个百分点。从结构看，这几年债务增长最快的是非金融类企业，其债务余额已占到GDP的125%，在世界上处于高水平。高杠杆企业主要来自产能过剩行业、房地产行业、部分国有企业，要高度关注这些行业和地方政府债务增长的情况。在经济运行走势分化的大背景下，如果一些地区出现连续性下滑，也可能对就业带来较大影响。

实现今年经济发展预期目标，要把握好稳增长和控风险的平衡，特别注意防范和化解各类风险，牢牢守住不发生系统性、区域性风险的底线。中央已经对化解产能过剩做出全面部署，要继续稳步有序推进这项工作，有些不得不破产的企业应依法、规范、有序处置。化解产能过剩不能冒进求成，但也不能裹足不前，应当区别对待，积极稳妥。楼市正面临痛苦的去库存化阶段，有效消化房地产市场库存是一个现实问题，既关系到启动需求，又关系到化解风险。要抓住市场调整的有利时机，顺应推进新型城镇化的大势，建立房地产市场健康发展的长效机制。从微观看，局部的风险该释放的也要及时释放，打破刚性兑付，反而有利于降低长期和全局风险。

五问：宏观调控着力点

把握好分寸，是宏观调控的关键，既不过头，也避免不及。在加大力度稳增长的同时，要坚定不移调结构、防风险、化解过剩产能、治理生态环境、努力改善民生，正确处理好这几者之间的关系。如果采取大规模强刺激和拼投资等老办法，可能会积累新的矛盾，使包袱越背越重

问：对于当前经济形势，也不乏认为要进行"强刺激"的声音。宏观调控应当如何着力？

权威人士：我国已进入经济发展新常态，现实中的经济现象、经济矛盾、经济特点，比我们已知的要复杂得多，宏观调控也需要适时转变思路、不断创新方式。总体上还是稳字当头，坚持稳中求进的总基调，坚持宏观政策要稳、微观政策要活、社会政策要托底的总体思路，同时注重统筹协调、均衡搭配。

把握好分寸，是宏观调控的关键，既不过头，也避免不及。今年的宏观政策主要注重两点：一是用多大力度，二是采取什么样的有效措施。宏观政策要有一定力度，达到稳增长的效果，确保经济运行处在合理区间。但是，如果采取大规模强刺激和拼投资等老办法，可能会积累新的矛盾，使包袱越背越重，结构调整步履维艰。我们不是不要GDP，而是要有质量、有效益的GDP，这是"发展是硬道理"战略思想的内在要求。

因此，既要加大力度稳增长，又要坚定不移调结构、防风险、化解过剩产能、治理生态环境、努力改善民生，正确处理好这几者之间的关系。通过实施积极的财政政策和稳健的货币政策，防止经济增速滑出底线。积极财政政策要名副其实，在增加公共支出的同时，加大降税清费力度。目前企业生产经营成本全面上升，财政政策要把为企业减负担、降成本作为政策重点，谨防出现经济放缓、企业利润减少但税负增加的"逆周期"现象。稳健货币政策要把好度，疏通货币政策向实体经济的传导渠道，把钱花到实体经济上去。现在价格总水平涨幅较低，常规性的财政货币政策空间有所加大，但也不能放水漫灌，而要注意"度"，注重精准滴灌，既有利于经济增长和结构调整，又防止增加宏观经济的总负债率和杠杆率，在稳增长和降杠杆之间找到平衡点。

当前社会心理预期处于敏感阶段，明确的政策信号是稳预期的关键。要坚持"三个不变"

问：稳定的经济离不开稳定的预期。请问在稳定社会预期方面，还需要做些什么？

权威人士：受复杂局面和多种因素影响，当前社会心理预期处于敏感阶段，稳定预期至关重要。市场预期与经济发展可以彼此促进、良性循环。预期稳，信心增，有利于激发全社会创业创新的热情，增强市场主体的活力，进而转化为经济发展的重要动力。明确的政策信号是稳预期的关键。应当看到，党和政府推进市场化改革的方向是明确的，对企业家的支持是一贯的。坚持以公有制为主体，多种所有制经济共同发展，是社会主义初级阶段的基本经济制度。中央坚持国有企业改革方向没有变，保护民营企业产权方针没有变，坚持对外开放和利用外资政策也没有变。

（2015年5月25日）

历史将记住这一天
——两岸领导人会面侧记

王 尧 汪晓东 柴哲彬 俞懿春 徐 蕾

历史将记住这一天。

2015年11月7日,夜雨之后的新加坡,碧空如洗。当时针指向下午3时,早早就守候在香格里拉大酒店会见大厅的600多名记者安静了下来,屏住呼吸,静待两岸领导人跨越66年时空的历史性握手。

两岸领导人习近平、马英九分别从左右两侧的门走了进来,相向而行,伸手相握。

数百个镜头的咔嚓声汇成交响,如密雨般急切。

在黄色的背景板前,两岸领导人互致问候,两手始终紧握,并应记者要求向不同角度微微侧身,微笑致意,让现场的中外记者尽情记录这载入史册的80秒,人群中有人情不自禁地喊着"习先生""马先生",现场气氛达到了高潮。

和此前媒体猜想的一样,习近平身着深色西服、打红色领带,马英九则身着深色西服、打蓝色领带。

历史性握手之后,两人转身向举行正式会面的金塔厅走去,边走边聊,神情如老朋友般亲切而自然。

步入会见厅,习近平、马英九在守候的记者们面前稍事驻足,挥手致意。现场又是一阵镁光闪烁。

双方落座后,习近平问:"马先生,可以开始了吗?""哦,好。"对这贴心的询问,马英九略显意外。

一问一答间,尽显尊重与善意。面对面交谈,把握现在与未来。

"今天是一个特别的日子。……历史将会记住今天。"习近平一语千钧。

"曾几何时,台海阴云密布,两岸军事对峙,同胞隔海相望,亲人音讯断绝,给无数家庭留下了刻骨铭心的伤痛,甚至是无法弥补的遗憾。"谈及一湾浅浅的海峡带给两岸中国人的伤痛,习近平神色凝重。

"两岸关系66年的发展历程表明,不管两岸同胞经历多少风雨,有过多长时间的隔绝,没有任何力量能把我们分开。因为两岸同胞是打断骨头连着筋的同胞兄弟,是血浓于水的一家人。"说到"一家人"时,习近平加重了语气。

"当前,两岸关系发展面临方向和道路的抉择。两岸双方应该从两岸关系发展历程中得到启迪,以对民族负责、对历史负责的担当,作出经得起历史检验的正确选择。"习近平说。

"我们今天坐在一起,是为了让历史悲剧不再重演,让两岸关系和平发展成果不得而复失,让两岸同胞继续开创和平安宁的生活,让我们的子孙后代共享美好的未来。"习近平语调平和,态度坚毅。

马英九在致辞时表示:"九二共识"是实现两岸关系和平发展的共同政治基础,正是因为双方共同尊重"九二共识",过去7年半时间,我们才能获致包括达成23项协议在内的丰硕成果与和平荣景,让两岸关系处于66年来最和平稳定的状态。

会面中,两岸领导人就进一步推进两岸关系和平发展坦诚而深入地交换了意见,达成了积极共识:继续坚持"九二共识",巩固共同政治基础,推动两岸关系和平发展,维护台海和平稳定,加强沟通对话,扩大两岸交流,深化彼此合作,实现互利共赢,造福两岸民众,两岸同胞同属中华民族,都是炎黄子孙,应该携手合作,致力于振兴中华,致力于民族复兴。两岸领导人对"九二共识"作为共同政治基础的再确认,对两岸关系未来稳定发展无疑具有重要意义。

两岸领导人会面结束后举行的记者会上,中共中央台办、国务院台办主任张志军说:这次会面向世人表明,两岸中国人完全有能力、有智慧解决好自己的问题。会面有利于激发两岸同胞携手合作,同心协力,致力于中华民族伟大复兴的热情。

华灯初上,来自两岸的数百名记者仍然聚集在香格里拉酒店大堂,希望能够捕捉到两岸领导人晚餐后的身影,生怕错过任何一个镜头。许多记者11月5日就来到了这里,已经蹲守了整整3天。很多人乘凌晨的航班飞行几个小时到达新加坡,一落地就立刻投入各种前期采访中,人人脸上疲惫中带着兴奋。

台湾各大媒体此次均派出超强阵容,少则十余人,多则三四十人,精锐尽出，主播、名嘴云集。

从北京飞来的台湾中天电视大陆新闻中心主任特派员戴菉已经在酒店驻扎了好几天，她说："跑两岸新闻这么多年，很高兴这次能够见证历史。没能来的同行都很遗憾。"

台湾东森新闻大陆中心副理杨钊说："这次台湾媒体来了300多人，说明台湾民众是相当关心两岸领导人会面的。我们作为长期跑两岸新闻的媒体人，看到这一幕也觉得圆满了。"

这些天，新加坡的各大媒体都以大篇幅报道了习近平与马英九将在新加坡会面的消息，两岸领导人会面也成了新加坡人的热门话题，从肉骨茶店的老板娘到出租车司机，看到记者都会说："哦，来采访习先生、马先生见面的。"

"1993年汪辜会谈在新加坡，这次两岸领导人会面也在新加坡，我们都觉得非常荣幸。"新加坡《联合早报》中国新闻主任韩咏红接受记者采访时说，"这是一次突破性的、缔造历史的会面。今年恰逢新中建交25周年，两岸领导人会面在新加坡举办也显示了新中友谊的历史传承。"

麒麟投资管理有限公司执行董事王鸿绪出生在台湾，定居在新加坡。他说，这是一次具有历史意义的盛会，这对中国乃至世界历史而言都是关键性的一大步。今天是两岸领导人的首次会面，合作、和平绝对好过对抗、对立，这对台湾人民、大陆人民和世界人民都是好的。

夜幕下的新加坡宁静而安详，习近平总书记铿锵有力的声音仿佛还在回荡：

"透过历史风云变幻，可以深切体会到，两岸是不可分割的命运共同体。民族强盛，是两岸同胞之福；民族弱乱，是两岸同胞之祸。实现中华民族伟大复兴，与两岸同胞前途命运息息相关。"

"当前，我们比以往任何时候都更加接近、更有能力实现这个伟大梦想。我们在几十年的时间内走完了世界上很多国家几百年的发展历程。我相信，实现中华民族伟大复兴，台湾同胞定然不会缺席。"

两岸关系在这里翻开了新的一页。历史，将记住这一天。

(2015年11月8日)

阔步走在中华民族伟大复兴的历史征程上

杜尚泽

历史的纵深,铸就了战略的高度。

2015年深秋,中共中央总书记、国家主席习近平在北京会见第二届"读懂中国"国际会议外方代表。现场有人问道,一个不断发展的中国怎样处理同外部世界的关系。

习近平的回答宕开一笔,推本溯源:

"我们从哪里来?我们走向何方?中国到了今天,我无时无刻不提醒自己,要有这样一种历史感。伫立在天安门广场的人民英雄纪念碑有一组浮雕,表现的是1840年鸦片战争到1949年中国革命胜利的全景图。我们一方面缅怀先烈,一方面沿着先烈的足迹向前走。我们提出了中国梦,它的最大公约数就是中华民族伟大复兴。……中国有坚定的道路自信、理论自信、制度自信,其本质是建立在5000多年文明传承基础上的文化自信。"

用历史的长镜头去端详今天,从世界维度的广镜头去俯瞰今天,更能深沉地理解中国的光荣与梦想、跋涉与执着。

数百年间,中国谱写了一曲从强盛到衰落再到复兴的壮美史诗。今天,中国前所未有地走近世界舞台的中心,前所未有地接近实现中华民族伟大复兴的梦想。

站在中国与世界关系历史性变迁的路口。世界秩序调整、国家实力消长、历史文化积淀,无不投射于外交。在落棋弈子、折冲樽俎之际风云激荡。

面对人类社会正在经历的深刻复杂变化,世界在思考未来何去何从,也在关注走向民族复兴的中国,将为世界带来什么。习近平明确提出,中国将致力于同世界各国一道打造人类命运共同体。

党的十八大至今,走过3个年轮。日月经天,江河行地,延续着千百年来的熙熙攘攘。这些留下深刻印记的岁月,将同中国、同世界一道迎接未来,书写新的历史。

民族复兴之路

已过鲐背之年的基辛格近百次访华,和新中国每一代领导人都有交往。在美国西雅图的讲台下,他侧耳倾听习近平演讲,感叹:"有光荣的梦想,才有伟大的成就。"

梦想,一个承载历史、期许未来的词汇,在2012年的秋冬之际,从国家博物馆《复兴之路》的展厅传出,成为激励国家和民族前行的磅礴之力。新一届中央政治局常委同志一起来到这里。站在近代以来跌宕起伏、波澜壮阔的一帧帧历史镜头前,习近平声音坚定从容:

"实现中华民族伟大复兴,就是中华民族近代以来最伟大的梦想。""我坚信,到中国共产党成立100年时全面建成小康社会的目标一定能实现,到新中国成立100年时建成富强民主文明和谐的社会主义现代化国家的目标一定能实现,中华民族伟大复兴的梦想一定能实现。"

这是新一届中央政治局常委履新之后的第一次集体亮相,这也是中华民族伟大复兴历史征程上一个重要节点,世界从字里行间解读:他们会将中国带向何方?

走向何方,曾是中国近代以来的世纪之问。中国山河破碎寻觅出路时,中国不屈抗争走向胜利时,中国改革开放蓬勃复苏时,人们的目光始终追随着中国。

世界从未像今天这样,如此渴望倾听中国。

世界从未像今天这样,如此渴望走近中国。

今天的世界,正经历"400年来未有之大变局";今天的中国,是世界举足轻重的一部分。人口占世界近1/5,第二大经济体,"一条同西方制度迥然不同的成功道路"。它的抉择判断,它的进取作为,深刻影响着21世纪乃至更久远的未来。

仿佛一把钥匙,中国梦为世界打开了一扇大门。循着梦想的主线,世界在感知中国新时期的和平观、发展观、安全观、国际秩序观,在倾听中国特色大国外交步履铿锵。

一位研究中国方向的俄罗斯学者,不无慨感地向习近平"诉苦":"课题任务太繁重了,研究速度始终追不上中国外交的步子。"中国的新理念、新举措、新倡议不断刷新。习近平给国际社会留下了改革者、开拓者的深刻印象。丰富和平发展战略思想，强调建立以合作共赢为核心的新型国际关系，倡导构建不冲突不对抗、相互尊重、合作共赢的新型大国关系，提出打造人类命运共同体的宏大倡议……他以宽广深邃的历史视野、以锐意进取的创新精神、以勇于担当的大国胸怀，带领中国这艘巨轮向着中华民族伟大复兴的目标扬帆远航。

2013年10月，新中国首次召开周边外交工作座谈会。

俯瞰中国版图，东濒太平洋，西抵欧亚大陆腹地，它是世界上周边邻国最多的国家。

经略周边、开拓周边，成为新时期中国外交的突出重点。三次访问东南亚，两次访问中亚，两次访问南亚，两次访问东北亚——习近平的出访行程，一半留给了周边，将其视为中国的安身立命之所、发展繁荣之基。

人可以择邻而居，但国家是搬不走的，和睦邻邦、亲仁善邻是中国自古以来的"为邻之道"。周边外交工作座谈会上，习近平提出亲诚惠容四字理念，强调应当把中国梦同周边各国人民过上美好生活的愿望、同地区发展前景对接起来，让命运共同体意识在周边国家落地生根。

2014年11月，新中国历史上第二次中央外事工作会议。

站在民族复兴的大棋盘旁，习近平高瞻远瞩地指出，中国必须有自己特色的大国外交。讲战略清晰透彻，讲策略务实灵活。娓娓道来的话语，标注了中国外交的崭新坐标。

在中国，"国际社会"一词的出现频率超过了以往任何一个时期，一如国际社会对"中国"一词的引用热度。会上，习近平为中国梦赋予了富有时代特征和世界意义的定语，"中国梦是和平、发展、合作、共赢的梦"。他将中国前途与世界命运紧紧相连，强调要"统筹考虑和综合运用国际国内两个市场、国际国内两种资源、国际国内两类规则"。

中共中央政治局集体学习，两次聚焦外交，是学习思考，也是谋划和部署。2013年元月，"坚定不移走和平发展道路"在中南海开讲。习近平说，"实现我们的奋斗目标，必须有和平国际环境"。2015年10月，在"全球治理格局和全球治理体制"课上，习近平开宗明义："我们参与全球治理的根本目的，就是服从服务于实现'两个一百年'奋斗目标、实现中华民族伟大复兴的中国梦。"

一边顶层设计，一边积极实践。以习近平同志为总书记的党中央，3年来足迹遍布各大洲。在处理同外部世界关系中所展现的中国特色、中国风格、中国气派,将传承与超越、战略与策略、历史与现实、中国与世界有机统一,开局布局纵横捭阖。

翻开习近平夙兴夜寐的日程,清晰勾勒了中国外交的轨迹。自担任总书记以来,出访19次,累计133天,行程38万多公里,相当于绕地球飞行了近10圈。

同一时期,他在国内会见外国元首、政府首脑165人次。天安门前,明永乐年间沿用至今的长安街上,不断更换着来访国家的旗帜,每天穿行的市民们感受着有朋自远方来的喜悦。

习近平曾笑谈"时间都去哪儿了",他幽默地说:"每次用这么多时间出访很'奢侈',但很有必要。"字里行间道出只争朝夕的紧迫感。

时间精确到了分钟。有多少次,是在时针奔向午夜时分才结束一天的访问活动;有多少次,为节约时间刻意把赶路的长途飞行安排在深夜。

一切为了国家和民族的利益,为了中华民族伟大复兴的梦想,为了世界共同的前途和命运。

大国是关键,周边是首要,发展中国家是基础,多边是重要舞台。中国外交延续着基本的布局框架,却又不断开拓创新。以不拘一格的出访方式为例,习奥庄园会晤、瀛台夜话、白宫秋叙,中美关系以不打领带的"散步外交"迈上新征程。远赴俄罗斯索契,中国元首首次到境外开展"体育外交"。东抵韩国,北上蒙古国,"点穴外交"精彩高效。习近平同印度总理莫迪的"家乡外交"令人耳目一新。"高空外交"也是别开生面,哈萨克斯坦总统纳扎尔巴耶夫、古巴国务委员会主席劳尔·卡斯特罗都曾登上习近平的专机,家国情怀,天下胸襟……

中国大地喜迎八方来宾,主场外交精彩纷呈。中国携手世界,同到访国和国际组织共同举办会议,"客场中的主场"尽显大国风范。中拉领导人会晤、太平洋建交岛国领导人集体会晤、联合国南南合作圆桌会和全球妇女峰会、中非合作论坛约翰内斯堡峰会……人们对习近平说,中国像块磁铁,因中国的到来,这里高朋满座。

有步骤,有章法。有高瞻远瞩的战略布局、有化简驭繁的策略运筹。捍卫利益正气凛然,对待老朋友情深义重,承担责任当仁不让,外交博弈拨云见日。和平、发展、合作、共赢,一路走来始终秉持。国际舆论借拿破仑"沉睡的狮子"进一步断言:中国已经醒了,而习近平正肩负着带领全面唤醒的中国走向新的未来的历史使命。

"沉睡的狮子"已经苏醒！从睁开眼看世界，到一举一动都在世界的聚光灯下，不过走过了短短百年。百年前的中国，何谈外交礼遇，更多是无奈和屈辱。

而今天，许许多多的到访国，为中国准备了最高规格乃至超规格礼遇。中国国旗挂满了大街小巷，会场匠心独运布置成了中国红。不少国家元首全程陪同习近平访问，一些地方歌舞欢腾、万人空巷。

厚重的礼遇宛如跃动的诗行，诉说着同中国携手发展的愿望，对中华民族伟大复兴的钦佩，对中国为世界和平发展做出贡献的期待。太多难忘的细节、难忘的故事、难忘的话语！中亚几国，不约而同地从与中国的联系中分析自己的区域地位。一位外国元首见到习近平时自豪透露："周边国家纷纷来打听，是靠什么魅力请来了中国？"

更为强烈的感触，在欧洲。3年来两次"欧洲月"，给了古老而新兴的东方大国最尊贵的礼遇。2014年3月，习近平访问荷兰、法国、德国、比利时，护航战机、绶带勋章、白领结宴会、146匹骠骝……2015年10月，习近平飞赴伦敦专程访英，英国王室用皇家马车将习近平主席夫妇请入白金汉宫。德国总理默克尔、法国总统奥朗德也相继来到中国。"不放过万分之一的细节，做到了极致"，《费加罗报》对法国的评语，有人称之为欧洲之行的一个缩影。

它们仿佛一面镜子，映照了中国在世界力量坐标轴上的方位。让无数人，尤其是身在海外的华夏儿女，和走过苦难日子的国人，为中华民族的伟大复兴振奋自豪。

外交是国家实力的重要组成。

访问新西兰途中，习近平从历史深处讲起："了解中国的历史，才能体会中国人民对中国梦的渴求。在浩瀚历史长河中，中国的经济、科技实力和文化影响力曾长期领先世界，但在近代却饱受列强欺辱。中国的革命、建设、改革，归根到底都是为了实现国家富强、民族振兴、人民幸福。了解中国的现实，才能感知中国人民实现中国梦的路径。当前的中国国情和国际形势决定了13亿多中国人民只能以和平合作筑梦，靠锐意改革圆梦。"

唤醒的使命感迸发强大力量，也激发了世界范围内的广泛共鸣。巴西总统罗塞夫说，"两个一百年"奋斗目标非常了不起。国际货币基金组织总裁拉加德说，希望我的子孙听着中国梦长大，这有助于他们的生活更美好。巴基斯坦总理谢里夫曾在倾听习近平演讲后，深情为中国梦赋诗一首："打开你的眼睛,看看这一片土地,看看天空,看看从东方升起的太阳……"

3年前的中国以梦想破题,3年来中国同世界的密切互动常以梦想点题。美国梦、欧洲梦、非洲梦、亚太梦、拉美梦……梦想,最没有隔阂的语言,传递和平与发展的美好愿景,成为人类命运共同体的一条无形纽带。习近平说:"中国梦是追求和平的梦、追寻幸福的梦、奉献世界的梦。""中国人民希望通过实现中国梦,同各国人民一道,携手同圆世界梦。"

共同的梦想,穿越时空,筑造未来。

和平发展之路

特殊的时间节点,总能激起思绪的无尽涟漪。2015年9月,汇集诸多历史重大事件,也是在回答人类社会发展进程中关于和平的两大问题。

怎样对待历史?

9月3日,中国的"胜利日"时间,一个历史的轴承。纪念中国人民抗日战争暨世界反法西斯战争胜利70周年大会隆重举行。

70年了,岁月再流逝,也无法洗涤一个民族的沧桑。中国人民抗日战争,这一气吞山河的壮举、惊天动地的伟业,在规模空前的世界反法西斯战争中开展时间最早、持续时间最长,为人类和平做出了巨大牺牲和贡献。

历史不容忘却,那是再久的岁月也无法抹平的痕迹;和平不能被践踏,那是再远的前行也要始终捍卫的真谛。天安门城楼,习近平走上讲台,身后朱红色的大门合拢,面前开启的是一段新的历史。千余字讲话,他18次讲到"和平"。世界专注倾听,饱经沧桑的中国对和平发展的珍惜和担当。

昭昭前事,惕惕后人。铭记历史,不是为了延续仇恨,而是要引以为戒。传承历史,不是为了纠结过去,而是要开创未来,让和平薪火代代相传。中国通过立法确立了中国人民抗日战争胜利纪念日、烈士纪念日、南京大屠杀死难者国家公祭日,举行隆重纪念活动。在国际舞台上,曾经被低估的中国作用、被淡忘的中国贡献,逐渐恢复历史的本来面貌。

正义的事业,总能激起最广泛的共鸣。许多国家领导人听闻中国胜利日阅兵的决定,纷纷予以支持。上海合作组织成员国元首理事会在联合声明中,高度评价中国人民的英勇精神和卓越功绩。世界掀起为中国抗战正名之风。牛津大学教授拉纳·米特著书《中国,被遗忘的盟友》,打开了一扇让人们重新认识历史的窗口。

怎样走出历史?

历史曾经一再重复崛起的怪圈,古希腊学者断言的"修昔底德陷阱"几乎已经被视为国际关系的"铁律"。

21世纪初,中美关系成为新的焦点,走到了又一个攸关未来的十字路口。

宽广的太平洋有足够空间容纳中美两个大国。习近平说:"世界上本无'修昔底德陷阱',但大国之间一再发生战略误判,就可能自己给自己造成'修昔底德陷阱'。"

跨越太平洋,路在脚下。

2013年,安纳伯格庄园会晤。两国元首共同做出构建中美新型大国关系的战略抉择,共同探索一条前无古人、后启来者的大国关系新模式。

2014年,中南海瀛台夜话。在新型大国关系"成绩单"前,习近平放眼长远:"我们不能让它停留在概念上,也不能满足于早期收获,还要继续向前走。"

2015年,华盛顿白宫秋叙。习近平以蕴含中国智慧的哲学思维看待分歧:"要看大局,正所谓'得其大者可以兼其小'。"他提出按轻重缓急妥善处理分歧、对话协商解决。

习近平说,中美两国合作好了,可以成为世界稳定的压舱石、世界和平的助推器。奥巴马同样强调说,美中两国齐心协力,将使世界更加安全、繁荣。

春去秋来,深耕细作。一条波澜壮阔的合作发展之路,为人类社会探索新兴大国和守成大国的相处之道提供了新的范例。

俄罗斯,中国最大的邻国。两个体量庞大的邻居,如何和睦相处?

2013年早春3月,万物复苏。习近平担任国家主席后首次出访,踏上这片广袤大地。走过风雨,穿过丛林,作为世界上最重要的双边关系之一,现在,是时候引领它走向更好的未来了。

抵达莫斯科首日,普京总统全程陪同,历时8个小时。次日,习近平走进俄罗斯国防部及联邦武装力量作战指挥中心。俄罗斯总参谋长格拉西莫夫郑重报告,尊敬的主席先生,您是我们为之打开这扇大门的首位外国领导人。

2014年隆冬2月,春节的爆竹声里,习近平动身飞赴索契出席冬奥会开幕式,新一年外交开局再次选择了俄罗斯。"邻居家办喜事,我当然要来道贺,同俄罗斯人民分享喜悦。"一语道出中俄关系的高水平、特殊性。

2015年初夏,习近平再次来到莫斯科。红场大阅兵,普京在庆典上两次讲话，一再称赞中国人民抗日战争为世界反法西斯战争胜利做出巨大贡献。中国人民解放军方队踏着《喀秋莎》的优美旋律，迈着坚毅步伐，昂首走过检阅台。

在芬兰湾畔圣彼得堡，出席二十国集团领导人峰会；在乌拉尔山脉南麓乌法，参加金砖国家领导人会晤和上合组织成员国元首理事会。3年来，俄罗斯留下了习近平在海外最多的足迹。两个携手走向复兴的大国，迎来了两国关系的历史最好时期，也树立了新型国际关系的典范。

家门口的太平，是地区国家的最大公约数。

为了和平，中国展现了比海洋、天空更为宽广的胸怀。"一个家庭总有磕磕碰碰，锅和勺子也有碰撞的时候。求其同而存其异，存异要有大格局。"习近平进一步丰富和平发展战略思想，提出不仅中国要走和平发展道路，世界各国都要走和平发展道路。

为了和平，中国的眼睛里也绝容不下沙子。习近平说："任何外国不要指望我们会拿自己的核心利益做交易，不要指望我们会吞下损害我国主权、安全、发展利益的苦果。"中国已经通过友好协商同12个邻国彻底解决了陆地边界问题。中国有诚意通过和平谈判的方式解决与相关国家的领土与海洋权益争端。

他的语速不快、语调不高，但沉稳有力。这是一位德国记者听了习近平在德国科尔伯基金会的演讲后写下的。主持人追加两个提问，习近平的回答意味深长："我们不惹事、不怕事，有关我国领土主权完整的事情，当然要坚决捍卫！""我们绝不走'国强必霸'的道路，但我们再也不能重复"，他放慢了语速，一字一顿："坚船利炮下被奴役被殖民的历史悲剧。"

梳理在国际场合的诸多讲话，习近平对"和平"讲得最多、讲得最透。实现中华民族伟大复兴的征程上，比以往任何时候都更需要一个和平稳定的外部环境。"中国这艘大船一定要经得起风浪，特别是惊涛骇浪。"

习近平思想的开拓和深度令人惊叹。对于同一个话题的阐述，尽管核心理念一脉相承，但时常是苟日新、日日新、又日新。唯有说起和平，他每每从历史讲起，"强不执弱，富不侮贫""国虽大，好战必亡""协和万邦"……讲述中华民族中的DNA里没有侵略他人、称霸世界的基因。

月晕而风，础润而雨。一个国家的走向有其历史的规律性和预见性。中国走和平发展道路，不是权宜之计，更不是外交辞令，而是从历史、现实、未来的客观判断中得出的战略抉择。习近平说："我们想不出有任何理由不坚持这条被实践证明是走得通的道路。"

铭记历史的时刻,也会被历史所铭记;珍惜和平的心声,也会被世界所珍惜。许多外国政要表达了共同的观感:"中国经济和军事实力不是为了示强,而是为了扶弱;不是为了战争,而是为了和平。""中国的发展,是世界和平力量的壮大。"

中国为和平而来。

合作共赢之路

自民族国家产生以来,人类始终在求索国家间的相处之道。威斯特伐利亚体系被称为开创了近代国际关系的先河。维也纳体系、凡尔赛—华盛顿体系、雅尔塔体系等也曾激荡风云。

人类历史走进了21世纪。世界多极化、经济全球化、信息社会化所带来的商品流、信息流、技术流、人才流、文化流,如长江之水不可阻挡。21世纪是合作的世纪。

聪者听于无声,明者见于未形。习近平提出构建以合作共赢为核心的新型国际关系,"把合作共赢理念体现到政治、经济、安全、文化等对外合作的方方面面"。以合作取代对抗,以共赢取代零和,树立建设伙伴关系新思路。这是人类历史上首次以合作共赢作为处理国与国关系的核心理念。

"一带一路",从历史深处走来的合作共赢之路,也是打造人类命运共同体最新的时代注脚。

2013年秋,习近平西赴哈萨克斯坦、南下印度尼西亚。丝绸之路经济带和21世纪海上丝绸之路穿越时空,走进今天的发展蓝图。

千年前的丝路辉煌,张骞策马、郑和远航,一段让人感怀的岁月沧桑。草原黄了又绿,海上潮落潮涨,年轮在这片大地、大海上留下了什么?中国,从强盛到衰落,又从抗争到复兴。中国同沿线国家携手圆梦的意愿,如此真挚热切。

"一带一路"应者云集。沿线60多个国家积极响应。传播速度之快、参与范围之广,令世界惊叹。

春华秋实。从战略擘画到广泛共鸣,从宏伟蓝图到具体成果,立足周边,依托周边,造福周边,却又不限于周边。它的开放性、包容性,给世界带来无限可能。

"一带一路"雏形渐显。北线，从西安出发，一路向西，跨越高原峡谷，穿越沙漠盆地，深入中亚腹地，通连欧洲；南线，从中国东南沿海，沿马六甲海峡，过印度洋，直抵非洲。

这条世界上跨度最长、最具潜力的合作带，凝聚了沿线国家渴望发展的最大共识、回应了沿线国家经济升级的最迫切愿望、提供了世界经济走出阴霾的最有效方案、展现了中国推动各国共同发展的最大诚意。如此瑰丽的画卷，如此宏大的手笔，只在短短两年间。世界追问："提出具有磁石般吸引力的伟大方案"，为什么是中国？

因为中国机遇。一花独放不是春，百花齐放春满园。"一带一路"把世界的机遇变为中国的机遇，也把中国的机遇转变为世界的机遇。有组数据颇具分量：预计未来5年，中国将进口超过10万亿美元商品，对外投资规模将超过5000亿美元，将有超过5亿人次出境访问旅游。习近平说，"欢迎大家搭乘中国发展的列车，搭快车也好，搭便车也好，我们都欢迎"。

因为中国理念。新型国际关系的理念是共同发展。投射到"一带一路"中，习近平格外强调秉持共商、共建、共享原则，强调推动沿线国家实现发展战略对接、优势互补。向北，同俄罗斯欧亚经济联盟对接，同蒙古国"中俄蒙经济走廊"汇合；向南，同"孟中印缅经济走廊"携手；向西，同"中巴经济走廊"联通；再向西，同欧洲重振辉煌的梦想交汇……

因为中国路径。看准了沿线国家发展的掣肘，中国选择"互联互通"作为切入点，将其作为亚洲腾飞翅膀的血脉经络。2014年秋，见证无数历史大事件的钓鱼台国宾馆，在亚太经合组织（APEC）第二十二次领导人非正式会议期间召开"加强互联互通伙伴关系对话会"。习近平倡议，构建"全方位、立体化、网络状的大联通"。中国出资400亿美元成立丝路基金，一解周边国家燃眉之急。

中国倡导的亚洲基础设施投资银行，在亚洲互联互通中扮演重要角色。2013年10月习近平发出筹建倡议，时隔一年首批意向创始成员国签约。2015年春天，意向创始成员国申请截止日期一天天走近，新加入者的消息不断刷屏。英国、法国、德国、意大利、韩国、俄罗斯、澳大利亚……4月15日，数字最终定格在57。

因为中国行动。习近平多次强调："一分部署，九分落实，中国说过的话一定算数。"这份行动力源于中国的制度优势，更扎根于中国的传统文化和现实发展。"一带一路"写入党的十八届三中、五中全会决定，上升为国家战略，同中国的全面深化改革进程交相辉映，也带动了中国更强劲发展。海陆统筹、东西互济、面向全球的开放新格局渐次展开。

"一带一路"走下蓝图，走进港口、码头、开发区。能源丝路、科技丝路、空中丝路、通讯丝路……一批旗舰项目拔地而起，上天入海，包罗万象。

习近平的出访路线，在"一带一路"的宏大叙事中铺展。德国杜伊斯堡港，站在渝新欧铁路大动脉的终点，看古老商道再迎柳绿花红的春天；白俄罗斯巨石产业园，土地的芬芳扑面而来，白桦林和大型机械并肩伫立；南非中非装备制造业展览现场人头攒动，企业家们个个拿出了"看家"本领和装备……

世界围绕"一带一路"的评论声，就像一千人眼中有一千个哈姆雷特。但一个共识正在形成，它"体现了中国长远的战略眼光和全球战略的创新"，是一个开放的中国同全球化时代的相向而行。

大国崛起的历程，必然是走向开放的过程。新中国成立后尤其是改革开放春风里，中国向世界敞开大门。"中国开放的大门永远不会关上！就像阿里巴巴芝麻开门，开开了就关不上了。"习近平这席话，蕴含着对中国发展内在逻辑的深刻把握、对全球化趋势的深刻洞悉。

看看这些方兴未艾的合作吧！跨越高山深壑，跨越海洋沙漠，陆海之间再联通！

中欧合作，是看待中国视角历史性转折的百舸争流。

中欧是当今世界两大力量、两大市场、两大文明。习近平两次到访欧洲，提出构建和平、增长、改革、文明四大伙伴关系。走近彼此，欧洲看待中国的视角正发生历史性转折，合作意愿更为强烈，他们纷纷敞开怀抱迎接"一带一路"。

荷兰强调中荷经贸起步早、潜力大，法国强调中法经贸追不上两国的密切关系，德国希望将德国质量同中国速度进一步对接，英国表示愿成为中国在西方最好的合作伙伴、最有力的支持者。德国总理默克尔对习近平幽默地说，欧盟对外一个声音说话，但也像一个班级念书的孩子，看到好东西也希望去争抢。

中非合作，是友好优势到发展优势的有力接续。

中国—非洲，一个最大的发展中国家，一个发展中国家最集中的大陆。习近平上任后首访选择了这里。坦桑尼亚尼雷尔国际会议中心，他以《永远做可靠朋友和真诚伙伴》为主题演讲，深刻阐述真实亲诚的对非方针，30分钟30次掌声。

不久前落幕的中非合作论坛约翰内斯堡峰会,中非关系一座新的里程碑。中国"十大合作计划"传遍非洲大地,也将"一带一路"同非洲经济圈更紧密联通。非盟轮值主席国、津巴布韦总统穆加贝在聆听习近平宣布后,激动不已:"过去殖民者给非洲带来灾难,现在中国给非洲带来了新生。如果当年的殖民者有耳朵,请他们也听听习主席的讲话!"

中国同大洋洲的合作,是亚太合作方兴未艾的缩影。

澳大利亚和新西兰将中国称为自己的邻居。大洋洲成为"一带一路"的自然延伸。中新自贸区欣欣向荣,中澳自贸区"十年磨一剑",从矿业繁荣迈向自贸繁荣,也完成了亚太自贸区的一块重要"拼图"。习近平访问斐济,同太平洋建交岛国领导人集体会晤,建立相互尊重、共同发展的战略伙伴关系。太平洋沿岸,由北向南,一条合作带大手笔挥就。

中拉合作,是志合者不以山海为远的生动诠释。

地球上距离中国最远的大陆,同样热情拥抱"一带一路"。2013年6月,习近平到访特立尼达和多巴哥,同加勒比8国领导人会面。2014年7月,习近平来到巴西,举行中拉领导人会晤,开启新的"中拉时间"。对于中国,它是外交布局的"全覆盖";对于拉美,它是外交舞台的"再登台"。古巴革命领导人菲德尔·卡斯特罗撰文说,这一历史事件将被载入史册。

天空足够大,地球足够大,世界也足够大,容得下各国共同发展繁荣。"一带一路"越走越宽,中国的朋友圈越来越大。习近平提出了构建全球伙伴关系网的大战略,强调志同道合是伙伴,求同存异也是伙伴。中国同70多个国家和诸多地区组织建立了不同形式的伙伴关系。

从"一带一路"到基本覆盖全球的伙伴关系网,一个理念贯穿始终:正确义利观。

"君子义以为上""义,利也"。义利取舍,中华民族几千年的文化传承。

2013年3月,习近平访问非洲时,讲到天下大同,提出正确义利观。强调同发展中国家合作,中国要讲信义、重情义、扬正义、树道义。

政治上,平等相待,公道正义。无论大小、强弱、贫富,不管是资源富集国还是资源贫瘠国,中国都平等相待。"中国不附加任何政治条件,不干涉内政,不提强人所难的要求,中国的钱拿着不烫手……"国际社会的这些共识,是中国以正确义利观铸就的宝贵口碑。

经济上,互利共赢,共同发展。习近平说:"国不以利为利,以义为利也。"只有义利兼顾才能义利兼得，只有义利平衡才能义利共赢。他引用胡雪岩胡庆余堂"戒欺"二字，强调不搞一锤子买卖，丁是丁、卯是卯，一件是一件。

中国制造的列车穿行不息，承载着出行梦；中国建造的住房鳞次栉比，温暖着住房梦；中文课堂里书声琅琅，编织着年青一代的职业梦；中国援助的农业技术专家，耕耘着广袤田野上的丰收梦……

《中国好，世界就好》，西方学者出版的畅销书道出了世界在同中国合作中收获的重要启示。

习近平则强调了一个互为因果的逻辑关系："当今世界，中国不可能独善其身，只有世界好，中国才能好。"

中国的命运，世界的命运，从未像今天这样紧密地联结在一起。

使命担当之路

伴随着科技进步，全球化浪潮在20世纪席卷世界每一个角落。中国的角色从适应全球化，到融入全球化，再到推动全球化，走过了一段漫长历程。今天，作为一个举世瞩目的大国，它深刻影响着国际社会发展演变。其辐射力、影响力、带动力，随着中华民族的伟大复兴而与日俱增。

考量中国今天的世界角色，习近平说，中国应该对人类社会有更大的贡献，更大的担当。中国梦不仅为着中国人民，而且为着全人类的进步。

这样一份责任，这样一种情怀，是时代所呼唤的，也是历史文化所赋予的。"大道之行也，天下为公""天下兴亡，匹夫有责"，中华文化蕴含的"天下观"在当今时代焕发新的光彩。

在维护国际公平正义和世界和平与发展的航线上，中国是3年来耀眼的灯塔。世界赞叹，中国在一些重大问题上表态发声、亮明立场、发挥思想引领作用，展现了巨大行动力。

联合国成立70周年系列峰会，一次攸关未来的重大国际盛事，也是中国担当在国际舞台上的一次集中亮相。中国强调坚定维护以联合国为核心的战后国际秩序，强调推动全球治理体制改革完善，深刻阐述打造人类命运共同体的宏大倡议。

习近平第一次走上联合国的讲坛。在这个对掌声"惜墨如金"的国际场合，20分钟的讲话，15次被掌声打断，数十位外国领导人排队等候同他握手祝贺。许多国家和国际组织领导人赞叹习主席讲话在全球影响之大之深。

70年前,二战胜利的硝烟中,中国是第一个在联合国宪章签字的国家,以建设者的身份迎来新的国际秩序。70年后的今天,全球治理体制变革站在新的历史转折点上,推进变革已是大势所趋。中国是其中举足轻重的参与者、建设者、贡献者。

经济领域,中国不仅以强劲增长向世界贡献动力,也拿出务实可行的中国方案向世界提供智慧理念。习近平说,中国经济影响力有全球效应,我们应该有全球责任。

岁寒知松柏。在国际金融危机风暴中,在世界经济走出泥潭的当口,中国经济是拉动世界经济的动力之源。中国贡献全球经济增量的1/3,连续多年位居世界第一。

当前,世界经济复苏乏力,迫切寻求新的增长动力。习近平在二十国集团领导人安塔利亚峰会上提出"怎么看?""怎么办?"两大问题,为世界经济把脉开方:"上一轮科技和产业革命所提供的动能已经接近尾声,传统经济体制和发展模式的潜能趋于消退。同时,发展不平衡问题远未解决,现有经济治理机制和架构的缺陷逐步显现。"

世界也在看中国怎么看、怎么办。中国的角色、地位、作用决定了中国必须经得起这样的审视。

中国赢得了广泛赞誉。美国总统奥巴马、加拿大总理特鲁多、澳大利亚总理特恩布尔、西班牙首相拉霍伊、国际货币基金组织总裁拉加德等多位外国政要纷纷表示,中国推进经济结构调整和改革创新,对世界经济发展具有重要意义。

犹记2013年10月巴厘岛。每年秋冬之际的APEC会议,世界常将其作为观察中国经济的"风向标"。那一次会议,正逢党的十八届三中全会召开前夕,习近平一席关于改革的深刻阐述激荡世界,字里行间折射出历史担当的勇毅智慧。随后,15个领域330多项改革举措出炉,中国以壮士断腕的勇气直面难啃的硬骨头。中国经济从高速驶入中高速增长。当前庞大体量上7%左右的增速,仍然相当于一个中等发达国家的增量。为了中国和世界的可持续发展,过去的两位数增长"非不能也,而不为也"。

推动经济治理改革,中国方案行稳致远。

2014年北京APEC会议书写时代华章,确立了面向未来的亚太伙伴关系。最醒目的,是在务实可行的中国方案下,亚太自贸区建设终在雁栖湖畔启航。

中国行动紧随其后。中澳、中韩自贸协定正式生效,中国—东盟自贸区升级谈判完成。

这是丰收的3年!中国倡导创立的亚洲基础设施投资银行和金砖国家新开发银行,开创了发展中国家组建多边金融机构的先河;人民币纳入国际货币基金组织特别提款权货币篮子,提升了发展中国家货币的国际地位;中国成为欧洲复兴开发银行股东,被称为中欧蜜月的延续;国际货币基金组织的份额改革迈过重要一关,中国有望成为第三大成员国……这也是播种的3年!在全球治理体系下播撒新的希望之种。

新的一年,人们把更多期待目光投向杭州西子湖畔。在二十国集团领导人峰会从危机应对机制向长效治理机制转型的关键时期,中国接过主席国重任。站在安塔利亚峰会讲台上,习近平畅谈杭州峰会思路设想。掌声四起。世界相约杭州、瞩望杭州。

从一路追赶全球化浪潮,到提出合作倡议应者云集;从奉行互利共赢的开放战略,到发展更高层次开放型经济,再到积极参与全球经济治理的规则制定。中国的话语权、影响力扎根于中国实力,有赖于领导人的战略胆识、智慧担当。

应对全球性挑战和热点问题,中国同样没有缺席。

在东非难民营渴望的眼神面前、在海滩遇难的叙利亚儿童照片面前、在巴黎恐怖袭击事件亲历者悲伤的讲述面前、在海平面上升将被淹没的岛屿家园面前……中国与世界同舟共济,命运与共。

气候变化,人类历史发展长河里的一个新问题。中国拿出了方案,更做出了成绩。中国同美国、法国、欧盟、印度、巴西相继发表气候变化联合声明,宣布建立200亿元人民币的"中国气候变化南南合作基金","为世界树立榜样"。气候变化巴黎大会,适逢全球气候治理进程的关键节点。中国为推动谈判进程凝聚共识,为达成巴黎协定提出方案。会上,习近平介绍了中国把应对气候变化问题纳入国内发展规划,"不是让我们做,而是我们主动要做",中国行动见证了负责任的大国担当。

消除贫困,人类历史发展长河里的一个老问题。过去的30多年,中国7亿贫困人口成功脱贫,成为世界一致赞誉的最成功的当代故事。道虽迩,不行不至。习近平眼中,接下来"补短板"的任务仍然艰巨:"目前还有7000多万贫困人口,我们决心在未来5年全面消除贫困。"

联合国系列峰会通过了载入史册的2030年可持续发展议程。中国宣布设立南南合作援助基金。习近平将中国减贫同中国帮助世界减贫,一道摆上重要日程。

对于中国参与处理国际和地区事务,习近平给出了"说公道话,办公道事"的准绳。乌克兰问题、阿富汗问题、伊朗核问题、叙利亚问题……推动政治解决进程的关键时刻,因信任这份"公道",人们把目光投向中国。传递和平的穿梭外交,书写中国特色的可行方案。

有主张,有行动,有正义担当。世界眼中的"不确定性"逐渐因中国脚踏实地的作为,将一个又一个问号拉直。

也有温暖。一个国家的温度,是润物无声更强大的力量。

非洲大地传唱着中国故事。埃博拉疫情来袭的生死关头,中国率先行动,引领国际社会援非抗疫。"讲信义、重感情",非洲给中国打出了高分。

全球媒体一次次聚焦中国故事。尼泊尔地震山河呜咽,中国接回了5600多位公民。马航MH370航班牵动人心,中国不放弃任何一丝希望尽力搜寻。也门战火纷飞,千钧一发之际,习近平下令,中国海军舰艇编队从也门撤侨。不到10天,撤出中国公民613人;协助15个国家279位外国公民安全撤离。世界感叹,从中国护照含金量,可以看出一个大国实力和运用实力的着力点。

推动全球治理体制变革,变与不变的辩证统一。和平共处五项原则的精神不会过时,而是历久弥新。同广大发展中国家团结合作的根基不会动摇,而是历久弥坚。中国呼应发展中国家在国际舞台上增加话语权的共同诉求,在变革中担当引领。"中国在联合国的一票永远属于发展中国家。"习近平说,我们这个承诺将是永久的。

德国前总理施密特说,中国的崛起以一种特殊方式改变了世界。

不同人眼中,"改变"二字有不同的含义和风景。但谁都无法否认,中国的主动作为正让命运与共的人类社会变得更加美好。

中国追求建设一个什么样的世界?在白雪皑皑的莫斯科,在海天一色的博鳌,在万众瞩目的联合国大会上,习近平不断阐释着人类命运共同体的深刻内涵。

他提出总路径、总布局:建立平等相待、互商互谅的伙伴关系;营造公道正义、共建共享的安全格局;谋求开放创新、包容互惠的发展前景;促进和而不同、兼收并蓄的文明交流;构筑尊崇自然、绿色发展的生态体系。高屋建瓴的擘画,世界为之点赞。

古老的智慧,全新的启迪,在创造人类更加美好未来的奋斗中,中国愿意添加自己的一份力量。

交流互鉴之路

中华文化是中华民族的精神血脉。没有哪个国家拥有如此悠久连绵的文明，现代的当下与其古老的历史如此一脉相承。

访问欧洲时，一位汉学家说起"寻找文化认同"。习近平深以为然："我本人也在做这样的探索，路漫漫其修远兮，吾将上下而求索。""中国向何处去？芝麻开门，答案就在这里。"

中国外交思想深刻融汇于中华优秀传统文化。"很多问题的解决不在一时一刻，要保持自身文化的自信、耐力、定力。桃李不言，下自成蹊。大音希声，大象无形。潜移默化，滴水穿石。"植根于中国人内心深处的和而不同、天下大同，深刻影响着中国同世界的关系处理。

外国政要和各界精英同习近平交谈时，时常"入乡随俗"引用几句文言古语，从中华文化中寻找沟通之道。不仅如此，他们也会向习近平询问中国的治国理政经验。因为"想知道中国成功的秘诀，更多地向中国学习借鉴"。他们眼中，"中国发展是一个奇迹"。

一些人问到了同样的问题："中国最难的事情是什么？"习近平答道，治大国若烹小鲜。多大的成就除以13亿都很小，多小的问题乘以13亿都很大。行百里者半九十，中国这时候必须冷静、沉着。

《习近平谈治国理政》一书，被誉为"中国发展方向和道路指南"，迅速译成10多种文字向全球发行，一些外国元首亲自出席首发式。法国前总理拉法兰"对书中的创新战略感到惊奇"，他在博鳌亚洲论坛期间见到习近平，展示了自己的读书笔记。

风云流转，世事沧桑。这真是令人感慨的历史性变化！这些场景，距离中国道路被质疑的过去并不太远，距离中国探索中学为体、西学为用的历史也不算久远。

坚定自信，但不故步自封。

中华民族是兼容并蓄、海纳百川的民族。习近平说，中国要永远做一个学习大国。

开阔眼界、开阔思路、开阔胸襟，加强同世界各国的互融、互鉴、互通，这也是中国对外开放的题中之义。今日中国，择天下英才而用之，兼收天下优秀文明成果而蓄之。"四个全面"战略布局和"五位一体"总体布局,既蕴含着丰富的传统治理智慧,也汲取近现代的国际治理经验,包含避免陷入"中等收入陷阱"的深刻思考。对于世界上的"他山之石"和"他山之玉",习近平虚怀若谷:"尺有所短,寸有所长,十步之内必有芳草,三人行必有我师。"

不拒众流,方为江海。从不同文明中寻求智慧、汲取营养的一段丰沛经历,始自上山下乡的日子。年轻的习近平求知若渴,山坡上放羊也要拿一本书,为借《浮士德》走了30华里。几十年过去了,他依然以开放的心态迎接世界、集其大成。他走进墨西哥玛雅文明古迹、撒马尔罕古丝路文化遗产,探赜索隐。习近平对世界上灿若星辰的名篇巨著涉猎之广、熟知之深,旁征博引、信手拈来,让到访国人民赞叹不已。

人类在漫长的历史长河中,创造了多姿多彩的文明。习近平对文明、对文明的交流有着深邃思考。

"文明冲突论"曾经喧嚣一时。他走进联合国教科文组织总部,对此表达了自己的观感,文明是多彩的、平等的、包容的。文明的冲突源于隔阂、偏见、仇视,消弭于交流、理解、信任。只有交流互鉴,一种文明才能充满生命力。只要秉持包容精神,就不存在什么"文明冲突",就可以实现文明和谐。

坐而论道,更起而行之。每一次出访,他总是尽可能地接触各个阶层,孜孜不倦地推动不同文化、不同文明之间的对话交流。

以心相交者,成其久远。访农家、进工厂、上码头,习近平走进各国人民中间。在哥斯达黎加,他走进农户的咖啡种植园,从咖啡和茶两种文化的融合,谈起中拉两个大陆的文明交往;在俄罗斯,他为援华抗日的苏联老战士戴上奖章:"我们永远不会忘记曾经风雨同舟、相互支持的老朋友";在澳大利亚,一群孩子写信盛情邀请他去看一看塔斯马尼亚"小恶魔",没想到梦想成真……互办文化年、旅游年、电影节,推动签证便利化、提供奖学金名额,诸多努力都围绕一个"民"字。

根在人民,源在交流。30年前,习近平赴美国考察农业,同艾奥瓦州小镇居民建立的情谊,像一粒种子生根发芽、枝繁叶茂。他在地方工作时,不遗余力地推动当地同不同国家建立友好省州,深知根深则本固。

中华传统优秀文化以民为本。"民为邦本""人视水见形、视民知治不"。民心所向、大势所趋,影响着国与国关系的走向。

"多到中国走一走、看一看",习近平时常提到这句话。这是一份邀请,也是一份期待。期待世界不要雾里看花、水中望月,不要盲人摸象,而是真实、全面、客观地看待中国。

比利时布鲁日欧洲学院,习近平向世界讲述认识中国的路径和方法——

"观察和认识中国,历史和现实都要看,物质和精神也都要看。中华民族5000多年文明史,中国人民近代以来170多年斗争史,中国共产党90多年奋斗史,中华人民共和国60多年发展史,改革开放30多年探索史,这些历史一脉相承,不可割裂。脱离了中国的历史,脱离了中国的文化,脱离了中国人的精神世界,脱离了当代中国的深刻变革,是难以正确认识中国的。"

世界正在重新认识中国。在这片苦难与辉煌交织的大地上,重新发现它的深厚底蕴和蓬勃朝气。世界也从近距离接触中,体会着这位泱泱大国的领导人,是怎样融会贯通中国悠久的历史文化和现实奋斗。

津巴布韦总统穆加贝,感动于习近平的重信守诺,也感慨他的领袖风范。乌兹别克斯坦总统卡里莫夫说,伟大民族才能产生伟大领袖,习近平主席是一位具有深厚历史感的大国领袖,他的身上体现出非凡的领导才能、平易近人的人格魅力。德国前总理施罗德说,习近平主席是一位远见卓识的改革家……一些外国政要对他说:"希望同你做肝胆相照的挚友""好朋友就要牵手而行"。

世界也从中国的脉动中,深刻感知这位领航者对13亿多人民的热爱。

在陕西梁家河,7年耕作,习近平把根深深扎进黄土地。多年之后,站在大洋彼岸讲台上,讲起中国的这个小村庄,他的话语间满是感情:"我了解老百姓最需要什么。""中国梦是人民的梦,必须同中国人民对美好生活的向往结合起来才能取得成功。"

今天,中国外交的每一步前行,都用人民美好生活的尺子去丈量。国际舞台上的中国作为,同中国创新、协调、绿色、开放、共享的发展理念密切结合。

同荷兰威廉—亚历山大国王讲述中国梦时,习近平动情地说:"虽然我们面临困难挑战、荆棘丛生,但我们有世界上最好的人民。我和我们的人民心在一起、苦在一起、干在一起。"

历史的脚步永不停歇。

邓小平同志曾经嘱咐全党,从现在起到下世纪中叶,将是很要紧的时期,我们要埋头苦干。我们肩膀上的担子重,责任大啊!

时序更替,梦想前行。2016年钟声已经敲响,以习近平同志为总书记的党中央紧握历史接力棒。中国外交的宽阔大道,在脚下延展,向着中华民族伟大复兴、向着人类命运共同体的美好未来,伸向远方。

从梦想到梦圆的壮美征程上,这块九百六十多万平方公里的广袤大地心在一起、甘苦在一起、奋斗在一起……

(2016年1月5日)

牢记中央嘱托 不负职责使命
——习近平总书记重要讲话和调研指导在人民日报社引起热烈反响

汪晓东　杜尚泽　沈小根

总书记来了！人民日报社大院沸腾了！

2月19日，中共中央总书记、国家主席、中央军委主席习近平主持召开党的新闻舆论工作座谈会并发表重要讲话。为召开这次座谈会，习近平到人民日报社、新华社、中央电视台等3家中央新闻单位进行实地调研。中共中央政治局常委、中央书记处书记刘云山陪同调研并出席座谈会。

19日上午，总书记首先来到人民日报社，同报社员工亲切交流，勉励大家不忘初衷、坚定信念，把报纸办得更好；通过人民日报社新媒体平台发送语音信息，向全国人民致以元宵节的问候和祝福；在人民网演播室通过视频同人民日报记者连线，与福建宁德市赤溪村村民交流。

"总书记您好""欢迎总书记""总书记辛苦了"……在报社编辑楼，在新媒体大厦，此起彼伏的欢呼声汇成热情的海洋。"希望大家永远朝着新的目标不断努力。党中央支持你们，我也支持你们。"总书记的重要讲话、亲切关怀和殷切寄语，不仅让报社全体员工备感振奋、备受鼓舞，更让大家进一步牢记职责使命，坚定理想信念，明确前进方向。

一

镜头：一份份纸张发黄的报刊，记录着党报的历史沿革；一位位在中国新闻史上留下浓墨重彩的历史人物，延续着党报光辉的历程。习近平总书记在人民日报社的调研，从编辑楼的社史展台开始，意味深长。

《向导》《红旗》《解放日报》……对于那段不凡岁月，习近平饶有兴致，一边驻足观看，一边仔细询问。

1948年6月，河北平山李庄，送报的牛车等在村口，等待着将刚刚诞生的人民日报送到硝烟纷飞的战场。68年风雨兼程，人民日报始终与党和人民同呼吸、与时代共进步。

昨天的新闻，就是今天的历史。"总书记的到来让人民日报再次写入历史。"多次参与社论、任仲平文章写作的评论部专栏室主编张铁说，"文中有导向，笔下有千钧，把'楷体字'写在全媒体的平台，让'主流声音'在金话筒中更加响亮，是总书记对党报评论员的要求，也是我们对党中央的承诺。"

"总书记的手，很厚实、很温暖！"政治文化部党建采访室主编盛若蔚难掩激动之情。2013年，他参与的一组系列报道获总书记批示。"党建报道记者唯有时刻增强政治意识、大局意识、核心意识、看齐意识，始终坚定正确的政治方向，才能不负党和人民的信任。"

曾多次报道总书记重要出访活动的亚太中心分社首席记者丁子，早上就接到泰国朋友电话询问总书记此次调研的情况，"总书记对国际报道的肯定，更让我们坚定和明确了工作方向，联接中外、沟通世界，必须把政治方向摆在第一位。"

背景：人民日报于1948年6月15日由晋冀鲁豫人民日报和晋察冀日报合并而成，1949年8月1日中央正式行文，明确人民日报为党中央机关报。经过68年的发展，人民日报已经成为全国最具权威性和影响力的第一大报。经过多次改扩版，人民日报现在每天出版24个版，日发行量316万份。作为新闻战线的排头兵，人民日报始终坚持党报姓党、在党言党、为党立言，努力发挥"中流砥柱"和"定海神针"的重要作用。

二

镜头：编辑楼夜班平台，被誉为人民日报"总闸门"，繁忙的脚步昼夜不息。当总书记走进平台，编辑记者们的热情瞬间点燃。他们簇拥过来，热烈鼓掌，争相同总书记握手。

边握手，边交流。习近平详细了解人民日报夜班流程，他鼓励说，你们很辛苦，也取得了很多成绩。平台一角，面对人民日报的部门主任和一些业务骨干，习近平强调，人民日报是党的阵地。毛泽东同志当年亲自给人民日报题写报名。全党全国人民都从人民日报里寻找精神力量和"定盘星"。要适应变化、不断壮大，关键是不忘初衷、坚定信念，新闻舆论阵地既要坚守也要与时俱进。希望大家永远朝着新的目标不断努力。党中央支持你们，我也支持你们。

总编室要闻一版主编洪岩在夜班岗位上，默默坚守了20年，经历了无数重大新闻，凌晨四五点下班也是家常便饭。"总书记细细询问作息时间，让我们多注意身体，很温暖，很贴心，很懂我们！要闻一版责任重大，使命光荣。感谢党中央和总书记的关心和支持，我们一定不负重托，精益求精，把版面办得越来越好！"

曾驻守中东战地的国际部西亚非洲编辑室副主编焦翔对总书记提出的"新闻舆论工作各个方面、各个环节都要坚持正确舆论导向"深有感触，"驻外经历告诉我，国际新闻报道，也要讲导向。在此基础上，进一步讲好中国故事，传播好中国声音。"

9个月前，总书记就人民日报海外版创刊30周年作出重要批示，对进一步做好对外宣传工作、创新对外宣传方式提出明确要求和殷切期望。"在纷繁复杂的舆论场，我们要高举旗帜、引领导向，围绕中心、服务大局。同时，要积极传播中华优秀文化，宣介中国发展变化，努力成为增信释疑、凝心聚力的桥梁纽带。"海外版记者部副主任陈振凯说。

"总书记和我们在一起！"人民网《求真》栏目主编孝金波在微信朋友圈只写下这一句话，短短几分钟就被不断点赞。"总书记指出，在新的时代条件下，党的新闻舆论工作要澄清谬误、明辨是非。我们将坚持对涉谣线索进行深入调查，有效引导舆论，积累党网正能量！"

背景：人民日报始终把正确导向放在首位，坚持弘扬主旋律，传播正能量。无论是人民日报、人民日报海外版还是社属报刊，无论是平面媒体还是网络媒体，在导向管理上始终坚持"一把尺子、一个标准、一条底线、一体推进"。通过不断改进创新，人民日报、人民日报海外版、"两微一端"、人民网以及各社属媒体，形成了一批有特色、有公信力和影响力的品牌栏目和公众账号，如任仲平、任理轩、国纪平、人民论坛、钟声、声音、求证、政策解读以及望海楼、强国论坛、学习小组等。

三

镜头：阳光透过落地窗洒进人民日报客户端编辑部。习近平坐在电脑前，面对麦克风录制了一段音频："大家好！在中华民族的传统节日元宵节即将到来之际，我向大家致以节日问候，祝大家身体健康、工作顺利、阖家幸福！"随后他点击按键发布，前方大屏幕上立刻显示信息发送成功。从这一刻起，网友们的留言、点赞如潮水般涌来。"总书记来电话了""简直不敢相信自己的耳朵"……短短两小时，人民日报客户端上，这条音频的网友留言突破两万条。

"无论是传统媒体还是新兴媒体，党报人的责任和使命是高度统一的，这是人民日报的根，是人民日报的魂。"新媒体中心客户端运营室负责人刘晓鹏说，"面对媒体行业新业态，我们只有不忘初衷、坚定信念，才能把握融合发展的方向与路径。"

在总书记调研期间，人民日报法人微博发起"总书记来到我们中间"话题，阅读量6388.9万，讨论达5万。作为活动的参加者和记录者，新媒体中心微博运营室副主编苗苗说，"新媒体在抢速度、抢新闻的同时，应克服互联网的浮躁，有沉得下心的从容。总书记的调研是一次最好的业务指导。"

"与西方媒体贴身争夺话语权，我们正处在国际舆论斗争的最前沿。"人民网美国公司总经理任建民率团队从2011年起，设立人民日报在脸书和推特等社交媒体平台的英文官方账号。"我们将继续尊重新闻传播规律，创新方法手段，切实提高党的新闻舆论传播力、引导力、影响力、公信力。"

近年来，人民日报积极建设"中央厨房"媒体融合平台。报社媒体技术公司数据与可视化组负责人魏贺充满信心，"总书记此次调研，将极大推动人民日报媒体融合的进程。我们一定牢记总书记的嘱托，用技术杠杆撬动整个传统媒体内容的整合和传播理念的创新，朝着新目标不断努力。"

背景：人民日报坚持桌面互联网和移动互联网两手抓，双轮驱动、立体覆盖，推动人民日报内容、品牌、价值、服务、经营的全面网络化发展。目前，人民日报"两微一端"用户总数超过3.1亿，其中客户端下载量超过1.1亿；法人微博粉丝数超过7800万，在所有媒体微博账号中排第一位；微信公众号用户数超过400万，在现有1000多万个微信公众号中，传播力、影响力排名第一。近年来，人民日报着力打造全媒体平台，创新媒体融合报道流程与机制，实现重大报道一体策划、一次采集、多种生成、多元传播、全天滚动、全球覆盖。

四

镜头：习近平来到人民网视频直播间，同两千公里之外的福建宁德赤溪村视频连线。那片山山水水，那里乡亲的冷暖，习近平多年来牵挂在心，亲自关心指导脱贫工作。此刻，透过屏幕，村党支部书记杜家住有些激动，他汇报了赤溪村令人惊喜的变化，全村的贫困率从20世纪80年代的92%下降到现在的1%。

习近平说，看到宁德乡亲们很高兴、很亲切。滴水穿石、久久为功、弱鸟先飞，你们的实践印证了现在的扶贫方针，就是要精准扶贫。扶贫根本要靠自力更生，要靠强劲的内生动力。赤溪村的历程也是全国扶贫历程的缩影，要不断总结，不断向着全面建成小康社会继续努力。党和国家一直会关心你们，幸福的生活会越来越好。

当年在福鼎县委宣传部工作的王绍据也出现在屏幕上，深情回忆同习近平一起下乡的日子。32年前，正是王绍据的一封来信在人民日报刊登，引发全国对扶贫工作的关注。习近平借此寄语编辑记者，"要创造机会多到一线去""要接地气、深入调研，了解真实情况"。

在人民网连线的赤溪村现场，福建分社社长蒋升阳听到总书记的话语，格外亲切。"30多年前，是本报扎实贴近的报道让赤溪村成为'中国扶贫第一村'。时代在变，但党报记者吃苦耐劳、与群众打成一片的作风不能变。我们将牢记总书记的勉励，深入基层，深入群众，做一名合格的党报记者。"

长期从事经济报道的经济社会部工业采访室主编白天亮，曾执笔多篇重大报道，阐释我国新发展理念，解读中央经济政策。"转型时期需要凝聚最广泛的共识，汇聚最强大的合力。我们不仅要主动设置议题，唱响中国经济光明论，也需要在丰富报道内容、创新报道形式上下功夫，与时俱进。"

"政声人去后，民意闲谈中。"浙江分社社长王慧敏说，总书记离开浙江已近10年，他制定的大政方针至今依旧为各级干部所遵循，就是因为重视民意是总书记施政的一贯方针，"要想赢得口碑，就得扎实为百姓办实事，要想让党报团结人民、鼓舞士气，就必须一切以人民为中心。"

背景：在长期的办报实践中，人民日报始终坚持贴近实际、贴近生活、贴近群众，强调"站在天安门上看问题，站在田埂上找感觉"，要求广大编辑记者多下基层、多到一线，转作风改文风，俯下身、沉下心，察实情、说实话、动真情，撰写有思想、有温度、有品质的新闻作品。报社领导带头、编辑记者踊跃参与"走转改""新春走基层"等活动，开设了一线调查、体验、倾听等一大批贴近基层和群众的栏目。

(2016年2月20日)

精准脱贫的"延安答卷"

张建星　王乐文

三月的黄土高坡，春风拂煦。乍望眼，山梁还是那道山梁；深入到山村之中，大地间正酝酿着新的生机。

"三块块石头两片片瓦，山沟沟里条件实在差。党和乡亲一起动，幸福日子乐开了花……"

正月十五过大年。延安的乡亲和往年一样从十里八沟赶来，伴着喧天的锣鼓和陕北大秧歌，信天游的号子在沟沟峁峁间回荡；"贵在自立""路在脚下"，大红灯笼的辉映中，写在家家户户门楣上的祝愿，满满寄托着延安人民对收获的喜悦和对未来的自信与向往。

"这一年，托了底，暖了心，有了骨，见了金。精准扶贫，行！"刚从扶贫一线回来的延安市委常委、宣传部长、原全国优秀县委书记冯振东感慨地说。

冯振东说的这一年，是去年春节前夕，习近平总书记来到延安，提出加快革命老区脱贫致富步伐的一年间。

这一年，感人的故事很多。

托　底

延长县交口镇西苏家河村。

"脱贫指挥部"村委会的外墙上，贴满了"贫困户信息一览表""贫困户分布示意图"，一个个红色箭头，一个个鲜明标识……远远望去，就像一张张转战陕北的作战地图。

指着"沙盘"运筹帷幄，延长县委书记蔺治斌面对记者口气不小："全县102个贫困村，8456户、20198人仍处于贫困状态。按照总书记的要求，按照延安全市三年脱贫计划，去年已实现8000人脱贫，今年'依样画瓢'，明年全部'摘帽'！"

困难大，决心更大。

作为中国革命的圣地，延安人民曾经做出了巨大的牺牲。3个国家级贫困县，6个省级贫困片区县，如今延安要"摘帽"的，都是基础设施薄弱、产业发展滞后、生产生活条件极差的黄河沿岸土石山区、白于山区和洛河峡谷地带连片特困地区，也是最难啃也必须啃下来的脱贫"硬骨头"。

决心和信心来自于总书记的殷殷重托。

去年2月13日，习近平总书记来延安和乡亲们过大年，并在延安召开陕甘宁革命老区脱贫致富座谈会。延安迅速行动、精准扶贫，严格按照农户申请、村组评议、乡镇核实、县区审定、县乡村三级公示的程序，展开扶贫对象全面精准核查。

精准不精准，端看靶心瞄到哪。

在延长，"为公平、公正地把真正贫困户找出来，我们把识别权交给老百姓自己，让同村老百姓按自己的'标准'识别谁是贫困户"，该县扶贫局局长赵文革向记者介绍，精准识别出真正的贫困人口后，再分析出致贫的根本原因，汇总形成"贫困户有档案卡、村有册、乡有档、县有精准的信息系统"。

数字摆到了眼前：延安全市贫困人口4.54万户、10.87万人。秉着对人民、对历史负责的态度，站在扶贫开发工作新起点上的延安人，郑重宣告："2018年在全国革命老区中率先脱贫！"

有决心，更要干起来动起来。延安以政策体系建设为基础，先后制定出台了两个指导性文件，配套形成了全市精准扶贫工作政策体系，涵盖了教育、医疗卫生、公共文化、社会保障等事业各个方面，绝不留死角。

其中，针对因病残贫困占53.6%的严峻现实，延安特别制定出台贫困人口慢性病救助办法、集中供养贫困对象具体保障办法以及贫困人口救助兜底管理办法，对无法依靠产业扶持和就业帮助脱贫的贫困家庭实行政策性保障兜底，解决他们的基本生活问题。

兜底兜住了希望。延长县交口镇驮岔村59岁的村民刘建武多年来患有精神病，肢体行动也不方便，妻子因患有风湿病失去劳动能力，家庭没有任何经济来源。"这几年，老刘每年光看病吃药就得花费2万元，幸亏遇上了好政策，今后的日子才有希望！"刘建武的妻子对丈夫能享受"五保"待遇十分感激。

托底不光有政策，还有不走的"工作队"。一个覆盖全面、功能健全的基层党组织扶贫体系在延安建立起来，全市选派了1910名优秀党员干部担任贫困村"第一书记"，37470名市县区党政企事业单位干部进村开展联户扶贫，实现了全市991个贫困村，村村有驻村工作队，户户有包扶责任人。

在"腰鼓之乡"安塞县，记者看到，结合贫困户实际，全县对每一户贫困户都制定了包括家庭成员、住房、产业发展、生活条件、贫困原因分析、帮扶措施和帮扶部门、帮扶干部等完整的贫困户档案，做到了户有卡、村有档、镇有薄、县有平台的"四位一体"贫困农户管理信息台账，使帮扶措施到村到户、责任落实到人到岗。

"帮扶要问效，无效要问责。脱贫任务艰巨，要求干部必须干在实处，有所作为。我们和各级扶贫部门经常组织明察暗访，对工作不力、措施不实，特别是不作为的镇村直接责任人进行问责和组织处理，并要求立即整改。"延安市委常委、纪委书记卢立群说。

助　力

一组数据令人欣喜：2015年，延安全市累计投入各类扶贫资金46.45亿元，同比增长高达60%，其中仅产业扶贫投入就达到了4.19亿元。

"扶贫开发是一项补短板工作，也是一项兜底性工作，是一项经济任务，更是一项重大的政治任务。"陕西省委常委、延安市委书记徐新荣说，"我们要以强烈的政治责任感和高度负责的事业心，上下齐心，精准发力，坚决打赢这场攻坚战，决不让小康路上有一个贫困人口掉队。"

短短一个月内，资金、任务、权利、责任四到县落实机制和市、县、乡、村精准扶贫工作四级组织管理体系迅速建立起来；市县区财政预算优先保证扶贫开发工作资金需求，用于扶贫开发财政配套资金不低于本年度财政预算收入的2%，且每年增长幅度不低于20%。

财政做保障，更要用好政策"组合拳"：

长期以来，居住条件恶劣是造成延安贫困的一大因素。如今，当地紧抓移民搬迁与产业扶贫"牛鼻子"，大部分向市区、县城、重点镇和新型农村示范社区集中安置，小部分统一规划就近就地集中安置，全力打造"一体六配套"（房屋主体、基础设施、产业开发、公共服务、能力建设、生态环境、后续管理配套）搬迁安置点。

"来，来，快到家里坐坐。"见到记者，志丹县金丁镇胡新庄社区的胡新斌把我们迎进了他120平方米的新房子，家里水、电、气等设施一应俱全。借助地处洛河沿岸川台地相对较宽的有利条件，金丁镇以胡新庄村为中心建设新社区，将住在偏远村、拐沟村的贫困户和农户全部搬迁进来集中居住。

"住是住下了，您家生计怎么办？"

"过去，上一架高山下一道坡，转一个弯弯两道河，一开春，川道里的路全成了烂泥坑。家里种60多亩旱地，一年打不下几担粮，肚子总是闹饥荒。"

"现在呢？"

"一个50多平方米的棚，政府投资，咱们不用花一毛钱，每年的土地流转租金只有500元。种黄瓜采用新技术可以从11月份卖到来年的8月份，一天能产50余公斤，现在拿到市场上，一斤2元钱，一天一个棚有200元现钱，一年下来能赚3万到5万元，我种了5个棚，你算算，这穷日子变成了好光景。"

说起变化，胡新斌满脸都是幸福。

搬得出，稳得住，能致富。像胡新斌的经历一样，胡新庄社区流转土地3800亩，建成标准温室大棚776座，拱棚826座，引导移民户发展蔬菜产业，致富增收。

数据显示：2015年，延安全市建设移民搬迁安置点154个，搬迁5万户、17.5万人。越来越多的"胡新斌们"尝到了移民搬迁的好处。

不光如此，产业扶贫，各有千秋：

吴起县将贫困户增收致富的路径和巩固退耕还林成果、强化生态建设结合起来，就像当年迎接长征到达陕北的红军一样，他们以高昂的热情创办家庭林场带动，以林木种苗培育、造林绿化、发展特色产业和森林管理管护为主，实施财政补贴造林工程，增加贫困户收入。

在子长县，由县扶贫办牵头成立的扶贫互助资金协会，让进城创业的移民搬迁户可以低息贷款发展产业和项目；黄陵县加强农村基层组织建设，增强村级组织创造力凝聚力，发挥致富能人脑子活、路子广、基础厚的优势，带动贫困群众发展致富产业，增加收入。

"安塞县依托深厚的文化底蕴，充分发挥文化大县优势，对具有一定基础和潜力的贫困户子女开展安塞腰鼓、民歌、剪纸、农民画和曲艺培训，实现培训一人、就业一人、脱贫一户的目的，使一大批贫困人口走上了文化产业扶贫的新路子。"安塞县委书记吴聪聪满怀信心地说。

自　强

阳春三月，走进富县直罗镇富红果业合作社，一片150亩的矮化密植苹果园里，刚刚栽下几个月的果苗长势喜人。

正逢合作社为村民开展苹果栽培技术培训会，附近的村民纷纷赶来学习，现场热闹不已，让人看得心里发热。"这个园子的地是从5户贫困户手里流转来的。"富县扶贫办副主任李琳介绍，"矮化密植苹果栽培是合作社去年专门引进的新技术，特别适合川道地区，现在贫困户一边在合作社做劳务，一边学技术，学习、增收两不误"。

2015年以来，富县参与扶贫的农村合作组织达到50多个，新成立扶贫专业经济合作组织12个，涉及家禽饲养、苹果种植、苗木栽培等。

因地制宜，延安市"合作社+贫困户"扶贫模式正逐步走向目标明确的"定制化"，精准扶贫也激励着农村专业合作组织健康发育成长。

记者了解到，针对有能力的贫困户劳动力，延安围绕发展林果、棚栽、养殖等特色产业，由县乡负责开展实用技术培训，确保贫困家庭至少一名劳力掌握1到2门致富实用技术，至少参与一项种植、养殖、设施农业等增收项目，从而实现"就业一人，脱贫一户"的目的，激发贫困户脱贫致富的内生动力。

同时，延安还建立了市县乡村四级扶贫培训体系，市上负责包扶干部的培训，县上负责贫困学生就业培训，乡镇负责农村青壮年培训，村上负责留守妇女和老人培训。在培训方式上采取上门宣传、集中培训、现场讲解、典型引导、现身说法等培训形式，最终达到贫困户人人参训，户户受益。全年累计培训贫困人口6.5万人次。

授人以渔，效果立竿见影。"全县合作社546个，实现了全覆盖，农民人均苹果3.1亩，人均苹果纯收入超过1万元"，在洛川县，县委书记彭安季面对记者自信满满，"洛川苹果的品牌影响力，已经走向世界。越来越多的贫困户已经把自己武装了起来，信心很足，释放出越来越强劲的脱贫致富能量。"

天下黄河九十九道弯，最美就是乾坤湾。在这里，极目远望，山峦起伏，沟壑纵横，黄河犹如一条巨龙在黄土高原丘陵沟壑间奔腾不息。距离最近的延川县土岗乡小程村,农户们都把自家小院收拾得干干净净,推出带着浓郁地方特色的"农家乐",张罗招待着天南海北的游人。村民张小川乐呵呵地告诉记者:"只要人勤快,每天挣个一百二百不是问题。"

去年以来,延川县积极打造黄河乾坤湾、黄河漂流、文安驿文化产业园区、红枣采摘园等景区,旅游收入占到农民收入的80%以上;宜川县打造了黄河壶口文化景区;黄陵县以原生态三A级自然景区和黄帝陵人文景区为基础,发展以古镇古村为载体的乡村旅游;黄龙县"田园县城、美丽乡村"发展战略的实施,挖掘打造旅游文化产品,提供吃、住、游、购、娱一条龙服务。曾经面朝黄土背朝天的农户们终于直起了腰杆,鼓足了精神,以主人的热情迎接着来自四面八方的朋友们。

苍苍黄土、莽莽黄河,这片土地上从来就不缺乏自力更生、艰苦奋斗的精神。如今,这种精神与当地独特的自然资源、深厚的红色文化结合在一起,焕发出新的光彩。

这就是总书记来了一年后,精准扶贫的"延安答卷"。这个答卷是"贵在自立"的延安人用情追求,用心把握,用力落实填写的。这个答卷既是写给今天,更是写给未来。

(2016年3月21日)

唐山四十年

王一彪　徐运平　李　波　孔祥武

一凤凰栖落唐山，城中之山遂名凤凰山。多少年来，特别是往昔 40 年，美丽的传说给了唐山人无限慰藉，也让这座城市无时无刻不在渴望着凤凰涅槃。

这一切，都要从 1976 年 7 月 28 日凌晨 3 时 42 分说起。

"是时，人正酣睡，万籁俱寂。突然，地光闪射，地声轰鸣，房倒屋塌，地裂山崩。数秒之内，百年城市建设夷为墟土。二十四万城乡居民殁于瓦砾，十六万多人顿成伤残，七千多家庭断门绝烟……"矗立在河北省唐山市中心的抗震纪念碑，碑文这样记述着那场 7.8 级大地震。

整整 40 年了。时光，可以抚慰心灵的创伤，但冲刷不掉刻骨铭心的记忆。在唐山，每一位大地震的亲历者，都有着属于自己的故事。

历经 40 年的风风雨雨，在这不算长也不算短的历史片段里，他们痛过、苦过、哭过、笑过，有的平凡一生，有的弄潮一时，不论遭际如何，他们都从那个共同的起点出发，激荡起个人与时代的命运交响。

"活下来"——
在向死而生的日子里，有着最坚强的力量

地动山摇的那一刻，单任群即将呱呱坠地。

瘦高瘦高的单任群，现在唐山一家证券公司工作，她选的手机尾号是"728"，汽车牌照尾号还是"728"，看到有人名叫"震生"，她就禁不住要问："你也是地震当天出生的？"

对那一天，比单任群更刻骨铭心的，是她的父母。

单任群的父亲单春启，新中国的同龄人，当时为驻广西某部空军战士，7 月 26 日休假回到唐山家中。母亲于继英，当时是唐山市织布厂工人。

7月27日晚,天气异常闷热。大地震来袭时,于继英尚在梦中。房屋倒塌,他们被埋在里面。单春启很快反应过来,但腿已被压住。他拼尽全力挣扎,双腿剐蹭得血淋淋的,钻出去,又马上将妻子拉了出来。这一吓一拽动了胎气,于继英出来就难受得坐在了地上。

"你先忍忍,我得去救人。"单春启徒手从废墟里扒出来3位邻居,但他的母亲、弟弟、岳母都遇难了。

每3个唐山大地震的幸存者中,就有一个由废墟中生还,唐山市区有几十万人在互救中重获新生。

"我们刚到唐山时,看到这座百万人口的城市,除了孤零零的几座建筑,民房几乎全部倒塌。"一位率部赶到唐山救灾的将军震惊了,尽管他身经百战,无数次目睹残酷场面。

于继英的姐姐家住受灾稍轻的丰润县,心里惦记临产的妹妹,一早就拉个排子车赶到唐山市区。单春启把妻子扶上车,去姐姐家待产。

一路向北,赶到任各庄公社时,于继英感觉要生了。找到卫生院,卫生院塌了,医生都已赶去唐山救人。千呼万唤,终于找到了一位乡村接生婆。

"找不到剪刀,脐带是用铁片割断的。"这个细节,于继英记忆犹新。

一整天,于继英他们都没吃没喝,单春启找到一个代销点,说明情况后,人家也没要钱,"给你包红糖吧,还有最后几块蛋糕。"

"那碗红糖水的味道,我记了一辈子。"于继英产后没有奶水,她姐姐就抱着孩子,在村里吃"百家奶"。

如同单任群以自己的方式铭记"728",父母也在孩子的名字上刻下感恩的烙印:"任",指出生地任各庄;"群",指好心的群众。"绝境之中,那么多素不相识的人伸出了援手,我们无以为报,只能给孩子取这个名字作为纪念。"于继英说。

地震摧毁了家园,摧残了生命,却摧不断患难与共的真情。

当年只有18岁的张凤敏,眼里抹不去那一刻:父母用双臂和身体护住了家中唯一的男孩,而他们自己却永远走了。

那一刻,张凤敏仿佛突然长大了:我要负起这个家的责任,哪儿也不去,哪个也不送人,姐弟永远在一起。这一年,老二张凤霞15岁,老三张凤丽13岁,孪生妹妹张凤琪、弟弟张学军只有9岁。

一夜之间,唐山4200多个孩子成为孤儿。他们中一部分被父母原单位抚养、安置,一部分被亲属或好心人收养。河北省还在石家庄、邢台专门办了两所育红学校，接收孤儿近千人。

张家五姐弟同街坊邻居一起挤在大帐篷里。"部队到了唐山，巡查时发现我家的抗震棚四处漏雨，我们的命运开始了真正的改变。"张凤敏说。

唐山人对解放军的感情，已深深地融入血液、浸入骨髓。地震发生后，10万多名人民子弟兵星夜兼程，舍生忘死，挽救了唐山1.64万人的生命。

震后初期，人们自己动手撑起各式各样的窝棚。后来，在各路部队官兵帮助下，先后修建近200万间简易房屋，历经大地震灾难的唐山人温暖越冬。

"部队来了一个连，为我们盖简易房。与一般的砖头压油毡不同，我们是'小洋房'式的，当时觉得很漂亮呢。"张凤敏说，"看我们家没柴火烧了，部队把劈好的柴送来；一看水缸空了，战士们给挑满水……"

震后唐山亟待救治的伤员达60多万人，其中市区40多万。危急关头，中央从各地派来200多支医疗队、万余名医护人员，把许多人的生命从死神手中夺了回来。

"快呀，赶快上飞机场，那儿可以运出去。"被同事从废墟中救出的姚翠芹，至今记着人群中有人喊了一句话。"好不容易我被送到唐山空军机场。"

铁路还在抢修，先期转运伤员的任务多由飞机承担。"机场电台、雷达指挥系统被地震摧毁，只能用耳听、眼看，凭经验指挥起降，最短的起飞间隔只有26秒。"在唐山市山西北里小区，今年80岁的李升堂告诉我们。

李升堂当年为空军唐山场站航行调度室负责人，他小心翼翼地拿出一张发黄的《人民日报》，上面写道："这个场站的空军战士打破旧规……震后14天，共组织指挥了2400多架次飞机的起降，从未发生过差错，保证了大批救灾物资和人员及时运来灾区，把许多重伤员迅速转运到外地继续治疗，创造了我国航行调度史上的奇迹。"

和姚翠芹一样，10万多名伤员通过飞机、火车，被陆续运送到11个省市和河北省内的石家庄、邢台、保定等地。

在抗震救灾的百米冲刺阶段，所有的救援力量都有一个共同的目标——让更多的人"活下来"。

"站起来"——
　　在重建家园的岁月里，有着最坚定的信念

重塑心灵，重整山河，是震后唐山面临的双重任务。

"40年之后的唐山,除了城中保留的几处地震遗址和纪念场馆,除了我们这些人身上带着地震的痕迹,哪里还能看得出半点儿地震的影子?"坐在轮椅上的姚翠芹,忆及过往,时而眼含泪光,时而凝神无语。

唐山路南区惠民园社区一幢楼房前,修了一条几十米长的缓坡道,通向一楼的房门口。这里是姚翠芹的家,化着淡妆的她谈吐优雅。

大地震袭来时,这个曾经能歌善舞、风姿绰约的文艺兵,这个刚刚转业到银行工作的女职员,这个正在热恋中的22岁女孩,被同事从废墟中救出。高位截瘫后,她再也无法走上挚爱的舞台。沉重的打击却还在继续:只得从刚入职的银行退职,恋人也离她而去……

有过绝望的想法,动过轻生的念头,但姚翠芹收到了战友们鼓励她做"中国女保尔"的来信,医护人员也把《钢铁是怎样炼成的》送到了她的病房床头。"我问自己,除了双腿不能动,并不比别人缺少什么,我能不能把破碎的自己,一点点重新拼凑起来?!"

姚翠芹向往正常的家庭生活,她选择了同在大地震中致残的病友田文元为伴侣。热爱艺术的姚翠芹重新放开歌喉。1987年,她在北京人民大会堂唱响了亲手作词的歌曲《我是幸福的残姑娘》:"我是幸福的残姑娘,我胸怀美好的理想,愿理想插上翅膀……"

没了腿,但思想可以行走,精神可以飞翔。姚翠芹侧躺在床上拿起了笔。2006年大地震30周年,在唐山市有关部门支持下,她已出版《焦竹听雨》《寒梅映雪》两部著作。"为啥这两本书一定要赶在2005年年底完成?其实是在跟生命抢时间,截瘫病人的生命极限是15年,我没想到自己能活这么长。"

国外的卫生组织专家曾预言,由于生理、心理和治疗技术等多方面原因,唐山截瘫伤员最多可以生存15年。然而,40年过去,唐山地震3817位截瘫伤员中尚有960人健在,比预言的时间延长了一倍还多。

姚翠芹仍在同时间赛跑,近几年她又相继完成《幽兰凝露》《雏菊傲霜》两本书。

"我从不敢承认现实、不接受现实,到面对现实、改变现实,最终成为一个有所作为的人。唐山这座城市站起来了,我也没有趴下,成为一个在精神上站立的人。"姚翠芹舒缓的语调中多了几分凝重,"唐山,就是一座永远不会趴下的城市。"

在废墟之上,建设一个新唐山,既是党和政府的号召,也是震后幸存者的集体意志。

"当年厂里有 7 位怀孕女工,活下来的只有我一个啊。"于继英轻声诉说,"既然活下来,必须好好活。"

休完产假,于继英把单任群留在丰润,赶回唐山市织布厂上班。"那时的任务就是重建家园、恢复生产。厂里的废墟清理了两年多,织布厂多是女工,我们一天挑碎砖瓦砾来回好多趟,但不觉得累,心气高得很。震后一年多建起简易厂房,恢复了生产。"

震后的唐山,以最快的速度恢复了生产生活:震后不到一周,数十万群众衣食得到解决;震后不到一个月,供电、供水、交通、电信等生命线工程初步恢复;震后一年多,工农业生产全面恢复。

83 岁的赵振中曾任唐山市规划局副局长,当年全程参与了唐山重建。"震后没几天,一支来自上海、北京、辽宁等地 60 多人的小分队赶到唐山,架起晒图机,争分夺秒地搞调查、订规划。"

震后头三年,赵振中没休过一个周末,"那么多外地专家帮着唐山搞重建,咱哪能丢下人家不管?"

几乎与改革开放同时,1979 年,唐山拉开了全面重建大幕。尽管当时国家经济实力薄弱,仍为恢复建设新唐山投资 43 亿多元。到 1986 年,重建任务基本完成。

据《唐山市志》记载,在党中央、国务院和河北省的支持下,解放军基建工程兵、铁道兵和河北省各地市,以及省属、部属建筑企业,陆续来到唐山支援建设。从震后至 1986 年年末,外地援唐单位总人数达 11 万多人,竣工房屋建筑面积 1056 万平方米,占唐山市恢复建设竣工面积的 50.9%。

"这意味着,如果没有这些援唐施工队伍的支援,完成重建的时间,要推迟 10 年左右。"1980 年毕业后到唐山市建设系统工作的程才实,亲眼看着新唐山一天天地长大、长高。

至今让程才实激动不已的是,1990 年,唐山市成为中国首个获"联合国人居奖"的城市,"当时我国推荐了 9 个城市和个人,包括一个直辖市,最后唐山胜出。"

联合国人居中心的颁奖词指出:"向唐山市政府颁奖是为了嘉奖 1976 年地震后唐山规模巨大的建设和卓著的成就,这是以科学和热情解决住房、基础设施和服务问题的杰出范例。"

震后,西方媒体曾一度断言,唐山将从地球上被"抹掉"。

1986 年 6 月 30 日,美国《新闻周刊》刊文《从废墟中兴起的城市》:"唐山的新生证明了她的人民的复原力,以及证明了中国在邓小平改革政策指导下跨出的巨大步伐。唐山已经坚毅地从瓦砾中站立起来了……这座重建的城市,在许多方面体现了中国雄心勃勃的现代化目标。"

"赶上去"——
在改革开放的年代里,有着最激越的旋律

唐山人不得不面对的是,正值改革开放之始,唐山却不得不把主要精力放在城市建设上,边复建边生产。

邓小平有句名言:"我们要赶上时代,这是改革要达到的目的。"唐山人则在赶上改革的征途上,一路追赶、一路奋进。

住过抗震棚、简易房的唐山人,逐渐搬入永久性住房之时,无比渴望回归正常的城市生活。

1984年4月28日,震后第一座永久性商业设施——近8000平方米的唐山百货大楼正式开业。

"店里已经水泄不通,外面还有很多人没进来,只好请来警察维护秩序,出去一批,再放入一批。"开业当天的这一幕,牢牢定格在时任百货大楼副总经理解仁义的记忆里。

作为一座以能源、原材料为主的重工业城市,当时的唐山计划经济色彩非常典型。很快,一块"烫手的山芋"摆在刚接任总经理的解仁义面前。

1993年7月,唐山市政府决定,由唐山百货大楼整体兼并唐山纺织品批发公司。这家公司有职工370人,负债4000多万元。当时,唐百正值红火时期,有的领导怕兼并以后被拖了后腿。

接,还是不接?解仁义主张往长远看,"当时这家企业是有困难,但它有得天独厚的区域位置,有优质的固定资产,有期待翻身的员工,不是包袱是金子!"通过改组、改革、改造,第二年,原唐山纺织品批发公司扭亏为盈,盈利270万元。

此后,唐百又相继兼并唐山市10家亏损企业,囊括全市原国有商业企业近八成的版图。2002年,唐百改制,建立起现代企业制度。

而今,解仁义亦坦言,这个行业的竞争充分又激烈,加之电商的冲击,企业目前处于最困难的时期,"好在我们连续3年的营业额都保持在100亿元,在唐山仍绝对称雄。"

执着进取的唐山建设者勇于直面困难。解仁义是这样，么志义也是这样。

先后执掌县属、市属、省属国有企业的么志义，30多年实现了"三级跳"，"我是死过一次的人，还怕什么困难？没有困难，我干得还不带劲呢。"

么志义的父母、哥哥和两个弟弟都在地震中罹难，他被邻居从废墟中救出，头部受伤，转至陕西西安治疗，成为么家唯一的幸存者。

么志义被唐山丰南县有关部门重点照顾，安排到县拖修厂当了一名工人，后又作为骨干被调入县色织厂。"当时纺织企业普遍滑坡，色织厂举步维艰，产品大量积压，资金周转不畅，原料来源匮乏。"

无奈之下，厂里"全员跑市场"：把产品卖出去，把原料赊进来。"当时，我是设备保全工，看到堆积如山的产品、停工待料的机器，心里干着急。听说厂里发动大家跑市场，赶紧找到领导：让我试试！"么志义说。

背上满满一大包针织袜，么志义登上了驶向东北的列车，"看白眼，赔笑脸，跑断腿，磨破嘴"，他将一批批产品推销出去，一笔笔款项周转回来。这段经历，让习惯计划经济思维的么志义真切感受到了市场的魔力。

"这是个人才！"很快，么志义被调到厂供销科担任副科长，后又提拔为供销科长、经营副厂长。1985年，28岁的么志义就任丰南县色织厂厂长。

1996年3月，市里把建设唐山化纤厂2万吨粘胶短纤维项目任务交给了么志义。项目总投资8.5亿元，由于多种原因，自1992年以来基本处于停滞状态。"当时，办公楼、食堂刚刚建到一半，原纺酸三大主车间厂房尚未封顶，配套的公用工程水电气项目还没着落。"

凭着一股子在震后奋起的干劲，么志义一上任就重启了项目。"每天得投入100万元资金，早上一睁眼，就要想着从哪儿筹措，有时候真在等米下锅。那些日子，差不多每天奔波于唐山、石家庄、北京，跑政府、跑银行、跑担保公司，终于将项目建设引入正轨。"

1998年，河北省组建唐山三友集团，么志义又一次被委以重任，担任这一大型国企掌门人至今。去年，三友集团创下河北省工业企业效益、利税增幅、职工收入三项第一。"我做企业，小步爬坡，稳着呢。"么志义笑言中透着唐山人特有的自信。

么志义身后的唐山，和他一样自信，一样从容。唐山人憋着一股劲儿，不甘落后、敢为人先，以改革为动力，化灾难为机遇，重塑经济社会发展的内生机制。

在这一时期的改革大潮中，唐山始终没有缺席，被列为全国住房制度改革、城市综合改革、优化资本结构改革、科技体制改革等试点市，获得多方面政策支持。

"公而忘私、患难与共、百折不挠、勇往直前"，唐山抗震精神在市场经济时期熠熠生辉。废墟上站起来的唐山，借改革开放伟力，短短数年气象一新。在经济发展起步晚于全国10年的情况下，唐山"七五"赶、"八五"超，发展速度高于全国平均水平，"九五""十五"时期驶入快车道，2004年起，唐山经济总量一直居河北省各地市之首。

不过，最近几年，这座英雄的城市，遇到了新的"坎"。

"闯过去"——
在爬坡过坎的转型期，有着最执着的梦想

小妹张凤琪是张家四姊妹中最漂亮的，刚参加工作时在开滦矿务局食堂卖饭，不少青年工人将饭票和情书一块递上，后来领导不得不给她换了岗位。

当她和马立山谈恋爱时，遭到了大姐张凤敏的强烈反对——因为马立山是待业青年。

张凤琪不为所动。时间越发证实了她的眼光。提及往事，张凤敏有点不好意思，"现在我们都跟着沾小妹夫的光。"

马立山很低调，我们第三次登门拜访时，才同意见面。

起皱的白衬衫、黝黑的皮肤、刚毅的脸庞，走在大街上，你很难把他和身价不菲的"矿老板"连在一起。

"天天泡在农业生态园工地上，晒黑了。"

"做生态农业？你正在和唐山一起转型啊！"

"我比唐山转型要早得多。"马立山说话沉稳，不疾不徐。

马立山几乎每一步都走在唐山前面。1981年，马立山高中毕业，父亲是开滦矿务局唐山矿工人，他可以"顶班"。参加了培训，通过了体检，但马立山最后放弃了，摆地摊卖服装，成为唐山最早的一批个体户。

有了一定积累后，马立山建起了门面房，经营过建筑陶瓷，后又改卖家电，"那时我能从上海进到紧缺的凤凰牌自行车，进价158元，高的时候能卖到380元。"他还自己掌勺开过饭店，持有过10万股天津劝业场的原始股，继而做五金贸易，"唐山的钢厂多，五金生意红火。"

进入21世纪，马立山进军铁粉、钢材、焦炭、生铁行业，独自经营两个石灰矿、两个铁矿，入股两个铁矿，还在丰南区开了一家铁粉精选厂，"日产量1500吨，是当时区里最大的铁粉厂。"高峰时期，唐山钢铁产量约占河北省总产量的一半、全国的1/7、世界的5%。

2008年之后，嗅觉灵敏的马立山陆续将石灰矿和铁矿脱手，"幸亏卖得早，搁到现在，就砸手里了。"2010年，马立山将铁粉精选厂的厂址，改建为仓储物流基地。后又通过流转拿到170亩土地，建设意龙农业世博园，主打生态农业。目前这两个项目已投入近亿元。

与马立山一样，这些年，唐山市也在执着转型。拥有230公里海岸线的唐山转身向海，20多年来努力"用蓝色思维改写煤都历史"，兴建唐山港，开发曹妃甸，沿海经济加速崛起。

最近几年，受外部冲击和自身经济结构的叠加影响，唐山经历了一个"从未有过的艰难时期"，但并没有放慢结构调整的步伐。钢铁、焦化、水泥等传统产业增加值占规模以上工业比重，由2010年的51.5%降至2015年的37%，装备制造业占比则由9.7%升至20%。过去5年，全市累计压减炼铁产能1087万吨、炼钢产能2357万吨。

今年4月29日开幕的唐山世界园艺博览会，则给世人留下了这座城市坚定不移地从工业文明向生态文明转型的惊鸿一瞥。

南湖公园是唐山世园会的主会场，岸芷汀兰，葱郁葱茏。其前身可不是这样，这里原是开滦矿务局100多年来采煤形成的大面积沉降区，震后部分遇难者也集中掩埋于此。由于多年没有规划和利用，地面塌陷，垃圾遍地，污水横流，蚊蝇孳生，违建围城，成了城市"伤疤"。

就在两年前，现在的世园会会址周边，还散布着88栋违章别墅、刘庄出租大院等片区，无规划、无产权、无土地使用证。十多年来，数次启动拆迁，但终因历史遗留问题繁多，利益错综复杂，启动后，搁置；再启动，又搁置。

世园会的会期是确定的，拆迁不能等待，这个任务最终落在了路南区党政班子肩上，常务副区长朱建峰受命担任指挥长，给他的时间是62天。朱建峰带着150人的队伍"钉"在一线，用两个月时间啃下了硬骨头。

年过五十的朱建峰，讲起话来激情澎湃，但一触及地震就不愿多谈，"那是唐山人的伤口，一座城市的痛啊。"当时他家住柏各庄农场，现在属于曹妃甸区。弟弟妹妹在地震中遇难，是朱建峰心中永远的痛。

2007年，朱建峰调到路南区工作。路南是唐山的中心城区，也是当年地震的重灾区。2008年,唐山市在南湖区域的地震遗址纪念公园建起大地震纪念墙,铭刻24万多罹难者名字,他的弟弟妹妹名列其上,"没想到32年之后,我们以这样一种方式在路南区团聚了。"

这几年,震后危旧平房改造一直是唐山城市建设的"一号工程",数万居民告别了低矮破旧、简陋潮湿的危旧平房。2015年年底,朱建峰见证了老交大片区危旧平房搬迁改造,"这个片区的拆迁完成,标志着唐山彻底消除了震后简易房。"

危旧平房改造,让单任群的父母住上了高层小区,站在阳台,南湖公园尽收眼底;姚翠芹夫妻也从平房搬进了楼房……

在唐山主政者心目中,这座资源型城市还有更大的手笔正在挥写——树立和落实新发展理念,着力实现由投入增长型向创新驱动转变,由资源依赖型发展向沿海开放拉动转变,"努力把唐山建成东北亚地区经济合作的窗口城市、环渤海地区的新型工业化基地、首都经济圈的重要支点"。

"一个民族在灾难中失去的,总会由进步来补偿。"在巨灾中挺立,在毁灭中新生,步入不惑之年的新唐山,正酝酿着又一次凤凰涅槃!

(2016年7月22日)

政府兜了底 致富靠自己

老郭脱贫记

马跃峰

贫困户吃低保,别人争得面红耳赤,老郭却总想让出去:"脱贫靠劳动,不能躺在'政策温床'上!"

老郭叫郭祖彬,今年56岁,是河南封丘县王村乡小城村农民。年轻时的老郭并不穷,开四轮,拉红砖,日子过得去。没成想,儿子3岁患病,摘除脾脏,手术费花了1万元。老郭把积蓄拿出来,勉强渡过难关。10年后,儿子再次病发,做心脏搭桥手术花了6万多元。这回,老郭借遍"村里一条街",才凑够医药费。为了还钱,他到天津打工六七年,窟窿没补上,还落下脑梗病。乡邻们忧心地说:"老郭脱贫——猴年马月的事!"

封丘是国家级扶贫开发重点县,建档立卡贫困户1.86万户,5.8万人。该县对因病、因残等7种致贫原因分门别类,采取"1+2+N"帮扶模式,即每户1名帮扶责任人,2项以上扶持政策,家庭成员每人1条帮扶措施。拿老郭来说,安排公益岗位,每月挣400元;孙子享受教育补助,每年1000元;儿媳转移就业卖手机,每月工资1500元。全家享受人身意外险、医疗补充险,阻断"因病致贫"。

政府"兜了底",致富靠自己。封丘县实施产业扶贫项目81个,户均可享产业扶贫资金8000元。村支书郭祖良选定种植中药材,请来中医药大学教授,测土、配方。老郭一听,第一个报名。

4月,是种地黄的最佳季节。可这时麦子已长到腿窝,首批报名的50户农民看不到效益,谁也舍不得铲麦子。

老郭的老伴儿着急了:"万一出不来苗,地黄收不着,麦子也毁了。"

"村支书一心为咱,能把你带到沟里?"老郭坚持己见,并辞去公益岗,专心种药。

第一批10户,种了50亩,老郭种4.5亩。半月后,地黄没出芽。村民议论,老伴数落。老郭一天到地头转几遍,悉心照料。40天,地黄出齐,一地绿色。老郭长出一口气:"心里石头落了地,我瘦了18斤。"

村支书郭祖良压力更大:"万一种不成,咋有脸见乡亲?"他请专家"把脉"指导,成立种植合作社,与安徽企业达成协议,以优惠价回收药材,让农民吃上定心丸。

12月,地黄叶枯,眼看就到收获的季节。为解销路之忧,村党支部组织贫困户到安徽找市场。见中药材需求旺盛,更多贫困户以土地入股,加入合作社。如今,合作社种3种药材,共计400多亩,明年将扩至1000亩。依托中药材产业,村里将建中药材展馆,开设中医疗养一条街,发展"养生小城"特色游。

挖出一根弯弯的地黄,老郭算了笔账:4.5亩药材,纯收入1.8万元。自己在合作社干工,月工资1500元;老伴在合作社除草、浇地,可挣500元;儿子开车耕地,也能收入3600元。加上养猪,全家年收入5.6万多元,家里6口人年人均纯收入9300多元。

(2016年12月25日)

"习总书记办的,都是俺们盼的"
——山东沂蒙山区听民声

杨振武　徐锦庚　杨学博　潘俊强

八百里沂蒙,是片红色热土。战争年代,百万沂蒙人民拥军支前,十万英烈血洒疆场,沂蒙成为中国共产党的坚强堡垒。陈毅元帅曾深情慨叹:"我就是躺在棺材里也忘不了沂蒙山人。他们用小米供养了革命,用小车把革命推过了长江!"

2013年11月,习近平总书记在山东考察时强调:"军民水乳交融、生死与共铸就的沂蒙精神,对我们今天抓党的建设仍然具有十分重要的启示作用。"

时值隆冬,我们慕名而来,既是寻觅先烈足迹,也想同老区百姓唠唠,听听他们的所喜所忧、所思所盼。

村民马金兰——
"十九大给俺们吃了定心丸"

月轮新满,群山叠峦。在沂南县常山庄,成片连排楼房,整齐划一,一色水泥路,干净整洁。我们推开一户院门,女主人马金兰笑着把我们迎进屋。

俺今年53啦,女儿已出嫁,儿子在北京工作。别看俺现在乐滋滋的,要搁以前,可不成。早些年,俺对象打工时,从二楼跌下来摔断了腿,俺成了顶梁柱,整日地里刨食,挣不了几个钱,还落下腰肌劳损毛病,日子紧紧巴巴,是村里的贫困户。

现在好了,有好几份收入,俺给你们摆摆。俺在村玩具厂上班,每年差不多两万元;3亩土地流转出去,每年租金3000元;俺对象在村"大队部"打杂工,每年3600元;留下一亩多地,种点花生、玉米、地瓜,毛收入也有4000元。

俺的工资收入、土地租金收入，地里再收点，加上俺对象去影视基地客串群众演员赚的零花钱，劳动力、土地、手艺都能换成票子。前年底，俺家总算脱贫了。

你们瞧，俺这房子亮堂吧？以前，俺村在山上，房子都是干插墙，又矮又黑，坡陡路窄，地里收点啥，都得靠肩扛。这几年村庄整体搬迁，瞧这楼上楼下的，住起来真舒服，外村亲戚可羡慕啦！

说一千道一万，俺们能过上好日子，多亏中央政策好。十九大开得好啊，给俺们农民发了不少大红包，开大会那天看电视，听到习总书记讲农村农民的事，俺心里就跟抹了蜜似的，这十九大给俺们吃了定心丸。就拿土地来讲，这可是俺们农民的饭碗，以前担心，土地承包到期后，被收回咋办？"第二轮土地承包到期后再延长三十年。"一听到习总书记说这话，哎哟，妥啦！俺这心啊，放肚子里啦！

俺知道习总书记下过乡、当过农民，他知道俺们农民过日子不容易。现在总书记想着法子让俺们过上好日子。跟着这样的总书记，俺们心里踏实！

老退伍军人李现坤——
"这五年老百姓得实惠最多"

隔着一条河，是另一处村落。一阵狗叫声，院里的灯亮了，走出的老两口迎我们进院。男主人叫李现坤，67岁；老伴叫杨贵芹，大一岁。老两口搬出几个马扎，我们围坐唠嗑。

俺有仨孩子，两男一女，都已成家。本来，俺俩没啥负担，可以安度晚年。没承想，前年，俺得了心脏病，动了大手术，医疗费8万多元，走大病医保，公家报销了大半，差不多有5万元，这个医保还挺带劲儿。可俺俩年龄大了，就那剩下的3万多元，把俺俩压趴下了，欠了一屁股饥荒，成了贫困户。

老话讲，祸不单行。这话让俺俩赶上了。去年，俺老伴也得了心脏病，比俺还严重，动手术花了12万多元。俺就想，这下子完了，旧饥荒又加新饥荒，这可咋办？

没想到，党和政府对贫困户特殊照顾，医疗费基本都给报了，俺们只掏了4000元。这特殊政策真是及时雨！要搁以前，这么一大笔钱，俺们一辈子也拿不出。俺们打心底里感激党，感激政府。

这些年，中央对老百姓越来越关心，给老百姓办了很多实实在在的事，特别是最近这5年，老百姓得实惠最多。俺们从来没想到，农民还会有养老金，俺俩每人每月有100元呢！俺当过9年铁道兵，架铁轨、建铁路，国家也没忘了俺，每年有1700元补助。俺还是个老党员，组织上也很照顾俺。

俺们年纪大、身体差，干不动重活，红嫂纪念馆给俺老伴安排了个保洁活，一个月900元。家里还有两亩地流转了，每年有2000元。孩子回来也给点，日子过得还行。

老有所养，病有所医，贫有所帮，这些政策，俺们一个不落都享受到了；小康路上一个都不能掉队，俺们真真切切感受到了。现在有个新鲜词儿，叫获得感。俺们的获得感满满的，对未来充满信心。

要说俺们最可心的，还是习总书记成为全党的核心。这5年来，他是咋领着全国人民干的，俺们都看在眼里。为党为国为民的大事，他一件接着一件干，一年接着一年干。俺们也给他点个赞！

村支书李勇——
"习总书记办的，都是俺们盼的"

常山庄曾是抗战堡垒村，被评为"中国十大最美乡村"。夜宿常山庄红色影视基地服务中心，村支书李勇打开了话匣子。

俺今年44岁，很早就进城了，先是打工，后来办厂，在城里安了家。俺是被"第一书记"感化的。

从2012年起，村里先后来了3任"第一书记"，都是省级机关干部，一茬接一茬，帮村里搞规划、建社区、引项目、育产业、抓党建、强班子。"第一书记"撤走前，瞄上了俺。俺爹是1940年入党的，觉悟高，说既然组织信任你，你就领着乡亲们干吧。看到"第一书记"们接着棒为村里操劳，俺不忍心拒绝，答应回村试试。这一试，再也离不开了，现在已经任职3年。

别看一个村巴掌大，管好也不容易哩。俺爹说，你能管好企业，不一定能管好村。俺想来想去，就用笨法子，舍得吃亏，不怕得罪人。自打当村支书后，俺把企业交给媳妇打理，她吃了不少苦，没少埋怨俺。不过，埋怨归埋怨，她还是支持俺的。也不是每个村民都理解，有从小玩大的发小，提的要求没满足，怪俺不讲情面，就不再理俺了。有时想，俺管一个村都怪累的，习总书记管这么大的国家，又要处理国内外关系，多不容易呀！习总书记说以身许党许国、报党报国，俺达不到那么高境界，但要向他看齐，就以身许村吧！

这几年，有300多部影视剧在俺们这儿拍摄，村里兴起30多家农家乐、民宿、手工艺品作坊、土特产销售点，有170多人在影视基地就业，时不时还客串群众演员，既增加了收入，也开了眼界。去年，常山庄整体脱贫。

本来俺担心，农村养老、医保制度还不够完善，村民年纪大或生病后，容易返贫。听了十九大报告后，俺心里踏实多了。习总书记说，让贫困人口和贫困地区同全国一道进入全面小康社会是我们党的庄严承诺。这话，俺咂摸了好几遍。俺们老区人民跟着共产党一路走来，觉得共产党说话算数、办事牢靠。有了习总书记这样的承诺，俺还担心啥？着急啥？共产党总书记说能办到的事，肯定能办到！

俺觉得，这十九大报告也是一个为民办实事的清单。实施乡村振兴战略，保障农民财产权益，壮大集体经济，支持和鼓励农民就业创业，土地承包到期后再延长30年等等，光为俺们农民办的事就有不少呢！俺感觉，十九大报告句句实在，都说到俺们心坎上。习总书记办的，都是俺们盼的，老百姓都非常拥护。现在，习总书记带着俺们继续前进，好日子会更好。

十九大定了这么多好政策，俺一定带着村民好好干，把常山庄建设得越来越好！

老党员郑守增——
"跟着总书记，更加有底气"

蒙阴县孟良崮脚下的后里村，是中共山东省早期领导人刘晓浦、刘一梦叔侄的家乡，著名的"红色村"。村支书刘乃新领着我们，走进一家院落，一位老人笑脸相迎。老人叫郑守增，71岁，当过26年村支书、5年民办教师，爱看书看报，说起话来就收不住。

要问十八大以来，变化最大的是什么？俺觉得是社会风气。俺经常看报看电视，俺还记得，十八大之后不久，习总书记就以身示范，深入基层搞调研、访民情，外出考察轻车简从，带头遵守八项规定。

八项规定字不多，却很管用。老百姓说，八项规定管住了一张嘴。就拿俺们村来说，过去，上面来了人，总要撮一顿。其实村干部很为难，不请吧，得罪领导；请吧，老百姓背后骂你。村干部受夹板气。现在好了，有八项规定,不管是县里、市里的,还是省里、中央的,来村里只干工作,顶多是到镇食堂吃工作餐,村里实现"零招待",村干部也轻松了。俺们是看在眼里,喜在心里呐!

可俺还是担心,生活越来越好,那大吃大喝、讲排场的不良风气,会不会死灰复燃?从严治党可不能见好就收啊!可不能有松口气、歇歇脚的念头,更不能当"差不多先生"。这次习总书记在十九大上明确提出,要坚持以上率下,巩固拓展落实中央八项规定精神成果。前几天,俺看新闻,八项规定又有了细则,这就彻底把一些不良风气给铆死了。党中央正风肃纪不停歇,看来俺的担心多余啦。跟着总书记,俺们心里更加有底气。

从严治党,永远在路上。习总书记总揽全局抓全党,坚定不移"打老虎""拍苍蝇",老百姓拍手叫好。一个村子从严治党咋抓?俺以前也干过村支书,觉得村支书该紧抓全村党员,把党员管住了,管紧了,基层党组织才会强起来。现在的村支书干得比俺好,抓得比俺紧。就拿开党员会来说,以前懒懒散散,三四十名党员,能来十个八个就不错了。现在开会,齐刷刷,按时来,无论是决策还是办事,效率很高,效果很好。

4年前,村里定下规矩,村支书当旗手,天天升国旗。每月5日这一天,还是俺们村固定的党员教育学习活动日,全体党员参加升国旗仪式。一些村民看了,也跟着参加。可以说,支部领好头,党员示范好,好党风带来好民风。

习总书记说,中国共产党是世界上最大的政党,大就要有大的样子。党员也该有党员的样子,要主动亮明身份,让群众监督。在俺们村,党员平时都必须佩戴党徽。这可不是做做样子,而是要每个人时刻记着自己是党员。俺现在已养成一种习惯,早上起床先摸党徽,是不是在衣服上,有没有戴正。俺桌子上这党章、报告,可不是摆设,俺可是真学真记,活到老学到老。老党员也不能放松学习,不了解中央政策,咋在村里参政议政?

(2017年12月20日)

后　记

本书是在"人民日报70年作品精选"丛书编辑委员会指导下,由人民日报社新闻协调部编辑而成的。

70年来,人民日报发表的通讯数量巨大,从中筛选出五十万字作品的任务实属艰巨。查阅品读这一篇篇力透纸背的精品力作,我们感到格外自豪。这些作品凝聚着党报人的坚定信仰和执着追求。与此同时,我们内心也很忐忑。选编过程实难取舍,常常有不忍割舍的心痛,不得不弃的无奈。十年前,为纪念人民日报创刊60周年,人民日报新闻研究中心精心编辑了《人民日报60年优秀通讯选》,为我们此次编辑打下了坚实基础。本着对历史负责、对人民负责、对读者负责的态度,我们认真精挑细选、优中选优,适度调整了60年选集所收录篇目,增加了一些70年来特别是2008年至今10年间有代表性的作品。由于编辑水平所限,难免挂一漏万,有遗珠之憾,敬希读者予以批评和谅解。

本书延续60年选集的编辑体例,所有文章按时间排序。为保持历史原貌,对所收录文章我们原则上不作修改。

本书编辑过程中,征求了人民日报出版社等有关部门的意见,得到大量有力支持,在此表示衷心感谢。

本书编辑组
2018年5月